Götter für Ostfriesland

Beate Sommer, geboren 1958 in Schleswig-Holstein, verbrachte ihre Kindheit auf Wanderschaft, darunter drei prägende Jahre in den USA. Nach dem Abitur zog sie der Liebe wegen nach Hessen, wo sie zusammen mit ihrem Mann eine Buchhandlung gründete. Die Leidenschaft für Kriminalromane führte zum Wechsel ans andere Ende der »Nahrungskette Buch«, und so lebt sie heute als freie Autorin in Leer.
www.beatesommer.de

Dieses Buch ist ein Roman. Handlungen und Personen sind frei erfunden. Ähnlichkeiten mit lebenden oder toten Personen sind nicht gewollt und rein zufällig.

BEATE SOMMER

Götter für Ostfriesland

KRIMINALROMAN

emons:

Bibliografische Information der Deutschen Nationalbibliothek
Die Deutsche Nationalbibliothek verzeichnet diese Publikation in der Deutschen Nationalbibliografie; detaillierte bibliografische Daten sind im Internet über http://dnb.d-nb.de abrufbar.

FSC
www.fsc.org
MIX
Papier aus verantwortungsvollen Quellen
FSC® C083411

Umschlagmotiv: Sabine Lubenow/LOOK-foto
Umschlaggestaltung: Tobias Doetsch
Gestaltung Innenteil: César Satz & Grafik GmbH, Köln
Lektorat: Hilla Czinczoll
Druck und Bindung: CPI – Clausen & Bosse, Leck
Printed in Germany 2015
ISBN 978-3-95451-660-5
Originalausgabe

Prolog

Schwer zu sagen, wer an jenem Morgen zuerst aufwachte.

War es die Amsel, diese eine, die irgendwo leise zwitscherte, den neuen Tag zu begrüßen? Kaum mehr als ein Flüstern zunächst, hallo, hallo, ist denn da wirklich noch gar niemand wach?, dann hartnäckiger, lauter, raus aus den Federn mit euch!, und endlich ertönte hier und da ein zögerliches Tschilpen aus sicherlich jungen Kehlen, schnell lauter werdend und fordernd, das Geschrei, dem die Alten nie etwas entgegenzusetzen haben, bis schließlich die ganze Schar krakeelte, dass es eine wahre Pracht war. Dabei war es noch nicht einmal hell, nur eine Andeutung von lichterem Grau war mit viel gutem Willen erkennbar, doch bald schon würde das strahlendste Blau den Himmel überkommen und ein ungetrübter Frühlingstag anbrechen.

Oder war es der Pendler am Anfang der Straße, der schlaftrunken mit der Hand nach dem Wecker schlug, sich aus dem Bett wälzte und nach einem neiderfüllten Blick auf seine leise schnarchende Frau ins Bad wankte? Der seine Morgentoilette mit halb geschlossenen Augen absolvierte, bis die Rasierklinge ihm in die Wange fuhr, ein rotes Rinnsal im weißen Schaum hinterlassend – und wo, verdammt, war der Alaunstift? Der sich zu guter Letzt mit ins Gesicht gepappten Klopapierschnipseln behalf, bevor er Unterwäsche und Socken anzog, Hemd und Anzug, alles ordentlich von seiner Frau bereitgelegt wegen seines Talents, farblich danebenzugreifen. Nur nicht die Schnipsel vergessen, nachher im Auto, beschwor er sich, es wäre nicht das erste Mal, dass er den Kollegen Anlass zur Häme bot. Die Haare noch, dann stieg er auf Zehenspitzen die Treppe hinab, nur die knarrende Stufe betrat er absichtlich mit seinem ganzen Gewicht. Er wusste, seine Frau würde unwirsch vor sich hinmurmeln, sich umdrehen und weiterschlafen. Er erreichte die Küche und stellte die Kaffeemaschine an.

Oder waren es die Mütter, die in dieser Straße wohnten und aus ihren Betten schnellten, als hätten sie nicht seit Jahren zu wenig geschlafen? Binnen Sekunden von null auf Höchstform, ein paar Spritzer Wasser ins Gesicht, Treppensprint, Frühstück machen, bevor das große Chaos einsetzte: Mama, wo ist …?, Mama, kann ich …?, Mama, ich brauch …! Pausenbrote schmieren, Kleidung zurechtzupfen, vielleicht Schuhe schnüren, und mittendrin der Ehemann, ebenfalls auf der aussichtslosen Suche nach diesem oder jenem.

Die Kinder jedenfalls waren es nicht, denn in dieser Straße wuchs keines ohne Mutter auf. Vierzehn Schulkinder, je nach Alter von Wecker oder Mutter aus dem Bett getrieben, schnell, schnell, schnell, ein Ton wie auf dem Kasernenhof, ab ins Bad und Zähne putzen, dein Vater muss auch noch rein, und zwar plötzlich. Schultaschen, die eines Sherpas bedurften, wurden polternd die Treppen hinabgeschleift, Frühstück verschlungen oder verweigert, und dann setzten all die mütterlichen Ermahnungen ein, die, flögen sie zum Fenster hinaus, einen unermüdlichen, doch nicht eben homogenen Chor bildeten, eine absonderliche Mischung aus Opern- und albernem Kinderchor, der gelegentlich abglitt in Kriegsgeheul: Vergiss deine Mütze nicht! Hast du deine Sportsachen, das Referat, die Hausaufgaben eingepackt? So gehst du mir aber nicht aus dem Haus! – beantwortet mit einem genervten »Mann ey«, wenn nicht überhaupt nur mit indigniertem Augenverdrehen.

Auf jeden Fall war der Pendler der Erste, der das Haus verließ. Er schloss sorgfältig die Tür des Seiteneingangs hinter sich ab, öffnete den Kofferraum des Firmenwagens, warf seine Aktentasche hinein und knallte den Deckel mit Wucht zu, wissend, dass seine Frau davon wiederum nicht richtig wach würde, wohl aber vom prompt einsetzenden Gekläffe des Nachbarhundes, einer veritablen Töle, die neuerdings im Zwinger gehalten wurde. Er stieg in den Wagen, startete den Motor und setzte die Einfahrt zurück. Mit einem Blick in Rück- und Seitenspiegel stellte er sicher, ungehindert auf die Straße einschwenken zu können. Erst letzte Woche war der kleine Streber aus dem Haus am Ende der Straße, der immer viel zu früh zur Schule preschte, ihm mit seinem Rad ins Auto gerauscht und hatte den Zusammenstoß natürlich ihm angelastet. Auf eine Wiederholung der Auseinandersetzung mit dessen Mutter konnte er gut und gern verzichten. Er erreichte die Bundesstraße, die zur Autobahn führte, und gab Gas.

Als Nächstes waren die Schulkinder an der Reihe. Der vermeintliche Streber verließ zuerst das Haus, nicht weil er es kaum erwarten konnte, in die Schule zu kommen, er war eigentlich eher ein mittelmäßiger, unauffälliger Schüler, sondern weil ihm sehr daran gelegen war, zwei älteren Jungen nicht zu begegnen, und das aus gutem Grund. Kaum war er außer Sichtweite, taumelten die restlichen dreizehn hinaus, wie auf ein geheimes Signal hin. Sie wuchteten ihre Ranzen in die überdimensionierten Fahrradkörbe, sprangen auf ihre Räder und fuhren schlingernd los, sich zu kleinen, vom Alter diktierten Gruppen zusammenrottend, die die gesamte Breite der Straße einnahmen. Ihr Gejohle war weithin vernehmbar und geeignet, eine Vorstellung von Völkerwanderung zu bekommen.

Zwei, vielleicht drei Minuten später kehrte wieder Frieden ein in diese idyllisch anmutende Wohngegend. Väter senkten für einen Moment die Zeitungen, nur um sich kurz darauf abermals dahinter zu verkriechen, nicht ohne einen Blick zur Uhr, noch war Zeit, drei Minuten, fünf, höchstens zehn, dann mussten auch sie los. Mütter atmeten hörbar aus, setzten sich zum ersten Mal an diesem Morgen auf eine Tasse Kaffee oder Tee an den Küchentisch und langten, mangels Gesprächspartner, nach einem Teil der Zeitung oder starrten ermattet auf den Toaster, als würde der schon ausspucken, was ihm noch nicht gegeben war, wenn sie nur lange genug warteten.

So kam es, dass kein Anwohner sah, wie der Mann zum Wagen ging, und jemand, der in den Wagen eines anderen stieg, wäre hier auf jeden Fall beobachtet worden, obgleich er die Autoschlüssel deutlich sichtbar vor sich hertrug, wie um möglichen Verdächtigungen zuvorzukommen. Selbst derjenige, der ihm soeben die Schlüssel übergeben hatte, blieb nicht, um ihm hinterherzuschauen, sondern wandte sich ab und schloss die Haustür. Möglicherweise rettete ihm dies das Leben, zumindest aber bewahrte es ihn vor gravierenden Verletzungen. Denn in dem Augenblick, als der Mann die Fahrertür des Wagens aufzog, detonierte ein Sprengsatz, der ihn regelrecht zerfetzte.

Die Schockstille nach dem Knall war absolut, bis ein Schrei hinter einem blutbespritzten Fenster anschwoll zu einem Kreischen in nie zuvor erreichter Tonlage, erst dann stoben die Vögel auf und suchten das Weite.

Einen Monat zuvor

10

Das Quietschen des Tors zur Garage unter dem Haus warnte ihn. Andere würden es kaum registrieren, doch für ihn war es schon so lange das Signal, auf der Hut sein zu müssen, dass er es sogar im Schlaf wahrnahm. Hastig klappte er das Buch zu und stellte es zurück an seinen Platz im Regal, die Lücke im dritten Fach von oben, millimetergenau. Vorsichtshalber wischte er mit der Hand über die gesamte Länge des Regals, damit keine Schleifspuren ihn verrieten. Was eigentlich Quatsch war, er hatte erst vorhin Staub gewischt, aber sicher war sicher. Er klopfte sich lautlos die Hände ab und huschte in die Küche. Gerade noch rechtzeitig.

»Wieso bist du nicht fertig!«

Er gab sich erschrocken und ließ den Kartoffelschäler fallen. »Ihre Frau hat gesagt, dass ich erst anfangen soll, wenn Sie zurück sind«, stammelte er.

Massa grunzte.

Er hielt den Atem an. Manchmal war das Grunzen der Anfang von einem Wutanfall, doch er hatte Glück. Heute nicht. Massa verschwand aus der Küche. Er lauschte, hörte, wie im Flur die Aktentasche auf dem Boden aufschlug, die Wohnzimmertür gegen den Türstopper ploppte und am Ende Glas gegen Flasche klirrte. Vorläufig würde er ihn in Ruhe lassen. Beruhigt wandte er sich wieder den Kartoffeln zu.

Er mochte das schabende Geräusch, das leise Klappern des Schälers, und er war schnell mittlerweile. Überhaupt war ein ziemlich guter Koch aus ihm geworden, auch wenn niemand sonst das je zu ihm sagen würde. Im Gegenteil, das Lob, den Dank bekam immer nur sie. Sie, für die ihm noch kein passender Name eingefallen war. So wie Massa. Missus war zu nett für sie, und nett war sie nicht, auch wenn sie längst nicht so schlimm war wie ihr Mann.

Massa würde ausrasten, wenn er wüsste, wie er ihn bezeichnete. Und woher er das Wort kannte. Niemand wusste, dass er richtig gut lesen konnte. Kochrezepte bat er die Frau vorzulesen, und dabei fuhr er mit dem Finger die Zeilen nach, stockte bei langen

Wörtern, so wie Jan, als er in die Schule gekommen war. Damals, als alles anders geworden war.

Bis dahin hatte er geglaubt, Jan sei sein Bruder, und er hatte Massa Vater genannt, die Frau Mutter. Sie hatten Jan bevorzugt, aber wie sehr, hatte er erst später verstanden. Damals hatte er so getan, als wenn ihm das nichts ausmachen würde. Immerhin hatte Jan alles mit ihm geteilt, Essen, Kleider, Spielsachen. Nur Liebe nicht, davon gab's einfach nicht genug für zwei.

Eine eigene Schultüte, eigene Bücher hatte er gar nicht erst erwartet, trotzdem hatte er sich auf den ersten Schultag gefreut. Jan und er waren die Treppe runtergestürmt, Jan war schneller gewesen, schon zur Tür raus, da hatte Massa ihn im Genick gepackt. »Du bleibst hier«, hatte er gesagt. »Morgen dann?«, hatte er gefleht. »Nein, du wirst überhaupt nicht zur Schule gehen.« Und dann hatte er ihn in den Keller gezerrt und dort eingesperrt. Er hatte nicht geheult, da noch nicht, er hatte geglaubt, dass das gar nicht sein konnte. Jeder ging schließlich zur Schule, etwa nicht?

Am Abend war Massa gekommen. Mit einer Decke, einem Stück trockenem Brot und einer Flasche Wasser. »Du bist nicht unser Kind«, hatte er gesagt und dass seine richtige Mutter ihn nicht habe behalten wollen, sondern ihn an böse Männer verkauft habe. Es war nicht viel, was er wusste: Massa habe ihn vor denen gerettet und sehr viel Geld dafür bezahlt. Das sei ein ganz großes Geheimnis, und niemand dürfe davon wissen. Also dürfe ihn auch nie jemand sehen, sonst könne der ihn verraten. Das Schlimmste sei nämlich, dass er keine Papiere habe, und das sei, als würde es einen gar nicht geben und außerdem streng verboten.

»Wenn die Polizei dich findet, schickt sie dich zurück zu den bösen Männern. Das willst du doch nicht, oder?«, hatte Massa gefragt.

Er hatte stumm den Kopf geschüttelt. Manchmal fragte er sich, ob er das auch gemacht hätte, wenn er gewusst hätte, dass der böseste der bösen Männer direkt vor ihm gestanden hatte. Aber das hätte wohl auch nichts geändert.

»Ab jetzt wirst du unser Diener sein«, hatte Massa gesagt. »Wir mussten so viel Geld für dich bezahlen, jetzt bekommst du die Gelegenheit, das abzuarbeiten.«

Er hatte das erst viel später verstanden. Trotzdem hatte er genickt und gehofft, er könnte wieder hinauf in sein Zimmer. Aber Massa war gegangen und hatte ihn eingeschlossen.

Niemand war gekommen, um ihn zu holen. Niemand hatte ihn besucht. Nicht mal Jan. Drei Tage lang. Da hatte er geheult. Und wie. Erst am vierten Tag war Massa wiedergekommen. Von da an hatte Massa ihm immer morgens, wenn Jan in der Schule war, beigebracht, was ein Diener machen musste. Wenn Massa weg war, hatte die Frau das gemacht. Das war nicht ganz so schlimm gewesen, weil sie nicht so wütend wurde, wenn er was falsch machte. Nur nachmittags oder in den Ferien, eben wenn Jan da war, durfte er ganz normale Sachen machen. Deswegen war es auch so schlimm gewesen, als Jan ins Internat gekommen war, weil er ab da im Keller wohnen musste und überhaupt keine normalen Sachen mehr machen durfte.

Heute war er der perfekte Diener. Sie nannten ihn Adam. Er war ungefähr fünfzehn Jahre alt und unsichtbar.

***

Bestechlich? Sie? Ausgerechnet sie?

Verdammt, sie war diejenige, die sich schon so oft in die Nesseln gesetzt hatte, weil sie die Beurteilungen ihrer geschätzten Kollegen hinterfragte. Die um jeden einzelnen Schüler kämpfte, wenn sie glaubte, dass seine schlechte Note allein auf seiner Herkunft fußte und nicht auf seinen Fähigkeiten. Sie hatte keine Angst vor Auseinandersetzungen, nie gehabt, seit jeher war sie gegen Ungerechtigkeit vorgegangen, sogar während ihres Referendariats. Andere hatten da nicht anecken wollen und die Klappe gehalten, sich angebiedert bei Mentoren und Ausbildern, ihnen nach dem Mund geredet um des Examens willen und weil man leichter in den ach so erlauchten Kreis der Kollegen aufgenommen wurde, wenn man sich unter der Keule ihrer Erfahrung duckte und dabei nicht mal mit der Wimper zuckte. Sie nicht!

Es war ihr egal, dass mittlerweile unverhohlenes Stöhnen einsetzte, wenn sie sich während der Konferenzen auch nur zu Wort meldete und den geheiligten frühen Feierabend gefährdete. Selbst schuld, Hohlköpfe!, dann mussten sie sich eben im Vorfeld mehr Gedanken machen, statt in die unterste Schublade ihrer Vorurteile zu greifen. Mittlerweile tuschelten sie auch, hinter vorgehaltener Hand, gerade laut genug, um alle in ihrer Umgebung aufhorchen zu lassen; man konnte förmlich sehen, wie die Ohren gespitzt wurden und Neugier in den Augen blitzte. Es focht sie nicht weiter an. Sie wusste, was sie konnte und was nicht, sie war beliebt bei ihren Schülern. Und das war vermutlich der Hauptgrund für diese elende Misere.

Steckten Björn und Uwe dahinter? Ursprünglich, als sie nach der Babypause an diese Schule gekommen war, hatten die beiden sich hilfsbereit gegeben, wenn auch auf eine reichlich gönnerhafte Weise. Sie hatten sich geradezu überschlagen, sie im Kollegium einzuführen, sie aufzuklären über Seilschaften und Antipathien und all die ungeschriebenen Gesetze, die zu befolgen ihr das Leben gewiss vereinfacht hätte. Drauf gepfiffen. Sie war schließlich kein Neuling mehr gewesen, nicht frisch von der Uni und beeinflussbar. Es hatte eine Weile gedauert, bis sie das begriffen und versucht hatten, ihren verletzten Stolz mittels Anmache wiederaufzurichten. Sie hatte sie abblitzen lassen. Hormongesteuerte Schwachköpfe! Seither galt sie als frigide. Was nicht unbedingt von Nachteil war.

Mit alldem konnte sie umgehen. Sie war stark, das hatte schon Klaas erkannt, als er sie mit Babybauch sitzen gelassen hatte. Es waren immer die starken Frauen, die verlassen wurden, nicht die Mäuschen, die sich verloren glaubten ohne ihren vermaledeiten Ritter in scheppernder Rüstung. Aber das jetzt, das war zu viel! Das kratzte an ihrer Ehre, ihrem Selbstverständnis.

Obendrein würde es ihr Leben völlig auf den Kopf stellen. Versetzungsantrag! Mein Gott, wie leichtgläubig konnte man sein? Wieso fiel Kraushaar auf ein bloßes Gerücht herein? Ein vollkommen aus der Luft gegriffenes und zudem unlogisches Gerücht. Sie bevorzugte niemanden, nicht mal die absoluten Lieblingsschüler, die es natürlich gab, auch wenn sie das vehement abstreiten würde, eher im Gegenteil, die nahm sie erst recht hart ran. Sie galt als streng, aber gerecht, da konnte man jeden Schüler fragen, und sie hatte Erfolg. Die besten Schüler der Schule besuchten ihre Kurse.

Wo kam diese schwachsinnige Behauptung her? Kraushaar hatte sich gewunden, das tue nichts zur Sache, er müsse an den Ruf der Schule denken, bla, bla. Sie konnte sich nicht recht vorstellen, dass

Björn oder Uwe dahintersteckten. Ihre Schikanen waren direkter, offener, ihnen lag daran, dass sie mitbekam, woher der Wind wehte. Und wenn, hätten sie sich eine glaubwürdigere Diffamierung überlegt. Nur – glaubwürdig oder nicht, es funktionierte.

Sophie Barkowitz ließ den Kopf gegen das Lenkrad sinken. Die Hupe gellte ohrenbetäubend, und sie fuhr augenblicklich wieder hoch, sich vergewissernd, dass niemand Zeuge ihrer Schmach war. Nein, der Parkplatz war verwaist bis auf Kraushaars Uralt-Corsa. Ein demonstratives Understatement, erkannte sie auf einmal, wo sie bislang nur amüsiert gewesen war: Der Fahrer dieses Wagens ist erstens unterbezahlt und zweitens absolut unbestechlich.

Sie hingegen, sie lebte gut und hatte nie einen Grund gesehen, diese Tatsache zu verbergen. Klaas zahlte Unterhalt für Roman, freiwillig sogar, und mit der Überschreibung des Hauses auf sie hatte er seinen Ablass erwirkt. Ihre Fixkosten waren überschaubar, es stellte also kein Problem dar, sich und Roman anständig zu kleiden, statt wie Kraushaar in fadenscheinigen Klamotten aus dem letzten Jahrhundert rumzulaufen. Und ihr Porsche Cabrio – wäre sie ein Mann, niemand würde ihr den übelnehmen. Ungerecht, das war es. Wütend donnerte sie mit den Fäusten aufs Lenkrad. Ups, schon wieder die Hupe. Ein Konzert für Kraushaar?, wie verlockend, doch sie widerstand dem Impuls, lieber nicht. Stattdessen klappte sie die Sonnenblende herunter und schaute in den Spiegel.

Tränen. Hatte sie gar nicht wahrgenommen. Heulerei hatte sie sich abgewöhnt. Nachdem Klaas ihr damals seine neue Beziehung gebeichtet hatte, netterweise in den Ferien, ansonsten super Timing, hatte sie ihren positiven Schwangerschaftstest in der Hosentasche verschwinden lassen und Klaas rausgeworfen. Dann hatte sie das letzte Mal geweint, sie hatte gar nicht mehr aufhören können; ein zwei Tage währender Exzess. Ihr Vorrat an Tränenflüssigkeit war damit versiegt, hatte sie angenommen, und seither achtete sie darauf, gar nicht erst in Beziehungen oder Situationen zu stolpern, die sie erschüttern könnten. Bis heute.

Und nun? Sie wischte mit dem Zeigefinger die verlaufene Wimperntusche fort. Mit mäßigem Erfolg. Ach, was soll's, dachte sie, sie musste Oskar ohnehin ins Bild setzen. Vielleicht wusste er ja sogar Rat. Wenn er sie verurteilte, und das würde sie erkennen, ganz sicher, dann würde sie auch unter diese Beziehung einen Schlussstrich ziehen. Es war nicht so, dass sie ohne ihn nicht leben konnte, auch wenn es ganz nett war, einen Mann im Haus zu haben. Im Bett, gab sie zu. Roman jedenfalls würde jubeln. Vielleicht wäre es das wert.

***

Er sollte nicht hier sein.

Der Gedanke kam Westerkamp wie aus dem Nichts in dem Augenblick, als er das Tor passierte. Er stellte den Wagen links in eine kleine Bucht neben der gekiesten Auffahrt und schaltete den Motor aus. In der Stille hörte er, wie sich hinter ihm das Tor schloss. Ihm war schwummerig, ein Gefühl, das ihm vollkommen fremd war. Ach was, tat er sein Unbehagen ab, wahrscheinlich waren ihm die Matjesfilets vorhin nicht bekommen.

Eigentlich hatte er heute frei, und er wünschte, er hätte Fraukes Genöle nachgegeben und wäre mit ihr ins Kino gegangen, statt für Folkert einzuspringen. Aber er hatte keinen Bock auf Schnulze gehabt, und so war ihm der Anruf gerade recht gekommen. Im Übrigen sprang Folkert oft genug für ihn ein, wenn mal was war, hatte sich sogar extra mit Kira vertraut gemacht, damit sie ihn auf den Runden begleiten konnte. Kira, die neuerdings im Zwinger hausen musste, weil die Weiber Schiss hatten. So ein Schwachsinn.

Kira tat niemandem was, wenn er es nicht befahl. Sie sah bloß gefährlich aus. Er wandte den Kopf nach hinten, wie um sich zu vergewissern. Doch, sie war schon furchteinflößend, vor allem, wenn sie das Maul aufmachte. Dobermann-Schäferhund-Mix, fast komplett schwarz. Perfekt für ihn. Sie gehorchte aufs Wort und bellte praktisch nie. Bloß wenn Nachbar Priewe zur Arbeit fuhr, dann drehte sie kurz durch, nervig, aber er konnte nichts dagegen tun. Insgeheim stimmte er Kira zu. Priewe war schräg. Das morgendliche Gebell war wahrscheinlich der wahre Grund für ihre Verbannung nach draußen. Von wegen Angst. Kiras seelenvoller Blick verriet das Lamm in ihr.

Es klopfte an der Seitenscheibe, und er schnappte nach Luft. Als der Strahl einer Taschenlampe ihn traf, hatte er sich gerade wieder unter Kontrolle. Kira knurrte. Er hob die Hand vor die Stirn, nickte und stieg aus. »Westerkamp«, sagte er übers Dach des Autos hinweg, »ich vertrete Folkert Dübbelde. Seine Tochter hatte einen Unfall.«

»Zeigen Sie mir Ihren Firmenausweis.«

Westerkamp zog die Brieftasche aus der Innentasche seiner Lederjacke, klappte sie auf und reichte sie übers Auto hinweg.

Der Mann schnappte sie sich mit der linken Hand, während er Westerkamp mit der rechten direkt ins Gesicht leuchtete. Der Abgleich von Foto und Mensch dauerte entsprechend lange, doch endlich warf er die Brieftasche in hohem Bogen zurück.

Westerkamp sprang und fing, mehr Glück denn Können. Seine Qualitäten lagen anderswo, trudelnde Frisbees zu fangen gehörte nicht dazu, schon gar nicht im Dunkeln. Seine Kiefer mahlten beim Versuch, sich ein Grinsen zu verkneifen.

»Ich erwarte fünf Parteien. Die Kennzeichen der Fahrzeuge habe ich Ihnen ausgedruckt. Sobald alle da sind, bleibt das Tor verschlossen und Sie drehen Ihre Runden. Keiner rein, keiner raus, bis ich es sage. Ihre Handynummer?«

Westerkamp ging um den Wagen herum, nahm Zettel und Fernbedienung entgegen und leierte seine Nummer runter. Der Typ schien über ein gutes Gedächtnis zu verfügen, denn er schrieb weder mit, noch gab er die Nummer irgendwo ein. Er wandte sich ab, grußlos natürlich, und eilte Richtung Haus. Villa, verbesserte Westerkamp sich. Ein zweistöckiger riesiger Klotz, in dem eine ganze Klinik Platz hätte. Nicht zum ersten Mal überlegte er, wieso Reichtum und Manieren sich so oft ausschlossen. Er knallte die Fahrertür zu und öffnete die Heckklappe.

»Na, dann wollen wir mal, Süße«, sagte er und ließ Kira raus. Wie gewöhnlich tollte sie ein paarmal ums Auto herum, und wie immer musste er dabei an das Kuckuck-Spiel denken, von dem Kim früher nie genug bekommen hatte. Er schnappte sich seine LED-Taschenlampe, ein Weihnachtsgeschenk von Frauke, die seinen Wunsch nur widerwillig erfüllt hatte, mächtig teuer war das Ding, aber es hatte locker sechshundert Meter Reichweite. Dann drückte er den Kofferraum zu und klopfte sich zweimal kurz aufs Bein. Kira bremste mitten im Lauf und ließ sich hechelnd neben ihm nieder. »Brav«, lobte er und schaute auf die Liste, um sich die Kennzeichen einzuprägen.

Normalerweise bekam er seine Kunden kaum zu Gesicht. Seinen Dienst versah er meist als Wachmann. In einem ausgeklügelten Rotationssystem lief er Patrouille auf dem Gelände von Firmen, in denen nachts keiner arbeitete, oder er sah bei den Bonzen nach dem Rechten, wenn die verreist waren. Gelegentlich setzte der Chef ihn als Türsteher ein, wenn jemand anderes ausgefallen war. Am liebsten waren ihm die Promi-vor-Fans-schützen-Einsätze, aber die kamen nur sehr selten vor. Musste an seinem Äußeren liegen, die Security-Leute waren eher gelackt, aber mit jeder Grippewelle stiegen seine Chancen wieder.

Scheinwerfer. Er blickte auf. Hamburg. Nummer zwei der Liste. Trotzdem glich er das Kennzeichen noch einmal ab, bevor er das Tor öffnete und den Weg freigab. S-Klasse, modifiziert, wenn er sich nicht täuschte, kam ihm länger vor als normal. Demnach war die Geldbörse des bebrillten Silberhaarigen, der am Steuer saß, vermutlich ziemlich prall. Ungewöhnlich, dass so einer so weit ohne Chauffeur reiste.

Der nächste Wagen traf ein, noch bevor er das Tor wieder geschlossen hatte. Nummer fünf, das war der mit dem Diplomatenkennzeichen, ein Phaeton, sein Neid wuchs, und es wunderte ihn fast, dass der Hausherr nicht von ihm verlangt hatte, seinen ollen Ford zu tarnen. Der trübte das Gesamtbild doch gewaltig. Seufzend trat er wiederum beiseite. Kira wenigstens bedauerte ihn und fiepte verständnisvoll. Dieser Gast war wesentlich jünger als der vorige, glaubte er, allerdings handelte es sich um einen Spanier oder so was, da konnte man sich schon mal vertun.

Er hatte sich kaum wieder umgewandt, da fuhr schon der nächste Wagen vor, der erste auf der Liste, Berliner Kennzeichen, ein fetter SUV, der X5 von BMW, diesmal eine Frau am Steuer, mittelalt, wilde schwarze Mähne. Irgendwie hatte sie was Gehetztes im Blick, fand er, aber vielleicht war das auch bloß Einbildung.

Zuletzt und zeitgleich trafen die Nummern drei und vier ein, Tiefstapler vergleichsweise, eine C-Klasse aus Bonn und ein A4 aus Hannover, am Steuer jeweils Männer um die sechzig, schätzte er, die ihn keines Blickes würdigten.

Westerkamp betätigte abermals die Fernbedienung, steckte sie in die Jacke und verfolgte, wie das locker zwei Meter zwanzig hohe, mit Zinnen bewehrte Tor, das in eine ebenso hohe, vierzig Zentimeter tiefe Sichtsteinmauer eingelassen war, ruckelnd ins Schloss glitt. »Keiner rein, keiner raus«, murmelte er kopfschüttelnd. In der Tat, hier würde weder ein ungebetener Gast hereinkommen, noch ein unfreiwilliger hinaus.

Ein Lichtreflex erregte seine Aufmerksamkeit. Was war das? Er traute seinen Augen nicht und schaltete die Lampe ein. Nicht nur waren hochstehende Glasscherben in die Mauerkrone eingelassen, nein, darüber war außerdem Stacheldraht gespannt. Die reinste Festung. Das war nun echt extrem, erst recht für Ostfriesland, wo kaum jemand überhaupt Zäune aufstellte.

Er schwenkte den Lichtstrahl einmal ringsum. Das Gelände war riesig, überwiegend Rasenfläche, ein paar kahle Bäume, in denen er Bewegungsmelder erkannte, enttarnt über den Winter und im Sommer eher nutzlos. Die Mauer war von einer Kirschlorbeerhecke weitgehend verdeckt, vom Sicherheitsstandpunkt aus keine so gute Idee, sollte es doch mal jemand wagen, rüberzuklettern. Das Gleiche am Haus. Wuchernde Rhododendren konnten Schutz vor Entdeckung bieten und obendrein als Kletterhilfe dienen, jedenfalls für Leichtgewichte. Nicht sein Problem.

Es war kalt, eine unangenehme, feuchte Kälte, die schnell in die Knochen kroch. Westerkamp zog den Reißverschluss seiner Jacke bis unters Kinn hoch, streifte Handschuhe über und setzte sich die Wollmütze auf: Tarnkappe, sein rotes Haar war das reinste Leuchtfeuer. So aber würden er und Kira mit der Dunkelheit verschmelzen. Das war sein Job, auch wenn er eigentlich gar nicht hier sein sollte. Schon wieder dieser blöde Gedanke. »Bei Fuß«, sagte er leise und schaltete die Lampe aus. Kira sprang auf.

Es war wichtig, ein Gespür für das Areal zu bekommen, darum wollte er einmal das gesamte Grundstück umrunden, nur so konnte er eventuelle Schwachstellen entdecken, die er dann besonders im Auge behalten würde. Er wandte sich zunächst nach rechts, und seine Schritte quietschten leise im nassen Gras.

Er bewegte sich im gleichbleibenden Abstand von etwa zwei Metern an der Mauer entlang, die im schwachen Licht, das vom Haus herdrang, harmlos wirkte, eine Lärmschutzwand, nichts sonst, und diesen Zweck erfüllte sie hervorragend: Von außen drang kaum ein Laut hierher, dabei war das Gelände keineswegs völlig abgelegen und die Hauptstraße nicht weit entfernt. Trotzdem musste er sich richtig anstrengen, um den Verkehrslärm überhaupt zu hören, er brummte nicht lauter als sein altersschwacher Radiowecker. Ab und an raschelte etwas im Gebüsch, doch solange Kira nicht mit ihrem Darf-ich-hinterher-Blick zu ihm aufschaute, kümmerte ihn das nicht weiter, eine Maus, vielleicht eine Ratte, nichts, worauf einer von ihnen scharf wäre.

Er trat in ein Erdloch, strauchelte und fing sich wieder, marschierte stumm fluchend weiter. Kira hechelte, und ihrer beider Atem stieg in Schwaden hoch, geradeso, als würden sie rauchen. Pfeife, stellte er sich vor, und ein Lachen grummelte in seinem Bauch. Kira bleckte die Zähne und grinste.

Wieder stolperte er. Eine Sandkiste, verdammt, er sollte besser aufpassen. Kira nickte zustimmend. Er rappelte sich auf und klopfte sich den nassen Sand von Händen und Hose. Komisch, mit Kindern hätte er dies Haus irgendwie nicht in Verbindung gebracht. Tatsächlich würde er den Hausherrn nicht mal mit einer Ehefrau in Verbindung bringen, aber so konnte man sich täuschen. Seine Menschenkenntnis schien allmählich zu verkümmern, kein Wunder, er traf selten genug auf Übungsobjekte. Er bedauerte das nicht wirklich. Frauke und Kim, das war schon in Ordnung so, und selbst die bekam er fast nur an seinen freien Tagen zu Gesicht. Das würde sich in Bezug auf seine pubertierende Tochter bald ändern. Kim schlug in letzter Zeit schwer über die Stränge, und er fürchtete, es würde nicht mehr lange dauern, bis sie, genau wie er, erst zum Frühstück heimkam.

Meine Fresse, war das Grundstück riesig, er befand sich gerade mal parallel zur rückwärtigen Seite des Hauses. Bislang hatte er weder Sicherheitslücken noch verdächtige Bewegungen entdeckt. War auch nicht zu erwarten. Er drehte bei. Aus antrainierter Gewohnheit heraus vermied er es, in den Radius eines Bewegungsmelders zu geraten. Er klopfte sich aufs rechte Bein. Kira ließ sich augenblicklich zurückfallen und blieb ab jetzt dicht hinter ihm.

In einem seltsamen Schlingerkurs steuerten sie auf die Terrasse zu, deren Ausmaße die seines kompletten eigenen Hauses übertrafen. Er wusste nicht, ob Terrasse wirklich das richtige Wort war für diesen von einer Balustrade umgebenen – Freisitz? Vier Stufen führten hinauf zu ausladend unter Hauben buckelnden Gartenmöbeln, die vermutlich irgendwas mit Lounge hießen. Kira stupste ihn in die Kniekehle und schnüffelte, als nehme sie Witterung auf. Er schüttelte knapp den Kopf.

Der Raum, der zur Terrasse zeigte, war hell erleuchtet, aber menschenleer. Sah aus wie der Empfangsbereich eines Luxushotels, fand er, nicht sonderlich gemütlich, bis auf das lodernde Kaminfeuer, für wen auch immer das brannte, denn es war niemand zu sehen.

Aus dem Augenwinkel heraus bemerkte er ein kurz aufblitzendes Licht. Er wandte den Kopf in die Richtung. Nichts zu sehen. Seltsam. Hatte er sich das nur eingebildet? Er schlich ein paar Meter nach rechts, Kira auf den Fersen.

Die Vorhänge hinter den Fenstern hier waren bis auf einen schmalen Spalt zugezogen, und das Licht im Innern brannte gleichmäßig. Überdies schien ihm der Blitz von weiter unten gekommen zu sein. Behutsam schob er die Büsche auseinander und ging in die Knie. Vor ihm befand sich der Lichtschacht zu einem vergitterten Kellerfenster. Er rüttelte am Gitter. Felsenfest. Aber da war es wieder, nur ganz kurz, und es sah aus wie von einer Taschenlampe. Handelte es sich um den Hausherrn, der Nachschub aus dem Weinkeller holte? Quatsch, der würde das Licht einschalten, statt mit einer Taschenlampe herumzugeistern. War einer der Gäste auf Abwegen?

Westerkamp stand wieder auf. Die Fenster oben waren zu hoch, als dass er hineinschauen konnte, um sich zu vergewissern, ob die Gesellschaft vollzählig war. Er musterte die Rhododendren. Da, der dritte, der überragte ihn um mehr als einen Meter, war mehr Baum als Strauch und schien ihm einigermaßen kräftig, aber würde er seinem Gewicht standhalten? Er hatte keine Wahl. Die Blöße würde er sich nicht geben, dass unter seiner Verantwortung etwas aus dem Ruder lief.

Er schaute zurück zu Kira. Die legte die Ohren an. Kein Wunder, sie hielt nichts von Bäumen, die ihrer Erfahrung nach allzu oft durchgeknallte Katzen beherbergten. »Bleib«, flüsterte er. Kira ließ sich auf den Bauch fallen und legte die Pfoten über die Augen. Auch recht, dachte er, keine Zeugen.

Vorsichtig scharrend, damit nicht etwa ein knackender Zweig

ihn verriet, setzte er einen Fuß vor den anderen und schob sich sachte an den vorgelagerten Sträuchern vorbei, bis er den Baum erreichte. Er inspizierte den ausgreifend gewachsenen Stamm und kletterte in die unterste Gabelung. Reichte nicht. Um einen Teil seines Gewichts zu verlagern, ließ er sich mit den Händen gegen die Hauswand fallen, bevor er mit den Füßen die nächsthöhere Gabelung erklomm und zuletzt die Hände Stück für Stück Richtung Fensterbank bewegte, wie im Turnunterricht früher, schoss es ihm durch den Kopf, Schubkarre, bloß ohne Partner.

In einer verqueren Art von Liegestütz prüfte er blitzschnell, ob jemand in seine Richtung schaute, und zog den Kopf wieder ein. Nein, die Herrschaften waren beschäftigt, alle sechs Personen standen im Kreis um einen Tisch herum, die Köpfe gesenkt, bis auf den des Hausherrn, und der stand mit dem Rücken zum Fenster. Sah aus, als ob sie beteten. Unwahrscheinlich, befand er, dafür würde man wohl kaum eine so weite Anreise auf sich nehmen.

Es ging ihn nichts an, keiner der Gäste streunte auf Abwegen, also befand sich jemand anderes im Keller. Trotzdem konnte er es nicht lassen, den Kopf noch einmal zu heben, ganz langsam diesmal, und durch den schmalen Spalt zu spähen. Ja, dachte er, vielleicht handelte es sich in der Tat um eine Art Gebet, um Anbetung vielmehr, die Mienen der Anwesenden wirkten äußerst andächtig, wie sie betrachteten, was auf dem Tisch stand: altertümlich wirkende Figuren und Gefäße, eine Maske, irgendwas Südamerikanisches, glaubte er, und in der Mitte thronte eine recht große Skulptur, ein sitzender Typ mit einer Schüssel auf dem Kopf.

Ein Geräusch wie von reißendem Stoff drang zu ihm, hatte Kira sich –, nein, verdammt, der Ast, auf dem er stand, gab langsam nach. Schubkarre rück- und abwärts war schwieriger als andersherum, seine Hände rutschten die Fassade runter, schon wieder ein neues Paar Handschuhe, hörte er Frauke meckern, als wenn das sein größtes Problem war, er verlor das Gleichgewicht und jeden Halt und rollte sich im Fallen zusammen. Der Aufprall hörte sich in seinen Ohren an wie Donnergetöse.

Kira war augenblicklich bei ihm und schleckte ihm das Gesicht ab. Er drückte den Hund an sich, versuchte, ihrer beider Hecheln unter Kontrolle zu bekommen, und blieb, wo er war. Hoffentlich schützten die nichtsnutzigen Sträucher ihn wenigstens vor Entdeckung, sollte jemand den Lärm gehört haben. Er zählte Sekunden, zwei Minuten müssten reichen, nichts geschah, lieber noch eine draufgeben. Denn eins war klar: Es war besser, nicht ausgerechnet unter dem Raum erwischt zu werden, in dem garantiert irgendein illegaler Handel stattfand. Warum sonst sollte man einen solchen Aufwand treiben?

Plötzlich ging im Keller wieder das Licht an. Der reinste Scheinwerfer. Ausgerechnet jetzt! Er robbte näher an den Schacht, um ihn abzudecken, tastete mit der linken Hand nach Halt und griff ins Leere. Sein Oberkörper klappte vornüber in den Schacht. Er erstarrte, lauschte, lauschte länger – von oben war nichts zu hören. Schließlich drehte er den Kopf und fand sich Auge in Auge mit einem vielleicht vierzehnjährigen Jungen, der den Zeigefinger auf den Mund presste und wild den Kopf schüttelte, dass seine zu langen dunklen Haare um ihn herumflogen.

Wer, ich? Westerkamp war verwirrt und zeigte auf sich. Der Junge nickte und legte wie zum Gebet die Hände aneinander, die Augen riesig vor Angst und Verzweiflung. Okay, dachte er, zeigte im Gegenzug auf den Jungen und hielt sich selbst den Finger vor den Mund. Er hob in stummer Frage die Brauen. Wieder nickte der Junge, so übereifrig, dass er beinahe hätte lachen müssen.

Nur war das Ganze überhaupt nicht komisch. War der Junge im Keller eingesperrt, eine drastische Erziehungsmaßnahme, die er seinem Auftraggeber durchaus zutrauen würde, oder befand er sich bloß auf verbotenem Terrain? Er musste in Ruhe darüber nachdenken, und zwar bestimmt nicht hier. Er fuhr sich beschwichtigend mit dem Finger über die Lippen, sie sind versiegelt. Der Junge grinste über beide Backen und verschwand aus seinem Blickfeld. Dann ging das Licht aus.

Dunkelheit. Stille. Fast war Westerkamp geneigt zu glauben, dass er sich die Begegnung nur eingebildet hatte. Er wünschte, es wäre so. Die grenzenlose Erleichterung im Gesicht des Jungen, bevor er sich abgewandt hatte, raubte ihm die Fassung. Und würde ihm den Schlaf rauben.

***

Marilene Müller schloss die Spülmaschine und schaltete sie ein. Den übrig gebliebenen Topf füllte sie mit Wasser und öffnete das Fenster für eine schnelle Zigarette. Lothar war kurz nach oben gegangen, um Eierlikör fürs Eis zum Nachtisch zu holen, ohne sei es ungenießbar, und Gerrit hatte sie hinüber ins Wohnzimmer gescheucht. Heute war sie mal dran gewesen mit Kochen, und das beinhaltete auch den Küchendienst. Wahrscheinlich hatten Lothar und Gerrit das gemeinsam ausgeheckt, damit sie nicht auf die Idee kam, die beiden hielten sie für eine schlechte Köchin. Aber ihr Lob war ziemlich kärglich ausgefallen.

Seit sie vor einem knappen Jahr nach Leer gezogen war, hatte sich Marilenes Leben grundlegend verändert. In jeder Hinsicht. Die Anwaltskanzlei, die sie übernommen hatte, war von Anfang an gut gelaufen, so gut, dass sie kaum zum Luftholen gekommen war. Daher war sie sehr erleichtert gewesen, als ihr Vermieter Lothar Männle im Januar die Arbeit in ihrer beider Sozietät aufgenommen hatte, eine Verbindung, die sie nicht vorbehaltlos eingegangen war, die jedoch reibungslos funktionierte.

Sie arbeiteten mit unterschiedlichen Schwerpunkten und kamen sich dadurch nicht in die Quere, sondern ergänzten sich. Die Mittagspause verbrachten sie meist gemeinsam, mal in seinem, mal in ihrem Büro, sodass sie einander stets auf dem Laufenden halten konnten. Rein beruflich, klar. Renate Heeren, ihre gemeinsame Sekretärin, sah die Sache zunehmend anders. Und der Rest der Welt wohl auch, vermutete sie, obgleich sich bislang niemand aus der Deckung gewagt hatte, zumindest nicht mit Worten.

Theoretisch lebte sie allein in dieser Wohnung oberhalb der Kanzlei. Blanke Theorie, wahrlich, denn allein war sie kaum noch. Lothar hatte die Wohnung im zweiten Stock bezogen und Gerrit, sehr zu ihrer Verwunderung, angeboten zu bleiben, bis dessen Berufspläne konkrete Form erlangten. Oder falls. Gerrit hatte sein Informatikstudium geschmissen und schien ganz zufrieden mit diesem Männer-WG-Arrangement. Ihr schwante, dass sein verlängerter Aufenthalt nichts mit Nestflucht oder Selbstfindung zu tun hatte, sondern im Gegenteil mit Nestbau, denn Gerrit war heftig verliebt.

Immerhin machte er sich nützlich. Nicht nur hatte er Lothars Wohnung komplett renoviert, mittlerweile übernahm er auch die meisten Rechercheaufgaben für sie beide, unterstützte Renate und ging einkaufen. Neuerdings kochte er sogar und gar nicht schlecht, obwohl das Neuland für ihn war, da seine drei Schwestern ihn seit jeher bemuttert hatten. Überdies hatte Gerrit die Herrschaft über sämtliche Elektronik an sich gerissen, was nicht ganz unproblematisch war, denn er beharrte auf einem hohen Sicherheitsstandard und hatte einen Haufen neuer Passwörter eingestellt, die sich kein Mensch merken konnte.

Marilene drückte ihre Zigarette aus, schloss das Fenster und stellte die Glasschälchen bereit. Sie gähnte, der Tag war anstrengend gewesen. Gerichtstage laugten sie meist mehr aus als andere. Aber vielleicht hinkte sie auch nur ihrer eigenen Entwicklung hinterher: von der Einzelgängerin zum Herdentier, von der nicht ausgelasteten Anwältin zu einer, die über Langeweile beileibe nicht klagen konnte. Kein Wunder, dass sie ständig so erledigt war. Alles war noch ungewohnt, und das galt besonders für dies schräge Gefüge, das sich hier zusammengefunden hatte. Es kam ihr vor wie Vater-Mutter-Kind-Spielen mit eigenwilliger Wohnungs- und Rollenverteilung. Dabei waren sie allesamt Stümper auf diesem Gebiet.

Die Flurdielen knarrten und kündigten Lothars Rückkehr an. Sie füllte Eis in die Schälchen und trug sie hinüber.

»Was um Himmels willen machst du da?«, fragte Lothar, der in der Wohnzimmertür stehen geblieben war.

Marilene stellte sich auf die Zehenspitzen und lugte ihm über die Schulter. »Ich schließe mich der Frage an«, sagte sie irritiert.

Gerrit saß auf dem Fußboden, die Kiste mit den unsortierten, nie in Alben eingeklebten Fotos vor sich, daneben die mit den Negativstreifen aus früheren Jahrzehnten.

»Es geht mir nicht aus dem Kopf«, sagte Gerrit. Er hielt einen weiteren Streifen gegen das Licht, kniff die Augen zusammen und legte ihn, sichtlich enttäuscht, auf einen wachsenden Stapel. »Weißt du noch«, er schaute Marilene nicht im Mindesten verlegen an, »als du mir dieses Foto gezeigt hast, von dir und Olaf? Du hast dich nicht dran erinnert, dass es das überhaupt gab. Vielleicht hat er es manipuliert.«

»Du hättest sie fragen müssen«, tadelte Lothar ihn.

»Nachher hätte sie Nein gesagt, was dann?«, entgegnete Gerrit.

»Wenigstens hab ich's nicht heimlich gemacht, ist doch auch was. Außerdem bin ich diskret, ich guck gar nicht richtig hin.«

»Ha!«, lachte Lothar. »Du weißt überhaupt nicht, was diskret ist. Außerdem mangelt es deiner Aussage an elementarer Logik. Wie willst du was finden, wenn du nicht hinschaust?«

»Glaub mir, den Fettklops finde ich, wenn es ihn hier denn wirklich gibt. Ist das okay?«, wandte sich Gerrit an Marilene.

»Fettklops?« Lothar schnitt eine übertrieben angewiderte Grimasse.

»Jugendsünde«, winkte Marilene ab. »Ich kann mich eh nicht daran erinnern, mit dem zusammen gewesen zu sein. Aber die Fotos ... Meinetwegen such weiter«, gab sie nach, »ich weiß bloß nicht, was die Erkenntnis bringen soll.«

»Konkret nix, stimmt schon.« Gerrit kratzte sich am Kopf. »Aber wenn ich recht habe, zeigt es, dass Olaf nicht die Computer-Niete ist, für die er sich ausgegeben hat. Außerdem würdest du echt in meiner Achtung steigen, Jugendsünde hin oder her.«

»Ich glaub, ich ruf Paul mal an die Tage. Ich kann mir nicht vorstellen, dass es immer noch keine Spur von ihm gibt.«

»Da hätte er dich längst angerufen. Oder mich, um genauer zu sein«, entgegnete Gerrit.

»Stimmt auch wieder.« Marilene stellte die Schälchen auf den Tisch und bedeutete Lothar, für die alkoholhaltige Verzierung zu sorgen.

Im Grunde konnte sie verstehen, dass Gerrit nicht lockerlassen mochte. Er war im November von einem Hund dermaßen schwer verletzt worden, dass er mehrere Tage im Koma gelegen hatte. Olaf war dafür verantwortlich gewesen, wie die Polizei ermittelt hatte. Leider war es Olaf gelungen, zu fliehen, und seither war er wie vom Erdboden verschluckt. Sie wünschte, es wäre so.

Er war heimlich in ihrer Wohnung gewesen, sie wusste bis heute nicht, warum und wie oft, er hatte sich in ihr Leben gedrängt. Nach anfänglicher instinktiver Abneigung hatte sie ihn sogar als recht angenehm und vor allem als hilfsbereit empfunden. Selten so getäuscht. Okay, das stimmte nicht, sie hatte bloß gehofft, derlei mit ihrem Umzug hinter sich gelassen zu haben. Stattdessen hatte sie diesen Stalker sozusagen aus Wiesbaden hierher mitgebracht.

»Ich schätze, er hat sich falsche Papiere besorgt.« Gerrit rutschte auf dem Hosenboden an den Tisch heran, schnappte sich eins der Schälchen und begann zu löffeln, was ihn nicht daran hinderte, weiterzusprechen. »Ein Olaf Grünberger taucht jedenfalls nirgends auf. Hast du der Kripo eigentlich erzählt«, wandte er sich an Marilene, »dass Olaf angeblich lange in Australien gelebt hat? Vielleicht bringt ein Amtshilfeersuchen Ergebnisse. Könnte ja sein, dass er jetzt auf die Papiere von damals zurückgegriffen hat.«

»Ich glaub nicht«, sagte Marilene, »ich ruf Paul morgen wirklich an.«

»Ich komm nicht drüber weg, dass ich auf den reingefallen bin.«

»Das geht uns allen so«, stimmte Marilene zu. »Sogar mein Vater macht sich rar. Er glaubt wirklich, dass das Zusammentreffen mit Olaf im Restaurant damals Zufall war und nichts passiert wäre, wenn er sich nicht zuvor mit ihm angefreundet hätte. Dabei war das wahrscheinlich genau umgekehrt: Olaf hat sich an ihn rangemacht, um mir näherkommen zu können. Hat ja auch geklappt. Bis zu einem gewissen Grad jedenfalls«, schränkte sie ein. »Am schlimmsten für meinen Vater ist, glaube ich, dass er sich in seiner Berufsehre gekränkt fühlt.«

»Kann ich mir vorstellen«, sagte Lothar, »doppelt schwer für einen ehemaligen Richter.«

»Er hatte ein ausgesprochen gutes Gespür, die Schurken von den Unschuldigen zu unterscheiden. Ich glaube, er hat gegen sich selbst gewettet. Mir ist da mal ein Zettel in die Finger geraten, auf dem er eine statistische Auswertung notiert hat, Trefferquote neunzig Prozent. Aber wehe, einer von euch lässt je durchblicken, dass ich davon weiß.« Marilene belegte Gerrit mit einem strengen Blick.

Gerrit hob die Hand zum Schwur. »Keine Bange, dies Geheimnis nehme ich mit –«

»Ganz schlechte Redewendung«, würgte Lothar ihn ab.

»Stimmt«, Gerrit gab sich zerknirscht, »wo doch Marilene so abergläubisch ist.«

»Ich?«, entrüstete sie sich. »Du spinnst.«

»Hättest du jetzt etwa nicht auf Holz geklopft?«

»Doch, aber du sitzt zu weit weg«, entgegnete Marilene.

»Autsch.« Gerrit zog den Kopf ein. »Was ist mit Leitern, gehst du drunter durch? Oder schwarze Katzen, meidest du sie? Und was ist, wenn der Dreizehnte auf einen Freitag fällt, hm?«

»Ist mir alles wurscht, ehrlich gesagt.«

»Na, dann musst du dich auch nicht wundern, wenn du dauernd irgendwelchen Psychopathen in die Quere kommst.«

»Und du meinst, das lässt sich verhindern, wenn ich ab sofort die Fugen im Pflaster meide?«

»Weiß man's? Du glaubst doch auch an so übersinnlichen Kram wie Gedankenlesen, da wäre das doch naheliegend.«

»Aah«, Lothar dehnte die Silbe, »daher weht der Wind. Das ist nicht im Geringsten übersinnlich.«

»Dann kann man es lernen?«

»Wer hindert dich?«, fragte Lothar ungerührt.

Gerrit ließ den Kopf am Hals abknicken.

Ein Bild des Jammers, fand Marilene, darüber hinaus recht ungesund. Sie rieb sich an seiner statt den Nacken.

»Wisst ihr, es macht mich wahnsinnig, dass ich nichts über ihn finde. Und es muss ja was geben, sonst hätte er nicht Schiss gehabt, dass ich dahinterkomme«, sagte Gerrit.

»Ja, aber ich glaub, er wollte bloß verhindern, dass ich von seiner Gerichtsverhandlung erfahre. Und von der Therapie, zu der er verdonnert worden war. Er wusste, dass das seine Chancen bei mir zunichtegemacht hätte.«

»Da täuschst du dich«, widersprach Gerrit. »Jede Wette. Wenn das nämlich alles wäre, dann würde ich irgendeine Spur von Olaf Grünberger finden, in Australien oder sonst wo. Da mir das nicht gelungen ist, muss schon der Name falsch sein. Genauso wie sein jetziger.«

»Ich stimme dir zu«, sagte Lothar und stand auf, »aber das Rätsel werden wir heute nicht mehr lösen.«

»Och«, Gerrit blickte enttäuscht auf, »wir gehen schon? Ich bin noch nicht fertig. Außerdem wollte ich doch noch Feuer im Ofen machen.«

Feuer gibt's heute nur unterm Hintern, dachte Marilene.

Lothar grinste. »Morgen«, versprach er.

9

Er klappte das Buch zu und wuchtete es zurück an seinen Platz. Ein Lexikon. Normalerweise griff er nach dünneren Büchern, weil keiner die Lücke entdecken würde, wenn er die anderen in der Reihe ein wenig auseinanderschob. Außerdem passten dicke Bände nicht in sein Versteck hinter dem losen Stein, wo er die gestohlene Taschenlampe aufbewahrte, ein paar Kekse, eine halbe Tafel Schokolade. Aber das Wort Lexikon hatte ihn neugierig gemacht, und als sich ihm erschlossen hatte, was es bedeutete, las er darin, wann immer er konnte. Er fragte sich, ob das, was er aus dem Buch lernte, so gut war, wie in die Schule zu gehen. Wahrscheinlich nicht, es gab zu viel, wovon er keine Ahnung hatte. Computer zum Beispiel.

Er hoffte, Jan würde in den nächsten Ferien nach Hause kommen und nicht wieder im Internat bleiben. Dann durfte er wieder in seinem alten Zimmer wohnen und musste nicht dauernd putzen und kochen, sondern nur manchmal dabei helfen. Er durfte sogar mit der Familie am Tisch sitzen und bekam genug zu essen, wenigstens fast genug. Wenn er übertrieb, schimpfte Massas Frau mit ihm, aber sie lachte dabei und tat so, als wäre das nur ein Witz. Ihr Lieblingsspruch war: »Du frisst uns ja die Haare vom Kopf.« Als wenn er so was machen würde.

Wenn Jan da war, war sein Leben ziemlich gut, und am liebsten würde er ihm sagen, wie es war, wenn er nicht da war. Aber das durfte er nicht, weil Massa ihn dann fortschaffen würde. Wenn Jan da war, kam es ihm immer noch so vor, als wären sie Brüder, und es fiel ihm schwer, ihn nicht ins Vertrauen zu ziehen. Er musste höllisch aufpassen, sich nicht aus Versehen zu verraten.

Das Beste war, wenn Jan ihm Sachen beibrachte. Wie im letzten Jahr Fahrrad fahren. Immer die Auffahrt hoch und runter, nie ganz bis ans Tor, damit ihn keiner entdeckte. Nach einer Weile war es ihm sogar gelungen, im Fahren zu wenden. Ab da war er richtig schnell geworden. Die Steine waren weggehüpft, ab in die Beete. Und der Wind hatte ihm übers Gesicht gestreichelt. Er erinnerte sich noch gut an das Gefühl. Auch an das in seinem Bauch. Das Kribbeln. Halb schlecht, halb gut, irgendwie komisch. Er hatte lange drüber nachdenken müssen, bis ihm eingefallen war, woher es gekommen war. Wahrscheinlich war es Freiheit gewesen, die er gespürt hatte. Ein ganz leichtes Gefühl, das ihm trotzdem Angst machte.

Jedenfalls war Fahrrad fahren echt cool gewesen, und er hoffte, er hatte es seitdem nicht verlernt. Zu üben traute er sich nicht, das gab bloß Ärger. Wenn Jan nicht da war, durfte er nur in den Garten, um dort zu arbeiten, und dabei musste er immer die grüne Hose und die graue Jacke anziehen, damit er aussah wie ein Gärtner. Er glaubte nicht, dass er als Gärtner durchging, er war zu klein und schmal, und seine Muskeln konnte man unter der Jacke nicht sehen.

Er ging zur Kellertür, öffnete sie und lauschte. Ja, es piepte, die Waschmaschine war fertig. Er tappte die Stufen hinunter und schaltete das Gerät aus. Sorgsam drehte er den Hahn zu, füllte die Wäsche in den Trockner und stellte ihn an. Einmal hatte er den Hahn vergessen, und der Schlauch war abgesprungen. Der ganze Keller hatte unter Wasser gestanden. Bis zu seinen Knöcheln hoch. Massa hatte ihn verprügelt, dann hatte er ihm einen Eimer und einen Lappen in die Hand gedrückt und oben abgeschlossen. Zuerst war's ihm gar nicht so schwer vorgekommen, er hatte sich bloß bücken müssen, den Eimer füllen und ins Becken leeren. Gezählt hatte er, um sich abzulenken von den Schmerzen und der Kälte und dem Hunger. Aber dann war in seinem Kopf ein großes Durcheinander gewesen, und er hatte damit aufgehört. Auch mit dem Denken. Ein Eimer, noch ein Eimer, noch ein Eimer, immer weiter, ohne auszuruhen, wo auch, seine Matratze konnte nicht schwimmen. Die war so voll Wasser gewesen, dass er noch wochenlang auf dem blanken Boden schlafen musste. Seitdem war er noch vorsichtiger mit allem.

Er ging wieder nach oben, um das Bügelbrett bereitzustellen, bevor er sich ans Putzen des Gästeklos machte. Eigentlich müsste es Massaklo heißen, fand er, denn Massa war der Einzige, der es benutzte. Es roch nicht gut. Er drückte die Spülung und wartete, bis das Rauschen aufhörte. Noch einmal, nur um ganz sicherzugehen. Danach schüttelte er die Raumspraydose und sprühte um sich, bis der kleine Raum ganz vernebelt war. Er musste husten und stellte sich kurz in den Flur.

Ob man sich an Freiheit gewöhnen konnte?, überlegte er. Würde die Angst dann weggehen? Er wäre im Sommer so gern mit Jan in die Stadt gefahren, zur Not hätte er sich sogar auf den Gepäckträger gesetzt, obwohl er das ziemlich würdelos fand, aber natürlich ging das nicht. Wegen der Polizeikontrollen. Wenn jemand nach seinem Ausweis fragte, wäre er aufgeschmissen. Dagegen war nicht mal Jan was eingefallen, und dem fiel eine Menge ein, meistens Sachen, die Massa ärgerten, aber Jan wurde dafür nicht bestraft.

Der Nebel hatte sich gelegt. Er schüttete Reiniger in die Kloschüssel, nahm die Bürste zur Hand und begann zu schrubben, mit mehr Kraft als nötig. Eigentlich hatte er gar nicht so viel gegen die Putzerei, nur das hier, das konnte er nicht ausstehen. Aber noch war die Zeit für Wut nicht gekommen. Erst brauchte er einen Plan, und den hatte er noch nicht. Trotzdem bereitete er sich schon mal vor. Die Liegestütze, die er jeden Abend und Morgen machte, gehörten dazu. Allmählich bekam er richtig Muskeln, und Massa sah ihn manchmal so komisch an, von oben bis unten. Das Geld in seinem Versteck war auch ein Teil davon. Dreiundneunzig Euro und vierzehn Cent. Wie weit würde er damit kommen?

Auf jeden Fall brauchte er einen Anwalt, und dafür würde das Geld schon reichen. Ein Anwalt war jemand, der einen vor der Polizei beschützte, das hatte er gelesen. Und wenn jemand so was konnte, dann konnte er ihm ja vielleicht auch helfen, Papiere zu bekommen, sodass er gar nicht mehr beschützt werden musste. Ob sein Geld dafür auch noch reichen würde? Papiere waren, nun ja, Papier eben, nicht Gold oder Silber, also bestimmt nicht so teuer, beruhigte er sich. Und solange er keinen Plan für seine Flucht hatte, würde er weiter Geld sammeln. Er durfte bloß nicht zu viel auf einmal einstecken, und das fiel ihm manchmal ganz schön schwer.

So, das reichte jetzt. Er spülte ein letztes Mal, wischte Kloschüssel und Brille ab und scheuerte das Waschbecken. Zuletzt polierte er den Wasserhahn und putzte den Spiegel. Fertig. Als Nächstes war Staubsaugen an der Reihe, etwas, was er sich immer bis zum Schluss aufhob, als Belohnung. Irgendwie mochte er das Heulen des Saugers, obwohl es ihn taub für alles andere machte und er nicht hören konnte, wenn jemand kam. Aber heute fühlte er sich vor Überraschungen sicher. Massa hatte gesagt, er würde erst am Abend zurück sein, und seine Frau war zu einer Freundin gefahren, und zwar noch bis morgen. Früher hatten sie ihn unten eingeschlossen, wenn sie wegfuhren. Inzwischen schienen sie zu glauben, dass er vernünftig genug war, nicht abzuhauen. Sie würden sich noch wundern. Bald.

Er holte den Staubsauger aus der Kammer und schaltete ihn ein. Das Gerät jaulte auf, und er stellte sich vor, es handelte sich um einen Hund, der schnüffelnd hinter ihm herlief. So wie der von dem Mann im Garten neulich Abend. Der erste Fremde, der wusste, dass es ihn gab. Hoffentlich hielt er die Klappe. Es wäre gar nicht gut, wenn Massa wüsste, dass er gesehen worden war, obwohl er ihn eingesperrt und extra die Sicherung rausgedreht hatte. Wenn der Mann ihn verpetzte, würde Massa wissen, dass er eine Taschenlampe hatte. Er würde sie suchen und bestimmt auch finden. Dann wäre nicht nur die Lampe weg, sondern auch das ganze Geld, und Massa würde ihn fortschaffen.

Fortschaffen. Er war sich gar nicht so sicher, ob Massa wirklich meinte, was er sagte, weil es sich immer so fies anhörte. Außerdem konnte er sich nicht vorstellen, dass diese Männer ihn nach so langer Zeit noch wiederhaben wollten. Sie konnten ja auch schon tot sein. Deswegen war ihm der Gedanke gekommen, dass Massa ihn vielleicht nicht fortschaffen, sondern umbringen wollte. Denn wenn es verboten war, ohne Papiere zu leben, dann war es bestimmt auch verboten, jemanden, der keine Papiere hatte, zu behalten. Vielleicht hatte Massa Angst, dafür bestraft zu werden. Oder er hatte Angst, dass er sich wehrte. Das würde erklären, warum er ihn immer so komisch beobachtete. Er glaubte nicht, dass man Diener umtauschen konnte, aber umbringen konnte man sie. Dann konnte Massa einen neuen kaufen, einen Jungen, der zu klein war, um sich zu wehren.

Manchmal, wenn eine Spinne aus irgendeiner Ritze gekrochen kam, musste er sie fortschaffen, also drauftreten und wegsaugen, wegen der Hügjene, was immer das sein sollte, das Wort stand nicht im Lexikon. Auf jeden Fall war das nur eine Ausrede, Massa mochte Spinnen nämlich nicht. Ihn mochte Massa auch nicht, deswegen musste er ja so aufpassen, dass er alles richtig machte. Drauftreten konnte Massa auf ihn nicht mehr, dafür war er zu groß geworden. Wie würde er es dann machen? Ob es wehtat? Bestimmt, nahm er an, viel mehr wahrscheinlich, als geschlagen zu werden. Er glaubte nicht, dass er das aushalten konnte.

Das Totsein selbst war vielleicht gar nicht so schlimm, vor allem, wenn man in den Himmel kam. Da gab's immer genug zu essen, und die Sonne schien, und man saß den ganzen Tag auf einer Wolke rum und sang, das hatte er in einem Buch gelesen. Die Frage war bloß, wie man dahin kam und nicht doch in der Hölle landete. Gute Menschen kamen in den Himmel, hatte es geheißen. Er konnte gut kochen und putzen, aber ob das reichte? Man konnte einfach nicht sicher sein. Und genau darum brauchte er einen Plan. Er musste einen Weg finden. Einen Weg in die Freiheit.

Da war es wieder, das Kribbeln im Bauch, und diesmal hörte es gar nicht auf. Ihm wurde ziemlich schlecht davon.

***

Hauptkommissar Paul Zinkel kniete zum ersten Mal in seinem Leben vor einem Beet, voller Tatendrang, wenngleich die ungewohnte Position verteufelt unbequem war. Erziehungsbedingt, nahm er an. Zwar hatte er nach seiner Kommunionfeier weitere Kirchgänge kategorisch verweigert, ausgenommen an Weihnachten und Ostern, seiner Mutter zuliebe und nur bis zu seiner Volljährigkeit, doch der Schaden war bereits angerichtet. Katholische Knie, lebenslänglich. Falls er dauerhaft Gefallen am Gärtnern fand, würde er sich Knieschützer zulegen müssen.

Er verlagerte sein Gewicht auf die Fersen und betrachtete einigermaßen ratlos die Gerätschaften, die der süffisante Typ im Baumarkt ihm verkauft hatte, mit einer Miene, als sei er dazu verdonnert worden, eine außer Rand und Band geratene Horde Erstklässler zu bändigen. Künftig würde er sich hüten, Ahnungslosigkeit zu offenbaren, und sich lieber vorher im Internet schlaumachen.

Zu Beginn seines Urlaubs letzte Woche hatte er auf beiden Seiten des zu seiner Wohnung gehörenden Gartenbereichs die künftigen Beete abgesteckt, schön geschwungen, und tonnenweise Grassoden entfernt, bevor er die Fläche umgegraben hatte. Jetzt fragte er sich, ob das nicht einen Tick zu exzessiv gewesen war, eine Seite hätte vielleicht doch gereicht, zumal sich schon nach der kurzen Zeit allerlei an Grün aus dem Boden wagte. Unkraut, entschied er, nahm die Hacke zur Hand und machte sich an die Arbeit.

Hack, zupf, schüttel und ab in den Eimer, ein meditativ anmutender Rhythmus, der ihn erfasste und rasch ans Ende der Kirschlorbeerhecke führte. Er wechselte auf die andere Seite, wo ein hoher Bretterzaun nachbarliche Kommunikation abwehrte, und arbeitete sich zurück. Wieder am Haus angelangt, stand er auf und klopfte sich die Hände ab. Sauber wurden sie davon nicht, stellte er fest und setzte im Geiste Handschuhe auf seine Einkaufsliste. Er blickte an sich hinab. Die farbfleckige alte Jeans war durchgescheuert, seine erdverkrusteten Knie lagen frei und schrien nach einer Dusche. Nach der zweiten Dusche dieses Morgens, und das keine zwei Stunden nach der ersten. Anfänger, schalt er sich und betrat den Flur, wo er seine verdreckten Klamotten abstreifte und auf den Boden fallen ließ, bevor er ins Bad tappte, sich unter die Dusche stellte und den Hahn aufdrehte. Nachdem er die Knie abgeschrubbt hatte, schloss er die Augen und genoss das Prasseln des heißen Wassers auf Nacken und Rücken.

Ein Dreivierteljahr war es nun her, seit er von Wiesbaden nach Leer gezogen war, und er bereute den Wechsel keine Sekunde lang. Inzwischen hatte er sich an einige Gepflogenheiten gewöhnt, wie etwa das undifferenzierte »Moin« zu jeder Tageszeit oder den Konsum von Tee in harntreibenden Mengen bis spät in die Nacht. Gut, er sprach kein Platt, was die Kommunikation gelegentlich erschwerte, aber die meisten Kollegen wechselten ins Hochdeutsche, sobald er zugegen war. Trotzdem konnte er die Wendung »bei euch da unten« langsam nicht mehr hören, umfasste sie doch vereinheitlichend alles, was südlich von Osnabrück lag. Jens dagegen, sein ehemaliger Kollege in Wiesbaden, praktizierte das »bei euch da oben«, indem er bei jedem Telefongespräch mit einem neuen

Ostfriesenwitz aufwartete. Ein fehlgeleiteter sportlicher Ehrgeiz, zudem vollkommen nutzlos, denn er selbst vergaß augenblicklich jede Pointe.

Er drehte sich um und hielt das Gesicht unter den Wasserstrahl. Himmlisch, er seufzte wohlig. In seiner alten Wohnung war selten mehr als ein Rinnsal geflossen, nicht mal richtig heiß, das hier war Luxus pur. Überhaupt hatte er sich auf Anhieb in dieser unkonventionellen, als Feriendomizil konzipierten Wohnung wohlgefühlt, und was ihm zunächst wie eine Übergangslösung vorgekommen war, entwickelte sich nachgerade zu etwas, was von Dauer sein konnte. Mit seinem Gartenprojekt half er kräftig nach, und die nähere Nachbarschaft trug natürlich auch dazu bei. Ennos Mädchen, die Zwillinge Jule und Janne. Und deren Mutter Judith.

Er seufzte wiederum, und dieses Seufzen war weit entfernt von wohlig. Enno Lübben war sein Kollege, dessen Frau folglich verbotenes Terrain. Allerdings hegte er den Verdacht, dass Enno selbst anderswo wilderte, aber es war nicht an ihm, Judith aufzuklären, die Lunte würde nicht er ans Pulverfass legen. Also galt: nur schauen, nicht berühren, etwas, was er sich bei jeder Begegnung ins Gedächtnis rufen musste.

»Du gehst mir aus dem Weg, kann das sein?«

»Aah!«, schrie er auf und fuhr herum. Er blinzelte das Wasser aus den Augen. Judith. Als hätte er sie herbeigerufen. Blitzschnell drehte er sich zurück, zu schnell, er geriet ins Rutschen, ruderte mit den Armen, um den Sturz noch abzuwenden, und schließlich gelang es ihm, die Armatur zu umklammern. Knapp, mächtig knapp. Erleichtert pfiff er durch die Zähne und stellte das Wasser ab.

»Sorry«, flötete Judith, und ihre Stimme klang eindeutig nicht bedauernd, »die Haustür war offen.«

Kein Grund, in meine Privatsphäre zu platzen, dachte Zinkel ungnädig und griff hinter sich, um das Handtuch von der Glastür runterzuziehen. Glas, nicht Milchglas, und ausgerechnet dies Handtuch viel zu klein, um seine Blöße allseitig zu bedecken. Sein Körper reagierte allein auf ihre Stimme, die Gesamtsituation war ungleich bedenklicher. Was nun? Er blies entnervt die Backen auf und hielt das Handtuch mit der gleichen Geste, die ein Torero vollführt, um den Stier zu reizen, nur eben nach vorn, nicht zur

Seite, Sicherheitsabstand inbegriffen. Reizen, genau. Absurd. Fast musste er lachen, doch das hätte die Situation nur verschärft.

Zinkel drehte sich um. »Meinst du, du könntest draußen auf mich warten?«, fragte er und erkannte sogleich, dass seine Wortwahl viel zu zögerlich war.

Judith ließ ihren Blick in Etappen an ihm hinabwandern, hochgezogene Brauen, ein winziges Lächeln in den Mundwinkeln. »Ich glaube, Enno geht fremd«, sagte sie.

Sie redeten aneinander vorbei, fand Zinkel. »Wie kommst du denn auf so was?«, fragte er mit gebührender Entrüstung in der Stimme.

»Kein Sex.«

»Oh.« Zinkel schluckte, er hätte nicht fragen sollen.

»Erzähl mir nicht, dass du keine Ahnung hast. Ihr verbringt schließlich den ganzen Tag zusammen, da redet man doch. Oder man kriegt was mit. Etwa nicht?«

Judith fixierte ihn wie die Schlange das Kaninchen. Er wand sich gedanklich. Davonhoppeln wäre eine gute Idee, aber er traute sich nicht aus seiner durchsichtigen Deckung. Blödes Bild, denn schon wieder brodelte Gelächter in seiner Kehle, das er nur mit äußerster Anstrengung zurückdrängte.

»Klar arbeiten wir zusammen«, behauptete er und mühte sich unredlich, all jene Signale zu unterdrücken, die den Lügner verrieten – Seminar Körpersprache für Kriminalisten. »Da ist keine Zeit für – irgendwas sonst.« Und was war mit den Mittagspausen, die Enno gelegentlich überdehnte, den frühen Feierabenden? Er schwieg. Bitte geh, flehte er innerlich.

»Neulich hat er seinen Ehering ›verlegt‹«, empörte sich Judith, »also ehrlich, deutlicher geht's kaum.«

Stimmt, dachte Zinkel, aber er würde hier nicht den Katalysator abgeben, so weit kam's noch. Das war ja genau der Grund, weshalb er Judiths Avancen sämtlich zurückwies. Die im Übrigen ihre Empörung aufgesetzt wirken ließen, was an seinen Gefühlen jedoch leider nichts änderte.

Das Telefon läutete. Telekinese. Er drückte mit der Schulter die Tür auf, trat aus der Dusche auf die Badematte und wischte sich die Fußsohlen trocken, bevor er an Judith vorbeistürmte, die Treppe hoch, außer Sicht- und Reichweite. »Redet miteinander!«, rief er aus sicherer Entfernung hinab. Miteinander, nicht übereinander, und vor allem: ohne ihn.

»Zinkel«, meldete er sich keuchend.

»Hallo, Paul, ich stör wohl gerade?«, fragte Marilene.

Die Haustür fiel ins Schloss, und er ließ das Handtuch auf den Boden und sich aufs Sofa fallen. »Überhaupt nicht«, sagte er, »ganz im Gegenteil. Ich hab Urlaub, und das ist ein dermaßen ungewohnter Zustand, dass ich für jede Ablenkung dankbar bin. Also, was kann ich für dich tun?«, erkundigte er sich.

»Wir sind gestern auf Olaf Grünberger zu sprechen gekommen –«

»Wer ist ›wir‹?«, unterbrach er sie.

»Na, Lothar, Gerrit und ich.«

»Gerrit? Ich dachte, der ist wieder in Wiesbaden?«

»Ähm, nein.« Sie zögerte. »Er wohnt oben bei Lothar, bis er sich beruflich neu orientiert hat.«

»Männer-WG?«, feixte er. Sollte die Situation hier eskalieren, würde er dort vielleicht um Asyl bitten und fortan ein komplikationsfreies Leben führen.

»So ungefähr, ja«, sagte sie.

»Und was macht er die ganze Zeit?«

»Sich unentbehrlich, glaubt er. Er ist ernsthaft verliebt, deswegen ist er geblieben.«

»Etwa Antonia?« Zinkel konnte seine Neugier nicht bremsen.

»Hm, hm«, bestätigte Marilene seine Vermutung. »Jedenfalls wollte ich mal hören, ob es was Neues gibt. Ob ihr irgendeine Spur von Olaf gefunden habt«, zog sie einen Schlussstrich unter die Abschweifung ins Private.

»Dann hättet ihr von mir gehört«, sagte Zinkel.

»Das hab ich mir schon gedacht. Gerrit findet auch nichts, aber er kriegt das Ganze nicht aus dem Kopf.«

»Kann ich gut verstehen«, entgegnete Zinkel, »ich wüsste bloß nicht, welchen Stein wir noch umdrehen könnten.«

»Also«, hob sie an, »das Ganze ist vielleicht ein bisschen weit hergeholt, aber trotzdem. Olaf hat damals behauptet, länger in Australien gelebt zu haben, ich glaub, das hab ich nie erwähnt, oder?«

»Nö«, sagte Zinkel, »das ist mir neu.«

»Blöd«, gab Marilene zu, »ich hab der Sache keine Bedeutung beigemessen, es hat mich ja nicht mal interessiert. Angeblich war er da unten verheiratet und hat, wenn ich mich recht erinnere, bei einem Autounfall seine Frau verloren. Gerrit hat das überprüft, aber absolut nichts finden können.«

Gerrits Ermittlungsmethoden waren eher nicht zu übertreffen, mutmaßte Zinkel, ausgenommen vielleicht, was die Legalität derselben betraf. »Das dürfte uns kaum anders gehen«, sagte er laut, »wahrscheinlich war das alles bloß erfunden, um dein Herz zu erweichen.«

»Das ist die eine Möglichkeit«, sagte Marilene, »die andere ist, dass er dort unter einem anderen Namen gelebt hat.«

»Ja …«, stimmte Zinkel vorsichtig zu.

»Olaf ist ein Stalker«, fuhr sie fort. »So was wird man nicht über Nacht, richtig? Vielleicht würde ein Amtshilfeersuchen Ergebnisse erzielen. Ich kann mir nicht vorstellen, dass es arg viele Fälle von Stalking gegeben hat, in die ein Deutscher verwickelt war.«

»Wenn sie denn angezeigt wurden«, zweifelte Zinkel.

»Ja, klar, die Wahrscheinlichkeit ist nicht so wahnsinnig groß«, räumte sie ein, »aber da ist ja auch noch der Autounfall. Allerdings hab ich keine Ahnung, wann das war. Wenn die Geschichte stimmt, dann hat er sich damals offensichtlich nicht Olaf Grünberger genannt, sonst hätte Gerrit sicher was gefunden. Und wer weiß, vielleicht hat er jetzt wieder auf den damaligen Namen zurückgegriffen. Ich meine, wie viele falsche Identitäten besorgt sich jemand?«

»Interessanter Ansatz«, sann Zinkel. Er mochte selbst keine losen Enden und grübelte oft genug über Grünbergers Verbleib nach. Zudem vermutete er, dass jener sich womöglich gar nicht so weit entfernt hatte. Stalker fanden sich im Allgemeinen nicht einfach mit einer Niederlage ab, eher im Gegenteil, was sie nicht haben konnten, sollte auch kein anderer bekommen. Deswegen hatte er Marilene seinerzeit zu größerer Vorsicht ermahnt und die Warnung sicherheitshalber gleich an Lothar Männle weitergegeben, denn die Frau hatte ein unglaubliches Talent für Katastrophen und sah sie nicht mal kommen. »Okay«, sagte er also, »ich setz eine Kollegin darauf an. Vielleicht kommt ja wirklich was dabei heraus.«

»Toll, danke. Dann will ich dich nicht weiter stören.«

»Kein Problem«, sagte er, »lieber einmal zu oft als einmal zu wenig.« Die kleine Spitze durfte schon sein, fand er, ihre Alleingänge waren durchaus legendär und allesamt gefährlich gewesen. »Ich melde mich«, versprach er und beendete das Gespräch.

Seine Kollegin Charlie Freitag war ganz verrückt nach unlösbar erscheinenden Aufgaben. Er rief sie an und blieb danach noch für einen Moment liegen. Dies war sein absoluter Lieblingsplatz. Das Sofa stand unter einem Fenster in der Dachschräge, und er konnte Stunden damit zubringen, hinauszustarren. Wenn er unter Strom stand, gab es nichts Besseres, als zu beobachten, wie die Wolken ihre Gestalt änderten oder Gänse schnatternd über den Himmel zogen. Nur in sehr klaren Nächten, manchmal, konnte es vorkommen, dass die Wirkung sich ins Gegenteil verkehrte und ihn eine Unruhe erfasste, die ihn um den Schlaf brachte.

***

Sophie Barkowitz knallte die Haustür hinter sich zu, lehnte sich dagegen und ließ den Kopf hängen. Die Aktentasche glitt aus ihren Fingern und fiel zu Boden. Es kümmerte sie nicht. Ihr Leben, wie sie es gekannt hatte, war vorbei, und es gab nichts, was sie dagegen tun konnte.

Letzte Woche, als es um ihre angebliche Bestechlichkeit gegangen war, hatte sie nach nächtelangem Grübeln den Entschluss gefasst, die Sache auszusitzen. Versetzungsantrag, pah, dazu konnte sie keiner zwingen, nicht mal Kraushaar. Außerdem gab es keine Beweise. Aber das jetzt war ungleich schlimmer, und dafür brauchte es keine Beweise, da reichten Gerüchte, um ihre Karriere und ihr Ansehen zu zerstören. Ihr Leben. Und Romans gleich mit.

»Hey, was ist denn los?«

Sie zuckte zusammen. »Mann, hast du mich erschreckt!« Ihre Stimme klang selbst in ihren Ohren schrill, und sie schraubte sie etwas herunter, bevor sie fortfuhr. »Ich dachte, du bist in Hamburg. Was machst du hier?« Gegenfragen waren immer eine gute Strategie.

»Mein Termin ist geplatzt, und wenn ich dich so anschaue, war das vielleicht sogar ganz gut?« Oskar kam zu ihr und hob mit dem Finger ihr Kinn an. »Was ist los?«, wiederholte er. »Ich seh dir doch an, dass es dir nicht gut geht.«

Das war die Untertreibung des Jahres. Sie schüttelte sich, nutzlose Geste, das Problem ließ sich nicht abschütteln.

»Dich belastet was«, beharrte Oskar, »das ist nicht zu übersehen. Du kommst mir schon seit letzter Woche so bedrückt vor. Ich will dich nicht bedrängen, aber ich glaube, jetzt brauchst du einen kleinen Anstoß, kann das sein? Also: Sprich mit mir. Dafür bin ich doch da.«

Sophie blinzelte den Schleier fort, der ihren Blick trübte, keine Tränen, beschwor sie sich, stark sein. Ob Oskar Heulsusen überhaupt aushielt? Falls ja, hatte er ihr etwas voraus. Sie starrte ihm in die Augen, als könnte sie die Gedanken dahinter erkennen, wenn sie nur lange genug durchhielt. Sie erwog allerlei Ausflüchte, harmlose Widrigkeiten, und verwarf sie allesamt. Was soll's, dachte sie, vielleicht war es an der Zeit, herauszufinden, wes Geistes Spross dieser Mann war, wenn es wirklich darauf ankam.

»Jemand …«, sie stockte, schluckte, »ein Schüler wirft mir sexuelle Belästigung vor.« Sie flüsterte, wie um ein Geheimnis zu wahren, das keines mehr war.

»Ach du Schreck, das ist ja furchtbar. Wie kommt er denn auf so was? Rache für schlechte Noten, oder was ist da zwischen euch vorgefallen?«

Immerhin geht er davon aus, dass ich unschuldig bin, dachte Sophie und verstand auf einmal nicht mehr, warum sie daran gezweifelt hatte. »Gar nichts ist vorgefallen. Tammo stänkert schon länger wegen seiner Noten rum, ich hab dir davon erzählt, und neulich nach dem Unterricht hat er um ein Gespräch gebeten. Ich dachte, er will entweder die übliche Notendiskussion oder sich entschuldigen, aber so war's nicht. Ich hab schon gar nicht mehr dran gedacht, weil …«

»Weil was?«, sekundierte Oskar.

Sophie holte tief Luft. »Weil Kraushaar mich später zu sich zitiert hat. Er sagte, es gebe Anlass zur Annahme, ich sei bestechlich«, stolperte sie vorwärts. »Wenn ich einen Versetzungsantrag stelle, würde er den Vorwurf auf sich beruhen lassen. Totaler Schwachsinn! Ich hab nie irgendwas von irgendwem angenommen. Ich bin absolut gerecht, und die Schüler wissen das. Ohne Beweise kann Kraushaar mir gar nichts, und Beweise gibt es nicht. Nur – jetzt, da reicht das Gerücht, um mir das Genick zu brechen.«

»Ach, ich weiß nicht.« Oskar legte den Kopf schräg. »Ich denke, es kommt erst mal darauf an, dass du dich nicht verhältst, als wärst du schuldig. Das heißt, du machst weiter wie bisher und lässt dir nichts anmerken. Oder du trittst die Flucht nach vorn an und gibst eine Erklärung ab.«

»Mein Ehrenwort?«, spottete Sophie. »Wertlos. Schon immer wertlos gewesen. Ich kann mich an keine öffentliche Unschuldserklärung erinnern, die nicht im Nachhinein zurückgenommen worden wäre, du etwa? Oh Mann«, sie stöhnte, »ich brauch was zu trinken.« Sie zog ihre Jacke aus und warf sie über die Garderobe. Mit einem ungnädigen Tritt beförderte sie ihre Tasche in die Ecke unter der Treppe und stapfte ins Wohnzimmer.

Oskar folgte ihr und ging vor der Anrichte in die Knie. »Was magst du?«, fragte er.

»Egal.« Sie wedelte mit der Hand in der Luft herum. »Stark und unverdünnt.« Sie ließ sich in den Sessel am Fenster sinken und starrte nach draußen. Die Tulpen standen bereits in voller Blüte, nickten im Wind. Ende März. Sie musste dringend Unkraut jäten, hatte die Mühe bislang gescheut, weil sie noch immer auf einen späten Wintereinbruch wartete. Sah nicht danach aus. In den Ferien, nahm sie sich vor. Ferien? Von wegen, wahrscheinlich war sie demnächst arbeitslos. Dauerferien, super. Ihr stand ein Leben als Hausmütterchen bevor, etwas, was sie nie hatte sein wollen. Endlose Ödnis.

Oskar reichte ihr ein zur Hälfte gefülltes Glas, und sie nippte daran. Whisky. Widerwärtiges Zeug. Bitter und scharf, wie Medizin, sie nahm zwei Schlucke, drei, Feuer in der Kehle, im Magen, Feuer, das die Wut niederbrannte, Trauer hinterließ und Verzweiflung.

Oskar setzte sich ihr gegenüber und umfasste ihr Knie mit den Händen. Tröstlich. »Du nicht?«, fragte sie.

Er verneinte. »Einer von uns muss doch einen klaren Kopf bewahren.«

Klare Köpfe wurden enorm überbewertet. Wenn man bedachte,

in welcher Situation sie steckte, gab es nichts Besseres, als sich die Kante zu geben: alles ausblenden und hoffen, dass es sich, nüchtern betrachtet, bloß um einen verdammten Alptraum handelte. Sie stöhnte abermals.

»Okay«, sagte Oskar, »gehen wir mal methodisch ran. War die Tür vom Klassenzimmer geschlossen?«

»Ja«, räumte sie ein, »ich Vollidiot. Ich bin immer davon ausgegangen, dass ich als Frau sicher bin vor solchen Anschuldigungen, und hab das nie anders gehandhabt. Mir ist wichtig, dass meine Schüler sich trauen, zu mir zu kommen, wenn es ein Problem gibt, und das setzt Vertraulichkeit voraus.«

»Es gab aber gar kein Problem«, konstatierte Oskar.

»Nee. Er will Lehrer werden, noch dazu mit meiner Fächerkombination, hat er zumindest behauptet. Kein Ahnung, wo der Wunsch nun herkam. In Deutsch tut er sich wirklich nicht hervor, und ein großer Redner ist er auch nicht. Klassische Fehlbesetzung, meiner Einschätzung nach, was ich ihm auch nahegelegt habe, aber keine Bange, ich hab's netter formuliert. Das ganze Gespräch war sehr allgemein gehalten, und im Nachhinein glaube ich, dass meine Antworten ihn überhaupt nicht interessiert haben. Aber hinterher ist man ja bekanntlich immer schlauer.«

»Gab es denn Körperkontakt, wie harmlos auch immer?«, erkundigte sich Oskar.

»Quatsch«, entrüstete sich Sophie, »so blöd bin ich auch wieder nicht.« Sie stockte. »Er hat sich per Handschlag bei mir bedankt, ungewöhnlich für einen Schüler, und es hat auch ein bisschen zu lang gedauert, also schon leicht daneben irgendwie, aber ich hab mir nichts weiter dabei gedacht, sondern ihn kurzerhand hinter mir her zur Tür gezogen und sie aufgemacht, das würde ich nicht kompromittierend nennen. Sexuelle Belästigung in welcher Form auch immer war jedenfalls nicht im Spiel.«

Oskar tätschelte beruhigend ihr Knie. »Die Hauptfrage ist eigentlich, ob dieser … wie heißt er, Tammo? … Anzeige erstatten wird«, sagte er.

»Ich fürchte, ja.« Sophie ließ den Kopf hängen. »Sein Vater ist Anwalt und hat offenbar bereits die Polizei informiert. Sagt Kraushaar.«

»Wenn das so ist, solltest du dir als Erstes einen Rechtsbeistand suchen«, schlug Oskar vor. »Ich an deiner Stelle würde nicht warten, bis offiziell ermittelt wird, und vielleicht hat ein Anwalt ja auch eine Idee, wie man den Schaden noch begrenzen kann.«

»Meinst du?« Sophie zweifelte. »Sieht das nicht viel zu sehr nach Schuldeingeständnis aus?«

»Nee, das ist dein gutes Recht, wenn gegen dich ermittelt wird. Außerdem kannst du ja erst mal einen Beratungstermin vereinbaren, bevor du dich entscheidest.«

»Eigentlich möchte ich viel lieber den Kopf in den Sand stecken und warten, bis der Sturm vorübergezogen ist«, klagte Sophie.

»Ich hab mich neulich mit Klaus unterhalten, kennst du nicht, ich weiß, aber der hat einen Anwalt erwähnt, von dessen Kompetenz er ausgesprochen angetan war. Warte, lass mich überlegen, der Name war recht albern, jetzt hab ich's.« Oskar hob Aufmerksamkeit gebietend den Zeigefinger. »Männle heißt er. Wenn du magst, ruf ich ihn an und vereinbare einen Termin für dich.«

Sophie zögerte. Es kam ihr vor, als würde durch diesen Schritt aus einer erfundenen Anschuldigung, die sich einfach abstreiten ließ, eine unumstößliche Tatsache. Und zwar nicht, was die Öffentlichkeit betraf, die sich ohnehin vorverurteilend auf jeden Skandal stürzte wie Hyänen aufs Aas, sondern in ihrer eigenen Wahrnehmung. »Na gut«, gab sie zu guter Letzt nach, »wär nett, wenn du das für mich machst.«

Oskar klopfte ihr ein letztes Mal aufs Knie und stand auf.

»Roman«, sagte Sophie, »jetzt werden sie ihn wirklich fertigmachen. Schlimm genug, der Sohn einer Lehrerin zu sein, aber der Sohn einer Lehrerin, die ihre Schüler anmacht …« Sie verstummte hilflos.

»Dann solltest du vielleicht doch noch einmal über das Internat nachdenken, meinst du nicht?«, fragte Oskar.

***

Oh nee, nicht schon wieder! Diesmal würde seine Mutter nachgeben, fürchtete Roman. Tränen schossen ihm in die Augen, ohne dass er etwas dagegen machen konnte. Oskar, dieser Widerling, der sich bei seiner Mutter dermaßen eingeschleimt hatte, dass sie ihn schon nach ein paar Tagen Zusammensein gefragt hatte, ob er hier einziehen wollte. Klar wollte der, das war ja wohl der Sinn der Sache. Seitdem mischte sich Oskar praktisch in alles ein. Dabei ging ihn seine Erziehung nun echt nichts an.

Seine Mutter sah das anders. Sie schien zu glauben, ihm habe eine männliche Bezugsperson gefehlt. Das gab Oskar anscheinend das Recht, an ihm rumzumäkeln. Und da gab es einiges: Seine Klamotten waren angeblich nicht cool genug. Als hätte der alte Knacker eine Ahnung von Mode. Seine Ernährung war zu kalorienlastig. Dann sollte er mal selbst in den Spiegel gucken. Schlank war anders. Und das war noch längst nicht alles. Oskar kritisierte seinen Gang, seine Sprache, seine Interessen. Also eigentlich seine gesamte Person. Er wollte ihn sogar mit ins Fitnessstudio schleppen, war das zu fassen? Muckis aufbauen. Er zog die Muckis im Kopf vor.

Mittlerweile war er ganz gut darin, Oskar aus dem Weg zu gehen. Außer bei den Mahlzeiten, da halfen leider keine Ausreden, und er versuchte immer, die Ohren auf Durchzug zu schalten. Bis das Wort Internat gefallen war. Der hatte sie doch nicht alle! Das wäre nur zu deinem Besten, äffte er Oskar gedanklich nach. Das Beste für ihn war es, bei seiner Mutter zu bleiben. Jetzt erst recht. Sie würde ihn brauchen. Sie würde irgendjemanden brauchen, der zu ihr hielt. Und das war ganz bestimmt nicht Oskar.

Schritte. Er wich zurück und schlich die Treppe hoch zu seinem Zimmer. Sie brauchten nicht zu merken, dass er schon da war. Seine Mutter würde wissen wollen, warum. Er konnte ihr nicht sagen, was da im Sportunterricht abgelaufen war, die Gesten, die Sticheleien hinter dem Rücken des Lehrers.

Dabei hatte gerade dieser Lehrer im Rücken Augen und richtig gute Ohren. Reinders. Noch so ein Widerling. Dämlich gegrinst hatte der und geglaubt, er würde es nicht sehen. Und dann hatte er ihn nach Hause geschickt.

»Ich glaub, du bist heute nicht richtig bei der Sache«, hatte er gesagt, »Hilfestellung sieht anders aus.«

»Finde ich auch«, hatte Roman zugestimmt. Da war er endlich mal schlagfertig gewesen und – nichts. Reinders hatte mindestens so getan, als würde er's nicht schnallen. Kotzbrocken.

Er stellte seine Schultasche leise neben dem Schreibtisch ab. Hätte sie eine Seele, ging es ihm durch den Kopf, würde sie sich schwer wundern, denn an schlechten Tagen schmiss er sie ins Zimmer, und es war ihm komplett egal, was er traf. Seine Tage, die Schultage jedenfalls, waren meistens schlecht, deswegen war die Tasche einiges gewohnt. Okay, die Idee war nicht übel, fand er, ein Gedicht müsste schon dabei herausspringen, vielleicht mehr, eine kurze Geschichte? Die Leiden der alten Tasche. Er verzog den Mund, fast ein Grinsen, und ließ es augenblicklich wieder bleiben. Kein Tag für so was.

Extrem langsam setzte er sich auf seinen Schreibtischstuhl. Quietschte trotzdem, blödes Ding. Er stemmte die Hände gegen die Tischkante und drehte sich hin und her, schaute hinaus in den Garten. Tulpen bis zum Abwinken. Er mochte keine Tulpen, wahrscheinlich, weil's so viele waren, die Lieblingsblumen seiner Mutter. Konnte er nicht verstehen. Langweilig und hässlich, vor allem, wenn sie verblüht waren und dann die Blätter schlappmachten und am Boden langsam braun wurden. Er richtete den Blick Richtung Himmel. Komplett unergiebig heute: blau, keine Wolke. Heiter. Voll daneben.

Er machte die Augen zu, damit die Tränen drinblieben. Funktionierte nicht. Wenn er einen Freund hätte, wär das alles vielleicht auszuhalten. Aber niemand wollte mit dem Sohn einer Lehrerin befreundet sein. Nicht mal die Mädchen. Ungefähr in der vierten Klasse hatte es angefangen, das Alleinsein. Praktisch über Nacht war es uncool geworden, sich mit ihm abzugeben. Er hatte extra schlechte Noten geschrieben und sich im Unterricht nicht mehr beteiligt, es hatte alles nichts geholfen. Seitdem hatte er ein bisschen zugenommen. Mehr als ein bisschen sogar, gestand er sich ein. Und die Noten waren auch nicht wieder besser geworden. Voll der Loser. Außer in Deutsch und Chemie. Hausaufgaben, dachte er, das würde ihn ablenken. Hatte er aber keinen Bock drauf.

Allmählich wurde ihm schwindelig von der Dreherei mit geschlossenen Augen. Kein schlechtes Gefühl, fand er und drehte sich noch heftiger, verfiel in einen gleichmäßigen Takt, die Stuhllehne schlug gegen die Tischkante, und der Rückstoß ließ seinen Kopf hin und her schleudern. So ungefähr musste es sein, wenn man sich betrank, und vielleicht war es an der Zeit, das einmal auszuprobieren. Andererseits, wenn er erwischt wurde, lieferte er Oskar bloß noch einen Grund, ihn ins Internat zu stecken. Lieber nicht. Er musste hier sein. Er musste lernen, sich zu wehren, sich – und seine Mutter – zu verteidigen. Gegen alles und jeden.

Er stellte sich vor, das Knallen der Stuhllehne wären Schläge, die er austeilte, immer im Takt, bam!, Volltreffer!, mitten in Oskars Fresse, und gleich noch ein Schlag hinterher, sein Herz klopfte aufgeregt, Reinders bekam auch einen ab, Mann, der hat gesessen, jetzt war Kevin dran, der immer am meisten auf ihm herumhackte, und der hier war für Tammo, den Wichser, mit dem seine Mutter angeblich rumgemacht hatte, so was würde die nie tun, er glaubte ja nicht mal, dass sie und Oskar …

Er machte zu viel Lärm, erkannte Roman und hielt abrupt inne. Aber es war nicht die Angst vor Entdeckung, die ihn gebremst hatte. Er rieb sich die Knöchel, als täten sie tatsächlich weh. Ihm war was durch den Kopf geschossen, so schnell, dass es verschwunden war, bevor er es richtig begriffen hatte. Er runzelte die Stirn. Es hing mit einem Wort zusammen, glaubte er, mit einem Wort, das er gerade eben gedacht hatte. Austeilen? Fresse? Schlag? Nein, nicht Schlag, aber so ähnlich … Jetzt wusste er es wieder. Und wieder stolperte sein Herz in einem komischen Takt, und er legte die Hand drauf, um es zu beruhigen.

Takt, Taktik. Schon irre, wie Worte einen manchmal weiterbringen konnten. Er brauchte erst mal eine richtig gute, ausgefeilte Taktik, also dachte er nach, angestrengt und so lange, dass er schon das Gefühl hatte, sein Kopf müsste rauchen. Dann fuhr er seinen Computer hoch und machte sich an die Arbeit.

Es fühlte sich wirklich gut an, ein Ziel vor Augen zu haben, zum ersten Mal gab er Oskar insgeheim recht. Das war nämlich auch so ein Punkt, wo er immer kritisiert worden war: Er hatte sich nie entscheiden mögen, am wenigsten sogar bei den unwichtigsten Fragen. Schluss damit! Ab sofort wusste er ganz genau, was er wollte, und er würde nicht länger darauf warten, dass es von selbst passierte. Er glaubte nicht mehr an Wunder. Er war jetzt erwachsen.

***

»Das ist an dem Abend passiert, als Sie mein Grundstück bewacht haben!«

Westerkamp betrachtete die kläglichen Überreste eines jungen Rhododendronstrauchs und wiegte bedächtig den Kopf. »Merkwürdig«, sagte er, »sieht fast so aus, als wär da etwas draufgefallen.«

»Sie waren das nicht? Oder Ihr Hund?«

Kira schüttelte entrüstet den Kopf.

»Kira ist darauf trainiert, mir nicht von der Seite zu weichen«, sagte er. »Sie springt nicht in Büsche, es sei denn, ein Eindringling versteckt sich dort. Es war aber kein Unbefugter auf dem Grundstück unterwegs, nicht solange wir hier waren.«

»Haben Sie die Fahrzeuge meiner Gäste im Blick behalten?«

»Nicht die ganze Zeit, ich bin das Gelände abgelaufen, an der Mauer entlang. Ich wollte mich vergewissern, dass es keine Schwachstellen gibt.«

»Und?«

»Keine.« Westerkamp hob salutierend die Hand an die Stirn. »Was nicht heißt, dass man nicht hereinkommen kann. Raus wär schon schwieriger. Und nicht entdeckt zu werden auch.«

»Dann muss es einen blinden Passagier gegeben haben.«

»Das kann ich zwar nicht ausschließen, aber der müsste dann schon die ganze Zeit über in einem Baum gehockt haben. Wozu?« Vielleicht gab es keine Alarmanlage, überlegte Westerkamp. Es wäre nicht das erste Mal, dass jemand sein Haus geschützt glaubte, bloß weil das Grundstück gesichert war wie eine Festung. »Oder ist später in der Nacht jemand bei Ihnen eingestiegen?«, fragte er. »Fehlt denn was?«

»Nein.«

Kurz und knackig. Westerkamp tat so, als bemerkte er nicht, wie er skeptisch gemustert wurde. Er hatte sich schon gewundert, warum ausdrücklich er angefordert worden war und nicht Folkert. Leider war an ihm kein Schauspieler verloren gegangen; es kostete ihn große Mühe, sich unbefangen zu geben und, vor allem, jeden Blick auf das Kellerfenster zu vermeiden, hinter dem er den Jungen gesehen hatte. Oder ging es um das südamerikanische Zeug? Das Schweigen dehnte sich unangenehm aus, und er fragte sich, ob von ihm erwartet wurde, die kümmerliche Pflanze auszugraben.

»Also gut. Ich brauche Personenschutz. Morgen Abend, achtzehn Uhr. Pünktlich. Wir werden die ganze Nacht unterwegs sein, also sehen Sie zu, dass Sie ausgeschlafen sind. Bringen Sie den Hund mit.«

Yippie, endlich mal wieder Action! »Ihr Wagen oder meiner?«, fragte er seelenruhig.

Ein ungnädiger Blick traf Kira, die beleidigt die Ohren anlegte. »Meiner«, kam es widerstrebend.

»Noch was, was ich wissen sollte?«, fragte Westerkamp.

»Nein. Sie können gehen.«

Westerkamp nickte. »Gut, bis morgen«, sagte er, wandte sich um und ging die Einfahrt runter zum Wagen. Nicht zu schnell, nicht zu langsam, ermahnte er sich, sonst kommt der Kerl doch noch auf Ideen. Kira lief an seiner Seite. Sie trug den Kopf höher als gewöhnlich, wie immer, wenn sie sagte, du kannst mich mal. Im Prinzip stimmte er ihr zu. Aber Personenschutz brachte richtig Kohle, den Auftrag würde er nicht ablehnen. Konnte er sich nicht leisten.

Er ließ Kira in den Wagen, stieg ein und setzte zurück. Das Tor glitt auf und fast augenblicklich wieder zu, so schnell, dass er Gas geben musste, um es dellenfrei auf die Straße zu schaffen. »Idiot«, schimpfte er. Reines Glück, dass er aus dem Augenwinkel die Omi auf dem Rad bemerkte, die schlingernd seinen Weg kreuzte. Er trat die Bremse durch, die Reifen quietschten, Augen zu und – nichts. Ungläubig öffnete er die Augen wieder. Kira maunzte, ein Laut, den er noch nie von ihr vernommen hatte. Im Rückspiegel traf ihn ihr vorwurfsvoller Blick.

»Du hast vollkommen recht«, sagte er und schlug den Heimweg ein. Zeit für ein Leckerli oder drei. Vielleicht fiel auch was Nettes für ihn selbst ab, hoffte er, Frauke war sicher schon zu Hause. Ihr würde der Einsatz morgen nicht gefallen, Geld hin oder her.

Er beschloss, ihr nichts davon zu erzählen und seine Ausrüstung erst kurz vorher in der Zentrale abzuholen. Dabei hatte er sich extra für solche Fälle einen ordnungsgemäßen Waffenschrank zugelegt. Frauke versetzte dem Teil jedes Mal, wenn sie daran vorbeiging, einen Tritt. Er hatte sich angewöhnt, den Schrank offen stehen zu lassen, wenn er leer war, um ihr lädierte Zehen zu ersparen. Das hieß natürlich, dass sie sofort Bescheid wusste, wenn er geschlossen war.

Frauke war mit seinem Beruf nie einverstanden gewesen. Jahrelang hatte sie ihn beackert, sich etwas anderes zu suchen, aber er konnte nun mal nichts anderes und wollte es auch nicht. Gefährliche Situationen hatte er seit jeher unterschlagen, falls er sich nicht gerade ein Veilchen eingefangen hatte, und mittlerweile berichtete er, wenn überhaupt, nur noch von vollkommen langweiligen Einsätzen. Trotzdem hegte er den Verdacht, dass sie seinem Chef die zunehmenden Einsätze als Objektschützer abgetrotzt hatte. Wie sie das angestellt hatte, hätte er zu gern gewusst. Oder auch nicht. Mit dem Chef war eigentlich nicht zu spaßen.

Seinem Kollegen Folkert machte langweilige Routine nichts aus, im Gegenteil, er wurde hibbelig, wenn nicht alles seinen gewohnten Gang ging. Personenschutz hätte er im Leben nicht übernommen. Westerkamp fragte sich, ob er bei der Villa überhaupt nur hatte einspringen sollen, weil irgendetwas vorgefallen war. Er hatte versucht, beiläufig nachzuhorchen: Alles bestens, hatte Folkert behauptet. Er glaubte ihm nicht. Aber direkter konnte er nicht werden, ohne den Jungen zu verraten.

Der Junge ging ihm nicht aus dem Kopf. Er hatte nächtelang hin und her überlegt, was er deswegen unternehmen könnte. Ihm war nichts eingefallen, und es gab niemanden, mit dem er darüber hätte reden können. Frauke hätte ihn sofort zur Polizei geschickt. Sein Chef hätte ihn abgemahnt: Es ist unsere Aufgabe, Kunden zu schützen, nicht, ihnen hinterherzuspionieren.

Ein Kind konnte sich aus vielerlei Gründen im Keller aufhalten, aber das war es ja auch nicht. Es war die Angst des Jungen, die ihn belastete. Er wünschte, es gäbe eine Möglichkeit, mit ihm in Kontakt zu treten. Wenn er morgen seinen Job gut machte, ergaben sich vielleicht Folgeaufträge, hoffte er, und dann würde er auch einen Weg finden. Er hieb bekräftigend aufs Lenkrad.

***

Massa hatte ihn mal wieder eingeschlossen, und jetzt wusste er, warum: Der Mann aus dem Garten war wieder da. Er stand mit

Massa so nah an seinem Fenster, dass es dunkler geworden war als sowieso schon. Gut, dass er das Fenster geöffnet hatte, so konnte er genau verstehen, was geredet wurde. Er war hinübergeschlichen und hatte vorsichtig zwischen den Gitterstäben nach oben geschaut. Massa war nicht zu sehen, aber den Mann hatte er sofort wiedererkannt. Der Mann log, und er wurde gar nicht rot dabei. Nur seine Haare waren rot. Er hatte nicht gewusst, dass es rote Haare gab. Natürlich hatte der Mann den Strauch kaputt gemacht, denn er selbst war es nicht gewesen.

Es raschelte, und dann wurde es etwas heller. Der Mann mit dem roten Haar war nicht mehr zu sehen. Er hörte gerade noch, wie Massa sagte, dass er morgen die ganze Nacht weg sein würde. Zusammen mit dem Mann.

Personenschutz. Komisches Wort. Er wusste, was eine Person war, und jemanden zu schützen hieß, dass man auf ihn aufpasste. Ob Massa Angst hatte? Das konnte er sich nicht vorstellen. Massa war keiner, der Angst hatte. Massa machte Angst. Aber nicht dem Mann mit den roten Haaren. Vielleicht hatte der keine Angst, weil er einen Hund hatte. Er wunderte sich, dass Massa sagte, der Hund solle mitkommen. Massa mochte nicht nur keine Spinnen, Hunde mochte er noch viel weniger. Er war nämlich, wie hieß das Wort?, »alergisch«, erinnerte er sich. Er wusste nicht, was das bedeutete. Das Wort stand so nicht im Lexikon.

Es gab zu viele Sachen, die er nicht wusste. Er musste ganz dringend in die Schule gehen. Ob das wohl ging, wenn sein Anwalt ihm diese Papiere besorgte? Aber wahrscheinlich würde sein Geld dafür nicht reichen. Massa schimpfte nämlich manchmal, wie teuer Jans Schule war. Und wenn Massa schon schimpfte, dann reichte sein eigenes Geld dafür erst recht nicht. Obwohl – Jan hatte mal von Schulen erzählt, in denen man nicht wohnen musste. Vielleicht kostete das dann weniger. Aber irgendwo musste er natürlich wohnen, also half ihm die Idee nicht wirklich weiter. Er seufzte. Hätte er doch bloß viel früher angefangen, Geld zu sammeln.

Er lauschte. Alles war ruhig. Vorsichtig schloss er das Fenster, damit Massa nicht glaubte, dass er was gehört hatte. Dann legte er sich auf die Matratze und dachte weiter nach.

Am liebsten würde er morgen weglaufen. Eigentlich hatte er

vorgehabt, bis nach den Ferien zu warten. Er wollte Jan so gern noch einmal sehen und ihm vielleicht doch erzählen, was hier los war. Jan war ziemlich schlau, und gute Ideen hatte er meistens ganz viele, vielleicht kannte er sogar einen Anwalt, zu dem er gehen konnte. Aber wenn Massa die Nacht über nicht da war, musste er nicht solche Angst haben, erwischt zu werden.

Zwar kam Massas Frau morgen zurück, aber wenn Massa weg war, trank sie meistens eine oder zwei Flaschen Wein leer und schlief ein. Wenn er es schaffte, dass sie zum Schlafen ins Bett ging, könnte es gehen. Er wusste ja jetzt, wofür das kleine schwarze Ding war, das zwischen ihren Schlüsseln hing. Das machte nämlich das Tor auf. Wenn er das früher gewusst hätte, wäre er vielleicht schon lange weg, weil es viel leichter war, durch ein Tor zu gehen, als erst einmal die schwere Leiter aus dem Keller und bis an die Mauer zu schleppen und hochzuklettern, um dann auf der anderen Seite von der Mauer runterzuspringen. Sie war sehr hoch, und es konnte passieren, dass man sich beim Springen ein Bein brach oder sogar beide. Davor hatte er echt Angst, denn mit kaputten Beinen konnte man nicht gut laufen. Und laufen musste er. Schnell und weit.

Er war müde. Die Arbeit war heute so schwer gewesen, dass er nicht mal seine Liegestütze machen wollte. Am liebsten würde er schlafen, aber er traute sich nicht. Was, wenn der Mann mit den roten Haaren doch noch verriet, dass er ihn gesehen hatte? Um von dem Strauch abzulenken. Manchmal konnte das helfen, wenn man was zum Ablenken hatte. Jan konnte das echt gut. Immer, wenn Massa mit ihm schimpfte, redete Jan einfach von was anderem, einer guten Note zum Beispiel oder davon, dass er beim Tennis gewonnen hatte, und dann war Massa nicht mehr böse auf ihn, jedenfalls nicht richtig.

Was konnte er sagen, um Massa von seiner Wut abzulenken? Er bekam nun mal keine gute Noten für irgendwas, und er hatte noch nie ein Spiel gespielt, das man gewinnen konnte, außer ganz früher Mensch-ärgere-dich-nicht mit Jan, und das zählte wahrscheinlich nicht. Er glaubte nicht, dass es helfen würde, ihm die blitzenden Wasserhähne zu zeigen oder den glänzenden Fußboden. Massa war sowieso nie zufrieden, immer fand er was, das nicht gut genug war oder das er noch nicht geschafft hatte. Es gab einfach nichts an ihm, was Massa nicht wütend machte, also gab es auch nichts, was er sagen konnte, um nicht geschlagen zu werden.

Warum nur hatte er immer noch solche Angst davor? Er hatte sich doch eigentlich daran gewöhnt. Die blauen Flecken taten meistens nur ein paar Tage lang weh, dann wurden sie grün und danach gelb, und alles war wieder heil. Keine große Sache, wirklich nicht. Das Problem war natürlich, dass er es jetzt gar nicht gebrauchen konnte, dass ihm was wehtat. Er musste richtig gut – wie nannte Jan das immer? – in Form sein, jetzt fiel es ihm ein, sonst konnte er nicht weglaufen. Und er hatte das Gefühl, dass er damit nicht mehr lange warten sollte, vielleicht nicht mal bis nach den Ferien.

Er drehte sich auf die Seite, das Gesicht zur Tür, und passte auf, dass er ja nicht die Augen zumachte, obwohl es jetzt schon ganz dunkel geworden war. Das war richtig schwer, und er wurde immer müder. Wieso kam Massa nicht? Wieso dauerte das so lange? Hatte Massa dem Mann doch nicht geglaubt, dass er das nicht war mit dem Strauch? Dann kam er vielleicht gar nicht mehr heute Abend. Oder Massa mochte diese Sträucher nicht und kam nicht, weil er es gar nicht so schlimm fand, dass einer kaputt war?

Er sprang auf und lief zur Tür, drückte sein Ohr an die dünne Ritze neben dem weichen Polster. Nichts war zu hören. Eigentlich glaubte er auch nicht, dass man da was hören konnte, denn das war die einzige Tür im Haus mit so einem Polster, und wahrscheinlich war es dafür da, damit man eben nichts hörte, wenn … Er musste wissen, ob Massa aufgeschlossen hatte, ohne dass er es gehört hatte, denn dann würde er diese Nacht nicht mehr kommen, und er konnte endlich schlafen. Also traute er sich und hielt den Atem an, während er langsam, ganz langsam den Griff hinunterdrückte.

Die Tür war verschlossen. Noch war er nicht davongekommen. Ebenso vorsichtig, um nur ja kein Geräusch zu machen, zog er den Griff wieder nach oben. Erst dann atmete er enttäuscht wieder aus und tappte zurück zu seiner Matratze. Als er mit dem Fuß dagegenstieß, wäre er beinahe hingefallen, doch er streckte die Arme aus und fing sich mit den Händen an der Wand ab. Unter der rechten Hand spürte er den losen Stein, und plötzlich kam ihm eine Idee. Er hielt für einen Moment inne. Doch, glaubte er, die Idee war ganz in Ordnung.

Er zog den Stein aus der Mauer, tastete nach der Taschenlampe und nahm sie an sich, bevor er den Stein wieder an seinen Platz ruckelte. Ablenkung. Wenn der Mann mit dem roten Haar ihn wirklich verraten hatte, müsste Massa nun nicht mehr nach der Taschenlampe suchen. Also war wenigstens das Geld sicher, und das war das Allerwichtigste. Er war ein reicher Mann.

Zufrieden klopfte er sich die Hände ab, legte sich wieder hin und stopfte die Taschenlampe unter die Decke, denn zu leicht, ahnte er, durfte er es Massa auch nicht machen.

Wieder kämpfte er gegen die Müdigkeit, die er schon fast vergessen hatte. Und wartete. Ewig, wie ihm schien. Manchmal war Warten schlimmer als Strafe.

8

Es klopfte. Stakkato, dreimal kurz hintereinander. Gerrit eher nicht, der befleißigte sich eines regelrechten Trommelwirbels, wohingegen Renate die kürzlich auf ihren Wunsch hin neu erstandene Gegensprechanlage nutzte. Es musste sich also um Lothar handeln. Marilene nahm die Brille ab und wandte sich um.

»Kaffee?«, fragte Lothar, bereits zwei Tassen in Händen.

Marilene nahm eine davon entgegen. »Oh, danke«, sagte sie, »die Pause kommt mir gerade recht. Dies elende Juristendeutsch vernebelt mir heute den Verstand.«

»Heute?« Lothar hob verwundert die rechte Braue. »Ich finde, das ist immer eine Plage. Obgleich ich selbst, und das ist mir durchaus bewusst, dazu neige, mich etwas gewunden auszudrücken, hat die Sprache eine ausschlaggebende Rolle gespielt, als ich mich seinerzeit aufs Notariatswesen spezialisiert habe. Dadurch ist mir wenigstens in der Praxis das Strafrecht erspart geblieben.«

»Normalerweise kann ich dir durchaus folgen«, sagte Marilene. »Außerdem ist mir ›gewunden‹ immer noch lieber als die grassierende Unflätigkeit bar jeglicher sprachlichen Kompetenz, deren sich einige Mitmenschen bedienen, im Netz wie auch im persönlichen Umgang. Du siehst«, sie spreizte geziert den kleinen Finger von ihrer Tasse ab, »ich verfüge selbst über eine gewisse Inklination zu Schachtelsätzen, die ich vor allem dann goutiere, wenn ich in die Verlegenheit gerate, meine eigene Ignoranz verschleiern zu müssen.«

Lothar applaudierte lautlos. »Eine Situation, die dir nicht allzu vertraut sein dürfte, du Tiefstaplerin.«

»Schmeichler«, konterte sie. »Wieso eigentlich kann ich mich des Eindrucks nicht erwehren, dass du nicht primär hier bist, um mit mir Kaffee zu trinken?«

»Offensichtlich färbt der Umgang mit mir allmählich ab. Aber du hast recht. Ich würde dir gern ein Mandat überlassen, wenn du Zeit hast.«

»Wenn ich wann Zeit habe?«

»In zehn Minuten?«

»Na, das reicht ja locker, um mich vorzubereiten«, spottete Marilene. »Worum geht's denn?«

»Sexuelle Belästigung.« Lothar verzog das Gesicht zur Grimasse. »Wenn's sein muss, machen wir das zusammen, aber ich wäre dir sehr verbunden, wenn du zumindest das Vorgespräch übernehmen könntest. Ist nicht mein Thema.«

Marilene musterte ihn von der Seite. Sie hätte zu gern gewusst, was dahintersteckte. »Täter oder Opfer?«, erkundigte sie sich.

»Täterin«, sagte Lothar, »das macht die Angelegenheit ja so diffizil. Eine Sexismus-Falle, der ein Mann kaum entgehen kann. Ich sehe förmlich einen mit Haien bevölkerten Burggraben um mich herum.«

»Und ich soll jetzt die Brücke bauen?«, entrüstete sich Marilene.

»Bauen nicht, es wird sie schon geben«, wiegelte Lothar ab. »Du sollst sie nur finden. Quasi. Die Mandantin ist übrigens Lehrerin. Das vorgebliche Opfer ein Schüler.«

»Oh, oh, das wird schwierig.«

»Ja, ich weiß«, stimmte Lothar zu, lugte in ihre mittlerweile leere Tasse und nahm sie ihr ab. »Machst du's trotzdem?«

»Na gut«, sagte Marilene, »ich kann's mir ja mal anhören.«

»Fein«, Lothar strahlte, »dann bin ich jetzt weg – unabkömmlich, nur dass du Bescheid weißt.«

»Das heißt, du bist ausdrücklich verlangt worden?«

»Schon«, gab Lothar zu, »aber nicht von ihr. Der Lebensgefährte hat den Termin vereinbart, aufgrund von irgendeiner Empfehlung.«

»Gut, dass es einen gibt«, sagte Marilene, »dann fällt ein potenzielles Motiv schon mal weg.«

Lothar runzelte verständnislos die Stirn.

»Du weißt doch sonst immer, was ich denke«, forderte sie ihn heraus, »streng dich ein bisschen an.«

»Mach ich«, versprach Lothar und schaute an ihr vorbei auf die Straße hinaus. »Oh, ich glaub, das ist sie schon. Also bis später.« Er machte auf dem Absatz kehrt und sprintete hinüber in sein Büro.

Seine überstürzte Flucht legte ein nicht verarbeitetes Trauma nahe, fand Marilene, folgte ihm hinaus und stellte sich zu Renate an den Empfangstresen.

Die Frau, die die Kanzlei betrat, war in etwa so alt wie sie selbst, schätzte Marilene. Sie trug eine hellgraue Seidenbluse, darüber ein dunkelgraues Jackett zu einer seidig schimmernden schwarzen Jeans und hochhackigen Stiefeln, deren Absätze mit jedem Schritt laut knallten. Elegant und energisch, eine Lehrerin, mit der nicht zu spaßen war, doch ihre Miene widersprach ihrem Auftreten und erschien fast schüchtern.

»Frau Barkowitz?«, erkundigte sich Renate, die soeben ein Telefonat beendet hatte.

Die Frau nickte.

»Herr Männle ist leider aufgrund einer dringenden Angelegenheit kurzfristig verhindert«, sagte Renate, »Frau Müller wird ihn vertreten.«

»Oh?« Ein Blick aus verwaschen blauen Augen, rot gerändert, streifte Marilene und flackerte zu Boden. »Kein Problem«, murmelte Barkowitz.

»Bitte.« Marilene wies auf ihr Büro und ließ Barkowitz vorangehen. »Mögen Sie einen Kaffee?«, fragte sie. »Oder einen Tee?«, schob sie hinterher. Manchmal vergaß sie noch, dass dies hierzulande eine unabdingbare Frage war.

»Danke, nein«, sagte Barkowitz, »nichts, was aufregt, bitte.«

Marilene schloss die Tür hinter sich, nahm zwei Gläser vom Tablett und schenkte Mineralwasser ein. »Setzen wir uns doch«, schlug sie vor, ging zu den Sesseln am Fenster und stellte die Gläser auf das Tischchen dazwischen. Je weniger förmlich, desto unbefangener gestalteten sich Vorgespräche, was dann oft mit einem größeren Mitteilungsbedürfnis einherging.

»Mein Kollege hat mir nur grob gesagt, worum es geht«, hob sie an, sobald beide saßen. »Möchten Sie mir schildern, was vorgefallen ist?«

Barkowitz blähte die Wangen auf und ließ die Luft langsam wieder entweichen, bevor sie sprach. »Ein Schüler hat mich nach dem Unterricht um ein Gespräch gebeten. Ich behandle solche Anliegen vertraulich, also war die Tür des Klassenzimmers geschlossen. Ein paar Stunden später ist er mit der Geschichte einer angeblichen sexuellen Belästigung zum Direktor gerannt. Laut Direktor soll er gesagt haben: ›Die ist mir voll an die Wäsche‹, und einen Knutschfleck am Hals hat er obendrein als mein Werk präsentiert. Herrgott noch mal«, Barkowitz warf ihre strohblonde Mähne über die Schulter, dass es nur so knisterte, »genau so stellt sich ein pubertierender Jüngling Sex mit seiner Lehrerin vor, nicht? Knutschflecken, ist das zu fassen? Ich bin zu alt für solchen Blödsinn«, empörte sie sich.

Marilene lachte unwillkürlich auf. »Stimmt eigentlich«, sagte sie. »Ich glaube, spätestens mit dreißig ist wohl Schluss mit Knutschflecken. Stellt sich allerdings die Frage, ob wir das im Fall einer Anklage thematisieren sollten.«

»Nur wenn sich wissenschaftlich untermauern ließe, dass man in unserem Alter schon rein physisch nicht mehr dazu in der Lage ist«, entgegnete Barkowitz trocken, doch sie wurde augenblicklich wieder ernst. »Wenn's nicht um mein Leben, meine Zukunft ginge, ließe sich das schön weiterspinnen.«

Wohl wahr. Marilene kamen Vergleichstests in den Sinn, doch sie schob den Gedanken als absurd beiseite. Ein Biss wäre identifizierbar, ein Knutschfleck eher nicht, vermutete sie. Vielleicht sollte sie Gerrit darauf ansetzen. »Hat der Junge denn vor, Anzeige zu erstatten?«, fragte sie.

»Das hat Oskar – mein Lebensgefährte – auch als Erstes gefragt. Mein Schuldirektor behauptet es. Im Übrigen ist der Vater des Jungen Anwalt, also spricht einiges dafür.«

»Wie heißt der Junge? Und wie alt ist er?« Marilene holte sich Block und Stift von ihrem Schreibtisch.

»Tammo. Tammo Cassens. Er ist siebzehn, glaub ich, auf jeden Fall noch nicht volljährig.«

»Was ist das für ein Typ?«, erkundigte sich Marilene.

»Ach, der tut sich nicht groß hervor. Mittelmäßiges Aussehen, mittelmäßige Leistungen. Herausragend sind bei ihm Klamotten und technische Ausstattung. Ziemlich verwöhnt – ist zumindest mein Eindruck«, schränkte Barkowitz ein. »Das Gespräch, das er mit mir geführt hat, drehte sich um seine berufliche Zukunft. Angeblich will er Lehrer werden, angeblich mit meiner Fächerkombination, also Deutsch und Englisch. Ich hab ihm abgeraten, mehr oder weniger, und zwar äußerst diplomatisch.«

Barkowitz breitete hilflos die Arme aus. »Ich dreh und wende dieses Gespräch die ganze Zeit im Kopf herum, und ich glaube immer noch, dass das Ganze nur ein Vorwand war. Was ich gesagt habe, hat ihn gar nicht interessiert.«

»Also hat er es darauf angelegt, mit Ihnen allein zu sein?«, überlegte Marilene. »Die Sache war geplant?«

»Möglich.« Barkowitz zuckte ratlos mit den Schultern. »Müssten Sie mich nicht erst mal fragen, ob ich schuldig bin?«

»Nicht unbedingt«, antwortete Marilene, »für meine Arbeit ist das an sich belanglos. Jeder hat das Recht auf anwaltliche Vertretung, einer der Grundpfeiler unseres demokratischen Rechtssystems. Viele sehen das anders, denken Sie nur an den NSU-Prozess. Die Anwälte der Beschuldigten werden mächtig angefeindet, ähnlich wie bei den ›Terroristenanwälten‹ seinerzeit. Das heißt, ich würde theoretisch auch jemanden vertreten, von dem ich sicher weiß, dass er einen Mord begangen hat, ohne dass ich deswegen seine Tat gutheiße.«

»Theoretisch?« Barkowitz hob spöttisch die Brauen.

»Nun ja, Mordprozesse gehören nicht zu den Fällen, um die ich mich reiße«, sagte Marilene, »ich steh nicht gern im Fokus der Medien.« Was nur der oberflächliche Teil der Wahrheit war, gestand sie sich ein. Schwerer wog die Angst, zu versagen, sodass ein Unschuldiger verurteilt wurde, wie auch umgekehrt die Angst, zu gewinnen, sodass ein Mörder freikam. »Zurück zu Ihnen«, beendete sie den Exkurs, »wenn Sie eine Unschuldsbekundung abgeben möchten, wäre jetzt ein guter Zeitpunkt.«

»Ja, ich bin unschuldig«, behauptete Barkowitz mit fester Stimme.

»Gut«, sagte Marilene, ohne sich zu äußern, ob sie ihr glaubte oder nicht. »Fällt Ihnen eine Begründung ein, warum Tammo Sie beschuldigt? Gibt es irgendeine Vorgeschichte?«

»Wie ungerechte Noten? Ja, er empfindet seine Noten bei mir als ungerecht, und er hat deswegen in letzter Zeit recht lautstark herumgemault. Aber nicht mir gegenüber, sondern bloß so, dass ich es hören konnte. Ich dachte, er wollte deswegen mit mir sprechen.«

»Seltsam«, grübelte Marilene. »Kann ihn jemand angestiftet haben?«

»Irgendetwas läuft da gegen mich, ich weiß bloß nicht, wo's herkommt. Es kursiert nämlich auch noch das Gerücht, ich sei bestechlich.« Barkowitz lehnte sich zurück, etwas wie Herausforderung im Blick.

»Das sieht ja schon nach einer richtigen Kampagne aus«, sagte Marilene. »Irgendjemand hat ernsthaft etwas gegen Sie.«

»Und das ist wahrscheinlich nicht Tammo«, konstatierte Barkowitz.

»Wer dann? Wem sind Sie jemals auf die Füße getreten? Wen haben Sie sich zum Feind gemacht?«

»Ich bin, ehrlich gesagt, in meinem Berufsleben schon vielen auf die Füße getreten. Wenn ich auf Borniertheit und Ignoranz treffe, verliere ich schnell die Geduld. Aber ich kann genauso schnell zurückschalten, daher glaube ich eigentlich nicht, dass ich mir jemanden zum ›Feind‹ gemacht habe. Jedenfalls nicht im bedrohlichen Sinn des Wortes.«

»Denken Sie an konkrete Personen?«, fragte Marilene.

»Kraushaar, der Direktor meiner Schule, kann mich nicht leiden. Er hat mir nahegelegt, einen Versetzungsantrag zu stellen. Und im Kollegium bin ich auch nicht sonderlich beliebt, vor allem bei zweien von den Männern nicht, aber trotzdem kann ich mir nicht vorstellen, dass die im Verborgenen intrigieren. Nicht deren Art, da geht's mehr um Anmache, so nach dem Motto: ›Soll sie doch froh sein, dass sie überhaupt Aufmerksamkeit erhält‹, verstehen Sie?«

»Aber Sie leben doch in einer Beziehung, nicht?«

»Schon, ja. Aber erst seit ein paar Monaten, das hat sich also noch nicht überall rumgesprochen.«

»Die beiden Kollegen, wie heißen die?«

»Björn Reinders und Uwe Tesch.«

Marilene notierte die Namen. »Wie stehen die zu Tammo?«

»Keine Ahnung. Nichts Auffälliges. Es ist auch nicht so, dass Tammo bei einem von ihnen besonders gute Noten hätte, daran würde ich mich erinnern.«

»Sonst noch jemand?«, fragte Marilene. »Was ist mit Ihrem Exmann? Eifersucht vielleicht?«

»Quatsch.« Barkowitz schlug sich die Hand vor den Mund. »'tschuldigung«, murmelte sie verlegen.

Marilene winkte ab. »Also nicht der Ex«, folgerte sie.

»Nein, bestimmt nicht. Er hat mich vor fast fünfzehn Jahren für eine andere verlassen. Ich war gerade schwanger, aber gegen die Mäuschen zieht man sowieso den Kürzeren, also hab ich mich nicht quergestellt. Er zahlt Unterhalt für Roman, obwohl er das nicht müsste und noch drei Töchter in die Welt gesetzt hat. Wir sehen uns praktisch nie, und wenn, dann geht's um Roman. Alles einvernehmlich. Na ja, fast«, schränkte sie ein.

»Wieso?«

»Ach, Oskar, mein Lebensgefährte, findet, ein Internat wäre gut für Roman. Er ist ein bisschen – eigenbrötlerisch, vielleicht phlegmatisch? Ich denke, das wächst sich alles noch aus, aber jetzt bin ich unsicher, ob ich Roman nicht wirklich besser aus der Schusslinie nehme. Roman will das nicht, und mein Ex ist auch dagegen, aber trotzdem … Herrje, im Moment weiß ich überhaupt nicht, was ich machen soll. Das macht mich wahnsinnig!« Barkowitz ballte die Fäuste.

»Kann ich gut verstehen«, sagte Marilene. Das Gefühl, völlig fremdbestimmt zu sein, war so grässlich wie die Gewissheit, dass jede Entscheidung nur falsch sein konnte. »Im Zweifel würde ich Roman entscheiden lassen«, schlug sie ungefragt vor.

»Wahrscheinlich«, stimmte Barkowitz zu. »Und was mach ich nun mit dem ganzen anderen Klumpatsch? Kann man nicht auf Unterlassung klagen?«

»Leider nicht. Das gibt es nur im Zivilrecht und im Öffentlichen Recht«, erläuterte Marilene. »Interessanter ist vielleicht Paragraf 186 des Strafgesetzbuchs, üble Nachrede. Aber«, schränkte sie sogleich ein, »bei einer Anzeige wegen sexuellen Missbrauchs von Schutzbefohlenen wird auf jeden Fall polizeilich ermittelt, das lässt sich nicht verhindern, ich würde also eher vorschlagen, dass wir eigene Ermittlungen anstellen, um dem Urheber der ganzen Sache auf die Spur zu kommen.«

»Wie soll das gehen?«, fragte Barkowitz.

»Wir haben einen jungen Assistenten in der Kanzlei, den ich auf Tammo ansetzen könnte«, schlug Marilene vor.

»Das klingt gut.« Barkowitz nickte nachdenklich.

»Schlafen Sie ruhig noch eine Nacht drüber«, riet Marilene.

»Wir bereiten unterdessen die entsprechenden Verträge vor, und Sie schauen herein, sobald Sie sich entschieden haben.«

»Einverstanden«, sagte Barkowitz und stieß den Atem so heftig aus, als hätte sie ihn minutenlang angehalten. »Ich kann Ihnen gar nicht sagen, wie erleichtert ich bin, dass ich nicht mehr nur untätig abwarte, was als Nächstes kommt.« Sie stand auf.

Auch Marilene erhob sich, ging zur Tür und öffnete sie. »Dann wollen wir mal hoffen, dass nichts mehr dazukommt«, sagte sie, »die Vorwürfe sind nun wirklich gravierend genug.«

»Das kann man wohl sagen«, stimmte Barkowitz zu. »Was meinen Sie, soll ich weiterhin zur Arbeit gehen oder mich lieber krankschreiben lassen?«

»Wenn Sie sich krankschreiben lassen, sieht's leicht nach Schuldeingeständnis aus. Wenn Sie's also halbwegs lässig hinkriegen, machen Sie weiter.« Marilene reichte ihr zum Abschied die Hand.

»Okay«, sagte Barkowitz, »ich geb mein Bestes. Danke erst mal.«

»Keine Ursache.« Marilene schaute Barkowitz hinterher, wie sie knallenden Schritts die Kanzlei verließ.

Der Empfang war verwaist, und so kritzelte Marilene eine kurze Notiz, die Vertragsvorbereitung betreffend, auf einen Zettel und klebte ihn aufs Telefon, bevor sie wieder zurück in ihr Büro ging, um die leeren Gläser abzuräumen. Als sie sich zum Tischchen bückte, fiel ihr Blick nach draußen. Barkowitz stand mit einem Mann auf der gegenüberliegenden Straßenseite in innigster Umarmung, um nicht zu sagen: knutschend. Der Lebensgefährte, nahm sie an, Oskar.

Nun lösten sie sich voneinander und wandten sich händchenhaltend Richtung Innenstadt. Marilene schnappte fassungslos nach Luft. Olaf? Das Paar entfernte sich rasch, und sie kniff die Augen zusammen, um besser sehen zu können. Nein, so ein Blödsinn, der Mann war älter als Olaf, auch um einiges schwerer, sein Haar grau, nicht braun, aber der Gang – letzten Herbst auf Langeoog, sie war stundenlang hinter Olaf hergestapft –, der Gang war schon sehr ähnlich.

Du siehst Gespenster, schalt sie sich, und das kommt nur daher, dass Gerrit gestern das Thema aufgegriffen hat.

»Na, du Salzsäule, sind die Klonkrieger im Anmarsch?«

Marilene fuhr herum. »Musst du mich so erschrecken?«

»Ich hab geklopft«, behauptete Gerrit, »aber du hast mich nicht gehört. Ist was passiert?«, fügte er hinzu. »Du bist blass.«

»Gespenster«, wiegelte Marilene ab, »ich dachte für einen Moment, ich hätte Olaf gesehen.«

»Echt?« Gerrit stürzte zum Fenster. »Der dahinten, mit der Frau? Zu weit weg, so gut sind nicht mal meine Augen.«

»Er war das nicht. Es war sein Gang, der mich an Olaf erinnert hat, der Rest kommt überhaupt nicht hin.«

»Sicher?« Gerrit fixierte sie mit schräg geneigtem Kopf.

»Ich denke schon. Es wäre doch auch bescheuert, seelenruhig hier vorbeizuspazieren, statt uns aus dem Weg zu gehen. Im Übrigen handelt es sich bei dem Mann um den Lebensgefährten einer künftigen Mandantin, also bekomme ich ihn bestimmt noch mal zu Gesicht.«

»Zu Gesicht reicht aber nicht«, sagte Gerrit, »vielleicht hat Olaf sich ein anderes machen lassen, so wie Michael Jackson. Du musst ihn zum Reden bringen. Ich hab seine Stimme heute noch im Ohr, du nicht?«

»Vielleicht hat er sich die auch operieren lassen«, spottete Marilene.

Gerrit reckte den Hals wie ein Erdmännchen auf Beobachtungsposten. »Geht das?«, fragte er.

»Woher soll ich das wissen? Du bist doch hier der Recherchespezialist.« Gedanklich nahm Marilene das Erdmännchen zurück, denn Gerrit warf sich mit einer Geste in die Brust, die eher an nähere Verwandtschaft erinnerte. »Apropos«, sagte sie, »kann sein, dass ich einen Job für dich habe.«

»Einen richtigen?«, zweifelte Gerrit.

»Ja, sogar bezahlt«, lockte Marilene, doch sie sah ihm an, dass das nicht vonnöten war. »Du kannst ruhig schon mal überlegen, wie und unter welchem Vorwand du an einen«, sie zog ihre Notizen zurate, »Tammo Cassens rankommst. Der beschuldigt seine Lehrerin des sexuellen Missbrauchs, und es besteht die Möglichkeit, dass jemand ihn dazu angestiftet hat.«

»Yippie! Endlich Action, und sogar undercover«, jubelte Gerrit.

Marilene warf ihm einen mahnenden Blick zu. »Erst, wenn der

Vertrag unterschrieben ist, klar? Und jetzt raus«, sie schwenkte den Finger Richtung Tür, »ich hab zu tun.«

Gerrit trollte sich, und Marilene widmete sich wieder der Akte, mit der sie sich vor Barkowitz' Besuch herumgeschlagen hatte. Es fiel ihr schwer, sich zu konzentrieren. Gerrit alberte vorn mit Renate herum, und Olaf geisterte hartnäckig durch ihren Kopf. Olaf oder Oskar, ihr Bild von beiden verschmolz allmählich, ein Trugbild, war sie geneigt zu glauben. Sie würde erst mal abwarten, ob Paul mit den Ermittlungen weiterkam, bevor sie mit ihren Verdächtigungen hausieren ging.

Schluss damit, beschwor sie sich und steckte Olaf kurzerhand in die Aufgeschoben-ist-nicht-aufgehoben-Schublade ihres Hirns. Nach einer Weile schaffte sie es auch, das Geschnatter am Empfang auszublenden.

***

Roman saß oben auf der Treppe und lauschte.

»Wir kriegen das schon hin, glaub mir«, sagte Oskar, »ich halte zu dir, egal, was passiert.«

Mieser Schleimer!

»Wenn das alles erst vorbei ist«, fuhr Oskar fort, »sollten wir umziehen, denn irgendwas bleibt ja leider immer hängen. Mir macht das nichts aus, ehrlich, ich tu alles, um dir das Leben zu erleichtern.«

Wie bitte? Das Problem mit dem Internat war schon schlimm genug, und vom Tisch war es noch lange nicht, obwohl sein Vater versucht hatte, ihn deswegen zu beruhigen. Aber jetzt auch noch umziehen?

Okay, eigentlich hatte er gar nichts dagegen, woanders komplett neu anzufangen, nur eben nicht in einem Internat, und das meinte Oskar wahrscheinlich: Er musste ins Internat, und die beiden zogen weg aus Ostfriesland. Seine Mutter würde das nicht wollen, wegen ihrer Arbeit und wegen ihrer Freundin, glaubte er, und bestimmt war ihr auch das Haus zu wichtig. Aber sie sagte nichts zu Oskars Vorschlag, und das war komisch, überhaupt nicht ihre Art. Es kam ihm langsam so vor, als würde Oskar alles bestimmen, und sie ließ sich das gefallen. Dabei war seine Mutter eine Bestimmerin, niemand wusste das besser als er, und auf einmal war sie so anders. Er konnte das nicht verstehen.

»Vielleicht wird das nicht nötig sein«, antwortete seine Mutter schließlich doch. »Die Anwältin glaubt auch, dass jemand anderes hinter der ganzen Sache steckt, und sie hat vorgeschlagen, ihren Assistenten auf Tammo anzusetzen, vielleicht kriegt der was aus ihm raus.«

»Na toll«, sagte Oskar. »Das hört sich nach Detektivspielen statt nach Rechtsberatung an, sehr unprofessionell, wenn du mich fragst.«

Sie hat dich aber nicht gefragt, dachte Roman. Er fand die Idee nicht schlecht. Eigentlich war sie sogar richtig gut. Wenn es nämlich so war, wie die Anwältin gesagt hatte, dann musste jemand Tammo dafür bezahlt haben, dass er so was Gemeines sagte. Und wenn er Geld für eine Lüge genommen hatte, würde er bestimmt auch Geld nehmen, um jemanden zu verraten. Vielleicht tat es auch ein Game, das neue »Watch Dogs«? Zur Not könnte er »Far Cry 4« drauflegen, beide voll angesagt, und nicht jeder hatte einen Vater, den es wenig störte, dass die erst ab achtzehn waren.

»Ich glaube«, sagte Oskar, »bei Männle wärst du eindeutig besser aufgehoben gewesen. Was ist das überhaupt für einer, dieser Assistent?«, fragte er.

»Ich weiß nichts über ihn, außer dass er jung ist, und es ist mir auch egal, solange er was herausfindet«, sagte Romans Mutter. »Morgen gehe ich wieder hin, dann ist der Vertragsentwurf fertig, und ich werde sehen, ob ich mir das überhaupt leisten kann. Dann werde ich entscheiden.«

Yeah, Roman reckte die Faust in die Höhe. Das hörte sich schon eher nach seiner Mutter an. Er stand vorsichtig auf und schlich zurück in sein Zimmer. Er musste in Ruhe darüber nachdenken, wie er sich am besten an Tammo heranmachte. Es war nämlich nicht gerade so, dass irgendjemand gern mit ihm gesehen wurde. Das galt für Tammo wahrscheinlich erst recht.

Eigentlich war dies wie das Schreiben einer Geschichte: Er brauchte einen richtig guten ersten Satz, damit Tammo ihn nicht einfach stehen ließ. Oder Schlimmeres, auch darauf musste er sich gefasst machen.

***

Die vermeintliche Pinkelpause dehnte sich ins Unendliche. Schon um kurz nach acht waren sie in Hamburg gewesen, die Sonne hatte gerade untergehen wollen und durch einen Riss in den blauschwarzen Wolken die Hafenanlagen rotgolden schöngefärbt. Industrieromantik, hatte Westerkamp gedacht und sich einigermaßen über sich selbst gewundert. Er war nicht davon ausgegangen, dass er für so etwas einen Sinn besaß.

Das Schauspiel hatte nicht lange gedauert; der Himmel hatte dichtgemacht und Regen, wenn nicht Gewitter, angekündigt, bislang eine leere Drohung, doch allmählich frischte der Wind auf und trieb die Wolken vor sich her, die sich zusammenballten, als könnten sie nicht weiter. Allerlei Unrat fegte über den Parkplatz, und er sah im Rückspiegel, wie Kira hinter ihm den Kopf reckte und spielen wollte. Er konnte es ihr nicht verdenken, ihm war genauso langweilig. Das Treiben im Hafen hatte längst seinen Reiz verloren, im Gegenteil, wenn er noch einem einzigen durch die Luft schwebenden Container mit den Augen folgte wie einem Pendel, würde er einschlafen.

Die Uhr auf dem Armaturenbrett zeigte dreiundzwanzig Uhr achtundvierzig. Vier Stunden, in denen kaum ein Wort gefallen war, sechs eigentlich, denn auch die Fahrt war wortkarg verlaufen. Westerkamp wusste noch immer nicht, warum sie hier waren, worauf sie warteten. Worauf genau. Ihr Standort legte nahe, dass es sich um Fracht handelte, wertvolle Fracht, sonst gäbe es wohl keinen Anlass für Personenschutz.

Ein Bodyguard allerdings, der hinterm Steuer saß, war ohnehin nutzlos, obendrein überflüssig, da dieses Steuer zwar einen ML 350 lenkte, er aber stark vermutete, dass es sich in Wahrheit um einen M-Guard, die Sonderschutzversion, handelte. Warum sein Schützling alle Vorsicht in den Wind schlug und die meiste Zeit im Freien herumhing, dort abwechselnd durchs Fernglas und auf sein Smartphone starrte, erschloss sich ihm jedoch nicht.

Aber, wie sein Chef gebetsmühlenartig anzumerken pflegte: Der jeweilige Auftraggeber ist der Boss und nicht zu hinterfragen. Punktum.

Vielleicht lag es an Kira, deren Verbannung in den Laderaum er mit dem Argument verweigert hatte, es würde im Notfall zu lange dauern, nach hinten zu laufen, um sie rauszulassen. Sich auf der herbeigeschafften Plastikplane niederzulassen hatte wiederum Kira schnauzerümpfend verweigert: Sie war erst in den Wagen gesprungen, als er ihre Decke aus seinem Kombi geholt und über die Plane gebreitet hatte. Verkehrssicherheitstechnisch bedenklich, aber dank der getönten Scheiben würde niemand davon Wind bekommen. Während der Fahrt hatte sie ohnehin gelegen und sich erst aufgesetzt, als er den Motor abgeschaltet hatte. Seither hockte sie hinter ihm, imitierte jede seiner Kopfbewegungen und würde, sollte er einschlafen, sich beruhigt wieder hinlegen und es ihm gleichtun. Sie fiepte zustimmend.

»Brav«, murmelte er abwesend.

Kira fiepte abermals.

»Gassi?«, fragte er.

Kira sprang auf, stieß mit dem Kopf gegen das Fahrzeugdach und ließ sich wieder fallen, Entrüstung im Blick.

»Jo.« Westerkamp vergewisserte sich, dass die Waffe in ihrem Holster steckte. Als ihm bewusst wurde, was er tat, zeigte er sich selbst einen Vogel, denn wo sonst sollte sie sein? Er setzte seine Mütze auf, stieg aus und ließ Kira aus dem Wagen.

»Gut«, sagte der Boss.

Westerkamp stutzte.

»Es geht gleich los«, fügte der andere hinzu.

Ach so, begriff Westerkamp verspätet. Normalerweise war er keineswegs langsam im Kopf, eine Stärke, die er gut zu verbergen wusste. Er schrieb den Mangel an Durchblick der gähnenden Langeweile zu. Kein guter Zustand. »Was geht gleich los?«, fragte er endlich. Er fand, er hatte sich nun lange genug mit der bloßen Entgegennahme von Befehlen begnügt.

Kira war ebenso begierig auf Abwechslung, denn sie nahm sein »los« als Kommando, stürmte herbei und wartete hechelnd und hellwach, wie er neidvoll registrierte, auf weitere Anweisungen.

»Wir folgen einem Fahrzeug«, sagte der Boss und hielt ihm sein Smartphone vor die Nase.

GPS-Tracker, erkannte Westerkamp, und bei dem Fahrzeug handelte es sich um einen Lkw, nahm er aufgrund ihres Standortes am Hafen an. »Geleitschutz?«, fragte er.

»Nicht nötig. Wir schließen auf, sobald das Fahrzeug hält.«

Und dann? Rauben wir das Ding aus? Westerkamp schaute zu Kira hinunter, die seinen Blick erwiderte. Einen Rat wusste sie offenbar auch nicht. Personenschutz, von wegen. Er wünschte, er hätte den Auftrag verweigert.

»Ich fahre?«, vergewisserte er sich. Blöde Frage. Der Boss saß bereits auf dem Beifahrersitz.

Kira entnahm seinem Tonfall, dass es immer noch keine Action geben würde, und ließ betrübt den Kopf hängen. Er scheuchte sie wieder auf die Rückbank und setzte sich hinters Steuer. »Na, denn man tau«, sagte er.

Westerkamp hatte angenommen, dass eine Stadt wie Hamburg auch nachts nicht zur Ruhe kam, doch abgesehen von all den Trucks, die wie ferngesteuert den Hafenbereich verließen oder anfuhren, waren die Straßen wie ausgestorben und wirkten fast gespenstisch im Licht der Straßenlaternen. Der Himmel machte seine Drohung wahr, und es begann zu regnen. Die ersten fetten Tropfen klatschten gegen die Windschutzscheibe und perlten sternförmig zu den Seiten ab, auf der Flucht vor dem augenblicklich einsetzenden Wischer. Die Tropfen siegten, und Westerkamp hatte alle Mühe, sich von dem Spiel loszureißen und den Blick auf die Straße zu richten.

Ein Laster klebte am anderen, und er wechselte auf die linke Spur. Er hatte sich noch nie Gedanken darüber gemacht, welche unglaublichen Mengen an Waren Nacht für Nacht transportiert wurden. Würde ihn glatt mal interessieren, in Kilo; okay, in Tonnen, korrigierte er sich.

Auf der A 31 war nachts nichts los, und auch auf der A 28 hatte er derartig viel Lastverkehr noch nicht erlebt. Da traf man bloß öfter auf die Großtransporte mit Teilen von Windkrafträdern der Enercon, wahre Riesenungetüme, die man wegen ihrer Begleitfahrzeuge mit den gelb blinkenden Rundumleuchten schon von

Weitem entdeckte. Wenn er einem solchen Transport begegnete, hatte er immer das Gefühl, Ostfriesland werde evakuiert. Dies hier hatte was von allgemeiner Massenflucht, als habe jemand befohlen, schon morgen alle Laster abzuschaffen. Nur der BMW, der sich da zwischen zwei Laster geklemmt hatte, verdarb die Vorstellung. Westerkamp überholte.

Wusch, wusch, ein gleichmäßiger, einschläfernder Rhythmus, der auf einmal Tempo aufnahm und hektisch wurde, als die Tropfen zu schrägen, windgepeitschten Schnüren wurden, der Regen zur Sintflut. Hellwach jetzt.

Vorausfahrende Fahrzeuge erkannte Westerkamp nur noch an der Gischt, die sie verursachten und die ihm wie eine undurchdringliche Wand aus Wasser vorkam. Augen zu und durch, dachte er vor jedem Überholvorgang, und der ML pflügte zuverlässig durch die Fluten. Richtungsanweisungen des Beifahrers ahnte er mehr, als dass er imstande gewesen wäre, sie über dem Geprassel zu hören, und er musste jedes Mal den Kopf nach rechts neigen, damit ihm nichts entging. Er achtete nicht mehr darauf, wo sie sich befanden, sondern konzentrierte sich ganz aufs Fahren, stur wie ein Roboter auf dem Weg zum einprogrammierten Ziel. Was mochte ihn dort erwarten? Der Gedanke ging unter, sank wie ein Stein. Blieb schwer im Magen liegen.

Irgendwann schloss der Himmel einen Teil seiner Schleusen, vom Wischer noch vor Westerkamp registriert, und nun strömte der Regen in Schleiern, die das Scheinwerferlicht dämpften und nicht länger löschten. Westerkamp lehnte sich zurück, merkte erst jetzt, dass er sich die ganze Zeit über angespannt vorgebeugt hatte. Er ließ die Schultern kreisen, um die Muskulatur zu lockern, und warf einen Blick in den Rückspiegel. Kira imitierte ihn. Er zwinkerte ihr zu. Alles war gut. Er spürte, wie die Adrenalinzufuhr nachließ, wechselte auf die rechte Spur, wo sich gerade eine größere Lücke auftat, und gab sich der Freude am Fahren hin. Das Gefühl erinnerte ihn an den ersten gemeinsamen Urlaub mit Frauke.

Sizilien. Damals, als sie noch ständig übereinander hergefallen waren. Ein sorgloser Sommer, in dem die Tage und Nächte verschwommen waren. Sie hatten gar nicht so lange bleiben wollen, immer noch einen Tag drangehängt und den Urlaub am Ende so weit überdehnt, dass sie in einem Rutsch hatten zurückfahren müssen. Dreißig Stunden. Oder sogar länger? Er wusste es nicht mehr genau. Nachts um drei etwa hatten sie die Grenze zu Deutschland überquert. Die penible Passkontrolle des Grenzbeamten hatte sie kurzzeitig wiederbelebt, doch gleich darauf war eine so bleierne Müdigkeit über sie hergefallen, dass sie nicht mehr gewagt hatten, den jeweils anderen schlafen zu lassen. So waren sie bei offenen Fenstern und lauter Musik weitergefahren, hatten jedes Lied mitgegrölt, ob sie die Texte gekannt hatten oder nicht, und sich immer wieder gegenseitig angestoßen, du bist aus dem Takt. Ein Vorwand. Einzig um sicherzugehen, dass der andere nicht schlief. In Leer angekommen, hatte er Frauke direkt zum Borro gefahren, wo sie damals gearbeitet hatte. Er selbst hatte immerhin noch Zeit für eine Dusche gehabt. Und am Abend waren sie sich in die Arme gefallen, lachend und weinend gleichzeitig vor lauter Erschöpfung.

Die Erinnerung war so lebhaft, dass er nahe daran war, wegzusacken. Er schüttelte sie ab. Wach, beschwor er sich, du bist hellwach. Kira hinter ihm hatte die Lider halb geschlossen und nickte im Takt der Unebenheiten der Straße. Schlafen war genauso ansteckend wie Gähnen, deswegen schaute er lieber wieder nach vorn. Er durfte sich kein Zeichen von Schwäche erlauben, das konnte ihn den Job kosten. Trotzdem wanderte sein Blick wieder in den Rückspiegel. Kira sah echt witzig aus. Doch nun zog etwas anderes seine Aufmerksamkeit auf sich. Täuschte er sich?

»Wie nahe sind wir am Zielobjekt dran?«, erkundigte er sich betont beiläufig.

»Zweitausend Meter. Vielleicht drei. Warum?«

»Ich bin mir nicht sicher, aber es könnte sein, dass uns jemand verfolgt. Ein BMW. Hat eben zum Überholen angesetzt und sich dann doch wieder zurückfallen lassen. Wenn es derselbe ist, der mir vor dem Wolkenbruch aufgefallen ist, dann fährt er schon länger in unserem Tempo. Passt nicht zum Auto, die brettern eigentlich bei jedem Wetter. Meiner Erfahrung nach«, schränkte er ein.

»Wie wollen Sie das verifizieren?«

»Die nächste Ausfahrt«, schlug er vor. »Wenn er uns folgt, wissen wir Bescheid.«

»Wenn er uns nicht folgt, wissen wir trotzdem nicht Bescheid.«

»Nicht hundertprozentig«, gab Westerkamp zu, »aber dann können wir uns an ihn dranhängen. Wenn er natürlich weiter vorne auf uns wartet, haben wir verrissen.«

Der Boss schien Für und Wider abzuwägen. »Machen Sie's«, wies er ihn schließlich an.

Perfektes Timing, dachte Westerkamp. Fünfhundert Meter. Er setzte den Blinker, huhu, hier sind wir. Niemand signalisierte, dass er ihnen zu folgen beabsichtigte. Trotzdem scherte Westerkamp auf den Verzögerungsstreifen aus und verließ die Autobahn in einer ihm endlos vorkommenden scharfen Kurve, nur um am Ende unerlaubterweise zu wenden und auf dem Seitenstreifen der Auffahrt zu halten. Die Sicht war miserabel. Er öffnete das Seitenfenster, und Regen wehte ihm ins Gesicht, vertrieb auch den letzten Rest von Müdigkeit. Kira schien begierig nach frischer Luft und streckte die Schnauze zum Fenster hinaus. Regenunempfindlich, der Hund.

»Zielobjekt ist noch in Bewegung?«, erkundigte er sich.

»Ja.«

Westerkamp zählte. Bis sechzig. Noch einmal. »Da kommt keiner mehr«, sagte er, blinzelte das Wasser aus den Augen und schloss das Fenster. Kira schnaubte empört. Pech, Süße, dies Auto können wir unmöglich unter Wasser setzen. »Aufholen?«

Der Boss nickte, und Westerkamp gab Gas. Schon ein nettes Gefährt, würdigte er die schnelle Reaktion des Wagens. Überhaupt, in seinem Kombi wäre die Tour zur Tortur geworden. Tortur war kein guter Gedanke. »Wie weit?«, fragte er, während er überholte.

»Nicht weit. Zielobjekt steht. Beeilen Sie sich.«

»Da kommt ein Parkplatz.« Westerkamp deutete nach rechts. »Soll ich nicht noch mal checken, ob da jemand auf uns wartet?«

»Aber schnell, die nächste Gelegenheit dürfte auf sich warten lassen.«

Gelegenheit wozu? Westerkamp verspürte einen Hauch von Beklommenheit. Ach was, Magengrummeln, wiegelte er ab, doch auf einmal hatte er die Stimme seiner Mutter im Ohr, die ihm sein blaues Wunder prophezeite, ein Spruch, den sie praktisch permanent zum Besten gegeben hatte, aber es war nie etwas passiert, was er für ein Wunder welcher Farbe auch immer hätte halten können. Er war immer davongekommen, egal, was er angestellt hatte, und das war nicht wenig gewesen. Deshalb glaubte er nicht an Wunder. Er bog ab. Der Parkplatz war klein und schön übersichtlich, ein einziger Laster blockierte die Parkbuchten, kein Pkw in Sicht, und »außer Sicht« gab's hier nicht. Westerkamp atmete aus, für einen Moment erleichtert, und raste zurück auf die Autobahn.

Trotz der gebotenen Eile blieb er wachsam. Er versuchte, die Typen der vorausfahrenden Fahrzeuge auszumachen, ein Ratespiel, Trefferquote fünfzig zu fünfzig, und er spähte in jede Lücke. Er stutzte. War es ein BMW, der da mit eingeschaltetem Warnblinker auf dem Seitenstreifen entlangzuckelte? Oder stand er sogar? Liegen geblieben offensichtlich, und der Fahrer stand davor und winkte beidarmig und nicht eben unauffällig. Da nützt das beste Handy nichts, wenn der Akku alle ist, dachte Westerkamp. Sein Mitgefühl hielt sich in Grenzen. Er glaubte nicht, dass es sich um den besagten BMW handelte, dennoch behielt er Rück- und Seitenspiegel im Blick.

Keine fünf Minuten später deutete der Boss auf das Hinweisschild einer Raststätte. »Da raus«, kommandierte er und streifte Handschuhe über.

Yessir, dachte Westerkamp und fuhr ab.

Der Parkplatz war riesig im Vergleich. Besser beleuchtet war er auch. Zumindest im näheren Umfeld der Raststätte, wo sich Lastwagen aneinanderdrängelten, als sei ihnen kalt. Weiter hinten war das Licht dezenter, und dorthin dirigierte ihn der Boss, deutete dann auf eine Abzweigung, die auf eine weitere Parkfläche führte. Hier stand lediglich ein einziger Sattelzug, »Spedition Zimmermann«, las Westerkamp im Licht der Scheinwerfer.

Der Boss lehnte sich zurück, offenbar zufrieden. »Halten Sie hinter dem Laster, Motor laufen lassen, Licht aus, Kofferraum auf«, befahl er, während er eine Taschenlampe, einen Hammer und eine Zange aus dem Handschuhfach holte.

Einbruchswerkzeug. »Sie wollen jetzt aber nicht den Lkw aufbrechen, oder?«, fragte Westerkamp unnötigerweise. Er hätte den Auftrag wirklich nicht annehmen sollen.

Desertieren?, grübelte er. Dann müsste er trampen. Ein aussichtsloses Unterfangen, Kira würde niemand mitnehmen. Okay, vertrauenswürdig wirkte er selbst auch nicht gerade, ein bewaffneter Riese mit Hund, und das mitten in der Nacht. Wenn er nicht Frauke anrufen wollte, konnte er im Moment gar nichts tun. Oder den Chef aus dem Bett klingeln? Lieber nicht. Er bremste und kam zum Stehen.

»Haben Sie ein Problem damit?«

Überhaupt nicht, dachte Westerkamp und schaltete die Innenbeleuchtung aus.

»Was glauben Sie, warum der Lkw so abgeschieden steht? Im Container befinden sich Dinge, die mir gehören, ich muss bloß vor dem eigentlichen Ziel an die Sachen herankommen, das ist alles. Und ohne Zeugen, darum sind Sie hier. Die Vorgehensweise ist mit der Spedition abgesprochen, im Übrigen auch mit Ihrem Chef.«

Der Einbruch mochte aus seiner Sicht legal sein, die Dinge, um die es ging, jedoch garantiert nicht. Dass der Chef aber den Auftrag abgesegnet hatte, das wunderte Westerkamp nun wirklich. Oder auch nicht. Jetzt wurde ihm klar, warum der heute Nachmittag anscheinend vollkommen grundlos seinen Lieblingssatz losgelassen hatte: Der Auftraggeber ist der Boss und nicht zu hinterfragen, Punktum, äffte er ihn im Geiste nach. Wahrscheinlich war der Stundensatz risikoangepasst. Der vom Chef, nicht seiner. Er hätte ihn warnen, ihm die Wahl lassen müssen.

»Sie arbeiten gut«, schmeichelte der Boss. »Es gibt eine Prämie. Zehn, sagen wir. Und wenn alles glattgeht, war das nicht Ihr letzter Einsatz für mich.«

Zehn Euro würde er wohl kaum meinen, überlegte Westerkamp, zehnhundert sagte kein Mensch. Zehntausend? Echt? Das Zeug musste verdammt wertvoll sein. Und zehntausend waren verdammt viel Geld. Sondertilgung, schoss es ihm durch den Kopf. Ein Urlaub mit Frauke. Ein neues Auto? Die Wünsche wuchsen im selben Maße, wie die Skrupel schwanden.

Westerkamp nickte langsam. Ich hab nichts gesehen, entschied er, stieg aus und öffnete die Tür für Kira. Wieder vergewisserte er sich, dass seine Waffe an ihrem Platz war, die Mütze noch auf seinem Kopf. Aus dem Kofferraum holte er die Schutzwesten und reichte eine davon dem Boss, bevor er die eigene überzog, das Fernglas umhängte und seine Taschenlampe an sich nahm.

Der Regen hatte nachgelassen, war zu einem feinen Sprühregen verkommen, den ihm der Wind aus wechselnden Richtungen ins Gesicht wehte. Westerkamp blickte nach oben. Fette Wolken zogen über den dunklen Himmel und versprachen den nächsten üblen Guss, der nicht allzu lange auf sich warten lassen würde.

Während der Boss sich bereits am Containerschloss zu schaffen machte, kontrollierte Westerkamp, einer inneren Eingebung folgend, zunächst die Fahrerkabine des Sattelzugs. Die unliebsame Überraschung, einen darin schlafenden Fahrer aufzuwecken, wollte er gern vermeiden. Er stellte sich auf den Tritt, zog sich hoch und leuchtete die Kabine aus. Verwaist.

Der Vorhang der Schlafkoje war zur Seite gezogen, und auch dort befand sich niemand. Halt, was war das? Die Decke bewegte sich. Vielmehr bewegte sich etwas unter der Decke, erkannte Westerkamp und dachte unwillkürlich an Mäuse. Oder Ratten. Wundern würd's ihn nicht allzu sehr, die Kabine war ganz schön zugemüllt. Was immer es war, kroch Richtung Rand der Decke. Zum Vorschein kam schließlich ein Kätzchen, das ihn aus gelben, unergründlichen Augen anstarrte. Na gut, dachte er grinsend, dich muss ich wohl nicht melden. Wäre auch fatal, Kira drehte schon beim Wort Katze durch.

Westerkamp schaltete die Taschenlampe aus, sprang zu Boden und verharrte einen Moment in der Hocke. Kira lief heran, schnaubte geringschätzig angesichts seiner Leistung und setzte sich neben ihn, witternd, wo er seinen Augen trauen musste. Der Boss stand noch immer hinter dem Container, zu hören war er glücklicherweise nicht. Jenseits des Sattelzugs war niemand zu entdecken. Er richtete sich auf, klopfte sich aufs rechte Bein, und Kira positionierte sich hinter ihm.

Sie schlichen Richtung Grünzeug, ein paar verhungerte Bäume und Sträucher, die die Parkflächen voneinander trennten und rastenden Autofahrern an den vorgelagerten Picknicktischen die Illusion vom Ausflug ins Grüne vermitteln sollten. Als Gesamtkunstwerk eher kläglich, aber immer noch besser als gar kein Sichtschutz. Und ein Stück weiter links entdeckte er eine Lücke im Gebüsch. Der perfekte Beobachtungsposten.

Ein Rascheln, von rechts. Kira spitzte kurz die Ohren, wandte sich gelangweilt wieder ab, offenbar nur eine Maus. Ein Quietschen, hinter ihnen. Beide erstarrten. Ach so, Westerkamp entkrampfte sich, der Boss hatte das Schloss geknackt. Schisser, flüsterte Kira, oder bildete er sich das nur ein?

Wie lange würde es dauern, bis die ominösen Dinge umgeladen waren? Umladen war vielleicht nicht mal das Problem, das Finden von dem Zeug stellte er sich ungleich schwieriger vor.

Zwei lautlose Schritte nach links, beim dritten knackte ein Ast unter seinen Füßen. Er verharrte. Alles blieb ruhig. Er bückte sich, um durch die Lücke hindurchschauen zu können. Tatsächlich, er hatte sich nicht getäuscht. Von hier aus konnte er die gesamte vordere Parkfläche überblicken. Ein Wohnwagen, zwei Lkw. Kein BMW. Menschenleer. Die Parkplatzmarkierungen flimmerten im gelblichen Licht der wenigen Laternen, unscharf und so krakelig, als hätten Riesenkinder erst Hinkekästchen aufgemalt und sodann das Feld geräumt. Himmel und Hölle. Westerkamp wandte den Blick nach links. Das Gedränge um die Raststätte herum war unvermindert groß. Er hob das Fernglas vor Augen und justierte es.

Was ihm eben noch vorgekommen war wie Playmobilfiguren, sprang ihm nun förmlich ins Auge, überlebensgroß: der Fahrer, der, Handtuch unter den Arm geklemmt, vom Duschen kam und die Augen kaum noch offen halten konnte; ein anderer, der zum Gasthof strebte, der Thermoskanne in seinen Händen nach zu urteilen auf der Suche nach Koffein; die Gruppe Nikotinabhängiger, die sich am Fuß der Treppe versammelt hatte und Rauchsignale aussandte, die eines ganzen Indianerstamms würdig waren; die Frau, die im Eingang der Raststätte lehnte und ein wenig zu viel Busen zwischen den Aufschlägen ihres Regenmantels aufblitzen ließ; der abgerissen wirkende Typ mit Rucksack auf der Suche nach einer Mitfahrgelegenheit, der von jedem, den er ansprach, nur Kopfschütteln erntete, kein Wunder, dachte Westerkamp, den würde er auch nicht mitnehmen, er ähnelte diesem Highway-Killer aus dem Horrorfilm, den Kim sich mal heimlich reingezogen hatte. Wenn sie nicht hätte kotzen müssen, wäre er nie dahintergekommen.

Und dann sah er ihn. So sicher wie das Amen in der Kirche.

***

Fertig. Sophie trug die letzte Punktezahl in den Notenspiegel ein, schichtete dann die Blätter zu einem ordentlicheren Stapel und stopfte alles in ihre Aktentasche. Wenigstens die Englischarbeiten der Zehnten konnte sie morgen noch rausgeben, der Rest musste bis nach den Ferien warten. Das galt vor allem für die Deutschklausur der Zwölfer. Tammos Kurs. Um zusätzlichen Ärger zu vermeiden, würde sie einen Kollegen bitten müssen, seine Arbeit zu korrigieren. Oder sollte sie sie hochjubeln?, überlegte sie und verzog das Gesicht. Selbst den Beweis für die Bestechlichkeitstheorie liefern? Wenn es helfen würde, den Rest aus der Welt zu schaffen, würde sie's glatt machen. Ihre Bewertung musste absolut unangreifbar sein. Sie musste absolut unangreifbar sein. Besser noch unverwundbar. Sie sollte ein Bad nehmen. In Drachenblut.

Sie ging in den Flur, lauschte an Romans Tür. Nichts zu hören. Schlief er endlich? Zwei Mal war er in ihr Arbeitszimmer gekommen, weil er angeblich nicht schlafen konnte, und hatte sich in dem Sessel unterm Fenster eingerollt. Er war müde gewesen, sehr sogar, denn unablässig hatte er krampfhaft die Augen aufreißen müssen, um nicht einzuschlafen, war sein Daumen Richtung Mund gewandert. Sobald ihm die Geste bewusst geworden war, hatte er ruckartig die Hand zurückgerissen. Was plagte ihn, dass er diese frühkindliche Marotte wieder aufnahm? Sie hatte ihn nicht darauf angesprochen, weil sie wusste, es wäre ihm hochnotpeinlich. Hauptsache, so etwas passierte ihm nicht, wenn Oskar in der Nähe war. Sein Spott war schwer erträglich.

Lautlos drückte sie die Türklinke hinunter und spähte in Romans Zimmer. Er schlief, schnarchte leise röchelnd. Oh je, auch seinen platt geliebten Teddy hatte er wieder ausgegraben. Und das Nachtlicht, das erst vor zwei Jahren verbannt worden war, brannte auch wieder. Anscheinend war die Zeit der Monster unterm Bett zurückgekehrt. Oder die der Monster in der Schule. Im Gegensatz zu Wissen verbreiteten sich Klatsch und Tratsch wie ein alles verzehrendes Lauffeuer, und leiden mussten darunter stets die Schwächsten.

Sollte sie Oskars Drängen doch nachgeben und Roman in ein Internat schicken? Aber in seiner derzeitigen Verfassung wäre er dort wie hier das auserkorene Opfer. Außerdem gab es immer irgendjemanden, der jemanden kannte, der gehört hatte et cetera pp. Nachrichten reisten nicht nur schnell, sie reisten auch weit. Sie unterdrückte den Seufzer mütterlicher Sorge, der ihr auf den Lippen lag, schloss die Tür und ging zurück in ihr Arbeitszimmer.

Still. Es war ganz ungewohnt still im Haus. Oskar war am Nachmittag fortgefahren, sie konnte sich gar nicht mehr erinnern, wohin oder auch nur warum. Sicher ging es um seine Geschäfte, von denen sie herzlich wenig verstand. Bei ihrem ersten Date hatte er auf ihre Frage, was er denn so mache, einen zwar eloquenten, aber reichlich ausufernden Vortrag gehalten, dem sie nicht lange hatte folgen können. Und wollen. Seitdem verzichtete er netterweise darauf, ihr etwas über Aktienkurse oder Beteiligungen zu erklären. Sie war nie eine gewesen, die Interesse heuchelte, nur um einem Mann zu gefallen, und solange er ihr nicht auf der Tasche lag, war es ihr gleichgültig, womit er sein Geld verdiente.

Sie trat ans Dachlukenfenster. Nichts zu sehen. Seit Stunden regnete es nun schon, aber was bislang das gleichmäßige Rauschen eines Landregens gewesen war, steigerte sich gerade zu einem ohrenbetäubenden Crescendo, einem Wolkenbruch von biblischer Intensität. Hagelkörner, groß wie ihr Daumennagel, mischten sich unter den Regen, prasselten krachend gegen die Scheibe, glitten mit der Flut an ihr hinab und erinnerten sie an Kinder auf einer Rutsche im Schwimmbad. Der Rest der Welt schien vollständig ausgelöscht.

Einsamkeit fiel über sie her, ein Tier mit nassen Klauen, das sich nicht abschütteln ließ. Fast wünschte sie, Roman würde von dem Getöse wach werden und zu ihr kommen, alte Zeiten heraufbeschwören, die noch gar nicht so lange zurücklagen, wie es sich anfühlte. Wehmut erfasste sie, auch dies nicht eben charakteristisch für sie, die für gewöhnlich nicht zurückschaute auf die verpassten oder ausgeschlagenen Gelegenheiten, ihrem Leben eine andere Richtung zu geben. Als wenn sie das gewollt hätte. So ein Blödsinn. Sie kehrte der Sintflut den Rücken.

Eben noch die Tasche packen, Mails checken und dann ab ins Bett. Sie würde endlich mal wieder hervorragend schlafen, beschloss sie. Vielleicht würde sie doch auf getrennten Schlafzimmern bestehen, das Haus war groß genug. Oskar hatte den Vorschlag nicht allzu gut aufgenommen, aber seine Schnarcherei ging ihr gewaltig auf die Nerven, und sie brauchte ihre acht Stunden Schlaf, um halbwegs fit zu sein. Ein ruhiges Gewissen ist ein sanftes Ruhekissen, erinnerte sie einen Spruch ihrer Großmutter. Das auch, Omi, dachte sie, das auch. Und morgen nach der Schule würde sie die Anwältin aufsuchen und den Vertrag unterschreiben. Schritt für Schritt würde sich ein Weg aus dem Chaos finden, sprach sie sich Mut zu. Aufgeben galt nicht.

Post. Drei Mails. Lottomillionen, Erbschaft und … Viagra, tippte sie, das wurde ihr neuerdings häufig angeboten, geradeso, als wüsste jemand dort draußen, dass nun ein Mann im Haus wohnte. Oder hatte Roman womöglich irgendwelche dubiosen Seiten besucht?

Jawohl, beglückwünschte sie sich, zwei Richtige. Die dritte Mail zeigte keinen Betreff, und die Absenderadresse sagte ihr nichts. Öffnen oder löschen?, überlegte sie. Ach was, sie klickte sie an, solange sie keine Anhänge öffnete, konnte doch nichts passieren.

Sophie schnappte nach Luft. Vergeblich. Die Luft war aus. Alles war aus. Ihr Untergang war besiegelt. Dieses Foto würde sie vernichten.

***

Der Mann schritt in einem seltsamen Zickzackkurs die Reihen von Lkw ab wie ein besoffener General seine Truppen. Hier und da blitzte kurz das Licht seiner Taschenlampe auf, wenn er jemandem ins Gesicht leuchtete oder die Verriegelung eines Containers prüfte. Ein Mann auf der Suche. Ein bewaffneter Mann auf der Suche, wie Westerkamp aufgrund der Ausbuchtung unter dessen Jacke glaubte. Er schwenkte das Fernglas zur anderen Seite des Parkplatzes. Ja, auch dort blitzte zuweilen Licht auf. Sie waren also zu zweit. Mindestens. Sie hatten etwa ein Drittel der Strecke zurückgelegt. Wie lange würden sie für den Rest brauchen? Nicht allzu lange, schätzte er. Er musste den Boss unterrichten und zur Eile antreiben.

Westerkamp trat den Rückzug an. Drei Schritte, vier. Kira hinter ihm hechelte missbilligend. Er stoppte, überlegte: Wenn er den Boss jetzt informierte, würde den das bloß nervös machen, aber sicher nicht schneller. Also wieder zurück. Seine Armbanduhr verfügte über eine Stoppuhrfunktion, und er schaltete sie ein. Siehst du, sagte er im Geiste zu Frauke, jetzt macht sich die Uhr doch bezahlt, hab ich's doch gewusst.

Abermals hob er das Fernglas. Wie viele Parkreihen lagen noch vor den Männern? Zählen war gar nicht so einfach, zwanzig ungefähr, überschlug er. Bei zehn würde er die Zeit stoppen. Zwei, drei Minuten abziehen, denn zum Rand hin befanden sich weniger Fahrzeuge. Er zoomte den vorderen der beiden Männer näher heran. Es würde nicht schaden, ihn besser einschätzen zu können, obwohl er keineswegs die Absicht hatte, dessen Bekanntschaft zu machen. Wie praktisch, gerade kam er ihm entgegen.

Westerkamp unterdrückte einen Pfiff, der Kerl wirkte noch weniger vertrauenswürdig als der Tramper eben. Glatze, kampfgeschädigte, krumme Nase, Metallbehängung, schwere Stiefel, deren Knallen er sogar über das Rauschen des Verkehrs hinweg zu hören vermeinte. Und bingo, er war bewaffnet, das ging schon aus der Art und Weise hervor, wie er die Taschenlampe in der linken Hand hielt, während die rechte die Ausbuchtung unter seiner Jacke vergrößerte. So lief man sonst bloß durch die Gegend, wenn man ernsthaft Bauchschmerzen hatte. Ohne Zweifel, dies war ein Mann fürs Grobe. Oder ein Zivilbulle? Sah nicht so aus, aber wusste man's?

Westerkamp schwenkte Richtung Raststätte, um die Rückkehr des Fahrers des Sattelzugs nicht zu verpassen. Zwar würde er ihn erst sicher identifizieren können, wenn er auf diesen Ausweichparkplatz hier zusteuerte, aber er wollte möglichst vorbereitet sein. Sobald sich der Fahrer dann außer Sichtweite der anderen zwei befände, konnte er Kira losschicken, die ihn in Schach halten würde, schön lautlos. Aber nein, von der Seite drohte vorläufig keine Gefahr, niemand hielt auf diesen Parkbereich zu, und so richtete er das Fernglas wieder auf den Glatzkopf.

War das der zweite Mann, mit dem der gerade redete? Kleiner, drahtiger, irgendwie – gemeiner? Doch, die Körperhaltung verriet auch Nummer zwei. Irgendwas hatten die beiden zu bereden, und sehr freundlich wirkte die Unterhaltung nicht. Schließlich trennten sie sich und nahmen ihre Suche wieder auf. Gut so, Westerkamp war erleichtert, Systematik war vorhersehbar, blinder Aktionismus hingegen machte ihn nervös. Abermals richtete er das Fernglas nach links.

Aus der Rauchergruppe löste sich ein Mann und steuerte nach rechts, ohne zuvor die Fahrbahn zu queren. Verdächtig. Westerkamp behielt ihn im Auge und fokussierte. Der Typ war annähernd so breit wie hoch und nachlässig gekleidet. Er schlurfte gemächlich, rauchte noch immer oder schon wieder, und sofern er keinen Knopf im Ohr trug, führte er gerade Selbstgespräche.

Westerkamp schwenkte zum Glatzkopf. Halbe Strecke, er drückte auf die Stoppuhr. Acht Minuten, minus etwa drei, blieben fünf. Höchstens. Zurück zum Dicken. Doch, sofern der Mann nicht bloß unbeobachtet siebzig Cent sparen wollte, musste es sich um den Fahrer des Sattelzugs handeln. Er beugte sich zu Kira hinab.

»Wache«, flüsterte er und deutete auf die Zufahrt, »still.«

Kira nickte und stürmte los. Sie wusste, was zu tun war, schließlich hatten sie das oft genug geübt. Den ultimativen Test hatte er mit Frauke durchgeführt, allerdings ohne deren Wissen. Hatte prima geklappt. Trotzdem wäre Westerkamp gern dabei, wenn sie den Dicken in Schach hielt, ihm einzig den Rückzug gestattete, leise, und umso bedrohlicher knurrte, sollte er es wagen, sich ihr auf mehr als drei Schritte zu nähern. An Kira würde kein Weg mehr vorbeiführen, bis er sie zurückrief und den Fahrer zum Freund deklarierte. Westerkamp wandte sich um und eilte zum Sattelzug.

Die Tür des Containers stand noch immer sperrangelweit offen, der Boss stand vornübergebeugt und kramte im schwachen Licht seiner auf einem Kartonturm abgelegten Taschenlampe in einem Umzugskarton. Westerkamp räusperte sich dezent. »Zwei Mann«, flüsterte er, »beide bewaffnet, in vier Minuten sind sie hier. Der Fahrer ist auch schon unterwegs, aber den hat Kira im Griff.«

Der Boss richtete sich auf, eine in Luftpolsterfolie verpackte Figur in Händen, die er sorgsam in einer nahezu vollen Klappbox verstaute. Er wies mit dem Kinn darauf. »Bringen Sie die rüber und decken Sie sie ab«, ordnete er an, während er schon den einen Karton verschloss und sich dem nächsten zuwandte.

Westerkamp nahm die Box auf und taumelte leicht. Zu viel Kraft, schwer war das Zeug nicht. Die Figur starrte ihn durch die Folie an, ein strenger Blick, schien es ihm. »Wie viele Kartons noch?«, fragte er.

»Vier.«

Einer pro Minute? Unwahrscheinlich. Westerkamp ging hinüber zum Wagen und staunte nicht schlecht, als er ein Magnetschild auf der hinteren Seitentür entdeckte. Es dauerte einen Moment, bis er den Sinn der Aufschrift erfasste. Event-Catering, begriff er endlich, Platzhalter für »Cat« war die Silhouette einer sich die Pfoten leckenden Katze. Ausgerechnet. Er würde darauf achten müssen, dass Kira sie nicht zu Gesicht bekam.

Auf der Ladefläche stand bereits eine randvolle Klappbox. Die zusammengefaltete Tischdecke, die obenauf lag, würde eine Frau kaum täuschen: zu knittrig. Er stellte die zweite Kiste daneben und deckte auch sie weisungsgemäß ab. Reichte der Platz für die dritte? Könnte knapp werden. Zeit war noch knapper, also nahm er die Kiste jetzt wieder auf, lagerte sie auf der Rückbank hinter dem Beifahrersitz und schnallte sie sogar an. Nahezu lautlos drückte er die Tür zu. Das Magnetschild auf dieser Seite hatte Schlagseite, stellte er fest und rückte es gerade.

Zeit, dem Boss Dampf zu machen, dachte er und schickte sich gerade an, um den Wagen herumzugehen, als er auf einem Bein stehend erstarrte wie ein verdammter Flamingo: Der Gemeine stand mit erhobener Waffe neben der offenen Containertür. In einer einzigen Bewegung senkte Westerkamp den Fuß, klappte vornüber, zog seine Waffe und kauerte sich hinter den ML.

Was tun?, überlegte er fieberhaft. Vor allem musste er schnell handeln, denn der Boss würde sich wundern, wo er blieb, und jeden Augenblick aus dem Container herauskommen. Er würde den Teufel tun und den Kerl ohne Not mit der Waffe verletzen oder gar töten, auch wenn der Boss womöglich genau das im Sinn gehabt hatte.

Zweites Problem: Wo steckte der Glatzkopf? Westerkamp sicherte sich nach den Seiten und nach hinten ab, bevor er sich bäuchlings auf den Boden legte und den Bereich um den Sattelzug absuchte. Nichts zu erkennen. Was noch lange nicht hieß, dass es sich hier wirklich um einen Alleingang des Gemeinen handelte. Wahrscheinlicher war, dass der Glatzkopf auf der anderen Seite lauerte. Er drückte sich hoch auf die Knie und spähte vorsichtig über das Heck. Situation unverändert.

Wieder bückte er sich, legte die Waffe ab und zog das Handy aus seiner Westentasche. SMS: »Drin bleiben und reden – zweistimmig.« Und ab dafür. Hoffentlich begriff der Boss die Nachricht. Hoffentlich las er sie überhaupt. Warten. Sichern. Weiter warten. Endlich vermeinte er, Gemurmel zu hören. Doch, er linste zum Gemeinen, der hatte es auch vernommen, hörte ausgesprochen gebannt zu. Perfekt.

Westerkamp stopfte das Handy zurück in die Tasche, nahm die Waffe zur Hand und begab sich abermals in Bauchlage. Zentimeterweise robbte er um den Wagen herum und wünschte, er wäre dünn genug, um drunter durchzurutschen. Ihm war allzu bewusst, welch unzulänglichen Schutz das Heck bot. Genau genommen gar keinen, stellte er fest, als er sich auf der Höhe des Reifens befand. Außerdem war er zu weit entfernt, als dass er den Mann überraschend von den Beinen holen könnte. Total verschätzt.

Planänderung. Er rutschte rückwärts, bis er es wagen konnte, aufzustehen. Gebückt schlich er um den ML herum, hoffte, der Boss würde weiterlabern. Machte er, wie er hören konnte, als er dem Gemeinen seine Waffe ins Genick drückte. Der zuckte nicht mal zusammen. Ganz schön abgebrüht.

»Waffe runter, nach hinten schieben«, befahl er leise und trat einen Schritt zurück, sollte der Kerl auf Ideen kommen.

Kam er nicht. Er legte die Waffe auf den Boden und schob sie mit dem Fuß nach hinten, bevor er sich mit erhobenen Händen langsam umwandte. »Und nun?«, fragte er spöttisch.

»Hinlegen, Hände so, dass ich sie sehen kann«, ordnete Westerkamp an und hätte sich am liebsten auf die Zunge gebissen, so beknackt hörte sich das im wirklichen Leben an.

Der Mann schien seiner Meinung, denn er schüttelte den Kopf, kam der Aufforderung jedoch nach, wenn auch im Schneckentempo. Mach hin, dachte Westerkamp ungeduldig, hob die Waffe des anderen auf und ging um ihn herum.

Kira saß am Ende des Parkplatzes, deutlich gelangweilt. Offenbar hatte der Fahrer den Versuch, an seinen Sattelzug zu gelangen, einstweilen aufgegeben. Westerkamp pfiff. Kira schaute zunächst Richtung Raststätte, dann zu ihm und wieder zurück, bevor sie sich schließlich aufmachte. Vergleichsweise gemächlich, anscheinend war der Fahrer noch zu nah für ihren Geschmack.

»Fertig?«, fragte er den Boss und vergewisserte sich, dass der Glatzkopf nicht auf der anderen Seite des Sattelzuges lauerte. Niemand zu sehen.

Der Boss nickte, schob die letzte Klappbox Richtung Tür und machte sich daran, rückwärts vom Container zu klettern.

Westerkamp schaute noch einmal kurz nach rechts. Die Beine des Gemeinen ragten in sein Blickfeld, reglos, alles friedlich. Er legte dessen Waffe auf die Box. Nichts wie weg, ehe der Glatzkopf doch noch auftauchte, trieb er sich an und griff nach der Kiste. Kira bellte, einmal nur, komisch, dachte er, und eine Woge von Unbehagen erfasst ihn, Fluchtinstinkt, erkennt er verwundert, ein Impuls, der ihm völlig fremd ist, in all den Jahren ist er vor nichts und niemandem abgehauen, aber jetzt, jetzt will er rennen, doch seine Füße sind bleischwer, die Beine gehorchen ihm nicht, er spürt etwas wie eine Veränderung des Luftdrucks, kaum mehr als eine Ahnung, und in diesem Moment trifft etwas mit voller Wucht auf seinen Hinterkopf, er hört den Aufprall, verwundert sucht er zu begreifen, taumelt, und dann erst explodiert der Schmerz in seinem Schädel, lässt sich partout nicht abschütteln, ein sternsprühendes Feuerwerk, prachtvoll, wenn es nur nicht so wahnsinnig wehtäte, und er geht zu Boden wie gefällt.

Westerkamp erwachte davon, dass Kira ihm das Gesicht abschlabberte. Er wandte den Kopf ab, um ihrer Zunge zu entkommen, und fand sich Auge in Auge mit dem Glatzkopf. Nur dass der gar nichts mehr sah. Nie wieder etwas sehen würde.

7

Marilene hinterfragte selten, warum sie seit jeher Todesanzeigen las, eine Gewohnheit, die sie nicht einmal mit ihrem Umzug abgelegt hatte, obgleich nicht zu erwarten stand, dass sie einen der Verstorbenen kannte. Daher begnügte sie sich mit dem Errechnen des Alters, die erste, wenn auch nicht allzu schwierige Denkaufgabe des Tages, die aus unerfindlichen Gründen ihre Hirntätigkeit in Gang setzte und sie wacher machte, als Kaffee und Nikotin es vermochten.

Die Texte las sie meist nur, wenn sie auf jemanden stieß, der jünger gewesen war als sie selbst, die tragischen Unglücksfälle, die langen, schweren Krankheiten, durchweg mit großer Geduld ertragen. Floskeln, die dem Leiden, das dahintersteckte, nicht gerecht wurden und all den Zorn, die Wut, die Verzweiflung leugneten. Die gepriesene Geduld, mutmaßte sie, war bestenfalls Fassade, um nur ja niemanden zu belasten, die Maske, hinter der sich der Tod ein gnädigeres Antlitz zu geben suchte. Totenmaske.

Morbide, schalt sie sich mit sturer Regelmäßigkeit und konnte doch nicht davon lassen. Vielleicht lag es an der Erleichterung, die sich stets einstellte, dies Du-bist-tot-ich-lebe, das nicht von Häme rührte, sondern sie in die Lage versetzte, den kleinen Widrigkeiten des Alltags einen angemessenen Platz zuzuweisen, und der lag nicht in der ersten Reihe. Küchenpsychologie, mokierte sie sich und blätterte die Seite um.

Oh, schon wieder jemand, der nur, Moment, zweiundvierzig geworden war, das tragische, unbenannte Unglück, ein Verkehrsunfall vielleicht oder ein herabgefallener Dachziegel, ein Stromschlag, der den ungeübten Heimwerker traf, ein beneidenswert schneller Abgang, denkt sie, und noch während ihre Phantasie die potenziellen Katastrophen durchspielt, ahnt sie, dass diesmal etwas anders ist, dass dies Unglück sie trifft, ein naher Einschlag, allzu nah. Sie wischt den eingelegten Werbeprospekt fort, und ihr Blick trübt sich, ein Selbstschutz, der nicht greift, denn sie kann nicht umhin, zu blinzeln, den Schleier fortzublinzeln, der vor Gewissheit bewahrte. Ungläubig schnappt sie nach Luft, wo keine ist, will rufen, schreien, doch ihr versagt die Stimme, ein staubtrockenes Krächzen nur, das niemand hören wird. Die Zeitung zittert, dass die Buchstaben vor ihren Augen tanzen, ein Erdbeben, denkt sie, und in gewisser Weise ist es genau das: ein Erdbeben.

Ein L, ein O, ein T, ein H, ein A, ein R – Lothar. Wirklich Lothar? Die Zeitung entgleitet ihren Fingern und trudelt auf den Tisch. Der Falz steckt vorwitzig seine Nase in ihre Kaffeetasse und saugt die Flüssigkeit auf, die sich wie ein Lauffeuer verbreitet, wohingegen der untere linke Rand der Zeitung in der Erdbeermarmelade auf ihrer Scheibe Toastbrot landet. Blut, in Wahrheit handelt es sich um Blut, erkennt Marilene. Mit ebensolcher Klarheit weiß sie, dass der Verlust dessen, was noch nicht gewonnen ist, ja, was sie immer behauptet hat nicht zu wollen, ungleich schwerer wiegt als jeder andere. Die ganze Tragik eines nicht gelebten Lebens bricht über sie herein, einem tosenden Fluss gleich, der sie mit sich reißt, ihr seine kalte Faust in den Magen stößt, dass sie sich krümmt und wehrlos sich ergibt, kopfüber, kopfunter, ohne jede Orientierung, jeden Halt, mach, dass es schnell geht, bitte.

»Guten Morgen, du Schlafmütze! Du trödelst, wenn ich das bemerken darf.«

Gerrit. Sie hebt die Hand, halbherzig nur und wie zum Abschied, und dass sie ihn hören kann bei all dem Wasser, das in ihren Ohren rauscht, wundert sie schon nicht mehr.

»Ich soll dir schonend was beibringen, aber ich bin nicht sicher, wie das geht, da waren meine Anweisungen sehr ungenau, also dachte ich … Oh«, Gerrit beugt sich über sie, die Falten auf seiner Stirn tief wie Krater, »du weißt es schon?«

Sie deutet stumm auf die Zeitung.

Minuten ticken, nein, Sekunden, Stunden?, einerlei.

»Was?«

Gerrits Faust fliegt auf den Tisch, erwischt die Zeitung, dass das Blut nur so spritzt, nein, Erdbeermarmelade. Oder Ketchup? Sie kann sich nicht erinnern.

»Marilene, nein. Marilene? Hörst du? Nein.« In Großbuchstaben jetzt, als könnte dies noch etwas ändern. »Das ist nicht wahr, okay?«

Er holt aus, wie um sie zu schlagen, und sie duckt sich nicht, vielleicht hilft der Schmerz gegen den Schmerz, nein, das ist nicht logisch, da hält er inne, die Hand in der Luft, Dornröschens Koch, oder war's der Diener?

»Lothar ist in der Notaufnahme«, stolpert Gerrit voran, »nichts Schlimmes, soll ich sagen, und das stimmt auch, sonst hätte er mich ja nicht anrufen können, ich schwöre, es geht ihm gut, es gab einen Unfall, nur ein paar Beulen, sagt er, nicht mehr, hörst du? Das da«, er sticht mit dem Finger auf die Zeitung ein, »ist eine Lüge, eine ganz gemeine Lüge! Mann, du hast ihn doch gestern gesehen! Sterben und Todesanzeige zeitgleich – das funktioniert nicht.«

Logisch, denkt Marilene, das weiß doch jedes Kind. Erste Zweifel regen sich, taumelnd noch, Lüge oder Logik, Logik oder Lüge, und plötzlich spuckt der unvermindert tosende Fluss sie ans Ufer, und sie krallt sich in die Böschung, zerrupft, erschöpft, aber unbestreitbar lebendig.

»Du musst Paul anrufen, oder soll ich? Er kann rauskriegen, wer dahintersteckt. Hinter der Anzeige und hinter dem Unfall. Das war bestimmt gar keiner, wetten? So viel Zufall gibt's nicht. Hörst du?«

»Ich bin ja nicht schwerhörig«, fuhr Marilene ihn an und stand auf, um das Telefon zu suchen.

***

Perfide, dachte Paul Zinkel, nachdem er das Gespräch beendet und die Zeitung aufgeschlagen hatte. »Durch ein tragisches Unglück aus unserer Mitte gerissen«. Wie krank musste ein Hirn sein, um einen Todesfall anzuzeigen, der reine Erfindung war? Wenn es dabei um Männles berufliche Existenz ging, würde der oder die Unbekannte es wohl nicht dabei bewenden lassen. Was käme als Nächstes?

Die wichtigere Frage war natürlich, wem dieses Hirn innewohnte. Er rief seine Kollegin Charlie an und bat sie herauszufinden, wer für die Anzeige verantwortlich war. Mit Männle wollte er selbst sprechen, Urlaub hin oder her.

Zinkel kannte Männle nur flüchtig, doch er war ihm ruhig und besonnen vorgekommen, nicht wie jemand, der dazu neigte, Gespenster zu sehen. Marilenes Vermutung hingegen, der Unfall sei ein Anschlag gewesen, beruhte wahrscheinlich auf einer gewissen Hysterie, was er ihr nicht mal verdenken konnte, denn das Zusammentreffen beider Ereignisse war schon merkwürdig.

Zinkel beschloss, Männle in der Kanzlei zu interviewen, statt in die Notaufnahme zu fahren, wo nichts vertraulich blieb. Eine Ausrede natürlich, gab er zu, er schätzte Krankenhausbesuche in etwa so wie ein Vegetarier den Gang zum Metzger. Leider neigten Opfer von Gewalttaten dazu, dermaßen lädiert zu sein, dass es sich oft nicht vermeiden ließ. Sofern sie nicht sowieso tot waren. Das allerdings kam in Ostfriesland seltener vor, als die zahlreichen hier angesiedelten Kriminalromane nahelegten.

Nicht sein Genre, wirklich nicht. Als er letzte Woche in einer Buchhandlung nach Urlaubslektüre gestöbert hatte, war ihm kaum etwas anderes untergekommen. Aus reiner Neugierde hatte er sich einige Klappentexte vorgenommen, und die Anhäufung von brutalsten Serienkillern hatte ihn ordentlich ins Grübeln gebracht, bis er sich zu guter Letzt kopfschüttelnd in die übersichtliche Zone der gewaltfreien Bücher verzogen hatte.

Serienmörder, meine Güte!, sann Zinkel wieder, während er sich eine Tasse Kaffee einschenkte. Ja, ein Mord konnte schon mal einen weiteren nach sich ziehen, wenn es ums Vertuschen der ersten Tat ging, aber das hatte mit Serienmördern, wie sie der Phantasie mancher Autoren entsprangen, rein gar nichts zu tun. All die Killer, die Folterer, die ihre blutige Spur vornehmlich durch deutsche Provinzen zogen – ein typisches Beispiel für die Übertragung amerikanischer Verhältnisse, wo seltene reale Fälle den Stoff, aus dem die Alpträume waren, für Filme und Bücher lieferten. Was früher die Lust am harmlosen Grusel, wurde zunehmend zur Lust an brutaler Gewalt. Er konnte das nicht nachvollziehen, was durchaus an seinem Beruf liegen mochte. Die Widerwärtigkeiten, denen er begegnete, reichten ihm.

Dabei war das gar nichts gegen das, womit sich die Kollegen im Bereich Internetkriminalität herumschlagen mussten. Ekelhaft, was da in der Anonymität des globalen Netzes verbreitet und millionenfach angeklickt wurde. »Geliked«, was für ein Hohn! Es gab wahrlich mehr kranke Hirne auf der Welt, als man meinen mochte. Und sie wurden viel zu selten belangt.

Zinkel merkte, dass er seine eigene Argumentation widerlegte, und vertagte das Thema. Er sah auf die Uhr, kaum neun, zu früh noch, wer wusste schon, wie harmlos Männles Verletzungen wirklich waren und wie lange das in der Klinik dauern würde.

Er nahm seine Tasse und ging nach unten, um einiges langsamer als gewöhnlich: Die Gartenarbeit der letzten Tage steckte ihm in den Knochen, und seine Beine protestierten bei jeder Stufe. Fitnessprogramm, Selbstkasteiung oder eine Mischung aus beidem, auf jeden Fall hatte die Plackerei sich gelohnt, lobte er sich, als er die Wohnungstür öffnete und einen ersten Blick auf seine frisch bepflanzten Beete warf.

Mit dem Regen der letzten Nacht, der fast schon Sintflut gewesen war, hatte es sich mächtig abgekühlt, folglich streifte er seine Fleecejacke über, bevor er die Reihen abschritt. Fast war er geneigt zu grüßen, guten Morgen, du Schöne, jedoch von Wachstum keine Spur, und so verzichtete er darauf. Zweifelsohne war es vermessen, so schnell so viel zu erwarten.

»Das wächst nicht schneller, wenn du zuschaust«, piepste es von hinter der Hecke.

Jule oder Janne.

»Sagt Mama«, erläuterte die Schwester und wagte sich aus der Deckung, um sich neben ihn ins nasse Gras zu stellen und mit schräg geneigtem Kopf sein Werk zu begutachten.

Jule, glaubte er, Janne war die Schüchterne. Aber manchmal tauschten sie die Rollen. »Bist du sicher?«, fragte er zurück.

»Ja«, sagte vermutlich Janne und gesellte sich zu ihnen, »aber reden hilft.«

»Echt?« Zinkel hockte sich vor das kümmerlichste Pflänzchen, bedauernd, dass er die Kärtchen, die in den Töpfen gesteckt hatten, zwar aufgehoben, aber nicht mit in den Boden gesetzt hatte, und befahl: »Wachse, du Wicht!«

»So doch nicht«, beschied ihn vermutlich Janne. »Das ist ein Rittersporn, und er ist zwar noch klein, aber trotzdem mögen Ritter es gar nicht, wenn man sie Wicht nennt.«

Sie kniete sich neben ihn und breitete die Hände wie zum Schutz um die Pflanze. »Guten Morgen, lieber, kleiner Ritter, dir geht's hier ja richtig gut, du hast viel Wasser bekommen und eine gute Erde, und die Umgebung ist auch nicht schlecht«, murmelte sie beschwörend. »Paul hat das nicht so gemeint, er muss noch lernen, dass Pflanzen Gefühle haben, aber er passt sicher gut auf dich auf, er ist schließlich Polizist, da kann der das, und wenn deine Zeit gekommen ist, wirst du ganz toll wachsen und richtig schön blühen. Siehst du? So macht man das.«

Ganz sicher Janne, die ihn fragend aus glasklarem Blau anschaute. Judiths Augen. Paul schwankte zwischen Lachen und Tränen der Rührung, die er sich eigentlich nicht erklären konnte. »Ich werd's mir merken«, gelobte er feierlich und stand derartig ungelenk auf, dass der Kaffee überschwappte. »Scheiße!«, fluchte er und blickte an sich hinunter. Die Jeans sah aus wie …

»Sagt man nicht«, kam es im Chor, und Jule hielt die Hand auf. »Macht einen Euro.«

»Was?«, entrüstete er sich. »Das ist ja Wucher.« Er kramte die Münzen aus seiner Hosentasche: Kupfer, bis auf einen Zweier. »Hab nur zwei«, erklärte er.

»Das macht nichts«, Jule schnappte sich die Münze, »dann hast du noch einen gut. Das Sch-Wort ist nur bei Ameisenscheiße erlaubt.«

»Hä?« Zinkel kratzte sich ratlos am Kopf.

»Na, beim Fotografieren«, erläuterte Jule. »Ob du das auch sagen darfst, wenn du nicht gerade fotografiert wirst, musst du Mama fragen. Ich glaub aber nicht.«

»Aha. Und ihr zockt mich hier nicht ab? Ein Euro pro Schimpfwort? Ihr müsst ja steinreich sein.«

»Geht so. Am Anfang war's mehr, aber inzwischen passt Papa besser auf, weil er sich uns sonst nicht mehr leisten kann und uns adoptieren lassen muss.«

»Das war aber nur Spaß«, warf Janne ein, »er würde das nicht wirklich tun. Glaube ich.«

»Bestimmt nicht«, beruhigte Zinkel sie. Jannes Zweifel ließen Ängste erahnen, über die er nicht nachdenken mochte. Vielleicht sollte er doch mal ein ernstes Wort mit Enno reden. Aber wie sollte er aufrichtig versuchen, eine Ehe zu kitten, auf deren Scheitern er hoffte? Ameisenscheiße, fluchte er. Rein gedanklich. »Müsstet ihr nicht in der Schule sein?«, wechselte er das Thema. Kopf in den Sand, überhaupt nicht seine Art.

»Ferien«, flötete Jule dreisilbig in einem Wie-kann-man-nur-so-blöd-sein-Tonfall.

»Ach, schon wieder?« Er hatte vergessen, dass die Ferien hier immer unter der Woche begannen und endeten.

»Was heißt schon wieder? Das letzte Mal ist ewig her«, sagte Jule. »Weihnachten. Genau wie bei dir.«

Er schmunzelte. Die Dimension von Zeit lag im Empfinden des Betrachters; was sich für ein Kind unendlich dehnte, verging später in einem Wimpernschlag. »Nach den Zeugnissen hattet ihr auch frei«, widersprach er.

»Zwei Tage«, maulte Jule, »das zählt nicht.«

»Seid lieber froh, dass ihr was lernen dürft.«

»Viel lernen müssen wir nicht, Janne ist sowieso die Beste, und ich bin gleich dahinter.«

»Schlecht abgeschrieben?«, lästerte er und duckte sich vorsichtshalber.

»Hab ich gar nicht nötig.« Jule stemmte die Hände in die Hüften. »Sag du's ihm«, wandte sie sich an ihre Schwester.

»Sie ist wirklich ziemlich gut in der Schule, obwohl sie nie lernt und am liebsten immer schwänzen will, aber das erlaube ich nicht, weil ich dann für sie lügen muss, und das kann ich nicht so gut.«

»Oh«, sagte Zinkel und meinte oh-oh.

»Hab ich was von Romanen erzählen gesagt?« Jule blitzte Janne ungnädig an. »Du sagst doch sonst kein Wort zu viel. Ehrlich«, richtete sie sich treuherzig wieder an Zinkel, »das war nur ein einziges Mal und ist schon ewig her. Alles easy.«

Schon wieder Ewigkeit. Was er eben noch belächelt hatte, war ihm nun suspekt. Zinkel registrierte, wie Jule die rechte Hand zum Schwur hob, die linke wanderte ganz unauffällig hinter ihren Rücken.

Innerlich ächzte er unter der Last des nächsten sich anbahnenden Dilemmas: Einerseits wollte er die Mädchen nicht verpetzen, es nicht zu tun, konnte andererseits Folgen haben, die er nicht einzuschätzen vermochte. Oh, und er hätte glatt einen legitimen Grund, Judiths Nähe zu suchen. Aber wer wusste schon, wohin das wiederum führte? Die Antwort war naheliegend. Betonung auf liegend.

»Okay«, sagte er und vertrieb die Vorstellung, »dann lassen wir das mal vorläufig so stehen. Dir ist aber klar, dass ich meine Methoden hab, herauszufinden, ob du Sch… Mist baust?«, kehrte er den Polizisten raus und hoffte, allein die Drohung reichte.

»Kommt nicht wieder vor, ehrlich«, behauptete Jule kleinlaut.

»Was bedeutet Schmist?«, lenkte Janne ab, ihrer Schwester beispringend.

»Ein halbes Schimpfwort, ist schon okay«, winkte Jule ab.

»Beamtenbestechung«, knurrte er, »und jetzt ab mit euch, ich muss gleich los.«

»Wohin?« Die Neugier einte die Schwestern vollends.

»Zu einem Anwalt«, sagte er im Wissen, dass ihre Spekulationen wilde Blüten treiben würden.

»Denk dran, deine Hose zu wechseln«, erinnerte Janne ihn.

»Genau«, sagte Jule, »sonst verteidigt er dich nicht. Außerdem sieht das aus, als ob –«

Zinkel schnitt ihr das Wort ab: »Sag's nicht.«

Er scheuchte die beiden fort, und, oh Wunder, sie gehorchten sogar.

Ihrem sich entfernenden Kichern nach zu urteilen, zerbrachen sie sich bereits die Köpfe über denkbare Schandtaten. Welches Vergehen sie ihm zutrauten, würde er bald genug erfahren, denn sie würden Enno deswegen gnadenlos löchern. Grinsend ging er zurück ins Haus, um die Hose zu wechseln, bevor er sein erst letzte Woche erworbenes Fahrrad aus der Garage holte.

Seit seiner Kindheit war er nicht mehr Rad gefahren, und er hatte geglaubt, es handele sich um eine Fähigkeit, die man nicht verlernte. Der Verkäufer hatte widersprochen und ihm zum Hollandrad geraten, doch die Sitzhaltung darauf erinnerte Zinkel entfernt an die von Harley-Fahrern, einer fragwürdigen Spezies, der bevorzugt Rocker oder alternde Gerade-nicht-Rocker auf der Suche nach ihrer Jugend angehörten.

Er wollte ein bisschen was für die Gesundheit tun, ohne deswegen gleich ins Fitnessstudio zu rennen. Und er wollte sportlich wirken, wenn schon nicht wirklich sein, und zwar auf dezente Weise. Also nix mit Radlerhose oder sonstigem Schnickschnack, und auf einen Helm verzichtete er auch, da wär ja nun jedem gleich klar, dass er kein Ostfriese war. Beherzigt hatte er allein den nicht sonderlich geschickten Hinweis des Verkäufers, dass ältere Herrschaften zumeist Tiefdurchsteiger bevorzugten. »Definieren Sie älter«, hatte er gefordert. Der Typ war ganz schön ins Schwitzen gekommen, hatte aber klugerweise geschwiegen. Schließlich hatten sie sich auf dieses Damenrad geeinigt.

Zinkel schaute die Straße hoch und runter, keine Zeugen oder potenziellen Hindernisse in Sicht; einen Blick aufs Haus der Lübbens mied er wohlweislich, ihm war ohnehin klar, dass die Mädchen sich die Nasen an der Scheibe platt drückten. Er stieg aufs Rad und trat beherzt in die Pedale. Verdammt wacklig, anscheinend war seine nächtliche Übungseinheit auf dem Parkplatz von Multi-Süd etwas zu kurz ausgefallen. Oh, und etwas Entscheidendes hatte er völlig vergessen: einhändig fahren zu üben, um einen Richtungswechsel anzeigen zu können. Er versuchte, das Tempo mittels Rücktrittbremse zu drosseln, doch die griff nicht. War das Teil etwa schon hinüber?, ärgerte er sich und sprang im Fahren ab, auch dies ausgesprochen ungeübt, aber es ging gerade noch mal gut. Im Nachhinein pries er den Verkäufer für das Damenrad. Dann erinnerte er sich: Handbremse. Depp, schalt er sich und kreuzte schiebend die Straße.

Auf dem Radweg fühlte er sich merkwürdigerweise sicherer, und das, obwohl er ständig überholt wurde: von Müttern mit krähenden Kleinkindern in Kindersitz oder Anhänger, von Rentnern, die es irgendwie immer eilig zu haben schienen, von einem Maler, Farbeimer und Pinsel im Fahrradkorb, die Leiter, er traute seinen Augen nicht, schleppte er in einer Hand. Sogar ein Hochbetagter rauschte an ihm vorbei, der jedoch schien noch etwas wackliger zu fahren als er selbst. Nur die Jugendlichen schliefen offenbar noch den Schlaf der Erschöpften, und das war ein Segen. Auch so schon hielten sich längst nicht alle an das Rechtsfahrgebot, und bei Gegenverkehr geriet das Ausweichen zum Schlingerkurs, der ihn seinen Entschluss, keinen Helm zu tragen, überdenken ließ. Allerdings, fand er, rechtfertigte sein Tempo die Maßnahme noch nicht ganz.

Der Bahnübergang Bremer Straße kam in Sicht. Die Schranken waren unten, und davor hatte sich ein langer Fahrrad- und Autostau gebildet. Aufsitzen und Anfahren im Pulk, oh je, dachte er, doch jetzt hoben sich die Schranken, und die Eiligsten duckten sich unter ihnen hinweg, den Stau entzerrend, sodass er unbedrängt seinen Weg fortsetzen konnte. Als er unfallfrei die Bergmannstraße erreichte, war er ziemlich stolz auf sich. Er stellte sein Rad in den Fahrradständer und schloss es sorgfältig ab, bevor er die Kanzlei betrat.

Die ältere Frau hinter dem Empfangstresen telefonierte gerade, suchte aber trotzdem Blickkontakt und hob in einer Bin-gleich-für-Sie-da-Geste die Hand. Zinkel nickte und setzte sich auf einen der beiden Wartestühle, nur um augenblicklich wieder aufzuspringen, als sich zu seiner Rechten eine Tür öffnete und Marilene zum Vorschein kam. Sie war etwas blass um die Nase, fand er.

»Ach, hallo, Paul«, sagte sie, »ich hab leider gar keine Zeit für dich. Ich versuche gerade, Lothars und meine Termine wahrzunehmen, und das ist etwas chaotisch.«

»Kein Problem«, beruhigte er sie. »Ist er denn noch nicht zurück?«

»Nein. Willst du warten, oder soll Frau Heeren«, sie deutete mit dem Kopf zum Empfang, »dich anrufen, wenn er da ist?«

Er bezweifelte, dass das klappen würde; Heeren nahm soeben ein weiteres Gespräch an, und es handelte sich offenbar um dasselbe Thema wie beim vorigen: die Todesanzeige. »Ich warte«, sagte er darum und setzte sich wieder, »kümmere dich nicht um mich.«

»Ja. Ich meine, nein. Wie auch immer«, sie winkte ab, hielt aber mitten in der Bewegung plötzlich inne. »Was wollte ich hier …? Na, egal, wird mir schon wieder einfallen«, murmelte sie, machte auf dem Absatz kehrt und verschwand in ihrem Büro.

Sie ist ziemlich durch den Wind, dachte Zinkel, das hatte er so nicht erwartet. Er fragte sich, woran das lag. Eine Beziehung zwischen Männle und ihr schloss er aus; erstens würden sie dann doch wohl zusammenleben, statt zwei Wohnungen im selben Haus zu unterhalten, und zweitens schien sie ein paar Jahre älter als er zu sein. Chauvi, wies er sich zurecht, warum sollte ein Altersunterschied nur andersherum akzeptabel sein? Trotzdem, jemand wie Männle, den Zinkels Wiesbadener Kollege Jens Hartmann stets als Schönling bezeichnet hatte, war im Hinblick auf Beziehungen wahrscheinlich vollkommen ausgelastet, eine Braut an jedem Finger, oder wie lautete diese alte Redewendung?

Und Marilene, okay, hässlich war sie nicht, aber eben auch kein Hingucker, sie war ganz nett, aber ihm war schleierhaft, worin ihre Anziehungskraft bestand. Männle hingegen zog stets alle Blicke auf sich – unabhängig von Alter und Geschlecht. Jetzt ist aber gut, rief er sich zur Ordnung, das geht dich rein gar nichts an. Neugierig war er gleichwohl. Gerrit würde natürlich Bescheid wissen, vermutete er, aber würde er auch plaudern? Er nahm den ausliegenden »Spiegel« zur Hand, um sich abzulenken.

Das Telefon bimmelte schon wieder. Nervig. Heerens Tonfall nahm allmählich etwas Leierndes an, kein Wunder, es ging wirklich permanent um die Anzeige. Auf einmal zog sie scharf den Atem ein. Er schaute hoch und folgte ihrem entsetzten Blick zur Eingangstür.

Männle humpelte auf Krücken herein. Bei der Auseinandersetzung womit auch immer hatte er ein blaues Auge davongetragen, eine ordentliche Beule seitlich auf der Stirn und diverse tief aussehende Kratzer, die relativ gleichmäßig übers ganze Gesicht verteilt waren. Das war der sichtbare Teil. Als Männle die Krücken gegen den Tresen lehnte und den Mantel auszog, erkannte Zinkel, dass sein Hemd in Fetzen hing und die Hose sich in keinem wesentlich besseren Zustand befand. Unwillkürlich kam ihm Hitchcocks »Die Vögel« in den Sinn. »Wie sieht der andere aus?«, erkundigte er sich und stand auf.

»Geknickt«, entgegnete Männle. »Aber deswegen sind Sie bestimmt nicht hier.« Er warf Zinkel einen skeptischen Blick zu. »Etwa doch?«

»Hm, hm.« Zinkel nickte.

»Gerrit oder Marilene?« Männle hob eine Braue.

»Vermutlich beide«, Zinkel grinste, »aber das Telefon hat Marilene in die Hand genommen.«

Männles Stirn glättete sich wieder.

Aha, dachte Zinkel, bei Gerrit hätte es sich um eine Indiskretion gehandelt, bei Marilene war's willkommene Sorge? Interessant. Nein, die Braue wanderte schon wieder nach oben, vielleicht täuschte er sich doch. »Können wir uns kurz in Ruhe unterhalten?«, fragte er.

»Gehen wir in mein Büro«, schlug Männle vor, humpelte voran und wartete, bis Zinkel die Tür hinter sich geschlossen hatte. »Ich hab Gerrit gegenüber von einem Unfall gesprochen – also warum sind Sie hier? Moment – waren wir nicht eigentlich schon beim Du?«, fragte er.

»Ich kann mich nicht mehr erinnern«, bekannte Zinkel, »aber das geht in Ordnung. Schilderst du mir den Vorfall?«, bat er, die erste Frage vorläufig ignorierend.

Männle zögerte, wie um sich zu sammeln. »Ich war auf dem Weg zum Amtsgericht«, sagte er schließlich, »zu Fuß. Ich weiß, das macht man hier nicht, aber es ist ja nur ein kurzes Stück. Ist das dein Fahrrad vor dem Haus?«, schweifte er ab.

Zinkel beschränkte sich darauf, zu nicken, und hob nun seinerseits die Brauen. Wieso kam Männle nicht zur Sache?

»Neu? Ich glaub, ich leg mir auch eins zu. Für kurze Strecken lohnt es sich wirklich nicht, das Auto aus der Garage zu holen.«

Ja, dachte Zinkel und schob die Unterlippe vor.

»Ich war früh dran, da ist mir eingefallen, dass ich mit einem Nachbarn noch etwas zu besprechen hatte. Plötzlich war da … ach, ich hatte auf einmal ein komisches Gefühl und hab mich umgedreht, und da kam dieses Auto auf mich zugerast. Ich konnte gerade noch zur Seite springen, bin dabei vom Bordstein abgerutscht und hab mir den Fuß verdreht und bin irgendwie in das einzige Rosenbeet weit und breit gestolpert, nur um am Ende doch noch zu stürzen.«

»Geknickt, jetzt verstehe ich.« Zinkel lachte über die verzögerte Pointe.

»Ich kann nicht erklären, wie genau ich da reingeraten bin«, fuhr Männle fort, »aber es war ein wahrlich einschneidendes Erlebnis, wie man sieht. Wenn die wenigstens schon zurückgeschnitten gewesen wären … Ich kann vor den Dornen einer Rose nur warnen: messerscharf.«

»Stacheln«, korrigierte Zinkel. Er konnte nicht widerstehen, mit seinem gerade erst angelesenen Wissen zu prahlen.

»Wirklich?«

»Ein verbreiteter Irrtum. Was für ein Fahrzeug?«, fragte Zinkel.

Männle hob die Schultern. »Kombi? Dunkel? Nichts Besonderes. Dreckig war es, auch die Scheiben. Man konnte nur ahnen, dass da jemand am Steuer saß, eher groß und schwer, also wohl ein Mann, aber das Ganze ging zu schnell, als dass ich Details wahrgenommen hätte.«

»Kennzeichen auch nicht?«

»Das vordere zumindest war völlig unkenntlich vor Dreck, das hintere hab ich nicht mehr gesehen.«

»Also Absicht, glaubst du?«, vergewisserte sich Zinkel.

»Ganz sicher«, behauptete Männle, »das hab ich gespürt, sonst hätte ich …« Er verstummte.

»Sonst hättest du was?«

»Mich gar nicht erst umgedreht«, sagte Männle mehr zum Fenster hinaus denn in seine Richtung.

Oha, dachte Zinkel. Von wegen, der Mann sah keine Gespenster.

»Frag Marilene, wenn du mir nicht glaubst.« Jetzt schaute Männle ihn wieder an, Herausforderung im Blick. »Oder deinen Kollegen aus Wiesbaden. Ich weiß zum Beispiel, dass der mich als Schönling bezeichnet hat, ohne dass er es mir gegenüber je ausgesprochen hat.«

Das war abstrus. Zinkel holte tief Luft und atmete langsam wieder aus. Ganz langsam. »Zeugen?«, fragte er.

»Nicht dass ich wüsste. Es gab ja auch kein Aufprallgeräusch, keine quietschenden Bremsen, da hätte schon jemand direkt danebenstehen müssen. Der Rosenfreund hat mich schließlich gehört, angeblich habe ich schwer geflucht. Er hat mich eingesammelt und ins Krankenhaus gebracht. Klingt nicht sonderlich glaubwürdig, das ist mir schon klar. Eben deswegen hätte ich die Polizei auch nicht eingeschaltet.«

Zeit, die Frage von vorhin aufzugreifen, befand Zinkel. »Marilene hatte einen guten Grund, mich anzurufen«, sagte er. Ihm fiel nicht ein, wie man etwas so Ungeheuerliches schonend übermitteln konnte. »Sie hat in der Zeitung eine Todesanzeige entdeckt«, fuhr er fort, »deine Todesanzeige. Sterbedatum ist heute.«

»Oh«, sagte Männle nur.

Zinkel konnte nachvollziehen, dass so etwas einem die Sprache verschlug, doch irgendwie klang die Silbe bedauernd.

Männle schloss die Augen. »Wenn ich das vorher gewusst hätte, hätte ich hier nicht den Narren gegeben.«

»Ich sag's nicht weiter«, versicherte Zinkel im Wissen, dass ihm ohnehin niemand glauben würde, am wenigsten Enno. »Also, wer hat was gegen dich?«, besann er sich auf Dinge, von denen er mehr verstand. »Will jemand dich beruflich fertigmachen, oder geht's um was Persönliches? Geht's womöglich gar nicht um dich, sondern um Marilene?«, stolperte er voran. »Läuft da was zwischen euch? Wäre Eifersucht ein Motiv?«

»Zu viele Fragen auf einmal«, bremste Männle, »die Nachricht meines Todes will verdaut werden.« Er humpelte hinter seinen Schreibtisch und ließ sich, leise aufstöhnend, in den Stuhl sinken.

Zinkel ließ ihm Zeit und setzte sich in einen der Sessel am Fenster.

»Naheliegend wäre natürlich, dass jemand diese Kanzlei in den Ruin treiben will«, sagte Männle nach einer Weile, »aber ich glaube nicht, dass das im Vordergrund steht. Vielmehr dürfte es sich um eine Art netten Nebeneffekt handeln, der uns beide trifft. Ich denke, du hast recht«, er senkte die Stimme, »in Wahrheit geht es um Marilene. Sie zieht Psychopathen magisch an, ich weiß nicht, woran das liegt. Und da kommt mir als Erstes dieser Grünberger in den Sinn.«

»Hast du den kennengelernt?«, erkundigte sich Zinkel.

»Nicht direkt.« Männle setzte ein maliziöses Grinsen auf. »Ich kann mir vorstellen, dass er sich rächen will, weil sie ihn nicht erhört hat, und wenn er mich ausschaltet, trifft er sie. Glaubt er. Zwar ›läuft da nichts‹«, er setzte die Formulierung in hörbare Anführungszeichen, »aber für einen Außenstehenden könnte das durchaus anders wirken.«

Zinkel vermeinte, ein »noch« herauszuhören, hakte jedoch nicht weiter nach. »Ich vermute, eure familienähnliche WG verstärkt den Eindruck«, sagte er. »Leider wissen wir nicht, wo Grünberger sich aufhält. Spurlos untergetaucht. Wenn er klug ist, hat er das Weite gesucht.«

»Ist er nicht, hat er nicht«, widersprach Männle. »Er ist sehr nahe. Und er fühlt sich sehr sicher.«

***

Die Türklingel riss ihn aus wilden Alpträumen und war insofern durchaus willkommen, jedoch übten sadistische Trommler ihre Wirbel auf seinem Hinterkopf, und was das betraf, hätte er es vorgezogen weiterzuschlafen. Westerkamp schaute auf den Radiowecker. Gleich Mittag. Kim müsste zu Hause sein. Es klingelte abermals. War sie nicht.

Ächzend richtete er sich auf, blieb einen Augenblick sitzen, bis der Schwindel sich gelegt hatte, und schlurfte auf wackligen Beinen in den Flur. Mit einer Hand das Geländer umklammernd, mit der anderen sicherheitshalber den Kopf an Ort und Stelle festhaltend, wankte er die Treppe hinunter. »Komme!«, rief er, krächzte er. Stimme war auch im Eimer, klang, als hätte er gesoffen. Hatte er nicht. Wohlweislich.

Der Störenfried, ein Bote anscheinend, hatte nicht aufgegeben, wartete ungeduldig trippelnd und mit überm Klingelknopf schwebendem Zeigefinger, dass ihm endlich jemand aufmachte. Westerkamp tat ihm den Gefallen, erschreckte ihn jedoch sichtlich, denn der Bote zog blitzschnell die Hand zurück, als fürchte er, eines Klingelstreichs bezichtigt zu werden.

»Moin«, brummte Westerkamp.

»Moin. Herr Westerkamp?«, fragte der Bote.

Er nickte, nein, er senkte den Kopf, mehr ging nicht, und er hoffte, dass er sich jetzt nicht auf die Jagd nach seinem Ausweis begeben musste. Die Aussage schien zu genügen, der Bote tippte auf dem Quittiergerät herum und streckte es ihm entgegen. Seine Unterschrift geriet ziemlich unleserlich. Den Boten interessierte das nicht weiter, er drückte ihm im Austausch für das Gerät einen dicken wattierten Umschlag gegen die Brust. Reflexhaft presste Westerkamp das Päckchen an sich, weich, ging in die Küche und legte es auf dem Tisch ab. Wahrscheinlich hatte Kim mal wieder ihr Taschengeld für irgendwas Schwarzes auf den Kopf gehauen.

Weiterschlafen war das Einzige, was Besserung seines Zustandes versprach, und so wandte er sich ab, um nach oben zu gehen, und stieß dabei gegen die Tischkante. Er rieb sich die schmerzende Stelle, ein blauer Fleck mehr, kam es darauf noch an? Sein Blick streifte den Umschlag. H. Westerkamp. Na so was, wunderte er sich, er bestellte grundsätzlich nichts im Internet. Sicherheitsbedenken. Kim nannte es Fimmel. Wie er Fummel nannte, was sie bestellte. Wortklauberei, vielleicht eine Idee sprunghaft. Kaffee? Okay, Kaffee.

Er bereute den Entschluss augenblicklich, viel zu anstrengend, doch als der Kaffee endlich durch war und ihm sein Duft in die Nase stieg, fühlte er sich schon beinah besser. Er trank einen Schluck, schmeckte nicht, den zweiten hinterher, schaltete das Radio ein, stellte die Tasse auf den Tisch und setzte sich. Skeptisch musterte er den Umschlag, konnte sich sein Zögern nicht erklären. Er schob ihn beiseite und nahm stattdessen die Zeitung zur Hand, das erschien ihm weniger problematisch.

Er fing hinten an, grinste über Hägar, nicht aber über den Kinderwitz, selten dämlich, erwog zu frühstücken, bezweifelte jedoch, dass sein Magen dem gewachsen wäre. Zwölf Uhr. Nachrichten. Dem Aufmacher war er ebenso wenig gewachsen, stellte er fest, als der Sprecher vermeldete: »Toter auf Raststätte gefunden.« Kein Traum, kein Alptraum, bittere Realität. Er hatte es nicht ernsthaft angezweifelt, natürlich nicht, er glaubte nicht an Wunder. Trotzdem hatte er wohl auf eines gehofft.

»Ein bislang unbekannter Mann ist am Morgen auf einer Raststätte an der A 1 bei Bremen tot aufgefunden worden. Eine Waffe wurde sichergestellt, allerdings ist noch nicht erwiesen, ob es sich um Mord oder Selbstmord handelt. Die Kleidung des Mannes deutet darauf hin, dass es sich um eine Tat im kriminellen Milieu handeln könnte. Zeugen, die im Verlauf der Nacht Ungewöhnliches beobachtet haben, werden gebeten, sich bei der Kripo Bremen oder der nächsten Polizeidienststelle zu melden.«

Das war ja noch recht unverfänglich, fand Westerkamp. Hallo Niedersachsen würde heute Abend sicher ausführlicher berichten und die Zeitung morgen auch. Er musste sich gedulden.

Wieder wandte er sich dem Umschlag zu. Diesmal nahm er ihn zur Hand. Tastete ihn ab, als könnte er so den Inhalt bestimmen. Konnte er nicht. Langsam und vorsichtig löste er das Klebeband, so weit, so gut, die Lasche klebte ebenfalls und gab seinem Ziehen nur widerwillig nach, doch schließlich war der Umschlag offen. Kein Rauch, kein Feuer, dachte er und kippte den Inhalt auf den Tisch.

»Boah«, entfuhr es ihm. Er konnte sich nicht erinnern, schon einmal einen Fünfhundert-Euro-Schein in Händen gehabt zu haben. Jetzt lagen gleich, er zählte, zählte abermals, vierzig davon vor ihm. Schweigegeld, verdammte Kiste, fluchte er. Sondertilgung, lockten die Scheine. Und ewig lockt das Geld, nein, das Weib, oder?

Er musste zur Polizei gehen, es ging nicht anders. Wenigstens den Chef informieren, schränkte er bereits ein. Und schon lief sein Gehirn auf Hochtouren: Die Scheine waren zu groß, das konnte er nicht einfach so einzahlen, zumindest nicht auf einmal. Gab es nicht sowieso Einzahlungsobergrenzen, bei deren Überschreitung automatisch die Behörden informiert wurden? Das musste er als Allererstes rauskriegen.

Geldwäsche. Er wusste nicht mal, was das genau war, irgendwas mit Firmen oder Scheinfirmen, und man brauchte auf jeden Fall einen bestechlichen Buchhalter. Wann immer der Begriff in den Nachrichten gefallen war, hatte er sich unwillkürlich einen Mafiaboss im Waschsalon vorgestellt, eine alberne Assoziation, gab er zu, aber wie hätte er auch ahnen sollen, dass er jemals in die Verlegenheit geraten würde, eine solche Summe verschwinden lassen zu müssen und sie trotzdem zu behalten? Er bezweifelte, dass sein Verstand ausreichte, so etwas durchzuziehen, ohne dass man ihm draufkam.

Ausgeben. Auch dafür waren die Scheine zu groß. Für Kleinkram würde kein Geschäft einen Fünfhunderter annehmen. Große Anschaffungen würde Frauke sofort hinterfragen. Vertrackt. Ausgesprochen vertrackt.

Im Übrigen war sein Hauptproblem natürlich nicht das Geld an sich, sondern wofür er es bekommen hatte. Er sollte einen Mord decken. Und er war es, der die Waffe des zweiten Mannes, des Gemeinen, so schön in Reichweite abgelegt hatte. War das schon Beihilfe? Falsche Frage, er war tatsächlich noch nicht wieder ganz klar im Kopf, auch darum ging es letztlich nicht. Was er wirklich decken sollte, war der Handel mit den antiken Gegenständen.

»Wenn Sie nicht wollen, dass ich zur Polizei gehe, dann sagen Sie mir jetzt, worum es wirklich geht«, hatte er, auf dem Beifahrersitz kauernd, gedroht, während der Boss Richtung Heimat steuerte, weil er selbst weit entfernt von fahrtüchtig gewesen war. Das Schweigen hatte sich hingezogen, aber am Ende hatte der Boss nachgegeben. Schmuggel also. Der Mann war schwer ins Schwärmen gekommen, was Westerkamp bei dem wirklich nicht erwartet hatte. Als sie zurück waren, hatte er ihm sogar eine der Figuren gezeigt, sie auch benannt, aber den Namen hatte er vergessen. Der Typ mit der Schale auf dem Kopf. Feuergott. Mexikanisch. So viel wusste er noch. Das Geschäft mit dem ollen Zeug musste äußerst lukrativ sein, wenn man bedachte, welche Risiken die Beteiligten eingingen. Die Kohle auf seinem Küchentisch bestätigte das.

Der Tote aber war für den Boss nicht mehr als ein Kollateralschaden. Vielleicht würde er sogar mit Notwehr davonkommen, bis zu einem gewissen Grad war es das ja auch gewesen, nur hatte er eben kein Interesse daran, dass überhaupt ermittelt wurde. Immerhin habe er ihm das Leben gerettet, hatte der Boss behauptet und war verärgert gewesen, als er feststellen musste, dass Westerkamp den zweiten Mann nicht endgültig außer Gefecht gesetzt hatte, sodass er entkommen war. Konkurrenz ausschalten. Dabei, vermutete Westerkamp, waren die beiden eher Handlanger denn Drahtzieher. Und das bedeutete womöglich, dass es weitere Versuche geben würde, an das Zeug heranzukommen. Dies war nicht allein Schweigegeld, begriff er, sondern ein Vorschuss.

Er schaute zum Fensterbrett. Das Telefon stand mal wieder nicht auf der Ladestation. Ein Omen. Dann entdeckte er es direkt neben seiner Kaffeetasse. In Reichweite. Ein Omen? Wenn er sich jetzt sofort an die Polizei wandte, wäre er gerade noch glaubwürdig. Ansonsten hing er mit drin.

Was war das? Er horchte. Irgendwas fiel im Flur polternd zu Boden. Kim war zurück. Oder Frauke. Er raffte das Geld zusammen und stopfte es zurück in den Umschlag.

***

Er könnte sich in den Hintern treten! Tammo Cassens stampfte mit dem Fuß auf den Boden, so heftig, dass es wehtat. Wieso nur hatte er sich auf diese blöde Sache eingelassen?

Ja, die Barkowitz war eine dumme Pute, und ja, sie war ungerecht. Er hatte bessere Noten verdient, alle sagten das, aber er konnte sich noch so gut auf Arbeiten vorbereiten, mehr als sieben Punkte hatte er nie bekommen. Und Unterrichtsbeteiligung fand praktisch nicht statt. Weil sie ihn nicht wahrnahm. Ihn als Menschen. Wenn er doch mal drankam, ging sie über das, was er sagte, einfach hinweg. Da konnte er sich das genauso gut sparen. Aber sein Vater machte langsam Druck. Wenn du so weitermachst, kannst du die Zulassung zum Studium vergessen, meckerte er praktisch jeden zweiten Tag. Was eigentlich genau das war, was Tammo wollte.

Anwalt zu werden war echt das Allerletzte auf seiner Wunschliste. Da stand Lehrer glatt noch weiter oben, obwohl er sich das bloß ganz spontan ausgedacht hatte. Über seine Noten zu diskutieren hätte eh nichts gebracht. Da war die Kuh knallhart. Ein anderes Thema war ihm nicht eingefallen. Cleverer wär's vielleicht gewesen, ihr an die Wäsche zu gehen, aber er stand nicht auf Oma-Sex. Na ja, getraut hätte er sich auch nicht.

Er wünschte, er hätte sich gar nichts getraut. Aber der Typ hatte ihm versichert, dass ihm nichts passieren konnte. Das Ganze gehe nur so weit, wie er das wollte. Von den Bullen und einer Anklage war nie die Rede gewesen. Wer konnte aber auch ahnen, dass der Direktor seinem Vater die Geschichte stecken würde, und zwar kaum dass er Kraushaars Büro verlassen hatte? Sein Vater hatte sich draufgestürzt wie ein verdammter Bullterrier auf die Wade des Postboten und sich so richtig festgebissen. Den konnte man nicht stoppen. Kein einziges Argument hatte gezogen. Nicht mal seine Behauptung, dass nicht nur die Barkowitz, sondern auch er selbst zum Gespött der anderen würde, sobald das Ganze rauskam.

Er hatte geglaubt, er könnte nur gewinnen. Auf ganzer Linie. Die Barkowitz würde die Schule verlassen. Er bekäme endlich die Noten, die er verdiente. Nicht zu vergessen die Kohle. Zweitausend Euro. Nur dafür, dass er der Barkowitz eins auswischte. »Warum sollte ich?«, hatte er gefragt, wenigstens das, und der Typ hatte ihm eins von dem Selbstmordversuch seines Sohnes erzählt. Er war also nicht der Einzige, den die Barkowitz so mies behandelte, und er war sich richtig – wie hieß noch gleich das

Fremdwort, das sie neulich in Reli gelernt hatten?, jetzt fiel's ihm ein – altruistisch vorgekommen.

Trotzdem war das Beste natürlich, dass er bis zum Abi nicht mehr arbeiten musste. Bei Multi Regale einräumen. So was Ödes. Seine Eltern vertraten nämlich die Ansicht, dass man nicht alles geschenkt bekommen sollte. Sie meinten natürlich bloß alles, was einen Stecker hat, beziehungsweise alles, was einen USB-Anschluss hat. Bücher konnte er so viele haben, wie er wollte. Also, die aus Papier, klaro. Voll antiquiert, die beiden.

Aus der Traum. Er wollte aus der Sache raus, entschied er, auch wenn er die Kohle zurückgeben musste, zumindest das, was davon übrig war. Den Rest musste er eben abbezahlen, ging nicht anders. Und wenn es sein musste, würde er sich bei der Barkowitz auch entschuldigen. Seinem Vater jedoch würde er erst dann alles beichten, wenn er es aus der Welt geschafft hatte. Wie in dem Radiospot: Vergesst nicht, ich bin euer einziger Sohn.

»Muss dringend mit Ihnen reden«, schrieb er und schickte die Mail raus.

Er checkte seinen Posteingang. Was war das denn für ein komischer Absender? Hätte eigentlich in den Spams landen müssen. Er öffnete die Mail und konnte nicht glauben, was er sah. Bei der Frau handelte es sich um die Barkowitz, eindeutig, er erkannte sie an ihrer Narbe. Aber wer war der Typ mit der bescheuerten Kapuze? Jedenfalls hatte er mit seiner erfundenen Anschuldigung gar nicht so danebengelegen, wie er eigentlich geglaubt hatte, denn der Typ war mit Sicherheit noch sehr jung, das konnte man erkennen, auch ohne sein Gesicht zu sehen. Voll peinlich, so was. Und das in ihrem Alter. Echt krass.

Er hätte zu gern gewusst, an wen alles die Mail gegangen war. Oder sollte er sie an seine Kumpel weiterleiten? Lieber nicht, er steckte auch so schon tief genug in der Klemme. Der einzige Empfänger war er bestimmt nicht, und irgendjemand würde schon dafür sorgen, dass das Foto die Runde machte. Wenn es nicht sowieso schon überall gepostet worden war.

Er machte sich nicht die Mühe, danach zu suchen. Die Alte würde auch so in der Schule keinen Fuß mehr auf den Boden kriegen. Er konnte sich beim besten Willen nicht vorstellen, dass sie nach den Ferien überhaupt noch mal zurückkommen würde. Also konnte er die Kohle vielleicht sogar behalten, auch wenn er die Anzeige zurückzog. Immerhin hatte der Kerl seine Rache bekommen. Alle hatten gewonnen. Fast alle.

***

Ein Poltern an der Tür ließ Marilene zusammenfahren. Sie wandte sich um. »Oh«, hauchte sie bestürzt und schnellte von ihrem Stuhl, um Hilfestellung zu leisten.

»Es sieht schlimmer aus, als es ist, ich schwöre«, beteuerte Lothar und fuchtelte abwehrend mit einer Krücke in der Luft herum, bevor er ganz erbarmungswürdig zum Fenster humpelte und sich in einen der Sessel fallen ließ.

»Du –«, hob sie an.

»Schon gut«, fiel Lothar ihr ins Wort, »ich weiß Bescheid. Ich hab mit Paul gesprochen. Alles unter Kontrolle.«

»Aha.«

Lothar grinste, zuckte jedoch augenblicklich zusammen.

Die Kratzer im Gesicht mussten höllisch wehtun, von der Beule auf der Stirn und dem blauen Auge ganz zu schweigen. Die Blessuren, die zerfetzte Kleidung, sogar die Krücken verliehen ihm etwas Verwegenes, das ihren gerade erst wiedererlangten Seelenfrieden abermals ins Wanken brachte. Von wegen Seelenfrieden – es handelte sich um banalste Verdrängung. Gearbeitet hatte sie, schon immer das beste Mittel, um sich abzulenken von allem, was zu nahe ging, ob seelisch oder körperlich.

»Ehrlich gesagt, das wäre Leichenschändung«, sagte Lothar, »aber ich komm drauf zurück.«

Marilene errötete, dabei hatte er diesmal eine Idee danebengelegen. Entweder war sie besser darin geworden, ihre Gedanken zu verbergen, oder seine Klarsichtigkeit hatte unter dem Anschlag gelitten.

»Ja, da bin ich mir auch ganz sicher«, stimmte Lothar zu, »es war ein Anschlag, und Grünberger ist der Name, der mir als Erstes in den Sinn gekommen ist.«

»Hat Gerrit dir erzählt, dass mich der Lebensgefährte von der

Mandantin, die du mir aufgehalst hast, an ihn erinnert hat? Aber das liegt bestimmt nur daran, dass wir am Abend vorher über ihn geredet haben, er sah ihm nicht wirklich ähnlich«, schränkte sie ein. Je mehr Zeit verging, desto weniger traute sie ihrem ersten Eindruck.

»Man sieht nur, was man sehen will?« Lothars spöttisch hochgezogene Braue lugte oberhalb der Beule hervor.

»Ich kann mir wirklich nicht vorstellen, dass er so leichtsinnig war, hierzubleiben, wo er jederzeit einem von uns über den Weg laufen kann. In der Hinsicht ist Leer ein Dorf, man trifft ständig auf dieselben Leute.«

»Aber doch nur, weil diese Leute zufällig dieselben Gewohnheiten haben wie du«, widersprach Lothar. »Samstags um elf auf den Markt, dienstags zu Multi, was weiß ich. Du bist berechenbar, und somit ist es ein Leichtes, dir aus dem Weg zu gehen.«

Berechenbar war nicht gerade ein Kompliment, fand Marilene, wenngleich weniger beleidigend als das Gegenteil. »Ich vielleicht«, sagte sie, »aber Gerrit?«

»Was ist mit mir?« Gerrit streckte erst seinen Kopf zur Tür herein und klopfte dann der Form halber.

»Du bist unberechenbar«, erklärte Lothar.

»Ich?«, kiekste Gerrit, dass man meinen könnte, er befände sich mitten im Stimmbruch. »Und wieso redet ihr überhaupt in meiner Abwesenheit über mich?«

»Tun wir gar nicht«, wies Lothar die Anschuldigung von sich, »das war ein Wortspiel. Tatsächlich haben wir über Grünberger gesprochen.«

»Hast du ihn erkannt? Quatsch, du kennst ihn ja gar nicht. Du musst ein Phantombild machen lassen. Was sagt Paul denn?«

»Paul ist neugierig, aber zurückhaltend.« Lothar warf Marilene einen Blick zu, den sie so wenig zu deuten wusste wie seine Antwort auf Gerrits Frage.

Ein Klopfen unterbrach das Geplänkel.

»Marilene? Hättest du eine Minute für Frau Barkowitz?«, erkundigte sich Renate. »Den Vertrag hat sie gerade unterschrieben«, fügte sie hinzu.

»Klar.« Marilene nickte und komplimentierte die Männer aus

ihrem Büro hinaus, bevor sie Barkowitz hereinbat. »Keine Schule heute?«, fragte sie.

»Ferien, Gott sei Dank.«

»Oh je, irgendetwas Schlimmes ist passiert, richtig?«

»Ja.« Barkowitz stöhnte. »Rufen Sie mal web.de auf, bitte, dann kann ich's Ihnen zeigen. Zu allem Überfluss hat nämlich obendrein mein Drucker den Geist aufgegeben.«

Marilene tat, wie ihr geheißen. »Passwort«, sagte sie, überließ es Barkowitz, den Code einzugeben, und beugte sich zum Bildschirm vor.

Sie verstand die Aufregung nicht, vielmehr die konkrete Aufregung. Der jung wirkende Mann auf dem Foto trug als einziges Kleidungsstück eine Art Ku-Klux-Klan-Haube auf dem Kopf. Die Frau war völlig nackt, allerdings nur von hinten zu sehen und nicht zu identifizieren. Doch halt, sie entdeckte eine dünne, gezackte Narbe, die sich von der Schulter bis auf den Oberarm erstreckte und sie an den Blitz auf Harry Potters Stirn erinnerte. »Ich verstehe«, murmelte sie, sich wieder aufrichtend, »der Junge ist Tammo?«

»Keine Ahnung, ich hab den nie nackt gesehen. Aber das ist ja auch völlig egal, denn die Frau bin ich, eindeutig, jedenfalls für mich und für alle, die diese Narbe kennen. Nur war ich nie auf die Art mit irgendwem zusammen. Schon gar nicht mit Tammo.«

»Ist es nur die Narbe, oder sind Sie das wirklich?«, vergewisserte sich Marilene.

Barkowitz schnaubte. »Herrje, wie oft betrachten Sie sich von hinten im Spiegel?«

»Gar nicht«, gab Marilene zu, »ist wenig erbaulich und zunehmend beschwerlich.«

»Sehen Sie? Außerdem ist es doch wirklich egal, denn niemand, der das Bild zu sehen bekommt, wird daran zweifeln, dass es sich um mich handelt.«

»Was ist mit dem Hintergrund? Erkennen Sie da was wieder?«

»Viel zu verschwommen. Kann überall sein.«

»Gab's eigentlich keinen Text?«

»Doch«, knurrte Barkowitz, »›Die seltsamen Hobbys der Sophie B.‹.«

»Sonst nichts? Keine Forderung oder so was?«

»Nee. Wundert mich auch, ehrlich gesagt.«

»Und die Mail ist ausschließlich an Sie adressiert?«

»Blindkopie. Er wird kaum gewollt haben, dass ich sehen kann, an wen das gegangen ist, dann hätte ich ja – was weiß ich – mit den Leuten reden können? Ja, Schwachsinn. Ich merk's schon.«

»Und der Absender ist natürlich verschlüsselt, nehme ich an.«

»Ja, kann ich gar nichts mit anfangen.«

»Haben Sie sich schon entschieden, ob wir unseren Assistenten auf Tammo ansetzen sollen?«

»Den Versuch ist's allemal wert«, sagte Barkowitz, »auch wenn ich bezweifle, dass Tammo wirklich auspackt. Wenn er überhaupt weiß, wer hinter dieser Schmutzkampagne steckt.«

»Ihr Einverständnis vorausgesetzt, würde ich unseren Assistenten außerdem gern auf die Mail ansetzen. Wenn jemand den Absender ermitteln kann, dann ist er das.«

Barkowitz zögerte.

»Er ist ein Profi, und er kann sehr diskret sein«, versicherte Marilene.

»Das ist ja beruhigend«, spottete Barkowitz. »Aber gut, machen Sie's. Vielleicht wird Diskretion ohnehin überbewertet. Die jungen Leute heutzutage haben offenbar kein Problem damit, ihr Innerstes nach außen zu kehren, da wird jeder Pups gepostet. Dabei vergisst das Netz nichts. Als würden wir das nicht dauernd mit Engelszungen predigen.«

»Seit wann hören junge Leute auf Predigten? Aber zurück zum Thema«, sagte Marilene. »Ich gehe mal davon aus, dass Sie sich zumeist bekleidet in der Öffentlichkeit bewegen. Wer kann denn an ein Nacktfoto von Ihnen gekommen sein? Oder, falls es sich um eine Montage handelt, von der ganzen Narbe?«

»Nacktfotos gibt es von mir nicht, oder doch keine, auf denen ich älter als drei bin. Beziehungsweise keine, von denen ich weiß«, schränkte Barkowitz weiter ein. »Meine letzte Beziehung ist zwei, drei Jahre her, und da es sich um jemanden gehandelt hat, der beim Sex das Licht aushaben wollte, wäre das mit dem Fotografieren schwierig gewesen. Und Oskar – nein, das hätte ich doch gemerkt.«

Sollte es sich bei Oskar in Wahrheit um Olaf handeln, dann hätte sie es vielleicht nicht gemerkt, glaubte Marilene. »Nicht unbedingt«, sagte sie also, »vielleicht schauen Sie mal unauffällig nach, ob Sie irgendwelche technischen Vorrichtungen entdecken. Die Beziehung besteht noch nicht so lange, oder?«, gab Marilene vor, sich vergewissern zu müssen. »Vertrauen Sie ihm?«

»Kann es sein, dass Sie gerade Zweifel bei mir wecken wollen?« Barkowitz musterte sie skeptisch.

»Ach was«, leugnete Marilene, »aber irgendwo muss das Foto ja herkommen. Was ist mit Ihrem Sohn?«

»Roman?«

Na, dachte Marilene, da ist die Entrüstung doch schon deutlich größer.

»Wenn's eine Forderung gegeben hätte, nach dem Motto ›Schicken Sie Roman auf keinen Fall ins Internat, sonst …‹, dann okay. Aber er würde mir nie schaden. Mal ganz abgesehen davon, dass er so ein Foto auf keinen Fall machen würde. Wenn die Möglichkeit besteht, dass ich nicht vollständig angezogen sein könnte, geht er mir aus dem Weg. Er guckt schon komisch, wenn ich im Sommer mal kniefrei rumlaufe. Das ist ihm peinlich. Also nein. Roman mit Sicherheit nicht. Und Oskar … warum sollte er so was tun? Aber meinetwegen«, sie zuckte mit den Achseln, »ich schau nach. Er ist im Moment sowieso auf Geschäftsreise, also kein Problem.«

Ein Alibi für den Anschlag auf Lothar. Wie ärgerlich, fand Marilene. Eine einfache Lösung wenigstens ihres eigenen Problems wurde damit ziemlich unwahrscheinlich.

***

Ferien. Er hatte es im Radio gehört. Jan war noch nicht da, dabei wurde es schon langsam dunkel. Vielleicht morgen, hoffte er, obwohl das sonst nie so lange dauerte. Er traute sich nicht zu fragen. Noch hatte ihn keiner in sein normales Zimmer geschickt. Hatte er umsonst gewartet?

Adam räumte das schmutzige Geschirr in die Spülmaschine und stellte sie an. Dann suchte er den Schaber unter der Spüle, es gab sogar zwei davon, einen silbernen und einen schwarzen, aber beide hatten sich versteckt. Zu wenig Licht. Er schaltete die Lampe überm Herd an und hockte sich wieder hin. Da steckt ihr, dachte er, schnappte sich den silbernen und fuhr die Klinge raus. Die Nudeln vorhin waren ihm übergekocht, jetzt musste er die Herdplatte abkratzen. Massa hatte den Dreck schon gesehen, aber er war gar nicht ausgerastet, hatte bloß mit dem Kinn in die Richtung genickt. Komisch.

Das Zeug war ganz schön schwer wegzukriegen, richtig eingebrannt. Er schabte vorsichtig weiter, damit die Klinge keine Kratzer machte. So. Alles weg. Abwischen, polieren, fertig. Er schaute sich um, ob er noch etwas vergessen hatte, aber es schien alles in Ordnung zu sein. Hoffte er. Manchmal übersah er etwas, das war nicht gut, denn Massa glaubte dann immer, dass er an ganz was anderes dachte, und das durfte er nicht, weil er dann nicht ordentlich arbeitete. Denken verdirbt den Karakter, sagte Massa immer. Er wusste nicht, was das bedeutete, aber so schlimm konnte es auch wieder nicht sein, denn er dachte trotzdem nach, und bis jetzt war nichts an ihm schlecht geworden.

Er wollte gerade den Schaber wegräumen, als es schon wieder in ihm anfing zu denken. Die Klinge war sehr scharf, er hatte sich schon mal dran geschnitten und den ganzen Herd vollgeblutet. Bestimmt war es eine gute Idee, eine Waffe zu haben. Sollte er sich trauen? Er warf den Schaber von der einen Hand in die andere und wieder zurück. Konnte sich nicht entscheiden. Die Frau zählte manchmal die Messer in den Schubladen, aber ob sie sich erinnerte, dass es zwei von diesen Dingern gab? Wenn man zu lange über etwas nachdachte, machte man es nicht mehr. Vielleicht kam das von diesem »Karakter«.

Er holte tief Luft. Ein Mann braucht eine Waffe, das hatte er gelesen. Aber wohin damit? Er blickte an sich hinab. Er konnte nie sicher sein, ob Massa ihn nicht durchsuchte, wenn er glaubte, er habe Essen eingesteckt. So blöd war er schon lange nicht mehr. Jetzt machte er so was tagsüber, da war er noch nie durchsucht worden. Komisch eigentlich. Sie schienen zu glauben, dass man bloß im Dunkeln Sachen einsteckte. Wieder kämpfte er mit sich, jetzt?, oder doch lieber bis morgen warten?

Jetzt. Er guckte sich um, dass auch wirklich niemand zusah,

dann schlüpfte er aus dem rechten Schuh, stopfte den Schaber hinein und zog den Schuh wieder an. So. Jetzt musste er nur noch aufpassen, dass er normale Schritte machte. Er ging ein paarmal hin und her, bis es richtig klappte. Beinahe hätte er gelacht, er konnte es gerade noch rechtzeitig abstellen, als Massa zur Tür reinkam.

»Alles ab?«, fragte Massa.

»Jawohl«, sagte er.

»Dann geh jetzt.«

Langsam ging er aus der Küche raus, nicht rückwärts, aber doch seitwärts, sicher war sicher, aber Massa schaute ihm nicht mal hinterher. Irgendwas war wirklich komisch. Als er an der Kellertreppe ankam, sprang er drei Stufen auf einmal runter, lief in sein Zimmer und machte die Tür zu. Dann holte er den losen Stein raus und versteckte den Schaber. Geschafft!, freute er sich. Er hatte so was Ähnliches wie ein Messer! Warum nur war er nicht schon viel früher auf diese Idee gekommen?

Er hörte ein Ratschen. Der Schlüssel. Gestern, bevor der Mann mit den roten Haaren gekommen war, hatte Massa ihn auch eingeschlossen, und heute schon wieder. Es kam ihm fast so vor, als wüsste Massa, was er plante. Als könnte er in seinen Kopf reingucken. Hätte er doch bloß nicht so lange gewartet. So lange überlegt. Wenn man zu viel über was nachdachte, dann machte man es nicht mehr, dachte er wieder. Aber er würde es machen. Und wenn es nachts nicht ging, dann musste er tagsüber eine gute Gelegenheit finden.

Vielleicht war es sogar besser, dass Jan nicht gekommen war. Er wusste ja gar nicht, ob der ihm wirklich helfen würde. Er hoffte es nur. Aber er konnte nicht sicher sein. Vielleicht glaubte Jan ihm nicht. Weil er sich nicht vorstellen konnte, dass sein eigener Vater ein böser Mensch war. Oder Jan verpetzte ihn bei Massa, vielleicht nicht mal absichtlich, aber passieren konnte das. Nichts war sicher. Deswegen musste er allein einen Weg hier raus finden. Und er hatte das Gefühl, dass er sich beeilen musste, bevor Massa noch auf den Gedanken kam, ihn auch tagsüber wieder einzuschließen. Dann wäre alles aus.

6

Eigentlich mochte Roman Ferien nicht. Das lag nicht etwa daran, dass er sich dann langweilte, ganz bestimmt nicht. Aber wenn er so richtig viel Zeit hatte, fiel es ihm immer irre schwer, sich zu entscheiden, was er machen wollte. Es gab so viele Möglichkeiten, woher sollte er wissen, welche die beste war? Wenn er zum Beispiel mitten in einem Buch steckte, wollte er natürlich wissen, wie es ausging. Entschied er sich dafür, weiterzulesen, und das Buch ging schlecht aus, war seine Stimmung im Eimer. Entschied er sich aber, was ganz anderes zu machen, und dieses andere lief nicht so, wie er sich das vorgestellt hatte, dachte er die ganze Zeit, hätte ich doch bloß gelesen. Man konnte nur verlieren. Deswegen landete er dann meistens mit einer Tüte Chips vorm Fernseher. Aber seit Oskar bei ihnen wohnte, war alles anders geworden.

Erstens machte er ihn auf immer fiesere Weise fertig, wenn er ihn beim Fernsehen erwischte, und schickte ihn weg. »Geh spielen«, sagte Oskar dann mit so einem blöden Unterton, den er nicht richtig einschätzen konnte. Im Moment war Oskar zwar auf Geschäftsreise, sodass er eigentlich machen konnte, was er wollte, aber da er nicht wusste, wann Oskar zurückkommen würde, ließ er es lieber bleiben. Je mehr er sich so verhielt, wie Oskar es wollte, desto besser die Chancen, dass er nicht ins Internat musste.

Zweitens gab es keine Chips mehr im Haus, und er traute sich nicht, sich selber welche zu kaufen, weil er nicht wusste, wo er sie verstecken sollte. Oder wo er sie essen sollte, denn Chips ohne Fernseher schmeckten nicht besonders. Schokolade gab es zwar noch, aber die passte nur zum Lesen. Wobei er sich schon fragte, warum Oskar bloß Chips verboten hatte und nicht auch gleich die Schokolade.

Und drittens hatte er mit seinem großen Plan echt viel zu tun. Die Frage war nicht mehr, was er machen sollte, sondern was zuerst. Ungefähr so, wie wenn man ein Haus bauen wollte. Wenn man sich erst mal entschieden hatte, ob es mehr ein Schloss oder mehr eine Hütte sein sollte, konnte man mit dem Bauen anfangen.

Voll easy, weil es dann nur noch um die Reihenfolge ging. Man konnte ja nicht gut mit dem Dach anfangen und den Keller zum Schluss bauen.

Ein guter Vergleich, fand Roman. Sein Dach war, nicht ins Internat zu müssen. Der Keller war, seiner Mutter zu helfen. Die Baugrube war, Tammo Cassens dazu zu kriegen, dass er seine Lüge zugab. Das Erdgeschoss war, Oskar loszuwerden. Jetzt brauchte er dringend einen Bagger. Darum hatte er sich seit heute Mittag in der Bergmannstraße herumgetrieben, war mit dem Fahrrad auf und ab gefahren oder hatte an der Seite der Apotheke gehalten und so getan, als würde er nur auf seine Mutter warten. Er hatte gehofft, dass der Assistent der Anwältin für ihn den Bagger spielte.

Den Muskelkater hätte er sich sparen können. Bis jetzt hatte keiner, den man für einen jungen Assistenten halten könnte, das Haus verlassen. Wütend schlug er auf den Lenker ein. Aua!, verdammt, fluchte er insgeheim und rieb sich die Hand. Und nein, er würde jetzt nicht losheulen, jetzt nicht und überhaupt nie wieder. Das war vorbei, ein für alle Mal. Er hob den Kopf und dachte an Indianer. Das half. Er fühlte sich gleich besser, ein bisschen wie ein Krieger, redete er sich ein, wie jemand, der für Gerechtigkeit kämpfte.

Auf einmal wurde ihm klar, dass er die Sache ganz falsch angefangen hatte. Kein Krieger würde einen anderen vorschicken, schon wegen der Ehre nicht. Kam dazu, dass dieser Assistent Tammo wahrscheinlich nichts anbieten würde, um ihn zum Reden zu bringen. Anwälte durften bestimmt niemanden bestechen, und dann durften Assistenten das genauso wenig. Also musste er selber zu Tammo. Und zwar am besten jetzt sofort, weil ihn sonst der Mut verlassen würde. Er wendete und fuhr zögernd los.

Eigentlich war er nicht mutig, noch nie gewesen. Trotzdem, es war an der Zeit, es einmal auszuprobieren. Was konnte ihm groß passieren? Tammo könnte ihn auf WhatsApp lächerlich machen. Na und, das machten alle, da kam's auf einen mehr nicht an. Tammo war groß und stark, körperlich hatte er gegen ihn keine Chance. Aber was war schon ein blaues Auge oder eine blutige Nase gegen ein Schuldeingeständnis. Wenn er es denn bekam. Würde er? Den Versuch war's wert, etwa nicht? Doch.

Er strampelte schneller und geriet aus der Puste. Außerdem gurgelte es in seinem Magen. Angst, dachte er, du bist und bleibst ein Schisser. Quatsch, Hunger hatte er, nichts sonst. Schließlich hatte er seit heute Morgen nichts gegessen, außer dem einen Schokoriegel, den er vorsichtshalber eingesteckt hatte. Durst hatte er auch. Vielleicht sollte er doch erst noch mal nach Hause fahren?

Nichts da, befahl er sich, wenn er jetzt umkehrte, würde er heute nichts mehr unternehmen. Und wenn er heute nicht zu Tammo fuhr, würde er es nie machen. Mut, ging ihm auf, war etwas, was man nicht immer hatte, und wenn er zufällig gerade vorbeikam, musste man die Gelegenheit unbedingt nutzen.

Er würde gar nicht erst klingeln, entschied er, denn wahrscheinlich würde man ihm sowieso die Tür vor der Nase zuknallen. Stattdessen würde er sich auf die Lauer legen und warten, bis Tammo rauskam. Dann würde er sich wie eine Klette an ihn dranhängen. Darin hatte er Übung, auch wenn es noch nie zu was geführt hatte. Aber das hier war anders. Irgendwann musste Tammo schnallen, dass er nicht lockerlassen würde, und wenn Tammo dann auspackte, wäre er, Roman, endlich ein Held.

Helden hatten immer einen Wunsch frei, mindestens, und er hatte nur einen einzigen, der nicht mal was kostete.

***

Gerrit Baron bremste, sprang etwas ungelenk von seinem gerade erst erworbenen Rad und schob das letzte Stück. Ein ungewohntes Fortbewegungsmittel für einen, der eher zum Stubenhocken neigte. Doch da er jetzt nun mal in Fahrradcountry lebte und auch nicht die Absicht hegte, sich wieder aus dem Staub zu machen, hatte er beschlossen, sich seiner Umgebung anzupassen. Sein Mini fiel zu sehr auf, erst recht, wenn er ihn in einer reinen Wohngegend abstellte und drin sitzen blieb. Bei seinem ersten richtigen Auftrag wollte er nicht riskieren, dass irgendein aufmerksamer Nachbar die Polizei auf den Plan rief.

Das Haus der Cassens lag auf einem großen, umzäunten Eckgrundstück und wirkte ziemlich bonzig mit dem weißen Klinker, dem weinrot glänzenden Dach, einer Dreifachgarage. Das Tor zur Auffahrt war geschlossen, und eine Gegensprechanlage stellte sicher, dass niemand Unerwünschtes überhaupt bis zur Eingangstür gelangte. Allerdings hatte er auch gar nicht die Absicht zu klingeln, denn an einem Freitagabend stand zu erwarten, dass seine Zielperson irgendwann das Haus verlassen würde. Falls es auch in der Provinz üblich war, erst spät auszugehen, weil vor elf nirgends was los war, hoffte er auf ein Vorglühen anderswo, sodass er sich an Tammos Fersen beziehungsweise Pedale heften konnte. Aus einem leichten Rempler, stellte er sich vor, würde sich eine Gelegenheit zum Kennenlernen ergeben.

Er bog um die Ecke und erblickte einen dreizehn- vielleicht vierzehnjährigen dicken Jungen, der auf seinem Fahrrad saß und auf jemanden zu warten schien. Gerrit blieb ebenfalls stehen, stellte sein Rad ab, zwängte die Luftpumpe aus ihrer Halterung und gab vor, einen schlappen Reifen aufzupumpen, während er den Jungen musterte. Sein zu langer Pony, wie seine Schwestern einhellig zu kritisieren pflegten, erwies sich jetzt als äußerst praktisch. In der Tat, der Junge wartete, und seiner Blickrichtung nach zu urteilen, wartete er auf dieselbe Person wie er, mit einer Miene, die sowohl Angst als auch ein wenig Trotz oder Wut spiegelte. Erbarmungswürdig, fand Gerrit, der arme Kerl war ein Mobbingopfer, wenn er je eins gesehen hatte.

Okay, mehr Luft ging nicht, der Junge schaute eh schon skeptisch, also setzte er die Pumpe wieder ein und klopfte sich umständlich die Hände ab, bevor er weiterschob. Der Junge rührte sich nicht vom Fleck und schaute angestrengt überallhin, nur nicht in seine Richtung. Wenn der Knirps älter wäre, dachte Gerrit, und weniger gebeutelt wirkte, würde er sich einfach hinten anstellen, doch es war zu offensichtlich, dass der Kleine nicht in der Verfassung war, den Witz darin zu sehen.

»Alles klar bei dir?«, fragte er und erhielt bloß ein stummes Nicken.

»Müsstest du nicht zu Hause sein um die Zeit?«, hakte er nach, immerhin ging es auf acht zu, und dunkel wurde es auch allmählich.

»Muss noch was erledigen«, murmelte der Junge.

»Ah«, sagte Gerrit und gab auf, da war wohl nichts zu machen.

Er schlenderte weiter auf der Suche nach dem zweitbesten Beobachtungsposten. Fünfzig Meter entfernt stieß er auf eine Bushaltestelle, die mit einem Wartehäuschen ausgestattet war. Erstbester sogar. Das Rad lehnte er ans Häuschen, Fahrtrichtung Cassens, und setzte sich auf die Bank. Er holte das von Lothar stibitzte Opernglas unter der Jacke hervor, beglückwünschte sich zu dieser weisen Voraussicht und fokussierte es auf das Tor, das Tammo passieren musste, denn einen Hinterausgang gab es nicht, dessen hatte er sich vergewissert.

Der Junge scharrte unruhig mit den Füßen, sah er und schwenkte das Glas weiter nach links, aber noch war niemand in Sicht. Vielleicht zappelte der arme Kerl wegen der Kälte, die auch ihm schon nach der kurzen Zeit die Beine hochkroch. So viel zum Thema weise Voraussicht. Entweder musste er bei derartigen Aufträgen künftig mit Wolldecke unterwegs sein, oder er sollte den Kauf langer Unterhosen in Erwägung ziehen, ein Kleidungsstück, das seine älteste Schwester Hanna ihm früher im Winter oft genug aufgezwungen hatte. Sehr zur Erbauung seiner Mitschüler, die sich gar nicht mehr eingekriegt hatten. Er zog die Wolldecke vor. Man würde ihn für einen Penner halten. Super Tarnung.

Gerrit mochte seine Arbeit, wenngleich weder Lothar noch Marilene sie als solche anerkannten. Sie glaubten, er wolle nach wie vor nur die Phase seit dem Abbruch seines Studiums bis zu seiner Neuorientierung überbrücken. Das war der ursprüngliche Plan gewesen. Bevor er Antonia kennengelernt hatte. Antonia, die auf keinen Fall aus Leer fortwollte. Das war okay für ihn, er konnte überall leben, wo sie war. Nur ohne sie ging gar nichts mehr. Er war hin und weg, vom ersten Augenblick an, und das Beste war, dass es ihr ebenso ging.

Der Abschied, als sie mit ihrer Mutter nach Langeoog gefahren war, um das geerbte Haus zu entrümpeln, war echt hart gewesen, aber nächste Woche würde er hinterherfahren. Zum Helfen. Er hoffte auf einen voll kitschigen Sonnenuntergang am Meer, dann würde er ihr den Ring aufstecken, den er gekauft hatte und seither immer bei sich trug, und er würde sie fragen, ob sie ihn heiraten wollte, nächstes Jahr, sobald sie achtzehn war. Und sie bekämen zehn Kinder und lebten glücklich bis an ihr Ende. Schmalz, dachte er und konnte sich ein Grinsen doch nicht verkneifen.

Karfreitag würden sie zurückkommen, weil Ostern Riesenauftrieb angesagt war. Seine drei Schwestern würden kommen und Niklas, Marie und Arne mit ihrer Großmutter. Marilenes Vater sowieso. Und jetzt auch noch Antonia und ihre Mutter. Sie waren eine Art Großfamilie, nur dass sie nicht alle miteinander verwandt waren. Es fühlte sich bloß so an, und das lag vielleicht daran, dass sie alle schon jemanden verloren hatten. Seine Gedanken stoppten, blaue Stunde, er schüttelte die plötzliche Beklommenheit ab und richtete das Fernglas wieder auf die Einfahrt der Cassens.

Stünde dort gegenüber nicht eine Straßenlaterne, wäre er aufgeschmissen. Er brauchte unbedingt ein Nachtsichtgerät, aber richtig Kohle investieren würde er erst, wenn einigermaßen gesichert war, dass sie wieder reinkam. Bis jetzt erteilten Marilene und Lothar ihm nur gelegentlich Aufträge, mehr zum Zeitvertreib oder als Gegenleistung für Kost und Logis denn weil sie ihn ernst nahmen, vermutete er, doch er arbeitete hart daran, sich unersetzlich zu machen. Er war auf dem besten Weg gewesen, zu dem Nerd zu werden, für den alle ihn hielten, aber was er jetzt machte, war wesentlich vielseitiger und würde, wenn nichts sonst, seinen Horizont beträchtlich erweitern: Es eröffnete ihm die Möglichkeit, seine Fähigkeiten als Techniker und Tüftler mit echter Feldarbeit zu kombinieren.

Hanna immerhin verstand ihn. Ob er Marilene und Lothar die Idee seiner Selbstständigkeit auch verkaufen konnte, stand jedoch noch in den Sternen. Dabei wusste er wirklich nicht, wie die beiden je ohne ihn ausgekommen waren. Marilene war technisch absolut die Niete und Lothar nur marginal besser. Davon mal abgesehen, waren beide dermaßen ausgelastet, dass sie sich eigentlich über seine Mitarbeit freuen müssten. Er argwöhnte jedoch, dass sie ihm eher eine Predigt über vergeudetes Potenzial halten würden.

Zwar dienten nach seiner Auffassung Predigten allein den Predigern, die sich auf die Art aus jeglicher Verantwortung stahlen, aber Lothar konnte wirklich hartnäckig sein. Außer bei Marilene. Bei ihr schien ihm die Muffe vor dem Nein zu gehen. Noch dezenter zu baggern käme der Vorspiegelung völligen Desinteresses gleich.

Gerrit wünschte, das würde endlich was werden mit den beiden, schon weil er scharf auf eine der beiden Wohnungen war. Er gab sich alle Mühe zu vermitteln, aber das Altersproblem stellte in Marilenes Augen offenbar eine mächtige Hürde dar. Sieben, vielleicht acht Jahre Unterschied, was machte das schon? Marilene war mehr so der zeitlose Typ, die würde noch in zwanzig Jahren so aussehen wie heute, während Lothar bestimmt ganz normal altern würde, sodass sich das irgendwann, um die achtzig, schätzte er, wahrscheinlich ausglich. Auf jeden Fall war Lothar der klar bessere Fang als dieser Polizist in Wiesbaden. Oder als Olaf. Er schüttelte sich unwillkürlich.

Völlig abgeneigt war Marilene nicht, wenn er ihre Reaktion auf die gefakte Todesanzeige bedachte. Derartig durch den Wind hatte er sie noch nie erlebt, obwohl sie schon ganz schön was mitgemacht hatte. Die Frau zog Gefahr geradezu magnetisch an. Ein Grund mehr für eine feste Beziehung. Lothar war so übervorsichtig, dass es für zwei reichte, und außerdem roch er jede Bedrohung schon von Weitem. Oder wie auch immer er das anstellte.

Ein Handy dudelte was Schräges. Das von dem Jungen. Der zog die Schultern hoch und starrte lange aufs Display, bevor er das Gespräch doch annahm. »Ja, Mama … Nein, Mama … Ich bin bei Leonie … Nein, nicht aus meiner Klasse, aus dem Konfi-Unterricht … Weiß ich nicht, wir müssen noch was lernen … Nein, ich bin mit dem Fahrrad hier.«

Cleveres Kerlchen, dachte Gerrit, Lernen zog immer.

»Ist Oskar wieder da?«, fragte der Junge.

Oskar? Gerrit horchte auf. Sollte es sich etwa um den Sohn der Lehrerin handeln? So viel Zufall gab's nicht.

»Gut. Bis später.« Der Junge beendete das Gespräch und stopfte das Handy zurück in die Jackentasche.

Gut, er ist zurück, oder gut, er ist nicht da?, überlegte Gerrit und hoffte auf Letzteres. Dann könnte ihm diese Begegnung ganz neue Perspektiven eröffnen, um herauszufinden, ob es sich bei Oskar tatsächlich um Olaf handelte.

***

»Hm, lecker.« Lothar aß, als hätte er seit Tagen nichts zu sich genommen. »Hühnersuppe kannst du.« Betonung auf dem ersten Wort.

Unnötig, den Satz fortzuführen, Marilene wusste selbst, dass sie keine gute Köchin war. Sie schaffte es durchaus, Essbares auf den Tisch zu bringen, aber sie war weit entfernt von jeglicher Kreativität. Sie besaß ganze drei Kochbücher, die sie, wenn sie die ewigen Wiederholungen mal leid war, unschlüssig durchzublättern pflegte, nur um sie nach einer Weile entnervt zuzuschlagen. Entweder waren die Zutaten allzu abenteuerlich für ihren eingeschränkten Geschmack, oder der benötigte Zeitaufwand sprengte den Rahmen dessen, was zu investieren sie bereit war. Das Überlegen, was sie kochen sollte, verabscheute sie am meisten. Direkt gefolgt vom Einkaufen. Lohnte sich nicht für ein vorhersehbar zweifelhaftes Ergebnis, das garantiert nicht so aussähe wie im Kochbuch.

Heute hatte sie keine andere Wahl gehabt. Gerrit wandelte auf Detektivsfüßen, und Lothar war zu lädiert, um sich an den Herd zu stellen. Leider. Er kochte ausgesprochen gut. So aber hatte sie am Nachmittag das Huhn aufgesetzt, es nach der Arbeit zerlegt – bäh, sie benutze Messer und Gabel dafür – und zu guter Letzt Gemüse und Nudeln hinzugefügt, bevor sie den Topf nach oben geschleppt hatte, um Lothar die Treppen zu ersparen.

»Hilft gegen alles«, behauptete sie, auch wenn sie keineswegs sicher war, ob die Heilkraft auch bei rein äußerlichen Verletzungen wirkte. Insofern ließ sich der Abend als medizinisches Experiment einordnen.

»Magst du uns eine Flasche Wein aus der Küche holen?«, fragte Lothar.

»Klar«, sagte sie und stand auf, »aber für mich nicht, danke.« Erst gestern hatte sie sich dezent die Kante gegeben, um ihren inneren Aufruhr zu besänftigen und überhaupt einschlafen zu können. Sie hatte feststellen müssen, dass sie komplett aus der Übung war. Zwar war sie bei Kopfkissenkontakt augenblicklich eingeschlafen, doch vor lauter Durst war sie dauernd wieder aufgewacht, war ein übers andere Mal hochgeschreckt aus haarsträubenden Alpträumen, nur um kopfüber reinzuspringen in den Strudel ihrer unablässig Katastrophen abspielenden Gedanken. Von Erholung keine Spur.

»Du musst ja nicht die Flasche austrinken«, lockte Lothar.

Stimmt, dachte sie, aber manchmal kannte sie kein Maß. Sie wischte den Gedanken von der Tafel und flitzte in die Küche, bevor Lothar irgendwas Kluges zum Thema Maßlosigkeit von sich geben konnte.

Als sie zurückkehrte, fand sie Lothar halb liegend, halb sitzend auf dem Sofa vor, das verletzte Knie hochgelagert. »Schon satt?«, fragte sie, bemüht ironiefrei, während sie die Gläser abstellte und einschenkte, eines reichlich füllte, das andere in eher homöopathischer Dosis.

»Mehr als das. Wirklich sehr lecker.«

Du meinst vor allem überraschend lecker, dachte sie, reib's nur rein. Sie reichte ihm sein Glas, bevor sie gemächlich den Tisch ab- und die Küche aufräumte. Den kaum halb leeren Topf stellte sie in den Kühlschrank. Zu guter Letzt wischte sie Arbeitsplatte und Herd gründlich sauber. Sie trocknete sich die Hände ab und schaute sich prüfend um. Alles in Ordnung, soweit sie das überblicken konnte, und was sie nicht sah, fiel nicht in ihre Zuständigkeit. Du schindest Zeit, wies sie sich zurecht. Sie atmete tief ein, sich wappnend, dennoch fühlte sie sich, als müsse sie vom Zehner springen, ohne zu wissen, ob Wasser im Becken war.

Zögernd setzte sie einen Fuß vor den anderen, erwog, sich aus der Wohnung zu stehlen, heimlich, still und leise, aufzuschieben, was sie mit der Geschwindigkeit eines Zuges auf sich zudonnern sah. Stell dich nicht so an, sagte sie sich, was kann schon groß passieren? Ha, sie wusste nur zu gut, was passieren konnte, was unweigerlich passieren würde. Vielleicht nicht jetzt sofort oder auch nur morgen, aber irgendwann bestimmt, nie war es anders gekommen.

Sie kannte sich wahrlich aus mit allen Arten, verlassen zu werden, den fünfzig, dachte sie spöttisch. Obwohl, so oft hatte sie jemandes Nähe längst nicht zugelassen, denn jedes Ende einer Beziehung war schwerer verkraftbar als noch das vorige und hinterließ unbändigen Schmerz, der, einem Phantomschmerz gleich, nie aufhörte, bestenfalls nur intermittierend auftrat. Von wegen, die Zeit heilt alle Wunden. Ein Märchen. Diese Wunden heilten nicht, sie ließen sich jederzeit mühelos aufkratzen. Bis aufs Blut.

Vielleicht hatte sie Glück, und Gerrit hatte nicht erwähnt, wie sehr die elende Anzeige sie aus der Bahn geworfen hatte. Sie wollte, dass alles blieb, wie es war, das war sicherer.

Sie ging zurück zum Esstisch, okay, sie schlich, das traf es besser, hob ihr Glas. »Zum Wohl«, prostete sie Lothar aus sicherer Entfernung zu.

»Auf deins«, entgegnete Lothar. »Was war los? Hast du noch die Fenster geputzt?«

»Zu dunkel«, sagte sie leichthin.

»Du willst mir aus dem Weg gehen, stimmt's?«

Gerrit hatte geplaudert, hätte sie auch gewundert, wenn nicht. »Absolut nicht«, widersprach sie. Ich will dir bloß nicht zu nahe kommen, fügte sie in Gedanken hinzu. Großer Fehler.

Lothar stemmte sich vom Sofa hoch, humpelte herüber und ließ sich wieder auf seinen Platz fallen. »Setzen!«, befahl er lehrmeisterlich und zog an ihrem Ärmel, bis sie nachgab. Er suchte ihren Blick. »Warum hast du solche Angst vor Nähe?«, fragte er.

»Puh«, stöhnte Marilene und malte, seinem Blick ausweichend, mit dem Finger Kringel auf den Tisch. »Hab ich eigentlich nicht«, behauptete sie.

»Dir ist klar, dass das Wörtchen eigentlich jede Aussage ins Gegenteil verkehrt?«

»Ja doch, Anwälte sind spitzfindig«, sagte sie, sich innerlich vor Unbehagen windend, bis das Schweigen allzu lange dauerte, auf ihnen lag wie eine zu warme Decke und jede Antwort zu spät und ohnehin unweigerlich die falsche gewesen wäre.

Lothar griff nach der neben ihm liegenden Fernbedienung und schaltete das Radio ein.

Gut, Marilene atmete erleichtert aus, jetzt konnten sie über anderes als ihre Gemütslage reden. Etwas Unverfängliches, überlegte sie fieberhaft, aber was?, und vor allem, wie den Übergang hinbekommen, ohne zu verletzen? Ihr wollte partout nichts einfallen. Auf einmal nahm sie die Musik wahr. *Come, let me love you, let me give my life to you,* John Denver, »Annie's Song«, uh, Kitsch, sie spitzte die Lippen, als leide sie unter Zahnschmerzen, *let me die in your arms,* bitte nicht, darum geht's ja gerade, *let me lay down beside you,* so weit kommt's noch.

»Es ist nicht die Angst vor Nähe, es ist die Angst, dass die Nähe geht«, murmelte sie und blickte auf. Lothar gab das Honigkuchenpferd, offenbar hatte er sie nicht gehört.

»Zu kitschig?«, fragte er.

»Schon, ja.« Dabei hatte sie das Lied geliebt, früher, als Liebe noch unvergänglich schien wie in Bänke eingeritzte Initialen.

Er regelte die Lautstärke runter und griff nach ihrer Hand. »Warum sollte sie gehen?«

»Weil das so ist«, sagte sie. »Nähe hält nicht, nicht diese Nähe jedenfalls.«

»Hartmann?«

»Ach was«, winkte sie ab, »Jens war …«, sie stockte. Jens war von ihr verletzt worden, nicht umgekehrt, und stolz war sie nicht drauf. Genau genommen hatte sie ihn benutzt. »Jens war eine Episode«, fuhr sie fort, »das hat nicht gepasst.«

»Wer dann?«, fragte Lothar.

»Davor.« Sie entzog ihm ihre Hand und stand auf. »Ich will nicht drüber reden«, sagte sie und lief auf und ab, als könne sie der Erinnerung entkommen, zu spät, das Glück, das Weh, beides lag noch immer allzu dicht unter der Haut, kroch hervor bei einem Lied, einem Geruch, einem – Gefühl? Ja, doch, einem Gefühl, das, wenn sie es zuließe, sich ebenso gewiss auflösen würde und nicht mehr als eine Tränenpfütze zurückließe. Bloß nicht dran rühren, das würde sie nicht verkraften, nicht noch einmal. »Dass ich aus Wiesbaden wegwollte, hängt auch damit zusammen«, gab sie zu.

»Und du denkst allen Ernstes an den nächsten Umzug, die nächste Flucht? Noch vor dem Alarm?«

Wider Willen musste sie grinsen. »Sag mal, was findest du überhaupt an mir? Ich kann fast nicht kochen …«

»Hühnersuppe schon. Für die Seele«, warf Lothar ein.

»Ich bin keine großartige Haushälterin …«

Wieder unterbrach er sie. »Die Zeiten sind vorbei, da ein Mann so etwas suchen würde, glaub mir. Außer natürlich du erklärtest dich bereit, nackt zu putzen, da würde ich vielleicht schwach werden. Aber für den ganz normalen Alltag gibt es tatsächlich Menschen, die haushaltsnahe Dienstleistungen gegen Geld erledigen. Kann ich mir sogar leisten, das wäre also auch für dich von Vorteil, nicht?«

»Bestechung!«, entrüstete sich Marilene, bevor sie sich eiligst auf ihre Brandrede besann. »Ich bin unvorsichtig bis zum Leichtsinn und bringe nicht nur mich in Gefahr, sondern auch alle um mich herum. Denk nur an Gerrit, denk an dich selbst, verdammt noch mal, der ›Unfall‹, die Anzeige, das gilt mir, jede Wette, ich bin eine wandelnde Zeitbombe, die man tunlichst meiden sollte. Ich bin keine Schönheit, und untersteh dich ja, mir jetzt auch nur das winzigste Kompliment zu machen! Wir würden den Schönen und das Biest geben, und alle würden denken, dass du nur wegen meines Geldes mit mir zusammen bist, dabei ist es natürlich genau andersherum, das kommt erschwerend hinzu. Und außerdem: Ich bin zu alt! Such dir eine knackige Dreißigjährige, mit der du eine Familie gründen kannst, denn glaub mir, irgendwann wirst du den Wunsch sowieso verspüren, da brauchst du nur die Kontaktanzeigen in der ›Zeit‹ zu lesen, haufenweise Männer ab fuffzig, die meinen, ihre Gene noch eben schnell weitergeben zu müssen. Pah!« Ihr ging die Luft aus.

Lothar nutzte die Gelegenheit. »Noch mehr Kinder?«, fragte er entgeistert und kratzte sich am Kopf. »Darf ich jetzt vielleicht auch mal was sagen?«

»Nee.« Marilene stampfte mit dem Fuß auf. Es gab nichts zu sagen. Ihre Argumente ließen sich nicht entkräften.

»Ich riskier's trotzdem«, sagte er. »Es ist der Blick deiner Augen, dein Humor, deine Art, dich zu bewegen, dein dir völlig unbewusster Sex-Appeal.« Er bleckte die Zähne zum breitesten Logisch-ich-bin-auch-nur-ein-Mann-Grinsen.

»Es ist deine Integrität, deine Warmherzigkeit, sogar dein Hang zu Psychopathen, auch wenn ich den etwas bedenklich finde. Es ist, dass du jedes verlorene Kind einsammelst und am liebsten die ganze Welt retten würdest. Ich liebe den Trubel, der um dich herum ist. Es ist nie langweilig mit dir. Unsere Gespräche sind für mich der Höhepunkt jedes einzelnen Tages. Und all das vom ersten Augenblick an, als du hinter mir die Treppe hoch bist und getan hast, was du einem Mann als sexistisch ankreiden würdest, streite es ja nicht ab, ich habe es ganz genau gespürt.«

Marilene riss die Augen weit auf, um nur ja keine Tränen zuzulassen. Gleichzeitig lauerte ein Lachen in ihrer Kehle, das sie kaum zu unterdrücken vermochte. Ganz die hysterische Alte, dachte sie sarkastisch. Natürlich griff Lothar den Gedanken auf.

»Du bist nicht hysterisch«, beruhigte er sie, »du schwankst zwischen widerstreitenden Gefühlen. Unter den gegebenen Umständen ist das absolut nachvollziehbar. Im Übrigen pfeif ich auf den Altersunterschied. Es ist ja nun nicht so, dass ich noch als *Toyboy* durchginge, und du«, er legte den Kopf schräg, »erinnerst auch nicht entfernt an Madonna. Und jetzt«, er wies mit der Hand Richtung Tür, »gehst du runter. Danke fürs Kochen, schlaf gut. Nein«, ruderte er zurück, »wenn ich's mir recht überlege, schlaf schlecht. Denk lieber drüber nach. Ich komm dir so weit wie möglich entgegen. Wenn du deine Wohnung behalten willst – kein Problem. Aah«, sagte er, »Schlüsselsatz, hm? Aber wirf es nicht weg.«

Das Telefon klingelte, ein wie bestellter Schlussakkord, dachte Marilene. Absurd. Die ganze Situation war vollkommen absurd. Sie wandte sich zum Gehen.

Lothar nahm das Gespräch an. »Gerrit? Was gibt's?«, erkundigte er sich.

Marilene schaute zurück, die Hand am Türgriff.

Lothar runzelte die Stirn und bedeutete ihr zu warten. »Wie bitte? Wo bist du?«, fragte er.

Er hört sich so ungläubig an, als hätte Gerrit behauptet, von Außerirdischen entführt worden zu sein, dachte Marilene. Wahrscheinlich hatte er bloß darum gebeten, abgeholt zu werden. Ein platter Reifen, das würde es sein.

»Schonend, ja, geht klar«, sagte Lothar.

Und Marilene dämmerte, dass der Anlass des Anrufs keineswegs harmlos war.

***

»Zieh Leine, Schwachkopf!« Tammo Cassens drohte dem Jüngeren mit der Faust.

Gerrit konnte nicht einschätzen, wie ernst die Geste gemeint war, dennoch beschleunigte er seine Schritte und schloss etwas weiter auf. Sollte auch der Tonqualität zugutekommen. Die beiden waren so aufeinander fixiert, dass sie ihn schon nicht bemerken würden. Er warf einen Blick auf sein iPhone. Aufzeichnung lief. Falls der Kleine Tammo zum Reden brachte, ließ sich das zwar nicht vor Gericht verwenden, so viel wusste er wohl. Aber als Druckmittel taugte es durchaus.

»Schwachkopf bedeutet minderbemittelt im Geist, und das bin ich nicht.«

»Bist du wohl, sonst hättest du nicht geglaubt, dass du mich mit deinen bescheuerten Spielen kaufen kannst.«

»Was willst du dann? Was kostet es, dich zu kaufen?«

Der Kleine schien erschrocken über seinen eigenen Mut, denn er geriet auf seinem Rad gefährlich ins Schlingern. Oder es lag an der wahrscheinlich ungewohnten körperlichen Anstrengung, die er unternehmen musste, um nicht von Tammo abgehängt zu werden. Der zu Fuß unterwegs war, was dafür sprach, dass sein Ziel nicht allzu weit entfernt lag. Hoffte Gerrit. Er wünschte, er hätte Handschuhe eingesteckt. Es war schweinekalt inzwischen, und obendrein hatte ein feiner Nieselregen eingesetzt. Kaminfeuerwetter, dachte er sehnsüchtig.

»Vergiss es. Kannst du dir eh nicht leisten«, sagte Tammo und bog vom Logaer Weg stadteinwärts in den Bahndamm.

»Also gibst du's zu?«

Die Stimme des Kleinen überschlug sich regelrecht vor Aufregung, und Gerrit fragte sich, ob auch er so clever gewesen war, die Unterhaltung aufzuzeichnen, denn sonst würde ihm das Geständnis gar nichts bringen.

»Wusste ich's doch«, jubelte der Junge, »meine Mutter würde das, was du gesagt hast, nie machen.«

»Bullshit«, widersprach Tammo, »deine Mutter ist genauso eine Schlampe, wie ich's gesagt hab. Und ich kann's sogar beweisen.« Tammo blieb stehen und holte sein Handy hervor. »Guck hier«, sagte er.

Gerrit hielt mitten in der Bewegung inne. Gar nichts konnte Tammo beweisen, das Foto war eindeutig eine Manipulation. Ursprünglich musste es sich um einen Schnappschuss gehandelt haben, aufgenommen an irgendeinem Strand, und die Frau hatte einen Bikini oder wenigstens Unterwäsche angehabt. Auf jeden Fall war die Textur der Haut dort, wo sich im Original Kleidung befunden hatte, viel zu ebenmäßig abgebildet, um echt zu sein. Kein einziges Muttermal, nicht eine Pigmentstörung oder auch nur eine Delle. Man brauchte die Aufnahme bloß entsprechend zu vergrößern, dann war es offensichtlich, dass Slip und BH übermalt und anatomisch unverzichtbare Details eingefügt worden waren.

Tammo schaute zu ihm rüber. Kein Wunder, dass er auffiel, die Straße war wenig befahren, wurde hauptsächlich von Insidern als Schleichweg benutzt, um Staus auf der Heisfelder Straße zu umgehen, und er befand sich direkt im Lichtkegel einer der wenigen Straßenlaternen. Gerrit bückte sich hastig und kontrollierte den Reifendruck, zur Abwechslung am Vorderreifen. Prall. Er ließ die Luft raus, nur für den Fall, dass Tammo auf dumme Ideen käme, und wiederholte den Act mit der Luftpumpe, freilich dieses Mal, ohne zu pumpen, denn das Geräusch würde die Aufnahme ganz sicher schrotten.

Der Junge sprang vom Rad und näherte sich Tammo. Er musste hüpfen, um etwas erkennen zu können, denn Tammo hielt das Gerät in die Höhe. »Du Schwein!«, rief er, ließ sein Rad fallen und ging mit den Fäusten auf Tammo los.

Der wehrte ihn mühelos mit nur einer Hand ab. »Hör auf mit dem Scheiß! Ich hab nichts damit zu tun!«

»Woher hast du das dann?«

»Kam als Mail, keine Ahnung, von wem.«

Der Junge ließ die Hände sinken. Er wirkte sogar aus der Entfernung durch und durch niedergeschlagen. Ein Trauerkloß im wörtlichen Sinn, dachte Gerrit. Politisch äußerst unkorrekt, gab er zu und nahm den Gedanken zurück. Natürlich tat ihm der Kleine leid. In dem Alter war man noch ziemlich verklemmt, erinnerte er sich, solch ein Foto von der eigenen Mutter zu sehen, würde jeden niederschmettern.

Anscheinend empfand Tammo ähnlich, denn er klopfte dem Jungen unbeholfen auf die Schulter. Wieder wandte er den Kopf nach ihm. War er aufgeflogen, grübelte Gerrit, oder handelte es sich nur um gesunde Skepsis? Egal, er konnte nicht länger bleiben, wo er war, stand auf und wollte sich schon in den Sattel schwingen, als ihm gerade noch der selbst verursachte platte Reifen einfiel. Jetzt musste er schieben, ob er wollte oder nicht.

Die Bahngleise vibrierten, und schon im nächsten Moment nahte donnernd ein Zug, der jedes Geräusch übertönte. Noch dazu einer von den elend langen Güterzügen vom Emder VW-Werk, ärgerte sich Gerrit. Er konnte kein einziges Wort von dem verstehen, was Tammo sagte, nicht mal, als er näher kam. Die unter weißen Hauben steckenden Fahrzeuge auf den im Dunkeln fast unsichtbaren Waggons flogen vorbei wie Gespenster auf der Flucht vorm Tageslicht. Kreischende Gespenster – Gerrit war versucht, sich wenigstens das linke Ohr zuzuhalten.

Gemach, gemach, sagte er sich. Vielleicht hatte er Glück und konnte noch den Rest der Unterhaltung aufschnappen. Falls der Zug je ein Ende nahm. Fünfzehn Meter war er noch von den beiden entfernt, schätzte er, danach müsste er die Ohren nach hinten klappen. Praktisch wär's, er grinste und setzte gedanklich ein Richtmikrofon auf die Liste künftiger Anschaffungen.

Falls es sich nicht um Schnappatmung handelte, laberte Tammo immer noch. Gerrit bezweifelte, dass der Kleine mehr hören konnte als er selbst, aber vielleicht täuschte er sich auch, vielleicht ließ sein Gehör nach, womöglich alterte er vor der Zeit, oder er litt an irgendeinem ausgefallenen Syndrom, das jeden Mediziner vor ein Rätsel stellen würde? Was für ein Pech, dass Tammo ausgerechnet diesen Weg eingeschlagen hatte, dass ausgerechnet jetzt dieser Zug hier durchfahren musste.

Zehn Meter, acht. Tammo deutete mit dem Daumen hinter sich, und Gerrits Blick wanderte unwillkürlich dorthin. Ein Wagen näherte sich. Die Scheinwerfer hüpften mit jedem Schlagloch. Seilspringen, schoss es ihm durch den Kopf. Der Zug legte noch einmal zu, ratterte und dröhnte, dass ihm nicht nur das Hören verging, all die fliegenden Gespenster machten ihn schwindelig.

Der Wagen war viel zu schnell unterwegs, als dass der Fahrer ein Hindernis rechtzeitig erkennen würde. Tammo und der Kleine würden ihn nicht kommen hören. Hier gab's keinen Bürgersteig, die beiden standen auf der Straße, und was, wenn dies kein Zufall war? Er wollte den Gedanken abtun, voll der Blödsinn, echt, doch da schoss ein Impuls durch seine Nervenbahnen, sicher war sicher, und er stößt sein Rad zur Seite, rennt los, der Sprint seines Lebens, weiß er auf einmal, und reißt die Arme hoch, schiebt mit dem rechten bloße Luft zur Seite. »Weg da!«, ruft er, brüllt, »haut ab!«, doch Tammo rührt sich nicht vom Fleck, schnallt echt gar nichts, der Idiot, fast da, Fotofinish, beide schafft er nicht, unmöglich. »Weg!!«, brüllt er ein letztes Mal, und jetzt wirbelt Tammo doch noch herum, ein flirrender Schatten, nicht mehr, und Gerrit richtet seine ganze Aufmerksamkeit auf den Jungen, nur nicht denken, Tunnelblick, er setzt zum Sprung an, rammt den Kopf in die Seite des Jungen, ein wütender Stier, er schiebt und boxt, und er schafft es, er holt ihn von der Straße, von den Füßen, und beide fallen, fallen weich, in genau demselben Moment, in dem der Wagen Tammo mit einem dumpfen Schlag erfasst und in die Nacht schleudert, weit weg, ganz weit weg, der Zug ist durch, ein fernes Rattern jetzt, und noch ein Schlag, es schrillt metallen, das Rad des Jungen, und Reifen quietschen, als der Wagen fortprescht. Ein Aufprall, der Knochen krachen lässt. Stille.

Totenstille.

Gerrit setzte sich auf, hielt sich die Ohren zu, als könne er dadurch die Bilder bannen, die in seinem Kopf tobten und die doch eigentlich gar nicht existieren konnten. Er wünschte sich anderswohin, überall, nur nicht hier, doch seine Beine schlotterten erbärmlich, er würde kaum stehen können, geschweige denn gehen. Mit dem Ellenbogen stupste er den Jungen an, der japsend neben ihm lag. »Bist du okay?«, fragte er flüsternd, wie um niemanden zu wecken.

Der Junge rappelte sich hoch, nur um auf der Stelle in die Knie zu gehen. »Glaub schon«, murmelte er.

Gerrit nickte. Einer. Wenigstens einer. Er musste nach Tammo sehen. Nein, nur das nicht. Er wusste auch so, dass jede Hilfe zu spät käme, so sicher wie das Amen in der Kirche. Komm schon, überredete er sich und kroch Richtung Straße. Nein, er ließ den Kopf hängen, er konnte das nicht. Notruf. Er tastete seine Taschen ab. Nichts. Er blickte sich suchend um. Zu dunkel, als dass er das mickrige iPhone entdecken könnte, zumal aus der Perspektive eines Kleinkindes. Er versuchte, auf die Beine zu kommen, stemmte sich hoch, doch ein messerscharfer Schmerz fuhr vom rechten Knöchel durch seinen ganzen Körper. »Boah!«, stöhnte er auf und fiel abermals zu Boden, rollte sich auf den Rücken, breitete die Arme aus und gab auf.

Stille. Sein Atem wurde mit dem Abebben des Schmerzes allmählich gleichmäßiger, ging schließlich im Takt mit dem des Jungen, der auf den Fersen hockte und in den Himmel starrte. Es nieselte immer noch, nur Regen, keinesfalls Tränen, redete Gerrit sich ein und presste die Lippen fest zusammen. Loslassen, dachte er, hinübergleiten in Schlaf oder Ohnmacht, und wenn er erwachte, morgen früh, wäre alles wieder gut, alles heile, nur ein böser Traum. In der Ferne schrien ein paar Gänse, und ihm schien, sie lachten ihn aus.

»Hier«, sagte der Junge und hielt ihm ein Handy vor die Nase.

Gerrit blinzelte. Kein Traum, wie auch? »112«, sagte er, »wähl du.«

Der Junge tippte die Ziffern ein und hielt ihm das Handy ans Ohr. Gerrit nannte Namen und Standort und meldete einen Schwer- und einen Leichtverletzten, unnötig, den Jungen noch mehr aus der Fassung zu bringen. Ein paar Minuten, hieß es.

»Wie heißt 'n du?«, fragte Gerrit, während der Junge sein Handy verstaute.

»Roman.«

»Und wie weiter?«

»Barkowitz.« Er knurrte fast. »Meinst du echt, der lebt noch?«

»Vielleicht ist er nur bewusstlos.«

»Ich glaub nicht«, sagte Roman, »aber nachgucken tu ich bestimmt nicht.« Er stand auf und klopfte sich die Hände ab. »Kannst du …«, Roman stockte, »vielleicht nicht sagen, dass ich hier war? Ich hab sowieso nichts gesehen.«

»Du bist trotzdem ein Zeuge«, wandte Gerrit ein. »Außerdem ist mein iPhone futsch, wie hätte ich da telefonieren können?«

»Hier.« Roman warf ihm sein Handy zu. »Ich muss echt weg«, er bettelte geradezu, »die hängen das sonst meiner Mutter an.«

Gut möglich, dachte Gerrit. Aber eine Mutter würde nie ihren eigenen Sohn gefährden. Falls sie ihn hätte sehen können, denn Tammo dürfte Roman verdeckt haben. Und bis jetzt wusste nur er selbst, dass das Foto ein Fake war, denn Marilene hatte heute keine Zeit für ihn gehabt. Somit hatte die Mutter ein Motiv. »Und dein Fahrrad?«, fragte er und stützte sich auf die Ellenbogen.

Roman blickte zur Straße. »Schrott, schätze ich. Aber du hast recht, das nehme ich besser mit, sonst wissen die gleich, dass Tammo nicht allein war.«

Gerrit ließ sich wieder fallen. Natürlich war es nicht in Ordnung, wenn er ihn gehen ließ. Aber er würde Roman noch brauchen, und es konnte nicht schaden, wenn der ihm was schuldig war. »Nein«, sagte er also, »da sind mit Sicherheit Spuren, also lass es liegen. Du hast einen Schock und bist abgehauen. Konnte ich ja nichts gegen machen. Und logisch, ich hab keine Ahnung, wer du bist.«

Roman nickte nur und ging davon. Er wirkte wie ein alter Mann. Gerrit drehte sich auf den Bauch und robbte Richtung Straße, auf der Suche nach seinem iPhone.

5

»Ein pickliger Praktikant hat angeblich die Anzeige aufgenommen«, sagte Charlie. »Ich bezweifle aber, dass sein Intellekt der Aufgabe wirklich gewachsen war. Wenn er überhaupt lesen kann.«

Charlie saß, wie meistens, wenn sie Bericht erstattete, auf der Kante seines Schreibtisches, sprung- und fluchtbereit allein für den Fall, dass Enno auftauchte, mutmaßte Zinkel. Die beiden waren sich nicht grün, und er hatte noch immer nicht herausbekommen, woher die gegenseitige Antipathie rührte.

»Aufgegeben hat die Anzeige eine junge Frau«, fuhr Charlie fort. »Mit der Beschreibung lässt sich allerdings rein gar nichts anfangen. Gut aussehend sei sie gewesen, und der Praktikant wusste nicht mal zu sagen, welche Haarfarbe sie hatte. Wundert mich nicht, der Typ hat mir nicht ein Mal in die Augen geschaut«, empörte sie sich. »Brustkomplex, gibt's so was?«

»Ich kenn nur Mutterkomplex«, warf Zinkel ein.

»Ha! Kommt auf dasselbe raus, oder? Auf jeden Fall war er dermaßen hingerissen von dem Mädel, dass ihm das erst in der Zukunft liegende Sterbedatum nicht aufgefallen ist. Ein tiefer Ausschnitt als kalkuliertes Ablenkungsmanöver, vermute ich. Aber wie gesagt, der hätte das auch bei einem alten, hutzeligen Mann nicht bemerkt. Sackgasse also.« Sie kehrte bedauernd die Hände nach außen und schaukelte unbekümmert mit einem ihrer bestrumpften und durchaus dekorativen Beine hin und her.

Kalkuliertes Hinlenkungsmanöver, dachte Zinkel und wandte den Blick ab, um zu kontrollieren, ob der Kaffee immer noch nicht durch war. War er nicht. Er nahm zwei Tassen vom Tablett, stellte je einen Löffel hinein, Zucker war schon wieder fast alle, notierte er im Geist, und schnupperte an der Milch. Schien in Ordnung. Er schätzte Montage nicht sonderlich, schon gar nicht, wenn es sich um den ersten Arbeitstag nach einem Urlaub handelte. Und was er gar nicht ausstehen konnte, war Gerede auf koffeinnüchternen Magen. Er hatte nämlich verschlafen und aufs Frühstück verzichten müssen, um halbwegs pünktlich hier zu sein.

Ihm fiel ein, dass er an der Reihe war. »Er wird sie angeheuert haben«, sagte er.

»Wer?« Charlie hielt ihr Bein mitten in der Luft an und ließ den Fuß kreisen.

Schicke Pumps, bemerkte Zinkel. War das der Sinn der Übung? »Grünberger, schätze ich«, sagte er.

»Echt? Nee, so blöd ist der nicht. Leer ist zu klein, um unterzutauchen. Viel zu gefährlich. Wieso sollte es sich nicht um den Racheakt einer enttäuschten Frau handeln? Was weißt du denn überhaupt von diesem Männle? Vielleicht ist die Frau schwanger, und er wollte kein Kind. Oder er hat beruflich Mist gebaut, und sie ist eine Geschädigte, was weiß ich. Blöd, eine Frage hab ich dem Praktikanten nicht gestellt: ob sie Dialekt sprach. Na ja«, sie winkte ab, »er wird nicht wissen, was das ist. Aber im Ernst: Wer bitte schön zieht ohne Grund von Wiesbaden nach Leer?«

»Oh, er hat einen Grund«, sagte Zinkel. »Er ist schwer verschossen in Marilene.«

»Muss ja nicht der einzige Grund sein«, grummelte Charlie.

»Du bist auf dem Holzweg, glaub mir«, wandte Zinkel ein. »Ach was«, sagte er, »mach dir lieber selbst ein Bild von ihm. Egal, was ich über ihn sagen könnte, du würdest mir nichts davon abnehmen. Im Übrigen lohnt sich das schon rein optisch.«

»Ist wahr?« Sie rutschte vom Tisch. »Da bin ich aber neugierig.«

Das, dachte Zinkel, während er den Kaffee einschenkte, ist der Sinn der Übung. Er wollte gern eine Zweitmeinung zu dem Mann. Einfach nur so. Oder auch nicht einfach nur so. Irgendwie gärte dieses merkwürdige Bekenntnis noch in ihm, ohne dass er jedoch etwas damit anzufangen wüsste. Sechster Sinn? Schräg.

Er reichte Charlie ihre Tasse und führte gerade seine eigene zum Mund, als es einmal kurz klopfte, bevor auch schon die Tür aufging. Erbarmen, dachte er und nahm einen schnellen Schluck. Zu heiß, verdammt. Er spitzte die Lippen und sog Luft ein.

»Moin.«

Der Mann, der in der Tür stand, wirkte, als habe ihn etwas gehörig aus dem Gleichgewicht gebracht, wenngleich er überkorrekt gekleidet war, ein weißes Hemd zum dunklen Anzug, ob blau oder schwarz, konnte Zinkel nicht ausmachen, zu müde, ein weinroter Schlips und blank gewienerte Schuhe. Banker oder Anwalt.

»Mein Name ist Cassens. Wie weit sind Sie mit Ihren Ermittlungen zu dem Tötungsdelikt am Bahndamm?«

Anwalt, so redete kein normaler Mensch. Am frühen Morgen. »Bitte.« Zinkel deutete auf die Stühle vor seinem Schreibtisch und setzte sich selbst an seinen Platz. »Sagen Sie mir, was passiert ist«, bat er.

»Am Freitagabend gab es dort einen ›Unfall‹«, Cassens' Betonung legte nahe, dass seine Theorie dazu anders lautete, »bei dem mein Sohn ums Leben gekommen ist …«

»Das tut uns sehr leid«, warf Zinkel ein, wissend, dass niemand, wirklich niemand in der Situation überhaupt Wert auf diese Floskel legte.

Charlie kam um den Schreibtisch herum, tippte etwas in den Computer und drehte den Bildschirm zu ihm hin. Der Bericht. Unfall mit Fahrerflucht.

Zinkel überflog den Text, sein Blick blieb an einem Namen hängen. Gerrit? Ein zufälliger Zeuge? Im Leben nicht. Was ging hier schon wieder vor? »Laut Zeugenaussage war Ihr Sohn nicht allein, als sich der Vorfall ereignete«, sagte Zinkel. »Wissen Sie, mit wem er unterwegs war?«

»Nein.« Cassens wedelte die Frage beiseite. »Fakt ist, dass es letzte Woche einen sexuellen Übergriff auf meinen Sohn gegeben hat. Seitens seiner Lehrerin. Der Name ist Sophie Barkowitz. Und ein paar Tagé später kommt mein Sohn ums Leben. Wie praktisch.« Cassens' Stimme troff vor Ironie.

»Ich kann Ihren Gedankengang nachvollziehen.« Zinkel formulierte bewusst vorsichtig. »Wir gehen der Sache nach«, versprach er.

»So wie bei der Anzeige? Da ist bis jetzt nichts passiert.«

Weil die Frau noch frei herumläuft oder was?, dachte Zinkel. Anwälte als Betroffene waren im Allgemeinen die Pest. Manchmal kam ihm der Verdacht, dass sie, wenn es um eigene Belange ging, keine allzu überzeugten Anhänger des Rechtssystems waren, für das sie sonst eintraten. Er beherrschte sich, was ihm nicht ganz leichtfiel. »Wir werden das in unsere Ermittlungen einbeziehen«, versicherte er.

***

Zwei Männer auf Krücken sind eine Plage, erst recht, wenn sie sich in ihrer Rolle als Versehrte gefallen, dachte Marilene, während sie hinter Charlotte Freitag die Treppen hinauf zu Lothars Wohnung stapfte. Das ganze Wochenende über hatte sie praktisch nichts anderes getan, als hoch- und runterzulaufen, um für leibliches und ansatzweise auch seelisches Wohl zu sorgen. Fitnessprogramm, nur fühlte sie sich nicht fit, sondern erledigt. Die Rennerei hatte immerhin einen Vorteil gehabt: Sie war kaum zum Nachdenken gekommen über Lothars … was?, Erklärung?, das Wort Liebe ließ sie bewusst aus, Antrag?, zu viel, ein Ansinnen vielleicht. Ja, dachte sie, damit ließ sich umgehen, irgendwann, wenn es unvermeidlich würde. Jetzt aber gab es Wichtigeres.

Sie klingelte Sturm, bevor sie die Wohnungstür oben aufschloss, da Lothar beim Arzt war und Gerrit mit Sicherheit Stöpsel in den Ohren hatte.

»Gerrit?«, rief sie.

»Ist was passiert?«, kam es panisch zurück.

»Nein, nein«, beruhigte sie ihn, »Besuch. Bist du gesellschaftsfähig?«

»Ich schätze, das kommt ganz auf die Gesellschaft an«, flachste er.

Allmählich gewann sein Humor wieder die Oberhand, stellte Marilene erleichtert fest. Am Freitagabend, als sie ihn aus dem Klinikum abgeholt und nach oben verfrachtet hatte, war das noch ganz anders gewesen. Im Krankenhaus hatte Gerrit großspurig Beruhigungsmittel abgelehnt, doch kaum zu Hause, hatte der Schock eingesetzt und ihn in ein zitterndes Bündel Elend verwandelt. Kein Wunder.

Die Polizistin schob sich ungeduldig an Marilene vorbei ins Wohnzimmer. »Moin«, grüßte sie, »ich bin –« Ihr blieb die Stimme weg, und sie räusperte sich, bevor sie weitersprach. »Kommissarin Freitag, Kripo Leer.«

Als Marilene hinzukam, konnte sie die Reaktion nachvollziehen. Gerrit thronte auf dem Sofa, den verstauchten Knöchel hochgelagert, bekleidet mit nichts außer einem Paar Boxershorts und dem Verband. Mit viel gutem Willen konnte man den Laptop noch hinzurechnen, den er auf den Oberschenkeln balancierte. Allerdings klappte er den gerade zu, sodass die Abschirmung allzu minimalistisch geriet.

»Oh«, sagte Gerrit, »vielleicht sollte ich mich anziehen?«

War das allen Ernstes eine Frage?, überlegte Marilene und hatte Mühe, sich das Lachen zu verbeißen.

Nicht so Freitag. »Ich muss Sie noch einmal zum Tod von Tammo Cassens befragen«, sagte sie. »Sie kannten ihn?«

Gerrits Miene verdüsterte sich. »Nein«, sagte er, zog ein zerknittertes Hemd hinter dem Rücken hervor und streifte es über.

Ein kurzes Hemd, doch Freitag schien den Anblick eher zu schätzen denn zu missbilligen. Sie musterte seine Beine etwa so gründlich wie eine Mutter, die ihren Sprössling auf Zecken kontrolliert. »Und der Junge, dem Sie das Leben gerettet haben, den kannten Sie auch nicht?«

»Ich hab ihn praktisch nur von hinten gesehen, und da war nicht gerade viel Licht«, sagte Gerrit, »ein Junge eben, und er war viel kleiner als der andere.«

»Zwei Jungs unterwegs auf einer Straße. Ein Auto kommt entgegen. *So what?* Das ist nichts Ungewöhnliches. Wieso sind Sie überhaupt auf die Idee gekommen, dass da Gefahr droht?«

»Das Auto schien mir ziemlich schnell zu fahren.« Gerrit kniff die Augen zusammen, als könne er so den Hergang noch einmal vor sich sehen. »Die beiden sind stehen geblieben, und zwar nicht unter einer der Laternen. Ich hab mich gefragt, ob der Fahrer sie rechtzeitig erkennen kann. Die haben gar nichts mitbekommen«, sagte er, »sie haben geredet. Der Kleine stand mit dem Rücken zu mir, also hat der Große ihm die Sicht versperrt, und der Große hat nicht nach hinten gesehen, obwohl ich gerufen hab. Aber da fuhr gerade ein Zug vorbei, also konnte er mich wohl nicht hören, erst als es zu spät war, hat er sich umgedreht.« Gerrit seufzte. »Ich konnte nicht«, sagte er, »ich konnte nicht beide aus dem Weg stoßen. Und das«, er stützte den Kopf in die Hände und schaute zu Boden, »das tut mir unendlich leid.«

»Hm«, sagte Freitag nur. »Ihr Eindruck? Fahrlässig oder Absicht?«, erkundigte sie sich. »Der Bericht ist an der Stelle sehr vage.«

Gerrit hob in aller Unschuld die Hände. »Ich weiß es wirklich nicht«, behauptete er.

»Das Fahrzeug?«

»Die Scheinwerfer haben geblendet. Ein SUV war es nicht, aber mehr kann ich nicht sagen.«

»Der Fahrer? Oder die Fahrerin?«

»Sorry.« Wieder breitete er die Hände aus.

Freitag ließ den Blick gemächlich zu Gerrits Gesicht hinaufwandern. »Wieso waren Sie überhaupt dort?«, fragte sie wie beiläufig.

»Ich war auf dem Heimweg?« Gerrit legte seine Verwunderung ins Fragezeichen.

»Von wo?« Freitag ließ nicht locker.

»Telepoint. Ich brauchte einen WLAN-Verstärker für dies alte Gemäuer. Hatten sie aber grad nicht da.«

Marilene war beeindruckt von seiner Improvisationsgabe.

»Ihre Generation bestellt so was im Internet.« Freitag blieb skeptisch.

»Ich nicht.« Gerrit bedachte die Polizistin mit einem indignierten Augenaufschlag. »Nach Möglichkeit vermeide ich es, irgendwelche Datensammler zu beglücken.«

»Ah, ein Mann, der keine Spuren hinterlässt, wie ungewöhnlich«, spottete Freitag. »Was machen Sie beruflich? Nur neugierig«, wiegelte sie sogleich ab.

»Im Moment bringe ich hier im Haus das IT-System auf den neuesten Stand. Das war geradezu vorsintflutlich. Und dann – mal sehen. Kommt Zeit, kommt Rat.«

»An Zeit mangelt es dir nun wirklich nicht.« Lothar stand auf einmal in der Tür.

Marilene fragte sich, ob er die Fähigkeit, mit Krücken zu schleichen, beim Arzt erlernt hatte. Am Wochenende jedenfalls war das Gepolter auf den Dielenböden geeignet gewesen, den Herzschlag aus dem Rhythmus zu bringen.

»Gut Ding braucht Weile«, konterte Gerrit mit der nächsten Binsenweisheit. »Kommissarin Freitag«, übernahm er das Vorstellen und winkte entsprechend, »Lothar Männle.«

Marilene konnte sich des Eindrucks nicht erwehren, dass bei Freitag das hormonelle Gleichgewicht etwas aus der Balance geriet. Die Frau schien ihr noch hingerissener als eben, und ihre Miene hellte sich gerade um mehrere Grad auf.

»Aah«, sagte Freitag, »das trifft sich gut. Mit Ihnen wollte ich auch noch reden.«

»Über den merkwürdigen Zufall, dass zwei Personen aus diesem Haus nur knapp dem Unfalltod entronnen sind«, konstatierte das Objekt ihrer Begierde.

»Also gehen Sie davon aus, dass Herr Baron das eigentliche Ziel des zweiten Vorfalls war?«

Gerrit setzte sich eine Spur aufrechter hin, vermutlich weil er selten mit Nachnamen angesprochen wurde. Selbst schuld, dachte Marilene, denn er war es, der sich nach dem Motto »Ich bin Gerrit, und du?« stets überaus subtil gab.

»War ich nicht«, behauptete Gerrit, »ich war spontan unterwegs, das war nicht vorhersehbar.«

»Ja nun«, sann Freitag und behielt einzig Lothar im Blick, »aber wer war dann das Ziel, Tammo oder der unbekannte Junge?«

Es war nur eine Frage der Zeit, bis Lothar seinen Charme auf volle Kraft hochführe. Quod erat demonstrandum, dachte Marilene, obgleich sie es ihm nicht verdenken konnte. Die Frau war wirklich gut aussehend, und rote Haare, erst recht diese prächtige Lockenmähne, hatten eine starke Signalwirkung auf Männer, so hieß es doch. Ob die Farbe wohl echt war?

»Das wird wohl nur der Junge beantworten können«, sagte Gerrit. »Konnten Sie ihn denn nicht anhand des Fahrrads ermitteln?«, erkundigte er sich. »Ich dachte, die würden hier alle registriert?«

»Dieses nicht, leider«, bedauerte Freitag und ließ sich ungebeten in den Sessel sinken, neben dem sie stand.

Och, sie ist müde, dachte Marilene, doch nein, das war eher nicht der Grund, denn nun schlug sie die etwas zu schlanken Beine übereinander, sodass ihr Rock eine Spur zu weit nach oben rutschte, und wippte mit dem zierlichen Fuß. Ruckedigu, kein Blut im Schuh.

»Am Fahrrad müssten eigentlich Lackspuren von dem Auto sein«, sagte Gerrit.

»Ja, darauf sind wir auch gekommen«, entgegnete Freitag trocken, »aber die Auswertung dauert noch.« Sie wandte sich wieder an Lothar. »Bei Ihrem Unfall ist es zu keinen verwertbaren Spuren gekommen, richtig?«

»Kein Kontakt«, bestätigte der. »Meine Blessuren hab ich mir beim Vermeiden des Kontakts zugezogen. Haben Sie denn ermitteln können, wer die Todesanzeige aufgegeben hat?«

»Mein Kollege hat mir von Ihrer Theorie berichtet«, sagte Freitag, »Olaf Grünberger war es eindeutig nicht, sondern eine junge Frau, die wir jedoch leider nicht identifizieren konnten. Also: Wen haben Sie so sehr enttäuscht, dass sie sich auf die Art rächen will? Wobei, wir können das gern unter vier Augen besprechen.« Sie vollführte eine Handbewegung, die nahelegte, Marilene und Gerrit seien entlassen.

Marilene rührte sich nicht von der Stelle, und Gerrit war ohnehin viel zu neugierig, um das Feld zu räumen, jetzt, wo es persönlich wurde.

»Da gibt es nichts zu besprechen«, entgegnete Lothar. »Ich pflege berechtigte Erwartungen nicht zu enttäuschen, ich wecke nicht mal welche.«

»Das kann ich mir nicht vorstellen.« Freitag legte den Kopf schräg und musterte Lothar ausgiebig.

Katzenaugen, dachte Marilene, fehlte nur, dass sie zu schnurren begann.

»Und was ist mit unberechtigten Erwartungen? Zurückweisungen, um genauer zu sein?«, fügte Freitag hinzu.

»Eine Zurückweisung setzt einen Antrag voraus«, erklärte Lothar, »und Sie können mir ruhig glauben, dass ich merke, wenn jemand Interesse an meiner Person zeigt. Da war nichts.«

»Dann vielleicht eine späte Rache«, schlug sie vor.

»Nein«, beteuerte Lothar. »Natürlich gab es in der Vergangenheit Beziehungen, aber die sind nie von mir beendet worden.«

»Also keine einzige Leiche im Keller?«, scherzte Freitag. »Es fällt mir schwer, das zu glauben.«

»Das ist nicht zu übersehen«, sagte Lothar. »Sie fragen sich, warum es mich von Wiesbaden hierher verschlagen hat.«

Marilene sah es kommen. Freitag hingegen nicht. Sie nickte arglos.

»Das geht Sie nichts an«, versetzte Lothar.

»Autsch«, sagte Freitag, »das hat gesessen.« Sie stand auf.

»Nehmen Sie's nicht persönlich«, sagte Lothar. »Manchmal hat der vermeintliche Prinz eben kein Interesse am Aschenputtel. Aber wäre das schon Grund genug für eine so perfide Rache?«

»Kommt ganz darauf an, ob Aschenputtel psychopathisch veranlagt ist, oder?«

»In Märchen wimmelt's doch nur so von Psychopathen«, murmelte Gerrit.

***

Zahnschmerzen. In irgendeinem Buch hatte er mal davon gelesen. Jemand hatte eine dicke Backe gehabt, und das war von einem Zahn gekommen. Er hatte die Geschichte nicht richtig geglaubt. Ein Zahn war ziemlich klein, wie konnte er dann eine dicke Backe machen? Dass ein Zahn wehtun konnte, hatte er sich auch nicht vorstellen können. Jetzt wusste er es besser. Das tat ganz gemein weh und war schlimmer als jeder Schmerz, den er kannte.

Er war noch nie richtig krank gewesen, außer mal ein Schnupfen. Fieber hatte er noch nie gehabt, glaubte er, es war nicht so, dass Massa oder seine Frau bei ihm messen würden. Er wusste nur, wie sich das anfühlte, weil er Jan angefasst hatte, als der … Er konnte sich nicht erinnern, was es gewesen war, das Jan gehabt hatte. Damals hatte er für Jan Wadenwickel machen müssen, die ganze Nacht lang immer wieder, und am nächsten Morgen war das Fieber weg gewesen.

Adam schaute in den Spiegel im Flur. Seine Backe war ganz dick geworden, fast bis unters Auge. Und heiß war sie auch. Ob Kälte dagegen wohl auch gut war? Er musste es versuchen, sonst konnte er heute gar nicht mehr arbeiten. Die Bügelwäsche wartete noch auf ihn, und einen Kuchen musste er auch noch backen, und darauf freute er sich eigentlich, denn es hieß vielleicht, dass Jan doch kommen würde. Ganz vielleicht. Er versuchte, sich lieber nicht zu freuen. Das war auch gar nicht so schwer, weil in seinem Kopf im Moment nicht genug Platz dafür war. Da war alles voll mit den Schmerzen.

Er schlurfte in die Küche zum Gefrierschrank. Die Form, in der die Eiswürfel eingefroren waren, war so steif, dass er es mal wieder nicht schaffte, auch nur einen einzigen Würfel herauszubekommen. Wenn Massa das machte, sah es immer ganz einfach aus, aber er selbst bekam es nie hin. Dabei waren seine Muskeln richtig gewachsen. Langsam wurde er wütend, er nahm das blöde Ding in beide Hände und schlug es fest auf die Arbeitsplatte, und wieder, und noch einmal, und jeder Schlag fuhr ihm in die Arme, den Hals hoch und dann mitten in den schlimmen Zahn. Endlich sah er, wie ein Würfel ein bisschen hochhüpfte. Er drehte die Form auf den Kopf und klopfte damit gegen den Rand vom Spülbecken. Ganze drei Würfel polterten heraus. Hurra, die Enten. Sagte Jan immer. Er fand den Spruch lustig, auch wenn er nicht wusste, was das bedeuten sollte. Er steckte die Würfel in einen Plastikbeutel, verknotete ihn und drückte ihn gegen die Backe, bevor er die Form zurück ins Eisfach stellte.

Die Kälte brannte. Das passte nicht zusammen, aber genauso war es. Er nahm den Beutel weg, wickelte ihn in ein Geschirrhandtuch und versuchte es noch einmal. Schon besser. Er setzte sich auf einen Stuhl und wartete, ob der Schmerz wegging. Ging er nicht. Er merkte, wie ihm Tränen aus den Augen rauskamen, ohne dass er wirklich weinen wollte, und das machte ihn schon wieder wütend. Er war schließlich keine Heulsuse, schon lange nicht mehr. Aber jetzt tat er sich selbst leid, und zwar sehr.

»Was machst du für einen Lärm hier?« Massas Frau stand in der Tür.

»Die Eiswürfel wollten nicht rauskommen«, sagte er gegen das Geschirrtuch.

»Was willst du denn mit Eiswürfeln?«

»Mir tut ein Zahn weh, ich dachte, das hilft vielleicht?« Er nahm die Hand von der Backe, schaute hoch zu ihr und hoffte auf ein Ja.

Sie sagte aber nur »Oh« und haute wieder ab. »Richard?«, rief sie.

»Was?« Massa schien sich nicht zu freuen, dass sie ihn störte.

»Der Junge hat Zahnschmerzen.«

»Und was willst du machen? Etwa mit ihm zum Zahnarzt?«

Adam glaubte nicht, dass er dorthin wollte. Der Zahnarzt in dem Buch war einer gewesen, dem es Spaß gemacht hatte, jemandem wehzutun. Woher sollte er wissen, ob die nicht alle so waren? Es war nicht gut, wenn er nicht arbeiten konnte. Die Angst, dass Massa ihn dann fortschaffen würde, war sogar größer als die vor einem Zahnarzt. Aber wahrscheinlich brauchte man Papiere, wenn man zum Zahnarzt musste, also ging das sowieso nicht.

»Aber sein Gesicht ist stark geschwollen«, sagte Massas Frau.

»Es wird schon wieder weggehen«, murmelte Adam, obwohl ihm klar war, dass sie ihn nicht hören konnten.

»Und was soll ich deiner Meinung nach dagegen tun?«

Massa wurde richtig sauer, und das war auch nicht gut. Adam stand auf, es war besser, wenn er wenigstens versuchte, den Kuchen zu backen. Er holte Schüssel, Messbecher und Mixer aus dem Küchenschrank und füllte die erste Ladung Mehl in den Messbecher. Das war nicht einfach, weil die Zahlen irgendwie nicht stillhalten wollten. Gut, dass er das Rezept inzwischen auswendig kannte, sodass er sich jetzt nicht auch noch mit Buchstaben rumärgern musste. Dreihundert Gramm Butter hatte er schon weich werden lassen, die Rumflasche aus dem Wohnzimmer stand bereit, weil das Rumaroma alle war. Er gab die Butter in die Schüssel. Auf höchster Stufe rühren, bis eine gebundene Masse entstanden ist, sagte er sich vor, nach und nach Zucker, eine Prise Salz und Rumaroma unterrühren. Ein Löffel Rum, war das zu viel? Zu wenig? Er entschied sich für einen und einen halben.

Als Nächstes waren die Eier dran, aber denen traute er heute überhaupt nicht. Was, wenn eins aus seiner Hand rutschte, ausgerechnet, wenn Massa zu Hause war?

»Lass mich sehen!«

Adam fuhr herum. Puh, dachte er, das war gerade noch mal gut gegangen. Wenn er schon ein Ei in der Hand gehabt hätte, wäre es jetzt ein Spiegelei, wahrscheinlich auf dem Fußboden, weil Eier nie dort kaputtgingen, wo sie sollten.

»Mund auf«, befahl Massa.

Adam gehorchte.

»Welcher ist es?«, fragte Massa.

»Oing«, sagte Adam. Das klang lustig, fand er. Eine Geheimsprache, die niemand verstehen konnte.

»Was? Rede anständig.«

»Oben links«, sagte Adam, »ich weiß nicht genau, welcher, die tun alle weh.«

Massa brummte genervt. Er holte eine Gabel aus der Schublade, befahl ihm, den Mund wieder aufzumachen, und zwar richtig weit, und dann klopfte er mit dem Stiel der Reihe nach gegen seine Zähne. Beim vierten musste Adam schreien.

»Aha«, sagte Massa.

Aha hieß eigentlich, dass man Bescheid wusste, aber Massa guckte mehr, als ob er keine Ahnung hätte. Dabei war der Trick ziemlich gut, denn jetzt kannten sie doch den wilden Zahn. Massas Blick fiel auf die Rumflasche.

»Hab ich für den Kuchen gebraucht«, verteidigte sich Adam, »nur einen Löffel voll, ehrlich.«

Massa nickte nur.

Komisch, wunderte Adam sich, normalerweise hätte er jetzt eine Ohrfeige bekommen, weil er nicht vorher gefragt hatte. Vielleicht wäre das sogar eine gute Sache, weil der Zahn sich dann wieder anständig benahm?

Massa machte die Flasche auf, holte ein Glas aus dem Schrank und goss es voll. »Trink das«, sagte er, »das ist wie Medizin, davon wird's besser.« Er nickte zu seiner Frau. »Noch eins, wenn das alle ist. Bin gleich zurück.«

Adam nahm einen Schluck. Feuer! Er keuchte, musste husten, verschluckte sich, hustete noch mehr.

»Trink«, sagte Massas Frau, »du hast doch gehört, was er gesagt hat.«

»Aah«, stöhnte Adam, das brannte und kratzte vielleicht, er konnte es fast nicht aushalten. Außerdem schmeckte es scheußlich. Im Kuchen war's okay, aber so? Jetzt hatte er auch Fieber im Bauch und nicht nur in der Backe. Er konnte nur hoffen, dass nicht alles noch viel schlimmer wurde von dem Rum, so fühlte es sich nämlich an.

»Mach hin«, drängelte Massas Frau.

Er gehorchte. Wie er immer gehorchte. Je schneller er trank, desto schneller war's vorbei, machte er sich Mut und kippte das Zeug runter. Er schnappte nach Luft und knallte das leere Glas auf den Tisch.

Massas Frau goss es wieder voll. »Weiter«, sagte sie.

Er griff nach dem Glas. Er wollte nach dem Glas greifen. Aber es stand nicht da, wo seine Hand hinging. Oh, oh, waren jetzt sogar seine Augen krank? Er kam nicht ans Glas ran, sosehr er sich auch bemühte.

»Ain«, sagte er.

»Was sagst du?«, fragte Massas Frau.

Sie stand ganz nah vor ihm, aber sie hörte sich an, als wär sie oben. Die Ohren auch noch? Was passierte hier mit ihm? Es machte ihm Angst, richtig beschissene Angst.

»Issn«, sagte er. Ups, so ein Wort hatte er noch nie gesagt. Nicht mal gedacht. Massa fluchte manchmal. Jan auch, aber nur ganz leise. Vielleicht lag das am Rum? Aber Jan trank keinen Rum. Glaubte er. Massa schon. Massa hatte nie Angst. Also war alles okay. Er konnte ja noch denken. Alles in Ordnung. Alles bestens. Angst, geh weg. Weg. Hey, dachte er, hey! Schmerzen weg. Der Zahn war auf einmal fast ganz ruhig.

»Eg«, sagte er und winkte Massa zu, der wieder da war.

»Er lallt schon«, sagte Massas Frau.

Massa brummte. Er kam zu ihm.

»Zeig mal den Zahn«, sagte er.

Adam gehorchte.

***

Paul Zinkel verharrte einen Augenblick und musterte das Haus von Sophie Barkowitz. Der übliche rote Klinker, der nicht mal bei diesem Schmuddelwetter trübsinnig wirkte, eine zweiflüglige weiße Eingangstür, davor ein großer Pflanzkübel mit Stiefmütterchen. Das Dach war schwarz eingedeckt, und die zum Carport abfallende Seite reichte weiter nach unten als die andere, endete erst etwa einen Meter über dem Boden, typisch für ein sogenanntes Fehnhaus. Fehn bedeutete Moor, und so nahm er an, der ursprüngliche Sinn der Bauweise lag darin, größeren Schutz vor Wind und Wetter zu gewährleisten. Objekt der Sehnsucht, bekannte er.

Die rot gepflasterte Auffahrt führte zu einem Doppel-Carport, der zurzeit nur ein Fahrzeug beherbergte, dies allerdings ebenfalls ein Objekt der Sehnsucht: ein knallrotes Cabrio, Porsche Boxster. Okay, die Farbe gefiel ihm nicht, und das niedrige Sitzen würde seinem Rücken nicht behagen. Er besann sich auf seine Aufgabe und näherte sich dem Wagen, der rückwärts eingeparkt worden war und ihm so einen ersten unauffälligen Blick erlaubte. Keine Schäden zu erkennen, aber das musste nichts bedeuten. Zu dumm, dass es bislang keine Erkenntnisse über das beteiligte Fahrzeug gab. Wenigstens die Lackfarbe wüsste er gern, doch bei seinem Anruf war er auf später vertröstet worden.

Die Zuwegung zum Haus wand sich gemächlich durch den Vorgarten, in dem ungeschoren davongekommener Buchsbaum die dramatische Kulisse abgab für maßlos blühende Sternmagnolien und die hierzulande unvermeidlichen Rhododendren, deren Knospen leider noch geschlossen waren.

Die Frau von Ende vierzig, die auf sein Klingeln öffnete, war eine typische Ostfriesin, fand Zinkel, oder das, was er dafür hielt: groß, annähernd eins achtzig, schulterlanges blondes Haar, blaue Augen, in denen er den Schalk blitzen zu sehen vermeinte. Tatsächlich ähnelte sie Judith ganz beträchtlich – ein Gedanke, der ihn unwillkürlich erröten ließ.

»Sophie Barkowitz?« Er zückte seinen Ausweis, noch bevor sie die Frage mit einem vorsichtigen Nicken beantwortet hatte.

»Moin, Zinkel, Kripo Leer«, stellte er sich vor. Selten schaute jemand genau hin, wenn man seinen Ausweis vorzeigte, das Wort »Polizei« reichte meist als Sesam-öffne-dich. Barkowitz stellte keine Ausnahme dar, doch er verzichtete auf eine Ermahnung. »Ich müsste mit Ihnen über Tammo Cassens sprechen«, sagte er.

Sie wurde blass, nickte aber, schloss die Tür und ging voran ins Wohnzimmer.

Hier ist aber jemand leseverrückt, dachte Zinkel. Deckenhohe Bücherregale nahmen zwei der Wände ein, die Bücher in zwei Reihen hintereinander, und, soweit er das überblicken konnte, gab es keine einzige Lücke für Nachschub. Der lagerte denn auch in prekären Stapeln auf dem runden Tisch davor. Wie in einer altehrwürdigen Bibliothek, fand er, sogar eine Rollleiter gab es, eine Leselampe aus Messing und zwei weinrot bezogene, wie hießen sie noch?, Hörnstühle? Judith besaß auch so einen, er hatte sich eigens erkundigt, weil ihm das Weidengestell gefallen hatte und der Stuhl eher ein Sessel war und erstaunlich bequem. Doch, Hörnstuhl war richtig, glaubte er.

Diese Seite des Wohnzimmers stand in krassem Gegensatz zur anderen, registrierte Zinkel verwundert. Die Sitzgarnitur aus schwarzem Leder, ein gläserner Couchtisch, und auch die Anbauwand protzte mit Glas und Chrom und jeder Menge digitalem Fortschritt. Lediglich der flauschige weinrote Teppich gemahnte, auf selbigem zu bleiben, stellte gewissermaßen die gedankliche Brücke zu den geistigen Gefilden dar. »Interessanter Kontrast«, bemerkte er.

»Wegen der Technik, meinen Sie?« Barkowitz zog amüsiert einen Mundwinkel hoch, was ihr etwas apart Asymmetrisches verlieh. »Die hab ich meinem Ex zu verdanken – seine Seite, meine Seite.« Sie wies mit den Daumen in die jeweilige Richtung. »War auf die Dauer nicht kompatibel. Ich hätte das Zeug ja verbannt, aber da hat mein Sohn nicht mit sich reden lassen. Und mein Lebensgefährte sieht das glatt mal genauso. Womit wir beim Thema wären, schätze ich. Es gibt einen Lebensgefährten, ergo keinen Notstand sexueller Natur.« Sie blickte ihn herausfordernd an. »Tammos Anschuldigung ist völlig aus der Luft gegriffen.«

»Deswegen bin ich eigentlich nicht hier.« Zinkel wand sich, merkte aber, dass er damit nur Verwirrung stiftete. »Wollen wir uns nicht setzen?« Er deutete auf die Hörnstühle.

»Entschuldigung, ja natürlich.« Barkowitz beeilte sich, seinem Vorschlag nachzukommen, blieb jedoch sprungbereit auf der Kante sitzen.

»Am Freitagabend hat sich ein tödlicher Unfall ereignet«, hob Zinkel an.

»Tammo etwa?«, fiel Barkowitz ihm ins Wort. »Ach du Schreck, das ist ja furchtbar«, sagte sie auf sein Nicken hin. »Die armen Eltern.«

Ja, die armen Eltern, stimmte Zinkel innerlich zu. Trotzdem

kam Barkowitz Tammos Tod vermutlich nicht ungelegen. »Aufgrund einer Zeugenaussage«, fuhr er fort, »besteht der Verdacht auf fahrlässige Tötung oder Mord. Die Anzeige gegen Sie führt mich hierher. Es steht Ihnen frei, sich dazu zu äußern oder nicht, und Sie haben das Recht auf anwaltlichen Beistand.«

»Uff.« Barkowitz krümmte sich.

Zinkel ließ ihr Zeit. Den meisten Menschen war eine Rechtsbelehrung völlig neu, kam sie doch im Fernsehkrimi selten vor. Was einerseits vermittelte, man habe jede Menge Rechte, erhielt andererseits gerade wegen der offiziellen Sprache wesentlich mehr Gewicht. Das wollte verdaut werden.

Barkowitz hob den Kopf. »Wissen Sie was? Bringen wir's hinter uns«, sagte sie. »Ich war zwar schon beim Anwalt, eben wegen der Anzeige, aber das hier geht auch so.«

»Wie Sie meinen.« Zinkel holte das Aufnahmegerät aus seiner Jacke, schaltete es ein und sprach die Einführung, bevor er es auf einen der wackligen Bücherstapel vor ihm legte. »Wo waren Sie am Freitagabend zwischen zwanzig und einundzwanzig Uhr?«, fragte er.

»Hier.«

»Kann das jemand bezeugen?«

»Nein, ausgerechnet«, sagte sie. »Mein Lebensgefährte ist auf Geschäftsreise, und mein Sohn war bei einer Freundin. Der ist erst, keine Ahnung, gegen halb zehn nach Hause gekommen.«

»Kein Anruf? Niemand vorbeigekommen?«

»Nö. Ich hab Roman angerufen, also meinen Sohn, weil ich nicht wusste, wo er war, aber das war schon kurz vor acht, vor der Tagesschau halt. Und Oskar hat erst gegen zehn angerufen.«

»Oskar ist Ihr Lebensgefährte? Wo hält der sich zurzeit auf?«

»In Brüssel. Oder war es Antwerpen? Oh je, ich weiß es nicht, ich meine schon, in Belgien, aber ich hab nicht so genau zugehört.« Sie zog eine Grimasse.

»Ich sag's nicht weiter«, beschwichtigte Zinkel. »Der Wagen im Carport gehört Ihnen?«, erkundigte er sich.

»Yep. Meiner.«

Stolz klang aus ihrer Stimme, was er verstehen konnte. Er konnte sich jedoch vorstellen, dass das Gefährt auch Neid erregte. »Weitere zum Haushalt gehörende Fahrzeuge? Fährt Ihr Sohn schon Auto?«, fragte er.

»Er ist erst vierzehn, und ich weiß schon jetzt, dass ich es hassen werde, wenn er so weit ist, den Führerschein zu machen. Es gibt noch den Golf von meinem Lebensgefährten. Klapperkiste, ehrlich wahr. Ich hab ihm angeboten, den Porsche zu nehmen, es sind ja Ferien, aber er wollte nicht.«

»Die Farbe?«

»Blau. Dunkelblau. Aber das ist albern«, sagte sie, »Oskar ist doch schon seit …«, sie runzelte die Stirn, »seit letztem Mittwoch weg.«

»Zu der Anzeige hat man Sie schon befragt, oder?«

»Nein, noch nicht.«

Merkwürdig. Hatte da ein Kollege seine Abneigung gegen Anwälte ausgelebt? Denkbar, fand Zinkel, Cassens senior hatte gewiss das Vorurteil befördert. »Sie sagen also, da ist nichts dran? Es ist nie zu einem Übergriff gekommen?«, fragte er widerstrebend. Er konnte Sexualdelikte nicht ausstehen, hauptsächlich wegen der meist schwierigen bis nicht vorhandenen Beweislage.

»Nein, ist es nicht«, behauptete Barkowitz. »Es hat vorher schon Ärger gegeben, jemand hat mich wegen angeblicher Bestechlichkeit angeschwärzt. Die Theorie ist, dass da eine Kampagne gegen mich läuft, und Tammo war nur ein williges Werkzeug. Aber wer dahintersteckt«, sie hob die Schultern, »da sind wir noch keinen Schritt weiter.«

»Wie steht's denn stattdessen mit dem Warum?«, fragte Zinkel. »Erstens: Warum sollte Tammo sich für so etwas hergegeben haben? Und zweitens: Warum würde jemand Ihnen so sehr schaden wollen?«

»Ich weiß es doch nicht.« Barkowitz versetzte der Sessellehne einen kräftigen Hieb. »Tammo ist«, sie stockte, »war nicht so gut auf mich zu sprechen. Er fand seine Noten nicht gut genug. Ich auch nicht, davon mal abgesehen, aber dramatisch schlecht war er auch wieder nicht. Keine Ahnung, was ihn geritten hat, diese Geschichte zu erfinden. Und dann auch noch das Fo–« Sie brach ab.

»Foto?«, hakte Zinkel nach.

»Aah«, Barkowitz wand sich, »das hätte ich zu gern vermieden.«

»Auf«, scheuchte Zinkel sie, »Hinweise zurückzuhalten ist keine besonders gute Idee.«

»Wenn Sie meinen«, gab Barkowitz nach, stemmte sich hoch und winkte ihm, ihr zu folgen.

Sie führte ihn in ihr Arbeitszimmer im Obergeschoss, einen kleinen Raum, der ebenfalls vollgestopft war mit Büchern bis unter die Dachschräge. Der Schreibtisch vor dem Fenster wirkte vergleichsweise leer. Abgesehen von Apfel-Laptop und Telefon lagerte lediglich ein ordentlicher Stapel Klassenarbeiten darauf, der den Blick eher hinaus in den Garten lenkte, wo sich gerade eine Schar Spatzen lautstark zankte. Aufstand, dachte Zinkel mit einer gewissen Sehnsucht.

Barkowitz rief ihre Mails auf und trat zur Seite.

Zinkel beugte sich vor. »Oh«, sagte er, den Pfiff unterdrückend, der ihm auf den Lippen lag.

»Wem sagen Sie das«, murmelte Barkowitz.

»Ist das Tammo?«, fragte Zinkel.

»Keine Ahnung. Bekannt ist mir nur der andere Part.«

»Und das ist eindeutig? Ja, ja«, Zinkel beantwortete sich seine Frage selbst, »ich seh schon, die Narbe.«

»Genau. Und nur damit Sie nicht auf schwachsinnige Ideen kommen: Ich war nie in einer derartigen Situation. Es handelt sich um eine Fälschung.«

Zinkel richtete sich wieder auf. »Schwer zu beweisen, schätze ich.«

»Da arbeitet jemand dran, aber das bringt eh nichts. Das Ding ist in der Welt.«

»Ist der Ruf –« Zinkel unterbrach sich, wünschte, er könnte noch zurücknehmen, was hier nicht angebracht schien. »Ich verstehe«, sagte er nur.

»Das bezweifle ich«, entgegnete Barkowitz. »Meine Gnadenfrist läuft mit Schulbeginn ab. Dann geht's ans Spießrutenlaufen. Und vermutlich sind meine Schüler nicht mal die Schlimmsten.«

»Feinde?«, erkundigte sich Zinkel. »Wer würde Ihnen so etwas anhängen wollen?«

»Wenn ich das wüsste, wären Sie nicht hier. Und Tammo würde vielleicht noch leben.«

»Hm«, sagte Zinkel etwas ratlos. »Tun Sie mir den Gefallen und leiten Sie die Mail weiter an mich.« Er zog eine Visitenkarte hervor und reichte sie ihr. »Vielleicht ist es möglich, den Absender zu ermitteln.«

»Da ist schon jemand dran, aber meinetwegen.«

Sein Handy. »Sekunde«, bat Zinkel und nahm das Gespräch an. Die KT. Super. »Allerweltsfarbe«, sagte er. »Okay, danke erst mal.«

»Ihr Wagen war es nicht«, erläuterte er auf Barkowitz' fragenden Blick hin. »Und der Golf auch nicht.« Er konnte sehen, wie sich auf ihrem Gesicht Erleichterung abzeichnete. »Informieren Sie auf jeden Fall Ihren Anwalt«, riet er. »Und halten Sie sich zu unserer Verfügung«, fügte er hinzu, was den Effekt wieder zunichtemachte.

***

»Kann ich mein Handy wiederhaben, bitte?«, fragte Roman.

Der Gebrauch des Zauberworts sprach für eine gelungene Sozialisation – kein Wunder bei der Mutter, dachte Gerrit, der das Klingeln von Romans Handy beinahe überhört hätte. Ein Anruf in letzter Minute, der Akku war so gut wie entladen.

»Sicher«, sagte Gerrit. Er rechnete nicht mehr damit, dass jemand die Telefonnummer überprüfte, schließlich war sein Notruf nicht anonym gewesen. »Bist du zu Hause?«, erkundigte er sich.

»Ja.«

»Allein?«

»Nur meine Mutter ist da.«

Das hörte sich ziemlich begeistert an, fand Gerrit, und es kam ihm sehr gelegen. Er wollte Oskar vorerst nicht begegnen, so es sich denn wirklich um Olaf handelte, aber er wollte Gewissheit, und die konnte Roman ihm vielleicht verschaffen. »Ich muss mit deiner Mutter reden, aber keine Angst, ich verrate dich nicht. Wär praktisch, wenn du dazukommst und irgendein Computerproblem erfindest, bei dem ich dir helfen kann. Kriegst du das hin?«

»Ich bin ja nicht doof.« Roman war beleidigt.

»Das hab ich mir schon gedacht«, beschwichtigte Gerrit, »ich brauche nämlich deine Hilfe. Also bis gleich.« Er schaltete das Handy aus und stopfte es in seinen Rucksack.

Roman war so clever gewesen, sein Treffen mit Tammo aufzuzeichnen, aber wie befürchtet gab es aufgrund des Zuges an entscheidenden Stellen Lücken. Er hatte versucht, die Nebengeräusche herauszufiltern, war aber nicht wesentlich schlauer draus geworden. Hoffentlich waren Romans Ohren besser gewesen als das Mikro seines Handys.

Gerrit warf einen Blick nach draußen. Regen. Allmählich reichte es ihm. Das ganze Wochenende war schon so trüb gewesen, in mehr als einer Hinsicht.

Die Stimmung im Haus war schräg. Okay, Lothar war wie immer, höchstens noch ein bisschen abgehobener als sowieso schon. Aber Marilene war echt komisch drauf. Sie hatte sich zwar um Lothar und ihn gekümmert, aber das war rein versorgungstechnisch gewesen. Nicht ein Mal hatte sie sich zu ihnen gesetzt, um zu quatschen, wie sonst, oder auch nur, um Canasta zu spielen, ein Kartenspiel, das die beiden ihm erst neulich beigebracht hatten. Er war sofort süchtig danach geworden. Nach den Haufen, gab er zu, nach dem Gewinnen. Anfängerglück, von wegen, bis jetzt hatte er die beiden ordentlich abgezockt.

Irgendetwas war vorgefallen, wahrscheinlich am Freitagabend, nahm er an, aber natürlich sagte ihm mal wieder keiner was. Er zog Jacke und Schuhe an, warf sich den Rucksack über die Schulter und schnappte sich seine Krücken. Die er eigentlich nicht mehr brauchte. Der Knöchel tat kaum noch weh, es ging ihm mehr ums Mitleid. »Der arme Junge poltert die Treppen hinunter«, rezitierte er theatralisch im Takt. Gute Akustik. Er meldete sich bei Renate ab und humpelte zum Wagen.

Zehn Minuten später erreichte er sein Ziel. Ein irre großer rothaariger Typ wandte den Kopf nach ihm, als er in die Straße bog. Neidische Blicke auf seinen Wagen war er gewohnt, aber doch nicht von einem Riesen, der da gar nicht hineinpasste. Gerrit parkte den Mini in der Einfahrt der Barkowitz, direkt hinter einem Boxster. Ungefähr das letzte Auto, das er mit einer Lehrerin in Verbindung gebracht hätte, und sein Ding war das Gefährt schon gar nicht. Zu unpraktisch, wenn man eine Familie gründen wollte.

In jeder Hinsicht. Er grinste, Sex im Mini wäre wahrscheinlich eine ebenso große Herausforderung. Egal, spätestens beim zweiten Kind musste sowieso eine Familienkutsche her.

Keine Bange, das dauert noch ein bisschen, er klopfte beruhigend aufs Lenkrad, bevor er ausstieg, ohne Krücken zur Haustür ging und klingelte.

Sophie Barkowitz schien auf ihn gewartet zu haben, denn sie riss die Tür fast augenblicklich auf. »Ja bitte?«

»Hallo, ich bin Gerrit Baron«, stellte er sich vor, »der Assistent von Frau Müller.«

Barkowitz errötete. »Ja, also, ich … Gut, kommen Sie rein«, stammelte sie.

Davon ausgehend, dass sie sich nicht gewohnheitsmäßig vor zu jungen Männern auszog, konnte er ihre Verlegenheit nachvollziehen. Selbst für ihn war es merkwürdig, einer Person gegenüberzustehen, deren blanke Rückseite er äußerst akribisch studiert hatte. Von vorn und bekleidet gefiel sie ihm besser. Für ihr Alter sah sie sogar ausgesprochen gut aus, und sie passte durchaus zu ihrem Auto. Nur klamottentechnisch musste sie was unternehmen: Die Jeans, die sie trug, war ausgebeult und an den Knien dreckig, und ihr T-Shirt hatte auch schon bessere Tage gesehen. Viele bessere Tage.

»Gehen Sie schon mal vor.« Barkowitz deutete den Flur entlang. »Ich war grad im Garten und wasch mir nur schnell die Hände.«

Ah, dachte Gerrit, das erklärte den Aufzug, wenngleich sich ihm nicht erschloss, was jemanden dazu trieb, bei diesem Wetter im Garten zu arbeiten. Genau genommen war sein Desinteresse allerdings wetterunabhängig. Ein Grund mehr, in eine Wohnung zu ziehen statt in ein Haus. Außer natürlich, Antonia wollte das volle Programm.

Ooh, Gerrit staunte, als er das Wohnzimmer betrat, das war seine Welt. Zumindest die rechte Hälfte. Eine Musikanlage vom Feinsten samt Bose-Lautsprechern, unzählige CDs in speziellen Regalen, ein nahezu kinotauglicher Flachbildfernseher. Bevor er ins Detail gehen konnte, kam Barkowitz herein, und er beeilte sich, seinen Mac Pro aus dem Rucksack zu zerren. Er legte ihn auf den Esstisch und startete ihn.

»Das Foto ist hundertprozentig eine Fälschung«, erläuterte er. »In der Vergrößerung kann man das eindeutig erkennen.«

»Na toll«, sagte Barkowitz, »mein Hautarzt ist eigentlich der Einzige, dem ich die Perspektive gestatte.«

»Keine Bange«, sagte Gerrit, »ich bin da voll medizinisch rangegangen. Sehen Sie, hier«, er zeichnete mit dem Mauszeiger die entsprechenden Stellen nach, »da hat jemand das Höschen übermalt, die Farbe ist nämlich viel zu gleichmäßig geraten, keine Textur.«

»Sie meinen, keine Orangenhaut«, warf Barkowitz ein. »In meinem Alter ist es keine Textur mehr.«

»Davon versteh ich nix«, behauptete Gerrit. »Das Gleiche am Oberteil«, fuhr er fort. »Andere Details sind dafür eingezeichnet worden.« Wieder zeigte er ihr, was er meinte. »Wo ist das Original?«, fragte er. »Ein Bikinifoto, vermute ich, gibt es eins?«

»Nee«, sagte sie, »ich wüsste nicht, wer – Moment mal, doch, wir waren letztes Jahr auf Juist, Roman und ich, er hat eine Menge Fotos gemacht, und einmal … Jetzt erinnere ich mich wieder. Er hat mich gerufen, und ich wollte mich umdrehen, bin aber irgendwie hingefallen, da«, sie stach mehrmals mit dem Zeigefinger in die Luft, »da hat er auf den Auslöser gedrückt. Genau da.«

»Wer ist Roman?«, fiel es Gerrit noch rechtzeitig ein zu fragen.

»Ich bin das.« Der Junge stand auf einmal hinter ihnen. »Aber ich hab das Foto nirgends gepostet«, protestierte er, »ganz ehrlich.« Er hob die Hand zum Schwur.

»Hey«, sagte Gerrit, »das behauptet ja auch keiner, aber die Frage ist: Wer konnte an die Aufnahme kommen? Digital oder Negativ?«, erkundigte er sich.

»Digital. Mamas Kamera.«

Gerrit schaute Barkowitz auffordernd an.

»Sicher? Ich kann mich gar nicht erinnern, die Fotos je auf den PC übertragen zu haben.«

»Wahrscheinlich hast du's dann auch nicht gemacht«, folgerte Roman. »Mir sagst du doch auch immer, dass ich Sachen sofort machen soll, weil ich sie sonst vergesse.«

»Da siehst du mal, wie recht ich habe«, sagte Barkowitz, während sie hinüber zur Regalwand ging.

Der Reihe nach öffnete sie die Schubladen im Sockel. In der dritten wurde sie endlich fündig und reichte Gerrit eine Kamera. Er gab sie weiter an Roman. »Mach du«, sagte er.

Roman schaltete sie ein, klappte das Display runter und ging die Aufnahmen durch. Viele Aufnahmen, das Piepen des Geräts nervte.

»Da!«, rief Roman endlich.

Gerrit nahm das Gerät wieder an sich und verglich die Aufnahmen. »Das ist es, ganz sicher«, sagte er. »Wer hatte Zugang zu der Kamera?«, wandte er sich an Barkowitz.

»Keiner.« Sie schüttelte ungläubig den Kopf.

»Quatsch«, ereiferte sich Roman. »Du, ich, Oskar«, zählte er an den Fingern ab. »Vor Weihnachten hast du welche von deinen Kollegen eingeladen, ein paar Schüler waren mal hier, keine Ahnung, wann und wer, und auf deiner Studienfahrt hattest du die Kamera auch mit.«

»Oh«, sagte Barkowitz.

»So viele, wie blöd«, sagte Gerrit. »War Tammo irgendwo dabei?«

»Tammo ist tot. Die Polizei war deswegen auch schon hier.«

»Ach.« Gerrit starrte angestrengt auf seinen Mac. »Dann hätten Sie aber besser Ihre Anwältin konsultiert«, sagte er und schaffte es nicht ganz, jeden Vorwurf aus seiner Stimme zu bannen. »Niemand sollte in so einer Sache ohne Anwalt mit der Polizei reden«, gab er diese für ihn relativ neue Weisheit zum Besten.

»Ja, ja, ich ruf sie an«, lenkte Barkowitz ein.

»Okay, gut. Also was war nun mit Tammo?«, hakte er nach. »Hätte er Gelegenheit gehabt, an die Kamera zu kommen?«

Sie legte den Kopf in den Nacken und spitzte die Lippen. »Kann sein«, sagte sie nach einer Weile, »ich glaub, er war mit den anderen hier. An der Studienfahrt hat er nicht teilgenommen, da bin ich mir sicher.«

»Na, egal, das bringt uns sowieso nicht weiter, weil ich an Tammos PC bestimmt nicht rankomme, um das zu überprüfen.«

»Da kümmert sich die Polizei schon drum«, sagte Barkowitz, »die wollten die Mail weitergeleitet haben, um zu schauen, ob sie den Absender ermitteln können.«

»Viel Glück«, entgegnete Gerrit trocken. »Ich hab bisher nichts herausfinden können, und das will was heißen.« Er schaute zu Roman hinüber und hob die Brauen.

»Heißt das, du bist so was wie ein Profi?«, fragte Roman weisungsgemäß. »Ich hab nämlich ein Problem, weil ich eine gelöschte Datei nicht wiederhergestellt kriege.«

»Roman.« Vorwurfsvoll versuchte Barkowitz, das Anliegen zu unterbinden.

»Ach was«, Gerrit winkte ab, »das ist ein Klacks, wenn man weiß, wie. Willst du's mir zeigen?«

»Darf ich, Mama?«

»Meinetwegen.«

Gerrit folgte Roman hinaus und die Treppe nach oben. Sein Zimmer war groß, mit zwei Dachfenstern und erstaunlich aufgeräumt, wenn er so an seine eigene Kindheit zurückdachte. Während Roman die Tür hinter ihnen schloss, kramte Gerrit das Handy hervor und legte es auf den Schreibtisch. »Worüber habt ihr geredet, Tammo und du?«, fragte er leise, nur für den Fall, dass Barkowitz ihnen gefolgt war.

»Du warst gar nicht zufällig da, stimmt's?«

»Nein«, gab Gerrit zu, »aber das weiß sonst niemand. Ich wollte dasselbe wie du. Herausfinden, ob er gelogen hat.«

»Er hat's nicht direkt zugegeben, aber irgendwie schon. Und er hat gesagt, dass er das mit dem Foto nicht gemacht hat.«

»Ja«, sagte Gerrit, »den Teil hab ich gehört, aber was war, als der Zug kam?«

»Hab ich auch nicht verstanden.« Roman hob die Schultern. »Das Einzige, was ich hören konnte, war ›keinen Bock mehr‹. Ich hab aber alles aufgenommen.« Roman schoss zum Schreibtisch.

»Hab ich schon versucht«, bremste Gerrit den Jungen aus. »Kannst du was zu dem Auto sagen?«

»Nee, das ging alles viel zu schnell. Und was machen wir jetzt?« Roman hörte sich weinerlich an.

»Wer ist denn dieser Oskar, von dem ihr gesprochen habt?«, erkundigte sich Gerrit. Scheinheilig, gab er zu, aber es musste nun mal sein.

»Der Typ, mit dem meine Mutter zusammen ist«, knurrte Roman.

»Kannst ihn nicht leiden, was?«

»Ich hasse ihn. Er will, dass meine Mutter mich ins Internat schickt.«

»Echt? Wie fies.«

»Ist er auch. Bloß merkt meine Mutter das nicht, weil er sich gut verstellen kann.«

»Darauf fällt sie rein?«, wunderte sich Gerrit.

»Versteh ich ja auch nicht. Sie ist total anders geworden, seit der hier wohnt.«

»Ist noch nicht so lange?«

Roman schüttelte den Kopf. »Kurz vor Weihnachten hat sie ihn getroffen. Die kennen sich von früher, glaub ich, deswegen durfte er auch schon im Januar hier einziehen. Ist ja kein Fremder, hat sie gesagt. Ich sollte mich lieber für sie freuen, statt rumzustänkern. Dabei ist Oskar der, der stänkert. Gegen mich.«

»Das ist hart«, sagte Gerrit. »Hört sich so ähnlich an wie bei einer Frau, die ich kenne. Da hat ein Kerl behauptet, sie würden sich von früher kennen, und sich total in ihr Leben reingedrängt.«

»Genau so.« Roman nickte.

»Der Typ war richtig kriminell«, setzte Gerrit noch einen drauf, »er hat sogar versucht, mich umzubringen, weil er Schiss hatte, dass ich ihm draufkomme.«

»Ehrlich wahr?«

»Wenn ich's doch sage.«

»Aber jetzt ist der im Gefängnis«, folgerte Roman.

»Nee, leider nicht. Ist abgehauen und untergetaucht. Spurlos verschwunden.«

Roman schwieg. Grübelte offensichtlich, seine Stirn war ganz zerknittert. »Und wenn …«, sagte er zögerlich. »Wie hieß der denn?«

»Olaf Grünberger«, sagte Gerrit, »so hat er sich jedenfalls genannt.«

»Du meinst, das war ein falscher Name?«

»Mit Sicherheit, so einer hat wahrscheinlich einen Haufen falscher Papiere.«

»Und wenn er sich nun Oskar Graumeyer nennt?«

»Hm.« Gerrit tat, als müsse er überlegen. »Hast du ein Foto?«, fragte er.

»Nein. Oskar mag es nicht, fotografiert zu werden. Meine Mutter wollte mal ein Selfie machen, da ist der richtig ausgetickt.«

»Zu dumm«, sagte Gerrit. »Aber wahrscheinlich hätte das eh nichts gebracht. Bestimmt hat der was an seinem Aussehen verändert, Haare gefärbt, zugenommen oder abgenommen, was weiß ich. An der Stimme würde ich ihn vielleicht wiedererkennen. Wann kommt er denn zurück?«

»Gar nicht wär cool. Keine Ahnung. Ist auf Geschäftsreise.«

Gerrit lachte.

»Was ist so witzig?«, fragte Roman.

»Nichts eigentlich. Ich hab mir nur grad vorgestellt, ich würde mich unter deinem Bett verstecken, damit ich seine Stimme hören kann, ohne dass er mich sieht.«

»Das wär echt schwierig.« Roman deutete auf das Hochbett hinter sich. »Ich könnte dir meinen Kleiderschrank anbieten.« Er kicherte.

»Sehr nett von dir. Wenn du mich auch zusammenfaltest.«

Jetzt brach ein richtiges Lachen aus Roman hervor, und er wirkte wie ein vollkommen anderes Kind. Dem armen Kerl fehlte einfach ein Freund, erkannte Gerrit, jemand, mit dem er reden konnte oder Quatsch machen. Er verspürte einen Hauch schlechten Gewissens und schwor sich, dass er es wiedergutmachen würde. Ein bisschen den großen Bruder spielen. Wär ja auch eine gute Übung.

»Ich hab eine Idee«, sagte Roman, noch immer glucksend.

4

»Event und Katze«, sann Charlie, »schwierig. ›Cats‹. Musical. Haben wir hier nicht. Vielleicht ein Fahrdienst nach Hamburg. Läuft das eigentlich wieder?«

»Was?«, fragte Zinkel.

»Na ›Cats‹, das Musical.«

»Keine Ahnung. Wenn es damit zu tun hätte, würde dann ›Event‹ auf dem Firmenschild stehen?«

»Wohl nicht. Und es gibt auch keinen Event-was-auch-immer-Eintrag im Telefonbuch.«

»Mir kommen ja eher die Playboy-Hasen in den Sinn. Nur eben als Katzen. Überraschungstorten. So was in der Art.« Zinkel ließ die Vorstellung reifen, klappte die Torte auf, und heraus sprang Judith. Tusch.

»Chromosomale Insuffizienz.« Charlie bewertete seinen geistigen Höhenflug nicht sonderlich wohlwollend. »Gibt's Erkenntnisse zu Fahrzeug und Kennzeichen?«

Zinkel blickte auf die Notizen, die er sich während des Gesprächs mit dem Kollegen aus Bremen gemacht hatte. »Mercedes SUV, genauer Typ unbekannt, dunkle Farbe, LER, dann CH. Oder OH.«

»Und warum lässt du mich erst so lange grübeln?«, murrte Charlie. »Mutmaßungen bringen nichts.« Sie hieb wieder auf die Tasten ihres PCs ein. »Es sind die Tatsachen, die zählen.«

»Event-Catering.« Zinkel klopfte sich auf die Schulter.

»Toll.« Charlie hörte sich nicht an, als sei das Lob ernst gemeint. »Die Firma steht trotzdem nicht im Telefonbuch. Entweder ein Fake, oder sie ist erloschen. Ich kümmere mich später darum. Ist denn die Identität des Toten inzwischen geklärt?«, fragte sie.

Zinkel konsultierte abermals seine Notizen. »Dietrich Hamel«, las er vor.

»Muss ich den kennen?«, fragte Charlie.

»Nö. Hamburger.«

»Und was weiß man noch über den?«, nölte Charlie und musterte ihn skeptisch. »Sag mal, stehst du heute unter Drogen oder nur auf dem Schlauch?«

»Schlauch«, murmelte er. Er hatte gestern die größte Dummheit seines bisherigen Lebens begangen und die Nacht in Judiths Bett verbracht. Natürlich war an Schlaf nicht zu denken gewesen. Er riss sich zusammen. »Dietrich Hamel, genannt der Hammer. Sagt alles, oder nicht?«

»Rocker, Rotlicht, OK, rechte Szene?«

»Ein bisschen von allem, nur Rotlicht eher nicht, soweit die Kollegen das bisher ermittelt haben. Er soll Kontakte zu einem, warte, da steht's, zu einem Igor Petrow unterhalten, der wiederum für einen Sergej Lebedew arbeitet. Import-Export-Heini.«

»Und was im- und exportiert der Heini?«, fragte Charlie.

»Vorwiegend Lebensmittel.«

»Aber?«, sekundierte Charlie.

»Aber es ist möglich, dass er mit illegalem Kunsthandel zu tun hat. Sie sind seit Jahren an dem Mann dran, aber bislang konnte man ihm nichts nachweisen. Und Petrow ist derzeit nicht aufzutreiben. Sackgasse.«

»Findest du?« Charlie lehnte sich zurück und verschränkte die Hände hinter dem Kopf. »Prämisse: illegaler Kunsthandel. Eine Autobahnraststätte in der Nähe von Bremen. Die Ware ist auf einem Lkw, sollte vielleicht auf diesem Parkplatz abgeladen werden. Entweder gehört sie deinen Russen, und jemand aus Leer hat davon Wind bekommen und wollte das Zeug für sich. Oder umgekehrt. Wäre doch möglich?«

»Ja, schon, aber was bringt uns das in Bezug auf das Fahrzeug, das wir auftreiben sollen?«

»Es gehört jemandem, der in illegalen Kunsthandel verwickelt ist.«

»Das steht aber nicht auf seinem Auto.«

»Nee. Da steht Event-Catering drauf. Oder stand.«

»Zurück auf Anfang.« Zinkel stöhnte. »Und wieso müssen wir uns überhaupt dauernd um Autos kümmern? Als wenn der Fall Cassens nicht schon reichen würde.«

»Nöl nicht«, sagte Charlie, »du darfst gleich raus. Ich bin nämlich unschlagbar: Es gibt ganze vier Mercedes SUVs mit CH beziehungsweise OH im Kennzeichen. Drei davon haben CH, das erscheint mir wahrscheinlicher, denn das C lässt sich vorübergehend leicht in ein O verwandeln. Und nur zwei von den CHs sind dunkel.«

»Oh«, sagte Zinkel, »das klingt gut. *Let's go.*« Er unterdrückte ein Gähnen und sprang auf, bevor er noch vom Stuhl kippte.

Charlie hob die Hand. »Warte, ich will erst noch die Halter recherchieren.«

»Hinterher«, sagte Zinkel. »Lass uns unvoreingenommen rangehen.«

»Improvisationstheater?« Sie hob spöttisch die Brauen. »Na meinetwegen.«

Keine zehn Minuten später bog Charlie in die enge Einfahrt zu einem Drei-Giebel-Haus mit integrierter Garage ein. Zinkel hätte für die Strecke länger gebraucht, und das lag nicht allein an mangelnder Ortskenntnis. In den ersten Monaten nach seinem Umzug hatte er sich an den Wochenenden oder abends die Stadt erlaufen. Hierzulande schien das als exotisch zu gelten, man fuhr Fahrrad oder Auto, sofern man nicht zu den Hundebesitzern zählte – nahezu die einzigen Fußgänger, denen er je auf seinen Erkundungsgängen begegnet war. So weit draußen war er jedoch nie gewesen. Die Umgebung sah schon fast ländlich aus, und die wenigen Häuser standen weit auseinander, verborgen hinter zahlreichen Bäumen und Sträuchern.

Das Haus wirkte, als seien seine Bewohner ausgeflogen: Keins der Fenster zur Straße war gekippt, kein Lichtschein drang heraus. Charlie klingelte und trippelte in ihren zierlichen, dem Wetter nicht gerade angepassten Pumps ungeduldig von einem Fuß auf den anderen. Gummistiefel wären die bessere Alternative, dachte Zinkel.

Der Nieselregen der letzten Tage kam inzwischen von allen Seiten, auch von unten, seinem Eindruck nach, und schlug sogar ihm, der er sich für relativ immun gegen Wettereinflüsse hielt, aufs Gemüt. Er klingelte noch einmal, und diesmal konnte man den Gong hören. Frauen drückten zumeist zaghafter auf Klingeln, geradeso, als fürchteten sie, jemanden zu wecken. Es wunderte ihn bloß, dass dieses geschlechtsspezifische Verhalten auch auf Charlie zutraf, die doch sonst so forsch auftrat.

»Hilko Mettjes«, las er. »Heißt hier eigentlich irgendein Kerl ohne O?«

»Lothar«, sagte Charlie.

»Da ist auch eins drin«, entgegnete Zinkel. »Außerdem ist der zugezogen, das zählt nicht.« Offenbar hatte Lothar einen bleibenden Eindruck hinterlassen.

»Ja, bitte?«, kam es aus der Gegensprechanlage.

Zinkel zuckte zusammen, den Lautsprecher hatte er glatt übersehen.

»Kripo Leer«, sagte Charlie, »haben Sie einen Augenblick Zeit für uns?«

Statt einer Antwort wurde die Tür geöffnet.

»Moin«, grüßte Charlie, »Frau Mettjes?«

Die Frau war um die sechzig, schätzte Zinkel, doch er konnte sich auch täuschen, womöglich war sie früh ergraut; die Farbe stand ihr ausgesprochen gut. Danach gefragt, hätte er ihr sportlich-elegant als Etikett verpasst. Mettjes nickte. Mehrmals. Zinkel tat es ihr gleich.

»Wir würden gern einen Blick auf Ihren Wagen werfen, wenn das geht«, bat Charlie.

Zinkel wunderte sich abermals über ihre ungewohnte Zurückhaltung.

»Warum das?«

»Ein Fahrzeug dieses Typs ist an einem Tatort gesichtet worden.«

»Und ob es sich um dieses Auto handelt, können Sie auf einen Blick erkennen? Interessant«, sagte Mettjes. »Ich möchte bitte Ihre Ausweise sehen.«

Krimileserin, mutmaßte Zinkel.

Mettjes schaute genau hin, bevor sie sie hereinbat. »Gehen wir durchs Haus«, schlug sie vor und führte sie den Flur entlang in eine geräumige Küche, die mit allen technischen Finessen ausgestattet war.

Der Zugang zur Garage befand sich im angrenzenden, penibel aufgeräumten HWR; längst hatte Zinkel sich dem hiesigen Jargon angepasst, in dem man Hauswirtschaftsraum nannte, was in Hessen eine Speisekammer war. Die wenigsten Häuser hier oben verfügten über einen Keller, in dem sich Waschmaschine und Trockner unterbringen ließen. Mettjes öffnete die Tür zur Garage, schaltete innen das Licht ein und trat beiseite.

»Wer fährt den Wagen normalerweise?«, fragte Charlie.

»Mein Mann.«

Charlie umrundete das Fahrzeug und vollführte vor jeder der Türen merkwürdig anmutende Verrenkungen. Offenbar hoffte sie, eventuelle Spuren eines Magnetschildes zu entdecken, die nur im Gegenlicht sichtbar wären. Hinten rechts wiegte sie unschlüssig den Kopf, nur um dann doch mit den Achseln zu zucken. An Front und Heck bückte sie sich jeweils und tastete, vorsichtig tippend, die Nummernschilder dort ab, wo aus dem C ein O hätte geklebt werden können. »Was macht Ihr Mann beruflich?«, fragte sie in einem Plauderton, der niemanden täuschen würde.

»Er ist Schiffsmakler.«

Zinkel fand, er müsse auch mal was von sich geben. »Wissen Sie, wo er sich letzte Woche in der Nacht von Mittwoch zu Donnerstag aufgehalten hat?«, fragte er.

»Letzte Woche?« Mettjes runzelte grübelnd die Stirn. »Er war zu Hause. Doch, doch.«

Nu, dachte Zinkel, so schwierig war die Frage nicht gewesen, dass sie dies angestrengte Nachdenken rechtfertigen würde. Charlie bewies Fingerspitzengefühl und verzichtete darauf, ihm ins Schweigen zu fallen.

»Ich weiß es«, fügte Mettjes schließlich hinzu, »weil er am Donnerstag im Krankenhaus war. Er ist am frühen Morgen hier im Haus die Treppe runtergefallen und hat sich den Arm verstaucht.«

Antworten auf nicht gestellte Fragen waren doch immer wieder aufschlussreich, fand Zinkel, der Ort, Zeitpunkt und Ursache des Unfalls anzweifelte. »Wo hält er sich zurzeit auf?«, erkundigte er sich.

»Er ist in Bremerhaven, mit meinem Wagen, weil ich Automatik fahre.«

»Normalerweise fährt also nur Ihr Mann den Mercedes?«, insistierte Charlie.

»Ja, ich bevorzuge Autos, die in Parklücken reinpassen.«

»Sind Sie berufstätig?«, fragte Zinkel.

»Nein, nicht mehr. Ich hab zuletzt für ein Catering-Unternehmen gearbeitet, bis der Inhaber vor ein paar Jahren aufgehört hat.«

***

Er wurde von ihren Stimmen wach, doch er ließ die Augen zu. Er lag nämlich in seinem richtigen Bett im richtigen Zimmer unter der dicken Decke mit den Federn drin, und je länger er schlief, desto länger durfte er bleiben. Außer Jan war gekommen, dann war es egal. Er wusste es nicht. Er wusste gar nichts, konnte sich nicht mal daran erinnern, ins Bett gegangen zu sein. Das war seltsam, so etwas war ihm noch nie passiert. Er zerbrach sich den Kopf darüber, aber es half nichts. Da war alles leer.

Sein Zahn tat wieder weh. Mit der Zunge tastete er danach, doch da war nur ein großes Loch, das komisch schmeckte. Und dann fiel es ihm wieder ein. Wie er den Mund aufgemacht hatte. Wie Massa ihm den Kopf festgehalten hatte. Die Zange. Ihm wurde ganz komisch, und wenn er jetzt auf den Beinen wäre, würde er wahrscheinlich umfallen. Also liegen bleiben. Augen zulassen.

»Ich will das alles nicht mehr. Dieses ewige Aufpassen, die ewige Heimlichtuerei. Ach, ich wünschte, du hättest ihn nie zu uns gebracht«, sagte Massas Frau.

Adam blinzelte vorsichtig unter den Wimpern hervor. Die Zimmertür war geschlossen, die Stimme kam aus dem Flur.

»Glaub mir, ich auch. Aber was hätte ich denn machen sollen?«, fragte Massa.

»Abhauen, was sonst. Irgendjemand hätte ihn schon gefunden.«

»Eher irgendetwas«, sagte Massa. »Trotzdem, wenn dir ein schreiendes Baby praktisch direkt vor die Füße gefallen wäre, hättest du nicht anders gehandelt.«

»Du hättest es den Behörden übergeben können.«

»Du weißt ganz genau, dass das nicht ging. Wir haben damals die ganze Nacht lang drüber geredet, und wir waren uns einig, dass das die beste Lösung war.«

»Da wusste ich auch noch nicht, dass wir nach Deutschland

zurückmüssen. Wären wir in Mexiko geblieben, hätte nie ein Hahn nach dem Kind gekräht.«

Es hatte gar kein Hahn nach ihm gekräht, überlegte Adam, außer vielleicht, als er geschlafen hatte? Davon wäre er doch bestimmt wach geworden. Mexiko, Mexiko, hallte es in ihm nach. Er kam also aus Mexiko. Das war ein Land, so viel wusste er, und es lag in Südamerika, glaubte er und wünschte, er könnte jetzt im Lexikon lesen, um mehr darüber zu erfahren.

»Das war aber nicht meine Entscheidung, ich wurde nun mal abberufen. Wie hätte ich denn ahnen sollen, dass Sanchez so gute Verbindungen hat?«, fragte Massa. »Wenn ich ihm gegeben hätte, was er verlangt hat, wäre alles weitergegangen wie zuvor, aber hinterher ist man ja immer schlauer. So hatten wir nur die Wahl, das Kind heimlich auszusetzen oder es mitzunehmen, sonst wäre alles aufgeflogen.«

»Ja, ja, mir ist klar, was jetzt kommt: Ich war diejenige, die das verhindert hat. Aus gutem Grund. Als wir wegmussten, war er immerhin schon drei. Er konnte sprechen. Er kannte unsere Namen. Unsere Gesichter. Wir wären nie sicher gewesen, außer … ach, vergiss es.«

»Na, komm, beruhige dich. Lass mich die letzte Lieferung loswerden, dann kümmere ich mich darum. Ich werde eine Lösung finden, versprochen.«

Adam hörte, wie sie die Treppe runtergingen, und öffnete die Augen. Jan war nicht gekommen, sonst hätten sie nie so geredet, nicht mal im Flur. Nur – warum war er dann überhaupt hier oben? Das war nicht normal. Er setzte sich hin. Neben dem Bett stand ein Eimer. Er beugte sich ein bisschen nach vorn und schaute hinein. Leer. Die Bewegung war nicht so gut. Ihm wurde schwindelig, und er ließ sich wieder nach hinten fallen. Krank. Bestimmt war er ganz furchtbar krank. Darum lag er in dem richtigen Bett. Oder durfte er jetzt immer hier bleiben? Hatte Massa das gemeint mit einer Lösung?

Eigentlich war eine Lösung ein Ergebnis, zum Beispiel beim Rechnen. Also was Gutes. Es war doch was Gutes, wenn ein Ergebnis rauskam? Doch, bestimmt, beruhigte er sich, in der Schule bekam man ja sogar Noten dafür. Aber Massa hatte gesagt, er wollte die Lösung erst finden. Also war es eine schwere Aufgabe. Dann ging es nicht darum, wo er wohnte. Und richtig nett hatte Massa sich sowieso nicht angehört.

Manche Wörter hatten zwei Bedeutungen. Vielleicht gehörte Lösung dazu? Wieder wünschte er, er könnte zum Lexikon gehen und das Wort nachgucken. Aber wenn man nicht sitzen konnte, dann konnte man auch nicht gehen. In seinem Kopf drehte sich immer noch alles, nur weil er sich kurz aufgesetzt hatte. Das war auch nicht normal. Er war wirklich krank. Er zog sich die Decke bis unters Kinn.

Warum war Jan nicht gekommen? Warum war er so allein? Gleich musste er weinen, er merkte es genau. Er versuchte, ganz fest an Mexiko zu denken, aber das war auch eine schwere Aufgabe, wenn man nicht genug darüber wusste. Woran sollte er dann denken, außer immer nur an das Wort? Das war nicht genug. Wörter waren nie genug. Vielleicht hatten sie deswegen zwei Bedeutungen? Was für ein Durcheinander. Das machte ihn ganz müde. Die Augen fielen ihm zu, und er wehrte sich nicht dagegen.

Von ganz weit weg hörte er den Gong, der immer nur ging, wenn jemand am Tor stand. Eigentlich musste er dann in den Keller gehen. Aber er konnte ja gar nicht gehen. Er konnte …

***

Paranoia, dachte Paul Zinkel. Eine Mauer ums Grundstück war so ungewöhnlich nicht, aber Stacheldraht und Glasscherben zeugten von einem Hang zum Overkill, den er im Wiesbadener Villenviertel erwarten würde, wo es galt, ambitionierten Einbrechern durch ebenso ambitionierte Methoden das Handwerk zu legen. Okay, schränkte er ein, Stacheldraht war dann doch gar zu gewöhnlich, Scherben jedoch ließen sich zum Kunstwerk stilisieren. In Ostfriesland hatte er dergleichen noch nicht gesehen. Warum auch? Aufstände jeglicher Art waren Geschichte, und wäre er Einbrecher, würde ihn die extreme Sicherung extrem neugierig machen.

»Guck dumm«, sagte er zu Charlie mit einem Nicken Richtung Kamera und drückte auf den Knopf der Gegensprechanlage.

»Selber«, entgegnete Charlie.

Weisungsgemäß klappte er den Mund auf.

»Ja!«, tönte es aus dem Lautsprecher.

»Kripo Leer«, bellte er, um Gleiches mit Gleichem zu vergelten.

»Und?«

Mann, dachte Zinkel, der Kerl konnte einem die beste Laune verderben. Seine war ohnehin schlecht bis miserabel. Er hatte Bock auf Konfrontation. »Wir müssten einen Blick auf Ihr Fahrzeug werfen. Wären Sie so freundlich, das Tor zu öffnen?«, säuselte er.

»Aber selbstverständlich«, kam es unverhohlen sarkastisch zurück.

Das Tor glitt augenblicklich zur Seite, und sie knirschten sich die gekieste Auffahrt entlang. Charlie hielt sich einen halben Schritt links hinter ihm, Windschatten oder Sichtschutz, einerlei, sie war heute schon den ganzen Tag nicht sie selbst, und bislang hatte er es geschafft, sie nicht zu fragen, was los war.

Hier hatte sie gar nicht erst herfahren wollen. Ihrer Meinung nach hatten sie den Delinquenten bereits ausfindig gemacht, und eine Durchsuchung bei Mettjes würde gewiss die Firmenschilder zutage fördern. Fehlte nur der Beschluss von den Bremer Kollegen. Sosehr er ihr zustimmte, hatte er trotzdem darauf bestanden, keine losen Enden herumliegen zu lassen, allzu leicht konnte man sich darin verheddern und in ein Hätte-ich-nur stolpern. Im Übrigen hatten sie Zeit genug, denn es würde noch dauern, bis Tammos Computer und Handy ausgewertet waren.

Das Haus war so riesig, dass man eine ganze Kompanie darin unterbringen konnte. Zu dumm, dass Enteignungen heutzutage verpönt waren, zumindest was die Kaste der Reichen und Mächtigen betraf. Eine Unterkunft für Asylbewerber konnte er sich auch ganz gut vorstellen. Ein Altersheim? Natürlich müsste vorher die Festungsmauer eingerissen werden, aber sonst …

Von Steinfeld kam ihnen forschen Schritts entgegen, und sein Gang strotzte förmlich vor unterdrückter Kraft. Er war von hagerer Gestalt und wirkte dadurch größer als die maximal eins fünfundsiebzig, die im Pass stehen dürften. Zinkel schätzte ihn auf Mitte, höchstens Ende vierzig. Dunkelblondes, leicht gewelltes

Haar, akkurat gescheitelt, blaue Augen unter blassen Wimpern, ein stechender Blick. Arisch, dachte Zinkel unwillkürlich, was natürlich vollkommen unannehmbar war.

»Ihre Ausweise!«, kommandierte von Steinfeld.

Oder auch nicht. Sie kamen der Aufforderung nach, und von Steinfeld prüfte so gründlich wie vorhin Mettjes.

»Wieso wollen Sie meinen Wagen sehen?«

»Ein Fahrzeug dieses Typs ist an einem Tatort gesichtet worden«, wiederholte Charlie, »wir kontrollieren alle Halter.«

»Die Kripo.« Von Steinfelds Stimme triefte vor Ungläubigkeit. »Brauchen Sie nicht einen Durchsuchungsbeschluss dafür?«

»Wenn Sie darauf bestehen, ja. Kein Problem, dann kommen wir später noch mal wieder.«

Für einen Moment schien von Steinfeld zu schwanken, ob er die einfache oder die komplizierte Verfahrensweise wählen sollte, und Zinkel wettete, dass normalerweise Letzteres den Zuschlag erhielt.

»Hier entlang.« Von Steinfeld zeigte sich kooperativ und führte sie zur Einfahrt einer Tiefgarage seitlich des Hauses. »Bitte«, sagte er, ganz der höfliche Gastgeber, und öffnete per Fernbedienung das Tor, blieb jedoch selbst im Freien. Er stopfte die Hände in die Taschen seines Jacketts und lehnte sich gegen die Mauer der Einfahrt.

Zinkel überließ es Charlie, den Wagen zu begutachten, und gesellte sich zu von Steinfeld. Dessen Blick flackerte trotz der vorgeblichen Gelassenheit immer wieder hinüber zu Charlie, die sich mit ihren kunstvollen Verrenkungen allerdings auch große Mühe gab, seine Aufmerksamkeit auf sich zu ziehen.

Zinkel zog sein Notizbuch hervor. »Ich müsste noch wissen, wo Sie sich letzte Woche in der Nacht von Mittwoch auf Donnerstag aufgehalten haben. Reine Routine«, fügte er abwiegelnd hinzu.

»Ich war hier«, versicherte von Steinfeld, ohne zu zögern.

Gutes Gedächtnis, fand Zinkel und malte ein Häkchen aufs Papier. »Zeugen?«, erkundigte er sich beiläufig.

»Meine Frau. Sie ist im Haus, soll ich sie rufen?«

»Ach was.« Zinkel fuchtelte mit dem Kuli in der Luft herum. »Ich bin sicher, sie bestätigt das«, sagte er nahezu wertfrei, klappte das Notizbuch wieder zu und steckte es umständlich weg, als sei das auch schon alles. Mit Kennermiene schaute er sich um. »Was machen Sie beruflich, wenn ich fragen darf?«

»Ich bin in verschiedenen Kuratorien und Stiftungen tätig«, sagte von Steinfeld, »ehrenamtlich natürlich. Man trägt doch eine gewisse Verantwortung für die Allgemeinheit, gerade, wenn man vom Schicksal so begünstigt wurde wie ich.«

»Schicksal«, entfuhr es Zinkel. Er bremste sich. »Das ist sehr großmütig von Ihnen«, sagte er. »Wenn alle so handelten, sähe die Welt sicherlich anders aus.« Er unterdrückte den Impuls, dem anderen wohlwollend auf die Schulter zu klopfen. Tue Gutes und rede darüber – nicht eine Sekunde nahm er ihm diesen zur Schau gestellten Altruismus ab. Tatsächlich glaubte er diesen Leuten gar nichts mehr. Wann war er zu solch einem Defätisten geworden?

Charlie näherte sich ihnen und wiegte bedächtig den Kopf hin und her. Von Steinfeld versteifte sich. Zinkel spürte es mehr, als dass er es direkt gesehen hätte. Ein gespannter Bogen, kurz vor dem Abschuss eines Pfeils.

»Das war's dann erst mal«, sagte Charlie munter, »vielen Dank auch.«

»Ich schließe mich an«, heuchelte Zinkel und winkte unbestimmt zum Abschied.

Der Weg zurück zum Tor war noch immer steinig. Charlie summte oder brummte vor sich hin, genau wusste er das nicht zu unterscheiden. Vielleicht wollte sie auch bloß verhindern, dass er redete. Dass er fragte, was sie gesehen hatte.

»Wo ist Enno überhaupt hin?«, fragte sie unvermittelt.

»Die sind alle Mann nach Langeoog gefahren«, sagte er salopp. Gendermäßig inkorrekt.

»Versöhnungstour?« Sie warf ihm einen schnellen Blick zu.

»Keine Ahnung«, behauptete er. Glatte Lüge. Wusste sie etwa von Ennos Abwegen? Oder gar von seinen? »Gibt's denn was zu versöhnen?«

Sie antwortete nicht, und er war einigermaßen erleichtert. Heute Abend würde er jedenfalls nebenan die Blumen gießen und sich nicht wieder in einem unbezwingbaren Anfall von Sehnsucht auf ihr Bett legen. Nur mal kurz, um ihren Duft zu riechen. Und dann die ganze Nacht dort liegen wie ein gestrandeter liebeskranker Wal, nein, Bär. Bären strandeten nicht. Wale strandeten nicht aus Liebe. Egal, es war das Dümmste, was er je gemacht hatte. Und es würde nicht wieder vorkommen.

***

Kim Westerkamp schaute sich in die Augen. Ein Wimpernhärchen stand quer und pikste, sodass sie blinzeln musste. Bloß keine Tränen, beschwor sie sich, dann müsste sie von vorn anfangen. Sie nahm die Wimpernzange zur Hand und bog die widerspenstige Wimper zurück in Reih und Glied. Mit dem schwarzen Kajalstift malte sie sich Tattoos ums rechte Auge, unter das linke drei Tränen. Zum Abschluss umrandete sie ihren Mund mit dem Kajal und trug den dunkellila Lippenstift auf. Krass. Ihr Vater würde im Dreieck springen. Genau das, was sie bezweckte.

Er hasste Goths, und normalerweise schminkte sie sich erst bei Luna, die eigentlich Antje hieß, den Namen aber extrem uncool fand und nur noch in der Schule darauf reagierte. Sogar Lunas Eltern richteten sich danach. Ihr eigener Vater würde das im Leben nicht tun. Voll der Spießer. Ihre Mutter – vielleicht. Die meckerte wenigstens nicht über ihre Klamotten, und das war ja auch schon was. Nicht mal, als sie fast den kompletten Inhalt ihres Kleiderschranks umgefärbt hatte, war sie ausgetickt, und auch nicht, als sie die Sachen, die sich nicht hatten färben lassen, auf den Dachboden verbannt hatte. Hochgezogene Brauen, mehr nicht. Bestimmt hatte sie ihre Weisheit aus irgendeinem Erziehungsratgeber: Bleiben Sie gelassen, das geht vorüber. Nun, es würde nicht vorübergehen. Das war keine Phase, das war Lifestyle.

Sie packte ein paar Klamotten zum Wechseln in ihren rosa Rollkoffer, nahezu das einzige Überbleibsel aus ihrer Mädchenzeit und viel zu praktisch, um ihn zu verbannen. Im Übrigen fand sie, dass dies Pink ihre Wandlung erst so richtig zur Geltung brachte, der Stilbruch war also Programm. Allerdings würde sie den Koffer nachher, wenn sie sich auf die Suche nach Damian machte, lieber bei Luna lassen. Luna und sie mochten das Mystisch-Romantische,

Damian schien ihr mehr Metal, und sie argwöhnte, dass er Stilbrüche nicht besonders mochte, jedenfalls nicht in Rosa.

Sie zog die Leggings an, das langärmelige T-Shirt, darüber das ehemals himmelblaue Sommerkleid mit den vielen Rüschen und zuletzt die dicken Stiefel. Ihr Parka verdarb zwar das Gesamtbild, aber da sie nicht wusste, wo Damian steckte, stand ihr möglicherweise ein längerer Marsch bevor. Sie wurde ungenießbar, wenn sie fror; wenn sie obendrein durchnässt war, konnte sie richtig eklig werden. Zu riskant. Um nichts in der Welt wollte sie Damian vertreiben. Er war das Beste, was ihr je zugestoßen war.

Anders konnte man es wirklich nicht bezeichnen, erinnerte sie sich, während sie den Koffer die Treppe hinunterwuchtete. Er war ihr mit dem Rad in die Hacken gefahren und hatte sie beide zu Fall gebracht. Sie hatte schon Luft geholt, um so richtig loszukeifen, da hatte sie in seine braunen Augen gesehen und den Mund wieder zugeklappt. Richtig braun waren sie gar nicht, sondern da schimmerte auch Grün drin und ein bisschen Violett. Sie könnte ihm tagelang in die Augen schauen, ohne sich zu langweilen. Besser war nur, wenn er in ihre schaute, aber das war nicht so sein Ding.

Irgendwie hatte er Angst vor Nähe, glaubte sie. Bestimmt hatte er schlechte Erfahrungen gemacht und achtete deswegen darauf, sie immer ein bisschen auf Abstand zu halten. Knutschen war ja okay, aber sie wollte mehr, und heute sollte der Tag der Tage sein. Wieso ging er nicht an sein Handy? Sie waren verabredet, hatten nur noch nicht entschieden, wo sie sich treffen wollten, und dann ging er nicht dran, wenn sie anrief. Merkwürdig.

»Wo willst du hin?« Ihr Vater stand in der Wohnzimmertür, als habe er auf sie gewartet.

»Zu Luna«, sagte sie. Es war der perfekte Plan, erst zu Luna zu gehen, so war es keine Lüge. Die durchschaute ihr Vater nämlich meistens sofort.

»Bleibst du über Nacht?« Er nickte zu ihrem Koffer hin.

»Mindestens, vielleicht auch zwei«, sagte sie, »sind ja Ferien.«

»Na dann, viel Spaß«, wünschte er ihr und wandte sich bereits wieder ab.

Nicht ein Wort zu ihrem Outfit. Strange. Überhaupt war er

in den letzten Tagen ziemlich komisch gewesen. Als wäre er gar nicht richtig da. Normalerweise drehte er voll auf, wenn er Urlaub hatte. Machte einen auf Familienleben. Schwer anstrengend. Jetzt redete er kaum und machte auch irgendwie nichts, obwohl er ihrer Mutter versprochen hatte, den Rasen zu vertikutieren und anderen Kram zu erledigen. Stattdessen saß er die meiste Zeit im Sessel vorm Fenster und starrte in den Garten. Als würde er darauf warten, dass die Heinzelmännchen kamen und sich um das Moos kümmerten.

Ihre Mutter reagierte natürlich wie immer. Sie wartete ab. Schüttelte höchstens mal den Kopf, wenn sie glaubte, es würde keiner sehen. Sie machte sich Sorgen, und ein bisschen sauer wurde sie allmählich auch. Es wurde langsam Zeit, dass hier mal einer ein Wort sagte. Aber sollte sie etwa die Erwachsenen zum Reden bringen? Nee, lieber nicht. Wer wusste schon, was dabei rauskam. Bestimmt nichts, was sie hören wollte. Kim seufzte leise und ging zur Tür. Sie hatte die Hand schon auf der Klinke, da überlegte sie es sich noch einmal anders und lief ins Wohnzimmer.

Es war genauso, wie sie gedacht hatte. Er hing im Sessel und starrte raus. Bloß gab's da nichts mehr zu sehen, denn es war schon dunkel. Als er in der Scheibe ihr Spiegelbild sah, setzte er sich schnell etwas aufrechter hin, aber er konnte ihr nichts vormachen. Sie drückte ihm einen raschen Kuss auf die Wange, bevor sie hinauseilte, und sein verwunderter Blick schien sie zu verfolgen.

Das Wetter war nicht wirklich besser geworden. Zwar regnete es nicht mehr, aber dafür war es neblig. Sie zog den Reißverschluss ihres Parkas zu und machte sich auf den Weg. Es war nicht weit bis zu Luna, keine zehn Minuten. Der Koffer ratterte fast so laut wie ein Einkaufswagen. Gut, dass es so dunkel war, niemand würde erkennen, wer hier so ein rosa Teil hinter sich herzog und einen derartigen Lärm veranstaltete. Normalerweise machte es ihr nichts aus, aufzufallen, ganz im Gegenteil. Nur heute war irgendwie alles anders. Logisch. Weil heute ihr großer Tag war.

So langsam begann sie, sich darauf zu freuen. Obwohl sie zugeben musste, dass sie gleichzeitig mächtig Bammel hatte. Ob es wehtat? Luna behauptete, nein, und wenn, dann nur kurz, aber ihr konnte man nicht alles glauben. Sonst gab es niemanden, den sie hätte fragen mögen. Und eigentlich, gab sie zu, wollte sie lieber nicht alles allzu genau wissen. Der Aufklärungsunterricht – sie zog es vor, ihn Verhütungsunterricht zu nennen, denn um nichts anderes war es gegangen –, der hatte ihr grad gereicht. Voll unromantisch.

Hoffentlich war Damian romantisch. Nichts von wegen Rosen und Ringe, das meinte sie nicht, sondern mehr so – zärtlich?

Ihr Bauch grummelte. Oh je, oh je. Hatte sie was Falsches gegessen? Das konnte nicht sein, sie hatte fast nichts gegessen vor lauter Aufregung. Wahrscheinlich lag es daran, zu wenig gegessen, zu aufgeregt. Hauptsache, es kam nicht noch Schluckauf dazu. Das wär echt voll peinlich, und es passierte ihr ziemlich oft. Die Witze, die sie sich deswegen manchmal in der Schule anhören musste, waren nicht witzig. Am harmlosesten war noch, gefragt zu werden, ob sie mal wieder zu tief ins Glas geschaut habe. Natürlich immer in Gegenwart von Lehrern, sonst brachte das keinen Spaß. Sie seufzte abermals.

Wäre sie behindert, wäre sie besser integriert. Vielleicht. Vielleicht auch nicht. Kam wahrscheinlich auf Ekelsachen an, wie Sabbern oder so. Luna hatte es gut. Die durfte eine Ausbildung zur Friseurin machen, während sie selbst weiter zur Schule gehen musste. Okay, gegen das Lernen hatte sie eigentlich gar nichts. Bloß gegen die Schüler. Und manche Lehrer. Berufsschule war ganz anders, behauptete Luna, nicht so verkrampft. Aber wie gesagt, alles konnte man ihr nicht glauben.

Sie blickte auf, da vorn war es, der zweite von den Blocks, die alle gleich aussahen. Station eins.

Auf dieser Seite der Straße war alles zugeparkt, aber bis zum Zebrastreifen war's ihr zu weit. Seitlich schob sie sich zwischen zwei Autos hindurch, den Koffer in der Hand, weil er nur vorwärts rollen konnte, olles Ding, und trat auf die Straße. Reifen quietschten. Sie zuckte zurück, presste sich gegen das Auto in ihrem Rücken und machte sich so dünn wie möglich. Trotzdem streifte das Fahrzeug mit dem Seitenspiegel ihren Parka. Nur den Parka.

Es dauerte, bis sie wieder normal atmen konnte. Langsam löste sie sich aus ihrer Starre, ließ die Schultern kreisen, das rechte Fußgelenk, dann das linke. Erst rechts, dann links, diesmal vergewisserte sie sich, dass die Straße frei war, und rannte auf die andere Seite, zum Eingang des Hauses, in dem Luna wohnte.

Die vielen Klingeln waren chinesisch beschriftet. Sie schüttelte verwirrt den Kopf, und die unleserlichen Zeichen wurden zu Buchstaben. Luna … Luna … Mit dem Finger fuhr sie die erste Reihe von Namen entlang, doch da klingelte nichts, ha, ha, sehr witzig, in der zweiten fand sie, was ihr entfallen war: Hayenga. Sie klingelte.

»Ja?«

»Moin, Frau Hayenga, hier ist Kim. Ist Luna da?«

»Nein, tut mir leid«, sagte Frau Hayenga. »Die ist weggefahren. Komisch, dass sie dir das nicht gesagt hat.«

»Hm«, sagte Kim und bog sich geradezu vor Lachen.

»Sie wird's vergessen haben«, suchte Frau Hayenga nach einer Entschuldigung.

»Ja, wahrscheinlich«, stimmte Kim zu. »Na, macht nichts«, log sie, »dann zieh ich mal weiter. Tschüss.«

Sie wartete nicht ab, ob Frau Hayenga noch was sagte, das würde eh nichts ändern. Versetzt. In der Schule war es das, worauf man hinarbeitete, aber im richtigen Leben brauchte man genau das nicht. Vergessen, von wegen. Sie hatte Luna in ihren Plan eingeweiht, weil sie einen Ort haben wollte, an den sie gehen konnte, falls es nicht so lief, wie sie sich das wünschte. Unwahrscheinlich, aber nicht unmöglich. Sicherheitsnetz oder so. Außerdem hätte sie jemanden zum Reden – oder zum Heulen – gebraucht, und für beides waren ihre Eltern nicht wirklich geeignet.

Und nun? Für einen Moment erwog sie, zurück nach Hause zu gehen. Womöglich stand ihr großer Tag unter keinem guten Stern. Aber sie gab nicht auf. Nie. Alles, was sie anfing, brachte sie auch zu Ende. Nicht immer freiwillig, wie zum Beispiel Schule, aber trotzdem. Also würde sie jetzt zu Damian gehen. Vielleicht war er ja zu Hause, und es stimmte bloß was nicht mit seinem Handy. Oder mit seinen Ohren. Wenn er nicht da war, konnte sie immer noch überlegen, ob sie seine Freunde abklappern wollte.

Wohl eher nicht, denn wenn er bei einem von denen rumhing, war ihr Plan eh gestorben. Diesen Versuch aber wollte sie noch wagen.

***

»Die Polizei war bei mir«, sagte Sophie Barkowitz. »Tammo ist überfahren worden. Aber das hat Ihr Assistent Ihnen wahrscheinlich schon gesagt.«

»Stimmt.« Marilene hatte bewusst darauf verzichtet, Barkowitz zu informieren, um zu verhindern, dass die sich irgendein unausgegorenes Alibi zurechtlegte, das ihr letztlich um die Ohren geflogen wäre und sie in noch größere Schwierigkeiten gebracht hätte. Diesen Anruf jedoch hatte sie deutlich früher erwartet, denn natürlich würden Tammos Eltern Barkowitz beschuldigt haben, sodass die Polizei dem Hinweis nachgehen musste.

»Unsere Autos haben sie ausgeschlossen«, berichtete Barkowitz, »aber ich muss mich trotzdem zur Verfügung halten.«

»Denken Sie sich nichts dabei«, riet Marilene, »die Floskel ist ungefähr so bedeutungsschwer wie das Gerede von reiner Routine. Sie hätten mich aber dazurufen sollen.«

»Ja, ich weiß. Ich wollte es hinter mich bringen, und da ich mir nichts vorzuwerfen habe … Egal, der Polizist hat gesagt, ich soll Sie wenigstens informieren.«

Ungewöhnlich, fand Marilene. »Wer war das?«, fragte sie.

»Zinken«, sagte Barkowitz, »nein, das war die Eselsbrücke«, korrigierte sie sich, »Zinkell heißt er«, Betonung auf der letzten Silbe.

»Kenn ich«, sagte Marilene. »Er weiß aber, dass Sie bereits anwaltlich vertreten werden?«, erkundigte sie sich.

»Ja, klar. Wegen der Anzeige.«

»Darum ist es also auch gegangen? Sie hätten mich wirklich anrufen müssen.«

»Ja-a.« Barkowitz verlieh dem Wort Ungeduld verratende zwei Silben. »Wie auch immer«, fuhr sie fort, »ich habe klargestellt, dass es keinen sexuellen Übergriff gegeben hat. Die Mail mit dem Foto sollte ich weiterleiten. Sie wollen versuchen, herauszufinden, wo sie herkommt. Ich hab zwar gesagt, dass da schon jemand dran ist, aber er wollte sie trotzdem. Dass das ursprüngliche Foto aus meinem eigenen Fundus stammt, wissen Sie wahrscheinlich schon, oder?«

»Doch, ja, und auch, dass leider schrecklich viele Personen Zugang zu Ihrer Kamera hatten.«

»Jedenfalls ist Ihre Theorie, was Oskar betrifft, hinfällig. Er ist viel zu einfühlsam und verständnisvoll, um etwas derartig Perfides zu machen. Das passt nicht zu ihm.«

Doch, gerade, dachte Marilene, behielt den Einwurf jedoch für sich.

»Natürlich hab ich trotzdem nachgesehen«, sagte Barkowitz, »schließlich bin ich nicht nur für mich selbst verantwortlich. Es gibt im ganzen Haus nicht eine Vorrichtung, die auf eine versteckte Kamera schließen lässt. Den Aufwand hätte ich mir natürlich sparen können, wenn ich mich an das Original erinnert hätte. Und die Manipulationen an dem Foto – das können Sie komplett vergessen. Ich bin schon kein Computercrack, aber Oskar unterbietet das noch. Sagt mein Sohn, und der muss es wissen. Oskar hat seinen Laptop natürlich mitgenommen, sonst hätte ich, nur um ganz sicher zu sein, schon versucht, unauffällig nachzusehen. Ein Bildbearbeitungsprogramm würde sogar ich erkennen.«

Und wen willst du damit überzeugen?, fragte sich Marilene. »Vergessen Sie's«, sagte sie hingegen, »es war nur ein Gedanke. Ich kenne ihn ja gar nicht.« Und falls doch, wäre es viel zu gefährlich, hinter ihm herzuspionieren. »Überlassen wir es vorläufig der Polizei, vielleicht haben die ja mehr Glück als mein Assistent, und dann schauen wir, wohin uns das bringt, okay?«

»Hoffentlich unbescholten zurück in die Schule.« Barkowitz hörte sich nun wieder eher kleinlaut an. »Ich …«, sie zögerte, »ich müsste zu Tammos Beerdigung, alles andere sähe sehr nach einem Schuldeingeständnis aus. Ich trau mich bloß nicht.«

»Uh«, sagte Marilene, »ich bin mir nicht sicher, ob das eine gute Idee ist. Wer weiß, wie die Eltern reagieren. Ich denk drüber nach, okay? Und bitte halten Sie mich auf dem Laufenden.«

»Die Botschaft war schon angekommen«, erklärte Barkowitz.

Doppelt hält besser, dachte Marilene und beendete das Gespräch. Sie schaute auf ihre Uhr. Zeit, Feierabend zu machen. Renate war vorhin schon gegangen, der Empfangsbereich wie auch der, den sie zurzeit lieber mied, lagen längst im Dunkeln. Sie musste diesen Oskar noch einmal zu Gesicht bekommen, überlegte sie, während sie ihren Schreibtisch aufräumte, und zwar von Nahem. Erst wenn sie hundertprozentig sicher war, dass es sich um Olaf handelte, würde sie sich an Zinkel wenden.

Andererseits – selbst wenn sie ihn erkannte, für eine Verhaftung würde das nicht reichen. Was war ihm schon vorzuwerfen? Seine Verwicklung in den Anschlag auf Gerrit damals war nicht bewiesen, eine reine Vermutung. Höchstens der Vorfall im Krankenhaus. Versuchter Mord, das was es gewesen, doch eine Anklage würde bestenfalls auf versuchte Körperverletzung lauten, da gingen Staatsanwälte gern mal den Weg des geringsten Widerstandes. Und sonst? Leben unter falscher Identität. Womöglich Urkundenfälschung. Die Todesanzeige. Alles kein riesiges Drama. Nicht mal Zinkel würde viel machen können, außer ihn zu überprüfen. Und schon wäre Olaf über alle Berge. Falls er es war.

Marilene ging hinaus, klemmte sich die Werbung aus ihrem privaten Briefkasten unter den Arm und verschloss die Haustür, etwas, was sie in der ersten Zeit hier sträflich vernachlässigt hatte. So hatte sie Olaf seine heimlichen Besuche in ihrer Wohnung gewaltig vereinfacht. Sie schlich die Treppe hinauf zu ihrer Wohnung und verharrte kurz, neigte lauschend den Kopf – von oben war nichts zu hören –, bevor sie den Schlüssel ins Schloss steckte und ihre Wohnung betrat. Behutsam drückte sie die Tür hinter sich zu und lehnte sich für einen Augenblick dagegen. Du verhältst dich wie ein Dieb im eigenen Haus, tadelte sie sich, doch zugleich war sie erleichtert.

Es erforderte einiges an Geschick, Lothar möglichst nicht allein zu begegnen, und ihr war durchaus klar, dass jedermann ihre Bemühungen durchschaute. Ihre Verrenkungen. Ihre hektische Betriebsamkeit, sobald er in ihre Nähe kam. Sie machte sich zum Narren, gestand sie sich ein, und trotzdem konnte sie nicht anders. Ihr ging das viel zu schnell, und eigentlich ging es sowieso gar nicht. Lothars Einwurf, ein »eigentlich« verkehre jede Aussage in ihr Gegenteil, kam ihr in den Sinn. Natürlich hatte er recht, er hatte sowieso immer recht, noch so eine Eigenschaft, die sie regelmäßig aus der Haut fahren lassen würde.

Marilene stöhnte, drückte sich von der Tür ab, zog die Schuhe aus und tappte auf Strümpfen in die Küche. Sie machte sich etwas vor, das begriff sogar sie, die sich für eine Laiendarstellerin im experimentellen Theater des Zwischenmenschlichen hielt. Sie redete sich ein, nicht zu wollen, was alle Welt längst als beschlossene Sache erachtete, obendrein für eine gute Sache; sogar ihr Vater hatte durchblicken lassen, dass er ihre Beziehung gutheißen würde. Es wäre so einfach, brauchte nur ein Wort von ihr, doch es wollte ihr nicht über die Lippen. Das Nein, das offizielle Nein allerdings ebenso wenig. Warmhalten, spottete sie, legte die Werbung auf dem Küchentisch ab und ging hinüber zum Kühlschrank.

»Hm«, sagte sie. Nichts drin, was ein Essen hergäbe. Einkaufen? Ach was, es würde auch mal ohne gehen, gut für die Linie. Die wen betören sollte? Super, sind wir wieder beim Thema. Sie setzte sich an den Tisch und schob gedankenverloren die Prospekte hin und her, Karten mischen, Karten neu mischen, auf die ihr eigene ungeschickte Art.

Zu wenig Übung, das war es natürlich. Es fiel ihr so unendlich schwer, noch einmal das nötige Vertrauen aufzubringen, und, verdammt noch mal, mit Ende vierzig brauchte man eher mehr davon denn weniger. Je älter man wurde, desto verletzlicher war man. In allen anderen Bereichen des Lebens wusste sie ganz genau, was sie wollte und wie es zu bekommen war. Wie es zu halten war. Nur in diesem einen stellte sie sich an wie eine viktorianische Jungfer.

Sie war keine Jungfer. Sie war nicht mal mehr jung. Inzwischen verrann die Zeit mit Lichtgeschwindigkeit, wo sie früher gekrochen war, zäh und quälend. Jedes Zögern war leichtfertig, wenn nicht fahrlässig. Sie hatte nichts zu verlieren.

Klar hatte sie, regte sich augenblicklich Widerspruch in ihr. Es ging um ihren Seelenfrieden, ihr so mühsam wiederhergestelltes inneres Gleichgewicht, diesen prekären Schwebezustand, nicht Glück, nicht Unglück, irgendwo dazwischen. Manchmal, dachte sie, ist Denken eine Krux.

Sie schob die Prospekte zusammen, dabei kam ein Briefumschlag zum Vorschein. Seltsam, der Postbote brachte doch auch Privatpost in die Kanzlei. Sie drehte den Umschlag um. »Marilene«. Handschriftlich. Mehr nicht.

Das Telefon klingelte, geistesabwesend nahm sie das Gespräch an.

»Ich soll dir sagen, dass du nicht den zweiten Abend hintereinander hungern musst«, sagte Gerrit. »Aufschub ist gewährt worden, was immer das heißen soll, du darfst also unbesorgt essen kommen. Hab ich das richtig gesagt?«, rief er.

»Perfekt«, hörte sie Lothar aus dem Hintergrund rufen.

»Also kommst du?«, fragte Gerrit. »Es riecht phantastisch. Und hinterher könnten wir eine Runde Canasta spielen.«

Karten. Genau. Alles im Lot. »Gib mir fünf Minuten«, sagte sie und drückte das Gespräch weg, bevor sie den Umschlag aufriss.

Fotos rutschten heraus und landeten auf dem Küchentisch, Vorderseite nach unten. Eins nach dem anderen drehte sie sie um – Memory, das Spiel, bei dem sie stets verlor. Marie. Ihr Vater. Gerrit. Arne. Arne?? Niklas. Lothar. Alle, die ihr lieb und teuer waren, an denen ihr etwas lag. Was hatte das zu bedeuten? Sie spähte in den Umschlag. Entdeckte ein zusammengefaltetes Blatt Papier. Zog es heraus und faltete es auseinander.

Liebe meines Lebens,
wie hat Dir meine Überraschung gefallen? Das Layout war gelungen, nicht? Nur an der Ausführung hat es ein wenig gehapert. Verzeih mir. Beim nächsten Mal wird es gelingen. Todsicher.
Du weißt, wie Du das verhindern kannst. Schalte eine Anzeige. Ich werde sie finden. Aber warte nicht zu lange und lass die Polizei aus dem Spiel. Du weißt, ich würde das sofort merken, und Du kannst sie nicht alle schützen.
Ewig der Deine!

Marilene ließ den Kopf auf die Tischplatte sinken. Olaf war nah. Viel zu nah. Gib mir zehn, dachte sie.

***

Entschlossen marschierte Kim wieder los, begleitet vom Rattern ihres Koffers. Die volle Ladung Pink – wenigstens hatte sie jetzt einen unverfänglichen Grund, ihn dabeizuhaben. »Ich wollte eigentlich bei Luna übernachten, aber die ist nicht da, erinner mich bloß nachher dran, nicht, dass ich ihn vergesse«, übte sie im Geiste. Das würde Damian ihr abnehmen, hoffte sie.

Der Nebel wurde immer dichter. Das Licht der Straßenlaternen reichte kaum noch bis auf den Boden. Unheimlich. Gut, dass sie es nicht weit hatte. Damian wohnte bei seinen Eltern, jedenfalls meistens, und deren Haus war bloß zwei Straßen weiter. Ein Auto fuhr schräg hinter ihr, der Nebel verschluckte das Geräusch des Motors, und sie bemerkte es nur, weil das Licht der Scheinwerfer vor den Nebelschwaden herumtänzelte wie ein angeschlagener Boxer. Das Licht hatte keine Chance. Der Wagen hielt ihr Tempo, statt an ihr vorbeizufahren, und sie wandte sich kurz danach um. Transporter. Ein schwarzer Umriss. Sie zeigte ihm den Mittelfinger und beschleunigte ihre Schritte.

Ein Typ mit Hund kam ihr entgegen, großer Hund, schwarzer Hund, normalerweise hätte sie die Straßenseite gewechselt; im Gegensatz zu ihrem Vater hatte sie es nicht so mit Hunden, sofern sie größer als Knöchelhöhe waren, aber dieser war angeleint, und jetzt brauste der Transporter an ihr vorbei. Erleichtert stieß sie den Atem aus, Rauchsignale, die sich mit dem Nebel mischten. Der Hund hechelte, begierig nach der Angst, die sie verströmen musste, und sie riss sich zusammen, cool, ganz cool. Sobald sie an den beiden vorbei war, sich vergewissert hatte, dass der Hund sie nicht im Blick behielt, legte sie noch einen Schritt zu.

Jetzt kamen ihr ein paar Kids auf Skateboards entgegen, tauchten aus dem Nebel auf wie Gespenster. Okay, Kids traf es nicht so richtig, sie waren zu alt für Skateboards, fand sie, und ungeübt waren sie auch, denn sie schlingerten gefährlich herum. Oder sie waren besoffen. Ihr Johlen hörte sich jedenfalls nicht rasend freundlich an. Cool bleiben, beschwor sie sich wieder und blickte stur vor sich runter auf den Boden, tat wenigstens so, und umklammerte den Schlüsselbund in ihrer Jackentasche, an dem ein lächerlich winziges Taschenmesser hing, das bestimmt eine super Hilfe wäre gegen drei. Vor ihr hielt ein Wagen am Straßenrand, und ein Mann stieg aus. Groß genug, seine Anwesenheit reichte anscheinend, die Jungs verzogen sich. Sie hauchte einen winzigen Pfiff in die Luft, schaute auf ihre Uhr, ach was, so spät?, und begann zu laufen. Das Stampfen ihrer Stiefel dröhnte ihr in den Ohren, und gleich fühlte sie sich besser, sicherer.

Anstrengend. Keuchend kam sie vor Damians Haus zum Stehen, sie stützte die Hände in die Hüften und beugte sich nach vorn, um wieder zu Atem zu kommen. Ihre Frisur war bestimmt im Eimer, und ob das Make-up noch in Ordnung war, würde sie wahrscheinlich gleich an Damians Miene ablesen können. Sie klingelte. Das Licht im Flur ging an, und die Tür wurde einen Spalt weit geöffnet.

»Moin«, sagte sie, ohne richtig erkennen zu können, wer in der Tür stand. »Ist Lars da?« Jetzt ging die Tür ganz auf, und sie sah Damians Mutter, die mit einer Hand den Türgriff umklammerte und mit der anderen dauernd über ihre Schürze strich.

»Nein, der ist in Urlaub gefahren.«

»Echt? Aber wir sind doch verabredet. Wie lange ist er denn weg?«

»'ne Woche. Die sind nach Berlin.«

»Wer ist ›die‹?«, fragte Kim.

»Lars und seine Freundin, die Luna. Sieht fast aus wie du, das Mädchen. Oder seid ihr sogar Schwestern? Nein, ich glaub, Luna hat gar keine Geschwister, genau wie mein Lars …«

Kim hörte nicht länger zu. Sie taumelte rückwärts und zog ihren Koffer mit sich, weg, nur weg. Sie schaffte es bis auf die Straße, bevor die Tränen kamen. Wieder keuchte sie, hechelte regelrecht, nur damit sie nicht laut losheulte. Luna!, brüllte sie im Kopf. Sie hatte sie für ihre Freundin gehalten, ihre beste Freundin. Aber so was machte man nicht mit einer Freundin. Mann ey, Luna hatte doch gewusst, wie sehr sie Damian mochte. Sie hatte auch gewusst, was sie heute Abend vorhatte. Und nichts gesagt. Sich das alles angehört und nichts gesagt? Das ging gar nicht, das war so was von gemein! Und feige war's außerdem.

Kim schniefte. Heulte Rotz und Wasser. Sie hatte das bloß für eine blöde Redewendung gehalten, jetzt wusste sie es besser. Jetzt wusste sie manches besser. Und so etwas würde ihr nie wieder passieren. Sie blieb stehen, kramte nach einem Taschentuch und putzte sich die Nase. Boah, wie hatte sie bloß so bescheuert sein können, Luna zu vertrauen?

Sie sah es vor sich, wie Luna und Damian durch Berlin zogen und richtig Spaß hatten. Wahrscheinlich trafen sie sich mit anderen Goths. Und wahrscheinlich lachten sie sich die ganze Zeit halb tot über sie. Ihre Dummheit. Ihre Naivität. Dabei hätte sie den Schlag kommen sehen müssen, echt, sie könnte sich in den Hintern treten, so blöd war sie gewesen. So blind. Sie schüttelte den Kopf, Schluss mit dem Selbstmitleid, und nahm ihren Weg wieder auf. Nach Hause. Sie wollte jetzt nach Hause und sich ein bisschen verkriechen.

»Entschuldigung?«

Kim blickte auf und sah, dass ein Transporter neben ihr gehalten hatte. Ein Mädchen, eine junge Frau wohl eher, streckte den Kopf zum Fenster raus und fragte nach dem Weg – in ihre Straße.

»Klar. Geradeaus«, hob sie an, »Nächste rechts und dann –«

»Da kommen wir grade her, aber wir haben's nicht gefunden«, sagte die Fremde.

»Zu wem wollen Sie denn da?«, fragte Kim.

»Wir suchen einen Herrn Westerkamp.«

»Tatsache? Das ist mein Vater.«

»Oh echt? Na das ist ja ein irrer Zufall. Dann könnten Sie uns doch hinführen, nö?«

Ja, schon ein komischer Zufall, fand Kim. »Ich ruf ihn grad mal an«, sagte sie und tastete nach ihrem Handy.

»Ach bitte, es sollte eine Überraschung werden, ich bin nämlich die Tochter von seinem Bruder.«

»Er hat keinen Bruder«, widersprach Kim.

»Doch«, sagte die Fremde, »einen Halbbruder jedenfalls. Ey, und wir beide sind dann Halbcousinen. Wenn's so was gibt.«

Keine Ahnung, dachte Kim, das wurde ihr jetzt zu kompliziert. Steig nie, nie, nie zu Fremden ins Auto, ewige Leier ihrer Eltern, als sie noch ein kleines Kind gewesen war, es hatte sich eingebrannt. Aber inzwischen war sie längst kein kleines Kind mehr, und eine Cousine, auch wenn's nur eine halbe war – sie stellte sich das optisch vor und hätte beinahe lachen müssen –, eine Cousine war Familie. Eine Frau. Was sollte schon groß passieren.

Sie zögerte noch, doch da drang Gegröle an ihr Ohr, und sie schaute nach vorn. Oh Mann, da kamen die Typen auf den Skateboards wieder, und sie waren schon verdammt nah, lauter als vorhin, betrunkener wohl auch. Jetzt stießen sie sich gegenseitig an, und der eine zeigte ihr mit der Hand, was er mit ihr machen wollte. Widerling. Das gab den Ausschlag. »Na gut«, entschied sie, »ich führ Sie. Dich.«

Sie öffnete die hintere Tür des Wagens, wuchtete ihren Koffer hinein, sprang hinterher und schob die Tür mit Karacho ins Schloss. Keine Sekunde zu früh. »Fahr los, schnell«, kommandierte sie.

Die Typen sprangen von ihren Boards und johlten irgendwas, doch es ging im Aufheulen des Motors unter. Sie streckte ihnen die Zunge raus und schickte, nur für den Fall, dass sie das nicht sehen konnten, den Stinkefinger hinterher.

»Uff«, sagte Kim, als sie endlich außer Sichtweite waren, und ließ sich befriedigt gegen die Rücklehne plumpsen. Ihr Vater würde Augen machen, das wollte sie echt nicht verpassen. Sie spürte einen Lufthauch im Nacken, ein warmes Kitzeln, hoffentlich kein Hund, kein allzu großer, fährt es ihr durch den Kopf, und sie lehnt sich nach vorn, will sich nach dem Tier umdrehen, da presst sich ihr eine Hand auf Nase und Mund, oh verdammt, denkt sie, falsche Entscheidung, und es stinkt grässlich, sie versucht, nicht zu atmen, und jetzt erst erfasst Panik sie, und sie schlägt um sich, ohne auch nur einen Treffer zu landen, und tritt gegen den Vordersitz, doch das Mädchen schaut nicht mal her, eine Falle, denkt sie, und nur nicht atmen. Nicht. Atmen. Es geht nicht, geht beim besten Willen nicht, und sie holt Luft, wo keine ist, ihr schwindelt, und oh, ist ihr schlecht, steig nie, nie, nie …

3

»Von Steinfeld war mal Diplomat«, sagte Charlie, »und jetzt rate mal, wo.«

Zinkel schätzte Ratespielchen nicht, zumindest dann nicht, wenn der Fragesteller älter als circa zwölf war; bei fünfzehn würde er vielleicht eine Ausnahme machen, aber ganz sicher nicht bei einer erwachsenen Frau. Sie würde die rhetorische Frage ohnehin gleich selbst beantworten, denn sie platzte geradezu vor Mitteilungsbedürfnis, also beschränkte er sich darauf, fragend die Brauen zu heben.

»In Mexiko!«

Eine Fanfare war nichts gegen den Triumph, der in ihrer Stimme lag. »Muss mir das was sagen?«, fragte Zinkel.

»Bei Mettjes im Flur hing diese Maske, ist die dir echt nicht aufgefallen? Eckiges Gesicht, Vampirzähne, rausgestreckte Zunge? Ich hab's heimlich aufgenommen und gegoogelt. Es handelt sich um Tlaloc. Er wird als Regengott bezeichnet, aber er ist für alles an Wetter zuständig, gut wie schlecht. Außerdem verursacht er Krankheiten. Grusliger Typ, echt, und Menschenopfer hat er auch gefordert, am liebsten Kinder. Die hat man entweder auf irgendeinen Berg geschleppt, um sie dort zu opfern, oder man hat sie ertränkt. Und wenn sie geheult haben, ich meine, wer würde das nicht?, dann galt das als gutes Omen für Regen. Pervers, oder?«

»Das muss gar nichts bedeuten«, bremste Zinkel ihre Euphorie, »viele Menschen mögen solches Zeug an den Wänden. Muss ja nicht mal echt sein.«

»Völlig wurscht, ob der echt ist«, ereiferte sich Charlie. »Aber dass ausgerechnet beide Parteien, die wir überprüfen, mit Mexiko zu tun hatten oder haben, kann kein Zufall sein. Von Steinfeld übrigens ist vor, warte …«, sie konsultierte ihre Notizen, »vor zwölf Jahren abberufen worden, ein paar Monate bevor seine Zeit in Mexiko um war. Das ist mindestens ungewöhnlich. Und danach hat er den Dienst komplett quittiert. An nähere Informationen ist kein Rankommen, dafür bräuchten wir mehr als nur einen vagen

Verdacht gegen ihn, das Auswärtige Amt ist arg zugeknöpft. Aber ich halte jede Wette, dass Mettjes und von Steinfeld sich kennen.«

Wetten zählte ebenfalls zu jenen Spielchen, die Zinkel nicht leiden konnte. Er übte schweigend Verzicht. Die Pause dehnte sich.

»Das Catering-Schild?«, brachte Charlie vor. »Okay, die Spuren, die ich an von Steinfelds Wagen entdeckt habe, sind nicht wirklich eindeutig, aber weißt du was? Ich such mal über den damaligen Inhaber der Firma nach einer Verbindung. Könnte doch sein, dass von Steinfeld zu seinen Kunden gehört hat.«

»Und von Steinfeld hat ihm die Schilder geklaut?« Zinkel blieb skeptisch. »Für einen Durchsuchungsbeschluss reicht das hinten und vorne nicht«, wandte er ein.

»Darum müssen sich sowieso die Bremer Kollegen kümmern, und ich hab die auch schon informiert. Inklusive Foto von der Autotür. Sie wollen sich mit Hamburg kurzschließen. Sollten die bei diesem Russen was Mexikanisches finden, gäbe es einen Durchsuchungsbeschluss. Aber ganz fix und für beide. Sag mal, irgendwie interessiert dich das alles nicht besonders, kann das sein?«

»Ist nicht unsere Leiche«, sagte Zinkel nur.

»Ist aber unter Umständen unser Mörder.«

»Stimmt auch wieder«, gab er zu, »auch wenn ich mir nur schwer vorstellen kann, dass man wegen irgendwelcher Kunstobjekte Leute umnietet.«

»Wegen antiker Kunstobjekte«, differenzierte Charlie. »Raubkunst. Da ist irre viel Geld mit zu verdienen.«

»Echt?«

»Illegaler Kunsthandel bringt dem organisierten Verbrechen Gewinne ein, die nur vom Drogen- und vom Waffenhandel getoppt werden.«

»Das ist lukrativer als Menschenhandel?« Zinkel war verblüfft.

»Ja, hat mich auch überrascht«, sagte Charlie. »Irak und Syrien sind zurzeit die Hauptherkunftsländer, und die erwirtschafteten Gewinne fließen auch gern in die Finanzierung terroristischer Organisationen. Waffen statt Kunst. Und im günstigsten Fall sind die politischen Verhältnisse derart unübersichtlich, dass es nicht mal nötig ist, das Zeug auszugraben, sondern es werden einfach die eigenen Museen geplündert. Krank, oder? Nun ist Mexiko zwar nicht mehr so ganz an der Spitze der Länder, deren Kulturgut verscherbelt wird, aber wenn jemand das Angebot schafft, weckt er auch die Nachfrage.«

»Wessen Nachfrage?«, warf Zinkel ein.

»Von denen aus den Villen und Palästen. Moskau. Golfstaaten. Man schätzt es, wenn die Einrichtung nicht aus billigen Kopien, sondern aus Originalen besteht. Da bekommt das Wort ›stilecht‹ eine völlig neue Bedeutung. Der klassische Sammler ist natürlich auch nicht ausgestorben, und, das glaubst du jetzt wahrscheinlich wirklich nicht, vieles geht auch an große, renommierte Museen weltweit.«

»Folgen wir mal deiner Theorie: Mexiko«, sagte Zinkel. »Transport per Schiff. Wie kommt die Ware am Zoll vorbei?«

»Es wird ja nicht alles kontrolliert.«

»Nee, aber wenn es um so viel Geld geht, dann wird man es doch bestimmt nicht drauf ankommen lassen, oder?«

»Wahrscheinlich nicht, aber geschmuggelt wird seit Urzeiten, ich nehme an, die Methoden sind den heutigen Gegebenheiten, auch den technischen, angepasst worden. Nur weil du und ich keine Ahnung haben, wie man das anstellen würde, heißt das nicht, dass es nicht funktioniert.«

»Und du meinst, dass von Steinfeld oder Mettjes eine funktionierende Handelskette installiert haben. Unter Umständen sind da eine Menge Leute involviert. Das kostet.«

»Die Gewinnspannen erlauben das«, meinte Charlie.

»Und das einzige Indiz dafür ist bislang diese Maske, richtig?«

»Und von Steinfelds nebulöse Vergangenheit. Zu dünn? Ja, ich weiß«, beantwortete Charlie sich ihre Frage selbst. »Blöd, dass er uns nicht ins Haus gebeten hat.«

»Ohne Beschluss können wir absolut nichts tun«, sagte Zinkel. »Wir müssen abwarten, was die Kollegen in Bremen und Hamburg ermitteln. Also zurück zu Tammo«, ordnete er an.

Charlie senkte zustimmend, wenngleich sichtlich widerwillig, den Kopf. Zinkel konnte es ihr nicht verdenken. Er schätzte es nicht minder, wenn er Leute wie von Steinfeld drankriegen konnte. Je älter er wurde, desto weniger glaubte er an rechtmäßig erworbenen

Reichtum, und wenn es doch mal mit rechten Dingen zugegangen war, klaffte trotzdem diese gewaltige Lücke zwischen Recht und Gerechtigkeit. In den seltenen Fällen, in denen es ihm gelang, für Gerechtigkeit zu sorgen, verschaffte ihm dies eine Genugtuung, die schwer zu überbieten war. Und das hatte nichts, aber auch gar nichts mit Neid zu tun – diese selbstgerechte Standarderwiderung, die jeden Gegner mundtot machte, als sei Neid das Schlimmste, was man einem Menschen nachsagen konnte; Neid, nicht Egoismus, Neid, nicht Ausbeutung, Neid, nicht Steuerhinterziehung, Mann, ereiferte er sich innerlich, die Liste war endlos, nur offenbar in Blindenschrift verfasst, denn kaum jemand interessierte sich dafür. Oder anders: Robin Hood wäre heutzutage kein Held mehr, und mit guten Werken war nicht mal mehr ein Blumentopf zu gewinnen, geschweige denn Ansehen.

Charlie schaute ihn ganz merkwürdig an, und Zinkel schüttelte seinen Zorn ab. Halbwegs. »Okay«, sagte er und blickte angestrengt auf seinen Bildschirm, »hier ist der Bericht zur Auswertung der Lackspuren am Fahrrad des unbekannten Jungen«, sagte er. »Dass die Farbe nicht zu den Fahrzeugen im Haushalt Barkowitz passt, wussten wir ja schon.« Er scrollte weiter nach unten. »Laut EUCAP handelt es sich um einen Opel Signum, Baujahr 2005, Farbe Silbermetallic. Das Fahrzeug wurde jedoch umgespritzt auf Schwarz, mit einem Lack, der nicht von Opel ist und den es erst seit ungefähr einem Jahr auf dem Markt gibt.«

Zinkel hob den Kopf. »Merkwürdig. Wenn man die Farbe seines Autos wechseln will, warum nicht das Auto wechseln? Der Spaß ist ja nicht ganz billig. Und warum würde man überhaupt die Farbe wechseln wollen?«

»Da hat jemand etwas zu verbergen«, mutmaßte Charlie.

»Sieht ganz so aus. Dann setz doch mal einen Kollegen darauf an, die Werkstätten im Umkreis zu befragen«, schlug er vor.

»Mach ich. Und was hältst du von einer Pressemitteilung? Könnte ja sein, dass der Halter selbst zur Spritzpistole gegriffen hat. Vielleicht ist das jemandem aufgefallen.«

»Gute Idee«, lobte Zinkel. »Ich geb die Infos gleich weiter.«

»Okay«, Charlie stand auf, »und ich seh mal zu, dass ich den Catering-Typen auftreibe, oder hast du noch was?«

»Nichts, was uns weiterbringt«, bedauerte Zinkel. »Tammos Anruflisten geben nichts her. Und das einzig andere von Interesse ist eine Mail, die er am Tag vor seinem Tod abgeschickt hat. Wortlaut: ›Muss dringend mit Ihnen reden.‹ Bedauerlicherweise ist der Adressat nicht zu ermitteln. Der Account lief über irgendwelche ausländischen Server und ist inzwischen gelöscht. Zwischen Mail und Unfall gab es einen Anruf von fünfzehn Sekunden, der keinem seiner Kontakte zuzuordnen war. Prepaidhandy, leider.«

»Ärgerlich.« Charlie hielt inne. »Könnte aber Barkowitz' Behauptung von einem Komplott stützen, oder? Vielleicht hat Tammo sich in was reinziehen lassen und wollte jetzt nicht mehr mitmachen?«

»Klingt plausibel«, stimmte Zinkel zu. »Das Foto hat Tammo mit ziemlicher Sicherheit nicht gefälscht. Er selbst hat es per Mail erhalten, wiederum von einem nicht ermittelbaren Absender …«

»Sag's nicht«, warf Charlie ein, »der Account ist gelöscht.«

»Yep, so ist es. Weißt du eigentlich, ob der Kollege, der Tammos Elektronik eingesammelt hat, auch dessen Zimmer durchsucht hat?«

»Ich glaube nicht, es war nicht die Rede davon, und wenn doch, wären wir informiert worden.«

»Stimmt auch wieder. Dann hol ich das gleich nach«, sagte Zinkel einigermaßen widerstrebend. Außenermittlung war eine Sache, das Aufsuchen einer Familie, die den einzigen Sohn verloren hatte, eine völlig andere.

***

Marilene kapitulierte. Die Buchstaben wollten heute keinen Sinn ergeben, nicht mal die Buchstaben des Gesetzes. Sie hatte teils vor-, teils nacharbeiten wollen, ein paar Schriftsätze verfassen, ein erstes Konzept erstellen für die Verteidigung einer jungen Frau, die wegen Körperverletzung angeklagt war und deren Verhandlung nächsten Monat anstand, aber sie konnte sich nicht konzentrieren. Einerlei, was sie in Angriff nahm, dauernd huschte Olaf durchs Bild; ein bisschen wie Hitchcock in seinen Filmen, nur penetranter. Bedrohlicher.

Gestern Abend, nachdem sie ihre Fassung wiedergewonnen hatte, war es ihr erstaunlich gut gelungen, nicht an den Brief, an die Fotos zu denken. Sie hatte alles zurück in den Umschlag gestopft und diesen unter ihre Matratze geschoben. Ein besseres Versteck war ihr partout nicht eingefallen, und dort würde wohl nicht mal Gerrit, dem Privatsphäre nicht sonderlich heilig war, nach verborgenen Geheimnissen suchen. Dann war sie nach oben gegangen, hatte den ersten Aperitif, den zu reichen Gerrit beordert worden war, hinuntergekippt und um einen zweiten gebeten, der ihr augenblicklich zu Kopf gestiegen war und alle Bilder künftiger Katastrophen ganz wunderbar hatte verschwimmen lassen.

Lothar hätte mit Sicherheit gefragt, was los war, aber Gerrit war ihrer Bitte nach einem weiteren Portwein kommentarlos nachgekommen. Wahrscheinlich hatte er gehofft, beim Kartenspiel leichter gewinnen zu können, wenn sie nicht ganz bei Sinnen war. War sie nicht. Gewonnen hatte er trotzdem nicht. Im Gegenteil, sie hatte die Männer abgezockt, eine Glückssträhne, die der bitteren Realität und jeder Beschreibung spottete. Gegen elf, als Lothar behauptet hatte, pleite zu sein, war sie wie auf Wolken hinuntergeschwebt, hatte sich ansatzweise die Zähne geputzt und war förmlich ins Bett gefallen. Binnen Minuten war sie eingeschlafen, ein tiefer und traumloser Schlaf, die pure Erschöpfung oder der Portwein. Die Wirkung hatte noch das Frühstück überdauert, dann jedoch keine Sekunde länger gehalten.

Okay, dachte sie, gedanklich den Kopf aus dem Sand ziehend, wenden wir uns dem anstehenden Problem zu.

Glaubte Olaf ernsthaft, sie würde alles stehen und liegen lassen, um mit ihm durchzubrennen? Etwa aus Liebe? Um jene zu schützen, die sie liebte? Und glaubte er ernsthaft, sie würde sich nicht an die Polizei wenden? Er wusste doch von ihrem Kontakt zu Paul Zinkel, was lag näher, als ihn anzurufen? Solange Paul mitspielte und keinen offensichtlichen Rundumschlag an Schutzmaßnahmen ergriff, würde Olaf das keineswegs merken. Eine leere Drohung, zumindest dieser Teil des Briefs.

Marilene stutzte. Da passte etwas nicht, nicht richtig. Geh, beschwor sie sich, geh zurück in diesen unseligen letzten November, noch weiter sogar, die Geschichte hatte ja viel früher begonnen, sie hatte es bloß nicht bemerkt. Sie stützte den Kopf auf die verschränkten Hände und schloss die Augen. Olaf zu unterschätzen war der größte Fehler, den sie begehen konnte. Er war kein Mann leerer Drohungen. Alles, was er getan hatte, war von langer Hand vorbereitet gewesen. Wieso also ging er davon aus, es mitzubekommen, wenn sie die Polizei informierte?

Oh Mann, sie zog die Hände weg und schlug mit dem Kopf auf den Tisch. Wie blöd konnte man sein? Wieso war keiner von ihnen darauf gekommen, dass er in ihrer Wohnung eine Abhörvorrichtung installiert haben musste? Er war immer einen Schritt voraus gewesen und hatte sich nur darum als ach so hilfreich darstellen können. Eine Wanze. Nicht zu fassen. Ob das Ding noch immer funktionierte? War es nur eine? Was war mit ihrem Büro? Ihrem Handy? Ihrem PC? Sie sprang auf und lief zur Tür. Die Hand schon auf der Klinke, hielt sie inne. Nein, erst denken, dann handeln. Mal was Neues. Sie grinste reumütig und setzte sich in einen der Sessel am Fenster, rollte sich ein.

Aus Filmen wusste sie, dass es Geräte gab, mit denen man Wanzen aufspüren konnte, und Gerrit wäre gewiss begeistert, würde sie ihn damit beauftragen. Aber ebenso gut konnte sie die Dinger nutzen, um Fehlinformationen zu liefern. Falls sie noch funktionierten. Gerrit konnte das herauszufinden, aber sie zog es vor, ihn aus dem Spiel zu lassen, er war ohnehin in Olafs Visier geraten, da brauchte sie nicht noch nachzulegen. Zumal sie keine Ahnung hatte, ob, wann und wie Olaf was mitbekam. Ein entmutigend großer Haufen Ws, der Heuhaufen, in dem sie nach einer Nadel stocherte, deren Spitze nicht stumpf sein durfte.

Wenn sie Olaf eine Falle stellen wollte, musste sie ihn in Sicherheit wiegen und alles vermeiden, was ihn gegen sie aufbringen konnte. Was für eine Falle überhaupt? Eine Grube voller Schlangen wäre nett. Noch besser gefiele ihr dies Katapult-Dings oder wie die Vorrichtung sich auch nennen mochte, bei der man in eine Schlinge trat und dann in die Luft schnellte und festhing, aber das funktionierte wahrscheinlich nur mit Palmen, die hierzulande eher selten anzutreffen waren. Das wäre es natürlich. Sie konnte mit ihm durchbrennen, in ein Land, wo Palmen wuchsen. Zeig mir das Land …

Okay, zielführend war das jetzt nicht, rief sie sich zur Ordnung. Also noch einmal: Was für eine Falle? Sie musste eine Verabredung treffen, an einem Ort, der unauffällig zu überwachen war. Der Treffpunkt durfte jedoch nicht so abwegig sein, dass Olaf Verdacht schöpfen würde. Sie musste einen Weg finden, wie sie Zinkel informieren konnte, ohne dass Olaf das mitbekam. Da sie aber nicht wusste, welche Maßnahmen Olaf wirklich getroffen hatte, war das ziemlich schwierig. Münztelefon. Gab's die noch? Sie glaubte nicht, also musste ein neues Handy her, genau, so ein Prepaid-Ding. Auf jeden Fall würde sie Zinkel erst ganz knapp vorher alarmieren. Je weniger Leute Bescheid wussten, desto sicherer.

Marilene entfaltete ihre Beine und setzte sich wieder an den Schreibtisch. Liebe meines Lebens, höhnte sie, von wegen, im Übrigen völlig unglaubhaft. Völlig unglaubhaft, die Wendung setzte sich fest. Völlig unglaubhaft? Auf einmal begriff sie, was Olaf wirklich vorhatte. Es ging nicht länger um Liebe oder das, was er dafür hielt. So einer hatte sich längst einer anderen zugewandt, und darum wurde auch die Oskar-Olaf-Gleichung wieder plausibler. Nein, Rache war das, worum es wirklich ging. Sie bezweifelte, dass irgendeine Frau, die sich von ihm ab- beziehungsweise ihm gar nicht erst zugewendet hatte, alt geworden war. Er war derjenige, der hier eine Falle zu stellen versuchte. Eine Falle für sie.

Sie schrieb:

Verflossener Freund meines Lebens,
hab ich eine Wahl? Wir treffen uns dort, wo wir uns zum ersten Mal begegnet sind. Mittwoch, fünfzehn Uhr.

Wenn er die Annonce las und überhaupt zum Treffpunkt kam, überlegte sie, dann so, dass sie ihn nicht erkennen konnte, und nur, um zu überprüfen, ob sie die Polizei informiert hatte. Diesen mit Sicherheit sowieso nutzlosen Verrat würde sie nicht begehen, denn er zöge gewiss Bestrafung nach sich, die dann selbstverständlich sie zu verantworten hätte. Das war es vermutlich, was er mit seinem Brief bezweckte. Zum einen.

Zum anderen wollte er ihr Angst einjagen. Und das funktionierte ausgesprochen gut. Du kannst sie nicht alle schützen. Was führte er wirklich im Schilde? Wollte er sie treffen, indem er die tötete, die sie liebte? Oder handelte es sich um ein Ablenkungsmanöver: Je mehr sie sich um die anderen sorgte, desto unvorsichtiger würde sie selbst sein. Sie brauchte Gewissheit. Und sie brauchte Hilfe. Inoffizielle.

***

Westerkamp wünschte sich in die Wüste oder sonst wohin, Hauptsache, es handelte sich um einen Ort, an dem zu einem Haus nicht zwangsläufig ein Garten gehörte. Höchstens ein Garten ohne Rasenfläche, deren Pflege ihm oblag, um alles andere kümmerte sich Frauke. Seiner Ansicht nach täte es auch Mulch. Sah man immer öfter in den Gärten. Kein Wunder. Wenn man nicht mindestens alle zwei Jahre vertikutierte, wich der Rasen einem weichen, bei Nässe quietschenden Moosteppich. Das Zeug wucherte schneller, als man gucken konnte.

Der Vertikutierer leistete ganze Arbeit, nein, das stimmte nicht mal, er rupfte bloß das Moos an die Oberfläche, doch mit dem Weitertransport in den Auffangsack haperte es gewaltig, sodass er die zerfledderten Knäuel selbst einsammeln und in die Grünabfallsäcke stopfen musste. Zehn Säcke hatte er schon voll, dabei war er noch nicht mal zur Hälfte durch. Die bearbeitete Fläche sah aus wie ein brachliegender Acker. Wenige abzählbare Grashalme hatten die Prozedur überlebt, sodass er nicht nachsäen, sondern den Rasen komplett neu anlegen musste – nur um ihn im Sommer verdorren zu sehen, wollte er nicht sein ganzes Geld in die Bewässerung stecken. Wäre jetzt finanziell natürlich drin.

Frustriert kickte er Erde auf. Er kam sich vor wie dieser Typ mit dem Felsblock und dem Berg. Wahrscheinlich hatte er die Strafe verdient. Kira nickte zustimmend, bevor sie ihn tröstend mit dem Kopf gegen das Bein stupste. Wenigstens eine.

Frauke war gestern Abend ausgerastet, etwas, was ihr nur alle paar Jubeljahre mal passierte. Eine Explosion mittlerer Stärke ungefähr, nachdem sie zunächst versucht hatte, ihn mit Humor hinterm nicht vorhandenen Ofen hervorzulocken: »Wenn du dich nicht bald um den Rasen kümmerst, gibt's kein Osterei.« Sie hatte sich dabei in Pose geworfen, als bewerbe sie sich um einen Job auf der Reeperbahn. Hatte er in der Wohnzimmerscheibe gesehen, daher wahrscheinlich die alberne Assoziation. »Geht klar«, hatte er gesagt, nichts weiter, ehrlich wahr. Ihre Bemerkung, ob er ihr nicht eeeendlich sagen wolle, was mit ihm los sei, hätte ihn warnen müssen, doch er hatte behauptet, gar nichts sei los, alles bestens.

In dem Moment war sie laut geworden: »Du hältst mich wohl für total bescheuert, ich seh doch, dass du hier rumschleichst wie ein Zombie, du guckst mich gar nicht mehr an, nicht mal, wenn ich mit dir rede, ich kann doch nichts dafür, dass ich für Henny einspringen musste, sogar Kim fragt schon, was Papa hat. Was soll ich ihr sagen, hä?« Dann hatte sie noch mal tief Luft geholt, und er hatte schon befürchtet, jetzt würde sie richtig loskeifen, doch stattdessen war sie ganz leise geworden. »Hast du etwa eine andere?«

»Blödsinn, es ist nichts, wirklich«, hatte er behauptet und sich aufgerafft, war zu ihr gegangen und hatte sie in den Arm genommen, nur kurz, damit sie nicht etwa glaubte, es handelte sich um eine Einladung. »Ich bin nicht gut drauf im Moment«, hatte er hinzugefügt, »das wird schon wieder.«

»Du weißt, dass ich immer zu dir stehe«, hatte sie gegen seine Brust gemurmelt. »Egal, was es ist.« Ein Versprechen, das sie brechen würde, wenn er ihr alles erzählte, so viel war sicher.

»Hm, hm«, zu mehr hatte er sich nicht durchringen können, also war er in die Küche gegangen, um sich ein Bier zu holen.

Westerkamp seufzte herzhaft und schüttelte die Grübelei ab. Brachte eh nichts, und er musste es wissen, denn die letzten paar Tage hatte er nichts anderes gemacht. »Na, dann bringen wir's mal hinter uns, was?«, sagte er zu Kira, warf den Vertikutierer wieder an und nahm den Kampf auf. Das Gerät bockte genauso widerwillig, wie er sich fühlte. Kira hingegen machte sich einen Spaß draus, mit den Moosknäueln zu spielen, eine Katze beim Haschmich mit einer Maus imitierend. Er behielt den Gedanken wohlweislich für sich, den Vergleich würde sie mit Sicherheit nicht gut aufnehmen.

An seinem rechten Oberschenkel kribbelte etwas, äh, wie lästig, er blieb stehen, zappelte, verschränkte die Beine, kam aber nicht an die Stelle dran. Das Viech, was immer es war, summte weiter und würde gewiss gleich zustechen, er schlug danach, und der Vertikutierer, im Kampf gegen nur noch eine Hand, konnte entkommen und erstarb röchelnd, und erst dann begriff Westerkamp, dass er auf sein Handy einhieb. Vibrationsalarm. Blitzmerker. Er zerrte das Gerät aus den Tiefen seiner Arbeitshose und schaute aufs Display, bevor er ranging.

»Kimmi«, flötete er in bester Gut-Wetter-Manier und hoffte, sie wollte abgeholt werden.

»Nicht Kimmi. Kimmi kann nicht ans Telefon.«

»Wieso das?«, fragte er. »Wer sind Sie, und was machen Sie überhaupt mit dem Handy meiner Tochter?«

»Telefonieren, was sonst.«

Sehr witzig, dachte Westerkamp und wartete auf eine Erklärung.

»Wenn Sie Ihre Tochter wiederhaben wollen, dann besorgen Sie entweder die Ware oder den Sohn.«

»Was?« Westerkamp ging in die Knie. Kira schlabberte ihm das Gesicht voll. Er merkte es kaum, fuchtelte mit dem freien Arm in der Luft herum, während seine Gedanken Achterbahn fuhren.

»Soll das ein Scherz sein? Daneben, völlig daneben, das sag ich Ihnen, verdammt noch mal. Das ist nicht komisch! Welche Ware? Wer sind Sie?«, feuerte er los, und oh, er wünschte, er würde feuern, ganz real, und treffen würde er auch, die Fresse dieses Kerls zerschießen, der seiner Tochter so was antat. Kim, Kimmi?, er musste an sich halten, nicht loszuheulen, und nichts war ihm je schwerer gefallen.

»Stell dich nicht dumm«, kam es barsch. »Die Ware vom Parkplatz. Oder den Sohn von deinem Boss. Du hast die Wahl.«

Der Gemeine. Die Erkenntnis traf Westerkamp mitten in den Magen, ein Schwinger, den er nicht hatte kommen sehen, und er krümmte sich vornüber, keuchte. »Aber wie soll ich denn …?«

»Deine Sache. Kims Handy ist jeden Abend um zweiundzwanzig Uhr eingeschaltet. Für exakt eine Minute, also versuch gar nicht erst irgendeinen Scheiß.«

»Ein Lebenszeichen«, besann Westerkamp sich, »ich muss wissen, dass es ihr gut geht.«

»Geht es nicht«, sagte der Gemeine, »aber noch lebt sie. Komm, Kimmi«, fügte er hinzu, »schrei mal für deinen Papa.«

***

Tammos Mutter führte Zinkel die Treppe hinauf zum Zimmer ihres Sohnes. Es hatte einiges an Überredung gebraucht, bis sie nachgegeben hatte, und wenn Cassens senior im Haus gewesen wäre, vermutete Zinkel, wäre er gar nicht erst ins Haus gekommen. Nun jedoch blieb sie in der immerhin bereits geöffneten Tür stehen und blockierte seinen Weg. »Ich weiß wirklich nicht ...«, wiederholte sie.

»Frau Cassens«, Zinkel bemühte sich, den sanften Tonfall beizubehalten, den er seit einer gefühlten halben Stunde an den Tag legte, »Sie wollen doch bestimmt auch, dass wir herausfinden, wer Ihrem Sohn das angetan hat.«

»Aber mein Mann sagt, das ist längst klar. Diese Lehrerin war es. Die Polin.«

»Sie ist keine Polin, sie ist Deutsche«, erlaubte er sich zu korrigieren, »und nein, das ist keineswegs erwiesen. Wir haben Lackspuren am Unfallort gefunden, und die passen zu keinem der von ihr benutzten Fahrzeuge. Außerdem streitet sie ab, Ihrem Sohn jemals zu nahe gekommen zu sein.« Allmählich glaubte Zinkel sich in einer Zeitschleife.

»Natürlich tut sie das«, entgegnete Frau Cassens. »Sie müssen sie mehr unter Druck setzen, sonst wird sie es nie zugeben.«

Daumenschrauben oder Waterboarding?, dachte Zinkel ungnädig. Er stand kurz davor, die Geduld zu verlieren. »Frau Cassens, wir brauchen Beweise. Darum bin ich hier. Vielleicht findet sich etwas, was die Behauptung Ihres Sohnes stützt.«

»Was soll das sein?«

»Das weiß ich erst, wenn ich es sehe«, sagte er. »Haben Sie irgendetwas da drin verändert?«

»Nein. Ich – wir waren nicht in dem Zimmer. Es ist so leer ohne ihn, wissen Sie.«

»Ja.« Zinkel nickte bedächtig, während er fieberhaft nach einem Türöffner grub. »Hat Tammo Ihnen oder Ihrem Mann eigentlich von der Belästigung erzählt, oder wie war das?«

»Nein. Das wäre ja peinlich gewesen«, sagte Frau Cassens. »Tammo hat sich bei Direktor Kraushaar beschwert, und der hat dann meinen Mann informiert. Warum fragen Sie?«

»Nur der Vollständigkeit halber eigentlich«, bekannte Zinkel. »War Tammo denn der Typ, der sich gern mal beschwert?«

»Ach was, er ist –« Sie schluckte und schlug sich die Hand vor den Mund. »Er war sehr umgänglich. Es gab nie Ärger mit ihm. Weder mit anderen Kindern noch mit Lehrern. Deswegen glaube ich ihm. Warum sollte er so eine Geschichte erfinden?«

Ah, dachte Zinkel, der Gedanke war also durchaus schon mal aufgetaucht. Und er war immer noch nicht in dem Zimmer. »Wissen Sie«, er senkte vertraulich die Stimme und wagte sich weiter vor, als er sollte, »es gibt Anhaltspunkte dafür, dass jemand eine Art Schmutzkampagne gegen Frau Barkowitz führt. Vielleicht ist Tammo von jemandem für einen persönlichen Rachefeldzug benutzt worden, und als er das gemerkt hat und aussteigen wollte …« Er führte den Satz bewusst nicht zu Ende.

»Sie meinen, er ist reingelegt worden?«

»Ich weiß es nicht«, wiegelte Zinkel ab, »bis jetzt ist das rein theoretisch, und, ehrlich gesagt, es könnte sich genauso gut um einen fürchterlichen Unfall gehandelt haben. Ist Ihnen denn in letzter Zeit irgendetwas Ungewöhnliches aufgefallen? Hat Tammo sich mit Leuten getroffen, die Sie nicht kennen? Hat er sich anders verhalten als sonst? War er bedrückt oder traurig oder aggressiv? Alles kann wichtig sein.«

Er ließ ihr Zeit. Vor ihrem inneren Auge würde ein Film ablaufen, die letzten Tage oder Wochen mit ihrem Sohn. Grauenhaft. Er mochte sich ihren inneren Aufruhr, ihre Verzweiflung nicht vorstellen; die Gesichter der Trauer, er kannte sie alle.

»Nein«, sagte sie zögernd, »alles war wie immer. Tammo war vielleicht ein bisschen stinkig, weil wir darauf bestanden haben, dass er nicht jede neue Version eines Handys oder eines Computers einfach so bekommt, sondern dafür arbeiten muss…te.«

Die verspätete Silbe brach Zinkel fast das Herz.

Frau Cassens schluckte. »Wir sind nicht dafür«, erläuterte sie, »dass die jungen Leute alles in den Hi… na, Sie wissen schon, was ich meine. Sie müssen doch lernen, den Wert der Dinge zu ermessen. Irgendwie scheinen sie alle zu glauben, dass Geld auf Bäumen wächst, nicht?«

Frau Cassens schaute ihn flehentlich an, fast als erbitte sie nachträglich Absolution für ihre Erziehungsmethode. »Wohl wahr«, stimmte er zu, innerlich zappelnd vor Ungeduld. Er wollte jetzt in dieses Zimmer.

»Versprechen Sie mir, dass Sie nichts durcheinanderbringen?«

»Sie können sich darauf verlassen«, versicherte er.

»Ich warte unten, ja?«

»Natürlich«, stimmte er zu. Durchsuchungen im Beisein von Angehörigen erforderten mehr Fingerspitzengefühl, als er jetzt noch bereit war aufzubringen.

Er schaute ihr nach, wie sie die Treppe hinunterging, unsicher wie ein kleines Kind, das immer erst einen Fuß neben den anderen stellte, bevor es die nächste Stufe in Angriff nahm. Sprungbereit wartete er, bis sie ganz unten war, bevor er endlich das Zimmer betrat und die Tür hinter sich zuzog.

Uff. Zinkel streifte Handschuhe über und ließ den Blick schweifen. Typisches Teenagerzimmer, männlich. Ungemachte Bettcouch, Kleiderschrank, dessen Tür nicht vollständig geschlossen war, weil ein hervorlugendes Hosenbein das verhinderte. Auf dem Boden türmte sich ein kniehoher Berg von Schmutzwäsche. Vier, fünf einzelne der Aufräumaktion entkommene Socken lagen verstreut herum. Ein weitgehend zweckentfremdetes Bücherregal enthielt neben ein paar Nachschlagewerken nur DVDs. Zinkel sah genauer hin, Computerspiele, keine Filme.

Bücher gab's aber auch, in einem Regal über dem Schreibtisch, hauptsächlich Schullektüre, glaubte er, und entweder war Tammo überaus sorgsam damit umgegangen, oder er hatte sie nicht gelesen, Gebrauchsspuren konnte er jedenfalls keine entdecken. Er setzte sich an den Schreibtisch.

Die Schubladen enthielten den üblichen Krimskrams, darunter einen heutzutage überflüssigen, aber exorbitanten Vorrat an Tipp-Ex, ein verirrtes Kondom, Taschentücher in verschiedenen Gebrauchsstadien und allerlei Essbares und nicht mehr Essbares. Nur in der untersten Schublade ging es halbwegs geordnet zu, verschiedenfarbige Schnellhefter mit Klassenarbeiten und Referaten, dazwischen ein zusammengefaltetes rosafarbenes Blatt Papier. Zinkel klappte es auf. Ein Liebesbriefchen, mehr gemalt denn geschrieben, Absender Hilke. Er legte die Sachen zurück und schob die Schublade mit dem Fuß zu. Voreilig. Sicherheitshalber überprüfte er die Unterseite der Schubladen. Nichts.

Ratlos betrachtete er den verwaisten Monitor, die herumliegenden Kabel des PCs, den die Kollegen mitgenommen hatten. Ein Totenschädel, Behältnis für Stifte, grinste ihn hämisch an. Zinkel nahm die Stifte und spähte hinein. Büroklammern. Staub. Er stellte das Ding zurück an seinen Platz, drehte sich auf dem Stuhl einmal um die eigene Achse und stand wieder auf.

Kleiderschrank. Hier herrschte wirklich Chaos. Wahl- und systemlos hineingestopft, war kaum ein Kleidungsstück zusammengefaltet oder hing auf einem der vielen Bügel, die scheppernd gegeneinanderschlugen. Systematisch ging Zinkel die Berge durch, tastete vor allem die Taschen ab, doch bis auf – wiederum — ein Kondom und diverse Eintrittskarten förderte er nichts Interessantes zutage. Frustriert brachte er die Türen wieder in die Originalposition und achtete sogar darauf, das auf der Flucht befindliche Hosenbein hervorschauen zu lassen, obgleich er es vorgezogen hätte, den ganzen Klumpatsch eigenhändig in Säcke zu stopfen und ins Soziale Kaufhaus zu bringen, um der verwaisten Mutter wenigstens diesen Schmerz zu ersparen.

Beäugt von ihm unbekannten, finster dreinblickenden Musikern auf Postern an der schrägen Wand über dem Bett, legte Zinkel sich bäuchlings auf den Fußboden. Er entdeckte weitere vagabundierende Socken, die nicht zueinanderpassten oder gerade, Gegensätze zogen sich gemeinhin an, eine Weisheit, die er heftig bezweifelte.

»Ja, ja, ist ja gut«, murmelte er in Richtung des Alphatiers an der Wand und stand wieder auf. Er wandte sich dem Bett zu, tastete Decke und Kissen ab, zog überdies die Matratze vor, doch der Bettkasten beherbergte lediglich eine karierte Wolldecke. Er schüttelte sie aus, mit dem einzigen Ergebnis, dass er der Schar von Flusen, die sich in den Ecken zusammenrotteten, weitere hinzufügte. Mit den Knien beförderte er die Matratze zurück gegen die als Lehne dienende zweite Matratze und versetzte dadurch sämtliche

Bettfedern in dunkel brummende Schwingungen. Ominös, befand er und hoffte, Frau Cassens stand nicht lauschend unten im Flur.

Zinkel hielt inne. Ihn beschlich der Gedanke, dass soziale Netzwerke mehr über diese Generation aussagten als ihr Zuhause. Das wenige, was er bislang durch diese Aktion über Tammo erfahren hatte, war, dass er zur Unordnung neigte, diese aber einigermaßen zu verbergen wusste, und dass er eine Leidenschaft für Computerspiele hegte. Zwischen verdorrenden Zimmerpflanzen hindurch schaute Zinkel zum Fenster hinaus.

Der Garten war weitläufig und bestand im Wesentlichen aus Rasenfläche, begrenzt von ein paar Sträuchern. Einer Enkelgeneration harrend, die es nicht mehr geben würde, ragte mitten auf dem Rasen eine hölzerne Kinderschaukel empor, die zu entfernen bisher nur eine lästige Mühsal bedeutet hätte, nun aber zur Tortur werden würde. Die Schaukel schwang sachte im Wind hin und her, als sei sie aufgrund mütterlicher Mahnung gerade eben verlassen worden, zieh deine Mütze auf, die Handschuhe an, oder vielleicht: Schluss jetzt, Essen ist fertig.

Okay, Schluss jetzt, wiederholte Zinkel im Geiste, du lässt das viel zu nah ran. Abermals streifte sein Blick die Zimmerpflanzen. Reflexhaft prüfte er mit dem Zeigefinger den Feuchtigkeitsgehalt der Erde, bevor ihm bewusst wurde, dass er Handschuhe trug. Er zog den rechten aus und wiederholte die Prozedur. Knochentrocken.

Ganz rechts auf dem Fensterbrett entdeckte er eine Gießkanne, der Inhalt allerdings war weitgehend verdunstet, gerade mal zwei Fingerbreit Wasser befanden sich noch darin. Zinkel mühte sich redlich um Ausgewogenheit, wenngleich ihm bewusst war, dass er so nur das Sterben aller hinauszögerte, statt das Überleben einer Pflanze zu sichern. Nur welcher? Er verweigerte den Griff in die darwinistische Kiste und ließ sich in den Sessel fallen, der unter dem Fenster stand.

Fehler. Es handelte sich eher nicht um einen Sessel, sondern um einen Sitzsack, in den er viel zu tief einsank, bevor er abrupt und durchaus schmerzhaft auf eine unnachgiebige Schicht von etwas traf, was sich anfühlte wie Beton. Seine Bandscheiben quietschten Protest. Und irgendetwas störte das Sitzerlebnis. Zinkel beugte sich nach vorn, griff nach dem Teil und zog es hervor. Ein Äffchen?

Ungläubig schüttelte er den Kopf. Siebzehnjährige, männlich, hätte er gemeinhin nicht mit Kuscheltieren in Verbindung gebracht, zumindest nicht mit offen herumliegenden.

Gedankenverloren warf er den Mini-Gorilla fortwährend von einer Hand in die andere, dass ihm Hören und Sehen verginge. Andererseits hat er in seinem Stofftierleben bestimmt schon Schlimmeres durchgemacht, dachte Zinkel, während er an seiner Wurftechnik feilte, ein höherer Bogen, ein tieferer Fall, bis er fast danebengriff und das Äffchen nur knapp am Bein erwischte. Er ließ es baumeln, das Wildtier in der Schlinge des Fallenstellers, griff schließlich nach dem zweiten Bein. Trainingseinheit am Reck. Und Überschlag. Hanebüchen.

Eins der Beine war steifer als das andere. Arthrose, diagnostizierte Zinkel und schaute genauer hin. Operationsnarbe. Äußerst stümperhaft vernäht. Mit Hilfe einer Büroklammer friemelte er die Naht auf. Kohle. Nicht zu glauben. Und nicht zu knapp. Er zählte die Scheine und kam auf tausendfünfhundert Euro. Nicht unbedingt zu viel für eine Lüge, doch auf jeden Fall zu wenig, um die mit dem Leben bezahlen zu müssen.

»Muss dringend mit Ihnen reden«, hatte Tammo in der E-Mail geschrieben. Worüber? Es konnte sich doch nur darum gehandelt haben, dass Tammo aussteigen wollte. Vielleicht nicht mal so sehr wegen der Anschuldigung gegen Barkowitz an sich, vermutete Zinkel, aber polizeiliche Ermittlungen, ein drohender Prozess, dieses ganze offizielle Gedöns hatte Tammo sicherlich Angst gemacht. Als Sohn eines Anwalts hatte er nur zu gut gewusst, mit welchen Folgen er zu rechnen hatte. Der Adressat hatte offenbar nicht reden wollen, sondern es vorgezogen, das drohende Problem gleich aus der Welt zu schaffen. War es so?

Zinkel wünschte, Charlie wäre hier oder Enno, irgendjemand anderes, der einer trauernden Mutter beibrachte, dass ihr Sohn noch am Leben wäre, wenn er nicht im Nachhinein einen Rückzieher gemacht hätte. Oder wenn er sich gar nicht erst auf diese Geschichte eingelassen hätte.

2

Gerrit presste sich sein iPhone ans eine Ohr, doch der allgegenwärtige Wind pfiff ihm dermaßen ums andere, dass er trotzdem kaum etwas verstehen konnte. Dass das Hirn die Impulse aus beiden Ohren zusammenfügte, war für ihn eine völlig neue Erkenntnis. »Warte mal grad«, sagte er und lief die paar Schritte zurück zu der kleinen Buchhandlung am Wasserturm, wo es etwas geschützter war. »So, jetzt fang noch mal von vorn an«, bat er.

»Wo steckst du denn?«, fragte Roman.

»Auf Langeoog.«

»Ach deshalb. Okay, hier kommt's.«

Gerrit hielt die Luft an. Die Tonqualität war nicht wesentlich besser, und das lag offenbar nicht am Wind, sondern daran, dass Roman weisungsgemäß sein Handy während der Aufnahme in der Hosentasche behalten hatte. Dennoch erkannte Gerrit Olaf sofort und ohne jeden Zweifel. Allein wie er redete. Sanft und unaufgeregt, und nur wenn man ganz genau hinhörte, merkte man, dass das Gelaber auch gönnerhaft klang. Eine unverwechselbare Mischung selbst dann, wenn er seine Stimme verstellt hätte. Was er nicht hatte. Olaf schien zu glauben, er habe das nicht nötig. Gerrit ballte die Faust. Mach dich locker, befahl er sich, falscher Ort und ganz falscher Zeitpunkt.

Er konzentrierte sich wieder auf das, was Olaf sagte. Im Wesentlichen Finanzgefasel. Angeber. »Ach, so ein süßes Hotel in Antwerpen, da müssen wir unbedingt mal zusammen hin«, säuselte er jetzt. Und Romans Mutter stimmte zu, unbedingt, mit einer Stimme, die um eine Oktave tiefer war als bei ihrer Unterhaltung mit ihm selbst. Durchaus sexy, fand er. Was war bloß los mit der Frau? Auf ihn hatte sie den Eindruck gemacht, man könne ihr nichts vormachen. Und dann fiel die auf einen Olaf rein? Allmählich konnte er Romans Verzweiflung besser nachempfinden.

Plötzlich war der Ton weg.

»Da haben sie mich rausgeschickt.« Roman war wieder dran. »Sie haben über Tammo geredet.«

»Hast du etwa gelauscht?« Untersteh dich bloß, dachte Gerrit.

»Nee, sollte ich doch nicht«, beteuerte Roman. »War nur der Anfang, bevor ich hoch bin. Also, was sagst du? Ist er das?«

»Hört sich eigentlich nicht so an«, log er und vermeinte zu hören, wie Roman vor lauter Enttäuschung in sich zusammensackte. »Das heißt ja nicht, dass er nicht trotzdem für den Dreck verantwortlich ist, der deiner Mutter passiert ist«, versuchte er zu trösten.

»Aber dann …«, Roman stockte, »dann wär er das gewesen mit Tammo, und er war doch gar nicht hier.«

Gedanklich versetzte Gerrit sich eine Ohrfeige. Er durfte Roman auf keinen Fall noch weiter gegen Olaf aufbringen. Viel zu gefährlich. »Stimmt auch wieder«, gab er zu. »Keep cool. Nach allem, was du erzählt hast, ist der nicht sauber, und ich bleib auf jeden Fall dran«, versprach er. »Wir werden ihn schon los. Seid ihr Ostern zu Hause?«

»Ja.« Roman stöhnte. »Mamas Freundin hat am Montag Geburtstag. Große Party. Ätzend. Und Mittwoch geht sowieso die Schule wieder los.«

»Okay, bei mir ist auch so was wie Party angesagt. Meine Schwestern und noch ein paar andere kommen nach Leer, ich werde also keine Zeit haben. Oh, aber weißt du was? Du könntest am Sonntag mal vorbeikommen, wenn du Lust hast.« Mann, dachte Gerrit, er *hatte* ein schlechtes Gewissen.

»Meinst du?«, kam es zögerlich von Roman.

»Ist sowieso ein Riesenauftrieb«, sagte Gerrit, »keine Bange, du störst bestimmt nicht.«

»Echt? Und wann?«

»Total egal. Komm einfach, wann du Zeit hast. Bringt dich auf andere Gedanken.«

»Okay.« Roman dehnte das Wort zu locker vier Silben.

»Das ist ein Befehl, Kumpel«, sagte Gerrit. »Aber lass zu Hause mal lieber nicht raus, wo du hingehst. Kannst ja wieder deine Konfi-Schwester vorschieben.«

Roman gluckste. »Klaro. Die hab ich für genau solche Fälle erfunden.«

»Die gibt's gar nicht?« Gerrit war platt. »Dafür warst du aber ganz schön überzeugend. Na egal, ich muss jetzt echt los«, sagte er.

Antonia hüpfte schon ungeduldig von einem Fuß auf den anderen. »Halt dich wacker, pass auf, und keine Alleingänge, okay?«

»Geht klar. Bis dann.«

Jetzt fang ich auch schon an, verletzte Gören aufzusammeln, dachte Gerrit, der Umgang mit Marilene färbte langsam ab. Er schaute auf die Uhr, zehn vor acht, jetzt aber los, spornte er sich an und schaltete das Handy aus, bevor er es in der Tasche versenkte und die Steigung im Sturm nahm. Ein wenig aus der Puste erreichte er Antonia.

***

Adam holte den Kuchen aus dem Ofen und stellte ihn zum Abkühlen auf das Gitter. Jan würde doch noch kommen. Morgen. Er hatte die Hoffnung schon aufgegeben, aber dann hatte Massa ihn vorhin mit der Nachricht überrascht. Er hatte versucht, sich die Freude nicht anmerken zu lassen, aber so richtig war ihm das nicht gelungen. Eigentlich war es komisch, dass Massa ihm überhaupt was gesagt hatte, und dann noch so früh. Das machte er sonst nie. Er merkte es immer nur daran, dass er in sein richtiges Zimmer durfte. Dort war er jetzt sowieso die ganze Zeit, vielleicht lag es daran.

Irgendwie war alles ein bisschen anders geworden, seit der kaputte Zahn weg war. Adam steckte gewohnheitsmäßig die Zunge in die Lücke. Das Loch war schon fast zugewachsen, ihm tat nichts mehr weh, und schwindlig war ihm auch nicht mehr. Endlich. Er hatte ewig geschlafen, so war es ihm vorgekommen, und gar nichts gegessen in der ganzen Zeit, nicht mal die Suppe, die Massas Frau ihm hingestellt hatte. Auch so was, was neu war.

Vorgestern, als er aufgewacht war, hatte er gleich gemerkt, dass er wieder gesund war. Sein Magen hatte geknurrt wie ein großer Hund. Als er die Treppe runtergegangen war, musste er sich am Geländer festhalten, weil die Muskeln in seinen Beinen verhungert waren. Massas Frau war in der Küche gewesen und hatte ihm Brote geschmiert. »Iss«, hatte sie gesagt, »dann kommst du schnell wieder auf die Beine«, dabei war er das schon. Sein Magen war schneller satt gewesen als seine Augen, und als er fertig war, wollte er in den Keller gehen. Hauptsächlich, um sein Versteck zu kontrollieren.

Aber Massas Frau hatte gesagt, von jetzt an würde er oben wohnen bleiben. Er musste bloß versprechen, sich nicht blicken zu lassen, wenn Leute ins Haus kamen. Das war sowieso logisch.

Gestern, als er die Wäsche gemacht hatte, war es ihm endlich gelungen, zu seinem Versteck zu schleichen. Erst hatte er einen riesigen Schrecken bekommen, als er entdeckt hatte, dass seine Matratze verschwunden war. Niemand würde mehr auf die Idee kommen, dass jemand da unten im Keller gewohnt hatte. Eigentlich war das ein Problem, weil Jan ihm nun bestimmt nicht glauben würde. Andererseits musste er es ihm vielleicht gar nicht mehr erzählen, weil sie ihn ja jetzt viel besser behandelten als vorher. Trotzdem wollte er weg. Papiere kaufen. Zur Schule gehen. Er wollte endlich ein normaler Mensch sein und kein heimlicher.

An seinem Versteck war keiner gewesen. Das war gut. Er hatte sich das Messer und das Geld in den Strumpf gesteckt und die Sachen in sein Zimmer gebracht. Ein neues, richtig sicheres Versteck musste er erst noch finden. Im Moment war das Geld im Blumentopf, das müsste ganz okay sein, weil die Blume nicht echt war. Und das Messer hatte er unter die Matratze geschoben. Das war nicht so sicher, weil es zwischen den Latten, auf denen die Matratze lag, durchrutschen konnte. Nachher, wenn Massas Besuch da war, würde er das in Ordnung bringen. Ihm fehlten nur noch ein Band und ein kleiner Plastikbeutel.

Er stellte sich so hin, dass Massa nicht sofort sehen konnte, was er machte, falls er jetzt reinkam. Vorsichtig öffnete er die Schublade, in der die Gefrierbeutel aufbewahrt wurden, zog einen von der Rolle und stopfte ihn sich in den Hosenbund. Gerade wollte er die Schublade wieder zumachen, da entdeckte er auch ein paar Bänder. Er hatte sich schon den Kopf zerbrochen, wo er welche finden könnte. Anscheinend war heute sein Glückstag. Nicht zu dick, nicht zu dünn, er entschied sich für eins von den mittleren und ließ es in die Hosentasche wandern. Hatte er noch was vergessen? Er blickte sich suchend um. Nein, es schien alles in Ordnung.

»Ich geh jetzt nach oben«, rief er vom Flur aus.

»Denk ans Licht«, kam es von Massa zurück.

»Jawohl«, sagte er. Als wenn er so was vergessen würde, dachte er, schließlich war er es gewohnt, abends kein Licht zu haben.

In seinem Zimmer legte er sich aufs Bett, um zu warten, bis Massa beschäftigt war, bevor er seine Sachen richtig versteckte. Ob der Besuch heute Abend mit dieser letzten Lieferung zu tun hatte, von der Massa gesprochen hatte, als er krank gewesen war? Was das wohl sein mochte? Beim Saubermachen hatte er nirgendwo etwas herumstehen sehen, was nach einer Lieferung aussah. Allerdings waren die Zimmer, in denen keiner wohnte, immer abgeschlossen, also waren die Sachen wahrscheinlich dort.

Vor langer Zeit hatte Jan mal probiert, ob nicht einer von den anderen Schlüsseln passte, sie sahen ja alle fast gleich aus, aber das hatte nicht geklappt. Obendrein hatte Massa ihn dabei erwischt. Das war ungefähr das einzige Mal gewesen, dass Massa echt wütend auf Jan geworden war. Jan hatte Hausarrest bekommen, zwei ganze Tage, und er hatte dauernd rumgeheult deswegen. Er würde Jan daran erinnern, wenn er ihm von seinem Leben erzählte, vielleicht konnte er dann verstehen, warum er wegwollte. Vielleicht würde Jan ihm sogar helfen?

Er musste zappeln, wie manchmal, wenn es ihn juckte. Nur juckte es ihn nirgends. Trotzdem konnte er nicht stillliegen. Er war viel zu aufgeregt, und er überlegte, warum, aber ihm wollte nichts einfallen.

Er sprang auf und ging zum Fenster. Genau jetzt gingen die Lampen in der Auffahrt an, also konnte es nicht mehr lange dauern, bis der Besuch kam. Der Besuch, dachte er, wenn der Besuch heute kam, um die Lieferung abzuholen, dann würde Massa sich morgen eine Lösung überlegen. Darum war er so aufgeregt. Er wünschte, er wüsste schon im Voraus, was für eine Lösung das war. Überraschungen konnte er nämlich nicht leiden. Und würde Massa das machen, bevor Jan da war oder erst dann? Davon hing es wahrscheinlich ab, ob es eine gute oder eine nicht so gute Lösung war. Jetzt kribbelte es ihn im Bauch. Und diesmal wusste er mit plötzlicher Klarheit, warum.

Für einen wie ihn gab es keine gute Lösung. Nicht mal eine nicht so gute. Er musste weg. Heute noch.

***

»Es ist kälter, als ich dachte«, sagte Antonia, »sollen wir den Spaziergang nicht doch lieber auf morgen verschieben?«

»Ooch, mein erster Sonnenuntergang am Meer, bitte, bitte«, bettelte er, nahm sie beim Arm und schob ihre Hand in seine Tasche. »Pass auf, in den Dünen ist es erst mal geschützt, da wird's dir gleich wieder warm.«

»Na gut, weil du's bist«, gab sie nach und hängte sich gespielt schwer an ihn dran.

Man könnte sagen, er schleppte sie ab. Gerrit grinste in sich hinein.

Arm in Arm wanderten sie den gepflasterten Weg entlang, und auf jedem Dünenkamm wehte der Wind ihm Antonias Haar vors Gesicht, ein zarter, silbriger Schleier. Sie dürfen die Braut jetzt küssen. Fliegen im Bauch. Würde sie zustimmen? Der Wind wehte den bangen Gedanken fort.

Er bewältigte die Strecke heute bereits zum dritten Mal, aber erst jetzt fühlte es sich richtig an und gut. Insel war nichts für Singles, der Einzige, dem er bislang begegnet war, hatte sich dann doch als keiner entpuppt, da er im Supermarkt ein Paket Windeln erstanden hatte. Auch jetzt kamen ihnen nur Paare entgegen, strebten ins Warme, je älter, desto enger beieinander laufend, Zeit ist kostbar. Oh, er war ein bisschen gefühlsduselig. Kein Wunder aber auch.

»Die Zwillinge sind voll süß«, sagte Antonia.

»Aber ganz schön vorlaut«, entgegnete er und hoffte, dass sie nicht näher auf das Thema einginge.

»Nur Jule, Janne ist schüchtern.«

»Du hältst die auseinander?« In seinen Augen glichen die einander aufs Haar.

»Bloß, wenn sie nicht die Plätze tauschen.«

Er lachte angemessen. Und hielt die Klappe.

»Ich glaub, da läuft was zwischen meiner Mutter und diesem Lübben. Das Treffen im Restaurant war gar kein Zufall, wie die uns weismachen wollten.«

»Kann schon sein«, nuschelte er nur. Die Aufnahmeprüfung an einer Schauspielschule hätten die beiden tatsächlich kaum bestanden. Keiner war drauf reingefallen, glaubte er, nicht mal die Zwillinge, wenn er deren Blickwechsel richtig gedeutet hatte.

»Der war schon öfter bei uns, komischerweise hab ich ihn immer dann getroffen, wenn ich früher aus der Schule gekommen bin, weil 'ne Stunde ausgefallen ist. Jedes Mal war angeblich noch was zu klären wegen damals. Ich hab mir nicht so viel dabei gedacht. Aber jetzt …«

Aber jetzt, dachte Gerrit und verlangsamte seinen Schritt. Es führte wohl kein Weg daran vorbei. »Kannst du damit umgehen?«, fragte er.

»Na, ich schon, logisch. Ich hab meine Mutter noch nie so … so ganz gesehen. Verstehst du, was ich meine? Der kommt zur Tür rein, und sie ist – sie ist wie früher, als ich klein war. Nur, eine Ehe auseinanderbringen, keine Ahnung, wie gut oder schlecht die ist, aber ist es das wert? Vor allem, wenn Kinder da sind. Die nehmen so was schwer. Ich weiß das.«

»Wenn die Erwachsenen das vernünftig angehen und sich erwachsen verhalten, dann verkraften die Kinder das bestimmt auch halbwegs«, versuchte Gerrit abzuwiegeln. »Die Chancen stehen gar nicht so schlecht, glaub ich. Außerdem könnte ich wetten, dass die Frau von Lübben längst was geahnt hat.«

»Müssen wir nicht wetten. Sie sah echt aus, als wär ihr ein Licht aufgegangen«, sann Antonia. »Und direkt unglücklich hat sie gar nicht gewirkt. Vielleicht hast du recht, sie kriegen's schon hin. Traurig macht mich bloß, dass meine Mutter mir nichts davon erzählt hat.«

»Vielleicht, weil sie nicht wusste, ob was Ernstes daraus wird«, schlug Gerrit vor. »Die Tochter über jede kleine Affäre zu informieren wäre ja doch ein bisschen peinlich, oder?«

»Findest du?« Antonia schaute ihn an und grinste über alle Zähne.

Ein Grinsen, das noch den härtesten Hund umwerfen würde, fand Gerrit, und ihm war, als würde sein Herz schmelzen. Schmalz lass nach.

»Ist auch egal«, Antonia wandte sich wieder nach vorn, »ich werd drüber wegkommen. Wenn sie nur glücklich ist. Und niemand sonst leidet«, schränkte sie ein. »Jedenfalls war dieser Spaziergang eine richtig gute Idee, auch wenn es echt schweinekalt ist. Die sollen das mal schön selber auseinanderklamüsern, und zwar mit den Kindern, wie sich das gehört.«

»Seh ich genauso«, stimmte Gerrit zu.

Lübbens Frau war es gewesen, die vorgeschlagen hatte, die Zwillinge wollten vielleicht mit ihm und Antonia an den Strand. Angesichts seiner Miene hatte sie das Anliegen zurückgezogen. Offensichtlich war ihr das zweite Licht des Abends aufgegangen, aber sonst hatte niemand was bemerkt, glaubte er.

Sie erreichten den Kamm der letzten Düne vor dem Strand. Perfektes Timing. Abgesehen von der Ebbe, aber man konnte nicht alles haben, Sonnenuntergang und Flut. Und Antonia? Oh verdammt, er war im Leben noch nicht so nervös gewesen.

»Cool«, sagte Antonia, zerrte an seinem Arm, bis sie der Kulisse den Rücken kehrten, und holte ihr Handy hervor. »Lächeln.« Sie runzelte streng die Stirn.

Er gab sich Mühe. Vorher-nachher-Fotos, vielleicht keine ganz schlechte Idee. Falls er später den Kopf dafür hatte. So oder so.

»Das kannst du aber besser.« Sie stupste ihn kräftig in die Seite und drückte mehrmals auf den Auslöser, bis sie zufrieden war und das Gerät wieder verstaute. »Wettrennen?« Sie wirbelte schon herum und nahm Startposition ein.

Irgendwie unangemessen, Gerrit zögerte. »Okay«, gab er nach, würden sie sich den feierlichen Ernst eben aufsparen für die Kirche. Er stellte sich gleichfalls auf. »Dahinten«, sagte er und wies mit dem Kinn in die entsprechende Richtung. »Strandkorb 725.«

»Auf drei.« Antonia warf ihm einen Du-hast-keine-Chance-Blick zu. »Eins, zwei, drei«, zählte sie viel zu schnell und stob davon.

Gerrit sprintete hinterher, versuchte gar nicht erst, sie einzuholen, jedoch ohne ihr allzu offensichtlich den Sieg zu überlassen. Die Holzbohlen bebten unter ihren Füßen, Anlauf, Absprung, Sand spritzt auf und verlangsamt ihre Schritte zu einem trunkenen Taumeln, dass ihnen die Füße wegzuknicken drohen, und Antonia rudert wild mit den Armen und lacht, dies Lachen, so hell, so ansteckend wie das eines Kindes, dabei ist sie ganz Frau, fast ganz Frau, und oh, das Warten wird schwer werden, doch das ist es allemal wert, nur nicht verlieren, und der Himmel ist perfekt, ein knalliges Gemälde in Rot und Orange, ein paar hingekritzelte Kondensstreifen, darüber wartet die Nacht mit ihrem tiefsten Blau, dem Blau von Antonias Augen, eine Möwe tanzt in den Böen und kreischt gegen den Wind an, frühe Warnung, das Wasser kommt, doch noch brechen sich die Wellen an der Sandbank, die Kämme weiß von Gischt, das Meer rauscht mit dem Wind um die Wette, unentschieden, unglaublich, denkt er, der vollkommene Augenblick, der sich einbrennt in Herz und Hirn, für immer und ewig unvergesslich.

»Erster«, rief Antonia und ließ sich mit dem Rücken gegen den Strandkorb fallen, rutschte von dort in die Hocke.

Gerrit schlug an, stützte die Hände gegen den Strandkorb und blickte zu ihr hinunter. »Kunststück«, sagte er, als er wieder genug Luft zum Atmen hatte, »du bist immerhin fünf Jahre jünger als ich. Und eine ganze Ecke leichter bist du auch.«

»Aber hoffentlich kein Leichtgewicht?« Sie blinzelte zu ihm auf.

»Niemals«, versicherte er.

»Was kriegt der Sieger? Mindestens?« Antonia machte Anstalten, sich hochzurappeln.

»Warte«, bat er, »nur eine Minute, ja?«

»Wenn's sein muss?«

»Wat mutt, dat mutt, sagt ihr nicht so?«

Antonia nickte ergeben, und Gerrit stapfte um den Strandkorb herum, schloss ihn auf und stellte das Gitter zur Seite. Er breitete die Decke aus und klappte mit geübtem Griff eins der beiden Tischchen herunter. Rasch holte er die Gläser aus dem zuvor deponierten Beutel und stellte sie auf die wacklige Platte. Die drei herzförmigen Teelichter anzuzünden erwies sich als schwierig: Entweder blies der Wind die Flamme aus, oder er verbrannte sich die Finger. Blödes Wortspiel – nur das nicht. Endlich gelang es ihm. Er öffnete die Sektflasche und hoffte, dass der Wind nicht nur Feuer schluckte, sondern auch das Ploppen. Zum wohl tausendsten Mal tastete er nach der Schachtel mit dem Ring. Sie steckte noch in seiner Tasche. Keep cool, beschwor er sich. Wörtlich genommen kein Problem, es *war* kalt. Er holte noch einmal tief Luft, erwischte viel zu viel davon, verschluckte sich und ging hustend zurück zu Antonia.

»Okay«, sagte er, sich vergeblich um einen lockeren Tonfall

mühend, und zog sie hoch. »Augen zu, ich hab eine Überraschung für dich.«

»Siegerprämie, echt?«

»So in etwa«, krächzte er. Verdammt, wo war seine Stimme hin?

Sie kam seiner Bitte nach und schloss die Augen. Eine Hand hielt er ihr sicherheitshalber vors Gesicht, während er sie mit der anderen nach vorn führte. Sanft drückte er ihre Schultern hinunter, bis sie begriff und sich setzte, bevor er sie sorgsam in die Decke einwickelte.

»Wie kuschlig«, freute sie sich. »Kann ich jetzt gucken?«

Gerrit nickte.

»Mann, nu sag schon«, bat sie.

Er räusperte sich. Vergeblich. Da kam kein Wort raus. Außerdem hatte er vergessen, einzuschenken. Zu blöd. Er nahm die Flasche in beide Hände und versuchte, das Versäumnis nachzuholen, doch das war noch viel schwieriger, als die Kerzen anzuzünden. Immer wieder stieß er mit der Flasche gegen die Gläser, und mindestens die Hälfte des Champagners landete nicht dort, wo er hinsollte.

»Och, wie süß von dir«, sagte Antonia. »Ein Kellner wird wahrscheinlich nie aus dir.« Sie kicherte leise, nahm ihm die Flasche aus der Hand und schenkte tadellos ein. »Das ist ja Champagner«, stellte sie verwundert fest. »Bist du irre?«

Gerrit nickte wie wild, nahm das Glas, das sie ihm entgegenhielt, nur um es augenblicklich wieder abzustellen und die kleine Schachtel hervorzuziehen. Sie hüpfte ihm einfach aus der Hand. Komisches Eigenleben. Er ging auf die Knie. Zu dunkel, um viel erkennen zu können. Panisch tastete er den Sand ab. Da! Erleichterung rauschte so laut durch seine Adern, dass er sicher war, Antonia müsste es hören. Diesmal entkommst du mir nicht, dachte er, hob die Schachtel auf und pustete den Sand fort, bevor er den Deckel aufklappte.

Er räusperte sich für seine große Ansprache und öffnet den Mund. Wieder nur ein Krächzen. Und was, zum Teufel, hat er sagen wollen? Weg, alles ist weg. Er schließt die Lider, tage-, nein, wochenlang hat er geübt, im Bad vorm Spiegel, nachts im Bett, sogar beim Fahrradfahren, und jetzt dieser absolute Blackout? Festplatte gelöscht. Unwiederbringlich. Er schüttelt den Kopf, als könne er die Synapsen im Hirn zurechtrütteln, das kann doch nicht sein, er ist nie um Worte verlegen, wieso dann jetzt, wo es ganz und gar um sein Leben geht, den Rest seines Lebens, ohne Antonia wäre es vollkommen sinnlos, undenkbar, eine abgrundtiefe Verzweiflung überschwemmt ihn, und er krümmt sich vornüber, die Flut kommt, schreit die Möwe wieder, nicht warnend, lockend: das Ende allen Schmerzes, er spürt, wie Tränen unter seinen Lidern hervorquellen, unaufhaltsam, Heulsuse, denkt er, als wenn es darauf noch ankäme, es ist sowieso alles in den Sand gesetzt, gründlicher geht's absolut nicht.

»Kann es sein, dass du mir was geben willst?«, fragte Antonia so leise, dass er es beinah überhört hätte.

Gerrit hob den Kopf, reichte ihr die Schachtel, ohne sie dabei anzusehen. Sollte sie den Ring versetzen. Er würde gutes Geld bringen.

»Für mich?«, hauchte Antonia.

Er zuckte hilflos mit den Schultern und rappelte sich hoch. Gelenkig wie ein alter Mann. Wandte sich zum Gehen.

»Gerrit?«

Er schaute noch einmal zurück.

»Ja«, sagte Antonia.

Ja, hau ab, oder was?, dachte Gerrit. Geschlagen.

»Ja. Ja. Ja«, wiederholte sie.

Wie jetzt. Echt?

»Natürlich: Ja. Was hast du denn erwartet? Oder soll das ein Abschiedsgeschenk sein? Ich komm grad nicht so richtig mit. Sagst du jetzt vielleicht auch mal was?« Antonias Stimmlage näherte sich der der Möwe.

Das brach den Bann. »Wenn du unseren Kindern jemals davon erzählst, lass ich mich scheiden«, drohte Gerrit.

»Okay«, sagte Antonia, »aber meiner Mutter und meinem Onkel und Jenny …«

***

Westerkamp befand sich zum ersten Mal im Haus. Dessen Äußeres, wie auch seine heimlichen Blicke ins Innere, hätten ihn eigentlich vorbereiten müssen, doch Auge in Auge mit all dem Prunk war er trotzdem überwältigt. Im negativen Sinne. Normalerweise interessierte ihn wenig, wofür andere Leute ihr Geld ausgaben. Viel Geld. Viel Marmor.

Er stand in einem überdimensionierten Flur, der seiner Meinung nach potthässlich war. Lobby, äffte Westerkamp gedanklich von Steinfeld nach. Etliche Vitrinen mit einem Haufen Gedöns darin. Panzerglas, jede Wette. Und die Bilder erst. Monströse Scheußlichkeiten in ebenso grässlichen Rahmen. Wahrscheinlich tarnte jedes von ihnen einen Wandsafe. Was an sich keine dumme Idee war. Welcher Einbrecher würde schon mehr als einen Safe erwarten? Der Kamin war diesmal nicht an. Blitzeblank, das Ding. Womöglich unecht, ein englisches Feuer, hieß es nicht so?

Auf leisen Sohlen tigerte Westerkamp auf und ab, Kira mit klackenden Krallen auf den Fersen, und jedes Mal, wenn er den Treppenaufgang erreichte, nahm er sich vor, jetzt, jetzt gehst du nach oben. Nur um dann doch wieder zielgerichtet vorbeizusteuern. Er musste handeln, bald, die Transaktion hatte auch beim letzten Mal nicht gar so lange gedauert.

Sie waren zu zweit, das war das Problem. Er selbst war quasi befördert worden: Der Innendienst beinhaltete das Durchsuchen der Gäste, beim Reingehen nach Waffen, beim Rausgehen nach Ware. Sie waren allesamt unbewaffnet gewesen, was ihn fast ein bisschen gewundert hatte. Für den Rückweg erwartete er keine Überraschungen, er bezweifelte, dass von Steinfeld auch nur blinzelte, bevor er mit seinem Kunstkrempel wieder allein war. Unterdessen lief draußen Folkert Patrouille, und der würde wohl kaum die Klappe halten, wenn er mit einem Jungen über der Schulter aus dem Haus kam. Er würde Folkert irgendwie ablenken müssen, ihn vielleicht nach hinten locken?

Verdammte Kiste, er wünschte, er könnte die Biege machen, nach Hause fahren und feststellen: Alles ist gut. War es nicht. Die letzten Tage waren die Hölle gewesen. Und nun musste er ein Kind entführen, um sein eigenes zu retten. Die übelste Zwickmühle, die er sich vorstellen konnte. Wie früher diese Fangfrage für Kriegsdienstverweigerer. Man konnte nur verlieren.

Von Steinfelds Anruf war gekommen wie bestellt. Keine halbe

Stunde nachdem er Kims Schreie hatte anhören müssen, die ihm noch immer in den Ohren gellten. Endlosschleife. Am liebsten hätte er Nein gesagt, ich bin raus, besser spät als nie, aber natürlich war das unmöglich gewesen. Also hatte er sich am Riemen gerissen und versucht, einen Plan aufzustellen.

Punkt eins: Kimmi ist mit ihrer Freundin, dieser Luna, für ein paar Tage weggefahren, irgendein Musik-Event, tut mir leid, so genau hab ich nicht zugehört. Ihr Handy ist aus?, echt?, wahrscheinlich, weil sie's sowieso nicht hören würde, mach dir keine Gedanken.

Punkt zwei: Die Ware. Klar, wenn er von Steinfeld über den Haufen knallte, käme er ran. Sonst nicht.

Also Punkt drei: Der Junge. Schwierig, schwierig. Er konnte nur hoffen, dass das Kind nicht wieder wegen irgendeines Ungehorsams eingesperrt worden war. Oder dass wenigstens ein Schlüssel aufzufinden war. Aber wie sollte er den Jungen aus dem Haus schaffen, ohne dass von Steinfelds Frau es mitbekam? Vielleicht hatte er Glück, und sie wohnte der Transaktion bei. Ansonsten würde er improvisieren müssen. Nichts konnte er weniger ausstehen.

So weit der unausgegorene Plan. Immerhin, von Steinfelds Frau war diesmal mit von der Partie. Also hatte er freie Bahn. Für den Moment.

Westerkamp machte auf dem Absatz kehrt. »Bleib«, flüsterte er Kira zu. Sie hechelte ihm ein ungläubiges Was-soll-das-denn-jetzt hinterher, während er schon die Treppe hinaufstürmte. Auf dem Absatz erstarrte er. Rechter Arm in der Luft, linkes Bein nach hinten gestreckt, wie eine bekloppte Balletttänzerin. Er musste wirklich bescheuert aussehen, denn der Junge, der gerade mal zwei Stufen über ihm stand, grinste und legte sich einen Finger auf den Mund. Westerkamp nickte.

»Kannst du mich mitnehmen?«, flüsterte der Junge.

Westerkamp verschlug es die Sprache. Mehr, als wiederum zu nicken, war beim besten Willen nicht drin.

»Es darf aber keiner merken«, fügte der Junge hinzu.

Da zumindest sind wir uns einig, dachte Westerkamp, zog seine Gliedmaßen in einer halben Pirouette ein und schlich die Treppe runter. Wieso wollte der Junge heimlich abhauen? Wohin? Egal, jetzt war nicht die Zeit für Fragen. Er konnte sein Glück kaum fassen.

Kiras Willkommensblick sprach Bände: Endlich wer zum Spielen!

Untersteh dich, dachte Westerkamp und hob Gehorsam fordernd das Kinn. »Freund«, hauchte er. Überflüssig. Der Schwanz wedelte mit dem ganzen Hund.

Er hieß den Jungen vorangehen, um ihn mit seinem Körper abschirmen zu können, und passte seine Schritte an, obwohl er bezweifelte, dass von Steinfeld darauf hereinfallen würde. Kira tappte hinterdrein. Gänsemarsch. Wenn ihm nicht schwer die Muffe ginge, müsste er lachen. Er unterdrückt den Impuls, spitzt die Ohren. Noch acht Meter. Sieben. Sechs. Kira fiept kaum hörbar. Einmal nur. Warnt: Jemand nähert sich. Der leiseste Pfiff, ein Windhauch nur, und sie pirscht davon. Kurzerhand packt er den Jungen um die Taille, stürzt auf den als Windfang dienenden nachtblauen Samtvorhang zu, den niemand wieder zugezogen hat, nachdem die Gäste eingetroffen waren, und stellt den Jungen zwischen die groben Falten. Das Kind ist so dünn, dass es regelrecht verschluckt wird. Unsichtbar, vergewissert er sich mit kurzem Blick, hofft, dass der Vorhang staubfrei ist, kein Niesen die Tarnung auffliegen lässt, hofft, dass nicht schon jetzt die ganze Bagage im Anmarsch ist, dann hat er verloren. Alles.

»Rufen Sie den Hund weg.«

Frau von Steinfeld. Allein.

»Bei Fuß«, sagt er halbherzig. Was, wenn sie nach oben will? Nach dem Sohn sehen? Seine Gedanken rasen, sein Herz auch, ihm fällt nichts ein, wie er das verhindern kann.

Kira latscht gemächlich heran, Vorwurf im Blick, du weißt auch nicht, was du willst.

Doch, schon, aber ich weiß nicht, ob ich's kriegen kann.

»Mein Mann lässt fragen, ob alles ruhig ist«, sagt Frau von Steinfeld.

Ihm fiel ein Stein vom Herzen. Sozusagen. »Alles bestens«, behauptete er. »Draußen auch, der Kollege hat's gerade bestätigt.«

»Gut«, sagte sie und wandte sich zum Gehen.

»Dauert's noch lang?«, erkundigte er sich beiläufig.

»Ich glaub nicht«, sagte sie über die Schulter hinweg.

Westerkamp nickte nur, wartete, bis sie verschwunden war, bevor er Folkert anrief. »Wo steckst du grade?«, fragte er. Zu knapp, er hörte förmlich, wie Folkert verständnislos die Stirn runzelte. »Alles klar da draußen?«

»Ja, ja. Wird langsam kalt«, beklagte sich Folkert.

Memme, dachte Westerkamp, sag mir, wo du bist, verdammt!

»Sieht aber allmählich nach Aufbruch aus.«

Das war die schlechte Nachricht. Die gute war, dass sich Folkert hinterm Haus befinden musste. »Nichts dagegen«, log Westerkamp und sprintete bereits Richtung Vorhang. »Dann bis später.«

»Magst du nachher noch auf ein Bier –«

»Sorry, Mann. Heute nicht«, würgte Westerkamp das Ansinnen ab. »Frauke war eh schon stinkig wegen der Schicht. Ich hab ja noch Urlaub.«

»Ach so. Okay. Also, dann komm ich jetzt wieder nach vorn, ja?«

»Mach das. Bis gleich.« Er drückte das Gespräch weg, öffnete die Eingangstür und wickelte den Jungen aus dem Vorhang.

»Mein Auto steht in der Parkbucht dahinten«, flüsterte er und deutete Richtung Tor. »Hinten drin liegt eine alte Decke. Du kriechst hinter den Beifahrersitz und ziehst die Decke über dich drüber.«

Der Junge nickte stumm.

Westerkamp drückte ihm den Schlüssel in die Hand. »Den legst du auf den Vordersitz. Nicht abschließen, klar?« Das wär's noch, dachte er. So nah dran, und trotzdem konnte alles Mögliche schiefgehen. »Lauf«, befahl er.

***

Er rannte. So gut das eben ging in den zu kleinen Turnschuhen. Er bekam immer die alten Sachen von Jan, und alles war ihm zu groß, bloß die Schuhe nicht. Normalerweise ließ er die Strümpfe weg, dann passten die Zehen besser rein, und es drückte nicht so sehr, aber heute hatte er lieber ein paar Sachen übereinander angezogen. Wegen der Kälte und damit er Sachen zum Wechseln hatte. Er trug zwei Paar Socken, drei Unterhosen, zwei Jeans, ein kurzärmeliges T-Shirt und zwei langärmelige, und darüber noch die beiden Sweatshirts mit Kapuze. Leider hatte er keine dicke Jacke für draußen, bloß die Gärtnerjacke, aber die hing im Keller, und heimlich hätte er sie nicht holen können. Trotzdem glaubte er nicht, dass er frieren würde. Solange er sich bewegte, sowieso nicht, und im Auto war es bestimmt warm genug.

Der Rasen quietschte. Oder es waren die Schuhe. Das Geräusch kam ihm leise genug vor, dass ihn niemand hören würde. Auf jeden Fall war es leiser, hier zu laufen als auf dem Weg mit den Steinen. Außerdem war es dort zu hell von den vielen Lampen. Dafür war es hier aber so dunkel, dass er nicht sehen konnte, wo seine Füße landeten. Hoffentlich nicht in einem Loch. Das wäre echt gemein, wo er doch fast am Ziel war. Er schaute kurz zurück: Das Haus war nicht so weit weg, wie er erwartet hatte. Schneller. Er keuchte, und sein Atem machte Nebel.

Auf einmal war Tag. Für einen winzigen Moment erstarrte er, dann sprang er hinter den nächsten Baum. Der Stamm war nicht so breit, dass er vom Haus aus komplett unsichtbar wäre, aber seine Sachen waren dunkel und seine Haare auch. Vielleicht hatte er Glück. Er rührte sich kein bisschen und versuchte, nicht zu atmen. Sehr lange schaffte er das nicht.

Das Licht ging auf einen Schlag wieder aus. Dummkopf, schimpfte er sich, er wusste genau, dass es morgens nie so plötzlich ganz hell wurde, trotzdem war er drauf reingefallen. Wieder rannte er los. Und wieder wurde es ganz hell. Der nächste Baum war zu weit weg, also ließ er sich auf den Boden fallen. Das Licht blendete so sehr, dass er kaum was erkennen konnte. Es kam aus den Bäumen. Sehr seltsam. Er kniff die Augen zusammen. Da hingen Lampen, erkannte er. Gab es echt Lampen, die sehen konnten, wenn sich was bewegte? Eigentlich konnte er sich das nicht vorstellen. Aber schon cool. Ob die einen Schalter zum Ausmachen hatten? Wahrscheinlich, dachte er, aber sicher nicht hier draußen, wo er rankäme. Er musste weg von den Bäumen, näher an den Weg ran.

In Bauchlage stieß er sich mit den Füßen ab, krallte gleichzeitig die Hände in den Boden und zog und schob sich Stück für Stück weiter nach rechts. Das dauerte ewig, und er kam kaum vorwärts. Außerdem war es ganz schön anstrengend, und er merkte, wie seine Muskeln müde wurden. Jedes Mal, wenn das Licht ausging, sprang er auf und lief ein paar Schritte, bevor er sich wieder auf den Boden werfen musste. Dann, endlich, konnten ihn die Lampen anscheinend nicht mehr sehen, und es blieb dunkel. Erleichtert pirschte er sich an den Weg heran.

Das Auto stand auf der anderen Seite. Er fand eine Stelle, wo nicht so viel Licht von den Lampen hinkam, die den Weg beleuchteten, zögerte dann, schnell und laut oder langsam und vielleicht ein bisschen leiser? Lieber schnell, entschied er sich, er hatte sowieso schon viel zu lange gebraucht, wenn ihn jetzt noch jemand entdeckte, war alles vorbei. Und los! Eins, zwei, jeder Schritt krachte in seinen Ohren, drei, vier, fünf, ein Höllenlärm, so kam es ihm vor, sechs, sieben, drüben!, oh Mann, fast da, fast weg von hier, er schaute nicht zurück, lief ums Auto herum, zerrte mit zitternden Händen den Schlüssel aus seiner Hosentasche, fand kein Schlüsselloch, das konnte ja wohl nicht sein, er kniete sich hin, tastete die ganze Tür ab, bis er es endlich im Griff entdeckte, ein Schlüsselloch im Türgriff, also echt. Sachte zog er die Tür auf. Im Innern ging das Licht an. Er duckte sich und drückte die Tür wieder zu. Licht aus.

Frustriert ballte er die Fäuste. Es half nichts, er musste da rein, jetzt sofort. Los!, feuerte er sich wieder an, Tür auf, reinspringen, Tür zu. Gleich würde jemand rufen, Massa würde die Tür aufreißen und ihn holen, und er wäre wütend wie noch nie. Es gab nichts, was er dagegen machen könnte, und er glaubte auch nicht, dass der Mann mit den roten Haaren ihm dann helfen könnte. Er lehnte den Kopf an und schloss die Augen. Wartete. Noch ein bisschen länger. Nichts passierte. Er drehte sich im Sitz, sodass er hinten rausschauen konnte. Da kam keiner. Niemand hatte ihn gesehen. Er konnte sein Glück kaum fassen.

Okay, wie war das noch, was sollte er machen? Den Schlüssel auf den Sitz legen. Sich hinter dem Sitz verstecken. Noch mal auszusteigen kam nicht in Frage, also musste er nach hinten klettern. Zwischen den beiden Sitzen war nicht genug Platz, er passte da nicht durch. Vielleicht, wenn er die vielen Sachen auszog? Nein, das würde zu lange dauern. Aber er musste ganz vorsichtig sein und durfte bloß nichts kaputt machen. Das wäre das Schlimmste: Alles hatte geklappt, aber das Auto fuhr nicht mehr. Vor lauter Angst konnte er sich nicht bewegen. Sogar das Denken war schwer. Dann fiel ihm doch noch was ein.

Er kniete sich auf den Sitz und legte sich mit dem Oberkörper über die Lehnen der Sitze. Immer weiter schob er sich und stieß sich zum Schluss mit den Füßen am Sitz ab. Kopfüber landete er hinten drin, und er war ein bisschen durcheinander. Zählte erst mal durch. Kopf war dran, tat aber weh. Sein linker Arm war irgendwie verdreht, und er ließ die Schulter kreisen. Schon besser. Seine Beine lagen auf dem Rücksitz. Er holte sie runter und setzte sich auf.

Wieder schaute er hinten aus dem Fenster. Mitten auf dem Weg lief ein Mann. In diese Richtung. Er ging zwar langsam, aber er war nicht mehr weit entfernt. Außerdem stand die Tür vom Haus offen, und irgendjemand kam gerade raus. Rasch schnappte er sich die Decke, quetschte sich dahin, wo man im Sitzen die Füße hinstellen würde, und zog die Decke über sich. Sie roch komisch. Wahrscheinlich gehörte sie dem Hund. Hoffentlich nahm er sie ihm nicht weg, wenn er ins Auto kam. Aber eigentlich war er ihm ziemlich nett vorgekommen, also war es vielleicht in Ordnung, dass er sie ausgeliehen hatte.

Er atmete ein paarmal tief ein und aus, damit er innen drin ganz ruhig wurde. Dann machte er sich so klein, wie er nur konnte, und rollte sich richtig ein. Bewegen durfte er sich jetzt überhaupt nicht mehr, bis der Mann mit den roten Haaren durch das Tor gefahren war. Dann war er frei. Da war es wieder, das komische Kribbeln im Bauch.

***

Die Käufer waren einzeln herausgekommen, und keiner hatte etwas mitgehen lassen. Soeben verließ der letzte von ihnen das Haus, hüpfte geradezu die Stufen hinab und weiter zu seinem Wagen. Schien ein gutes Geschäft gewesen zu sein. Westerkamp gab vor, ihm hinterherzuschauen, in Wahrheit jedoch vergewisserte er sich, dass in Richtung Tor kein wie auch immer gearteter Aufstand stattfand. Zwar waren die Bewegungsmelder schon seit einer Weile untätig geblieben, aber er war sich nicht sicher, ob Folkert ihm die Geschichte abgenommen hatte, dass Kira für ihr Aufleuchten verantwortlich gewesen war.

Alles ruhig. Was nicht bedeutete, dass der Junge sich tatsächlich in seinem Wagen befand. Vielleicht hatte er nicht ausreichend Zeit gehabt, bevor Folkert aufgetaucht war. Oder er hatte es sich anders überlegt. Kinder hauten schon mal ab, auch Kimmi war ganze drei Mal ausgebüxt, zuletzt mit vierzehn, aber irgendwann ging sogar Teenies auf, dass Familie so übel nicht war.

Von Steinfeld kam ihm zwar nicht gerade wie ein Ausbund an Herzlichkeit vor, auch hielt er dessen Erziehungsmethoden für durchaus fragwürdig, aber wie schrecklich konnte er schon sein? Verdammt, fluchte er innerlich, er hätte den Jungen doch betäuben und ihn eigenhändig ins Auto verfrachten sollen. Dann müsste er sich jetzt nicht fragen, ob er seine beste und vielleicht einzige Chance vertan hatte. Er atmete tief durch, ganz ruhig, beschwor er sich, es würde schon alles klappen, und ändern konnte er jetzt ohnehin nichts mehr.

Der letzte Käufer schaffte es endlich zu wenden und zuckelte Richtung Tor. Westerkamp fragte sich, wieso von Steinfeld diesen Aufwand trieb, statt den Leuten das Zeug gleich mitzugeben. Wollte er die ganze Kohle dafür nicht im Haus bunkern? Nein, beantwortete er sich die Frage selbst, bei den Summen, um die es ging, wurde eher nicht cash auf den Tisch gezahlt, sondern elektronisch, und das konnte dauern. Die Ware würde es erst nach Zahlungseingang geben. Letztlich war es ihm egal, solange von Steinfeld nicht auf die Idee kam, ihn mit dem Transport zu betrauen. Er wollte mit der ganzen Sache nichts mehr zu tun haben, ja, er hatte sich schon fast entschlossen, das Geld zurückzugeben, sobald er Kimmi wiederhatte.

»Ich melde mich bei Ihnen, wenn wir die Ware ausliefern können«, sagte von Steinfeld, der sich hinter ihm angeschlichen hatte.

Wie bestellt. Westerkamp schrak nicht zusammen, wenn auch

nur knapp, und änderte seine Meinung. »In Ordnung«, sagte er sicherheitshalber. Absagen konnte er immer noch. Die Warenlieferung war seine zweite Chance, falls der Austausch nicht zustande kam.

»Ja dann«, er tippte sich gegen die nicht vorhandene Mütze, »schönen Abend noch«, wünschte er aufrichtig. Vielleicht kippten die beiden sich zur Feier des Tages ordentlich einen hinter die Binde. Vielleicht vergaßen sie darüber, nach ihrem Sohn zu schauen. Er würde ungern mit dessen Verschwinden in Verbindung gebracht werden.

Er wartete gar nicht erst auf eine Erwiderung, von Steinfeld war in der Hinsicht ausgesprochen maulfaul, sondern machte sich auf den Weg zum Wagen. Kira sprang ausgelassen um ihn herum, offensichtlich voller Vorfreude. Folkert schwang sich gerade auf sein Rad und fuhr winkend zum Tor, das sich für ihn einen Spaltbreit öffnete und wieder schloss, sobald er hindurch war. Lohnte sich doch gar nicht, überlegte Westerkamp und schaffte es, nicht zu von Steinfeld zurückzuschauen. War die Verriegelung oben? Er konnte es nicht erkennen, zog einen imaginären Schlüssel aus der Hosentasche und tat so, als würde er den Wagen aufschließen. Die Tür ließ sich öffnen. Er stieß den unbewusst angehaltenen Atem aus und beugte sich hinein.

Aus dem Augenwinkel bemerkte er, wie von Steinfeld sich näherte. Oh Mann, den konnte er jetzt echt nicht gebrauchen. »Still«, zischte er, ohne die Lippen zu bewegen, schnappte sich den Schlüssel vom Sitz und die Packung Taschentücher aus der Ablage zwischen den Sitzen, bevor er sich wieder aufrichtete und die Tür anlehnte, damit die Innenbeleuchtung ausging. Umständlich putzte er sich die Nase und ging dann nach hinten, um die Heckklappe für Kira zu öffnen, die augenblicklich hineinsprang, als würde sie den Ernst der Lage erkennen.

»Oh«, er gab sich überrascht, »was vergessen?« Er ließ die Hand an der geöffneten Heckklappe, nur für den Fall, dass er Kira brauchte.

»Ihr Kollege«, sagte von Steinfeld, »weiß der was?«

»Na, von mir nicht«, entrüstete sich Westerkamp. »Aber er ist sowieso jemand, der nichts hört oder sieht, wenn er nicht muss.«

»Dann ist ja gut«, sagte von Steinfeld und reckte den Hals.

Oh, oh, was gab's da jetzt zu gucken? Westerkamp wandte sich um.

Kira konnte sich nicht entscheiden, wo sie sich niederlassen wollte. Sie sprang schnuppernd im engen Heck herum, als versuchte sie, sich in den Schwanz zu beißen. Deine Decke, ich weiß, dachte Westerkamp und erkannte gerade noch, dass sie zum Sprung auf die Rückbank ansetzte, um das Problem selbst zu beheben. »Sitz!«, befahl er.

Kira erstarrte, warf ihm über die Schulter einen ungnädigen Blick zu und rümpfte die Schnauze.

Westerkamp starrte sie nieder. Knapp, ganz knapp. Mit einem ordentlichen Donner knallte er das Heck zu und vermeinte zu sehen, wie Kira sich empört die Ohren zuhielt. Sie glaubte wohl, er drehte gerade durch.

»Ich werde mich wahrscheinlich erst nach Ostern melden«, sagte von Steinfeld, »mein Sohn kommt morgen für ein paar Tage nach Hause.«

Westerkamp drehte eindeutig durch. »Jo«, stöhnte er und hoffte, das reichte als Antwort. Halbherzig grüßend hob er die Hand und machte, dass er fortkam.

Das Tor öffnete sich erst, als er kurz davor war, es zu rammen. Westerkamp preschte davon und hämmerte mit der Faust aufs Lenkrad ein. Er war ernsthaft versucht, gegen den nächsten Baum zu fahren. Das falsche Kind? Nicht zu fassen! Er war ein solcher Idiot, ein Volltrottel, ein Vollpfosten?, sagte Kimmi nicht so? Ein Schluchzen brannte in seiner Kehle. Er hätte es merken müssen. Von wegen Erziehungsmaßnahmen. Allein die fehlende Ähnlichkeit, Herrgott noch mal. Er konnte kaum glauben, wie blöd er war. Und Kim, seine Kimmi musste das ausbaden.

Westerkamp bremste, dass die Reifen quietschten und der Kopf des Jungen hörbar gegen den Vordersitz prallte. Er hielt am Straßenrand.

»Komm raus«, bellte er, legte die Hand auf die Lehne des Beifahrersitzes und verdrehte den Kopf.

Nicht lustig, meckerte Kira.

Ja, ja, dachte er.

Der Junge zerrte an der Decke, bis sein Kopf zum Vorschein kam. Augen groß wie Murmeln. »Ist es jetzt sicher?«, fragte er.

»Hm«, brummte Westerkamp. Sicherer würde es nicht mehr werden. »Wer zum Teufel bist du?«, fragte er.

»Ich weiß nicht«, sagte der Junge. »Sie nennen mich Adam, aber ich glaube nicht, dass das mein richtiger Name ist. Ich bin nämlich aus Mexiko.«

»Mexiko«, wiederholte Westerkamp. Ein Adoptivkind also. Vielleicht war doch nicht alles verloren. »Wo willst du überhaupt hin?«

»Zu einem Anwalt«, entgegnete der Junge.

»Zu einem Anwalt«, wiederholte Westerkamp. »Wieso das denn?«

»Ein Anwalt ist dafür da, Menschen vor der Polizei zu schützen«, erklärte der Junge.

Ach nee, dachte Westerkamp. »Was hast du denn ausgefressen?«

»Gar nichts«, behauptete der Junge, »ich esse. Fressen machen nur Hunde.«

Kira nickte und legte dem Jungen die Schnauze auf die Schulter.

Oha, dachte Westerkamp, das kann ja heiter werden. »Das war eine Redewendung«, erläuterte er. »Ich wollte wissen, warum die Polizei hinter dir her ist.«

»Weil ich keine Papiere habe, und das ist verboten, sagt Massa. Stimmt das?«

Massa. Das passte. Aber einen Adoptivvater würde man wohl eher nicht Massa nennen. »Ja«, bestätigte Westerkamp. »Aber du bist noch ein Kind, also ist das vielleicht nicht so schlimm. Seit wann wohnst du denn da?«

»Schon immer.«

»Echt? Und was hast du die ganze Zeit gemacht? Ich meine, ohne Papiere konntest du ja nicht mal in die Schule gehen, oder?«

»Ich bin ein Diener, und zwar ein richtig guter. Aber Massa will mich trotzdem umtauschen, glaube ich. Deswegen musste ich jetzt weglaufen. Außerdem will ich unbedingt in die Schule gehen. Ich muss noch so viel lernen. Also brauche ich Papiere. Meinst du, ein Anwalt kann mir Papiere besorgen?«

Oha. Was für ein Schlamassel. Westerkamp erinnerte sich an

sein Unbehagen, als er das erste Mal bei von Steinfeld gewesen war. Er wünschte, er hätte auf seinen Instinkt gehört, und schwor sich, dem nie wieder entgegenzuhandeln, sollte er einigermaßen heil aus der Sache rauskommen. Sollte Kimmi heil nach Hause kommen, korrigierte er die Priorität. »Vielleicht«, sagte er. »Ich muss darüber nachdenken.«

Vielleicht war anscheinend nicht genug, denn der Junge sackte enttäuscht zusammen und wurde augenblicklich von Kira getröstet, die ihm wieder die Schnauze auf die Schulter legte. So vorhersehbar, die Töle, dachte Westerkamp.

1

»Weißt du was?«, fragte Arne.

»Nein«, entgegnete Marilene, »aber du wirst es mir bestimmt gleich sagen.« Hörte sich ganz nach einem Geheimnis an, und Arne, der jüngste Spross ihrer verstorbenen Jugendfreundin Rosalie, hatte sie schon immer ins Vertrauen gezogen, wenn ihn etwas beschäftigte. Wahrscheinlich hatte er sich nur deshalb als Küchenhilfe angeboten.

»Ich glaube, meine Oma und dein Papa mögen sich. Ich hab nicht gelauscht, ehrlich wahr, aber ich hab ganz zufällig gehört, wie sie darüber geredet haben, wer in welchem Zimmer wohnen soll.«

»Wäre das denn für dich in Ordnung?« Marilene konnte sich nur schwer vorstellen, dass ihr Vater nach all den Jahren des Alleinlebens noch einmal eine Beziehung einging, obendrein eine, die ihm zwei Stiefenkelkinder ins Haus brachte, denn da war ja auch noch Marie, Arnes ältere Schwester.

»Na klar«, Arne strahlte, »Opa Joe ist cool.«

»Weiß Marie es schon? Was sagt sie dazu?«

»Marie will sowieso weg aus Wiesbaden. Sie sagt, es ist Zeit, die Vergangenheit hinter sich zu lassen. Aber das ist nur eine Ausrede, glaube ich, sie hat nämlich Liebeskummer.«

Seine Betonung legte nahe, dass er ein solches Gefühl für bloße Erfindung hielt. Marilene unterdrückte ein Grinsen.

»Wir könnten Niklas auch viel öfter sehen«, sagte Arne.

»Das wäre schön für euch«, stimmte Marilene zu. Niklas, der Älteste der drei Geschwister, hatte fast ein Jahr bei ihr gelebt. Jetzt studierte er in Oldenburg und verbrachte nur gelegentlich ein Wochenende in Leer. »Außerdem könnten wir zwei uns auch viel öfter sehen«, fügte sie hinzu und wunderte sich, dass Arnes Miene sich verdüsterte.

»Aber dann ist es nicht mehr so besonders.« Er sah ihr bekümmert in die Augen.

»Dummerchen.« Marilene wuschelte ihm durchs Haar, und

ihr schien fast, er vergewisserte sich, dass niemand die Geste gesehen hatte. Nicht mehr lange, und er würde alle Zärtlichkeiten zurückweisen, ob öffentlich oder nicht. »Du wirst für mich nie so nebenbei kommen. Versprochen.«

»Darf ich in den Ferien trotzdem manchmal bei dir wohnen? Und nimmst du dann trotzdem Urlaub für mich?«

»Alles wie bisher.« Marilene hob die Hand zum Schwur.

»Ja«, stieß Arne hervor, reckte erst die Faust in die Höhe und zog sie dann krafttrainingsmäßig Richtung Schulter. »Krieg ich das schriftlich?«, fragte er.

»Scherzkeks«, sagte sie. »Meine Worte sind in Stein gemeißelt.«

»Nur ein Witz.« Arne wirbelte herum. »Dann sag ich Oma jetzt, dass wir nächste Woche umziehen können.«

Das wäre kein Umzug, sondern Flucht, dachte Marilene, und Anita würde sicherlich begeistert zustimmen.

Sie folgte Arne, wenngleich gemäßigteren Schritts, zurück in den Wohnbereich. Von Lothars Wohnung. Für einen Augenblick verharrte sie in der Tür, bevor sie sich wieder an ihren Platz setzte.

Es herrschte ein unglaublicher Trubel, und doch schienen alle glücklich und zufrieden. Lothar hatte, offenbar in weiser Voraussicht, das Wohn- und Esszimmer mittels Mauerdurchbruchs um einen zusätzlichen Raum erweitert, sodass ausreichend Platz für Groß- und Größtfamilien vorhanden war, und wo normalerweise ein einzelner Esstisch stand, waren es deren nun zwei, formvollendet eingedeckt mit Tischdecken und Stoffservietten. Sogar Besteck, Geschirr und Gläser waren einheitlich, geliehen, hatte sie vermutet, bis Gerrit ihr eben gezeigt hatte, wo all das seinen Platz hatte.

Wie man freiwillig ein Drei-Gänge-Essen für dreizehn Personen geben konnte, war Marilene ein Rätsel. Sie selbst wäre heillos überfordert gewesen. Gerade mal das Frühstück war ihr übertragen worden, mit dem völlig wertfreien Kommentar, dass da ja nur die Hausbewohner, Gerrits Schwestern und Niklas zu bewirten seien. Genau, das würde sogar sie hinbekommen. Allerdings handelte es sich immerhin um fünf Tage Frühstück.

Sie kam sich gerade sehr alt vor und war sich keineswegs sicher, ob sie für derlei Massenveranstaltungen taugte. Einzelbesuch war leichter verkraftbar, handelte es sich doch um einen lauten, quirligen Haufen, den da jemand zusammengewürfelt hatte. Vielleicht aber, überlegte sie, war es gar nicht Willkür, sondern reinste Vorsehung, denn alle waren sie auf die eine oder andere Art Versehrte. Jeder von ihnen war ins Auge tosenden Unheils geraten und, einmal noch, davongekommen; Überlebende, deren Wunden, einerlei wie alt, längst nicht verheilt waren. Ausgenommen höchstens Lothar. Soweit sie wusste. Er war keiner, der zu Damals-als oder Weißt-du-noch neigte. Hm. Soweit sie wusste, schränkte sie abermals ein.

Ihr Unbehagen rührte nicht vom Trubel, gab sie zu. Es war das Gefühl, auf einem Vulkan zu sitzen, der kurz vor dem Ausbruch stand. Es war die Unsicherheit, das bange Warten auf die nächste Katastrophe. Das war schon so, seit Olaf nicht zu dem in ihrer Anzeige vorgeschlagenen Treffen erschienen war. Sie hatte schier ewig ausgeharrt, um ihm nur ja keinen Grund für Rache zu liefern, und währenddessen viel zu viel Kaffee getrunken, bis sie ganz hibbelig geworden war. Okay, das hatte nicht am Kaffee gelegen. Die ganze Zeit über hatte sie ein Kribbeln verspürt, zwischen den Schultern, dort, wo eine hinterrücks abgefeuerte Waffe sie treffen würde. Das Gefühl hatte sich seither nicht bannen lassen.

Und wenn sie Paul doch von ihrem Verdacht, Olaf könnte Oskar sein, unterrichtete?, überlegte sie zum gefühlt tausendsten Mal. Es würde nicht funktionieren, sagte sie sich, alte Leier, entsprang lediglich dem Wunsch, die Verantwortung abzuwälzen. Nein. Paul würde sich vergewissern wollen, bevor er irgendeine Maßnahme ergriff. Olaf kannte Paul und auch dessen Kollegin. Was mit Lübben war, wusste sie zwar nicht, aber Olaf besaß einen sicheren Instinkt, und weg wäre er. Ab durch die stets offenstehende Hintertür, ob sprichwörtlich oder real, es kam auf dasselbe raus. Leise stöhnte sie auf, hoffte, dass niemand es gehört hatte.

Wer, überlegte sie, würde Olafs erstes Opfer sein? Ihr Vater, der neben Anita saß und – Arne hatte sich das nicht eingebildet – in ein inniges Gespräch mit ihr vertieft war? Marie, die allmählich diese unbändige Wut abzulegen schien, Liebeskummer oder nicht? Niklas, der Sohn, den sie nie gehabt hatte, der so geradlinig seinen Weg ging und dabei ein Einfühlungsvermögen an den Tag legte, das für sein Alter ganz beachtlich war? Oder Arne? Nicht auszuhalten. Wäre er bereits erwachsen, grübelte sie, müsste Olaf ihn fürchten. Was war mit Gerrit, der heute noch aufgekratzter schien als sonst? Die Rechnung war in Olafs Augen mit Sicherheit noch offen.

Und Lothar? Wo steckte er überhaupt? Sie blickte sich suchend um, bis sie ihn hinten am Buffet entdeckte, wo er vorgab, irgendetwas zu richten, während er tatsächlich genau das Gleiche machte wie sie. Er zog die Brauen hoch, halb spöttisch, halb ertappt, und Marilene mühte sich krampfhaft, an anderes zu denken, an weniger Morbides. Besser noch an gar nichts.

»Ich weiß zwar nicht, was unseren kleinen Bruder dazu getrieben hat, so weit weg und noch dazu in diese inspirierende Ödnis zu ziehen«, sagte Hanna, die gerade erst eingetroffen war, »aber ich bin froh, dass er nicht allein ist.«

Es hieß, sie sei Soldatin, doch insgeheim vermutete Marilene seit Langem, dass es sich dabei nur um die offizielle Berufsbezeichnung handelte, um Tarnung für anderes, Gefährlicheres. Sie würde nicht nachfragen, eine Antwort, so sie recht hatte, ohnehin nicht erhalten.

»Ich weiß es wohl«, entgegnete Paula, die Jüngste und Studentin der Psychologie, zwinkernd, »und es ist nicht die Landschaft.«

»Fluchttrieb«, brummte Gerrit. »Kein Wunder, wenn drei Weiber ständig alles besser wissen.«

Rebekka riss stumm die Augen auf.

»Ja, okay, du nicht«, räumte Gerrit ein, »aber Hanna macht das allemal wett.«

Rebekka nickte eifrig.

Marilene hatte bislang einen einzigen vollständigen Satz aus Rebekkas Mund vernommen, aber warum reden, wenn's auch so ging? Ihre Mimik drückte alles aus, was man wissen musste, und alle stellten sich darauf ein. Ihre Berufswahl war so bezeichnend wie die ihrer Schwestern. Sie war Landschaftsgärtnerin, und angeblich wurde sie in Gesellschaft von Pflanzen zur Quasselstrippe.

»Aber wo wir nun gerade so schön zusammensitzen«, sagte Gerrit, »würde ich gern …«

Ungewöhnlich, dass Gerrit, der sonst beim Reden kaum Luft holen musste, den Faden verlor, fand Marilene.

»Also, die Sache ist die: Wenn du nichts dagegen hast«, wandte Gerrit sich an Lilian, Antonias Mutter, »ich … wir …« Er stockte wieder und lief obendrein rot an.

Das war nicht ungewöhnlich, sondern Premiere. Was kam nun, eine Beichte?

»Wir werden heiraten«, sprang Antonia für ihn ein, »nach meinem Abi. Habt Nachsicht mit Gerrit, mein Ja war einfach zu überwältigend für ihn.«

Einen Moment lang überwog Sprachlosigkeit, aus unterschiedlichen Gründen, vermutete Marilene: Überraschung, Rührung, Unglauben, schwer einzuschätzen. Hanna war die Erste, die sich fing.

»Ich muss schon sagen, der ist dir echt gelungen.« Sie klopfte Gerrit so heftig auf die Schulter, dass er beinahe mit dem Kopf auf dem Tisch gelandet wäre. »Willkommen in der Familie«, wandte sie sich an Antonia.

Danach ging alles durcheinander. Niemanden hielt es mehr auf seinem Platz, alle stolperten übereinander, um zu gratulieren, und jeder erkundigte sich bei jedem, ob er oder sie Bescheid gewusst habe. Unterdessen schenkte Lothar Sekt aus und grinste dabei in sich hinein, als habe er die ganze Sache eingefädelt. Wahrscheinlich hoffte er, Marilene würde sich anstecken lassen. Lothar nickte. Klar, dachte sie, jetzt müssen nur noch Papa und Anita mit ihren Plänen herausrücken, dann machen wir eine Dreifach-Hochzeit.

Zu viel des Guten. Es kam ihr vor, wie in eine Schlacht zu ziehen, die längst verloren war. Ein sinnloses Anrennen gegen das Schicksal. Kein Wort, das sie schätzte. Gegen Olaf also. Olaf, der durch seine Drohung, irgendeinen von ihnen als Opfer auszuwählen, als unsichtbarer Gast zugegen war. Hier hatte er sie alle beisammen. Alle auf einen Streich.

***

Nicht mehr lange. Nicht mehr weit. Mitternacht, selber Ort, hatte es geheißen. Westerkamp tastete zum dreihundertsten Mal nach seiner Waffe. Sie war, wo sie sein sollte. Geladen und gesichert. Noch. Allerdings hatte er nicht die Absicht, Gebrauch von ihr zu machen. Viel zu gefährlich. Erst musste er Kim in Sicherheit bringen, dann würde er weitersehen.

Der Junge schlief auf dem Beifahrersitz. Arglos. Glaubte wirklich, dass sie sich auf dem Weg zu einem Anwalt befanden. So, wie Frauke ihm die Geschichte abgenommen hatte, dass er einen kleinen Ausreißer aufgegabelt habe.

Zunächst war sie skeptisch gewesen, wieso brachte er ihn nicht zur Polizei, zum Jugendamt? »Was denn«, hatte er entgegnet, »mitten in der Nacht?« Der Junge hatte mitgespielt, und Kira hatte ihren Teil dazu beigetragen, war nicht mehr von seiner Seite gewichen, rührend, hatte sogar Frauke gefunden und war zu guter Letzt eingeknickt. Hatte das Gästezimmer hergerichtet und den Jungen seither schwer verwöhnt. Alles andere hätte Kira auch nicht geduldet. Kira, die sich nun gewiss nie wieder in den Zwinger verbannen ließe. Musste vielleicht auch gar nicht mehr sein, Frauke schien sie auf einmal mit völlig anderen Augen zu sehen. Die Frage war, wie Kim damit zurechtkommen würde. Zweitrangig, Hauptsache, der Austausch klappte.

Offiziell brachte er Adam jetzt zurück zu seiner Familie. Komplizierte Verhältnisse, die über seinen Verstand hinausgingen. Immerhin würde er für seine Mühe ordentlich entlohnt werden, also könne er nicht gut die nächtliche Fahrt verweigern, oder? »Wohl nicht«, hatte Frauke gemurrt und Adam versichert, er dürfe jederzeit zu Besuch kommen. Westerkamp hatte schwer schlucken müssen, als sie das gesagt hatte, und beinahe hätte er seinen Plan über den Haufen geworfen und sich doch an die Polizei gewandt.

Er war seine Optionen noch einmal von vorn bis hinten durchgegangen und dabei geblieben: Es war viel zu riskant. Er konnte nicht wissen, ob der oder die Entführer den klassischen Austausch planten oder ob sie Kim erst später rausrücken würden. Wenn sie sicher sein konnten, dass er nicht die Polizei im Schlepptau gehabt hatte. Wenn sie den Jungen hatten. So würde er das jedenfalls machen. Wenn sie Kim also nicht bei sich hatten, würden sie jeden Vorwurf abstreiten können. Im Gegensatz zu ihm. Er müsste auspacken, alles preisgeben, was er wusste, und das beinhaltete den Tod des Glatzkopfs. Wem würde man dann wohl glauben? Nein, undenkbar, von Steinfeld hätte eindeutig die besseren Karten. Und

Kimmi wäre verloren. Er hatte keine andere Wahl. Dafür aber das mieseste Gewissen, das er je gehabt hatte.

Tausend Meter bis zur Raststätte. Er ließ sie hinter sich, nahm die nächste Ausfahrt und fuhr in der Gegenrichtung wieder auf. Das Manöver weckte den Jungen, der sich die Augen rieb und gähnte. Kira hinten drin knurrte wieder das Sicherheitsnetz an, das er vorhin eigens montiert hatte, weil ihm klar war, dass sie den Jungen nicht gehen lassen würde. Das wäre ihr Tod, er bezweifelte, dass der Gemeine lange fackeln würde, nicht bei diesem Hund, groß, schwarz, bedrohlich, nicht mal, wenn sie wedelte. Was ihr nicht in den Sinn käme; ihr Instinkt, mit welcher Sorte Mensch sie es zu tun hatte, war besser als sein eigener. Wesentlich.

Er nahm die Ausfahrt.

»Sind wir jetzt da?«, fragte Adam.

»Ja, gleich«, sagte er.

Westerkamp mied den Blick des Jungen, selbst der musste eigentlich merken, dass hier etwas nicht stimmte. Er ließ die Tankstelle hinter sich, das Restaurant und folgte der Abzweigung zum hinteren Parkplatz. Völlig verwaist. Gut so, Zeugen hätte er nicht haben wollen. In etwa dort, wo beim letzten Mal der Sattelschlepper gewartet hatte, hielt er und schaltete den Motor aus. Dunkelheit umfing sie, eine schwarze, übel riechende Decke, unter der das Licht der einzigen funktionierenden Straßenlaterne zu dem einer funzeligen Taschenlampe verkümmerte.

Dreiundzwanzig Uhr siebenundfünfzig. Noch drei Minuten. Sie hatten länger gebraucht, als er kalkuliert hatte. Keine Zeit mehr, sich umzuschauen, zu sichern.

»Was machen wir hier?«, fragte der Junge.

»Warten«, entgegnete er. Zu grob, er biss sich auf die Zunge. »Dauert nicht lange«, fügte er hinzu, wandte den Kopf und behielt die Zufahrt im Blick.

Komm schon, flehte er wieder und wieder, als ließe sich der Fortgang der Dinge beschleunigen. Er wünschte, es wäre so. Er wünschte, es wäre nicht so. In ein paar Minuten würde alles vorbei sein, fast alles, oder doch das Wichtigste wenigstens, glaubte er, hoffte er und trommelte unhörbare Wirbel aufs Lenkrad. Fingerübungen.

Aus dem Augenwinkel sah er im Rückspiegel, wie Kira aufmerkte, und richtig, endlich näherte sich ein Fahrzeug, Scheinwerfer mit Kurvenlicht kündigten es an. Er spürte, wie sich jeder einzelne Muskel seines Körpers anspannte. Ein Transporter. Sah gut aus, glaubte er. Hoffte er. War Kimmi drin? Er drückte auf den Knopf des Fensterhebers. Nee, oder? Das Ding war im Eimer. Quatsch, Zündung. Jetzt funktionierte es. Idiot. Ihm war, als grinste der Glatzkopf höhnisch auf ihn herab. Als wenn du im Himmel wärst, giftete er zurück. Da ist kein Platz für dich. Für uns. Mann, war ihm elend zumute.

»Du bist von Steinfelds Sohn«, flüsterte er. »Bleib dabei. Vertrau mir.« Die Worte hörten sich fast flehend an, er merkte es selbst, das sinnlose Flehen um Vergebung, erkannte er, zu unmenschlich, was er hier machte.

Der Transporter hielt neben ihm, schnitt jeden Fluchtweg ab. Lautlos glitt auch dort die Scheibe hinunter. »Hast du, was ich will?«, fragte der Gemeine.

Westerkamp nickte, traute seiner Stimme nicht.

»Bring ihn raus.« Der Gemeine deutete mit dem Daumen zum Heck des Transporters.

»Auf«, sagte Westerkamp und stieg aus, Kiras Gemecker ignorierend.

Der Junge folgte ihm, und sie gingen zum Transporter, dessen rückwärtige Türen aufschwangen, noch bevor sie dort waren. Im Innern war es zu dunkel, als dass er hätte erkennen können, ob Kimmi sich dort befand. Der Typ, der herausschaute, sah nicht vertrauenerweckender aus als der Gemeine.

»Du bist Anwalt?«, fragte der Junge.

»Hä?« Dem Typen fiel die Kinnlade runter. »Wofür brauchst du einen Anwalt?«

»Will sich von den Eltern scheiden lassen.« Westerkamp versuchte, einen Witz draus zu machen, doch das Lachen blieb ihm ungefähr im Magen stecken.

»Ha, ha«, sagte der Typ, und es klang nicht lustig. Er griff nach dem Arm des Jungen und zog ihn mit einem Ruck hinein. »Du wartest hier«, befahl er Westerkamp. »Wenn keiner hinter uns her ist, rufen wir dich in fünfzehn Minuten an und sagen dir, wo du deine Tochter findest. Wenn nicht …« Er verzichtete darauf, den Satz zu beenden, und fuhr sich stattdessen mit dem Finger waagerecht über die Kehle.

Westerkamp nickte. Er hatte richtiggelegen. Die Genugtuung darüber wollte sich nicht einstellen. Der Blick des Jungen, der ihn traf, kurz bevor die Türen zuschlugen, würde ihn sein Leben lang verfolgen.

***

»Kannst du mir grad was helfen? In der Küche?«, bat Marilene, nachdem die Aufregung über die bevorstehende Hochzeit ein wenig abgeebbt war. Sie hatte sich entschlossen, Hanna ins Vertrauen zu ziehen, und da sie dies nicht in ihrer eigenen Wohnung riskieren wollte, war sie kurz nach unten gegangen, um den Umschlag zu holen, der noch immer unter ihrer Matratze lagerte. Nicht der optimale Platz, später würde sie ihn in den Safe in ihrem Büro sperren.

Hanna hob verwundert die Brauen, folgte ihr jedoch.

Marilene schloss leise die Tür, bevor sie den Umschlag unter ihrer Bluse hervorzog und den Inhalt auf die Arbeitsplatte unterm Fenster kippte.

Hanna starrte fassungslos auf die Fotos. »Grünberger«, folgerte sie.

Marilene nickte. »Ich hab eine Annonce geschaltet, aber er ist nicht zu dem Treffen gekommen. Ich schätze, darum ist es ihm auch nicht gegangen. Er wollte nur sehen, ob ich mich daran halte, ohne Polizei aufzukreuzen.«

»Um dir, wenn du dich nicht daran gehalten hättest, die Verantwortung für seine Rache zuzuschieben«, schloss Hanna. »Du hast genau richtig gehandelt.«

»Ich hab vor ein paar Wochen jemanden gesehen, der mich an Olaf erinnert hat, obwohl er dicker war und mir auch älter vorkam«, sagte Marilene. »Den Gedanken habe ich wieder verworfen, weil es mir gar zu unwahrscheinlich erschien, dass er sich immer noch oder wieder hier herumtreibt, wo Gerrit oder ich oder mein Vater ihn erkennen könnten. Aber dann ist die Sache mit Lothar passiert –«

»Ich weiß Bescheid, Gerrit hat's mir erzählt«, fiel Hanna ihr ins Wort.

»… und jetzt diese Drohung.« Marilene stopfte Fotos und Brief wieder in den Umschlag und diesen in den Bund ihrer Jeans. »In der Nähe ist er auf jeden Fall. Vielleicht war er es doch.«

»Wo hast du ihn gesehen? Kriegen wir raus, wo er steckt?«

»Das war hier, vor der Kanzlei. Es handelt sich um den Lebensgefährten einer Mandantin von mir. Eine junge Beziehung, zeitlich würde das also passen. Oskar nennt er sich, aber den Nachnamen kenne ich nicht.«

»Kennst du die Frau gut genug, um nachzuhaken?«

»Nee, sie heißt Sophie Barkowitz, was ich dir gar nicht sagen dürfte.« Marilene hob mahnend den Zeigefinger. »Sie hat ein paar Probleme, und ich hab sie gefragt, ob es sein könne, dass ihr Lover dahintersteckt, aber es sieht nicht danach aus. Er war angeblich auf Geschäftsreise, zum Zeitpunkt von sowohl Lothars Unfall als auch einem weiteren. Die Details erspar ich dir.«

»Du meinst, als Gerrit sich seine Krücken verdient hat, ja?«

»Ich glaub, die hat er nicht wirklich gebraucht.« Marilene grinste. »Zumindest nicht so lange, wie er sie verwendet hat.«

»Nein«, stimmte Hanna zu, »es war mehr der Schreck, einen Menschen sterben zu sehen. Das hat ihn ganz schön mitgenommen. Noch mal, ich bin wirklich sehr dankbar, dass er nicht allein ist, dass ihr euch um ihn kümmert.«

»Ach was«, wiegelte Marilene ab, »im Übrigen kümmert er sich genauso um uns. Allein, was unsere Technik angeht. Er ist schon ein heller Kopf.«

»Sag's ihm bloß nicht, dann hebt er ab.«

»Antonias Problem, oder?«

»Problem, ja«, sann Hanna. »Zurück zu unserem. Wie sicher bist du, dass dieser Oskar in Wahrheit Olaf ist?«

»Intuitiv? Sehr.« Marilene war sich des Dilemmas bewusst. »Bei Licht betrachtet: überhaupt nicht.«

»Und was ist mit deinem Kontakt bei der Polizei?«

»Ist mir zu riskant. Olaf riecht das, und schon ist er weg.«

Hanna wiegte bedächtig den Kopf. »Ich glaube, ich habe eine Idee«, sagte sie. »Lass mich einen Moment darüber nachdenken.«

»Klar«, sagte Marilene und nutzte die Pause, um die nächste Ladung schmutziges Geschirr in die Spülmaschine zu befördern, eine wunderbar mechanische Tätigkeit. Sie, die Alleingänge seit jeher zur Kunstform mit zweifelhaftem Ausgang erhoben hatte, war erleichtert, sich diesmal nicht allein dem Problem stellen zu müssen. Hatte sie richtig entschieden? Sie hoffte es.

Auf einmal schlug Hanna mit der flachen Hand auf die Arbeitsplatte, und Marilene fuhr herum, dabei flog ihr das allerletzte einzuräumende Glas aus der Hand und segelte in hohem Bogen durch die Luft. Hanna fing es auf. »Ich glaub, ich hab's«, sagte sie.

Torwart, dachte Marilene, sie hatte völlig falschgelegen mit ihrer Mutmaßung über Hannas wahren Beruf. Sie nahm ihr das Glas wieder ab, stellte es kopfüber in den Korb und schaltete die Maschine ein. Super Timing. Niemand würde hören können, was sie besprachen.

***

Westerkamp tigerte den Parkplatz auf und ab, vergewisserte sich alle paar Schritte, dass sein Handy Empfang hatte, der Akku noch immer geladen war und niemand ihn beobachtete. Außer Kira, die im Wagen bleiben musste, wo sie abwechselnd die Heckscheibe und das Sicherheitsnetz anjaulte, laut genug, dass er den Vorwurf heraushören konnte, aber wenigstens leise genug, dass sie nicht eine Armada von Truckern anlocken würde. Hoffte er. Das konnte er genauso wenig gebrauchen wie einen durchdrehenden Hund. Er drehte ja selber gerade durch.

Es war die längste Viertelstunde seines Lebens. Die Sekunden vergingen quälend langsam, fast war er geneigt zu glauben, seine Uhr sei defekt, er schüttelte den linken Arm, bis die Digitalanzeige umsprang. Zuverlässig. Nur eben zu langsam. Die fünfzehn Minuten, so sie eingehalten würden, kamen ihm genauso lang vor wie die fünfzehn Stunden, die Kimmis Geburt damals gedauert hatte. Mann, er hielt das nicht aus.

Was sollte er machen, wenn sie sich nicht meldeten? Weil der Junge ihnen gesagt hatte, wer er war? Weil sie es selbst gemerkt hatten? Weil sie noch vom Wagen aus von Steinfeld anriefen? Gemach, gemach, er durfte nicht zu weit im Voraus denken, sondern musste einen klaren Kopf bewahren, um die Probleme angehen zu können, wenn sie sich stellten. Er schnaufte ein paarmal tief durch. Ruhiger wurde er davon nicht.

Wieder ein Blick zur Uhr. Noch drei Minuten? Die Ziffern waren irgendwie verschwommen. Frauke fand schon lange, er sollte seine Augen überprüfen lassen, anscheinend hatte sie recht. Frauke hatte immer recht. Meistens ignorierte er trotzdem, was sie sagte. Er gelobte Besserung, nahm die Taschenlampe zu Hilfe und schaute abermals auf die Uhr. Es lag gar nicht an seinen Augen, seine Hände zitterten. Er nahm alles zurück und fixierte stattdessen das Display des Handys. Es wollte einfach nicht klingeln, verdammt. Er presste die Zähne zusammen, um das Brüllen zurückzudrängen, das ihm in die Kehle stieg. Die Kiefergelenke knackten, noch so eine von Frauke bemängelte Baustelle, doch der Schmerz war ihm fast willkommen. Das war gar nichts im Vergleich zu dem, was über ihn hereinbrechen würde, falls der rettende Anruf nicht reinkam.

Als es endlich klingelte und der Vibrationsalarm ihm in den Arm fuhr wie Stromstöße, war er dermaßen perplex, dass ihm das Handy beinahe entglitten wäre. »Ja«, meldete er sich, völlig außer Puste, Schnappatmung geradezu.

»Sie liegt im Gebüsch, in Fahrtrichtung rechts.«

Das Kinn fiel ihm auf die Brust. Tot. Sie war tot. Sonst hätte sie gerufen, gestöhnt, was auch immer, sie hätte sich bemerkbar gemacht. Die Erkenntnis war ein Schlag in die Magengrube, und er schafft es nicht zu verhindern, dass er sich in einem sauren Schwall erbricht. Tatsächlich kotzt er sich die Seele aus dem Leib, er taumelt, wankt zum Wagen wie besoffen und stützt sich aufs Dach. Kira im Innern zieht eine angewiderte Grimasse. Er stimmt ihr zu. Er hat es vergeigt, die vollkommen falsche Entscheidung getroffen, indem er auf so was wie Ehre gebaut hat. Auf diesen Ausgang war er nicht gefasst. Ein Stöhnen entwischt ihm, und er krümmt sich, wartet auf die nächste Welle von Übelkeit, die perfekte Welle, schießt es ihm durch den Kopf, doch anscheinend ist sein Magen leer. Dafür quellen ihm die Augen über, die Tränen lassen sich nicht stoppen. Er heult wie ein Schlosshund. Kira schlabbert die Scheibe ab, und ihr Mitgefühl ist ihm unerträglich.

Frauke. Wie soll er ihr das beibringen? Gar nicht, er wird ein Ende machen, hier und jetzt, kann unmöglich für den Tod der eigenen Tochter verantwortlich sein und selbst weiterleben wie zuvor. Nichts wird mehr sein wie zuvor, ein Leben ohne Kim ist undenkbar. Schon greift er nach der Waffe, hält noch einmal inne, öffnet die Heckklappe. Kira fällt mit der Zunge über ihn her.

»Lass das«, knurrt er, stößt sie fort und holt sie von den Beinen. »Such«, sagt er, »such Kimmi.« Nach Hause bringen, er muss sie wenigstens nach Hause bringen.

Kira rappelt sich hoch, unschlüssig schaut sie von ihm ins Dunkel und wieder zurück.

»Such Kimmi«, wiederholt er, ein Flüstern jetzt, für mehr fehlt ihm die Puste, er kommt sich platt vor. Wie ein Reifen, aus dem jemand die Luft herausgelassen hat.

Kira springt aus dem Wagen, ungeschickt wie nie, und strebt davon.

Ausgeschlossen, ihr zuzusehen. Er steht gebeugt, wartet, dass sie Laut gibt, heult, er wird es hören, vermochte schon immer vorherzusagen, worauf sie gestoßen war. Wieder dehnen sich Sekunden zu Minuten, Zeit ist kein dehnbarer Begriff, nur unerträglich zäh, durchbrochen von einem Rascheln hier und da. Vorn, im richtigen Leben, ruft ein Trucker einem anderen etwas zu, was er nicht verstehen kann, und das Rauschen des Verkehrs schwillt an und ab wie das Meer. Untertauchen, denkt er, im wörtlichen Sinn, die Schweinerei einer Kugel wird er Frauke ersparen, da ist genug, worüber sie hinwegkommen muss, genug für ein ganzes Leben.

Was ist das? Er horcht auf. Ein Fiepsen. Täuscht er sich? Er dreht sich um, sucht Kira, entdeckt sie fünfzig Meter weiter vorn, und ja, sie fiepst, bellt jetzt, mach hin, scheint sie zu sagen, und seine Füße setzen sich ohne sein Zutun in Bewegung, irgendetwas hat sie gefunden, nicht Kimmi, lass es bitte nicht Kimmi sein, er geht schneller, läuft jetzt, und seine Schritte dröhnen überlaut in den Ohren oder das Schlagen seines Herzens, er hat gar keins, er kann das nicht, oh verdammt, da liegt etwas, etwas Großes, und Kira stupst es an, wieder und wieder, und es ist Kimmi, fast nicht zu sehen bei all dem Schwarz, das sie immer trägt, getragen hat, nur der alberne rosafarbene Rollkoffer leuchtet, er stürzt auf sie zu und auf die Knie, tastet blind nach Wunden, einem Lebenszeichen, bis er sich endlich an die Taschenlampe erinnert. Fesseln an Armen und Beinen, Klebeband über dem Mund. Er reißt es ab, ein Schmerz, der Tote wecken würde, sicherlich, nichts, nicht mal die Ahnung eines Flatterns ihrer Lider. Bleich ist sie, entsetzlich bleich, ihre ganze Kriegsbemalung hat sich aufgelöst, pechschwarze Rinnsale auf den Wangen hinterlassen, und er zerrt das Messer aus der Hosentasche, es taugt nicht, zu stumpf für diese Fesseln, und er drückt und sägt und heult. Und Kira stimmt ein.

»Mann, Papa«, krächzte Kim, »pass auf meine Stiefel auf.«

0

Mit dem Adrenalinspiegel hob sich auch seine Stimmung. Ursprünglich hatte er es für Pech gehalten, dass sein Wagen keinen Mucks mehr von sich gab, inzwischen jedoch hatte er seine Meinung revidiert. Es war ungleich besser, im Fahrzeug eines anderen an einen Tatort zu fahren. Gedanklich rieb er sich die Hände. Dieser 23. April würde ein perfekter Tag werden, und seine Gewissheit bezog sich nicht aufs Wetter.

Er war gespannt, wer hinter dem Anruf steckte. Die Stimme war derartig verzerrt gewesen, dass er nicht mal hätte sagen können, ob es sich um Mann oder Frau handelte. Oder Kind. Der kleine dicke Scheißer vielleicht? Ein Erpressungsversuch. Das hatten nicht viele gewagt, genau genommen nur ein einziger. Einmal und nie wieder.

Natürlich hatte er überlegt, ob es sich um eine Falle handelte. Die Einzige, die dafür in Frage kam, war Marilene. Sie hatte ihn gesehen, damals, als er Sophie abgeholt hatte, ein netter Spaß, nur um zu testen, wie gut seine Tarnung funktionierte. Er mochte diese kleinen Herausforderungen. Sie zu bestehen verschaffte ihm eine ähnliche Genugtuung, wie andere sie empfinden mochten, wenn sie sich von irgendwelchen Klippen stürzten. Offenbar hatte Marilene ihn nicht erkannt, sonst wäre die Polizei aufgekreuzt. Zu ihrem Rendezvous letzte Woche, das er hatte platzen lassen, war sie auch ohne Verstärkung erschienen. Er war eigens noch lange, nachdem sie verschwunden war, vor Ort geblieben, um sich zu vergewissern, dass sie sich an seine Vorgabe gehalten hatte. Hatte sie. Sie hatte Angst. Das genoss er.

Marilene konnte es nicht sein und ihre alberne Wohngemeinschaft ebenso wenig. Weder ihr Kompagnon noch der kleine Nerd hatten ihn gesehen, und selbst wenn, hätten sie ihm auch eher die Bullen auf den Hals gehetzt, statt ihn in eine Falle zu locken. Und Erpressung kam für Juristen und deren Gehilfen ja wohl sowieso nicht in Frage.

Wer dann? Erpressung oder Falle? Eine Falle am helllichten Tag?

Stümper. Ihm kam's gelegen, das verbesserte die Treffsicherheit ungemein. Er würde es bald genug erfahren. Und aus die Maus.

Er klingelte. Die Leuchtboje überreichte ihm grußlos den Schlüssel, nickte nur knapp und schlug ihm die Tür quasi vor der Nase zu. Nicht nett. Nicht mal höflich. Eines Tages würde er sich was einfallen lassen, um dem Mann Manieren beizubringen. In der Hinsicht war er mit einer beeindruckenden Erfindungsgabe ausgestattet.

Deutlich sichtbar trug er den Schlüssel vor sich her, nicht dass einer der Nachbarn noch auf dumme Ideen kam und ihn zuquatschte. Er wollte sich ungern verspäten. Es war niemand zu sehen. Nur vorn an der Straße stützte sich gerade eine Joggerin auf die Oberschenkel, ein Handy in der Hand. Er konnte ihr Keuchen bis hierher hören. Völlig aus der Form, die Gute. Sie schaute zu ihm rüber. Grinste. Sie kam ihm vage bekannt vor. Sehr abwegig, er kannte kaum jemanden hier, interessierte sich nicht für irgendwelche Kleingeister. Nein, wahrscheinlich ähnelte sie bloß jemandem. Es würde ihm schon noch einfallen. Er drückte die Schultern durch und lächelte zurück.

Es würde ein perfekter Tag werden, dachte er wieder, steckte den Schlüssel ins Schloss, drehte ihn, bis die Verriegelung aufsprang, und zog schwungvoll die Tür auf. Ihm blieb nicht mal Zeit, sich zu wundern, als ein greller Blitz ihm in die Augen jagte und die Explosion Mann und Auto zerfetzte. Viel blieb nicht übrig.

11

Paul Zinkel beendete das kurze Telefonat. Er war geneigt zu glauben, man wollte ihn hochnehmen. Den Knall hatte er durchaus gehört, genau genommen war er davon wach geworden und sich anfangs nicht sicher gewesen, ob er nicht lediglich geträumt hatte, bis ihm eine plausible Erklärung eingefallen war: Vermutlich hatte ein Düsenjet des Jagdgeschwaders Wittmund die Schallmauer durchbrochen. Das war offenbar ein Trugschluss, wenn er dem Beamten am Telefon Glauben schenkte. Was er eigentlich nicht tat.

Er schmierte sich ein Brot, trank, schon im Stehen, die Tasse frischen Kaffees wenigstens zur Hälfte aus und ging zum Haupthaus, um Enno rauszuklingeln. Zu früh, augenscheinlich, der trug nur die prekär sitzende Hose eines verwaschenen Schlafanzugs am Leib, wenn man vom Rasierschaum mal absah, der so ungleichmäßig verteilt war wie die Sahne bei einer Tortenschlacht.

»So was haben wir hier nicht«, sagte Enno, als Zinkel berichtet hatte, worum es ging.

»Mein Gedanke«, pflichtete Zinkel ihm bei. Er sah Enno an, dass er versucht war, zum Telefon zu greifen, um die Meldung zu verifizieren.

»Al Kaida in Ostfriesland?« Enno schüttelte den Kopf und verteilte großzügig Rasierschaum um sich herum. »Nie und nimmer. Komm rein, gib mir zwei Minuten.«

Zinkel trat ein, blieb im Flur stehen und schlang sein Brot runter. Oben fochten die Zwillinge eine lautstarke Diskussion mit ihrer Mutter aus, den Zweck von Kleidung betreffend, wenn er es richtig verstand, nämlich zu wärmen. Er hatte den Eindruck, dass die Mädchen vorn lagen.

Enno kam in Rekordzeit die Treppe runtergesprungen, stürmte in die Küche, schnappte sich ein Brötchen vom Tisch und goss Kaffee in einen Pappbecher. »Fährst du?«, fragte er, und sie verließen fluchtartig das Haus.

»Was für ein Auftrieb«, maulte Enno.

Wohl wahr, dachte Zinkel und manövrierte seinen Wagen über den Bürgersteig, um hinter die aus zwei Einsatzfahrzeugen bestehende Straßensperre zu gelangen. Er holperte den Bordstein wieder runter und stellte den Motor aus. Die Buschtrommeln funktionierten in Ostfriesland so gut wie anderswo, denn zwei Fotografen schossen bereits wild drauflos, und das Kamerateam eines Regionalsenders suchte gerade seine Ausrüstung zusammen.

Enno verstaute wortlos den leeren Kaffeebecher in der Ablage, bevor er ausstieg und sich dem qualmenden Autowrack näherte. Er schien begeistert von der Aussicht, jede ihrer Handlungen öffentlich kommentiert zu sehen.

Auch Zinkel stieg aus und wandte sich zunächst den Kollegen vom Streifendienst zu, die alle Mühe hatten, die Schaulustigen vom Tatort fernzuhalten. Die Menge wuchs stetig, das Ereignis animierte gar zum Laufen, denn für Autofahrer gab es nun kein Durchkommen mehr, und selbst Radfahrer mussten sich schon ziemlich rüpelhaft benehmen, um voranzukommen. Gedämpftes Stimmengewirr surrte durch die Luft wie ein Schwarm von Insekten, und er musste an sich halten, nicht um sich zu schlagen, um die imaginären Quälgeister zu vertreiben. Er bat einen der Beamten, die Menge möglichst unauffällig, aber gründlich abzufotografieren, und ging anschließend hinüber zu Enno, der, die Hände in den Taschen vergraben, stumm vor dem Wrack und den Überresten des Toten stand.

Zinkel konnte ihn gut verstehen, der Anblick verschlug einem die Sprache. Die Beamten der Tatortaufnahmegruppe waren bereits am Werk, und er beneidete sie nicht um ihre Aufgabe. »Wissen wir schon, um wen es sich handelt?«, erkundigte er sich.

Einer der in einem Schutzanzug steckenden Männer wies mit dem Daumen hinter sich. »Hier seid ihr nur im Weg«, scheuchte er sie fort.

Okay, dachte Zinkel, bringen wir es hinter uns. Er zupfte Enno am Ärmel, doch der reagierte nicht, und so zog er ihn kurzerhand hinter sich her.

Das Haus, ein aufgestockter Bungalow, war keine fünfzehn

Jahre alt, schätzte Zinkel, und es fügte sich unaufdringlich in seine Umgebung ein, wenngleich es das größte in der Straße war, in der vorwiegend Doppelhäuser die mittelgroßen Grundstücke besetzten. Mittelgroß nach hiesigen Maßstäben – in den Ballungsgebieten seiner alten Heimat würde man dies schon als freie Natur bezeichnen.

Sie wurden bereits erwartet. In der offen stehenden Tür lehnte eine mittlere Walküre Halt suchend im Rahmen, die Augen geschlossen, wenn ich nicht hinschaue, ist es nicht wahr, und ihre extreme Blässe ließ Zinkel an ihrem Stehvermögen zweifeln.

Er warf einen Blick aufs Türschild. »Frau Westerkamp?«, vergewisserte er sich, und sie wandte den Kopf nach ihm, bevor sie sichtlich widerwillig die Augen öffnete. »Mein Beileid«, murmelte er, während Enno zustimmend nickte.

Die Frau formte mit dem Mund ein perfektes O, bevor sie losbellte, ein Hustenanfall, nein, ein Lachen, ein grässliches, hysterisches Lachen, das in den Ohren gellte und geeignet war, Tinnitus hervorzurufen. Stumm verständigten sich Zinkel und Enno darauf, sie ins Haus hineinzudrängen, kein einfaches Unterfangen, denn sie umklammerte den Rahmen wie eine Schiffbrüchige den Rettungsring. Schließlich gab Enno ihr eins auf die Finger, sodass sie ihren Griff lockerte. Vereint schoben sie sie in die Diele, und Zinkel schloss erleichtert die Haustür.

Die Frau sackte gegen die Tür in ihrem Rücken. »Das … das«, stammelte sie, »das ist nur sein Auto, nicht mein Mann, nur sein Auto, mein Mann ist …«

Weiter kam sie nicht. Die Tür wurde von innen aufgestoßen, und die Frau taumelte ihnen entgegen, hilflos mit den Armen in der Luft herumfuchtelnd. Der rothaarige Mann von der Statur eines Eisbären, der zum Vorschein kam, schnappte sie sich locker mit einem Arm, mit dem anderen wischte er sich verlegen Spucke aus dem Gesicht. Oder Galle, mutmaßte Zinkel, denn ein Schwall saurer Luft drang aus der Gästetoilette.

»Westerkamp«, stellte sich der Hüne vor.

»Ich muss Sie bitten, sich auszuweisen«, sagte Zinkel, immerhin konnte es sich ebenso gut um den Lover handeln, der vorgab, der Ehemann zu sein.

Westerkamp, dessen gewaltige Oberarme nahelegten, dass er gewohnheitsmäßig Gewichte stemmte, lehnte seine Frau gegen die Wand, als handelte es sich um eine Leiter, ging zur Garderobe und holte seine Brieftasche aus einer dort hängenden Lederjacke. Er zog diverse Karten halb hervor, bis er auf den Ausweis stieß und ihn Zinkel reichte. Mit gesenktem Blick. Zinkel schaute auf die Karte und begriff. Heino? Er musste an sich halten, nicht loszuplatzen. Der Kerl war für diesen Namen dermaßen fehlbesetzt, dass er nicht mal als Karikatur taugte.

Er schaffte es, den unangemessenen Heiterkeitsausbruch zu unterdrücken. »Ihr Wagen also?«, forderte er ihn auf, Licht ins Dunkel zu bringen.

»Hab ihn verliehen. Armes Schwein«, fügte Westerkamp hinzu.

»An wen? Na los.« Ennos Geduldsfaden war deutlich kürzer als Zinkels.

»Oskar. Keine Ahnung, wie weiter. Er ist der Neue von Sophie. Freundin meiner Frau.«

»Sophie und wie weiter?«, fragte Enno.

»Barkowitz. Wohnt drei Häuser weiter. Das große Fehnhaus. Mann, ich konnte den nicht ausstehen, aber das hat er nun echt nicht verdient.«

Barkowitz? Zinkel klappte der Unterkiefer herunter. Er war unfähig, ein Wort zu sagen.

»Wenn Sie ihn nicht ausstehen konnten, warum haben Sie ihm dann den Wagen geliehen?«, erkundigte sich Enno.

»Weil meine Frau keinem was abschlagen kann.«

»Und warum konnten Sie ihn nicht ausstehen?« Enno kniff die Augen zu Schlitzen.

Die Botschaft kam an. »Was soll die Frage?« Westerkamp reckte kampfeslustig die breite Brust vor. »Glauben Sie etwa, ich würde mein eigenes Auto in die Luft jagen?«

»Ist doch schön unverdächtig«, sagte Enno. »Also noch mal: Warum konnten Sie ihn nicht ausstehen?«

»Arrogant war er. Keine Ahnung. Der hat was an sich, was ich nun mal nicht ausstehen kann. Das ist weder verboten, noch steckt da ein Mordmotiv drin. Fragen Sie Sophies Sohn. Der mochte ihn auch nicht. Vielleicht kann der das besser begründen.«

Die Walküre erwachte zum Leben. »Roman ist vierzehn! Das ist ja wohl …« Sie führte nicht aus, was sie von der Einlassung ihres Mannes hielt.

»Ach ja? Stille Wasser, sag ich nur.« Westerkamp blieb dabei.

»Ihr Wagen stand über Nacht draußen?«, schaltete sich Zinkel ein.

Westerkamp zuckte mit den Muskelbergen. »Das Garagentor zickt.«

»Schon länger?«

»Bin halt noch nicht dazu gekommen, es zu reparieren.«

Die Walküre nickte, Begeisterung sprach jedoch nicht aus ihr.

»Und warum stand er nicht in der Einfahrt, sondern auf der Straße?«, insistierte Zinkel.

»Zufall«, behauptete Westerkamp, »wenn die Parkbucht vorm Haus frei ist, stell ich ihn dorthin, wenn nicht, fahr ich in die Einfahrt.«

»Seit wann genau stand der Wagen dort?«

»Sonntagnachmittag? Ja, kommt hin, gegen siebzehn Uhr, schätze ich.«

»Ist seitdem irgendetwas vorgefallen? War was anders als sonst? Hat sich jemand auffällig verhalten? Irgendwelche Hunde, die angeschlagen haben? Was auch immer. Jedes Detail kann wichtig sein.«

Beide schüttelten den Kopf, und Zinkel fragte sich, wie oft solche Eintracht wohl vorkommen mochte.

»Haben Sie Kinder?«, erkundigte sich Enno. Der plötzliche Themenwechsel mutete ein wenig seltsam an.

»Eine Tochter. Kim war vorhin aber schon los zur Schule«, sagte Westerkamp.

»Wir werden trotzdem mit ihr sprechen müssen, vielleicht ist ihr ja was aufgefallen. Sorgen Sie dafür, dass sie heute Nachmittag im Haus ist«, ordnete Enno an.

»Ich kann's versuchen, versprechen kann ich nichts.«

»Machen Sie ihr den Ernst der Lage klar«, empfahl Zinkel, »sich selbst übrigens auch. Wir reden dann nachher über Polizeischutz für Sie.«

»Was? Spinnen Sie jetzt total?«, quiekte Westerkamp.

Interessant, fand Zinkel. Selbst ein Tarantelstich hätte kaum mehr Wirkung haben können. »Der Anschlag dürfte Ihnen gegolten haben. Also denken Sie gut nach, wer etwas gegen Sie haben könnte. Was machen Sie beruflich?«

»Objektschutz«, knurrte Westerkamp und nannte die Firma. »Da macht man sich keine Feinde, man kriegt ja kaum jemanden zu Gesicht«, fügte er hinzu.

»Und Sie?«, wandte sich Enno an die Frau.

»Ich bin Altenpflegerin. Unter den Menschen, die ich betreue, sind eher keine Bombenbauer.«

Kann man nie wissen, spottete Zinkel. Vielleicht waren die Alten die Bevormundung leid, den Volksmusik-Terror oder schlicht den Muff von zu vielen Jahren und bastelten statt Pappmascheefiguren lieber Bomben. Nachts, wenn der Aufsicht die Augen zugefallen waren, schlafen kannst du, wenn du tot bist, schlichen sie in den Keller und kauerten konspirativ über der vom Enkel aus dem Internet heruntergeladenen Anleitung, die Lupe in zittrigen Händen, auf in den Kampf, eine späte Revolution, aber diesmal richtig. Du schweifst ab, schalt sich Zinkel und ignorierte Ennos fragenden Blick. Der hatte sich offenbar bereits verabschiedet, denn die Haustür stand offen. Er nickte den Westerkamps zu und eilte ihm nach.

***

Westerkamp schloss behutsam die Tür hinter ihnen. Es fiel ihm verdammt schwer, so zu tun, als handelte es sich um eine bloße Lappalie, die ihn nichts anging. Abgesehen von seinem Wagen natürlich. Zahlten Versicherungen bei Bombenanschlägen? Er bezweifelte es, irgendein Vorbehalt, der dagegensprach, würde sich im Kleingedruckten schon finden. Und falls der Schaden doch beglichen wurde, erhielte er im Anschluss die Kündigung seines Vertrags und ein Angebot für einen neuen. Teureren. Wie beim letzten Sturmschaden, und da war es gerade mal um ein paar hundert Euro gegangen. Oh, und schon hatte er einen Grund, sich ins Arbeitszimmer zu verziehen: Kleingedrucktes lesen.

Er zog Frauke an sich. »Mach dir keine Gedanken, die Bullen

sind voll auf dem Holzweg. Es gibt keinen Grund, warum jemand mich in die Luft jagen sollte«, log er. »Oskar war der Arsch von uns beiden, das siehst du doch genauso, wenn du ehrlich bist, oder?«

Frauke nickte gegen seine Brust. »Das sagst du nur, weil er mit mir geflirtet hat, gib's zu. Aber wer hätte denn wissen können, dass Oskar dein Auto nehmen würde? Stell dir vor, er hätte es sich anders überlegt, dann wärst du jetzt tot. Oder ich. Sogar Kim hätte tot sein können, es ist ja nicht so, dass du sie nie rausgeschickt hast, um was zu holen. Weißt du nicht mehr?«

Natürlich wusste er das noch, er war ja nicht senil. Er war bloß ein Mann mit einem Haufen Probleme, um die er sich jetzt kümmern musste.

»Es ist ja alles gut ausgegangen, für uns wenigstens«, beschwichtigte er. »Die Gefahr ist vorbei. Wir sollten lieber an Sophie denken. Sie braucht dich. Irgendwas hat sie an dem Kerl ja gefunden, da ist sie bestimmt ganz schön am Boden.«

»Stimmt. Aber ich trau mich nicht da raus«, sagte Frauke kleinlaut.

Das konnte er nachvollziehen. Dem Lärm nach zu urteilen, versammelte sich allmählich ganz Leer vor dem Haus.

»Außerdem«, fuhr Frauke fort, »sind die Polizisten jetzt bei ihr, das wird noch dauern.«

»Na, dann warte, bis sie weg sind, und dann schleichst du dich durch die Gärten«, schlug er vor, »okay?« Er zauste ihr Haar, allzu seltene Geste, die ihm denn auch einen skeptischen Blick eintrug.

Westerkamp ignorierte die Botschaft, er würde jetzt nicht den Stand ihrer Beziehung diskutieren und auch sonst nichts. »Versicherung«, murmelte er, klopfte ihr noch einmal auf die Schulter und ging in ihr gemeinsames Arbeitszimmer. Am liebsten hätte er die Tür abgeschlossen, doch das würde Frauke umso neugieriger machen. Er hoffte, sie begriff auch so, dass er seine Ruhe haben wollte.

Der Versicherungsordner leuchtete gelb im Regal. Er zerrte ihn heraus und legte ihn, aufs Geratewohl aufgeklappt, auf den Schreibtisch, nur um ihn keines weiteren Blicks zu würdigen. Policen konnte man weder ohne Brille noch ohne Studium lesen und begreifen, er würde das telefonisch regeln, aber nicht jetzt.

Jetzt musste er nachdenken. Er fuhr den PC hoch und starrte währenddessen zum Fenster hinaus.

Was für ein Tag zum Sterben. Der Himmel war glasklar, und die Sonne knallte, es sollten an die zwanzig Grad werden, und alle Welt würde ins Freie streben. Buddelwetter. Auf die Idee käme nicht mal Frauke, nicht nach diesem Schock. *Good-bye my love, it's hard to die, when all the birds are singing in the sky*, driftete ihn eine Schnulze aus seiner Jugend an. Hast du deine sentimentalen zwei Minuten? Spöttisch rümpfte er die Nase. Bestimmt nicht wegen Oskar. Um den war's nicht weiter schade. Ziemlich pietätlos, räumte er ein, aber seiner Ansicht nach konnte man über Tote gar nicht schlecht genug reden, das machte die Welt eher besser denn übler. Sofern man aus den Fehlern anderer lernte. *When will they ever learn …* Westerkamp schüttelte die musikalischen Anwandlungen ab und begann, ernsthaft nachzudenken.

Von Steinfeld steckte hinter der Bombe, so viel war mal klar. Traute ihm wahrscheinlich sowieso schon nicht, dass er die Klappe hielt wegen des Toten an der Autobahn und des illegalen Handels. Der Gemeine hatte mit Sicherheit längst den Tausch der Ware gegen den vermeintlichen Sohn gefordert, sodass von Steinfeld klar sein musste, was tatsächlich hinter dem Verschwinden seines Dieners steckte. Und wer. Er war garantiert stinkend sauer. Das würde sich noch steigern, wenn er mitbekam, dass die Bombe den Falschen erwischt hatte. Wollte er deswegen Polizeischutz? Bewahre, nein, er konnte auf sich selber aufpassen, zumal er jetzt gewarnt war. Aber was war mit Kim und Frauke?

Gut, Kim würde so schnell auf gar nichts mehr reinfallen, gebranntes Kind, vorsichtiges Kind, aber Frauke? Frauke würde durchdrehen, wenn er auch nur von Vorsichtsmaßnahmen sprach. Die hörte normalerweise die Flöhe husten. Nur bei Kimmi diesmal nicht. Okay, Kim hatte lediglich ein paar blaue Flecken davongetragen und war ansonsten unverletzt geblieben. Optisch hatten die Dusche am nächsten Morgen und frische Klamotten Wunder gewirkt, und seelisch schien sie auch einigermaßen stabil. Trotzdem konnte er kaum glauben, dass sie mit ihrer Geschichte durchgekommen waren.

Ein Zittern überfiel ihn, und er durchlebte die schreckliche

Nacht noch einmal. Sie war tot, seine Schuld, alles falsch gemacht, wenn er nur Kira gleich rausgelassen hätte, vielleicht wäre sie noch am Leben, und dann meckert sie, er kann es nicht fassen, sie ist nicht tot, Gott sei Dank, sie lebt, und sie weint, stundenlang, so kommt es ihm vor, klammert sich an ihm fest, und die ganze Zeit über streichelt er ihr tränennasses Gesicht, wie um sich zu vergewissern, dass dies kein Traum ist, und irgendwann besinnt er sich, trägt sie zum Auto, verfrachtet sie auf den Beifahrersitz und schnallt sie an, mein Koffer, krächzt sie, ihre Stimme wie die einer Fremden, zu wenig getrunken, zu viel geschrien, er holt den verdammten Koffer, jubelt, denkt, unmöglich, nach Hause zu fahren, was wird Frauke sagen, und er ruft sie an, ja, alles in Ordnung, sie glaubt ihm, natürlich glaubt sie ihm, er ist nahezu euphorisch, und stell dir vor, sagt er, Kim hat angerufen, ich soll sie abholen, das mach ich jetzt, aber wir übernachten irgendwo unterwegs, zu müde, um die ganze Strecke noch heil zurückzulegen, und er findet ein Motel, nicht weit entfernt, erledigt die Anmeldung und trägt Kimmi, seine Kimmi ins Zimmer.

»Hast du das Zeug bekommen, das sie wollten?«, fragte sie, und er sagte: »Ja.« Da flippte sie aus, trommelte mit den Fäusten gegen seine Brust, sie war nicht blöd, war seine Tochter. »Was hast du getan?«, brüllte sie.

Er hatte versucht, es ihr zu erklären: dass er an die Ware nie herangekommen wäre, dass der Junge ihm praktisch hinterhergelaufen war, hatte abhauen wollen, dass das die einzige Möglichkeit gewesen sei, sie zu retten, dass er richtig gehandelt habe, dass sie jetzt tot wäre, wenn er die Polizei eingeschaltet hätte. Im Übrigen habe er Vorkehrungen getroffen, um den Jungen zu finden.

Aber die hatten versagt.

Westerkamp rief das Location Center auf. Nichts rührte sich. Irgendetwas musste er bei der Konfiguration falsch gemacht haben. Dabei war er sich so clever vorgekommen, wie er den GPS-Sender als Gürtelschnalle getarnt und den Gürtel dem Jungen »geschenkt« hatte. Dessen Hosen waren sowieso zu weit, und sichtbar war der Gürtel auch nicht, denn der Junge hatte darauf bestanden, wieder all seine Kleidung übereinander anzuziehen. Zu guter Letzt hatte er eine seiner alten Jacken an Frauke vorbei ins Auto geschmuggelt – was hatte der kleine Kerl gestrahlt. Wenn die Entführer ihn nicht allzu gründlich gefilzt hatten, sollte sich der Sender noch am Mann befinden. Kind, korrigierte er sich.

Aber es blieb dabei. Das kleine Männchen, das er als Symbol gewählt hatte, rührte sich nicht von der Stelle. Die Bewegungsaufzeichnung zeigte seinen eigenen Weg an, nicht den der Entführer. Der Gürtel aber befand sich hundertpro weder in seinem Auto noch in diesem Haus. Er hatte das ganze drei Mal kontrolliert. Hilflos blähte Westerkamp die Backen auf.

Moment. Vor Aufregung vergaß er, wieder auszuatmen. Er war total bescheuert. Warum war er einfach davon ausgegangen, dass sie den Jungen nach Hamburg oder noch weiter weg brachten? Er schlug sich gegen die Stirn, so heftig, dass sein Kopf nach hinten kippte, und stieß pfeifend den angehaltenen Atem aus. Der Tracker funktionierte tadellos, es war sein Hirn, das einen Schaden hatte. Der Junge befand sich in Leer. Und da er sich nicht von der Stelle rührte, wurde er wahrscheinlich noch immer festgehalten.

Warum, wo ihnen doch längst klar sein musste, dass es sich nicht um von Steinfelds Sohn handelte? Sie hätten ihn laufen lassen können, der stellte doch für niemanden eine Gefahr dar. Die Regungslosigkeit konnte jedoch auch bedeuten, dass er tot war. Beseitigt worden war wie lästiger Ballast, und nur der Sender täuschte Leben vor. Er musste herausfinden, was geschehen war, um seines Seelenfriedens willen und auch, weil Kim keine Ruhe geben würde.

Westerkamp schaute sich den Bericht genauer an, verfolgte die Route auf der Karte, vergrößerte den Maßstab. Der Straßenname sagte ihm nichts. Er musste dorthin, die Lage peilen. Nur, unter den Augen der Bullen konnte er gar nichts machen. Und wenn sie ihm obendrein Polizeischutz aufdrückten, war er komplett aufgeschmissen. Er musste warten. Untätig herumsitzen und warten.

***

»Mormone sind Sie nicht«, konstatierte Barkowitz nach einer schnellen Musterung Ennos, »Kriegsgräberfürsorge?« Sie schien von dem Tumult am anderen Ende der Straße nichts mitbekommen zu haben.

Ihre Mutmaßung war wohl der Musik geschuldet, die nach draußen drang, ergreifend vor der Zeit, *bang the drum slowly, play the pipe lowly, to dust be returning, from dust we begin*, Emmylou Harris?, Zinkel war sich nicht sicher. Er versuchte wegzuhören, schaffte es nicht, zu viel, dies unbeabsichtigte Requiem war einfach zu viel.

Jetzt erst fiel ihr Blick auf Zinkel. »Roman?«, fragte sie, und ihre tiefe, melodische Stimme schrillte hysterisch. »Was ist passiert?«

»Mit Ihrem Sohn ist alles in Ordnung, keine Sorge.« Enno hob beschwichtigend die Hände. »Dürfen wir reinkommen?«

Barkowitz nickte zögernd, so als traute sie seiner Aussage nicht recht, ließ sie aber an sich vorbei.

»Entschuldigung«, murmelte Barkowitz, stürzte auf die Musikanlage zu, *I'll speak of things holy*, und schaltete sie aus. *»Holy«* schwang schwermütig nach, doch jedes Gebet war vergeblich, der zuständige Schutzengel hatte verschlafen.

Und du spielst auf Zeit, schalt sich Zinkel.

»Sind Sie wegen Tammo hier?« Sie warf einen Blick auf ihre Armbanduhr. »Können wir das nicht verschieben? Ich hab die nächste Stunde Unterricht.«

Die erste Stunde nach den Ferien. Zinkel wunderte sich fast, dass sie zum Unterricht wollte, ja sogar, dass sie nicht beurlaubt worden war, bis die Vorwürfe geklärt waren. In ihrer Haut würde er nicht stecken wollen. Er schüttelte knapp den Kopf. »Ihr Lebensgefährte. Wie heißt er?«

»Oskar. Oskar Graumeyer, warum?«

»Wo hält er sich zurzeit auf?«, fragte er.

»Auf dem Weg nach Hamburg. Er musste geschäftlich weg.«

»Würden Sie ihn anrufen?«, bat Zinkel, obgleich er keinerlei Zweifel an der Identität des Toten hegte. Vielmehr hoffte er, den Schlag abmildern zu können. Nein, gab er zu, er hoffte, dass sie von selbst drauf kam.

»Ich versteh nicht, was das soll, aber meinetwegen«, lenkte sie ein. »Sekunde, mein Telefon liegt in der Küche.« Sie eilte hinaus und kam kurz darauf zurück, Handy am Ohr. »Nicht erreichbar«, sagte sie und versuchte es gleich noch einmal. »Was wollen Sie denn von ihm? Kann ich Ihnen nicht weiterhelfen?«

»Wie ist er unterwegs?«, erkundigte sich Zinkel.

Barkowitz schüttelte den Kopf und legte das Handy auf einen der Bücherstapel. »Mit dem Auto. Also nicht mit seinem, das springt nicht mehr an, der Motor ist hin, sagt Heino, und meins ist zur Inspektion, deswegen hat Heino ihm seins geliehen. Heino Westerkamp, wohnt ein paar Häuser weiter die Straße hoch.«

»Es gab heute Morgen eine Explosion«, sagte Enno.

»Eine Explosion? Stimmt«, sagte sie stirnrunzelnd, »ich hab einen lauten Knall gehört, aber ich hab mir nichts dabei gedacht ... Eine Explosion?« Wieder klomm ihre Stimme eine Oktave höher. »Was soll das heißen? Was wollen Sie damit sagen? Was ist explodiert?«

»Der Wagen von Heino Westerkamp«, sagte Enno nicht eben feinfühlig.

»Aber –«, wandte Barkowitz flüsternd ein und wich zurück, als könne sie der Erkenntnis noch entkommen. Dabei wusste ihr Körper längst Bescheid, alle Farbe war aus ihrem Gesicht entschwunden, und ihr Atem geriet ins Stocken. Sie schwankte, griff Halt suchend hinter sich und fand nur Leere.

Zinkel stürzte zu ihr, drückte ihr eine Hand ins Kreuz, zerrte mit der anderen einen der Stühle heran und half ihr, sich hinzusetzen.

»Ist er – ist er tot?« Sie schaute flehentlich zu ihm auf.

»Hm.« Er nickte. »Brauchen Sie einen Arzt?«, fragte er behutsam.

Zwar wandte sie den Kopf langsam nach links und rechts, doch er bezweifelte, dass es sich um die Antwort auf seine Frage handelte.

»Oh mein Gott«, sie schlug die Hände vors Gesicht und rollte sich ein. »Ich bin schuld«, schluchzte sie. »Warum hab ich ihn nicht mit dem Zug fahren lassen? Er wollte nicht mit einem fremden Auto fahren, schon gar nicht mit Heinos, aber ich hab ihn überredet, Heino braucht seins doch tagsüber nicht, hab ich gesagt, und Frauke hat das selbst vorgeschlagen, als wir am Montag auf ihrer Geburtstagsfeier waren. Ich wollte sie nicht verletzen, also hat er nachgegeben, mir zuliebe hat er nachgegeben. Was hab ich nur gemacht?«

Zinkel tätschelte ihr unbeholfen die Schulter. »Sie können nichts dafür«, murmelte er. »Gibt es jemanden, der Ihnen beistehen kann? Soll ich für Sie telefonieren?«

»Nein.« Ihre Stimme klang dumpf. »Roman wird froh sein. Er mag Oskar nicht. Sagt er jedenfalls. Ich glaube, er will bloß nicht teilen müssen. Muss er nicht mehr.« Sie schniefte.

»Wir kennen uns von früher, wissen Sie«, wandte sie sich weiterhin an ihre Knie. »Noch aus der Schule. Wir haben uns erst vor ein paar Monaten zufällig wiedergetroffen, und warum sollte man in unserem Alter groß überlegen, es ist ja nicht so, dass die Männer Schlange stehen bei mir, zumal Roman – er kann ein bisschen schwierig werden, wenn ihm was nicht passt, typisch Einzelkind, und dass er ohne Vater aufwächst, hilft auch nicht wirklich. Ich glaube, er hofft immer noch, dass wir wieder zusammenkommen, dabei hat Klaas längst eine andere, schon während meiner Schwangerschaft, nur hab ich da noch nicht gewusst, dass ich schwanger bin, und dann war sie auch schwanger, und inzwischen hat er außer Roman noch drei Kinder, alles Mädchen. Er kümmert sich um Roman, so gut er kann, ist ja auch sein einziger Sohn, aber das reicht nicht, das ist zu wenig für ein Kind wie Roman.«

Was für ein Wirrwarr, außerdem kannte Zinkel einen Großteil der Geschichte bereits. Er wechselte einen beredten Blick mit Enno, der ebenso ratlos schien, wie sie aus der Nummer rauskämen.

»Ich hab gedacht, dass eine männliche Bezugsperson gut wäre für ihn, aber er war von vornherein störrisch«, plapperte Barkowitz weiter. »Gut, Oskar hat ihn oft kritisiert und versucht, ihn dazu zu bringen, mehr Sport zu machen, ganz großer Fehler, aber wir hätten das trotzdem hinbekommen, da bin ich sicher. Und jetzt steh ich wieder allein da.«

»Wer wusste denn, dass der Wagen Ihres Lebensgefährten fahruntauglich war?«, erkundigte sich Zinkel in der Hoffnung, ihren Monolog auf diese Weise beenden zu können.

Immerhin richtete Barkowitz sich auf und sah ihn an. Oder durch ihn hindurch. Ihre Augen waren trocken, das wunderte Zinkel. Ach was, beschwichtigte er seinen plötzlichen Argwohn, die beiden waren nur ein paar Monate zusammen gewesen, da war es schon nachvollziehbar, dass die Trauer nicht so überwältigend war. Außerdem trauerte jeder auf seine Weise, die Tränen würden schon noch kommen. Er wollte dann lieber nicht dabei sein.

»Wie meinen Sie das? Glauben Sie, es war kein Versehen?«, fragte sie.

»Nur der Vollständigkeit halber«, wiegelte Enno ab, »reine Routine.« Er verdrehte die Augen. Sie konnten beide die überstrapazierte Floskel nicht ausstehen, doch zumeist erfüllte sie ihren Zweck.

»Niemand«, sagte Barkowitz, »außer Frauke und Heino.«

»Ihr Sohn nicht?«, vergewisserte sich Zinkel, dem Westerkamps Bemerkung nicht aus dem Sinn ging.

»Doch, schon, aber was auch immer Sie damit andeuten wollen: Er ist gerade mal vierzehn Jahre alt. Ein Kind!«

Dem Wort hatte sie mehr als nur ein Ausrufezeichen verpasst, fand Zinkel, beinahe, als fände sie den Gedanken gar nicht so abwegig.

»Kim wusste es auch.« Barkowitz legte eine trotzige Miene auf. »Und wahrscheinlich noch jede Menge Nachbarn, die gesehen haben, wie Heino und Oskar über der Motorhaube hingen.«

»Der Termin in Hamburg«, schaltete sich Enno ein, »stand der schon länger? Und wer wusste davon?«

»Ich glaub, das war am Samstag, dass der Anruf kam, oder Sonntag?« Barkowitz runzelte die Stirn. »Ein Angebot, das er nicht ausschlagen könne, hat er gesagt. Ich hab nicht weiter drüber nachgedacht, seine Geschäfte interessieren mich nicht besonders, aber jetzt … Er war eigentlich das ganze Wochenende über seltsam, irgendwie abwesend – abweisend sogar, wenn ich's mir recht überlege. Das war gar nicht seine Art.«

»Aber Genaueres über dieses Angebot hat er nicht verlauten lassen?«

»Nein, ich verstehe davon nichts, und das war auch okay für ihn. Auf der Feier war die Rede von dem Termin, aber wer von den Gästen das mitbekommen hat – keine Ahnung.«

»Fällt Ihnen jemand ein, der etwas gegen Ihren Lebensgefährten hat?«, erkundigte sich Enno.

»Ich weiß nicht, ob er sich geschäftlich Feinde gemacht hat, wie gesagt, darüber haben wir nie gesprochen. Und privat – er wohnt ja noch nicht lange hier, deshalb kennt er kaum jemanden. Ich kann mir das nicht vorstellen. Heino mag ihn nicht, aber deswegen bringt man doch niemanden um.«

»Ist zwischen den beiden etwas vorgefallen, oder wie kommt das?«, hakte Zinkel nach.

»Nee. Reine Chemie, glaub ich.«

»Und was ist mit Westerkamp? Wissen Sie, ob er mit jemandem Stress hatte?«, fragte Enno.

»Heino ist eine Seele von Mensch.« Barkowitz entrüstete sich regelrecht. »Die sprichwörtliche harte Schale mit dem weichen Kern …« Sie ließ den Satz verklingen, als wolle sie ihre Aussage nochmals überdenken.

»Aber?«, sekundierte Zinkel.

»Frauke sagt, er ist komisch in letzter Zeit. Ach was«, sie winkte ab, »ich glaube die beiden haben ein bisschen Stress, hauptsächlich wegen Kim, die schlägt im Augenblick etwas über die Stränge, sie bleibt zu lange aus, ist Gothic-Anhängerin, so was in der Art. Alles nichts Dramatisches.«

»Oh«, entfuhr es Enno.

Er schien über Gebühr entsetzt, fürchtete vermutlich ähnliche Entgleisungen der Zwillinge. Ein bisschen verfrüht, fand Zinkel. »Irgendwelche Drohungen hat er aber nicht erhalten?«, erkundigte er sich.

»Keine Ahnung. Wenn es so wäre, hätte er das Frauke nie und nimmer erzählt«, sagte Barkowitz. »Sie neigt sowieso dazu, immer und überall Katastrophen zu erwarten, mit so etwas könnte sie nicht gut umgehen.«

Den Eindruck hatte Zinkel allerdings auch gehabt. »Ist Ihnen seit Sonntagmittag irgendwas aufgefallen, was anders war als sonst?«, fragte er.

Barkowitz schüttelte lediglich den Kopf.

»Ein fremdes Auto in der Straße, unbekannte Menschen?«, detaillierte Enno.

»Nee, ich glaub nicht. Warten Sie, letzte Nacht ist eine Horde Jugendlicher hier sehr lautstark durch die Straße gezogen. Irgendwas ist auch zu Bruch gegangen.«

»Jemanden erkannt?«

»Ich bin gar nicht erst aufgestanden«, sagte Barkowitz, »es hörte sich nicht allzu dramatisch an und hat mich nicht weiter interessiert.«

Merkwürdig, überlegte Zinkel, er hatte von ausufernden School's-out-Partys gehört, wenngleich er selbst noch keine erlebt hatte, aber School's-in-Partys waren ihm neu.

***

Marilene warf einen Blick auf die Uhr über der Spüle. Gleich elf. Zwar hatte sie sich für den Vormittag wohlweislich nur Papierkram vorgenommen, aber selbst der wollte erledigt werden, sonst drohte Nachtschicht, und das nach diesem anstrengenden Wochenende.

Gerrits Überraschungs-Verlobungsfeier am Samstag hatte sich bis drei in der Früh hingezogen und war nach wenigen Stunden komatösen Schlafs am Sonntag wieder aufgenommen worden, abermals bis mitten in die Nacht. Sie gähnte verstohlen und versuchte, das Stimmengewirr auszublenden. Zwar waren sie nur noch zu sechst, und Rebekka redete sowieso nur in äußerster Bedrängnis, aber dafür bemühte sich Gerrit wacker um Ausgleich und plapperte ohne Unterlass. Geradeso, als sei er die letzten Tage nicht ausreichend zu Wort gekommen. Was eine glatte Lüge wäre. Gerrit kam immer zu Wort. Fast immer.

»Aufbruch!«, kommandierte Hanna und flocht im Handumdrehen ihr Haar zu einem lockeren Zopf, um dessen Ende sie ein Gummiband schlang.

»Schön, dass ihr kommen konntet«, sagte Marilene.

»Ja, das war echt toll«, sagte Gerrit und holte bereits Luft, um weiterzuplappern, die Augen krampfhaft aufgerissen, ein kleiner Junge, der um Aufschub bettelte.

Hanna erstickte das Ansinnen im Keim. »Habt ihr auch nichts vergessen?«, fragte sie.

»Hast du doch schon kontrolliert, gib's zu«, sagte Paula.

»Und wessen Handy lag da wohl unterm Bett?« Hanna hielt das Gerät in die Höhe.

Rebekka streckte so widerwillig die Hand danach aus, dass Marilene vermutete, sie war es leid, erreichbar zu sein, und habe es auf die Art loswerden wollen.

»Nächstes Mal suchen wir zusammen ein besseres Versteck«,

versprach Gerrit, »'ne Blumenvase oder so was. Hanna kann ja nicht die ganze Wohnung umkrempeln.«

Rebekka holte aus, und der Wurf wäre rekordverdächtig gewesen.

»Nützt auch nichts«, bremste Paula sie, »du weißt doch, sie kauft dir bloß wieder ein neues.«

Rebekka seufzte zum Erbarmen.

»Es ist doch nur für den Notfall«, sagte Hanna in diesem universellen Ich-will-doch-nur-dein-Bestes-Ton, den normalerweise Eltern an den Tag legten. »Abmarsch.« Sie breitete die Arme aus und scheuchte ihre Schwestern vor sich her.

Telefon.

»Ich hab Frau Barkowitz dran«, sagte Renate, »es ist anscheinend wichtig.«

»Okay, stell sie durch.« Marilene winkte den Schwestern hinterher.

»Oskar ist tot«, flüsterte Sophie Barkowitz.

»Ach du Schreck, das tut mir leid«, heuchelte Marilene und ging hinüber ins Wohnzimmer, um zu verhindern, dass Gerrit oder Lothar die Unterhaltung verfolgen konnten. Ihren Teil der Unterhaltung. Sie schloss die Tür. Die beiden hatten Ohren wie Luchse, und es war so schon schwierig genug, Lothars ganz spezielle Fähigkeiten auszutricksen. Luchse, schlug sie die Brücke zum Zoobesuch, den sie mit Arne plante. Wenn sie intensiv genug daran dachte, würde sie Lothar vielleicht in die Irre leiten können.

»Was ist denn passiert?«, fragte sie.

»Eine Autobombe.«

»Oh«, wiederholte sie. Drastisch. Ihr schöner Plan im Eimer. Ein schneller Tod, und er hatte es nicht mal kommen sehen. Er hätte in den Knast gehört, nicht in die Kiste.

»Es war nicht sein Auto«, erläuterte Barkowitz, »das ist nicht angesprungen, deswegen hat er das von Heino ausgeliehen, und das ist explodiert. Die Polizei glaubt, dass der Anschlag Heino gegolten hat.«

»Vielleicht stimmt das ja«, überlegte Marilene. »Wer ist Heino?«

»Der Mann meiner Freundin«, sagte Barkowitz mit deutlicher

Entrüstung in der Stimme, als müsse Marilene ihr gesamtes Umfeld kennen.

»Und wer könnte einen Grund gehabt haben, Heino in die Luft zu jagen?«

»Frauke bestimmt nicht«, antwortete Barkowitz. »Keine Ahnung. Er ist nett, auch wenn er nicht so aussieht. Ehrlich gesagt, er sieht aus wie ein Krimineller. Er arbeitet als Wachmann, hauptsächlich nachts. Ich wüsste nicht, was so einen zum Ziel eines Anschlags machen sollte.«

»Vielleicht hat er was gesehen, was er nicht hätte sehen sollen«, schlug Marilene vor. Es konnte nicht schaden, die Annahme der Polizei zu stützen, wie abwegig sie auch sein mochte.

»In Leer«, sagte Barkowitz trocken, »sehr witzig.«

An sich fand Marilene die Vorstellung einer in Leer explodierten Autobombe noch viel witziger. Und der grandiose Zufall, dass jemand Heino ans Leder gewollt hatte, schwarzbraun oder nicht, während nebenan ein echter Krimineller lebte, war erst recht zum Lachen. Zum Totlachen geradezu.

»Mir kommt das alles so unwirklich vor«, klagte Barkowitz.

Mir auch, stimmte Marilene innerlich zu. Mit einem Schlag sollte alles vorüber sein? Keine Gefahr mehr drohen? Unvorstellbar. Sie würde sich erst daran gewöhnen müssen, dass sie sich nun nicht mehr dauernd umzuschauen brauchte.

»Ich kann's nicht glauben«, sagte Barkowitz, »mir ist, als würde ich neben mir stehen und zuschauen, wie ich weine, ohne zu wissen, warum. Und ich denke, er müsste jeden Moment zur Tür hereinkommen.«

Nur das nicht, bat Marilene. »Sie Ärmste«, sagte sie. Sie brachte es nicht fertig, Beileid zu bekunden, das sie nicht empfand. »Hat die Polizei Sie nur informiert oder auch befragt?«, erkundigte sie sich.

»Beides. Sie wollten wissen, wieso Oskar Heinos Wagen genommen hat, ob er Feinde hatte. Na ja, wie denn? Er wohnt doch erst seit Kurzem hier. Deswegen ist es eigentlich logisch, wenn sie glauben, Heino sollte das Opfer sein.«

»Das sehe ich genauso«, sagte Marilene. »Es ist gut, dass Sie mich trotzdem benachrichtigt haben. Die Polizei wird ihre Erkenntnisse erst auswerten, das kann ein bisschen dauern. Sollten Sie daraufhin doch noch mal befragt werden, lassen Sie mich das unbedingt wissen, weil wir dann davon ausgehen müssen, dass belastende Indizien vorliegen«, mahnte sie.

»Was für Indizien denn?«

»Ich wollte damit nur sagen, dass bei einem Mordfall immer auch die Angehörigen unter die Lupe genommen werden. In Ihrem Fall womöglich genauer als sonst, da bereits wegen Tammo gegen Sie ermittelt wird.«

Barkowitz stöhnte. »Ich will mein Leben zurück«, flüsterte sie.

Du hast es gerade bekommen, dachte Marilene, und ich auch. »Machen Sie sich nicht verrückt«, sagte sie laut, »wir kriegen das schon hin.«

Im Grunde, überlegte Marilene, nachdem sie das Gespräch beendet hatte, wäre es ganz praktisch, wenn jetzt niemand mehr erführe, wer Oskar wirklich gewesen war. Sonst würde nämlich der Kreis der Verdächtigen beträchtlich anwachsen.

Jedenfalls konnte Hanna nun ihren Schwestern unbesorgt hinterherfahren und die Fäden, an denen sie hatte ziehen wollen, kappen, was immer das im Einzelnen hatte bedeuten sollen. Ein Freund beim BKA – oder war es LKA? –, der Hanna noch einen Gefallen schuldig war, grübelte Marilene. Hanna hatte die Information nur widerwillig preisgegeben, und so hatte sie nicht weiter insistiert.

Sie hatten das Treffen mit Olaf mit Bedacht für morgen angesetzt, damit Paula und Rebekka erstens aus der Schusslinie und zweitens ahnungslos wären, sollte irgendetwas schiefgehen. Der Gedanke, dass Hanna sich genau das wünschte, hatte Marilene kurz gestreift, doch sie hatte ihn augenblicklich verworfen, für so etwas war Hanna viel zu korrekt. Und jetzt war sogar der Hauch eines Zweifels müßig.

Es war verrückt, da hatte sie so unendlich viele Gedanken an Olaf verschwendet, und auf einmal, aus heiterem Himmel, war er nicht mehr da. In die Erleichterung darüber mischte sich fast etwas wie Enttäuschung. Komm schon, rief sie sich zur Ordnung, er hatte nie ihr Lebensinhalt sein sollen.

Das war ja gerade der Punkt.

Möge er in der Hölle schmoren, dachte sie inbrünstig, fürchtete jedoch, dass Hölle ein bloßes Konzept war, geschaffen von jenen, die selbst hineingehörten. Wie Olaf. Oskar. Oder wie auch immer er wirklich hieß. Trotzdem empfand sie einen Rest von Bedauern, und damit gewann ihre Rechtsstaatlichkeit wieder Oberhand: Sie hatte sich so auf Olafs Miene gefreut, auf den Moment, wenn er erkannte, wer hinter der vermeintlichen Erpressung steckte. Wenn er erkannte, dass es diesmal kein Entkommen gab. Wenn die Handschellen klickten. Und das hätten sie auf jeden Fall. Denn entweder wäre er bewaffnet erschienen, um den Erpresser zu beseitigen, oder er hätte die geforderte Summe bei sich gehabt, was ein klares Schuldeingeständnis gewesen wäre.

Marilene seufzte. Ihr Repertoire an menschlichen Regungen war heute Morgen nicht zu übertreffen. Sie suchte ihr Prepaidhandy und schickte eine SMS an Hanna: »Kannst nach Hause. Olaf ist tot. M«.

»Olaf ist tot«, wiederholte sie flüsternd. Sie konnte es schon beinahe glauben.

12

»Schräger Typ.« Charlie wies mit dem Daumen hinter sich.

»Reicht hoffentlich für eine Festnahme«, flachste Zinkel. Während ihrer kurz geratenen Mittagspause hatte er Charlie angerufen und sie gebeten, ihn und Enno bei der Befragung der Anwohner zu unterstützen. Das war zeitraubender gewesen, als er erwartet hatte. Wenn sie nur entsprechend neugierig waren, konnten Ostfriesen nämlich direkt gesprächig sein. Mit dem bislang einzigen Ergebnis, dass seine Blase überstrapaziert war von all dem Tee, zu dem er genötigt worden war.

»Nee, und ich glaube, Priewes Frau bedauert das außerordentlich.«

»Interessant«, sagte er und schaute zum Haus hin. Neugierig, in der Tat. Priewe lehnte oben im offenen Fenster, die Arme auf die Fensterbank gestützt, von wo aus ihm weder Wort noch Regung entgehen würden. Nur dass es nicht mehr allzu viel zu sehen gab. Die Überreste des Toten waren mittlerweile abtransportiert worden, und das Autowrack wurde gerade verladen. Die Presse war längst abgezogen, nur ein letzter Schaulustiger schoss noch ein paar Handyfotos. »Priewe hört mit«, warnte er Charlie flüsternd. »Was hat er gesagt? Ist bestimmt ein guter Zeuge.«

»Korinthenkacker«, flüsterte Charlie zurück.

Ja, stimmte Zinkel zu, das war auch sein erster Eindruck gewesen. Vielleicht wegen der Frisur des Mannes, der Strähne für Strähne sorgsam über die kahlen Stellen am Oberkopf gelegt und mit einem Haufen – nein, nicht Gel, eher Pomade fixiert hatte. Sah fettig aus von hier unten.

»Heute Morgen ist ihm nichts aufgefallen.« Charlie sprach noch immer leise. »Die Horde Jugendlicher letzte Nacht, das hat schon jemand erwähnt, war anscheinend nicht so jung. Er sagt, der Statur nach habe es sich um Erwachsene gehandelt, drei oder vier, genau konnte er das nicht erkennen, weil die Straßenlaterne zwischen seinem und Westerkamps Haus zu Bruch gegangen war. Davon ist er überhaupt erst wach geworden. Laut seiner Aussage muss einiges an Alkohol im Spiel gewesen sein, einer der Leute soll sich übergeben haben, und zwar direkt neben Westerkamps Auto. Da es aber nicht bei ihm vorm Haus war, hat ihn das Ganze nicht weiter interessiert. Im Übrigen gehöre der Hund von Westerkamps weg. Eine Zumutung für die Nachbarschaft, das Tier, und mit Sicherheit gefährlich, sonst wäre er wohl auch kaum im Zwinger.«

»Wir sind die –«

Charlie schnitt ihm das Wort ab. »Ja, ja, hab ich gesagt, und weißt du, was kam? ›Typisch Beamte, in der freien Wirtschaft gibt's so was nicht, alles auf andere abwälzen und ein Heidengeld dafür kassieren‹«, imitierte sie Priewe.

»›Von meinen Steuern‹ kam nicht noch?«, fragte Zinkel.

»Na logisch, was denkst du denn? Auf jeden Fall hat Frau Priewe überhaupt nichts mitbekommen, sie sei erst von der Explosion geweckt worden. Sie habe einen überaus gesunden Schlaf, sagt ihr Mann. Super-Ehe, echt«, kommentierte Charlie.

»Na gut.« Er konsultierte die stümperhafte Zeichnung, die er angefertigt hatte. »Ich glaub, wir sind dann durch, bis auf Kim Westerkamp. Teambesprechung morgen um neun. Du kannst Feierabend machen oder mich begleiten, wie du willst.«

»Ach, ich komm mit. Muss doch den Hund begutachten.«

»Fein.« Zinkel wandte sich um und ging voran.

Zum dritten Mal klingelte er jetzt bei Westerkamps, und er hoffte sehr, dass die Tochter sich endlich eingefunden hatte.

Hatte sie. Nur gut, dass Barkowitz ihn gewarnt hatte, sonst wären ihm möglicherweise die Züge entgleist angesichts dieser Rhapsody in Black. Die Haut war das Einzige, was an dem Mädchen, das ihnen öffnete, nicht schwarz war. Sie war dermaßen auf bleich geschminkt, dass man eher an Tote denken würde denn an die vornehme Blässe früherer Zeiten. Nicht gerade der Traum schlafloser Nächte, das geht schon eher Richtung Alptraum, dachte Zinkel. »Moin«, sagte er, »Kripo. Zu dir wollten wir. Kim, richtig? Musstest du nachsitzen?« Er grinste.

Der Eisbrecher versagte, das Mädchen stiefelte von dannen. Sie folgten ihr ins Wohnzimmer, wo ein ziemlich großer, farblich perfekt auf sie abgestimmter Hund den Teppich ausklopfte.

»Papa«, rief sie mit rauer Stimme, »die Cops!« Sie ließ sich breitbeinig in einen Sessel fallen und wedelte unbestimmt mit der Hand in der Luft herum. »Wollen Sie was trinken oder so?«, sagte sie.

»Mehr oder so«, entgegnete Zinkel, »dauert auch nicht lange.«

Westerkamp kam herein, stellte sich hinter seine Tochter und legte die Pranken auf ihre Schultern, was sie kleiner und jünger wirken ließ. Allerdings hatte Zinkel auch so den Eindruck, dass sich unter all der dramatischen Schminke nur ein kleines Mädchen verbarg, das Verkleiden spielte. Ein verletztes kleines Mädchen. Er fragte sich, was sie plagte.

»Es geht um die letzten Tage. Seit Sonntag«, spezifizierte er, »wir müssen wissen, ob dir irgendwas aufgefallen ist.« Er konnte seine eigene Leier nicht mehr hören.

»Fremde in der Straße, seltsame Anrufe, alles, was auch nur ein bisschen anders war als sonst«, sprang Charlie für ihn ein.

»Da war nichts«, sagte Kim.

»Den Lärm letzte Nacht hast du nicht gehört?«, fragte Charlie.

»Ach doch, irgendwelche Besoffenen, stimmt, aber als ich rausgeguckt hab, waren die schon weg. Die Laterne war kaputt. Haben die wohl geschrottet.«

»Und heute Morgen?«

»Alles normal.«

»Jemand soll sich auf der Straße neben eurem Auto übergeben haben. Hast du da was von gesehen?«

»Meinen Sie die Kotze? Iiih«, Kim schüttelte sich, »da würd ich gar nicht erst hingucken.«

Zinkel nickte.

»Glaub nicht, dass da was war. Wir sind ja alle mit dem Fahrrad zur Schule, einer wär bestimmt da reingefahren und hätte es gemerkt. Hat keiner was gesagt.«

Zinkel merkte ihr an, dass sie allmählich auf den Trichter kam, worum es ging, und ließ ihr Zeit.

Nicht so Westerkamp. »War's das dann?«, fragte er, an der Grenze zur Unhöflichkeit schlitternd.

Kim wand sich unter den Händen ihres Vaters heraus, stand auf und begann, auf und ab zu wandern. Der Hund folgte ihr. Sah witzig aus, wie beide versuchten, nirgendwo anzustoßen und einander nicht über den Haufen zu rennen, fand Zinkel. Das Wohnzimmer war ordentlich vollgestellt, da musste man aufpassen.

Auf einmal blieb das Mädchen stehen und stemmte die Hände in die Hüften. »Da war eine Joggerin heute Morgen, als ich in die Schule bin. Die war voll fertig, hat sich vornübergebeugt und rumgekeucht. Sonst trifft man eh immer dieselben Typen, weil, jeder hat ja so seine Gewohnheiten. Aber die hab ich noch nie gesehen.«

»Kannst du sie beschreiben?«, erkundigte sich Charlie.

»Nee. Hab nicht weiter auf die Tussi geachtet. Joggingklamotten halt, Basecap, kein Neonzeug, mehr so dunkel, vielleicht schwarz.«

»Größe? Haarfarbe?« Zinkel ließ nicht locker.

»Die Haare waren verdeckt, und sie stand nicht aufrecht, also keine Ahnung.« Kim breitete die Hände aus, was der Hund zum Anlass nahm, ihr die Finger abzuschlecken. Das Wedeln des Tiers hätte einem Ventilator alle Ehre gemacht. »Aus«, sagte Kim und zog die Hände weg.

Der Hund zog einen Flunsch, drehte ab und machte, wiederum wedelnd, Anstalten, sich Charlie zuzuwenden. Charlie wich einen halben Schritt zurück. Wie, nein?, schien der Hund zu sagen und wedelte heftiger, traf dabei ein Glas, das auf dem Couchtisch stand, und fegte es zu Boden, wo es krachend zersprang. Er flüchtete sich mit einem Satz aufs Sofa, kauerte sich nieder und legte die Pfoten über die Augen, ob vor Schreck oder schlechtem Gewissen, konnte Zinkel nicht beurteilen.

»Kira«, sagte Westerkamp vorwurfsvoll.

Kim lachte.

Kira schaute vorsichtig unter den Pfoten hervor.

In der Tat, sehr gefährlich, das Tier, dachte Zinkel. »Okay, das war erst mal alles«, sagte er. »Der Streifenwagen bleibt die Nacht vor dem Haus, sicher ist sicher.«

»Das ist nicht nötig. Ich kann selbst auf meine Familie aufpassen.« Westerkamp richtete sich zu voller Größe auf. »Und Kira ist ja auch noch da.«

»Hat Kira gar nicht angeschlagen letzte Nacht?«, erkundigte sich Charlie.

»Kira bellt nicht«, kam es reflexhaft von Westerkamp.

»Na sehen Sie«, sagte Zinkel, »bleibt dabei. Streifenwagen.«

***

Wieder ein Keller. Aber dieser war wenigstens warm. Außerdem gab es ein Klo und ein Waschbecken im selben Zimmer, das war praktisch. Und das Licht war immer an. Aber das nutzte ihm nichts, weil er kein Buch zum Lesen hatte. Wenn er wach war, stellte er sich manchmal an die Heizung.

Er war nicht oft wach. Er konnte sich gar nicht erinnern, wann er schon mal so müde gewesen war. Dauernd fielen ihm die Augen zu, und einmal war er sogar hingefallen, weil er eingeschlafen war, bevor er es zurück zum Bett geschafft hatte. Ein altes Bett. Es quietschte, wenn er sich bewegte. Er bewegte sich nur, wenn er allein war, das schien ihm sicherer. Immer, wenn jemand kam, tat er so, als würde er schlafen.

Es war immer die Frau mit den silbernen Haaren, die ihm manchmal ein Tablett mit Sachen zum Essen brachte. Sie stellte es in die Ecke und beobachtete ihn eine Weile, bevor sie wieder ging. Erst wenn er hörte, wie der Schlüssel umgedreht wurde, setzte er sich auf. Wie gerade eben.

Er schaute, was es gab. Schon wieder Suppe. Er würde lieber was Richtiges essen, aber wahrscheinlich musste er froh sein, dass er überhaupt was bekam. Eigentlich hatte er keinen Hunger. Vom Arbeiten bekam man Hunger, aber nicht vom Rumliegen. Wenn er nicht dauernd schlafen würde, wäre ihm langweilig. Er wollte lieber arbeiten. Dann ging die Zeit schneller rum. Als er noch bei Massa gewohnt hatte, war es immer sein größter Wunsch gewesen, dass die Zeit bis zu Jans nächstem Besuch schneller rumging. Wenn er dann da war, endete die Zeit, und wenn er wegfuhr, fing sie wieder an. Aber hier würde Jan ihn nicht besuchen, also war es egal, wie schnell die Zeit war. Er würde nur gern wissen, was passieren würde, wenn die Zeit endete.

Wieso war er hier? Wurden Menschen vielleicht eingeteilt in Leute, die oben wohnten, und Leute, die im Keller leben mussten? Was man wohl tun musste, damit man nach oben kam? Bei Massa war es der kranke Zahn gewesen. Aber er konnte ja nicht den nächsten Zahn krank machen, er wusste nicht mal, wie das ging, und noch ein Loch wollte er auch nicht haben. Also musste er warten. Wie lange noch? Wie lange war er überhaupt schon hier? Er konnte nicht sehen, ob es Tag war oder Nacht, weil dieser Keller kein Fenster hatte. Genauso wie das Auto, zu dem ihn der Mann mit den roten Haaren gebracht hatte.

Irgendwie hatte er ja gleich gewusst, dass der Mann mit den großen Zähnen kein Anwalt war. Er hatte es bloß gehofft. Er hatte ihn gefragt, warum er so große Zähne hatte. Damit ich dich besser fressen kann, hatte der Mann gesagt und ganz gemein gelacht. Er glaubte zwar nicht, dass Menschen Menschen essen konnten, aber ganz sicher war er nicht gewesen. Der Mann mit den großen Zähnen hatte ihn gefragt, ob er sauber war. Blöde Frage, er war doch kein Gemüse, außerdem hatte er am Nachmittag geduscht. Er hatte ihn abgetastet, aber nur bis zu den Knien. Vielleicht hatte er Probleme mit dem Rücken. Das war ein Glück gewesen, sonst wäre sein Messer bestimmt weg. Danach hatte der Mann ihm ein Tuch vor den Mund gedrückt, und es hatte ganz eklig gestunken, und er war eingeschlafen.

Irgendwann war er wieder wach geworden, und da war er richtig froh gewesen, dass niemand ihn gegessen hatte. Bis ihm klar geworden war, dass er schon wieder in einem Keller lag. Das war nicht gut. Gemein war es auch. Wo er doch schon so weit gekommen war.

Die Zeit bei dem Mann mit den roten Haaren war die beste in seinem ganzen Leben gewesen. Nur Schule hatte noch gefehlt, sonst war es echt toll gewesen. Frau Ke war ziemlich nett. Sie war auch ein Diener, und sie hatte alles für ihn gemacht. Er hatte sich nicht getraut, ihr zu sagen, dass er solche Sachen selber konnte, weil der Mann gesagt hatte, er sollte lieber gar nichts sagen. Also war er still gewesen. Nur mit dem Hund, mit Kira, hatte er geredet, aber heimlich. Kira hatte ihn verstanden. Wenn der Mann mit den roten Haaren sie aus dem Auto gelassen hätte, dann hätte er selbst bestimmt nicht in das andere Auto steigen müssen.

Er hatte nicht verstanden, warum der Mann ihn weggegeben hatte, wo er doch alles richtig gemacht hatte. Er soll ihm vertrauen, hatte er gesagt. Aber wie lange denn noch? Ob er überhaupt mal hier rauskam? Es war doch bestimmt teuer, jemandem zu essen zu geben, ohne dass er dafür arbeitete. Also war es eigentlich dumm, ihn hier unten zu lassen. Er würde echt alles machen, wenn er nur wieder raus durfte.

Sobald er konnte, würde er sich einen Hund kaufen. Ob das Geld reichte? Es steckte in den Schuhen, die er von dem Mann mit den roten Haaren bekommen hatte. Sie waren ein bisschen groß, aber dafür drückten sie nicht, und er hatte Platz genug für das Geld gehabt. Es war ein gutes Gefühl, wenn er mit den Zehen wackelte und merkte, dass es da war. Nur die Farbe gefiel ihm nicht. Rosa.

War sein Messer noch in der Jacke? Er hatte es lieber dort reingetan, weil er sich nicht aus Versehen schneiden wollte. Jedes Mal, wenn er wach wurde, guckte er als Erstes, ob es noch in der Tasche steckte, nur diesmal nicht. Schnell holte er das nach. Alles in Ordnung.

Er spielte ein bisschen am Griff rum und dachte nach. Wenn die Frau das nächste Mal kam, könnte er ihr vielleicht sagen, dass sie ihn gehen lassen musste, weil er ihr sonst wehtun würde. Sie war schon sehr alt, und groß war sie auch nicht. Das könnte klappen. Aber es gab auch einen Mann im Haus. Den hatte er zwar noch nicht gesehen, aber gehört. Seine Stimme war sehr laut, und seine Schritte machten immer viel Krach. Er stellte sich vor, dass er echt groß war. Wenn das stimmte, war sein Messer viel zu klein.

***

Westerkamp schüttete die Scherben in den Abfalleimer, verknotete den Müllbeutel und brachte ihn raus in den Schuppen. Unnötig, dass Frauke von dem Missgeschick erfuhr, es würde sie bloß wieder auf dumme Gedanken bringen. Kira war ihm gefolgt. Sie nickte ein »Danke, Mann« Richtung Mülleimer und sprang wie befreit und auf schnellstem Weg zurück ins Haus, wo sie mit einem Hier-kriegt-mich-keiner-mehr-raus-Ausdruck auf ihn wartete.

»Schon klar«, murmelte er, strich ihr über den Kopf und ging zurück in sein Arbeitszimmer.

Eigentlich war der Brief, an dem er gesessen hatte, als die Bullen gekommen waren, fast fertig. Er las ihn noch einmal durch und grübelte aufs Neue, ob er die Kohle erwähnen sollte oder nicht. Entschied sich wieder dagegen. Sollte der Brief je beim Empfänger eingehen, wäre er tot, und dann würden Frauke und Kim das Geld gut gebrauchen können. Aber würden sie's auch finden? Wahrscheinlich erst, wenn irgendwo ein Nagel einzuschlagen wäre. Er nahm sich vor, den einen Hammer, der griffbereit im HWR lag, ebenfalls in seiner Werkzeugkiste zu verstauen, das könnte die Sache beschleunigen.

»Na dann«, sagte er, druckte den Brief aus, setzte seine Unterschrift darunter und steckte ihn in einen A4-Umschlag, den er sorgfältig zuklebte.

Ausgesprochen unscheinbar für etwas so Wichtiges, fand er, ein rotes Siegel müsste drauf, das würde etwas mehr hermachen. Im Falle meines Todes ... ach was, das sollte der Anwalt erledigen, er wollte nicht riskieren, dass Frauke oder Kim den Satz zu Gesicht bekamen.

Westerkamp ging in die Küche, um zu schauen, was draußen los war. Nichts. Die Straße war menschenleer. Bis auf den verdammten Streifenwagen. Bald war Feierabend, er musste sich ranhalten, wenn er heute noch zum Anwalt wollte. Außerdem war die Gelegenheit günstig, solange Frauke noch nicht zurück war. Anscheinend heulte Sophie sich die Augen aus, oder wieso dauerte das so lange?

»Kim?«, rief er nach oben. »Kimmi!«

»Was?«

»Kannst du mir einen Gefallen tun?«

»Nee.« Sie spähte zu ihm runter, die Augen zu Schlitzen zusammengekniffen. »Ich bin sauer auf dich, schon vergessen?«

Wie könnte er. »Ich hab eine Idee wegen des Jungen«, sagte er und wusste, dass sie nun einlenken würde. »Dafür muss ich weg, aber die Polizei muss das nicht unbedingt mitkriegen. Also könntest du vielleicht mit meinem Rad wegfahren, es hinten bei Hartemas abstellen und durch die Gärten zurückkommen?«

»Und was sag ich Mama, wenn sie nach dir fragt?«

»Am besten gar nichts«, entgegnete er. Keine gute Idee. »Frische

Luft, vielleicht«, schlug er vor, »eine Runde mit dem Rad. Ist nicht mal gelogen.«

»Meinetwegen«, gab Kim nach, »aber ich will wissen, was dabei rauskommt. Und es kommt besser was dabei raus«, schob sie hinterher. »Ach, und vergiss bloß dein Handy nicht, sonst dreht sie durch.«

Westerkamp nickte nur. Es lag kein großer Unterschied zwischen Aufpassen und Bevormunden. Und beides war weiblich.

Kim zog sich eine Jacke über und verließ das Haus. Er schaute wieder hinaus. Richtig vermutet, beglückwünschte er sich, die beiden im Streifenwagen würdigten Kim kaum eines Blickes. Er griff nach seiner Lederjacke, überlegte es sich anders und wählte die Regenjacke. Neben seiner Tarnkappe eine Kapuze zu haben, wäre sicher praktisch. Er stopfte die Mütze für später in die Tasche, steckte den Umschlag in einen Jutebeutel und hängte ihn sich über die Schulter.

»Kimmi kommt gleich zurück«, beruhigte er Kira, während er über den Rasen nach hinten ging, wo er eine Kirschlorbeerhecke gepflanzt hatte, um Hartemas verwitterten Zaun zu kaschieren, der Frauke ein Dorn im Auge gewesen war. Aus unerfindlichen Gründen hatten die rückwärtigen Nachbarn ihre aneinandergrenzenden Grundstücke nicht mit einem gemeinsamen Zaun voneinander getrennt, sondern jeder hatte seinen eigenen gesetzt und dabei einen Spalt gelassen, der zwar nicht als Durchgang gedacht, aber durchaus als solcher geeignet war. Kiras wegen hatte Westerkamp die Lücke mit einem Zaunelement geschlossen, das er jedoch nur angelehnt hatte. Er stellte das Hindernis zur Seite.

»Müssen wir das Spiel wiederholen, wenn du zurückkommst?«, fragte Kim, die ihn bereits erwartete und ihm den Schlüssel in die Hand drückte.

»Logisch«, sagte er.

»Dann ruf mich vorher an«, befahl Kim, »dieser Durchgang ist grässlich.«

Gedanklich trat er sich in den Hintern. Er hätte das nicht von ihr verlangen dürfen, viel zu eng für jemanden, der gerade erst einer Gefangenschaft entkommen war. »Ach was, ich lass das Rad nachher im Durchgang«, versprach er und zwängte sich zwischen den knarzenden Brettern hindurch. Selbst ihn beschlich eine Ahnung von Klaustrophobie, erst recht, wenn er ein ums andere Mal stecken zu bleiben drohte und drängeln musste, dass sich die Balken bogen. Irgendetwas fiepte zu seinen Füßen, eine aufgeschreckte Maus, eine Ratte etwa?, in all dem wuchernden Gestrüpp war es nicht zu erkennen. Mit einem regelrechten Plopp stürzte er ins Freie, entriegelte das Fahrradschloss und trat in die Pedale, als sei der Teufel persönlich hinter ihm her. Könnte hinkommen.

***

»Weißt du was?«, fragte Roman.

»Nö. Spuck's aus«, forderte Gerrit ihn auf.

»Hast du heute Morgen die Explosion nicht gehört?«

»Ich hab einen Knall gehört«, sagte Gerrit, »aber ich bin nicht auf die Idee gekommen, dass das eine Explosion war. Was ist denn in die Luft geflogen?«

»Oskar.«

Roman jubelte. Da er dies im Flüsterton machte, hörte es sich etwas seltsam an, fand Gerrit. »Krass«, sagte er, »dann bist du den Kotzbrocken ja jetzt los.« Ups, das war pädagogisch voll daneben, erkannte er verspätet. »Ich meine natürlich«, ruderte er zurück, »wie schrecklich. Sonst jemand verletzt?«

»Nein. Aber echt krass ist, dass es Heinos Auto war, das explodiert ist. Oskar wollte sich das ausleihen, weil seins nicht mehr angesprungen ist.«

»Hast du was damit zu tun?«, fragte Gerrit vorsichtig an. Der Knabe hatte am Wochenende mächtig geprahlt mit seinen Chemiekenntnissen, und Bombenbasteln war so schwierig nicht. Jedenfalls wenn man das Risiko in Kauf nahm, dass einem das Ding vor der Zeit explodierte und um die eigenen Ohren flog. Auf jeden Fall wäre es dann ausgesprochen clever gewesen, die Bombe an einem fremden Auto anzubringen. Roman würde im Leben nicht verdächtigt werden.

»Ich bin doch nicht kriminell«, empörte sich Roman. »Und meine Mutter auch nicht, wenn du das jetzt denkst.«

»Nein, nein«, beruhigte Gerrit ihn, »ich wollte nur sichergehen.«

»Mal ehrlich«, sagte Roman, »wenn ich die Bombe gelegt hätte, glaubst du echt, ich würde dir das sagen? Das wäre ziemlich dumm, oder?«

Klugscheißer, dachte Gerrit nicht ohne eine gewisse Anerkennung. »Stimmt auch wieder«, gab er zu, »war eine blöde Frage. Wer ist überhaupt Heino?«

»Nachbar«, erläuterte Roman, »der Mann von der Freundin meiner Mutter. Der arbeitet als Wachmann, und jetzt steht er unter Polizeischutz, sagt Frauke. Das ist die Freundin. Die ist gerade bei meiner Mutter. Zum Trösten. Ich glaube, es ist aber umgekehrt, Frauke will von Mama getröstet werden. Die hat nämlich voll Schiss um Heino. Also um Westerkamp. Er will, dass man ihn mit Nachnamen anredet. Nachname und du. Voll bescheuert.«

Verständlich bei dem Vornamen, fand Gerrit. »Wieso sollte jemand den umbringen wollen?«, fragte er.

»Weiß kein Mensch. Na ja, außer vielleicht Heino. Ich meine Westerkamp. Frauke sagt, er wär schon 'ne ganze Weile voll komisch drauf.«

Dann war Olaf versehentlich umgekommen? Gerrit war enttäuscht. Rache taugte nur, wenn man die Niederlage im Blick seines Gegners erkennen konnte, aber doch nicht so. Der Plan hatte anders ausgesehen. »Sag mal, was ist mit Oskars Laptop?«

»Hatte er dabei, und wenn davon was übrig geblieben ist, hat die Polizei das eingesammelt.«

»Blöd. Es wär schon gut gewesen, wenn wir beweisen könnten, dass er das mit dem Foto war, damit deine Mutter rehabilitiert wird.«

»Aber das mit Tammo war er trotzdem nicht, falsches Auto, schon vergessen?«

»Nee«, brummte Gerrit. »Jetzt kommen wir erst recht nicht weiter, das nervt.«

»Meine Mutter hat sich eh krankgemeldet, also ist das nicht so eilig«, sagte Roman.

»Du selbst musst dir bestimmt auch einen Haufen blöder Bemerkungen anhören«, sagte Gerrit.

»Ja, aber das bin ich gewohnt. Es macht mir auch gar nicht mehr so viel aus wie früher. Keinen Schimmer, warum. Zu Kevin hab ich heute gesagt: ›Tammo ist tot, der Typ von meiner Mutter ist tot, also lass mich besser in Ruhe.‹ Hat er gemacht. War voll krass.«

Django, dachte Gerrit. »Wann hast du das mit Oskar erfahren?«, fragte er.

»Du traust mir echt zu, dass ich …« Roman kicherte. »Cool«, hauchte er und schwieg, wie um seinen üblen Ruf länger zu genießen. »Nein«, räumte er schließlich ein, »der Direktor hat mich aus dem Unterricht geholt. Ich hätte nach Hause gedurft. Wollte ich aber nicht. Keinen Bock auf Tränen. Außerdem hatten wir grad Chemie …«

Gerrit hörte genau, dass Roman grinste, und zwar dämonisch. »Kindskopf«, sagte er, »pass bloß auf, dass dir nicht doch noch einer glaubt.«

»Ich hab Kontakte zu Anwälten, was soll da schon passieren?«

»Apropos, weißt du, ob deine Mutter Frau Müller informiert hat?«, beendete er die Frotzelei.

»Nein, keine Ahnung«, sagte Roman, »wenn, dann heute Vormittag.«

»Okay, dann danke ich dir erst mal für die Info«, sagte er. »Lass mich wissen, wenn's was Neues gibt, ja?«

»Geht klar. Bis dann.«

Der Anruf heute Morgen, überlegte Gerrit, als Marilene rüber ins Wohnzimmer gegangen war. Sie wusste garantiert Bescheid. Aber warum hatte sie nichts gesagt? Wollte sie ihr Wissen Lothar vorenthalten oder ihm? Seltsam. Er verließ die Wohnung und nahm die Stufen zum Erdgeschoss im Dreisatz, um Lothar die freudige Nachricht zu überbringen. Falls der sie nicht längst gelesen hatte, quasi.

Renate telefonierte. Gerrit deutete auf Lothars Büro, doch sie schüttelte streng den Kopf. Ein Mandant offenbar. Auch aus Marilenes Büro drangen Stimmen, also setzte er sich auf einen der Wartestühle und schnappte sich blind eine der ausliegenden Zeitschriften.

Fehlgriff. Ein Magazin für Frauen über vierzig, die Lebensphase schien ihm weiter entfernt als der Mond. Aus purer Neugier blätterte er weiter. Vielleicht stieß er auf nützliche Tipps für Lothar.

Hängen blieb er bei einem Artikel, in dem es um Eltern ging, die im Alter zu den eigenen Kindern zogen. Mit vierzig?

Er stellte sich Marilene vor, die, mangels eigener Kinder, zu Niklas zog. Oder zu Antonia und ihm. Was ganz okay wäre, glaubte er, ein Babysitter im Haus wäre schon praktisch, aber er bezweifelte ihre Bereitschaft, auf Oma als Hauptberuf umzusteigen. Dabei wurde sie bald fünfzig. In den Augen des Verfassers dieses Artikels vermutlich nahezu scheintot, der würde ihr bestimmt auch schon einen Rollator empfehlen. Er warf die Zeitschrift in hohem Bogen zurück auf den Tisch.

Die Tür von Marilenes Büro ging auf.

»… ist bei mir in sicheren Händen, Herr Westerkamp«, sagte Marilene.

Westerkamp? In sicheren Händen? Ein Testament, folgerte Gerrit aufgrund dessen, was Roman gesagt hatte. Blitzschnell schnappte er sich abermals die Zeitschrift, blätterte sie auf und hielt sie sich dicht vor die Nase, während er die Ohren spitzte. Unergiebig. Westerkamp verabschiedete sich und ging hinaus.

»Gerrit?«, fragte Marilene. »Du bist dafür eindeutig nicht die Zielgruppe.«

»Tatsache«, sagte er und sprang auf. »Ich muss noch mal weg, hab was vergessen«, behauptete er und machte, dass er rauskam.

Es konnte nicht schaden zu wissen, wohin Westerkamp von hier aus wollte. Denn eins war klar: Sollte die Polizei herausfinden, um wen es sich bei Oskar tatsächlich handelte, würde sich die Theorie, der Anschlag habe Westerkamp gegolten, in Luft auflösen. Und wo würde man dann wohl suchen?

Westerkamp schloss gerade sein Rad auf. Gerrit wartete, bis er losgefahren war, bevor er es ihm gleichtat. Der Mini wäre ihm lieber gewesen, aber wenn Westerkamp am Ende der Bergmannstraße rechts in die Einbahnstraße abbog, wäre er aufgeschmissen. So war es auch, und Gerrit beglückwünschte sich zu seiner weisen Voraussicht. Noch besser wäre gewesen, wenn er an eine Jacke gedacht hätte. Der Tag war irre warm gewesen, aber jetzt wurde es langsam kalt, und der Fahrtwind ließ ihn frösteln. Allerdings trat Westerkamp ordentlich in die Pedale, und Gerrit musste sich enorm anstrengen, ihn nicht aus den Augen zu verlieren, sodass ihm rasch wärmer wurde. Als sie den Julianenpark erreichten, begann er bereits zu schwitzen.

Gemessen an seinem Alter und seiner Statur war Westerkamp gut in Form. Gerrit war nicht davon ausgegangen, dass es ihm schwerfallen würde mitzuhalten, doch nach und nach fiel er etwas zurück. Nur gut, dass die roten Haare geradezu »Hier bin ich« riefen. Kreuz und quer ging es weiter, und Gerrit begann zu zweifeln, ob Westerkamp überhaupt ein Ziel anstrebte oder ob es sich bloß um eine Trainingseinheit handelte. Sein Orientierungssinn verließ ihn allmählich. Weder wusste er, wo genau sie waren, noch, wie er je wieder nach Hause finden sollte, denn sein iPhone lag oben in der Wohnung. Wenn er nachher nicht ewig herumirren wollte, durfte er Westerkamp nicht verlieren.

Gerrit erhaschte einen Blick auf ein Straßenschild. Verbindungsweg. Die Häuser wurden rar, die Fahrradfahrer ebenso. Hoffentlich schaute Westerkamp nicht zurück. Sicherheitshalber nahm er ein wenig Tempo raus, und der Abstand zwischen ihnen wuchs. Ende Gelände. Eine Querstraße. Westerkamp hielt an, schaute nach rechts und links, wieder zurück. Er schien sich nicht entscheiden zu können, welche Richtung er einschlagen sollte. Gerrit fuhr weiter, so langsam es eben ging, ohne ins Schlingern zu kommen, die Straßengräben sahen wenig vertrauenerweckend aus.

Westerkamp setzte eine Mütze auf. Okay, dachte Gerrit gedehnt, so kalt war es auch wieder nicht, außerdem hatte er den Eindruck, dass Ostfriesen generell weniger froren. Das konnte nur bedeuten, dass es ein Ziel gab, dass sie sich ihm näherten, dass Westerkamp nicht erkannt werden wollte. Rechts, er bog rechts ab, in letzter Sekunde, keine zehn Meter trennten sie noch, und gleich darauf wieder links, eine versetzte Kreuzung, erkannte Gerrit und konnte Westerkamps Verwirrung nachvollziehen.

Eine Allee, eine Sackgasse womöglich, kein Licht am Ende des Tunnels. Gerrit kam sich vor wie verschluckt von den zueinandergeneigten Bäumen auf beiden Seiten der holprigen Straße. Zweige hingen so tief herab, dass er meinte, sich ducken zu müssen, und führe ein Lkw hier entlang, er würde für Kahlschlag sorgen. Falls er überhaupt durchpasste. Er fragte sich, ob die Anwohner sich untereinander absprachen, wenn sie fortwollten, denn bei

Gegenverkehr musste man auf die Einfahrten zu den Grundstücken ausweichen, eine zeitraubende Angelegenheit.

Westerkamp war auf einmal verschwunden. Verdammt, wo war er abgeblieben? Gerrit legte einen Zahn zu. Sein Kopf flog hin und her im Versuch, die Einfahrten zu kontrollieren, aber auf die Schnelle konnte er nichts erkennen. Er erreichte das Ende des Weges, doch keine Sackgasse, rechts?, links? Links, glaubte er zu erkennen, viel mehr als einen Schatten sah er nicht.

Gerrit erreichte die Kreuzung und wollte sich gerade so richtig ins Zeug legen, als er Westerkamp wieder erblickte. Näher als erwartet. Stehend. Vor der Einfahrt zu einem Haus. Wieder probierte er es mit Gemütlichkeit. Dämlich vor sich hin summend, fuhr er betont langsam an Westerkamp vorbei. Westerkamp hatte den Kopf gesenkt und starrte angestrengt auf sein Smartphone, achtete nicht im Geringsten auf ihn. Gerrit reckte sich und spähte hinüber. Interessant, dachte er, wenn ihn nicht alles täuschte, und seine Augen waren ziemlich gut, dann hatte Westerkamp einen GPS-Tracker installiert.

Gerrit bog in die übernächste Einfahrt, bevor er das Summen einstellte. Er sprang vom Rad, wendete und schlich sich zurück zur Straße, um zu warten, bis Westerkamp entweder das Haus betrat oder den Heimweg antrat. Er brauchte eine ganze Weile, um sich zu entscheiden. Heimweg.

Gerrit zählte bis sechzig, bevor er zurückfuhr und auf das Namensschild am Briefkasten schaute. Sagte ihm gar nichts. Heimweg. Sehr witzig. Er war gespannt, wie lange er brauchen würde.

***

»Wollen wir noch was trinken gehen?«, fragte Enno.

»Heute noch?« Zinkel merkte, wie entgeistert er sich anhören musste, aber es war ihm egal. Charlie war längst zu Hause und hatte vermutlich die Beine hochgelegt – nein, er stellte sich das nicht bildlich vor –, während sie beide sich ansatzweise dem zu erledigenden Papierkram gewidmet hatten und sich seit geraumer Zeit herzhaft angähnten.

»Mann, ich bin echt alle«, sagte Zinkel. »Können wir das auf morgen verschieben?« Ohnehin hatte er nicht unbedingt Lust auf den noch fälligen Urlaubsbericht, der das Protokoll einer Versöhnung enthalten würde. Der Tag war auch so schon verdammt lang gewesen, da brauchte es nicht noch eine kalte Dusche, und sei sie noch so unbeabsichtigt.

»Klar«, sagte Enno, »kein Problem.«

Eine uniformierte Beamtin streckte den Kopf zur Tür herein. »Da will jemand zu euch wegen des Aufrufs in der Zeitung«, sagte sie und winkte jemanden herbei.

Von wegen Feierabend. Sie stöhnten unisono, aber kaum hörbar auf.

Energisches Absatzklappern kündigte den Zeugen an. Die Zeugin, korrigierte sich Zinkel; die Schuhe von Männern, sofern sie nicht Kleinwüchsigkeit ausgleichen wollten, klangen meist dezenter. Folgerichtig begann seine Musterung unten: hochhackige schwarze Stiefel, graue, knackig sitzende Jeans mit silbrigem Schimmer, eine lilafarbene Lederjacke. Voll durchgestylt, fand er. Allerdings korrespondierte die Farbe der Jacke annähernd mit der Haarfarbe der Frau, und die Zeugin entpuppte sich als recht betagte Omi, wenngleich ihr Make-up einen auf größere Entfernung durchaus täuschen könnte. Er unterdrückte mit Mühe einen anerkennenden Pfiff.

»Ick kom wegen de Artikel in't Blattje.«

»Darf ich Sie bitten, Hochdeutsch zu sprechen?« Enno überschlug sich fast und rückte ihr einen Stuhl zurecht. »Der Kollege versteht sonst kein Wort.«

Lüge, dachte Zinkel, zumindest diesen Satz hatte er komplett verstanden. Er machte schon Fortschritte.

»Ich komme wegen des Artikels in der Zeitung«, sagte die Frau mit erhobener Stimme, als habe Enno behauptet, Zinkel sei schwerhörig.

»Fein«, gab Zinkel ebenso laut zurück. »Sagen Sie uns, wie Sie heißen?«

»Mein Name ist Huisinga.«

Hü was?, dachte Zinkel. Einen ostfriesischen Namen allein aufgrund von Hörensagen zu buchstabieren, traute er sich ebenso wenig zu, wie umgekehrt die richtige Betonung beim Ablesen zu erwischen.

»Ich vermiete eine kleine Einliegerwohnung mit Garage«, hob sie an. »Eigentlich ist es keine richtige Wohnung, nur ein Zimmer mit Bad, aber das Haus ist zu groß für mich allein. Mein Menno ist vor drei Jahren verstorben«, sie seufzte, »und jetzt will ich mich nicht noch mal an jemand Neuen gewöhnen. Trotzdem ist es natürlich ganz praktisch, wenn man einen Mann im Haus hat, nicht?«

Wenn er was taugt, zweifelte Zinkel.

»Also habe ich eine Anzeige aufgegeben, und es hat sich ein ganz reizender junger Mann gemeldet, dem es egal war, dass seine Wohnung nicht richtig abgetrennt ist. Nur die Garage, die war ihm sehr wichtig, und er hat darauf bestanden, dass ich ihm alle Schlüssel dazu aushändige. Seit Sie mir verboten haben, Auto zu fahren«, sie fixierte Zinkel mit strengem Blick, »brauche ich die Garage ja nun nicht mehr, aber das ist mir doch komisch vorgekommen.«

Enno schaltete schneller. »Sie haben ihm nicht alle Schlüssel gegeben, richtig?«, fragte er.

»Natürlich nicht.« Ihr Bedürfnis nach Anerkennung schien befriedigt. »Ich habe behauptet, dass mein Menno den Ersatzschlüssel verloren hat. Aber vielleicht war's auch Onno, mein dritter Mann.«

Und wie hießen Nummer eins und zwei?, fragte sich Zinkel entgeistert.

»Als ich dann den Artikel in der Zeitung gelesen habe«, fuhr sie fort, »wo drinsteht, dass Sie das Auto suchen, habe ich gedacht, ich könnte ja mal nachsehen. Schadet ja nicht. Und jetzt raten Sie mal. Genau so ein Auto steht in meiner Garage.«

Der Satz hätte deutlich früher fallen können, dachte Zinkel und sprang vom Stuhl auf. Nicht so Huisinga.

»Ich wäre ja schon viel früher gekommen«, sagte sie, »aber ich war bei meinem Sohn, also bei dem von Ihno und mir, von Heinrich habe ich nämlich auch noch einen Sohn, aber den sehe ich nicht so oft. Er trägt mir immer noch nach, dass sein Vater gestorben ist, als er noch klein war, dabei konnte ich gar nichts dafür, er ist einfach tot umgefallen. Sein Herz war zu schwach, hat der Arzt gesagt.«

Zu schwach wofür?, überlegte Zinkel, verkniff sich die Frage jedoch, sonst würde aus dem Abschweifen garantiert eine vollständige Autobiografie werden.

»Eins sag ich Ihnen, ich habe meine Männer alle geliebt, nur Heinrich, den hab ich bloß gemocht. Aber das ist doch auch schon was. Es war eine andere Zeit damals, da hat man noch nicht aus Liebe geheiratet, da musste man froh sein, wenn man überhaupt jemanden abbekam. Waren ja alle gefallen oder lädiert.«

»Hm, hm«, sagte Enno.

»Ja«, sagte Huisinga, »wo war ich doch gleich? Ach ja, als ich nach Hause gekommen bin, hat ein ordentlicher Stapel Zeitungen auf mich gewartet, immerhin war ich zehn Tage weg. Also hat es eine ganze Weile gedauert, bis ich da durch war. Aber jetzt bin ich ja hier.«

Sie blieb sitzen und verschränkte die Arme, als erwarte sie das Bundesverdienstkreuz. Zinkel streckte die Arme nach hinten, bereit, sie aufzuscheuchen.

Enno war diplomatischer. »Klasse«, sagte er, »da haben wir ja richtig Glück, dass Sie die Zeitung überhaupt noch gelesen haben. Dann wollen wir uns das mal anschauen, hm?« Er half ihr auf und geleitete sie hinaus.

Zinkel folgte ihnen und blendete das Geplapper aus, ein Leichtes, da die Konversation nun auf Platt geführt wurde.

Der Redeschwall versiegte auch während der Fahrt nicht. Zinkel gab den Chauffeur, während Enno sich jedes Mal schier den Hals verrenkte, wenn ein Fragezeichen irgendeinen maximal zweisilbigen Kommentar verlangte. Huisinga quasselte in einem fort, unterbrach sich nur für die ab und an erforderliche Richtungsanweisung, die sie in pointiertem Hochdeutsch und noch immer schreiend von sich gab. Hilfreiche Erfahrung, fand Zinkel, er kam sich vor wie ein Ausländer. Nie wieder würde er jemandem durchgehen lassen, dass er oder sie die Stimme erhob, nur weil der Gesprächspartner fremd aussah oder nicht perfekt Deutsch sprach.

»Halt! Da ist es«, kreischte Huisinga.

Zinkel latschte auf die Bremse und vernahm befriedigt, wie es Huisinga in den Sitzgurt schleuderte.

»An Ihrer Fahrtechnik müssen Sie noch arbeiten«, mahnte sie lautstark. »Aber mir den Führerschein wegnehmen«, fügte sie grummelnd hinzu.

Das Leben ist hart, dachte Zinkel, holte die Taschenlampe aus dem Handschuhfach und folgte den beiden zur Garage.

Enno ließ sich den Schlüssel geben und öffnete das Tor. Ein schwarzer Opel Signum, vorwärts eingeparkt, ziemlich verdreckt. Die Heckscheibe war mit einer Folie versehen, die hinteren Seitenscheiben waren getönt. Zinkel schob sich hinter Enno am Wagen vorbei nach vorn und schaltete die Taschenlampe ein. Auf der Motorhaube war vor lauter Schmutz nichts zu erkennen. Enno bückte sich, und Zinkel musste sich halb über das Auto beugen, um den Lichtstrahl ausrichten zu können.

»Hier vielleicht«, murmelte Enno und kramte in den Taschen. »Hast du mal ein Tempo?«

Zinkel reichte ihm eins. Enno spuckte dezent hinein und wischte. Der Vorgang erinnerte Zinkel an seine Großmutter, die ihm, »Wie läufst du denn wieder rum?«, auf die Art so manchen Milch- oder Schokobart entfernt hatte. Lecker.

»Ja«, Enno richtete sich triumphierend auf, »das ist er. Da untenrum sind 'ne Menge Kratzer, und die alte Lackierung ist eindeutig Silbermetallic.«

»Na, prima«, sagte Zinkel. »Ihr Mieter«, rief er über die Schulter, »ist der verreist?«

»Weiß ich nicht«, sagte Huisinga, »der Herr Gottwald ist viel unterwegs. Seit ich nach Hause gekommen bin, hab ich ihn noch nicht wieder gesehen.«

»Rufen Sie uns an, wenn er auftaucht«, bat er. »Aber achten Sie bitte darauf, dass er es nicht mitbekommt.«

»Ich mag ja alt sein, aber senil bin ich nicht«, entrüstete sie sich und stemmte die Hände in die mageren Hüften.

Schon gut, dachte Zinkel, verzichtete auf eine Beschwichtigung und wandte sich zum Gehen, in der Annahme, Enno würde ihm folgen. Stattdessen gellte eine Alarmanlage los. Erschrocken fuhr Zinkel herum. Verdammt. So viel zum Thema Feierabend. Enno presste sich mit erhobenen Händen – ich war's nicht – an die Garagenwand.

»Ich ruf in der Dienststelle an«, schrie Zinkel ihm zu und bugsierte Huisinga zur Haustür.

Dem Lärm entkommen, erledigte er zunächst den Anruf, bevor

er sich wieder Huisinga zuwandte, die offenbar ebenfalls mächtig erschrocken war, denn sie schien ihm ein wenig blass um die Nase. »Zeigen Sie mir sein Zimmer, ja?«, bat er mit ausgesucht sanfter Stimme.

»Geht nicht«, sagte sie, »dafür hab ich keinen Zweitschlüssel.«

»Schade aber auch«, sagte er. »Okay, dann setzen wir beide uns jetzt mal in die Küche. Ich glaube, Sie brauchen was zu trinken auf den Schreck.«

Sie nickte nur und ging voran, Zinkel sprungbereit hinterher. In der Küche angelangt, rückte er ihr einen Stuhl zurecht und bedeutete ihr, sich zu setzen. Sie gehorchte. Zinkel musterte die Schränke und entschied sich für den über der Spülmaschine. Richtig geraten, beglückwünschte er sich, holte ein Glas heraus und füllte es mit Leitungswasser. Er reichte es ihr und achtete darauf, dass sie auch trank.

»Eigentlich müsste die Alarmanlage nach einer Weile von selbst ausgehen«, erläuterte er. »Aber man kann nie wissen. Und da es sich sowieso um das Auto handelt, das wir suchen, lassen wir es jetzt gleich abholen.«

Huisinga trank und nickte zugleich, sodass ihre Zähne gegen das Glas schlugen.

»Außerdem kriegen Sie Gesellschaft«, kündigte er an. »Ich rufe gleich eine Kollegin an, die bei Ihnen bleibt. Könnte ja sein, dass der Herr Gottwald ausgerechnet heute zurückkommt, und wir wollen ja nicht, dass er Ihnen was antut.«

Wieder nickte Huisinga lediglich. Das Glas war leer, und sie stellte es ab.

»Mehr?«, fragte Zinkel.

»Nein, mir geht's schon besser. Wissen Sie was?«

Meistens nicht, dachte Zinkel und schüttelte den Kopf.

»Eigentlich sind Sie doch ganz nett.«

»Für einen Hessen, meinen Sie?« Er lachte.

13

»Wir werden uns trennen«, sagte Enno, mehr gegen die Schreibtischplatte gerichtet denn an Zinkel.

»Wieso? Steigst du zum Polizeipräsidenten auf?«, fragte Zinkel.

»Nein. Ich rede von Judith und mir.«

Von wegen Versöhnungstour, überlegte Zinkel. Er hatte es kommen sehen, er hatte es gehofft, und trotzdem war er überrascht, vor allem vom Tempo, mit dem die Entscheidung offenbar gefällt worden war. »Oh«, sagte er, mehr fiel ihm beim besten Willen nicht ein, zumal es gerade erst neun war. Hochform kam später und selten vor dem Kaffee, der noch unberührt vor ihm stand.

»Lilian und ich«, fühlte Enno sich bemüßigt zu erläutern, »das ist … Ich konnte nichts dagegen machen.«

Hast du nicht mal versucht, dachte Zinkel. »Das kommt sehr plötzlich«, sagte er.

»Ja. Wir haben uns auf Langeoog getroffen und alles besprochen. Judith versteht mich sogar, das hab ich gar nicht erwartet. Wir werden das anständig regeln, ich fand nur, du solltest Bescheid wissen. Dein Mietvertrag bleibt natürlich unberührt davon.«

»Das Haus verkauft ihr also nicht«, folgerte Zinkel.

»Nein, Judith will sich selbstständig machen. Sie sagt, sie kann den Platz gut gebrauchen. Außerdem wollen wir die Mädchen nicht entwurzeln.«

»Wie nehmen sie das auf?«, fragte Zinkel.

Enno grinste wie ein Schaf. »Ich glaub, die finden das bloß spannend«, sagte er. »›Cool‹, hat Jule gesagt, ›sonst hat niemand in der Klasse gleich zwei Zuhauses.‹ Als wir zurückgekommen sind, wollten sie als Erstes Lilians Haus besichtigen, die Zimmerbelegung ist schon geklärt. Die beiden umschwärmen Antonia wie Groupies, und mit Lilian kommen sie auch prima zurecht. Wer würde das nicht. Sogar Judith ist ganz angetan von ihr. Das Größte für die Mädchen ist natürlich das neue Baby. Sie suchen schon Namen aus, glaubst du's?«

Darum die Eile. Wow, da hatte Judith eine Menge auf einmal zu verkraften. Die Nummer der wohlwollenden Verlassenen würde er ihr nicht allein aufgrund von Hörensagen abnehmen. Er konnte sich nicht vorstellen, dass das so einfach war. »Glückwunsch«, sagte er, einen Tick verspätet, wie ihm aufging.

»Stell dir vor, Lilian wollte mir ihre Schwangerschaft eigentlich verheimlichen«, sagte Enno ungläubig. »Sie habe ein Kind nahezu allein großgezogen, das könne sie auch ein zweites Mal, hat sie behauptet. Ich bin nur drauf gekommen, weil sie so blass war und weil Antonia gesagt hat, ihr wäre häufiger schlecht in letzter Zeit. Genau genommen«, Enno zögerte und kratzte sich einigermaßen verlegen am Hinterkopf, »war es Judith, die es als Erste begriffen hat.«

»Oh«, sagte Zinkel wieder, netter Überraschungsurlaub. Gedanklich schüttelte er den Kopf. Aber was wusste er schon, beziehungserprobt war er nun wirklich nicht. Das würde sich bald ändern, er setzte sich aufrechter hin. Hoffte er. Womöglich hatte das umfassende Chaos ja einen Sinneswandel bei Judith bewirkt. Oder bei ihm selbst? Vielleicht taugte er gar nicht für eine feste Beziehung. Vielleicht hatte er sich nur in Judith verliebt, na ja, verschossen, relativierte er schon, weil er sie eben nicht hatte haben können. Vielleicht war die Liebe am größten, wenn sie unerreichbar schien? Irrungen, Wirrungen, grübelte er, irgendwie wurde ihm das alles zu kompliziert. Er verfügte über ein einfaches Gemüt, unwillkürlich musste er grinsen, er war schließlich ein Mann.

»Was ist so witzig?«, fragte Enno pikiert.

»Bist du sicher, dass du deine Weiber alle im Griff hast?«, erkundigte sich Zinkel. »Mir scheint fast, die regeln die Dinge unter sich.«

»Meinst du echt? Aber ich bin doch –«

»Der Mann.« Zinkel nickte. »Eben.«

»Ja, was«, die Tür flog auf, »ihr dreht Däumchen, bloß weil ich nicht da bin?«

Enno zog wie ertappt den Kopf ein.

Wir drehen am Beziehungskarussell, widersprach Zinkel innerlich.

Charlie hatte Verspätung angekündigt, weil sie auf ihre Ablösung warten musste und danach noch etwas überprüfen wollte. Ihrer Miene nach zu urteilen, war sie erfolgreich gewesen. Oder Gottwald war letzte Nacht aufgetaucht, und sie hatte Huisinga gerettet.

»Ich dachte, ihr wärt mit der Teambesprechung längst durch«, flachste sie.

»Wir haben extra auf dich gewartet, und Stricken war nicht«, gab Zinkel zurück und ging zum Whiteboard. »Gab's Probleme die Nacht?«, fragte er.

»Nee, alles ruhig. Anstrengender Schützling, den du mir da aufgebrummt hast. Ich musste die halbe Nacht Rummikub spielen«, grummelte sie.

»Du hast verloren?«

»Aah«, ächzend ließ sie sich auf einen Stuhl fallen, »wenigstens hab ich mich geweigert, um Geld zu spielen.«

»Hätte ich dir auch geraten«, sagte Zinkel und wandte sich der Tafel zu. »Lasst uns mal loslegen. Opfer: Oskar Graumeyer«, schrieb er, »vorgesehenes Opfer: Heino Westerkamp. So weit sind wir uns wohl einig.«

»Vorläufig«, schränkte Enno ein. »Sophie Barkowitz' Reaktion ist mir doch ein wenig aufgesetzt vorgekommen, und am Nachmittag war ich ja noch bei ihrem Sohn, Roman. Der hat sich vor Freude kaum einkriegen können. Außerdem könnte ich wetten, dass er irgendwas verheimlicht. Vierzehn hin oder her.«

Zinkel schrieb die Namen auf die Tafel. »Aber was Konkretes war nicht?«

»Wie man's nimmt.« Enno wiegte bedächtig den Kopf. »Ich hab ein wenig mit ihm geplaudert, wie läuft's in der Schule und so, nach dem Motto, bestimmt nicht leicht, wenn die Mutter Lehrerin an derselben Schule ist. Roman hat das auf seine Noten bezogen und behauptet, ganz okay. Seine Mutter sieht das vollkommen anders. Könnten besser sein. Da hat er dann gemeint, auftrumpfen zu müssen, in Deutsch sei er supergut, und in Chemie stünde er auch auf Eins. Barkowitz hätte ihm am liebsten den Mund zugehalten. Nach allem, was die KT bislang zur Bombe hat verlauten lassen, handelte es sich um eine USBV mit Fernzündung, für die es im Internet Bauanleitungen zuhauf gibt. Die verwendeten Komponenten sind ebenfalls jedermann zugänglich.«

»Die Idioten werden nicht weniger«, konstatierte Zinkel lapidar und ohne zu spezifizieren, wen genau er meinte. Unter Romans Namen auf der Tafel vermerkte er: chemisch bewandert. Wieder mal brach er sich einen ab mit dem Kürzel für die Unkonventionelle Spreng- und Brandvorrichtung. Bei ihm schlich sich immer ein K ein, so auch diesmal. Unauffällig wischte er es mit dem kleinen Finger fort.

»Was ich herausgefunden habe, deutet jedenfalls auf Westerkamp als vorgesehenes Opfer des Bombenanschlags«, sagte Charlie. »Ich komme nämlich gerade von seinem Arbeitgeber und kenne den Auftraggeber des letzten Einsatzes vor seinem Urlaub.«

Die Pause, die sie einlegte, war geradezu künstlerisch wertvoll. Zinkel tat ihr den Gefallen. »Und der sagt uns was?«, fragte er.

»Es handelt sich um von Steinfeld«, trumpfte sie auf.

»Tatsache?« Zinkel war perplex. Und im Nachhinein doppelt froh, dass er auf der Streife vor Westerkamps Haus bestanden hatte.

»Hä?« Enno war offensichtlich ratlos.

»Tja«, Charlie war schnippisch, »wenn du dich auch auf Schiffen rumtreibst … Bist du diesmal gar nicht seekrank geworden?«

»Hielt sich im Rahmen«, knurrte Enno. »Klärt mich auf.«

Jetzt wird es unübersichtlich, dachte Zinkel und sammelte sich. »Es gab ein Amtshilfeersuchen aus Bremen«, hob er an. »Ein Toter an einer Raststätte, der als Dietrich Hamel identifiziert wurde. Erschossen.« Der Name wanderte auf die Tafel. »Der hat Kontakte zu irgendwelchen Russen, die möglicherweise in illegalen Kunsthandel verwickelt sind. Da ermitteln die Kollegen aus Hamburg. Ist von denen schon was reingekommen?«, wandte er sich an Charlie.

»Nee, aber mach erst mal weiter«, riet sie.

»Hinweis auf ein Fahrzeug aus Leer, unvollständiges Kennzeichen, Firmenschild eines Catering-Unternehmens.«

»Wie kann man denn so dämlich sein?«, warf Enno ein.

»Die Firma ist erloschen«, erläuterte Charlie, »und nein«, wandte sie sich an Zinkel, »mehr hab ich noch nicht darüber. Der frühere Inhaber macht Urlaub.«

»Wir sind also nur nach Kennzeichen und Fahrzeugtyp gegangen. Blieben ganze zwei übrig. Der eine gehört Hilko Mettjes, einem Schiffsmakler, der, meint Charlie, ein Faible für mexikanische Kunstobjekte hat.«

»Du siehst das anders?« Enno schien die Unstimmigkeit zu schätzen.

»Mir ist das überhaupt nicht aufgefallen«, bekannte Zinkel. »Es handelte sich um ein einziges Objekt, das im Flur des Hauses hing. Wir hatten ja nun mal keinen Beschluss. Freiwillig wurden wir auch nicht zur Besichtigung des ganzen Hauses gebeten. Interessant ist aber«, fügte er hinzu, »dass Frau Mettjes früher bei einem Catering-Unternehmen tätig war, bis der Inhaber das Geschäft aufgegeben hat.«

»Och«, sagte Enno und beugte sich vor, als wolle er aufstehen, um die Frau augenblicklich festzusetzen. »Ist es denn dasselbe?«, vergewisserte er sich.

»Wissen wir noch nicht. Aber warte, da kommt noch mehr.« Zinkel hielt ihn zurück. »Der zweite Wagen gehört Richard von Steinfeld.«

»Ein arroganter Sack«, warf Charlie ein.

Zinkel nickte bestätigend. »Bei dem handelt es sich um einen ehemaligen Diplomaten, der zuletzt in Mexiko tätig war, aber vorzeitig abberufen wurde. Das lässt auf irgendeine Unregelmäßigkeit in der Dienstausübung schließen.«

»Zweimal Mexiko. Zweimal das gleiche Auto. Die ticken ähnlich. Sind die etwa verwandt?«, warf Enno in den Raum.

»Keine Ahnung«, gab Charlie zu, »so weit bin ich da noch nicht eingestiegen. Bis jetzt gab's dafür keinen Grund.«

»Illegaler Kunsthandel. Lohnt sich so was denn?«, fragte Enno.

»Oh ja«, sagte Charlie, »ich hab das recherchiert. Da ist richtig Kohle drin, mehr, als du dir vorstellen kannst.«

In Ennos Augen glommen Euro-Zeichen auf, fand Zinkel. Kein Wunder, wenn er künftig zwei Familien ernähren musste.

»Westerkamp«, sagte Enno, »was waren das für Einsätze bei von Steinfeld?«

Charlie konsultierte ihre Notizen. »Drei bislang, Personen- und Objektschutz.«

»Dazu musst du wissen«, warf Zinkel ein, »dass das Grundstück von Steinfelds quasi bis an die Zähne gesichert ist. Objektschutz ist so was von überflüssig. Stutzig macht mich, dass die Einsätze bloß sporadisch stattfinden. Stellt sich also die Frage nach dem Anlass.«

»Wenn ich erstens eurer Theorie mit dem illegalen Kunsthandel folge«, Enno reckte den Daumen in die Luft, »und wir zweitens«, er nahm den Zeigefinger hinzu, »davon ausgehen, dass es sich um von Steinfelds Wagen an der Raststätte gehandelt hat, dann dürfte Westerkamp ihn auf dieser Reise begleitet haben. Kommt das Datum hin?«

Wieder schaute Charlie auf den Zettel in ihrer Hand. »Nö«, sagte sie stirnrunzelnd. »Manipuliert vielleicht. Dem Security-Schnösel trau ich das zu. So ein Möchtegern-Mafia-Typ, aalglatt und schmierig. Ja, ich weiß«, entgegnete sie auf einen nicht vorgebrachten Einwand, »ist eine Idee zu subjektiv.«

»Weiß man was über die Waffe, die verwendet wurde? Westerkamp ist im Besitz eines Waffenscheins, nehme ich an«, folgerte Enno.

»Die Tatwaffe lag neben dem Toten. Nicht registriert«, sagte Zinkel.

»Mettjes fällt aber wohl weg, oder?«, fragte Charlie. »Das Firmenschild ist doch die reinste Selbstanzeige.«

»Sehe ich genauso«, sagte Enno. »Aber ich will wissen, warum die beiden das gleiche Auto fahren.«

»Noch dazu so Bonzenkarossen«, ereiferte sich Charlie. »Ich vermute, von Steinfeld kennt Mettjes und hat absichtlich das gleiche Auto angeschafft, aus dem gleichen Grund, aus dem er die Firmenschilder verwendet hat. Er wollte erreichen, dass im Falle von Zeugen die Hinweise auf jemand anderen deuten.«

»Das klingt plausibel«, stimmte Enno zu. »Aber ist Mettjes deswegen raus aus der Sache? Könnte doch sein, dass er der eigentliche Drahtzieher ist und von Steinfeld ihm das Zeug abgejagt hat.«

»Ich tippe auf umgekehrt, von Steinfeld hat diesen Handel etabliert, und Mettjes und/oder diese Russen-Connection wollten an die Ware«, widersprach Charlie. »Das würde Westerkamps Einsätze erklären. Wir können davon ausgehen, dass der mittlere der Beschaffung diente. Der davor und der danach könnten … keine Ahnung, wie ich mir das vorstelle.«

»Von Steinfeld empfängt die Abnehmer bei sich«, mutmaßte Zinkel.

Für eine Weile sagte niemand etwas. Alle suchten sie nach Löchern in der Theorie, so schien es Zinkel, und auch er selbst drehte und wendete die Fakten und Vermutungen hin und her, bis er kaum noch wusste, wo unten und oben war. Sie brauchten dringend Ergebnisse aus Hamburg.

»Wenn das alles stimmt«, sagte Enno, »dann hat von Steinfeld den Anschlag auf Westerkamp verübt oder veranlasst. Warum?«

»Beseitigung eines Zeugen«, schlug Zinkel vor.

»Du meinst, von Steinfeld hat den Mann auf dem Rastplatz erschossen?«, vergewisserte sich Enno.

»Nicht?« Nachdenklich bohrte Zinkel sich den Marker in die Wange. »Würde ein ausgebildeter Personenschützer auf den Versuch, ihnen die Ware abzunehmen, nicht anders als mit der Waffe reagieren? Es ist nicht sein Geld, das da drinsteckt, warum also sollte er sich zum Mörder machen? Und obendrein den Toten und die Tatwaffe liegen lassen? Das kommt mir viel zu unprofessionell vor.«

Charlie kicherte auf einmal. »Du malst dir gerade ein Tattoo«, sagte sie.

»Was?« Zinkel fuhr auf. »Oh nee«, lamentierte er, als er die Kappe des Stifts in seiner anderen Hand entdeckte. »Hättest du das nicht früher sagen können?«

»Ich dachte, das wär Absicht«, feixte Enno, bevor er wieder ernst wurde. »Westerkamp könnte Schweigegeld gefordert haben«, untermauerte er Zinkels Theorie. »Vielleicht ist er übers Ziel hinausgeschossen. Wir müssen den unter Druck setzen.«

»Na, größer kann der Druck, unter dem er steht, nicht werden«, widersprach Zinkel. »Trotzdem hat er die Klappe gehalten. Ich denke, wir sollten ihn überwachen. Und zwar lückenlos, nicht nur mit der Streife vorm Haus.«

»Ob wir das durchkriegen?«, zweifelte Enno. »Versuch doch du mal bei Klawitter …«, wandte er sich an Charlie.

Die setzte zum Widerspruch an, der, Zinkel sah es ihr an, in etwa »Charmeeinsätze bei Staatsanwälten gehören nicht zum Berufsbild« lauten würde.

Enno ging offenbar ebenfalls ein Licht auf. »… dein Glück«, vervollständigte er in der frauenfreundlichen Version und bleckte die Zähne. »Immerhin hast du den besten Durchblick mit diesem Kunstkrempel«, lieferte er eine Begründung für sein Ansinnen nach.

Charlie hob spöttisch die Brauen, offenbar noch nicht ganz besänftigt. »Ich bezweifle, dass Glück da ausreicht. Schließlich müssen wir ja auch Huisinga noch für unbestimmte Zeit bewachen«, sagte sie säuerlich.

Mann, Leute, dachte Zinkel, lief doch bis jetzt ganz gut, er hatte keinen Bock, die Wogen zu glätten. Die Tür flog auf, knallte gegen die Wand, und Zinkel hörte Putz rieseln. Ablenkung, endlich. Er hoffte auf was Anständiges.

***

Als er aufwachte, hatte er ganz schön Hunger. Er wusste nicht, wie lange er geschlafen hatte, aber das Tablett mit der Suppe stand noch da. Also war es wahrscheinlich noch Nacht. Oder er bekam heute kein Frühstück. Er steckte einen Finger in die Suppe. Kalt. Aber Suppe wurde auch schnell kalt. Er hätte sie doch essen sollen, aber jetzt würde er das bestimmt nicht mehr machen. Kalte Suppen konnte er nicht ausstehen. Im Sommer musste er manchmal welche machen, kalte Gurkensuppe, bäh, das war wirklich eklig gewesen. Das Einzige, was er nie vor dem Essen probierte, waren kalte Suppen. Massas Frau sagte Kaltschale dazu, aber das machte keinen Sinn.

Rasch prüfte er, ob seine Sachen noch da waren. Geld im Schuh. Messer in der Jacke. Alles in Ordnung. Trotzdem war irgendetwas anders. Er kam bloß nicht drauf, was es war.

Er stand auf und ging ein bisschen auf und ab. Dann lief er kreuz und quer. Dann immer an der Wand entlang. Ein eckiger Kreis, dachte er, aber das machte auch keinen Sinn, denn Kreise waren immer rund. Er wechselte die Richtung. Das Ganze noch mal von vorn. Seine Beine waren heute gar nicht schwabbelig, er konnte richtig gut laufen. Sonst schaffte er es kaum aufs Klo oder bis an die Heizung. Das war komisch. Ob seine Arme wohl auch wieder fester waren? Er legte sich auf den Bauch, drückte die Arme durch und hob seinen Körper vom Boden ab. Dann beugte er die Arme. Sie zitterten ein bisschen, aber er konnte sich halten und zählte bis drei, bevor er die Arme wieder durchdrückte. Weiter so, nicht schlappmachen, befahl er sich, und er schaffte zehn Liegestütze und einen halben. Nicht schlecht, dachte er, obwohl er ziemlich keuchen musste.

Sein Magen knurrte immer lauter, und er hörte mit dem Training auf, um ihn nicht noch mehr zu ärgern. Er lehnte sich gegen die Heizung, aber die war heute fast kalt. Das Bett quietschte, als er sich daraufsetzte. An das Geräusch hatte er sich schon fast gewöhnt, aber sein Bauch war lauter. Richtig böse hörte sich das an. Er stützte den Kopf in die Hände und dachte nach, obwohl das wirklich schwer war, wenn man Hunger hatte.

Wie lange war er schon hier? Es kam ihm sehr lange vor, und er versuchte, sich zu erinnern, wie oft er was zu essen bekommen hatte. Fünf Mal? Vielleicht auch sechs Mal, ganz sicher war er nicht. Vielleicht lag das daran, dass es immer nur Suppe gab, abwechselnd mit dem Frühstück. Oder umgekehrt, Suppe zum Frühstück und Brote am Abend? Eigentlich war das egal, er wusste ja sowieso nicht, ob Tag war oder Nacht. Seit er hier war, hatte er die ganze Zeit fast nur geschlafen, obwohl er nicht krank war wie von dem Rum und dem Zahn. Das war nicht normal. Und warum wurde er immer ungefähr dann wach, wenn die Frau mit den silbernen Haaren ihm was zu essen brachte? Ob sein Magen wusste, wie viel Uhr es war? Das wäre zwar cool, war aber eigentlich nicht so wichtig.

Was war wichtig? Er würde gern herausfinden, warum er hier war. Wie lange er noch bleiben musste. Ob er überhaupt jemals wieder nach draußen durfte. Nein, es war besser, so was nicht zu denken. Das machte ihn nur traurig. Und wütend, das auch. Er wünschte, Kira wäre hier. Ein Hund wäre das Größte im Leben. Kira hatte immer gemerkt, wenn er traurig war, und ihn getröstet. Niemand sonst konnte das so gut. Nicht mal Jan. An Jan durfte er jetzt auch nicht denken. Also noch mal von vorn. Was war wichtig? Am wichtigsten von allem?

Seine Gedanken fuhren im Kopf herum, irre schnell, und brachten ihn durcheinander. Plötzlich hielten sie an, und er zuckte richtig zusammen. Der Rum. Der Zahn. Als das passiert war, hatte er ewig geschlafen, und schwindelig war ihm auch gewesen. Seit er hier war, ging es ihm ganz genauso. Aber seine Zähne waren alle gesund, und Rum hatte er auch keinen getrunken. Bloß den rosa Tee, der fast die gleiche Farbe hatte wie seine Schuhe. Und die Suppe.

Genau, schimpfte sein Magen, musst du mich hungern lassen? Halt die Klappe, dachte er, ich muss doch – und auf einmal wurde es ihm klar. Er ärgerte sich, dass er nicht sofort darauf gekommen war. Die Frau hatte Rum in seine Suppe geschüttet und bestimmt auch in den Tee. Deswegen hatte er die ganze Zeit so viel geschlafen. Und weil er diesmal nichts gegessen hatte, war er jetzt zum ersten Mal richtig wach. Komisch war nur, dass er es nicht geschmeckt hatte. Wie Rum schmeckte, würde er nämlich nie im Leben vergessen. Vielleicht lag das daran, dass der Rum in der Suppe versteckt war. Und im Tee. Die Suppe war so scharf gewesen, dass sie auf der Zunge gebrannt hatte, und der Tee hatte sowieso ziemlich rosa geschmeckt. Das musste es sein.

Jetzt war er schlauer. Wenigstens ein bisschen. Aber half ihm das irgendwie weiter? Er wusste ja nicht mal, warum die Frau wollte, dass er nur schlief. Okay, das war nicht so schwierig. Wahrscheinlich hatte sie Angst, dass er sie zur Seite schubste und weglief. Mit Schwabbelbeinen ging das nicht so gut. Das hieß aber auch, dass sie bestimmt wütend wurde, wenn sie merkte, dass er jetzt wach war. Also musste er so tun, als ob er schlafen würde. Er legte sich hin.

Oh, oh, dachte er, er war so wach, dass das ganz schwer war. Sein Magen meckerte auch schon wieder rum. Er klopfte dagegen, hör auf damit, dachte er, ich ess die blöde Suppe trotzdem nicht. Die blöde Suppe, wiederholte er im Kopf, und plötzlich merkte er, dass er etwas ganz Wichtiges vergessen hatte. Er sprang auf und schüttete die Suppe ins Klo. Weg damit, er spülte und stellte den leeren Teller zurück auf das Tablett. Bevor er sich wieder hinlegte, zog er noch die Jacke an, damit er sie später nicht hierlassen musste, falls er nicht genug Zeit hatte. Außerdem konnte er so auch viel schneller an das Messer rankommen.

Er war ganz schön aufgeregt und versuchte, langsamer Luft zu holen, damit die Frau das nicht merkte. Es dauerte eine Weile, bis es sich wieder richtig anhörte. Nur sein Magen, der knurrte immer noch. Er konnte nur hoffen, dass es normal war, wenn der Magen knurrte, obwohl man schlief. Sonst würde ihn das verraten.

***

»Ich sag euch, das war vielleicht eine harte Nuss, die ihr uns da aufgebrummt habt!«

Ein Techniker, nahm Zinkel an. Er kannte den Mann nicht, der zwei, wenn nicht drei Tüten in den Armen trug und sich unter dem Türrahmen hindurchducken musste, um nicht mit dem Kopf anzustoßen. Langer Lulatsch, hätte seine Großmutter gesagt.

Enno half ihm aus. »Fokko Fabricius. Paul Zinkel.« Er deutete jeweils mit dem Daumen auf sie.

Allmählich brachte er all die O-Namen wirklich durcheinander. Zinkel zog eine Grimasse und vertuschte sie, indem er sich das Auge rieb. Leider erwischte er dabei mit dem immer noch offenen Stift seine Stirn. Nicht sein Tag, er ballte die Faust.

»Wir haben die Karre geknackt, aber fragt nicht, wie.«

Er würde sich hüten, beschloss Zinkel, er wollte Ergebnisse, keine Details.

»Alle Schikanen an Sicherheitstechnik, die man sich nur vorstellen kann«, führte Fabricius aus. »Für die alte Kiste total übertrieben. Das hat mich neugierig gemacht.« Er drückte das Kreuz durch und wuchs dadurch noch um ein paar Zentimeter mehr. »Jedenfalls scheint euch da ein Riesenfisch ins Netz gegangen zu sein, alle Achtung.«

Fabricius trat an Zinkels Tisch heran, breitete die Arme aus und ließ die Tüten fallen. »Viel Spaß damit«, wünschte er, machte auf dem Absatz kehrt und stürmte zur Tür wie ein Hochspringer zum Hindernis. Das er unterlief.

»ADHS«, flüsterte Charlie, stand auf und schloss die Tür, bevor sie sich Zinkels Schreibtisch näherte, das Zeug aus den Tüten zerrte und beträchtliches Chaos schuf.

»Da bin ich aber gespannt«, sagte Enno und gesellte sich zu

Charlie. »So euphorisch hab ich Fokko überhaupt noch nicht erlebt.«

Schweigen, während sie Kleidung und Krempel durchwühlten. Zinkel blieb, wo er war. Er wollte Ergebnisse, keine Details.

»Ah«, sagte Enno.

»Oh«, sagte Charlie.

Ja, was denn nun?, überlegte Zinkel, entscheidet euch.

»Okay«, sagte Enno gedehnt, »das ist interessant.«

Charlie schüttelte den Kopf, jedoch nicht aus Widerspruch, so schien es Zinkel, sondern eher so, als könne sie schlicht nicht glauben, was sie vor sich hatte.

»Das glaubst du nicht«, sagte sie. »Oliver Gottwald und Olaf Grünberger sind ein und dieselbe Person.«

»Stimmt«, entgegnete Zinkel, »ich glaub dir kein Wort.«

»Hier.« Enno fächerte die Ausweise auf. »Ich frag mich, ob er den Grünberger-Ausweis aus Sentimentalität aufgehoben hat, verwenden konnte er ihn doch nicht mehr.«

»Ich frag mich eher«, sagte Charlie, »unter welchem Namen er jetzt gerade unterwegs ist. Gottwald wird es nicht sein, dann hätte er den Ausweis bei sich.«

»O. G.«, sagte Enno pointiert.

Mann, Zinkel schlug sich gegen die Stirn. »Oskar Graumeyer«, sagte er. Die Treue zu wenigstens den Initialen war hilfreich für Menschen, die unter falschen Namen lebten, ob sie kriminell waren oder nicht. Er hätte viel früher darauf kommen müssen.

»Das ändert natürlich alles«, sagte Enno, »und du, mein Lieber, bist raus aus dem Fall.«

»Wieso das denn?«

»Du kannst an dieser Kunstsache dranbleiben, mehr nicht«, ordnete Enno an. »Der Tod des Typen an der Autobahn. Das ist dein Fall. Aber die Bombe, nee, die hat nichts damit zu tun. Die Lehrerin, echt, so einer macht man doch nichts vor. Die hat die ganze Zeit mit einem Stalker zusammengelebt und nichts gemerkt? Glaub ich nicht. Die Kampagne gegen sie«, führte Enno aus, »schon da hätte sie stutzig werden müssen. Spätestens aber mit dem Tod des Schülers, der angeblich dafür verantwortlich war.«

»Der war gekauft«, warf Zinkel ein, »das weißt du, glaub ich, noch nicht.«

»Meine Rede.« Enno war nicht aus dem Konzept zu bringen. »Barkowitz hätte stutzig werden müssen. Nicht zu vergessen ihr Sprössling mit seinem Fimmel für Chemie. Nein, jetzt reden wir auch noch über deine Anwältin und über Gerrit. Die haben ein genauso starkes Motiv wie Sophie Barkowitz. Und bloß weil sie nett sind, heißt das nicht, dass sie unschuldig sind. Denk an die Todesanzeige von diesem – wie heißt er gleich?«

»Männle«, sprang Charlie ihm bei, »der ja passenderweise diesen Beinahe-Unfall mit einem verdreckten Kombi hatte.«

»Siehste.« Enno hieb bekräftigend mit der Faust auf den Tisch. »Und verdreckt kommt richtig gut hin. Ich vermute, dieser bekloppte Langzeit-Stalker konnte es einfach nicht lassen und hat sich bei Barkowitz eingenistet. Dann hat er versucht, sie zu isolieren, indem er mit Hilfe von Tammo diese Kampagne inszeniert hat. Als sich bei dem Jungen das schlechte Gewissen geregt hat, musste er sterben. Zwei Unfälle mit Fahrerflucht. Zwei Kombis? Ha! So viel Zufall gibt's nicht. Schon gar nicht in Ostfriesland«, beharrte er. »Und die offene Rechnung eures Stalkers ist auch noch nicht beglichen. Meint ihr etwa, dem hat das mit der Todesanzeige und dem Beinahe-Unfall gereicht? Wieso sollte der eine Pause einlegen mit seinem Terror? Vielleicht war da noch mehr, von dem wir bloß nichts wissen. Warum wohl? Nein, ich bleib dabei: Die Anwältin und Gerrit haben ein starkes Motiv, den aus dem Weg zu räumen. Jetzt müssen wir zusehen, dass wir ihnen die Gelegenheit nachweisen.«

»Bei Gerrit bist du aber genauso befangen wie ich«, konterte Zinkel.

Enno hielt inne und rieb sich verlegen die Nase. »Stimmt«, räumte er ein, »das macht Charlie.«

Neugierig ließ Charlie den Blick zwischen den beiden hin- und herwandern.

Zinkel würde sie nicht darüber aufklären, dass Gerrit mit Ennos künftiger Stieftochter liiert war, das sollte Enno gefälligst selbst erledigen. Er seufzte. Dieser Fall entwickelte sich mehr und mehr zu einer prekären Gratwanderung in Sachen Korrektheit. Wenn er nicht wollte, dass ihre Ermittlungsergebnisse anfechtbar waren, musste er, wie Enno auch, seiner Befangenheit Rechnung tragen. Das ging gar nicht anders.

»Okay«, gab er nach, »dann lasst uns mal die Aufgaben verteilen. Charlie interviewt Gerrit und du Marilene. Wenn schon, dann am besten auch gleich Männle, würde ich vorschlagen. Die sind sowieso ein Team. Sag mal«, wandte er sich an Charlie, »ist aus Australien eigentlich noch nichts gekommen?«

Charlie schüttelte den Kopf. »Sie bleiben dran, *so far no drum on any bingle with a blow-in bloke.*«

»Hä?«, entfuhr es Zinkel.

»Kein Hinweis auf einen Verkehrsunfall mit einem Ausländer«, übersetzte Charlie. »Cool, oder? Musste ich aber nachschlagen. Das Gespräch mit dem Kollegen bestand von meiner Seite praktisch nur aus *›what?‹*.«

»Okay«, sagte Zinkel gedehnt, Englisch zählte ohnehin nicht zu seinen Stärken, aber dabei wäre er vollends gescheitert.

»Gut, ich kümmere mich dann mal um die KT«, besann er sich wieder auf die aktuellen Ermittlungen. »DNA-Material vom Bombentatort muss abgeglichen werden mit dem aus dem Wagen und aus dem Zimmer bei Hui–«, nein, der Name wollte ihm nicht über die Lippen, »bei unserer Zeugin«, umging er die Klippe. »Wenn die übereinstimmt, können wir wenigstens bei ihr den Bewacher abziehen. Ich meine, weiß man's, der Kerl ist ein Meister im Verschwinden, wir sollten da schon hundertprozentig sichergehen.«

»Ja, das sehe ich genauso«, stimmte Enno zu, »die Überwachung von Westerkamp können wir aber doch einstellen.«

»Und wenn wir uns irren? Westerkamp ist auf jeden Fall in diesen illegalen Handel verwickelt, vielleicht auch in den Mord an der Autobahn, zumindest als Zeuge. Also ist es immer noch denkbar, dass unser Stalker OG«, führte Zinkel der Einfachheit halber ein universell zutreffendes Kürzel ein, »dass OG versehentlich zum Opfer wurde.«

»Oder es sollte so aussehen«, wandte Enno ein.

»Netter Versuch«, sagte Zinkel, »aber wer von unseren Verdächtigen hätte wissen können, dass Westerkamp in illegale Geschäfte verwickelt ist?«

»Vielleicht hat Westerkamp sich anwaltlichen Beistand gesucht.« Enno grinste wölfisch.

»Ach komm, bleib auf dem Teppich. Marilene kann eine echte Nervensäge sein, aber beruflich ist sie absolut integer. Sollte sie auf mir völlig schleierhaftem Weg hinter OGs Identität gekommen sein, hätte sie höchstens versucht, ihn auf eigene Faust zu überführen, statt eine Bombe zu legen, nur weil es sich gerade so schön anbot. Aber das ist natürlich nur meine Meinung, und befragen musst du sie trotzdem, das ist sogar mir klar.«

»Jetzt kommt aber beide mal runter«, schaltete sich Charlie ein. »Wir müssen das Ganze sowieso von vorn bis hinten aufdröseln, da bringen eure Verdächtigungen und was weiß ich, was da noch mitschwingt, im Moment herzlich wenig.«

Ihr Blick hatte was von einer Erzieherin, die sich prügelnde Knaben am Schlafittchen packt, um ihnen gemeinschaftliches Nachsitzen anzukündigen, fand Zinkel. Wie, dachte er, müssen wir uns jetzt die Hände geben?

Enno zeigte eine Idee mehr Respekt, seine Hände flogen in aller Unschuld – ich war's nicht, der hat angefangen – in die Höhe.

Zinkel weigerte sich, klein beizugeben. »Ich sag ja nur, dass ich für eine möglichst unvoreingenommene Untersuchung plädiere. Einem Verdacht nicht nachzugehen, bloß weil man den Verdächtigen kennt, ist genauso daneben, wie aus demselben Grund übertrieben penibel zu sein.« Jetzt hob auch er die Hände, aber nur, weil er noch nicht fertig war. »Im Übrigen bleib ich dabei: Westerkamp als Opfer ist plausibel, aber von seiner Verwicklung in kriminelle Aktivitäten können nur die Kriminellen gewusst haben. So. Und zu Barkowitz geh ich, das wird ja wohl erlaubt sein.«

Zinkel drehte sich zur Tafel. Tolles Ergebnis. Er warf den Stift in die Ablage und stürmte hinaus. Nicht die feine Art, doch jetzt, in diesem Moment, war ihm völlig gleichgültig, wie sein Verhalten ankam. Letztlich konnte er es nicht mal sich selbst erklären.

***

Mit seltener Intensität sehnte Marilene das Wochenende herbei. Selbst ein Urlaub war beinahe verlockend. Dabei war sie keine

Reisende. Allein wegzufahren hatte sie stets gescheut, der Blicke wegen, seien sie mitleidig oder begehrlich, nein, allzu sichtbar zu sein war nichts für sie. Gewiss, sie hätte an Gruppenreisen teilnehmen können, heutzutage gab es Angebote für jeden Geschmack, was zu der Zeit, als sie noch hatte verreisen mögen, nicht der Fall gewesen war, aber sich einer Gruppe von wildfremden Menschen anzuschließen, die bestenfalls das Interesse am Urlaubsland teilten, widerstrebte ihr nicht minder. Es wäre ihr immer so vorgekommen, als liefere sie sich auf Gedeih und Verderb aus. Verderb, unbestreitbar, ihr Talent für Katastrophen erschien ihr allmählich genetisch bedingt.

Marilene las den Entwurf für einen Wiederaufnahmeantrag, über dem sie gefühlt schon seit Stunden brütete, ein letztes Mal durch, bevor sie ihn abspeicherte. Besser würde das nicht mehr werden, einerlei, ob dies auf die eher dürftige Beweislage oder auf ihre innere Unruhe zurückzuführen war. Die sie eigentlich nicht länger verspüren musste. Olaf war tot, rief sie sich ins Gedächtnis, bestimmt erst zum hundertsten Mal seit gestern.

Sie bekam ihn nicht aus dem Kopf, hatte kaum Schlaf gefunden letzte Nacht und sich erst lange hin und her gewälzt, bevor sie in eine Art Halbschlaf hinübergeglitten war. Wenig erholsam, denn Olaf hatte sich in jeden einzelnen Traum eingeschlichen. Immerhin hatte sie schon einmal geglaubt, er sei auf Nimmerwiedersehen verschwunden, da war es vielleicht nicht so verwunderlich, dass sie sich am liebsten vergewissern würde, ob es wirklich stimmte. Nein, würde sie nicht, ein Bombenopfer war kein schöner Anblick. Trotzdem, ein Rest von Zweifel blieb. Fluchtgedanken. Sie stand auf und ging zum Fenster.

Natürlich rührte der Impuls, das Weite zu suchen, allein vom Wetter, Frühlingsgefühle, spottete sie. Die Sonne schien seit Tagen, der Himmel war knallblau, und die Menschen rissen sich bereits alles, was an Kleidung überflüssig war, vom Leib, geradeso, als stünden sie in Flammen. Schmetterlinge im Bauch. Nicht zu leugnen. Angst oder bloße Aufregung irgendeiner harmloseren Natur. Oder ganz etwas anderes. Dies »Soll ich – soll ich nicht?«, das sie noch immer vor sich herschob. Manchmal war sie ganz nah dran, sich in das Abenteuer einer neuen Beziehung zu stürzen, und dann schreckte sie doch wieder vor dem Sprung zurück. Der Rausch des freien Falls währte Sekunden und führte doch nur in die Tiefe, aus der sich wieder hochzukämpfen allzu viel Kraft erforderte. Sie war bescheuert. Nichts Neues unter der Sonne.

Für einen Moment schloss sie die Lider und träumte sich in südlichere Gefilde, wo nichts den Frieden störte, sicherlich, und die Sonne brannte psychedelische Muster ins Hirn. Als sie die Augen wieder öffnete, stand ein Wagen, den sie nicht kannte, auf dem Mandantenparkplatz. Allerdings kannte sie die Insassen. Diese Kommissarin, die so auf Lothar abgefahren war, Freitag, glaubte sie sich zu erinnern, stöckelte gerade Richtung Eingang, gefolgt von Pauls Kollegen, dessen Name ihr entfallen war. Unheil naht, dachte sie, wenig überrascht. Kurzerhand schnappte sie sich Handtasche und Jacke und ging vor zu Renate, um die beiden abzufangen.

»Moin«, trällerte sie gut gelaunt, »wollten Sie zu mir?«

»Auch«, sagte Freitag und wies mit dem Daumen hinter sich, wo der Kollege um einiges gemächlicher herannahte. »Ich«, betonte sie, »möchte zu Herrn Baron.«

»Warten Sie doch in meinem Büro auf ihn«, schlug Marilene vor und wandte sich an Renate. »Würdest du ihn rufen?«, bat sie. »Ich muss noch mal weg.« Sie ignorierte Renates verwunderten Blick und kritzelte rasch die Anweisung, Lothar zu holen, auf einen Zettel, den sie unauffällig mit der Hand abzuschirmen suchte.

»Ich muss gestehen«, sie strahlte Pauls Kollegen an, »dass ich Ihren Namen vergessen habe.«

»Macht nichts. Lübben«, stellte er sich vor.

»Stimmt«, sagte sie, als gäbe es Zweifel. »Wenn Sie mit mir reden wollen, müssten Sie mich begleiten. Geht das?«

»Meinetwegen.« Lübben ließ ihr den Vortritt.

Marilene musste sich zwingen, langsam zu gehen, wo sie es vorzog, ihrem Fluchttrieb nachzugeben und zu rennen. Ein harmloses Gespräch würde das nicht werden, sonst wäre Paul gekommen.

»Gerettet«, sagte sie leichthin, »ich musste dringend raus an die Luft. Bei dem Wetter ist Arbeit eine Strafe.« Ups, dachte sie, ganz schlechtes Bild.

»Hm«, sagte Lübben nur und blieb unschlüssig mitten auf dem Bürgersteig stehen.

Marilene schaute ihn gespielt verwundert an. Nein, entschied sie, ich werde dir das ganz bestimmt nicht erleichtern.

»Na, was soll's«, gab Lübben nach, »schwer unorthodox, aber verbinden wir das Angenehme mit dem Nützlichen. Tee?«

»Lieber Kaffee«, sagte Marilene und genoss es, ihn überrumpelt zu haben. In beredtem Schweigen, so kam es ihr vor, bewegten sie sich Richtung Innenstadt, nicht schlendernd, nicht zielgerichtet, irgendetwas dazwischen. Sie zerbrach sich den Kopf, aber ihr wollte nichts einfallen, was als unverfängliche Unterhaltung durchging, und er, vermutete sie, grübelte ebenso angestrengt, wie er sie konfrontieren sollte. Als Zeugin. Oder als Verdächtige.

Unmerklich dirigierte Lübben sie zu einer Eisdiele in der Mühlenstraße, deren Tische weitgehend unbesetzt waren, vermutlich, weil sie im Schatten standen, und Marilene war froh, dass sie eine Jacke mitgenommen hatte. Sie zog sie über, bevor sie sich setzte.

»Ich muss Sie befragen, rein informatorisch zunächst mal«, sagte Lübben, nachdem sie bestellt hatten. »Ich darf unser Gespräch aufzeichnen«, fügte er hinzu, zog ein Aufnahmegerät aus seiner Jacke und schaltete es ein.

Keine Frage, erkannte Marilene. Und leichtes Geschütz. Noch. »Klar«, sagte sie, »kein Problem. Worum geht's denn überhaupt?«

»Es gab ein Bombenattentat«, sagte Lübben. Er behielt das Gerät in der Hand, wie man in Erwartung eines Anrufs ein Telefon halten würde, sodass nicht weiter auffiel, was er wirklich machte.

Unerwartet nett, fand Marilene. Vielleicht stand ihr gar kein größeres Drama bevor. »Ich weiß«, sagte sie. »Der Mann, nein, der Lebensgefährte einer Mandantin ist dabei ums Leben gekommen. Sie hat mich angerufen, weil ich sie in einer anderen Sache vertrete.«

»Sie sind die Anwältin von Sophie Barkowitz?« Lübben schob seinen Kopf vor, als sei er kurzsichtig.

»Ist das ein Problem?«, erkundigte sich Marilene freundlich.

»Was für ein Kladderadatsch.« Lübben stöhnte, holte tief Luft und – nichts.

Schweigen. Offenbar musste er seine Taktik neu überdenken. Marilene lehnte sich entspannt zurück und widmete sich ihrem

Cappuccino, der gerade gebracht worden war, während Lübben seinen zur Seite schob. Appetit vergangen?, überlegte Marilene.

»Was wissen Sie über den Lebensgefährten?«, fragte er nach seiner Bedenkpause.

»Nur das wenige, was Frau Barkowitz mir erzählt hat, und darüber darf ich ohne Rücksprache mit meiner Mandantin keine Auskunft geben.«

»Haben Sie ihn persönlich kennengelernt?«

»Nein, dafür lag kein Grund vor. Warum wollen Sie das wissen?«, fragte Marilene. »Frau Barkowitz sagte, ihr Lebensgefährte habe sich das Auto eines Nachbarn ausgeliehen, und das ist in die Luft geflogen. Dann hat der Anschlag doch dem Nachbarn gegolten, oder verstehe ich da was falsch?«

»Das haben wir auch gedacht, bis wir herausgefunden haben, um wen es sich bei diesem Lebensgefährten in Wahrheit handelt.«

Wieder schob Lübben seinen Kopf vor, und diesmal war ihr klar, warum: Er wollte sich nicht die geringste ihrer Regungen entgehen lassen.

»Ein Mandant von mir?« Marilene riss betroffen die Augen auf.

»Olaf Grünberger«, sagte Lübben.

»Nee«, Marilene runzelte die Stirn, »der ist doch längst über alle Berge. Es fällt mir schwer, das zu glauben …«

»Spricht alles dafür, auch wenn der DNA-Abgleich noch aussteht.«

»Olaf ist tot«, sagte Marilene zum hundertundersten Mal, »seltsames Gefühl. Also traurig bin ich nicht, das werden Sie verstehen. Aber einfach weg? Ich hätte ihn lieber im Knast gesehen. Je länger, je lieber.« Ihr Handy klingelte. Exakt der richtige Zeitpunkt, um diese Schmierenkomödie abzubrechen. »Entschuldigung«, bat sie und nahm das Gespräch an.

»Barkowitz. Ich brauch Sie. Können Sie kommen?«

»Klar«, sagte Marilene. »Geben Sie mir fünfzehn Minuten.« Sie beendete das Gespräch.

»So langsam verstehe ich, was Sie mit Kladderadatsch meinen«, wandte sie sich wieder an Lübben. »Meine Wortwahl wäre: konzertierte Aktion. Sie verdächtigen mich eines Bombenanschlags. Darum sind Sie gekommen und nicht Paul, der befangen ist, richtig? Schließlich duzen wir uns ja. Gerrit stellt ein ernsthaftes Problem dar, weil der nahezu jeden duzt, spätestens beim zweiten Aufeinandertreffen. Ihre Kollegin wird sich vorsehen müssen, sonst kann sie auch einpacken. Spricht jetzt eigentlich irgendetwas dagegen, dass ich Frau Barkowitz beistehe? Doch, wahrscheinlich schon: Wir könnten uns ja absprechen. Och«, sie kam gut in Fahrt, fand sie, »wir könnten uns überhaupt abgesprochen haben, um Olaf gemeinsam ins Jenseits zu befördern, wie hört sich das an?«

»Ziemlich gut, finde ich«, gab Lübben zurück. »Ein Motiv hatten Sie alle beide. Alle drei, genau genommen. Gerrit würde ich da keinesfalls ausschließen.«

»Motiv reicht nicht«, widersprach Marilene. »Gelegenheit ist das Problem. Gerrit und ich hätten nicht wissen können, dass Olaf das Auto eines Nachbarn ausleihen würde.«

»Absprache?« Lübben griff Marilenes Vorschlag auf.

»Na klar«, spottete Marilene, »viel Spaß mit Ihrer Theorie.« Sie kramte in ihrer Handtasche nach Geld, knallte einen Fünf-Euro-Schein auf den Tisch und stand auf. »Geht aufs Haus«, sagte sie. »Wenn Sie sich bestochen vorkommen, lassen Sie's als Trinkgeld liegen.«

***

»Moin, Gerrit. Gut, dass du wieder da bist«, sagte Renate.

Strange. Er war noch gar nicht weg gewesen.

»Ich hab's schon ein paarmal versucht, du wirst hier unten von der Polizei erwartet.«

Käse, fluchte er dezent, dafür konnte es nur einen Grund geben. »Bin gleich da«, versprach er und legte auf. »Hier unten«, hatte Renate betont. Hörte sich ganz so an, als brauche er einen Anwalt. Hoffentlich war Marilene da. Okay, zur Not würde er auch mit Lothar vorliebnehmen, aber echt nur im Notfall. Lothar brauchte längst nicht alles zu wissen. Er verließ die Wohnung und ging, aufgrund seines Muskelkaters nach der gestrigen Odyssee, sehr gemächlich die Treppen hinunter.

Der Zeitpunkt passte ihm ganz und gar nicht. Gerade hatte er losgewollt, um sich bei Westerkamp auf die Lauer zu legen. Nicht vor dem Haus, dort hatte er gestern Abend eine Polizeistreife entdeckt. Deswegen hatte er angenommen, dass Westerkamp sich hintenherum aus dem Staub gemacht hatte. Und richtig. Es gab einen sehr schmalen Durchgang zwischen den Grundstücken, den er glatt übersehen hätte, wenn er nicht genau danach gesucht hätte. In dem Durchgang steckte ein sorgfältig verschlossenes Rad. Bingo. Wäre er doch nur schon Besitzer dieses Peilsenders, der auf seiner Wunschliste stand, dann hätte er das Fahrrad präpariert, so, wie Westerkamp es bei jemandem gemacht hatte. Nachher würde er jedenfalls den Mini nehmen, weniger auffällig und eine Ecke bequemer. Wenn er jetzt nicht verhaftet wurde. *Think positive*, befahl er sich, je schuldbewusster er wirkte, desto weniger würde man ihm glauben.

Vor der Tür zu Kanzlei blieb er stehen und atmete ein paarmal tief durch. Wer erwartete ihn? Paul war ganz in Ordnung, wenn er es war, konnte er glatt in Erwägung ziehen, ihn nach den Mettjes zu fragen. Ob irgendwas gegen die vorlag. Nicht dass er wirklich glaubte, Paul würde mit so einer Info rausrücken, aber den Versuch wäre es trotzdem wert, und sei es als Ablenkungsmanöver. Es war ihm nicht gelungen, Wesentliches über Mettjes herauszufinden, abgesehen vom Beruf. Schiffsmakler. Arbeitete in Bremerhaven. Ausreichend Kohle, aber das war ihm eh schon klar gewesen, sowohl das Grundstück als auch die Hütte darauf waren nicht von armen Leuten. Schuldenfrei, das Ganze. Unter dem Beruf konnte er sich nicht viel vorstellen, auch seine Recherche hatte nicht sonderlich zur Aufklärung beigetragen. Irgendetwas musste es aber geben, sonst wäre Westerkamp nicht hinter ihm her.

»Auf geht's«, sagte er und öffnete die Tür.

Drei Augenpaare fuhren zu ihm herum. Renate. Lothar. Und Freitag. Wie er befürchtet hatte. Er legte einen freudig überraschten Ausdruck auf.

»Da bist du ja«, sagte Lothar, »gehen wir doch in mein Büro.«

Gänsemarsch. Tür zu. Setzen. Freitag holte ein Aufnahmegerät hervor, leierte irgendwas von Zeugenbefragung herunter und stellte das Ding auf Lothars Schreibtisch. Währenddessen warf Lothar ihm warnende Blicke zu. Er verstand jeden einzelnen. Offenbar machte er Fortschritte.

»Gestern ist eine Autobombe explodiert.«

Passiert täglich, dachte Gerrit, nur sterben dort meist Unschuldige. Er verkniff sich den geistreichen Kommentar. »Tatsache? Wo denn?«, fragte er. Völliges Desinteresse an Pyrotechnik war in seinem Alter doch eher unglaubhaft.

»In Leer«, sagte Freitag und ließ ihm ausreichend Zeit zu gestehen.

»Echt? In Ostfriesland? Sie wollen mich vera…ppeln«, kratzte er gerade noch die Kurve.

»Absolut nicht.« Freitag kniff die Augen zusammen, als sei sie kurzsichtig. »Das Opfer ist Ihnen unter dem Namen Olaf Grünberger bekannt«, fügte sie hinzu.

»Was?«, rief er angemessen laut und sprang kurz auf, bevor er sich, völlig entsetzt, wieder zurücksinken ließ. »Boah! Sind Sie sicher?« Er warf einen verstohlenen Blick zu Lothar. Der applaudierte mit den Augenbrauen, ein Act, mit dem er auftreten könnte.

»Es spricht alles dafür, und der DNA-Abgleich wird das bestätigen. Ich hab da keine Zweifel.«

»Puh«, sagte er und gab vor, ein wenig nachzudenken. »Ich kann nicht behaupten, dass es mir leidtut um den, immerhin hat er versucht, mich um die Ecke zu bringen, und nicht nur einmal. Aber eine Autobombe? Nee. Ich hatte da eher an ein langsames Ende gedacht, so an Vierteilen und – wie heißt das?«, wandte er sich an Lothar.

»Rädern«, half Lothar aus.

Diesmal bremste er ihn per Brauen, glaubte Gerrit. Interessante Mimik, wirklich. Er war versucht, ihn zu imitieren, hob sich das jedoch lieber für später auf. Um die Fertigkeit einzustudieren, brauchte es kein Publikum, ein Spiegel täte es auch.

»Na ja«, ruderte er eine Idee zurück, »Knast hätte es auch getan, das hätte mir gefallen.« Er nickte bestätigend. »Aber eins verstehe ich echt nicht«, sagte er nachdenklich, »wieso ist der in Leer geblieben? Er musste doch damit rechnen, dass er jederzeit Marilene oder mir über den Weg laufen könnte. Und Ihnen und Paul auch. In einem so kleinen Ort. Das ist doch voll bescheuert, und dumm ist der nicht.«

»Stadt«, sagte Freitag pikiert. »Er hatte wohl ein neues Projekt am Laufen. Und eine offene Rechnung oder zwei. Gab es Drohungen?«

»Sie meinen, abgesehen von der Anzeige meines Todes? Dem Versuch, mich zu überfahren?«, schaltete sich Lothar ein. »Ich nehme an, Ihre Ermittlungen diesbezüglich sind im Sande verlaufen.«

Freitag ignorierte die Kritik. »Wir sind noch dabei, Grünbergers Unterlagen zu sichten, vielleicht findet sich ein Hinweis auf die Anzeige. Den Beinahe-Unfall können Sie vergessen. Wir haben Grünbergers Wagen aufgetrieben, dreckiger Kombi, das kommt hin. Aber Ihre Beschreibung war dermaßen vage, ich bitte Sie. Sie hätten wenigstens auf das Fabrikat achten müssen.«

»Wenn ich das gemacht hätte, wäre ich nicht mehr imstande gewesen, es Ihnen zu nennen, sondern hätte mein Wissen mit ins Grab genommen. Eben das dürfte der Fahrer im Sinn gehabt haben. Im Übrigen hatte ich Grünberger von vornherein im Verdacht, dafür verantwortlich zu sein, und das habe ich Ihrem Kollegen auch mitgeteilt.«

»Gab es weitere Drohungen?« Freitag ließ sich nicht ablenken.

»Keine«, sagte Lothar.

»Waren Sie verreist über Ostern?«

»Ist das jetzt der Wechsel zur unverfänglichen Plauderei? Nein«, gab Lothar selbst die Antwort, »eher nicht. Sie wollen Alibis, richtig? Ich mache Ihnen eine Liste. Wir hatten nämlich so was wie ein Familientreffen, jede Menge Zeugen, die letzten sind erst gestern Vormittag abgereist.«

»Ich bitte darum.«

Freitag war nicht erfreut, genau genommen zog sie eine Flappe, fand Gerrit. Ihre schöne Theorie im Eimer. Hoffte er. Ihr Handy klingelte, und sie nahm das Gespräch an. Was sie hörte, verbesserte ihre Laune schlagartig.

»Ja, interessant. Bis später«, sagte Freitag, klickte das Gespräch weg und drehte sich zu ihm um.

»Sagten Sie nicht, Sie seien zufällig«, sie deutete anklagend mit dem Finger auf ihn, »Zeuge des Unfalls mit Tammo Cassens gewesen?«

Gerrit nickte nur, das Gegenteil würde sie ihm kaum beweisen können.

»Genauso zufällig, wie Frau Müller die Anwältin von Frau Barkowitz ist? Erzählen Sie mir doch keinen.«

Auf das Sch-Wort verzichtete sie, wahrscheinlich wegen der Aufnahme, vermutete Gerrit.

Sie war noch nicht fertig. »Das macht es noch viel wahrscheinlicher«, fuhr sie fort, »dass mindestens einer von Ihnen Grünberger durchaus begegnet ist.«

»Schwer zu beweisen, wenn der Zeuge eine Leiche ist«, wandte Lothar ein. Offenbar war es ihm egal, wie sehr er Freitag gegen sich aufbrachte. »Die Liste unserer Gäste bekommen Sie sofort.« Er wies mit dem Kinn auf Gerrit.

Dieser beeilte sich, die Namen aufzuschreiben. Der Einzige, den er »vergaß«, war Roman.

***

Zinkel sah verstohlen auf die Uhr. Allmählich konnte der Anwalt aber mal aufkreuzen, die fünfzehn Minuten waren längst um. Während Barkowitz ruhelos durch die Gegend tigerte, hatte er die Bücher in dem Regal ihm gegenüber rauf und runter studiert, aber jetzt reichte es ihm. Er stand auf, trat an die Terrassentür und schaute hinaus in den Garten.

Tulpenbekloppt, die Dame, in jedem Beet gediehen welche, unterschiedlich nicht nur in der Farbe, sondern auch in ihrer Form.

Die ausgefransten rotgelben gefielen ihm wohl, auch die dunkelvioletten, die so etwas Erhabenes an sich hatten. Prachtvoll, durchaus, obwohl er Tulpen nicht sonderlich schätzte, ein gar zu kurzes Vergnügen, fand er, und das welkende Laub, das ewig brauchte, um einzuziehen, störte sein ästhetisches Empfinden. Buddeln wäre nett bei dem Wetter, dachte er sehnsüchtig, er hatte seinen Urlaub zur falschen Zeit genommen.

Es klingelte, na endlich. Er wandte sich um und ging Richtung Tür.

»Na, mein Schatz.«

Auf die Art begrüßte Barkowitz eher nicht den Anwalt, folgerte Zinkel, noch bevor er den Flur erreicht hatte.

»Hey, Mama«, sagte denn auch der chemisch begabte Sohn. »Wer ist das?«

Argwohn im Blick. Der Argwohn eines eifersüchtigen Sohnes, vermeinte Zinkel zu erkennen. Ein kleiner, recht dick geratener Junge, der wirkte, als könne er kaum bis drei zählen, geschweige denn Bomben basteln. Oder das stille Wasser. Er hatte zu wenig Erfahrung mit Kindern, konnte sie schlecht lesen. Außer sie plärrten, dann war es simpel.

»Polizei.« Barkowitz stöhnte verhalten.

»Ach so.«

»Hauptkommissar Zinkel«, stellte er sich vor. »Du bist Roman. Richtig?«

»Was Neues?«, fragte Roman ihn, mäßig interessiert.

Barkowitz antwortete an seiner statt. »Oskar war …«, sie stockte, »kein guter Mensch«, beendete sie den Satz kindgerecht.

»Das ist nichts Neues.« Roman bedachte sie mit einem indignierten Blick, bevor er sich wieder an Zinkel wandte. »Hab ich schon immer gesagt. Was hat er denn gemacht?«

»Er war ein Stalker«, sagte Zinkel.

»Echt?« Roman schien begeistert. »Wen …«

Weiter kam er nicht. Es klingelte abermals, und Roman beeilte sich zu öffnen. Marilene stand in der Tür.

»Oh«, sagte Zinkel. Ungünstig. Mindestens.

»Hallo, Frau Barkowitz«, grüßte Marilene, »und du bist Roman, gell?«, fragte sie und zwinkerte dem Jungen zu. »Hey, Paul, keine Bange, dein Kollege weiß Bescheid. Er hat mir gestattet, herzukommen. Nein, eigentlich hat er bloß nicht widersprochen. Er wirkte nicht sonderlich glücklich.«

Das konnte er jetzt fast verstehen. Zinkel wunderte sich nur, dass Enno nicht gleich mitgekommen war. Die Wahrscheinlichkeit, dass Marilene OG zu Gesicht bekommen hatte, stieg gerade gewaltig.

»Gehen wir doch rüber«, schlug er vor und zerbrach sich den Kopf, wie er diesen Klumpatsch auseinanderhalten sollte. Barkowitz, konzentrier dich auf sie, befahl er sich, lass Marilene außen vor. Das bedeutete jedoch nicht, dass er zufällig gewonnene Erkenntnisse ignorieren würde. Er schaltete sein Aufnahmegerät wieder ein und kam nicht mal dazu, Marilenes Anwesenheit zu dokumentieren.

»Oskar soll ein Stalker gewesen sein.«

Barkowitz redete quasi hinter seinem Rücken, und Zinkel hatte Mühe, nicht dazwischenzugehen.

Marilene immerhin wartete, bis sie saßen und er die Zimmertür geschlossen hatte. »Das stimmt wohl«, sagte sie.

»Er muss hinter der Kampagne gegen mich gesteckt haben, weil er nämlich Tammo überfahren hat …«

»Ach«, sagte Marilene stirnrunzelnd.

Das schien ihr neu zu sein, bemerkte Zinkel. Im Übrigen wurde er hier offenbar nicht gebraucht. Er ließ es laufen.

»Die glauben mir nicht, dass ich nichts gemerkt hab von seinen – Machenschaften.«

»Glaube reicht nicht«, sagte Marilene, »sie werden es Ihnen beweisen müssen. Nicht umgekehrt.«

»Weil ich Lehrerin bin«, empörte sich Barkowitz. »Sonst sind Lehrer immer die Deppen vom Dienst, aber wenn es in den Kram passt, ist es umgekehrt, dann bin ich allwissend, ja?«

»Immer mit der Ruhe«, beschwichtigte Marilene. »Ich kannte Ihren Oskar. Damals nannte er sich Olaf, und ich bin genauso auf ihn reingefallen.«

»Da bin ich jetzt aber erleichtert«, spottete Barkowitz. »Hey«, fügte sie hinzu, als ginge ihr gerade ein ganzer Scheinwerfer auf, »dann haben Sie doch auch ein Motiv.«

»Klar hab ich eins«, gab Marilene zu. »Darüber dürfen wir jetzt bloß nicht reden, weil er«, sie hob das Kinn in Zinkels Richtung, »befangen ist.«

»Na dann«, sagte Barkowitz, »reden wir also über mich. Oskar, Olaf, wie auch immer, hat sich mir gegenüber nicht im Geringsten unangemessen verhalten. Da war absolut nichts, was mich auf den Gedanken hätte bringen können, dass er kriminell ist. Ein Stalker. Kann ich mir nicht vorstellen. Der Vorschlag, mir einen Anwalt zu nehmen, kam von ihm. Er hat für mich den Termin bei Ihrem Kollegen vereinbart, den dann ja Sie übernommen haben.«

»Ach«, sagte Zinkel. Das war interessant. Es sah fast so aus, als habe OG den Kontakt gesucht. »Der Termin – hat der in der Kanzlei oder hier stattgefunden?«

»In der Kanzlei«, sagte Barkowitz, bevor Marilene ihr Einhalt gebieten konnte.

»Hat er Sie begleitet?«, erkundigte er sich.

Marilene bedachte ihn mit einem Wir-sprechen-uns-noch-Augenaufschlag.

»Nein. Abgeholt hat er mich. Also, er hat schräg gegenüber gewartet, bei dem Restaurant. In der Kanzlei war er nicht. Bei mir zu Hause war nur Herr Baron, und das war, als Oskar auf Geschäftsreise war.«

Marilene klappte die Lider zu. Zinkel schien, diese Information hätte sie ebenfalls gern zurückgehalten. Er wünschte, er hätte bei seinem überstürzten Aufbruch daran gedacht, einen der gefälschten Pässe mitzubringen. »Haben Sie ein Foto von ihm?«, fragte er.

»Nein«, sagte Barkowitz, »er ließ sich nicht gern fotografieren. Jetzt verstehe ich natürlich, warum.«

»Würden Sie ihn schildern?«, bat er.

Barkowitz überlegte, fast, als habe sie bereits vergessen, wie er ausgesehen hatte. »Eins achtzig«, hob sie an, »du meine Güte, jetzt weiß ich, wie meine Schüler sich fühlen müssen, wenn sie eine Bildbeschreibung machen sollen. Das ist wirklich nicht einfach. Braune Augen. Übergewichtig. Er muss darunter gelitten haben, denn Roman hat er ganz schön kritisiert. Projektion. Ja, ich weiß, das ist banal«, wertete sie ihre eigene Theorie ab. »Keine Ahnung, mehr fällt mir nicht ein.«

Übergewichtig war Olaf nicht gewesen, erinnerte sich Zinkel. »Bart?«, fragte er nach.

»Nein. Dann wäre nichts aus uns geworden.«

»Haarfarbe?« Marilene schien Morgenluft zu wittern.

»Grau, dabei war er erst zweiundfünfzig, aber das lag wohl in der Familie.«

Zinkel griff sich ins Haar, bevor er merkte, was er tat. Konnte man innerhalb von ein paar Monaten komplett ergrauen? Er hoffte nicht. Aber OG hatte seinerzeit auch nur ein paar graue Strähnen gehabt, und dann … nein, er würde sein Haar gefärbt haben. Grau allerdings wäre das Letzte, was er gewählt hätte. Schnauzer weg, ein paar Kilo angefressen, und schon war er davon ausgegangen, dass niemand ihn erkennen würde. Sogar den Gang konnte man verändern, eine Einlage tragen, die ein leichtes Humpeln hervorrief, oder schlurfen. Nur die Stimme. Die blieb einem erhalten. Für die Dauer eines kurzen Telefonats ließ sie sich vielleicht verstellen, aber doch nicht für ein ausführliches Gespräch? Das es angeblich nicht gegeben hatte.

»Ich begreife trotzdem nicht«, sann er, »wieso Sie nicht stutzig geworden sind, als der Ärger in der Schule angefangen hat.«

»War das eine Frage?«, erkundigte sich Marilene.

»Wie war das zeitlich?«, fragte er und achtete darauf, dass das Fragezeichen überdeutlich herauszuhören war. »Wann ist er hier eingezogen?«

»Mitte, Ende Februar vielleicht. Genau weiß ich es nicht mehr.« Barkowitz grinste plötzlich. »Roman wird es wissen. Ich wette, er führt eine Strichliste.«

»Gab's vorher schon Probleme in der Schule? Speziell mit Tammo?«

Barkowitz schüttelte langsam den Kopf. »Wenn man es weiß, ist es einfach. Wenn nicht, ist man blind und taub und immer geneigt, nach den harmlosen Erklärungen zu suchen. Im Nachhinein könnte ich mich echt ohrfeigen, aber ich habe nichts gemerkt, und das lag nicht mal am mangelnden Willen. Es war nicht so, dass ich händeringend auf der Suche nach einem Kerl gewesen wäre.«

»Liebe macht blind«, gab Marilene eine Binsenweisheit zum Besten, verdrehte immerhin selbstironisch die Augen.

»Ach was, Liebe.« Barkowitz winkte ab.

Marilene trat ihr auf den Fuß, um die Aussage zu verhindern, folgerte Zinkel, doch Barkowitz schien es kaum zu merken, zog den Fuß weg.

»Wenn es das wenigstens gewesen wäre«, fügte sie obendrein bedauernd hinzu.

Na, da hätten wir doch ein Motiv, überlegte Zinkel. Sie hat ihn rauswerfen wollen, doch einen OG konnte man nicht einfach des Hauses verweisen, also brauchte es drastischere Maßnahmen. Die Theorie überzeugte ihn nicht sonderlich. Er stand auf. »Nachher kommt noch jemand, der den Wagen Ihres Lebensgefährten untersucht.«

»Wieso das?«, fragte Barkowitz.

Blöde Frage, dachte Zinkel. »Nu«, sagte er, »der Wagen fährt nicht mehr. Wir sollten schon nachsehen, ob da jemand nachgeholfen hat.«

»Schade«, sagte Barkowitz, »ich hatte gehofft, Sie würden die Karre mitnehmen. Und behalten.«

Das Ansinnen konnte er nachvollziehen, aber daraus würde nichts werden. Er verabschiedete sich und öffnete die Wohnzimmertür.

Roman war im Flur und tat so, als würde er in einer der Jacken an der Garderobe etwas suchen. Gelauscht, erkannte Zinkel, allein die Röte, die ihm ins Gesicht kroch, verriet ihn. Er war geneigt, Enno zuzustimmen. Der Junge hütete ein Geheimnis. Oder zwei.

»Sag mal«, hob er an, »du bist an dem Morgen doch schon sehr früh zur Schule geradelt, richtig?«

»A. Ha.«

Zinkel nahm es als Ja. »Ist dir da eine Joggerin aufgefallen?«

Roman runzelte die Stirn. »Kann sein. Ja.«

»Schon mal gesehen?«

»Nee.«

»Also eine Fremde. Kannst du sie beschreiben?«

»Ich? Also, nö, nicht richtig. Schwarze Klamotten. Basecap. Voll fertig, die konnte kaum weiter.«

Kim hatte sie ebenso geschildert. Wie lange brauchte eine Joggerin, um wieder in Form zu sein?

»Würdest du sie wiedererkennen?«

»Kann schon sein. Weiß nicht. So genau hab ich nicht hingesehn.«

Was denn jetzt? Zinkel seufzte, nickte zum Abschied und verließ das Haus, während er bereits mit der KT telefonierte. Er informierte die Kollegen der Streife vor Westerkamps Haus. Es konnte nicht schaden, OGs Kiste mit im Blick zu behalten, für den Fall, dass das Chemiegenie tatsächlich etwas angestellt hatte.

Und nun?, überlegte er. Innendienst wäre sinnvoll. Aber dort würde er mindestens Enno über den Weg laufen, und darauf hatte er im Augenblick gar keine Lust. Okay, das ließ sich nicht umgehen, aber eine kleine Pause würde er sich trotzdem gönnen. Er ließ seinen Wagen stehen und marschierte los. Einmal um den Block. Vielleicht wirkte sich die frische Luft positiv auf seine Laune aus. Ein wenig mehr Durchblick konnte auch nicht schaden.

Er wandte sich nach rechts. Parallel zum Fußweg zählte er, was, elf Maulwurfshügel? Sah aus, als habe das Tier alle zwei Meter die Nase rausgestreckt, um zu prüfen, ob das schöne Wetter keine Einbildung gewesen war, und erst der elfte Hügel hatte ihm Gewissheit verschafft. Zinkel traute dem frühsommerlichen Intermezzo nicht, sein Rücken zwickte, und das kündigte zumeist kühlere Tage an. Er legte einen Schritt zu, wenn schon, denn schon, und bog abermals rechts ab.

In mindestens jedem zweiten Garten arbeitete jemand, es wurde gejätet, gehackt und geschnitten, was das Zeug hielt, und Rasenmäher dröhnten um die Wette. Jeder Passant, ob zu Fuß oder auf dem Rad, wurde fröhlich gegrüßt, manchmal sogar noch mit einem Satz über das Wetter bedacht. So ganz hatte er sich an diese spontane Redseligkeit bislang nicht gewöhnt, dabei gefiel es ihm durchaus, es fehlte ihm bloß noch etwas Übung. Von wegen wortkarg, erinnerte er sich an manche Warnung vor seinem Umzug. Ein Vorurteil, das ausgerechnet in einer Gegend kolportiert wurde, in der man absolut nur mit Menschen sprach, die man kannte.

Oh, er stockte kurz. Das Kennzeichen des Minis, der in einer Parkbucht vor ihm stand, kam ihm bekannt vor, und richtig, im Näherkommen entdeckte er Gerrit, der sich auf dem Fahrersitz zusammenkauerte. Wie um nicht entdeckt zu werden. Was machte er hier? Enno würde garantiert sagen, es ziehe ihn zurück zum Tatort, auch wenn der eine Querstraße entfernt war. Das glaubte er nun nicht, aber merkwürdig fand er es schon.

Für einen Augenblick erwog er, Gerrit einen Schrecken einzujagen, indem er aufs Dach des Wagens klopfte, doch er unterdrückte den, zugegeben, kindischen Impuls. Die Albernheit hätte bloß ein Gespräch zur Folge, und darauf sollte er lieber verzichten. Zinkel tat so, als würde er die Vorgärten bewundern, und ging vorbei.

***

So viel bin ich lange nicht gelaufen, dachte Marilene, als sie sich auf den Heimweg machte, und ein Hauch von schlechtem Gewissen streifte sie. Beinah war sie geneigt, den guten Vorsatz, sich mehr zu bewegen, öfter in die Tat umzusetzen, aber was heute ein Leichtes war, würde sie, sobald sich das Wetter änderte, wieder nur als lästig abtun.

Der November hatte fast bis Ostern gedauert, trüb und nass, ein elendes Einheitsgrau, das sich ihr nach einer Weile mehr und mehr aufs Gemüt gelegt hatte. Seelenzipperlein, die natürlich einzig vom Wetter rührten, diesem perfekten Sündenbock. Die wenigen klaren Tage während all der Zeit waren kaum je auf ein Wochenende gefallen, und an den übrigen hätte man nicht mal einen Hund vor die Tür schicken mögen, geschweige denn selbst gehen. Schon gar nicht abends, wo es so arg früh dunkel geworden war. Jetzt wurde es schon früh hell, was nicht gerade schlaffördernd war. Der Unterschied zu Wiesbaden betrug locker zwei Stunden, die es im Winter länger dunkel und im Sommer länger hell war. Noch hatte sie sich nicht daran gewöhnt.

Sie schritt ein wenig schneller aus und bog rechts ab. Na, hier war aber ein Maulwurf überaus fleißig gewesen, und so akkurat verteilt hatte sie die Hügel noch nie gesehen. Sie hatte nichts gegen Maulwürfe, unter ihrem Garten tummelte sich auch mindestens einer, dabei hegte Lothar Pläne zur Gartengestaltung, die einen mutmaßlich per Nagelschere gepflegten Rasen beinhalteten. Ambitionen, die ihr Maulwurf torpedierte: Acker statt Rasen. Lothar schimpfte schon jetzt über jeden neuen Hügel, und sie war gespannt, welche Gegenmaßnahmen er zu ergreifen gedachte. Wahrscheinlich würde er Gerrit mit der Aufgabe betrauen.

Rechts oder geradeaus? Sie entschied sich für rechts. Offenbar eine Straße, in der lauter gesprächige Gärtner zu Hause waren. Grüße von allen Seiten, ein paar Bemerkungen über das Wetter, bevor sie sich wieder mit einer Begeisterung ihrem Werk widmeten, die sie nicht nachvollziehen konnte. Dabei war ihr erster und bislang einziger Versuch, ein wenig Struktur in die Wildnis hinterm Haus zu bringen, gar nicht so unbefriedigend gewesen. Um eigenen Antrieb jedoch hatte es sich nicht gehandelt, sondern um Arnes an sich unnötige Überredungskunst; ihm konnte sie ohnehin keinen Wunsch abschlagen.

Ein Mini kam in Sicht, sah aus wie der von Gerrit. Wie mochte er sich wohl geschlagen haben?, überlegte sie und hoffte, dass Lothar bei der Befragung wirklich zugegen gewesen war. Moment mal, das *war* Gerrits Mini, und er saß sogar im Wagen. Nun ja, sitzen konnte man das nicht nennen, er war weit nach unten gerutscht. Fast könnte man meinen, er wollte nicht gesehen werden. Sie öffnete die Beifahrertür und registrierte befriedigt, wie er erschrak.

»Was machst du denn hier?«, erkundigte sie sich.

»Pst«, sagte Gerrit, »steig ein.«

»Wie in der Sauna«, konstatierte Marilene, während sie sich auf den Sitz fallen ließ und die Beine einzog. Das Gefährt wurde nicht bequemer.

»Stärkt die Abwehrkräfte«, sagte Gerrit.

»Woher hast du die Weisheit? In deinem Alter denkt man über so was nicht mal nach.«

»Spioniert ihr mir nach?«, fragte Gerrit. »Paul ist eben auch hier langgekommen.«

»Die Strategie, Fragen mit Gegenfragen zu beantworten, ist auch nicht gerade alterstypisch«, konterte Marilene. »Ich befinde mich auf dem Heimweg von Sophie Barkowitz. Jetzt du.«

»Der direkte Weg nach Hause führt hier aber nicht entlang. *In fact*, der Umweg ist beträchtlich«, spottete Gerrit.

»Ehrlich wahr?«, zweifelte Marilene. »Ich hätte schwören können …«

»Meineid.« Gerrit bedachte sie mit einem strengen Blick. »Was willst du wirklich?«

»Wissen, wie's gelaufen ist.«

»Du meinst die Inquisition? Ganz okay, glaub ich. Lothar hat aufgepasst. Und unsere Alibis werden Kommissarin Freitag für eine Weile beschäftigen. Ich musste eine Liste machen. Nur damit du's weißt, Roman hab ich weggelassen.«

»Gut«, lobte Marilene, »ich hab eben auch so getan, als würde ich ihn nicht schon kennen. Teil zwei: Was machst du hier?«

»Westerkamp.«

»Falsche Straße«, wandte Marilene ein.

»Stimmt, aber da vorm Haus eine Polizeistreife Wache hält, muss Westerkamp sich durch die Gärten schleichen, wenn er unbemerkt weg will.«

»Wieso glaubst du, er will?«

»Ich glaub nicht, ich weiß«, korrigierte Gerrit. »Sein Fahrrad steht da vorn in einem engen Durchgang. Dort schleicht er sich raus. Was hat er bei dir hinterlegt?«

»Wüsste ich auch gern«, sagte Marilene. »Eine Art Lebensversicherung, soll an die Polizei, falls ihm oder seiner Familie etwas zustößt.«

»Du hast nicht reingeguckt?« Gerrit schaute sie verständnislos an. »Schon mal was von Wasserdampf gehört?«

»Kindskopf«, mahnte Marilene halbherzig. Ja, sie hatte davon gehört. Drüber nachgedacht hatte sie auch. Kurz.

»Also«, hob Gerrit an, »Westerkamp geht davon aus, dass die Bombe ihm gegolten hat. Also muss er sich versichern. Das bringt natürlich nur was, wenn derjenige, der die Bombe gelegt hat, auch davon erfährt.«

»Woher will er wissen, wer die Bombe gelegt hat?«

»Woher soll ich das wissen, wenn ich doch nicht in den Umschlag gucken darf? Im Ernst, er verhält sich merkwürdig. Ich bin ihm gestern Abend gefolgt. Per Rad übrigens, und das war elend weit, sag ich dir.«

»Willst du dafür einen Orden?«, erkundigte sich Marilene.

»Noch nicht.« Gerrit tat, als würde er ihr einen Klaps geben. »Er ist zum Haus von einem gewissen Mettjes gefahren. Reingegangen ist er nicht, aber ich konnte sehen, dass er einen GPS-Tracker aktiviert hat –«

»Einen was?«

»Du kennst das sicher noch als Peilsender«, ließ sich Gerrit herab zu erklären. »Er hat etwas oder jemanden mit einem Tracker ausgestattet, der ihn dorthin geführt hat. Danach wird er recherchiert haben, wer dieser Mettjes ist. Er wird nicht mehr herausgefunden haben als ich. Ein Schiffsmakler, ziemlich reich. Aber wenn man einen *Peilsender*«, betonte Gerrit, als müsse er für sie ausbuchstabieren, was normale Menschen auch so verstünden, »installiert, dann will man entweder etwas zurückhaben oder jemandem folgen. Darum bin ich hier. Ich warte darauf, dass er sich wieder heimlich rausschleicht.«

»Dann warte ich mit dir«, sagte Marilene. »Da die Polizei sich anscheinend auf einen von uns als Täter versteift, hätte ich nichts dagegen, wenn wir die ursprüngliche Annahme, dass Westerkamp das eigentliche Opfer sein sollte, bestätigen könnten.«

»Interessenkonflikt?« Gerrit war skeptisch. »Außerdem kennt Westerkamp dich. Mich wird er kaum wahrgenommen haben.«

»Er muss mich ja nicht zu Gesicht bekommen«, wischte Marilene den Einwand beiseite. »Wir haben nichts zu verlieren.«

»Ich wette, Lothar sieht das anders«, sagte Gerrit.

Die Wette würdest du gewinnen, überlegte Marilene, das Manöver jedoch war ausgesprochen durchsichtig. Gerrits Neugierde kannte keine Grenzen, vor allem, was zwischenmenschliche Beziehungen anbelangte.

***

Die Tür ging auf. Er hatte es rechtzeitig gehört und sich hingelegt. Wieder war es der Mann, der das Tablett brachte. Er hörte es an den Schritten. Schwer und laut. Außerdem schnaufte der Mann, als ob ein Tablett zu tragen irre anstrengend wäre. Beim letzten Mal war es genauso gewesen. Vielleicht war die Frau heute nicht da. Oder sie war krank. Er musste warten, bis sie ihm wieder was zu essen brachte, sonst konnte er seinen Plan vergessen.

Stöhnend drehte er sich um, ließ die Augen aber zu. Der Mann holte noch mal Luft, und dann war nichts mehr zu hören. Auch keine Schritte. Also beobachtete der Mann ihn. Er schnarchte ein bisschen, ganz leise. Das wirkte. Der Mann ging. Durch die Wimpern hindurch konnte er ihn sehen. Er war groß und wirkte sehr stark. Ein Glück, dass er nichts unternommen hatte.

Mit einem Knall fiel die Tür zu, und er hörte, wie der Schlüssel umgedreht wurde. Auch das war wie beim letzten Mal. Wahrscheinlich sollte ihn das wecken, damit er aß und trank. Würde er aber nicht.

Vom letzten Tablett hatte er nur die Brote gegessen und den

rosa Tee weggeschüttet. Er hatte genau richtig geraten mit dem Rum, denn seitdem war er nicht ein Mal eingeschlafen. Obwohl ihm sehr, sehr langweilig geworden war. Sein Magen war für eine Weile ganz still gewesen, aber jetzt machte er wieder Krach. Er setzte sich hin. Suppe. Was sonst.

Nein, du kriegst nichts, sagte er im Kopf, du musst bis zu den Broten warten. Wieder schüttete er die Suppe ins Klo und spülte sie weg, aber diesmal ließ er einen Rest in der Schüssel. Das kam ihm wie eine gute Idee vor, auch wenn er nicht so richtig wusste, warum. Sorgfältig wischte er mit dem Finger den Rand von der Schüssel sauber und tauchte dann den Löffel in den Rest. Letztes Mal hatte er an so was nicht gedacht und den sauberen Löffel neben der Schüssel liegen gelassen. Dem Mann war es wohl nicht aufgefallen, aber die Frau hätte es vielleicht gemerkt. Jetzt sah es so aus, als hätte er gegessen.

Er wusch sich die Hände und trank ein bisschen Wasser aus der Leitung. Dann legte er sich wieder hin und versuchte, nicht einzuschlafen. Das war schwer. Es ging besser, wenn er sich ausmalte, was er machen würde, wenn die Frau wiederkam. Aber wie lange konnte man daran denken?

14

Zinkel starrte in den Kühlschrank. Nicht dass es darin etwas zu sehen gäbe. Nicht mal Eier hatte er noch. Mist, er knallte die Tür zu. Tolle Alternative: Hungern oder Einkaufen. Sein Magen lieferte prompt die Antwort. Einkaufen also, das gäbe dem ohnehin bekloppten Tag den Rest.

Er trampelte die Treppe hinunter, schnappte sich seine Jacke und wollte gerade nach der Türklinke greifen, als es klingelte. Nee, oder?, er unterdrückte ein Aufstöhnen, er war heute weder gute Gesellschaft noch ein williger Gesprächspartner, doch um sich zu verleugnen, hatte er entschieden zu viel Lärm veranstaltet. Er zog die Tür auf. Judith. Ausgehfein, wie er auf Anhieb registrierte. Oder sie hatte sich seinetwegen in Schale geschmissen. Irgendwie passten ihm beide Versionen nicht so recht.

»Hey, Paul«, sagte sie, »du wolltest weg?«

»Einkaufen«, er zuckte mit den Schultern, »Kühlschrank ist leer.«

»Ach, schade«, sagte Judith. »Ich wollte mich mit einer Freundin treffen, bisschen quatschen. Ohne Zeugen.« Sie grinste verlegen.

Freundin oder Freund?, überlegte Zinkel. Der Ausschnitt ihrer Bluse legte Letzteres nahe. Er war ungerecht, räumte er ein, und wirklich schlechter Laune.

»Enno …« Judith stockte.

Nee, bitte, bloß keine Tränen jetzt, dachte er. »Ich weiß Bescheid«, sagte er sanft. »Er hat's mir heute gesagt. Und behauptet, du würdest so was von cool damit umgehen.«

»Ich tu bloß so«, gestand sie. »Wegen der Mädchen hauptsächlich. Eigentlich hab ich erwartet, dass mir das leichter fallen würde. Auch weil – na ja, du weißt schon, du und ich, aber jetzt, ach, ich weiß auch nicht. Ich hab keine Ahnung, wie das alles weitergehen soll.« Judith rang die Hände.

»Mach dir darüber keine Gedanken, okay?«, versuchte er, sie zu beruhigen. »Kein Grund, irgendetwas zu überstürzen. Schon allein wegen der Mädchen.« Er zwinkerte.

»Du bist lieb.« Judith legte ihre Hand an seine Wange.

An sich nicht, schon gar nicht heute, aber seine Hormone fielen ihm bereits in den Rücken. Sie zog die Hand zurück, und Zinkel fühlte sich beraubt.

»Enno ist bei Lilian, und ich hatte gehofft, du könntest die Mädchen hüten. Pizza wäre übrigens im Ofen. Selbst gemacht«, lockte sie.

Ein Angebot, das er nicht ausschlagen konnte, ein moralisches obendrein.

»Na gut«, gab er nach.

»Toll. Danke«, sagte Judith. »Wird auch nicht spät, versprochen.«

***

Westerkamp packte. Etwas Trockenfutter und zwei Leckerlis für Kira, ein paar Schokoriegel für ihn selbst. Zwei Flaschen Wasser, ein Napf. Taschenlampe. Die Jacke zog er an, denn ein plötzlicher Wetterumschwung war angekündigt worden, die Mütze wanderte in die Jackentasche. Seine Waffe samt ausreichend Munition. Zwar hatte er nicht die Absicht, sie zu verwenden, aber er hatte keine Ahnung, was ihn erwartete.

Er warf einen Blick auf sein Smartphone. Alles ruhig bei Mettjes. Der Junge war noch dort. Lebendig? Er hoffte es, so inbrünstig, wie er noch nie auf etwas gehofft hatte. Ausgenommen, als Kim fort gewesen war. Kim, die schwer Druck machte. Wenn er das jetzt nicht geregelt bekam, würde sie zu den Cops gehen. Und sie würde nie wieder ein Wort mit ihm reden.

Frauke war arbeiten, was gut war, aber sie hatte sich trotz des schönen Wetters geweigert, das Rad zu nehmen, was er zunächst schlecht gefunden hatte. Doch dann war ihm eingefallen, wie er an ein Fahrzeug und an einen zweiten Mann kommen konnte. Seit gestern versuchte er nun schon, den an die Strippe zu kriegen, doch er ließ sich verleugnen. Mein Mann ist nicht da. Nein, immer noch nicht. Heute Abend sollte er zurück sein. Hoffentlich stimmte das. Zur Not musste er warten, egal, wie lange es dauerte. Abwimmeln würde er sich nicht mehr lassen. Die Zeit drängte, während sein Seelenheil immer mehr verkümmerte.

Wenigstens musste er sich gleich nicht so abstrampeln wie gestern.

Sein Ziel war nicht so weit entfernt, sein Plan dafür umso besser. Wenn er aufging, verdammte Kiste. Mettjes. Ein unbeschriebenes Blatt. Leider. Nichts, was er gegen den Kerl verwenden konnte, um die Sache einfacher zu regeln. Offensichtlich bestand eine Verbindung zu dem Gemeinen vom Parkplatz, aber wer arbeitete für wen?

Jedenfalls würde von Steinfeld vielleicht sogar begeistert sein, wenn er erfuhr, wer ihm dieses Kunstzeug hatte abjagen wollen. Begeistert genug, um ihn nicht länger aus dem Weg räumen zu wollen? Was nutzte die beste Lebensversicherung, wenn niemand wusste, dass er versichert war? Es war Zeit für ein paar klärende Worte. Eine sanfte Drohung. Oder auch nicht so sanft. Kam ganz darauf an.

Westerkamp sah auf die Uhr. Halb acht. Er musste los, jetzt, bevor Frauke nach Hause kam und Fragen stellte, die er nicht beantworten wollte. Er würde bei von Steinfeld warten, ihn zur Not vor dem Haus abpassen. Vielleicht sowieso die bessere Variante. Er rief Kira, die Kimmis Zimmer neuerdings zu ihrem Lieblingsplatz auserkoren hatte, nun aber augenblicklich die Treppe heruntergepoltert kam. Offenbar hatte seine Stimme Action verheißen. Er hoffte nur, ihnen stand nicht zu viel davon bevor.

»Willst du los?« Kim tauchte oben an der Treppe auf und folgte Kira.

Westerkamp nickte. »Machst du hinter mir zu?«

»Klar«, sagte sie, »welche Ausrede für Mama?«

Die Frage wurde langsam zur Gewohnheit. »Einspringen für Folkert?«, schlug er vor.

»Okay. Dann pass ich auf, dass ich das Telefon erwische, falls er ausgerechnet heute anruft.«

»Das wär gut«, stimmte er zu. Darin waren sie sich immer einig gewesen: Bloß nicht Frauke beunruhigen.

Kim beugte sich zu Kira hinab und streichelte sie kräftig, ganz so, wie sie es gern hatte. »Pass gut auf ihn auf«, flüsterte sie und ließ offen, ob sie ihren Vater oder den Jungen meinte.

Kira nickte, rannte zur Tür und legte den Kopf schräg – ihre Art zu fragen, wo er denn blieb.

»Falsche Tür«, sagte er, ging ins Wohnzimmer und öffnete die Terrassentür.

Kim tippte ihm auf die Schulter, und er wandte sich noch einmal nach ihr um. Zu seiner Verwunderung drückte sie ihm einen Kuss auf die Wange. Ein gutes Zeichen, fand er und machte, dass er rauskam, bevor das Ganze noch in Rührseligkeit ausartete.

***

Laute Schritte. Schon wieder der Mann. Er drehte sich zur Wand, damit es leichter war, so zu tun, als ob er schlafen würde. Der Schlüssel ratschte in der Tür. Stille. Der Mann hielt die Luft an.

»Der atmet ja noch«, sagte der Mann.

Er sollte nicht mehr atmen? Dann war gar kein Rum in der Suppe gewesen, sondern Gift? Sein Herz klopfte so laut, dass er es hören konnte, und seine Hände schwitzten. Dabei war ihm kalt. Er zitterte richtig.

»Stümper«, sagte – ein anderer Mann.

Er wusste nicht, was das bedeutete, aber nett hörte es sich nicht an.

»Er hat nicht aufgegessen, deshalb«, sagte – noch ein Mann.

Drei Männer? Gegen drei Männer hatte er keine Chance. Da bräuchte er ein Gewehr und nicht bloß das kleine Messer. Er hätte nicht auf die Frau warten sollen, dem einem Mann hätte er vielleicht doch so wehtun können, dass er ihm nicht hinterherlaufen konnte. Es wäre nicht sicher gewesen, aber besser ein Versuch, als gar nichts zu machen.

Jetzt war es zu spät dafür. Jetzt war alles aus. Er konnte sich das nicht richtig vorstellen, aber sein Körper wusste vor ihm Bescheid. Deswegen war ihm so schlecht. Angst machte, dass einem schlecht wurde. Damit kannte er sich aus. Nur ging es nicht um etwas, was er kannte, wie Massa, der mal wieder ausrastete oder sonst wie gemein zu ihm war. Das hatte er sowieso erwartet, und deswegen war die Angst nicht mehr so schlimm gewesen. Er hatte sich daran gewöhnt. Angst wurde größer, wenn man nicht wusste, was passieren würde. Vielleicht, schoss es ihm durch den Kopf, vielleicht wäre es besser gewesen, wenn er die Suppe gegessen hätte?

»Weißt du was, Alter?«, sagte einer von den Männern. »Diesmal machst du deinen Dreck selber weg. Du hast uns die Suppe eingebrockt, du löffelst sie aus.«

Welchen Dreck?, grübelte er, meinten sie ihn damit? Und wieso sollte der Mann die Suppe essen? Wollten sie ihn auch vergiften?

»Sehe ich genauso«, sagte einer von den anderen. »Lass uns abhauen, wir haben was zu erledigen.«

»Wenn du das auch noch verbockst, Alter«, sagte der Mann mit der Suppe, »dann ist die Kacke aber echt am Dampfen.«

Iih, was sollte das denn nun wieder heißen?

»Ja, Mann«, sagte der andere, »so schnell kannst du gar nicht laufen, und deine Frau auch nicht. Das gibt 'ne geile Party.«

Er kam nicht mehr mit. Er verstand den Ton: echt fies, aber nicht die Wörter. Die meinten irgendwas völlig anderes als das, was sie sagten. Natürlich war das nicht mehr wichtig. Eigentlich war gar nichts mehr wichtig. Er merkte, wie ihm eine Träne aus dem Auge lief. Das war ganz, ganz schlecht. Wenn das einer sah, wusste er sofort, dass er nicht schlief. Vorsichtig bewegte er den Kopf ein winziges Stück nach vorn und rieb das Gesicht an der Matratze. Hoffentlich war die Träne jetzt weg.

Schritte auf der Treppe, richtig schwere Schritte. Also gingen die zwei Männer jetzt weg. Er hörte sie lachen, und das klang nicht komisch. Dann war jetzt nur noch der eine übrig. Der ihn beobachtete, er konnte es genau spüren, am Rücken, zwischen den Schultern. Er versuchte, nur ein bisschen Luft zu holen, und schön gleichmäßig. Dachte an gar nichts, oder fast gar nichts, nur ein und aus, oben knallte eine Tür, und er glaubte, dass er nicht zusammenzuckte, einfach weiteratmen, ein und aus, die Angst wurde sogar etwas kleiner davon, und beinahe wäre er selbst darauf reingefallen, aber dann kam der Mann zu ihm ans Bett und beugte sich über ihn. Ein. Aus. Nicht weinen, bitte nicht. Ein. Aus.

Der Mann ging. Aus dem Zimmer. Schloss die Tür ab. Die Treppe hoch. Er hatte Glück gehabt. Dieses Mal noch, so viel war klar. Wenn er das nächste Mal zurückkam, war Schluss mit dem Glück. Er musste ein bisschen weinen. Obwohl er das gar nicht wollte.

***

»Na endlich«, sagte Gerrit.

Marilene schreckte hoch. Ein Stück weiter vorn wurde wie von Geisterhand ein Fahrrad auf den Bürgersteig geschoben, gefolgt von Westerkamp, der eine Satteltasche trug und sie am Gepäckträger befestigte. Dann kam der Hund. Groß, schwarz, sie vermeinte, Gerrit zusammenzucken zu sehen. Seit er von einem Kampfhund attackiert worden war, hatte er Angst vor Hunden, die größer als Wadenhöhe waren. Nachvollziehbar, ihr ging es genauso.

»Gut geschlafen?«, fragte Gerrit.

»Gut ist anders«, murrte Marilene und stellte die Rückenlehne wenigstens eine Idee höher. Es wurde schon dunkel, zumindest zog sich der Himmel allmählich zu.

»Dreh den Kopf weg«, warnte Gerrit und ließ den Motor an, »er kommt in unsere Richtung.«

Gerrit fuhr los, wendete und zuckelte Westerkamp hinterher.

Jetzt gab es keinen Grund mehr, in der Versenkung zu bleiben, befand Marilene, stellte die Lehne aufrecht und öffnete das Fenster einen Spaltbreit. Überraschend kühle Luft strömte herein, und sie atmete mehrmals tief ein und aus, um wieder richtig wach zu werden. Ihr Magen knurrte, und Durst hatte sie auch.

»Im Handschuhfach«, sagte Gerrit.

Marilene öffnete es. Belegte Brote. Vier an der Zahl. »Woher wusstest du, dass ich dir Gesellschaft leisten würde?«

»Ich hatte keine Ahnung, ich bin bloß nett und teile, was ich habe.«

»Das *ist* nett«, bestätigte Marilene, »was ist drauf?«

»Zwei Nutella, zwei Käse. Such's dir aus.«

Ihre Begeisterung für Nusscreme war mit etwa dreißig deutlich abgeebbt. Sie wählte eins der ihr dicker vorkommenden Brote und wickelte es aus. Richtig geraten.

»Lecker«, lobte sie zwischen zwei Bissen und behielt wechselweise Westerkamp und den Seitenspiegel im Blick.

Gerrit ließ einen eiligen Autofahrer vorbei, indem er einen Schlenker in die nächste Seitenstraße vollführte, ein schnelles, unauffälliges Manöver, das er noch ein paarmal wiederholen musste. Marilene verlor das bisschen Orientierung, über das sie ohnehin nur verfügte, sie konnte nicht mal mit Sicherheit sagen, in welchem Stadtteil sie sich befanden, geschweige denn eigenständig zurück nach Hause finden. Sie schaute aufs Navi-Display, doch die Straßennamen sagten ihr gar nichts, und der eingestellte Maßstab war zu klein, um eine echte Hilfe darzustellen. Doch halt, gerade rutschte die Hauptstraße ins Bild, die kannte sie, wie man sich eben Hauptachsen von Städten als Erstes einprägte, bevor man ins Detail ging.

Die Fahrradampel zeigte Grün, und Westerkamp querte die Hauptstraße. Gerrit fuhr rechts ran, um abzuwarten, in welche Richtung es weiterging. Links. Wieder fädelte er sich ein, trommelte, ungeduldig ob der langen Rotphase, mit den Fingern aufs Lenkrad. Marilene reckte den Kopf. Westerkamp kam schnell voran. Seine Größe half, ihn nicht aus dem Blick zu verlieren, das Feuerrot seiner Haare aber war in der Entfernung nicht mehr erkennbar. Zu diesig. Oder war es Nebel, der aufzog?

Endlich wurde es Grün, doch ihr Vordermann bummelte nervtötend lange herum, bevor er anfuhr. Typisch Ostfriese, dachte Marilene, die Eigenheit, über eine Kreuzung zu brettern, wenn die Ampel bereits Rot zeigte, aber dann bei Grün ewig nicht anzufahren, hatte sie schon oft beobachtet. In Hessen, erinnerte sie sich, passierte Ersteres zwar ebenfalls, aber dort startete man obendrein gern mit quietschenden Reifen und schon bei Gelb. Gerrit besann sich offenbar seiner hessischen Wurzeln und legte einen Kavaliersstart erster Güte hin.

Gerade noch rechtzeitig, denn Westerkamp bog bereits in die nächste Querstraße. Diesmal hatten sie Glück, die Ampel zeigte noch fast Grün, und Gerrit nahm die Kurve derartig abrupt, dass Marilene den Haltegriff umklammerte, um nicht gegen ihn zu fallen.

»Sorry«, murmelte er und nahm den Fuß vom Gas.

Hier herrschte kaum noch Verkehr, ein ruhiges Wohngebiet mit durchweg älteren Häusern auf recht großen Grundstücken. Die breiten Bürgersteige dienten gleichzeitig als Radweg, und Westerkamp war flott, aber nicht hektisch unterwegs, der Hund hielt sich an seiner Seite. Zwei, drei Richtungswechsel raubten Marilene schon wieder die Orientierung.

Sie fuhren gerade an einer langen, hohen Mauer entlang, als

Westerkamp plötzlich vom Rad sprang, direkt vor einem Gittertor. Im Vorbeifahren konnte Marilene einen Blick auf ein riesiges, baumbestandenes Grundstück erhaschen; im Hintergrund verschwamm im Dunst ein Haus, das man vermutlich nicht einfach Haus nennen würde, sondern Herrenhaus oder so ähnlich. Gerrit fuhr vorbei, und sie sah über die Schulter, wie Westerkamp auf eine Klingel drückte, mehrmals, wie ihr schien, um anschließend den Kopf zu heben und – wohin schaute? Sie musste sich verrenken, bis sie es erkannte.

»Da ist eine Kamera am Tor«, sagte sie.

»Das wird nicht die einzige sein.« Gerrit bog rechts ab. »Je höher die Mauern«, dozierte er, »desto mehr Kameras.« Er wendete und parkte am Straßenrand. Sie waren keine fünfzehn Meter entfernt vom Tor und hatten freien Blick darauf.

»Guck«, seine Stimme kiekste vor Aufregung, »auf der Mauer liegen Glasscherben, und darüber ist Stacheldraht gespannt. Wer weiß, ob der nicht außerdem unter Strom steht.«

»So wie du?«, flachste Marilene.

»Findest du das etwa nicht spannend?« Gerrit schaute sie ungläubig an.

»Mein Bedarf an Abenteuern ist gedeckt. Altersbedingt stehe ich ab jetzt nur noch für die Ab-hinter-den-Ofen-Variante zur Verfügung«, behauptete Marilene.

Westerkamp wurde nicht eingelassen. Er schien sich auf eine längere Wartezeit einzustellen, denn er parkte das Rad und verschloss es, bevor er einen Napf und eine Wasserflasche aus seiner Satteltasche holte und den Hund versorgte. Marilene duckte sich unwillkürlich, als er sich suchend umschaute und, mit seinem breiten Oberkörper die Satteltasche verdeckend, etwas aus ihr herauszog, das er rasch in den Bund seiner Hose steckte. Etwas Schwarzes. Eine Waffe? Sie schaute rüber zu Gerrit, doch der war elektronisch unterwegs und hatte offenbar nichts bemerkt.

»Kein Eintrag unter der Hausnummer«, sagte er mit Blick auf sein iPhone.

»Du schaffst es doch sonst, alle Geheimnisse zu lüften.«

Gerrit nickte à la Wackeldackel. »Ja, aber die richtigen Tools dafür hab ich hier nicht drauf.« Er drückte ihr das Gerät in die

Hand. »Ich guck mal, ob's ein Namensschild gibt. Wundere dich nicht, ich geh dran vorbei und komm von hinten hierher zurück.«

Gerrit schlenderte lässig von dannen, die Hände in den Taschen seiner Jeans vergraben. Westerkamp würdigte ihn keines Blickes, nur der Hund ließ ihn nicht aus den Augen. Bei genauerer Betrachtung wirkte er allerdings, als sei er eher begierig auf einen Spielgefährten denn auf ein lebendes Leckerli, und ihr schien, auch Gerrit fühlte sich nicht allzu bedroht, denn er schaffte es, nicht Reißaus zu nehmen.

Ein schwerer Geländewagen näherte sich und hielt neben Westerkamp. Marilene neigte sich zur Seite, um die Spiegelung auszutricksen. Zwei Personen, glaubte sie zu erkennen, der Fahrer und daneben ein Jugendlicher.

Westerkamp stützte sich auf dem Dach des Wagens ab und beugte sich zum Fahrer. Die beiden wechselten ein paar Worte, bevor das Tor aufglitt und der Geländewagen aufs Grundstück fuhr. Westerkamp ließ Rad und Napf stehen und ging hinterher. Der Hund schien zunächst unschlüssig, doch als das Tor sich bereits zu schließen begann, überlegte er es sich doch noch einmal und sprang in letzter Sekunde hinein.

Zu dumm, fand Marilene, die Unterhaltung hätte sie gern mitbekommen.

***

»Geh auf dein Zimmer, Kilian, bitte«, sagte von Steinfeld.

Ach nee, dachte Westerkamp, der Mann konnte also doch höflich sein, nur war das offenbar der Familie vorbehalten.

Kilian schaute zweifelnd vom einen zum anderen, fügte sich jedoch und stakste die Treppe hinauf.

»Was gibt's?«, fragte von Steinfeld, nachdem oben eine Tür zugeschlagen war.

»Ich weiß, wo der Junge ist«, sagte Westerkamp.

»Na und? Der ist abgehauen, undankbar, wie er ist, also hat's ihm hier nicht gefallen. Sie haben ihm dabei geholfen. Warum sollte mich interessieren, wo er steckt?«

Da hatte sich von Steinfeld aber eine wunderbar harmlose Erklärung für das Verschwinden des Jungen zurechtgebastelt. »Er ist bei Mettjes«, klärte Westerkamp ihn dennoch auf.

»Mettjes«, wiederholte von Steinfeld nachdenklich. »Woher wollen Sie das wissen?«

»Ich hab den Jungen mit einem Peilsender ausgestattet«, erläuterte Westerkamp. »Meine Tochter ist entführt worden, ich musste diesen Austausch also machen, aber natürlich wollte ich ihn zurückholen.«

»Und wieso haben Sie das nicht längst gemacht?«

»Weil ich einem Irrtum aufgesessen bin. Der Austausch hat auf demselben Parkplatz stattgefunden, aber die Signale des Senders kamen aus Leer, also hab ich gedacht, das Ding ist defekt oder hat sich bei mir im Wagen gelöst.«

»Und was wollen Sie jetzt von mir?«

»Ihren Wagen, ich hab ja nun keinen mehr, schon vergessen? Und Ihre Begleitung. Bewaffnet«, fügte Westerkamp hinzu. »Sie haben doch eine Waffe, nein?«

»Dafür sehe ich keine Notwendigkeit«, sagte von Steinfeld kühl.

Der Kerl leugnete einfach die ganze verdammte Geschichte, erkannte Westerkamp. Kurz streifte ihn etwas wie Panik, doch dann wurde er wütend. »In den Schlamassel bin ich nur Ihretwegen reingeraten, und sagen Sie jetzt ja nicht, dass ich auch genug Geld dafür bekommen habe. Ich habe alles, was ich weiß, aufgeschrieben und bei einem Anwalt hinterlegt«, verstärkte er den Druck. »Wenn meiner Familie oder mir noch etwas zustößt, geht der Brief automatisch an die Polizei. Ich kann die natürlich auch gleich informieren. Sollen die den Jungen da rausholen. Dann kommt aber die ganze Geschichte raus, nicht nur Ihr Handel mit dem Zeug, sondern auch der Vorfall an der Autobahn. Ist Ihnen das lieber?«

»Ach, Sie wollen sich selbst anzeigen?«, höhnte von Steinfeld. »Sie haben ein Kind verschleppt und es Entführern übergeben. Was, wenn es nicht mehr lebt? Dann sind Sie schuld daran, Sie ganz allein. Damit wollen Sie zur Polizei? Außerdem ist der Junge garantiert längst tot. Wieso sollte Mettjes ihn so lange am Leben lassen? Er nutzt ihm doch nichts.«

»Er wird ihn wohl kaum im eigenen Garten begraben haben«,

widersprach Westerkamp. »Sie irren sich. Er ist noch dort. Und er lebt.«

Ihn beschlich das Gefühl, von Steinfeld war es nicht nur egal, was aus dem Jungen wurde, sondern es käme ihm geradezu gelegen, wenn er tot wäre. Wie hatte der Junge gesagt? »Er will mich umtauschen«? Er wünschte, er hätte nachgefragt, doch er hatte die Nähe des Jungen weitgehend gemieden, zu abscheulich, was er mit ihm vorgehabt hatte. Er musste das wiedergutmachen, um jeden Preis.

»Sie verschleppen ein Kind«, wiederholte von Steinfeld, »im Glauben, es handelte sich um meinen Sohn, und dann erwarten Sie, dass ich Ihnen helfe? Das ist absurd.« Er blieb unnachgiebig.

»Sie helfen nicht mir, Sie helfen dem Kind. Darum geht es.« Westerkamp sah, dass Kilian die Treppe wieder heruntergeschlichen kam, doch er schwieg. Vielleicht hatte er in ihm einen Verbündeten.

»Wenn du Adam nicht hilfst …«, sagte Kilian.

Von Steinfeld drehte sich um. »Was dann?«, knurrte er.

»… dann gehe ich zur Polizei. Außerdem rede ich nie wieder ein Wort mit dir.«

Die Drohung kam Westerkamp bekannt vor.

»Du willst deinen eigenen Vater anzeigen?« Von Steinfeld lief rot an vor Wut. »Hast du sie noch alle? Ich«, er schlug sich mit der Faust gegen die Brust, »ich hab dem damals das Leben gerettet, und wie dankt der uns das? Indem er uns beklaut. Ja!, das hast du nicht gewusst, was? Indem er abhaut und einen Haufen Lügen über uns verbreitet!«

»Was für Lügen? Das ist doch Blödsinn«, sagte Kilian.

Diener, darum ging es, nahm Westerkamp an. Wahrscheinlich hatte Kilian keine Ahnung davon, und von Steinfeld stellte das vorbeugend als Lüge hin, sollte der Junge noch die Gelegenheit bekommen, darüber zu sprechen.

»Außerdem«, Kilian ließ nicht locker, »was ist denn das für ein Leben, wenn man sich immer verstecken muss? Er durfte nicht zur Schule, er konnte überhaupt nie irgendwohin, er hat keine Freunde außer mir, nichts. Ein Scheißleben ist das doch. Da erwartest du noch Dankbarkeit? Wofür?«

»Das hat dich die ganzen Jahre nicht gestört«, schoss von Steinfeld zurück. »Warum jetzt?«

»Weil ich dir geglaubt hab, dass es keine andere Möglichkeit gibt. Aber die gibt es immer, und jetzt bin ich endlich alt genug, um das zu begreifen. Also was ist nun? Wenn du nicht mitfährst, mach ich das.« Herausforderung lag in Kilians Blick.

Schnaufend ballte von Steinfeld die Hände. Kira würde sich knurrend zwischen die beiden stellen, doch sie hatte draußen bleiben müssen. Westerkamp zweifelte, ob er allein die Situation kontrollieren konnte. Wo steckte Frau von Steinfeld überhaupt? Sollte die doch was unternehmen. Er selbst wollte jetzt eigentlich nur noch ein Auto. Ohne Begleitung. Er konnte von Steinfeld nicht trauen, das, was er über ihn wusste, reichte dafür wohl wirklich nicht aus. Selten so verrannt. Langsam wich er zurück zur Haustür.

Auto, wiederholte er, als würde sich eines materialisieren, wenn er nur fest genug daran dachte. Von Steinfeld hatte gar nicht reagiert, als er gesagt hatte, er habe ja nun keins mehr. Was, wenn er sich auch da verrannt hatte? Wenn gar nicht von Steinfeld hinter der Bombe steckte, sondern die Entführer? Aus Rache dafür, dass er ihnen den falschen Jungen geliefert hatte? Also Mettjes. Oder der Gemeine. Oder beide zusammen. Lautlos drückte er die Klinke hinunter und zog die Tür auf.

***

Scheinwerferlicht von jenseits des Tores. Marilene stieg aus, um besser sehen zu können. Der Geländewagen rollte knirschend Richtung Tor. Keine Spur von Westerkamp. War er mit im Wagen? Dann ging es nicht um ein Gespräch, sondern um etwas anderes. Etwas Größeres, Dunkleres, sonst wäre Westerkamp wohl kaum bewaffnet. Wo blieb Gerrit? Verdammt. Sie schaute über die Schulter zurück. Nebel kroch von allen Seiten heran, näher, als sie bislang wahrgenommen hatte, und ließ die spärliche Straßenbeleuchtung zu einem trüben Nachtlicht verkommen. Kein Gerrit, der mit seinem schlaksigen Gang auch als bloße Silhouette erkennbar wäre. Sie fuhr wieder herum. Der Wagen war fast am Tor. Wenn sie Gerrit wenigstens erreichen könnte. Aber sein Handy lag nutzlos auf dem Fahrersitz herum. Sie hatte keine Wahl.

Einer Eingebung folgend, schnappte sie sich das Gerät und legte es vorsichtig auf die Bordsteinkante. Ein letzter Blick zurück, kein Gerrit, während sie schon um den Mini herumflitzte und sich auf den Fahrersitz warf. Immerhin steckte der Schlüssel. Sie knallte die Tür zu und ließ den Motor an. Der Geländewagen, und tatsächlich befanden sich beide Männer darin, passierte das Tor, und Marilene folgte. Bei der miserablen Sicht traute sie sich nicht, allzu viel Abstand zu halten, und konnte nur hoffen, dass sie nicht bemerkt würde.

Die Ampel an der Kreuzung zur Hauptstraße zeigte Rot, und sie nutzte den Halt, um ihre Handtasche vom Fußraum vor dem Beifahrersitz zu angeln und nach ihrem Handy zu kramen. Hoffentlich war der Akku ausreichend geladen, sie kontrollierte das nur sporadisch. War er. Sie suchte Gerrits Nummer und stellte die Verbindung her. Es klingelte elend lange, bis endlich die Sprachbox ansprang. Frustriert warf sie ihr Handy auf den Beifahrersitz. Grün.

Der Geländewagen schlug einen Zickzackkurs ein, den sie sich im Leben nicht einprägen würde, und wieder verlor sie völlig die Orientierung. Nebel driftete in Schwaden über die Straße, und die Häuser zu beiden Seiten waren nur mehr dunkle Schemen, deren Gestalt sich allein aufgrund erleuchteter Fenster erahnen ließ, der Lichtschein so matt, dass er allgemeinen Stromausfall nahelegte, flimmerte nicht hier und da bläulich ein Fernseher. Die Rücklichter des Wagens, den sie verfolgte, erschienen ihr fast schon tröstlich. Sie vermittelten ihr wenigstens das Gefühl, nicht ganz allein zu sein.

Marilene tastete abermals nach ihrem Handy und wählte Gerrits Nummer.

***

Total verfranzt, Gerrit war genervt. Er hielt große Stücke auf seinen Orientierungssinn, aber der verdammte Nebel und die chaotische

Straßenführung hatten ihn völlig durcheinandergebracht. Wieder bog er ab. Seinem Gefühl nach müsste, könnte, sollte es die richtige Straße sein, aber war er an diesem Haus hier nicht schon ein paarmal vorbeigekommen? Sicher war er nicht, letztlich sahen diese Häuser für ihn alle gleich aus, erst recht bei dem Nebel, der jeden Unterschied verwischte.

Etwas Schwarzes, Wehendes kam auf ihn zu, sah aus wie ein Priester in – wie auch immer das komische Kleid hieß, das die trugen. Oder wie der Tod. Er schob die makabre Anwandlung beiseite, nur ein Radfahrer, der an ihm vorbeizischte, ohne Licht, Idiot. Und ohne Sense.

Er hastete weiter, gewiss, dass sich am Straßenrand jeden Moment ein dunkler Buckel materialisieren würde. Pustekuchen. Kein Mini. Falsche Straße. Und jetzt? Sollte er irgendwo klingeln, fragen, ob er telefonieren durfte? Zu peinlich. Außerdem, er reckte den Kopf vor, als könne er den Nebel so besser durchdringen, war das da vorn nicht genau die Mauer von dem Grundstück, vor dem er geparkt hatte? Je näher er kam, desto mehr glaubte er, richtigzuliegen. Am Tor in der Mauer würde er sich orientieren können. Er begann zu rennen.

Keuchend erreichte er die Kreuzung. Das Tor war gleich links. Dies war die richtige Straße. Er wirbelte herum. Wo, verdammt, war sein Auto? Wo steckte Marilene? Alle denkbaren Katastrophen schwirrten ihm durch den Kopf, eine wilde Abfolge von Horrorfilmen, die allesamt damit endeten, dass Lothar ihn einen Kopf kürzer machte. Sensenmann, also doch. Ganz schlechtes Omen. Und schon setzte auch die passende Musik ein, »The Hanging Tree«, Moment, wo kam das denn jetzt her?, das war sein Klingelton, sein iPhone. Er drehte sich im Kreis, Marilene war nicht zu sehen, den Mini hatte er eh schon abgeschrieben, da entdeckte er es. Auf dem Bordstein? Nicht auflegen, flehte er innerlich und hechtete dorthin.

***

Schritte. Seine. Vielleicht auch die von beiden. Die Tür ging auf, knallte gegen die Wand. Keine Pause diesmal, kein Luftanhalten.

Der Mann kam zu ihm, packte ihn und warf ihn über die Schulter, dass er mit dem Kopf nach unten hing. Er ließ die Arme baumeln. Wenn nur das Messer nicht rausfiel.

»Das kannst du nicht machen«, sagte die Frau. Sie hörte sich an, als hätte sie geweint.

»Ich muss, hast du doch gehört.«

»Ogottogottogott«, sagte die Frau.

»Er merkt nichts, der ist so was von hinüber, das geht ganz schnell«, sagte der Mann und keuchte, als er die Treppe hochging. Die Frau kam hinterher.

»Wo willst du denn überhaupt hin?«

»Zum Hafen, wohin sonst. Von Steinfeld hat ein Boot da liegen. Wenn man ihn überhaupt findet, wird man denken, er war's.«

»Und wenn dich einer sieht?«

»Bei dem Wetter ist eh keiner unterwegs, keine Angst. Wenn doch, kümmert sich keiner drum. Und wenn doch, sag ich, mein Sohn hatte einen übern Durst. Wird schon alles klappen.«

Wenn doch, wenn doch, dachte Adam. Es wird nicht klappen. Darf nicht.

Oben. Die Frau rannte um den Mann rum und machte eine Tür auf. Er traute sich, die Augen aufzumachen, sah die Beine von dem Mann, dahinter ein Auto.

»Hier«, sagte der Mann, »mach den Kofferraum auf.« Er blieb stehen und wartete.

Augen zu. Schlüssel rasselten. Der Mann zog an seinen Beinen, bis er ihm wieder in die Arme rutschte, und dann ließ er ihn einfach fallen. Er schaffte es, nicht zu stöhnen, aber es tat ganz schön weh. Ohne sich auch nur ein kleines bisschen zu bewegen, blieb er liegen. Bis er hörte, wie der Deckel über ihm zuschlug.

Ganz vorsichtig tastete er nach dem Messer. Es war noch da. Er holte es aus der Jackentasche, umklammerte es ganz fest mit der rechten Hand und zog mit der linken den Ärmel von der Jacke darüber. Das müsste gehen. Danach legte er sich wieder ungefähr genauso hin wie eben und wartete. Der Motor von dem Auto sprang an. Und dann wurde er dauernd hin und her geworfen, er konnte gar nichts dagegen tun. Er machte sich große Sorgen, der Mann würde vielleicht merken, dass er sich bewegt hatte.

Der Mann war so groß und stark, dass er gegen ihn nur gewinnen konnte, wenn er es schaffte, ihn zu überraschen. Und auch dann nur vielleicht.

***

»Wo steckst du?«, brüllte Gerrit.

»Selber«, blaffte Marilene. »Warte mal.«

Der Geländewagen war gerade um die geschätzt dreißigste Ecke gebogen, und sie hatte eben folgen wollen, als die Bremslichter aufleuchteten. Er hielt. In letzter Sekunde lenkte sie den Mini wieder auf die ursprüngliche Straße zurück und stellte sich jenseits der Abzweigung an den Straßenrand. Motor aus.

»Keine Ahnung, wo ich bin«, sagte sie. »Hier ist nichts, soweit ich sehen kann, und das ist nicht weit. Ich glaube, wir sind außerhalb, ganz wenige Häuser, sehr enge Straßen. Und du?«

»Guck aufs Navi«, mahnte Gerrit.

»Jetzt nicht, ich will den Wagen nicht anlassen.«

»Ich wette, ihr seid bei Mettjes. Der wohnt so weit außerhalb. Eine Art Allee führt zu seinem Haus. Eng und duster.«

»Okay, bleib dran. Ich steig aus und guck mal. Die haben grad angehalten.«

»Halt!«, rief Gerrit und erklärte ihr, wo sie die Innenraumbeleuchtung ausschalten konnte.

»Wenn ich dich nicht hätte«, murmelte sie, befolgte seine Anweisung und stieg aus.

Vorsichtig schlich sie die paar Schritte zurück und spähte um die Ecke. Eng und duster kam hin. Der Geländewagen stand noch an Ort und Stelle und spie Abgaswolken aus, die sich im Nebel verloren; die Scheinwerfer waren ausgeschaltet, nur die Bremslichter verrieten, dass jemand darinsaß. Worauf warteten die?

Auf einmal suchte weiter hinten ein Lichtkegel den Nebel zu durchdringen, nein, zwei, erkannte sie, es schien sich um ein Auto zu handeln, und ja, sie hatte recht, es kam in diese Richtung. Fast glaubte sie, doppelt zu sehen, denn es handelte sich ebenfalls um einen Geländewagen, der jetzt in ihre Richtung preschte, einen wahnwitzigen Schlenker vollführte, um seinem Zwilling auszuweichen, und an ihr vorbeiraste. Sobald er außer Sicht war, kam auch in den anderen wieder Leben. Die Scheinwerfer gingen an, der Wagen fuhr ein Stückchen weiter und setzte zum Wenden an. Wenn sie ihn nicht verlieren wollte, musste sie sich sputen. Sie flitzte zurück zum Mini, warf sich auf den Sitz und zog die Tür zu.

»Drück mal auf Lautsprecher!«, kam es aus dem Handy.

Gerrit schrie so laut, dass sie jedes Wort verstand. Falls er sich im Freien befand, würde es jeden Augenblick zu einem Menschenauflauf kommen. Sie fand die Taste und erstattete Bericht, während sie den Wagen startete und auf der lächerlich schmalen Fahrbahn wendete. Das Manöver glückte, wenngleich erst im dritten Anlauf, und sie nahm die Verfolgung wieder auf.

»Sagst du mir jetzt endlich mal, wo du gesteckt hast?«, fragte Marilene.

»Verlaufen«, murmelte Gerrit, doch sie schien ihn verstanden zu haben, er konnte förmlich hören, wie sie grinste. »Mein iPhone hätte weg sein können«, hielt er ihr entgegen, »was sollte das?«

»Kalkuliertes Risiko.« Marilene hörte sich entschieden zu entspannt an. »Zur Not hätte ich dir ein neues spendiert. Vielleicht hätte es ja auch jemand zum Fundbüro gebracht.«

»Im Leben nicht«, widersprach er.

»In Wiesbaden vielleicht nicht«, konterte sie, »aber das hier ist Ostfriesland.«

»Wenn du meinst«, sagte er. »Was passiert?«

»Nix. Ich bin noch dran.«

»Der andere Wagen auch noch in Sicht?«

»Zu neblig.«

»Ich schätze, Westerkamp folgt dem Peilsender«, sagte er, »da braucht's keinen Sichtkontakt.«

Solange die bloß im Konvoi durch die Gegend kurven, kann nicht viel passieren, überlegte er, halbwegs beruhigt. »Wenn die halten und dir irgendwas komisch vorkommt, dann rufst du sofort Paul an, klar?« Er sah auf.

Von links näherte sich ein Wagen, extrem langsam, und passierte das Tor. Zwei Männer, und beide schauten sich nach dem Tor um. *Strange.*

»Ja, ja«, sagte Marilene.

Der Wagen hielt am Straßenrand. Schwarzer Mercedes, Hamburger Kennzeichen. »Pst«, sagte Gerrit und duckte sich hinter den mickrigen Golf, der direkt gegenüber vom Tor stand. »Hier geht irgendwas vor«, flüsterte er, »ich steck dich in die Tasche.«

»Hast du Pauls Nummer?«, fragte Marilene.

»Ja«, hauchte er. Marilene hatte alle naselang irgendein Problem mit ihrem Handy – natürlich hatte er die Nummer. Er stopfte sein iPhone in die Jacke und lugte zu dem Mercedes hinüber.

Die Typen stiegen aus und sahen sich um, bevor sie zum Kofferraum gingen und ihn öffneten. Sie holten Jacken heraus, die fast wie – nein, das *waren* Polizeijacken, der Schriftzug war deutlich sichtbar. Jetzt setzten beide Männer Uniformmützen auf und stopften sich ihre Waffen ins Holster. Zu guter Letzt holte einer der beiden ein Blaulicht aus dem Kofferraum und setzte es aufs Dach. Polizei aus Hamburg in Leer? Falsche Frage, erkannte Gerrit. Uniformierte Polizei aus Hamburg in einem Zivilwagen in Leer?, so musste es heißen. Nach allem, was er wusste, war das ausgesprochen unwahrscheinlich.

Die Männer stiegen wieder ins Auto und starteten. Okay, Paranoia, befand Gerrit und wollte sich schon aufrichten, als er sah, dass der Rückwärtsgang eingelegt wurde. Sie steuerten vors Tor. Der Beifahrer stieg wieder aus und klingelte.

»Ja«, kam es schnarrend aus der Sprechanlage.

»Polizei«, der Mann hob den Kopf, um in die Kamera zu schauen, »Frau von Steinfeld? Wir müssten mit Ihnen sprechen.«

»Was ist passiert?«, krächzte sie. »Ist was mit meinem Mann?«

»Lassen Sie uns erst mal rein, bitte«, sagte der Mann.

Tu's nicht, flehte Gerrit, und wenn die beiden nicht bewaffnet gewesen wären, hätte er es laut gerufen. Irgendetwas war hier oberfaul. Etwa nicht?

Frau von Steinfeld zögerte. Lange. Doch dann rollte das Tor zur Seite. Der angebliche Polizist sprang zurück in den Wagen, und die beiden fuhren aufs Grundstück. Es war nicht so, dass sie schlichen, Gerrit hörte Kies spritzen, zu sehen war nur noch das Leuchten der Rücklichter, ein roter Schimmer im Nebel. Ruckelnd begann das Tor, wieder zuzugehen.

Jetzt oder nie? Gerrit zögerte für den Bruchteil einer Sekunde, dabei stieß er sich bereits vom Boden ab, die Einsamkeit des Kurzstreckenläufers, schoss es ihm durch den Kopf, und er sprintete über die Straße. Gerade noch rechtzeitig schaffte er es, sich am Tor vorbeizuschlängeln, dann schepperte es ins Schloss. Mit einem Satz sprang er nach links, runter von dem verräterisch knirschenden Kies, und ging in die Hocke. Er zerrte sein iPhone aus der Tasche.

»Bei dir alles klar?«, fragte er leise.

»Ja«, sagte Marilene. »Ich glaub fast, wir fahren zurück in die Stadt. Bei dir? Was war los?«

»Schwer zu sagen«, flüsterte er. »Hier sind zwei Typen rein, die aussahen wie Polizisten, aber so ganz trau ich der Sache nicht.« Das winzige Detail, dass er sich auf dem Grundstück befand, ließ er wohlweislich weg. »Also, ich mach jetzt Schluss und ruf Paul an. Nur zur Sicherheit.«

***

Er hatte Pizza gegessen, mehr, als gut für ihn war. Er hatte Hausaufgaben kontrolliert, wenngleich ihn das Anliegen verwundert hatte. Das Angebot, einen »voll krassen« Film anzuschauen, hatte er ausgeschlagen, weil er nicht den Spielverderber geben wollte, falls es sich um das handelte, was er vermutete. Und die Fragen nach seiner Arbeit hatte er allesamt abgewehrt. Zur Strafe spielte er jetzt Uno. Vorher war es Rummikub gewesen. Und davor Memory. Er hatte keine Chance und begann, an seinem Intellekt zu zweifeln. Paul Zinkel war erledigt. In jeder Hinsicht.

»Das macht Spaß«, sagte Janne.

Konnte er sich vorstellen, gerade hatte er wieder acht Karten ziehen müssen.

Jule nickte zustimmend und knallte ihm die Aussetzen-Karte vor den Latz. »Jetzt, wo Papa zu Lilian zieht, weil das neue Baby kommt«, sagte sie, »könntest du ja bei uns einziehen. Ich glaube nicht, dass Mama was dagegen hat. Und vielleicht könntet ihr ja auch noch eins machen. Ein Baby, mein ich. Das wär echt cool, weil wir dann jeder eins hätten.«

Als Spielzeug, oder was? Zinkel klappte den Mund auf, nicht sicher, ob er lachen oder doch eher weinen wollte, und verschluckte sich prompt. Die Karten fielen ihm aus der Hand. Sein Handy klingelte. Das, dachte er erleichtert, ist mal perfektes Timing. So schnell hatte er noch nie ein Gespräch angenommen.

»Paul«, sagte Gerrit, »frag jetzt bitte nicht, warum, aber kannst du rauskriegen, was Polizei aus Hamburg bei einem gewissen von Steinfeld hier in Leer will?«

»Was?«, rief er, und beide Mädchen hielten sich die Hände vor die Ohren.

»Müsstet ihr da nicht dabei sein?«, fuhr Gerrit fort, bevor Zinkel die entschieden wichtigere Frage hinzufügen konnte, was er dort überhaupt machte. »Mir kommt das fishy vor«, sagte Gerrit, »ein Zivilfahrzeug, und dann haben sie Uniformen aus dem Kofferraum geholt und angezogen und ein Blaulicht aufs Dach gesetzt. Bewaffnet sind sie auch, also vielleicht sind die ja doch echt. Ich hab bloß so ein blödes Gefühl, zumal von Steinfeld selbst nicht da ist. Nur seine Frau und sein Sohn.«

Das »blöde Gefühl« steckte ihn augenblicklich an. »Kennzeichen?« Zinkel bedeutete den Zwillingen, er brauche was zum Schreiben.

»HH-LO-669«, ratterte Gerrit herunter.

»Bleib dran«, sagte Zinkel, »kann einen Moment dauern.«

Er ließ sich von Jule das Festnetztelefon geben, rief auf der Dienststelle an und bat den Beamten, sich sofort darum zu kümmern. An jedem Ohr ein Telefon, wartete er auf Entwarnung oder Einsatz und schaffte es, Gerrit nicht zur Schnecke zu machen. Falscher Zeitpunkt. Und zu viele Zeugen. Die Zwillinge standen rechts und links von ihm und zappelten aufgeregt herum, die Köpfe zu ihm geneigt in der Hoffnung, irgendetwas aufzuschnappen, was mindestens aufregend, noch lieber blutig war.

»Hol dein Handy«, bat er Jule, »und ruf deine Mutter an. Kann sein, dass ich weg muss.«

Jule flitzte davon, kam zurück, Handy am Ohr. Es klingelte. Hier. Im Flur.

Oh verflixt, wetterte Zinkel, muss das sein? Jule hingegen strahlte. »Dann probier's bei deinem Vater«, knurrte er.

Jule tippte. Grinsend hielt sie ihm das Handy mangels freien

Ohrs vor die Stirn. Er konnte die Ansage trotzdem hören. »Der Teilnehmer ist vorübergehend nicht erreichbar.«

Super. Jetzt konnte er nur noch auf Entwarnung aus Hamburg hoffen.

Risikoabwägung. Die Mädchen allein zu lassen erschien ihm unverantwortlich. Einbrecher, Feuer, Gasexplosion, die denkbaren Katastrophen waren zahlreich, so unwahrscheinlich es auch schien, dass sie sich ausgerechnet heute ereignen würden. Sie mitzunehmen aber … Oh Mann, was für ein Dilemma.

»Los, anziehen«, entschied er schließlich. »Jacke, Schuhe. Zack, zack«, fügte er hinzu, als wenn es dessen bedurft hätte. Die beiden flitzten davon, wie sie bei Bundesjugendspielen nicht gelaufen wären. Binnen Sekunden standen sie salutierend wieder vor ihm, Soldaten vorm Einsatzbefehl. Sehr witzig.

Wieder zweifelte er an seinem Verstand, doch er schob die Bedenken endgültig beiseite. Wenn er sie mitnahm, hatte er die Kontrolle, er und nicht das bekloppte Schicksal, das sich immer aus dem Hinterhalt anschlich und zuschlug, wo man es am wenigsten erwartete. Basta. Er ließ sich Jannes Handy geben, um damit die Verbindung zur Dienststelle aufrechterhalten zu können, und rief dort ein zweites Mal an. Noch nichts aus Hamburg. Wär auch zu schön gewesen.

»Dann mal los«, scheuchte er die Mädchen hinaus und auf den Rücksitz seines Wagens und hieß sie sich anschnallen. Er drückte jeder ein Handy in die Hand, lief dann rüber in seine Wohnung und schnappte sich sein Holster, bevor er zurück zum Wagen rannte und losfuhr. »Nicht zuquasseln«, wies er die Mädchen an, »nur ›Moment bitte‹ sagen, wenn sich jemand meldet, und an mich übergeben.« Er schaute in den Rückspiegel.

Sie nickten so eifrig, wie andere Mädchen in dem Alter es angesichts irgendetwas Rosafarbenem machen würden, und er fragte sich, was bei der Erziehung der beiden dermaßen schiefgelaufen war. Blöde Frage, er lieferte gerade selbst die Antwort.

15

Westerkamps Blick wanderte abermals prüfend zum Seitenspiegel. Er hätte schwören können, dass ihnen jemand folgte. Ein kleiner Flitzer, der immer gerade so viel Abstand hielt, dass er nicht sicher sein konnte. Viel Verkehr herrschte nicht, darum war ihm der Wagen überhaupt nur aufgefallen, aber die wenigen Male, die sie hatten anhalten müssen, war es wichtiger gewesen, das Display im Auge zu behalten. Einmal nur falsch abbiegen, und schon wäre Mettjes nicht rechtzeitig einzuholen. Rechtzeitig? Lebte der Junge überhaupt noch?

Wären sie nur drei Minuten früher am Ziel gewesen, hätten sie Gewissheit. Ein Glück immerhin, dass er ein letztes und beinah als überflüssig abgetanes Mal den Tracker kontrolliert und die Bewegung entdeckt hatte. So hatten sie Mettjes unauffällig folgen können. Eine offene Verfolgungsjagd mit von Steinfeld am Steuer hätte er nicht riskieren mögen. Auch bezweifelte er dessen Einsatzwillen.

Er fragte sich ohnehin, was letztlich seinen Sinneswandel bewirkt hatte. Kilian? Oder seine Drohung, zur Polizei zu gehen. Vielleicht war es auch nur die Sorge um sein feines Auto. Eigentlich war es ihm gleich. Solange dem Jungen nichts zustieß, würde er die Klappe halten. Oder zugestoßen war. Undenkbar. Er wüsste nicht, wie er mit so einer Schuld leben sollte.

»Haben Sie mein Auto in die Luft gejagt?«, fragte er in die Stille zwischen ihnen hinein, die er bisher nur durchbrochen hatte, wenn es galt, die Richtung zu wechseln. Blöde Frage, erkannte er augenblicklich und wünschte, er könnte sie noch zurücknehmen.

»Warum sollte ich?«

»Weil ich versucht habe, Ihren Sohn zu entführen«, schlug Westerkamp vor.

Von Steinfeld winkte ab. »Hätte ich an Ihrer Stelle auch gemacht.«

Das, dachte Westerkamp, ist wohl keine Lüge. »Wie sind Sie zu dem Jungen gekommen?«

»Ich hab ihn gerettet. Er ist mir bei einer … Grabung vor die

Füße gefallen, seine Eltern sind ums Leben gekommen, ich hab ihn mitgenommen. Gerettet, wie ich schon sagte.«

»Kein Grund, ihn die ganzen Jahre als Diener arbeiten zu lassen, oder? Warum?«

»Weil ich es konnte«, sagte von Steinfeld.

»Und Ihre Frau fand das in Ordnung?«

»Warum nicht? Er hatte ein Dach überm Kopf, Kleidung und Essen. Was braucht man mehr?«

Was schon, dachte Westerkamp, und Bescheidenheit gilt sowieso immer nur für die anderen, sonst würdest du nicht mit eingeschmuggelten Kunstobjekten illegal Geld scheffeln.

»Haben Sie gewusst, dass meine Tochter entführt worden war, und den Jungen absichtlich entkommen lassen?«, fragte er. »Sollte ich denken, dass er Ihr Sohn ist?«

Von Steinfeld warf ihm einen überraschten Blick zu. »Nach Hamburg war mir klar, dass sie irgendetwas unternehmen würden. Aber Kilian war das naheliegende Ziel, deswegen habe ich ihn zum Skifahren geschickt.«

Sauber ausgewichen, erkannte Westerkamp, aber er hatte auch nicht wirklich eine ehrliche Antwort erwartet. »Wer sind ›sie‹?«, erkundigte er sich.

»Nun, Mettjes offensichtlich, aber ich hätte eigentlich nicht gedacht, dass der dafür die Eier hat. Wo er die Leute her hat, die uns auf dem Rastplatz überfallen wollten – keine Ahnung.«

Der Flitzer klebte noch immer hinter ihnen. War kaum noch zu erkennen, weil der Nebel sich zu einer regelrechten Wand verdichtete. Nach vorn war sowieso Blindflug angesagt. Aber Mettjes hatte sein Tempo, abgesehen von seinem gemeingefährlichen Fahrstil gleich zu Anfang, der Sichtweite halbwegs angepasst, sodass sie ihm in gleichmäßigem Abstand folgen konnten.

Immer noch war ihm schleierhaft, wohin sie unterwegs waren. Wirklich Innenstadt, wie die derzeitige Route nahelegte? Konnte er sich nicht vorstellen. Er hatte erwartet, dass sie nach außerhalb unterwegs waren, nach Breinermoor vielleicht oder zum Ewigen Meer oben bei Aurich. Aber Mettjes war nicht auf den Stadtring abgebogen, sondern über die Kreuzung Bremer Straße hinweggefahren. Bahnhofsring. Och nee. Georgstraße? Polizei? Das wär ja ein Ding. Gespannt beugte er sich über sein Smartphone. Nein, Irrtum, Mettjes fuhr vorbei.

»Im Kreisverkehr die erste Ausfahrt«, sagte er grübelnd. Ledastraße. Er wurde einfach nicht schlau draus.

»Nächste links«, wies er von Steinfeld an. Kupenwarf? Mann, das endete im Nichts. Ruderverein. Ernst-Reuter-Platz. Sackgasse. Und dann begriff er.

»Hier halten«, sagte er und deutete auf die verwaisten Parkplätze zur Linken.

Von Steinfeld tat wie geheißen. Westerkamp verstaute sein Smartphone, nahm die Taschenlampe zur Hand, stieg aus und ließ Kira hinten raus. Er beugte sich noch einmal in den Wagen. »Hauen Sie ab«, sagte er, »den Rest krieg ich alleine hin.«

Er knallte die Tür zu und trat zur Seite. Los, fahr schon, drängte er stumm. Der Gedanke, dass von Steinfeld den Jungen lieber tot als lebendig sähe, ließ sich nicht vertreiben, und er hoffte, nicht gegen zwei Fronten antreten zu müssen. Drei, wenn er sich mit dem Flitzer nicht getäuscht hatte. Mann, nun mach hin, er formte die Worte mit den Lippen und fuchtelte mit den Armen wild in der Luft herum.

Endlich gab von Steinfeld nach. Wendete. Fuhr die Steigung wieder hinan. Und wurde vom Nebel verschluckt.

Westerkamp knipste die Taschenlampe an. Völlig nutzlos, das Ding würde höchstens seinen Standort verraten. Er steckte sie in die Jacke und lief los, Kira auf den Fersen.

***

Die Warterei nervte. Gerrit schlich gebückt vorwärts, darauf achtend, dass er jederzeit hinter einem Baum oder Strauch Schutz finden würde. Oh. Er erstarrte und kauerte sich zusammen. Bewegungsmelder. Mann ey, der Typ war echt paranoid. Er schaute nach oben. Wo die Scheinwerfer hingen, war offensichtlich, und es waren nicht wenige, aber Bewegungsmelder konnte es durchaus noch mehr geben. Ungeduldig schnippte er mit den Fingern und staunte nicht schlecht, als das Licht erlosch. Telekinese. Lothar würde Augen machen.

Wieder rannte er los, zählte seine Schritte, fünfzehn…einhalb.

Runter. Der Strauch, hinter dem er hockte, war echt kümmerlich. Er sah hinüber zum Haus. Nicht mehr weit. Der Nebel wurde immer dicker, erinnerte an Zuckerwatte, klebrig und süß. Wenn er kaum noch das Licht in den Fenstern erkennen konnte, würde man ihn von drinnen doch wohl auch nicht sehen können. Oder? Außer natürlich, sie hatten kein Licht an. Unwahrscheinlich. Kalkuliertes Risiko, übernahm er Marilenes geistreiche Einlassung.

Sobald die Scheinwerfer aufs Neue erloschen, lief er abermals los, wandte sich zunächst nach links, hin zu einer Hecke, die das Bollwerk von Mauer tarnte. Erst nach ungefähr dreißig Metern gelangte er in den Radius des nächsten Bewegungsmelders, aber diesmal stoppt er nicht, so schwer es ihm fällt, das Kaninchen auf der Flucht vorm Jäger, denkt er, welch kolossal inspirierendes Bild. Folglich schlägt er jetzt Haken, vergisst auch nicht, seine Flanke zu sichern, zu lauschen auch, doch das ist schier unmöglich, seine stampfenden Schritte, sein Keuchen würden alles andere übertönen. Außer den Schuss. Den hört er deutlich. Er wirft sich zu Boden, reißt die Hände über den Kopf im kläglichen Versuch, sich zu schützen. Und wartet auf den zweiten Schuss.

***

Marilene rollte die Straße hinunter, die zum Hafen und zum Marktplatz führte, der einzige Abhang in der Stadt, soweit sie wusste, und vermutlich von Menschenhand geschaffen, damit Fahrlehrer einen Ort hatten, wo sie Anfahren »am Berg« üben konnten. Einer der beiden Geländewagen rauschte an ihr vorbei, doch sie konnte nicht ausmachen, welcher. Wenn es Mettjes war, würde Westerkamp wahrscheinlich gleich folgen. Wenn es Westerkamp und der andere Mann waren, dann – nö, dafür wollte ihr keine Erklärung einfallen. Sie seufzte. Allmählich deutete sich an, dass dies eine lange Nacht werden würde, aber jetzt sang- und klanglos umzudrehen, kam auch nicht in Frage.

Sie lenkte den Mini auf einen der ungewohnt vielen freien Parkplätze zu ihrer Linken und stieg aus. Der zweite Geländewagen konnte nicht weit entfernt sein, die Straße endete weiter oben an einem weiteren Parkplatz, also würde sie wenigstens kurz nach dem Rechten sehen, und wenn alles in Ordnung war, würde sie Gerrit einsammeln und nach Hause fahren.

Entschlossen marschierte sie los, nur um nach wenigen Schritten bereits zu zögern. Der Nebel wurde zu einem kompakten Hindernis, doch immer, wenn sie sich anschickte, durch die Wand zu gehen, wie es manchmal in Träumen gelang, wich er wabernd vor ihr zurück, sodass sie vermeinte, in einer riesigen Seifenblase zu laufen, während der Geist aus der Wunderlampe um sie herumtanzte, in gebührendem Abstand. Sie brauchte nur die Hand zu heben, Kinderspiel, die schillernde Illusion zum Platzen bringen, und schon fiele er rücksichtslos über sie her mit all seinen Kumpanen, die gekommen waren, dies Fest zu feiern, sicherlich das letzte vor dem Sommer, wenn es nur mehr den ein oder anderen müden Umtrunk in der Frühe gäbe, Milch vielleicht, statt Champagner.

Marilene versuchte, ihr Unbehagen abzuschütteln, allein, es wollte ihr nicht recht gelingen. Gleichwohl watete sie voran, und die Geister, die sie nie gerufen hat, tanzen irrlichternd um sie herum und wispern von künftigen Gelagen. Ein Laut wie von einem Nebelhorn dringt zu ihr, augenblicklich abgewürgt. Sie hört Schritte, schwer und schnell, woher, wenn doch Geister lautlos gingen?, kein Nebelhorn, kein Schiff, ein Hund, Westerkamps Hund womöglich, dies alptraumtaugliche Tier, das sich gewiss jeden Moment auf sie stürzen wird, ein gefundenes Fressen, und sie stockt mitten in der Bewegung. »Au!«, hört sie.

***

Fehler, erkannte Westerkamp. Mit Kira war er hoch zum Parkplatz gelaufen, doch der Wagen war bereits verlassen. Er wirbelte herum. Der Nebel riss in Fetzen, gab für ein Blinzeln nur den Blick frei auf diesen Koloss von Mann, der den Jungen über der Schulter trug und unterwegs zum Wasser war. Der Laut, den Kira von sich gab, war ihm unbekannt und kaum erträglich, und beide hetzen los, den Weg abzuschneiden, die Richtung ungefähr, die Chancen schlecht, Kiras Krallen ratschen über das Pflaster, während seine Füße stampfen und jedes Geräusch übertönen. Nur nicht dieses: »Au!«

Kein Kind, das da schreit, es ist der Mann!

Er lebt, der Junge lebt, jubelt es in ihm, vorsichtig jetzt, er dämpft seine Schritte, hört ein Gerangel, ein Aufstöhnen, und plötzlich kann er wieder sehen, sie sind auf fünf Meter heran, der Junge vorneweg, doch der Vorsprung ist zu gering, der Riese erwischt ihn an der Jacke, holt ihn von den Füßen, taumelt selbst und stößt … stößt?, das Ufer, viel näher als erwartet, Angst fährt ihm siedend heiß in den Magen, »Nein!«, brüllt er, dies Kind kann nicht schwimmen, sicher nicht, und er zieht die Waffe, zieht und zielt. Später wird er schwören, dass er auf die Beine gezielt hat, selbstverständlich, der Kerl sei ihm geradezu in die Bahn der Kugel gefallen, aber völlig sicher ist er sich dessen nicht, und es ist ihm egal, so was von egal.

Er trifft.

Trifft zu spät, ein Klatschen verrät es ihm, »Hol!«, befiehlt er Kira, auch dies zu spät, mit einem gewaltigen Satz ist sie dem Jungen längst nach, und Westerkamp stolpert hinzu, wirft sich auf den Bauch, zerrt die Taschenlampe hervor und schwenkt sie über das ölige Wasser, er bangt und hofft, bis endlich ein leises Plätschern anzeigt, dass wenigstens Kira aufgetaucht ist, und ja, da ist sie, schwimmt im Lichtkegel auf ihn zu, nicht weit, ein Meter, anderthalb, im Maul den Arm des Jungen.

Zuerst zerrte er den Jungen auf die Promenade, dann half er Kira heraus. Er beugte sich über den leblosen Jungen, unsicher, was zu tun war. Plötzlich stieß ihn jemand zur Seite, wie bitte?, die Anwältin?, wo kam die denn jetzt her? Sie brachte den Jungen in die stabile Seitenlage und neigte sich dann über seinen Kopf.

»Er atmet ja«, murmelte sie und richtete sich auf, da begann der Junge zu husten und spuckte einen Schwall von Wasser aus.

Westerkamp zog seine Jacke aus, wickelte sie um den Jungen und nahm ihn hoch. Er musste ihn hier wegschaffen, bevor die Polizei eintraf, was jeden Augenblick der Fall sein würde.

»Kannst du mich jetzt zu einem Anwalt bringen?«, fragte der Junge.

»Schon erledigt, Kumpel«, sagte Westerkamp und grinste unter Tränen.

***

Ein Kerl wie ein Baum, der weinte wie ein Baby. Erschütternd, fand Marilene, außerdem ansteckend. Sie blinzelte eine ausgerissene Träne fort. Schock, nichts weiter. Der Schuss eben, die Angst, er habe ihr gegolten, einmal mehr war sie zitternd in Panik verfallen, und erst, als sie den leblosen Jungen dort hatte liegen sehen, war es ihr gelungen, sich zusammenzureißen. Der Schreck war noch nicht verwunden.

»Warum wollte der den Jungen umbringen?«, fragte sie und deutete vage in die Richtung, wo sie den Toten vermutete. War er überhaupt tot? Sie würde nicht nachsehen. Sie schloss den Mini auf.

»Lange Geschichte und keine gute«, sagte Westerkamp, bugsierte den Jungen auf den Rücksitz und schnallte ihn an. »Ich guck mal eben nach ihm.«

Marilene folgte ihm halbherzig, halbe Strecke. Mit jedem Meter, den Westerkamp schneller zurücklegte, verblasste er mehr, ein weiterer Geist in der Nacht, der sich zu dem dunklen Buckel dort hinten hinabbeugte, und fast erwartete sie, dass Westerkamps Hand, mit der er nach dem Puls fühlte, durch den Körper glitt, als sei eines von beidem bloße Einbildung.

Westerkamp richtete sich wieder auf und kam ihr kopfschüttelnd entgegen. Schweigend gingen sie zurück zum Wagen.

»Der Junge ist ein Illegaler«, erläuterte er. »Als Baby verschleppt, keine Papiere. Können Sie da was machen?«

»Der arme Kerl«, sagte Marilene. »Als Erstes müssten wir das Jugendamt einschalten«, überlegte sie, »und dann wird sich schon eine Härtefallregelung finden, da bin ich eigentlich ganz zuversichtlich.«

»Aber das ist eine Frau«, sagte der Junge entgeistert.

»Keine Bange, Frauen können auch Anwalt sein«, beruhigte Westerkamp ihn. »Jedenfalls würde ich ihn hier gern wegbringen, bevor die Polizei kommt.«

»Oh, ich weiß nicht, er wird eine Aussage machen müssen, sonst kriegen nämlich Sie ein Problem«, gab sie zu bedenken. Immerhin lag ein Toter am Hafen. »Wissen Sie was? Ich kenn jemanden bei der Kripo, der ganz in Ordnung ist, ich ruf den mal an, ja?« Sie holte ihr Handy hervor, suchte Pauls Nummer und stellte die Verbindung her.

»Besetzt«, sagte sie und wählte abermals. Vergeblich. Sie versuchte es bei Gerrit, vielleicht war Paul ja bei ihm? Auch besetzt. Seltsam. Wieder wallte Panik in ihr auf, das Gefühl, dass irgendetwas ganz und gar nicht in Ordnung war. »Wo ist der andere Typ hin?«, erkundigte sie sich.

»Von Steinfeld?«, fragte Westerkamp zurück. »Nach Hause, warum?«

Nach Hause war dort, wo Gerrit war. Wo die Polizisten waren, die Gerrit so merkwürdig vorgekommen waren. Wo möglicherweise auch Paul war. »Los«, drängte sie, »wir müssen dahin. Sofort! Ich erklär's Ihnen unterwegs.«

***

Kein zweiter Schuss. Gerrit hob verwundert den Kopf. Er zerrte das iPhone aus der Tasche, hoffend, dass es nicht zu Bruch gegangen war. Nein, alles heil.

»Paul?«, flüsterte er.

»Moment bitte, ich geb Sie weiter«, sagte – ein kleines Mädchen? Was war denn jetzt los?

»Ja?«, fragte Paul.

»Es gab einen Schuss«, sagte Gerrit.

»Schmist«, sagte Paul, und das hörte sich ganz nach einem Fluch an, allerdings einem, den er noch nicht kannte.

»Moment bitte, ich geb Sie weiter«, wiederholte das Mädchen.

»Moment«, sagte Paul.

Gerrit verlor den Überblick. Er sah hinüber zum Haus. Irgendwie heller als eben. Wie weit war es noch bis zur Rückseite? Schwer zu schätzen bei dem Nebel, der sich nur ab und zu ein wenig hob, als hielte dort oben jemand die Fäden in der Hand und zöge daran, um ihm zu zeigen, wo es langging. Zwanzig Meter? Weniger? Er musste es riskieren. Jeden Moment konnten die Männer zurückkommen, es wäre besser, dann außer Sicht zu sein.

Wieder drückte er sich ab, rannte diagonal über den Rasen, keine Haken diesmal, der kürzeste Weg, hoffte er und legte noch einen Zahn zu, ohne Rücksicht auf Lärm oder Schutz, einfach nur weg hier. Er erreichte die Hausecke und schlug an, Erster, triumphierte er und keuchte. Komisch, sonst machten ihm solch kurze Strecken nicht so viel aus, und auch sein Herz klopfte ungewöhnlich schnell und laut. Vielleicht lag es nicht an der Anstrengung. Vielleicht handelte es sich doch eher um Angst? Er versuchte, das Gefühl zu verdrängen.

Vorsichtig spähte er um die Ecke. Das Haus hielt den Nebel anscheinend auf Abstand, von hier aus konnte er gut sehen. Der Mercedes stand dicht vor der Haustür, Fahrtrichtung Tor. Sie mussten schon beim Reinfahren gewendet haben – fluchtbereit? Der Kofferraum stand offen, die Haustür wohl auch, daher sein Eindruck, es sei heller. Jetzt kam einer der Männer die Stufen runter und wuchtete einen Korb in den Kofferraum, und es sah fast so aus, als würde ein Kind darin liegen. Gerrit wich zurück.

»Irgendwas geht hier vor«, flüsterte er ins iPhone.

»Moment bitte, ich geb Sie weiter«, sagte schon wieder das Mädchen.

»Gerrit? Wo genau steckst du?«, fragte Paul.

»Hinterm Haus«, flüsterte er.

»Bleib, wo du bist, hörst du? Das sind keine Polizisten, und sie sind gefährlich.«

Tatsache, das hätte er jetzt gar nicht gedacht. »Logo«, sagte er jedoch nur und verdrehte die Augen. Nach oben. Sah ein merkwürdig flackerndes Licht im Nebel. Wie Feuer. Im Nebel? Wandte sich um. »Es brennt«, hauchte er.

»Was? Oh Mann«, rief Paul, und dann war er weg.

Gerrit trat zwei Schritte zurück. Es schien in dem Raum direkt über ihm zu brennen, doch die Fenster lagen zu hoch, als dass er etwas sehen konnte, selbst Hüpfen brachte nichts. Er lief weiter, zur Terrasse, erklomm die Stufen und drückte sich gegen die Wand, bevor er einen vorsichtigen Blick durch die Tür warf. Ein großer Flur, ein sehr großer Flur, Rauch quoll hinein und erste Flammen. Niemand zu sehen. Mit einem Satz sprang er an der Tür vorbei und trat abermals ein paar Schritte zurück, musterte der Reihe nach die Fenster, um zu kontrollieren, ob es auch anderswo brannte. Kein verräterischer Lichtschein, doch was war das? Im ersten Stock? Er kniff die Augen zusammen. Da stand jemand mit dem Rücken zum Fenster, oder nicht? Sicher keiner der beiden Männer, wäre ja bescheuert, im Erdgeschoss Feuer zu legen und im ersten Stock abzuwarten, was passierte. Also ein Bewohner, falls es sich nicht um eine Schaufensterpuppe handelte oder überhaupt um eine Täuschung. Er musste sich vergewissern.

Wie? Sein Blick flackerte umher, blieb an einem Blumentopf hängen, der auf der Balustrade neben ihm stand. Zu schwer, er würde das Fenster zertrümmern, doch etwas anderes war nicht greifbar, und er schnappte sich den Topf und holte schon aus, als darin etwas schepperte und er eine kleine Tonscherbe ertastete. Er nahm sie heraus, zielte und warf.

Keine Puppe. Ein Junge. Käseweiß. Wirbelte herum und schaute zu ihm runter. Und – nichts. Schock, nahm Gerrit an und gestikulierte: Fenster auf. Der Junge rührte sich nicht von der Stelle.

Hektisch schaute er sich um, gab's hier denn gar nichts, was ihm helfen konnte?, eine Leiter käme wie gerufen, verdammt, oder ein Seil. Aber da war nichts. Dann entdeckte er die Gartenmöbel. Er zerrte die Hauben runter, wuchtet den Tisch bis an die Wand, ein gemein schweres Teil, und schleppt einen Sessel heran, wenig leichter. Hievt ihn auf den Tisch. Noch einer, komm schon, feuert er sich an, ganz falscher Gedanke, fast muss er lachen, voll die Hysterie, er könnte sich ohrfeigen, und während er schiebt und drückt, sieht er, dass die Flammen nicht mehr züngeln, sondern lodern. Schneller, Mann, er wuchtet den zweiten Sessel hoch und klettert auf den Tisch, jetzt einen Sessel auf den anderen, er ächzt, schwitzt wie bekloppt, schafft es, lehnt den oberen gegen die Wand, sodass die Rückenlehne für ein paar Zentimeter mehr sorgt. Wie weit zum Fensterbrett? Zwei Meter, schätzt er, das muss reichen, ist schwierig, aber nicht unmöglich, und endlich öffnet der Junge das Fenster.

»Komm raus«, ruft Gerrit, »rückwärts.«

Der Junge schreckt zurück.

»Sei kein Feigling, Mann!«, schreit er, und was, wenn sie dich hören?, schießt es ihm durch den Kopf, es ist ihm gleich, er kann nicht zusehen, wie dieser Junge verbrennt, vielleicht sind die Männer längst weg oder doch gerade dabei, die Biege zu machen, er muss das riskieren.

Der Junge kommt wieder näher.

»Ja, gut so«, beruhigend verstärken, woher weiß er das bloß?, »kletter ins Fenster, super«, lobt er, »jetzt dreh dich um, genau so, schieb die Beine raus und leg dich auf den Bauch, okay, das machst du ganz große Klasse, und jetzt greif ins Fenster, halt dich richtig gut fest und rutsch ganz langsam tiefer, nicht springen, wirklich nur rutschen, ja, genau so, noch ein bisschen, lass dich hängen, komm«, lockt er, »da ist eine Lehne, mach dich lang, du kommst da dran, spürst du's, du bist dran, ich drück dich jetzt gegen die Wand, und dann lässt du oben los. Jetzt!«

Alles gerät ins Wanken. Für einen Augenblick glaubt er, es zu schaffen, doch der Stapel ist so prekär wie sein eigener Stand, und sie fallen übereinander: die Sessel, der Junge und Gerrit.

***

Zinkel warf das Handy Richtung Rückbank, ließ sich das andere zurückgeben und meldete den Brand. »Feuerwehr, Rettungswagen und alle, wirklich alle verfügbaren Kräfte«, ordnete er an.

Er drückte aufs Gaspedal und fuhr so schnell, wie er es eben noch verantworten konnte, zumal ohne Blaulicht. Unterwegs instruierte er die Zwillinge. »Habt ihr das gehört?« Er wartete gar nicht erst eine Bestätigung ab. »Wo wir jetzt hinfahren, sind ganz gefährliche Männer, die haben echte Waffen, und sie schießen auch. Das ist kein Spiel, klar? Ihr macht jetzt genau das, was ich sage. Wenn nicht, rede ich nie – wieder – ein Wort – mit euch. Habt ihr das verstanden?«

»Ja«, kam es von hinten. Sogar zweistimmig. Und fast hätte man meinen können, es klänge ängstlich. Gut, fand er, manchmal war Angst nützlich.

»Ganz egal, was passiert, ihr bleibt im Auto«, befahl er. »Köpfe runter, dass euch niemand sieht. Da liegt eine Decke, spielt Zelten. Euer Vater müsste schon auf dem Weg sein.« Hoffte er. Ennos Handy war zwar noch immer abgeschaltet, aber Lilian Tewes hatte einen Festnetzanschluss, den er den Beamten gebeten hatte zu ermitteln. Hätte er auch früher drauf kommen müssen.

Wenn der Nebel ihn nicht trog, mussten sie gleich da sein.

Die nächste Straße, glaubte er und bog ab. Yep! Die Mauer ragte vor ihnen auf, und er fuhr daran entlang. Das Tor, oh nein, das verdammte Tor war geschlossen. Er bog in die nächste Seitenstraße und hielt am Rand. »In Deckung«, befahl er, »jetzt!«

Er sprang aus dem Wagen, rannte zum Kofferraum, holte die Schutzweste und streifte sie über, während er schon zum Tor läuft und daran rüttelt, nutzlose Geste, er versucht, sich hochzuziehen, scheitert kläglich, da fährt es auf einmal zur Seite, schneller, als er reagieren kann, und er wird ein Stück weit mitgezogen, bis er schließlich die Hände zurückzieht und aufs Grundstück stolpert. Licht. Geblendet hält er sich die Hand vor Augen, da röhrt ein Motor auf, und mit Vollgas rast ein Auto auf ihn zu, er hechtet zur Seite, mit mehr Willen denn Kraft, und glaubt, noch den Sog des Fahrzeugs zu spüren, bevor er über den Rasen kugelt und fortspritzende Kieselsteine auf ihn einprasseln wie Hagelkörner, nur schmerzhafter. Seine Hand fährt hinauf an die Stirn, da hat ihn einer voll erwischt, und er rappelt sich mühsam hoch, strauchelt, fängt sich und taumelt vorwärts.

Rauch quillt aus der offenen Haustür wie Nebel auf Abwegen. Oder er hat Sehstörungen. Oder auch Wahrnehmungsstörungen. Von hinten hört er schon wieder einen brüllenden Motor. Kommen die zurück?, das ist nicht logisch, denkt er und reißt die Arme hoch, um sich vor dem Kieselsturm zu schützen, da prescht schon ein Wagen an ihm vorbei, Geländewagen, registriert er, wenngleich mit Verspätung, von Steinfeld also, und der Wagen schleudert in den Stand, der Fahrer springt heraus und stürmt zum Eingang des Hauses.

»Nein!«, brüllt er. »Nicht da rein!«

Von Steinfeld ist taub für jede Warnung, verschwindet im Innern, verdammter Idiot, denkt Zinkel und nötigt seinen wackligen Beinen ein schnelleres Tempo ab, da tauchen an der hinteren Ecke des Hauses zwei humpelnde Gestalten auf, Gerrit die eine, glaubt er, aber wer stützt da wen?, egal, versehrt mag er sein, aber wenigstens nicht … Denk nicht mal dran.

»Wer ist noch da drin?«, schreit er.

»Meine Mutter!«, schreit der Junge an Gerrits Seite.

Beide Eltern, verdammt, Zinkel kämpft sich die Treppe hinauf, zerrt sich die Weste vom Leib, lässt sie fallen und ist drin, augenblicklich hustend, es stinkt nach Benzin, kein Wunder, dass weiter hinten bereits alles in Flammen zu stehen scheint, während hier am Anfang des Flurs sich nur die Lunte schlängelt, zerhackt dort, wo die Brandstifter nachlässig waren. Er stößt eine Tür zur Linken auf, Garderobe. Zur Rechten, Klo. Das hat er gesucht, er dreht den Wasserhahn auf, zieht die Jacke aus und knüllt sie unter den Hahn, tränkt sie, so gut es geht, und zieht sie wieder über, will schon weiter, den Flur entlang, da entdeckt er Schleifspuren auf dem Boden, die vage zu einer Tür führen, sich erst kurz davor zu Blutspuren verdichten, und er drückt die Tür auf, trifft auf Widerstand, drückt fester, bis er es schafft, sich durch den Spalt zu winden, Küche, und da liegt sie, bewusstlos, wenn nicht tot, vielleicht, vielleicht nicht, eine Schusswunde in der Brustgegend, knapp oberhalb des Herzens, oberhalb?, er kann es nicht erkennen.

Er schnappt sich das einzige Handtuch vom Haken, tränkt auch dies und füllt Wasser in die Schüssel, die auf der Spüle steht, schüttet der Frau den Inhalt übers Haar, so gründlich er es vermag, dann breitet er ihr das Handtuch übers Gesicht, packt sie bei den Füßen und zerrt sie hinter sich her, die Flammen greifen nach ihr, nach ihm, probend noch, und er treibt sich zur Eile, hustet und würgt, wie weit noch?, verdammt, da spürt er einen Luftzug im Rücken und zieht sie mit einem letzten heftigen Ruck ins Freie, weiter geht es nicht, beim besten Willen, ihre Füße entgleiten seinen Händen, und er taumelt, fällt fast, fängt sich fast, fällt doch, wie in Zeitlupe, und schon im Fallen erhascht sein Blick den lichterloh brennenden Mann, der sich noch auf den Beinen hält, unmöglich, gewiss ein Trugbild, und dann ist der Blick zu lang, wie der Mann mitten im Raum steht, eine Skulptur in den Armen hält, einem Baby gleich, Opfergabe, denkt Zinkel und reißt noch den Mund auf für den Schrei, der nicht kommt, da schlägt er mit dem Kopf auf den Boden, es tut nicht mal weh, wundert er sich und verrenkt sich den Hals, um wieder hinzusehen, und in diesem Augenblick kracht ein Balken von der Decke, streckt den Mann nieder und schlägt ihm die Figur aus den Händen, war es der Regengott?, wie hieß der Kerl doch gleich? Tlaloc? Zinkel schaute nach oben, kein Regen, dies Opfer war vergeblich.

***

Marilene entdeckte das Feuer gerade noch rechtzeitig. Geistesgegenwärtig, wenngleich sie sich durchaus wunderte, woher sie das noch nahm, fuhr sie am Tor vorbei, um den hoffentlich schon alarmierten Rettungskräften nicht den Weg zu versperren, und hielt am Straßenrand.

»Sie bleiben hier«, befahl Westerkamp und sprang aus dem Wagen, bevor sie auch nur zu einer Erwiderung ansetzen konnte.

Von wegen, widersprach Marilene, sie musste Gerrit suchen, Gerrit, der eigentlich hier hätte stehen müssen, beobachten, nicht eingreifen, Idiot, schimpfte sie innerlich. Wenn ihm nur nichts passiert war. Sie bog um die Ecke und stellte den Wagen dort ab. »Kann ich dich allein lassen?«, fragte sie den Jungen. »Ich muss einen Freund suchen.«

Der Junge nickte.

»Bin gleich wieder da«, sagte sie und stieg aus.

Aus weiter Ferne, so schien es ihr, drang das Geheul von Sirenen heran. Sie war gerade zwei Schritte gegangen, da hörte sie Gelächter. Von Kindern? Sie fuhr herum, das kam aus einem Auto, und wenn sie nicht alles täuschte, handelte es sich um Pauls Wagen. Sie ging näher ran und spähte durch die Scheiben. Zwischen Vordersitz und Rückbank bewegten sich zwei Köpfe, die unter einer Decke steckten. Paul hatte keine Kinder, was war das hier? Sie klopfte gegen die Scheibe, und die Köpfe verharrten regungslos.

»Was macht ihr in Pauls Wagen?«, fragte sie.

»Wenn sie Paul kennt, ist sie bestimmt kein Verbrecher«, sagte ein Kopf zum anderen, »außerdem hat er von bösen Männern gesprochen, also ist es in Ordnung, wenn wir auftauchen.« Die Decke lüpfte sich, zum Vorschein kam ein kleines Mädchen. »Bist du eine Freundin von Paul?«

Marilene war sich sicher, da schwang ein »etwa« mit. »Ich bin Anwältin«, sagte sie daher nur. »Wo steckt er?«

»Verbrecher fangen«, sagte das Mädchen.

Was auch sonst. »Hört mal, bei mir im Wagen ist ein Junge, dem ihr Gesellschaft leisten könntet. Ihr passt aufeinander auf, okay?« Die Decke flog ganz zur Seite und gab den Blick auf das zweite Kind frei. Marilene glaubte, doppelt zu sehen, und rieb sich die Augen. »Bringt die Decke mit«, bat sie, »der Junge ist ins Wasser gefallen und könnte sie gut gebrauchen.«

»Au ja«, sagte das zweite Mädchen.

Die Zwillinge stürmten den Mini, und Marilene hoffte, der Junge würde die geballte Fürsorge verkraften. Sie lief los.

Kaum hatte sie das Tor passiert, wurde das Sirenengeheul ohrenbetäubend, und sie rettete sich gerade noch auf den Rasen, da rauschte ein Polizeiwagen an ihr vorbei, gefolgt von einem Rettungswagen, und dann traf auch die Feuerwehr ein. Zu spät, fürchtete sie, als sie das Haus erblickte.

Ihr Atem stockte, ihre Beine wollten den Dienst versagen angesichts des gewaltigen Feuers. Wo steckte Gerrit? Er würde doch wohl nicht …? Rasende Angst erfasste sie, schmerzhaft pochend, sie schafft es nicht, sie in Schach zu halten, und treibt sich weiter, Tränen und Rauch trüben ihren Blick, und sie spürt schon die Hitze des Feuers, da stolpert sie und stürzt, und ihr ist, als ginge die Welt unter. Genau jetzt.

Als sie den Kopf hebt, sieht sie Personen vor sich, sie kann sie nicht erkennen, schwarze Silhouetten vor der lodernden Kulisse, und sie robbt näher heran, sieht, wie sie sich vorbeugen über … Nein!, schreit sie und gibt doch keinen einzigen Laut von sich, sie lässt den Kopf sinken und allen Mut, bleibt einfach liegen, wozu noch weiter, tief im Innern weiß sie längst Bescheid.

»Ringfahndung«, krächzte jemand, der sich fast wie Paul anhörte.

»Marilene!«, rief Gerrit. »Was machst du hier?«

Danke gleichfalls, dachte sie und brach endgültig in Tränen aus.

16

Schwer zu sagen, wer in jener Nacht zuerst Schlaf fand.

Die Zwillinge waren es nicht. Sie beratschlagten bis in die frühen Morgenstunden, wie sie ihre Eltern dazu bewegen könnten, diesen Jungen zu behalten. Ob nicht überhaupt nur ihre Mutter davon überzeugt werden musste, jetzt, wo ihr Vater eigentlich gar nichts mehr zu bestimmen hatte. Außer heute Abend. Da war er ausgeflippt, wie sie es noch nie erlebt hatten, und wenn Paul nicht ins Krankenhaus gemusst hätte, dann hätte ihr Vater ihn vielleicht verprügelt. Was irgendwie ja auch spannend gewesen wäre. Aber ungerecht, wo Paul doch so gut auf sie aufgepasst hatte. Außerdem hatten sie ihr Abenteuer eigentlich genossen.

Es war ja nicht mal was passiert, nur, dass sie eben diesen faszinierenden Jungen kennengelernt hatten. Der dringend einen neuen Namen brauchte. Aus Mexiko kam er, und sie hatten sich schon so ziemlich auf Pablo geeinigt, da war ihr Vater angekommen und hatte sie aus dem obercoolen Auto gezogen und in Lilians Haus gebracht, weil ihre Mutter nämlich mit Paul ins Krankenhaus gefahren war. Das war dann wieder ein ziemlich gutes Zeichen, da waren sie sich einig, denn falls, nur falls es nichts wurde mit dem Jungen, dann vielleicht wenigstens mit noch einem Baby.

Der Junge, der nicht länger Adam genannt werden wollte, schlief ebenfalls nicht. Er war viel zu aufgeregt, und endlich mal auf eine schöne Art. Kim, das Mädchen mit den schwarzen Anziehsachen, hatte gesagt, dass sie ab jetzt seine Schwester war. Er hatte nicht gewusst, dass man so etwas einfach entscheiden konnte, aber Heino, so sollte er den Mann mit den roten Haaren jetzt nennen, hatte nur genickt. Frau Ke hatte ihn ganz fest gedrückt und ein bisschen geweint, und dann hatte sie versprochen, ihn nicht mehr herzugeben. Nur über ihre Leiche, hatte sie gesagt. Das hatte er aber nicht verstanden.

Vorhin in dem Haus für kranke Leute hatte er Jan gesehen, der auf seine Mutter wartete. Die wurde aufgeschnitten, damit sie wieder gesund wurde. Das hörte sich komisch an, aber Jan hatte gesagt, es sei nicht schlimm. Außerdem hatte Jan gesagt, sie würden immer Freunde sein, auch wenn sie jetzt nie mehr zusammenwohnen würden, weil das Haus verbrannt war und weil sein Vater tot war. Massa war tot. Er war nicht traurig darüber, so wie Jan, kein bisschen.

»Pablo«, flüsterte er, um sich an seinen neuen Namen zu gewöhnen. So richtig konnte er das alles nicht glauben, aber die Anwaltsfrau hatte versprochen zu helfen, also wurde es vielleicht doch wahr.

Paul Zinkel schlief ebenfalls nicht, Schlafmittel hatte er verweigert, und so wälzte er sich in seinem Krankenhausbett hin und her und war ständig drauf und dran, die lästige Nasenklemme für die Sauerstoffversorgung fortzureißen. Er versuchte, das Bild von Steinfelds aus dem Kopf zu verbannen, doch es wollte ihm nicht gelingen. Der Mann war in ein brennendes Haus gerannt, nicht etwa, um Frau oder Sohn zu retten, sondern eine bekloppte Skulptur? Er kam nicht darüber hinweg, und ihm war klar, dass er sein Wissen für sich behalten musste, sonst würde der Sohn einen Knacks fürs Leben bekommen.

Sein größtes Problem war eigentlich Enno. Erst war der stinksauer wegen seiner Aktion mit den Mädchen gewesen, und dann hatte Judith ihn obendrein ins Krankenhaus begleiten wollen. Zinkel war keineswegs sicher, ob Enno und er überhaupt noch mal ein Wort wechseln würden. Kommunikation auf nonverbale Art erschien ungleich wahrscheinlicher.

Dabei wartete ein Haufen Arbeit auf sie. Charlie hatte vorhin hereingeschaut und erste Lücken geschlossen. Die Ringfahndung war erfolgreich gewesen, die Typen, die das Haus in Brand gesetzt hatten, waren gefasst, wenn auch nicht gesprächig. Bei der Leiche am Hafen – wie?, bei der Nachricht wäre er beinahe aus dem Bett gesprungen – handelte es sich um Mettjes, und für dessen Tod war Westerkamp verantwortlich, der habe das auch bereits zugegeben, aber behauptet, in Notwehr gehandelt zu haben. Und wer würde das wieder bezeugen? Natürlich Marilene. Er tastete nach Judiths Hand.

Auch Marilene schlief nicht. Ungewohnter Ort. Sie lächelte ins unvollständige Dunkel und schaute auf den Mann neben sich. Sein Haar war grau, binnen Stunden ergraut, wegen der Sorge um sie, wie er behauptet hatte, doch das war natürlich eine Lüge. Reine Chemie, der Geruch war unverwechselbar.

Gerrit hingegen driftete zumindest hin und wieder in Schlaf, und schwatzten die Zwillinge im Nebenzimmer nicht ohne Unterlass, würde es ihm vielleicht sogar gelingen, hinüberzugleiten. Er drehte sich auf die Seite und schmiegte sich an Antonia, eindeutig der beste Platz auf der Welt.

Westerkamp schlief. Die pure Erschöpfung hatte ihn umgehauen, und seine Träume kreisten um brennende Häuser und ertrinkende Jungen, und gelegentlich schreckte er hoch. Dann schlich er sich kurz aus dem Zimmer, um nachzusehen, ob Kimmi und Pablo waren, wo sie sein sollten, bevor er zurück ins Schafzimmer tappte, sich wieder hinlegte und einschlief, sobald er sicher war, dass Frauke ruhig neben ihm atmete.

Roman wachte nur einmal auf in dieser Nacht, und für eine Weile konnte er nicht wieder einschlafen. Seit die Polizei Oskars Wagen abgeholt hatte, machte er sich Sorgen wegen des Bauschaums, mit dem er den Auspuff verstopft hatte. Er hoffte, sie würden nicht darauf kommen, dass er das gewesen war. Er hatte ja Handschuhe getragen. Die Einzige, die Bescheid wusste, war die Joggerin. Aber die würde ihn nicht verraten. Das hatte sie ihm versprochen.

Die Joggerin war die Einzige, die tief und traumlos schlief, schließlich hatte sie von dem ganzen Aufruhr nichts mitbekommen. Die Version, die ihr Bruder ihr am Telefon übermittelt hatte, war ausgesprochen harmlos gewesen, und so hatte Hanna sich schlafen gelegt im Wissen, dass sie es diesmal geschafft hatte, ihre Familie, das, was von ihr übrig war, vor Unheil zu bewahren. Alles andere war undenkbar gewesen, keine von ihnen hätte einen weiteren Verlust verkraftet. Am wenigsten Rebekka, die den Tod ihrer Eltern noch immer nicht verwunden hatte.

Als Gerrit zum ersten Mal die Vermutung geäußert hatte, Grünberger halte sich noch immer in Leer auf, hatte Hanna sich auf die Lauer gelegt. Oh, es war schon clever gewesen, wie er sein Äußeres verändert hatte, die neue Beziehung eingegangen war, allein, um in der Nähe bleiben zu können. Ihr ursprünglicher Plan, den sie einerseits mit Marilene, andererseits mit Gerrit ausgeheckt hatte, war einfach gewesen: Die Drohung, seine wahre Identität preiszugeben, würde ihn dazu bringen, sich mit Hanna zu treffen. Um den Erfolg der Aktion nicht zu gefährden, sollte Zinkel erst kurz vorher von Marilene informiert werden. Dabei war Hanna spätestens, als Marilene den Drohbrief erhalten hatte, klar geworden, dass es nicht reichen würde, Grünberger hinter Gitter zu bringen. So einer gab nie auf. Aber sie war cleverer.

Sie hatte eines Abends beobachtet, wie Grünbergers Nachbar Westerkamp diesen fremd aussehenden Jungen angeschleppt hatte. Zunächst hatte sie sich nicht viel dabei gedacht, doch das Kind war danach nicht mehr zu sehen gewesen, genauso wenig wie Westerkamps Tochter. Das war ihr mehr als merkwürdig erschienen, und so hatte sie nachgeforscht: Westerkamp arbeitete also für von Steinfeld, einen Mann, der, wie einer ihrer Kontakte zu berichten gewusst hatte, in Antikenhehlerei verwickelt war. Dadurch würde bei einem Anschlag niemand auf die Idee kommen, dass Westerkamp gar nicht das eigentliche Ziel war.

Der Rest war einfach gewesen, man brauchte nur die richtigen Kontakte, solche, die einem noch etwas schuldig waren. Dass Roman ihr einen Teil der Arbeit abgenommen hatte, war ihr schon wie Vorsehung vorgekommen. Als sie dann auf ihrem Beobachtungsposten ein Gespräch zwischen Westerkamps Frau und Romans Mutter belauscht hatte, war auch das letzte Problem aus dem Weg geräumt: Grünberger sollte Westerkamps Auto für seine »Geschäftsreise« ausleihen. Am Ende hatte Hanna nur noch aufpassen müssen, dass nicht der falsche Mann ins richtige Auto stieg. Alles war gut gegangen. Alles war gut.

Beate Sommer
HÄTTEST DU GESCHWIEGEN
Broschur, 352 Seiten
ISBN 978-3-89705-636-7

»Dieser Kriminalroman lebt nicht nur von der spannenden Haupthandlung, sondern auch von den genauen Beobachtungen, kleinen Miseren, Komplexen und Komplotten der verschiedenen Figuren.«
Niedernhausener Anzeiger

»Der Krimi führt in den Handlungsort Wiesbaden, bietet Milieuschilderung und Psycho-Studie mit Tiefgang, hat feine Ironie parat, beobachtet detailliert und reflektiert die eigene Gemütslage wie die der Mitspieler.«
Wiesbadener Kurier

Beate Sommer
SPUR NACH OSTFRIESLAND
Broschur, 368 Seiten
ISBN 978-3-89705-859-0

»Mit lockerer Formulierung und feinem Gespür für den Spannungsaufbau gelingt es Beate Sommer, die Leser dergestalt in die Handlung zu verstricken, dass man sich auch ohne vorherige Kenntnis der Charaktere schnell heimisch fühlt. Auch poetische Beschreibungen gehören zu ihren literarischen Stärken.« Wiesbadener Tagblatt

»Das Buch bindet Land und Leute geschickt in eine unterhaltsame Kriminalgeschichte ein und hat zudem eine sympathische Ermittlerin.« NDR1 Niedersachsen

www.emons-verlag.de